Métal brûlant

SANDRA
BROWN

Métal brûlant

ROMAN

Traduit de l'américain
par Sébastien Danchin

Titre original
WHITE HOT

Éditeur original
Simon & Schuster, New York

Prologue

D'aucuns auraient dit qu'il avait choisi le jour idéal pour se suicider.

En ce dimanche après-midi, la vie ne valait guère d'être vécue. L'atmosphère, poisseuse et brûlante, aspirait littéralement l'énergie de tout ce qui relevait du royaume des vivants, végétal ou animal.

Les nuages s'évaporaient sous un soleil féroce. Sortir par une pareille chaleur revenait à pénétrer dans une fournaise comparable à celle de la fonderie des Hoyle. Au Bayou Bosquet, ainsi nommé à cause de l'îlot couvert de cyprès fiché au milieu des eaux paresseuses de la rivière, un alligator empaillé long de deux mètres se prélassait au soleil devant le cabanon de pêche familial. Le ciel incandescent se reflétait dans ses yeux de verre. Quant au drapeau de la Louisiane, il donnait l'impression d'être en berne sur son mât.

Les cigales avaient renoncé à leur chant lancinant, même si, de temps à autre, un insecte industrieux tentait, sans trop insister, de troubler la somnolence des lieux. Les poissons se terraient dans les fonds troubles de la rivière, loin sous la surface recouverte d'une nappe de lentilles d'eau d'un vert opaque ; pour tout signe de vie, leurs branchies s'ouvraient et se refermaient à intervalles réguliers. Un mocassin d'eau gisait sur la berge, menaçant, mais immobile.

Le marais constituait un refuge naturel pour les oiseaux, mais en ce jour, tout ce qui portait plume semblait être resté au nid à somnoler. Seul un faucon s'était décidé à affronter la canicule.

Perché au sommet d'un arbre foudroyé quelques décennies plus tôt, les branches glabres et blanches comme des os, le rapace surveillait la cabane de bois. Peut-être épiait-il le mulot qui zigzaguait entre les piliers du ponton. Plus vraisemblablement, son instinct d'animal l'avait averti d'un péril imminent.

Curieusement, le bruit de la détonation n'eut rien d'assourdissant : l'air, aussi épais qu'un oreiller en duvet d'oie, avait amorti les ondes sonores. C'est tout juste si le marais esquissa une réaction. Le drapeau resta en berne sur son mât. L'alligator empaillé ne cilla pas. Le mocassin d'eau glissa sans la moindre appréhension dans le bayou avec un léger *floc*, chagriné d'avoir été dérangé pendant sa sieste dominicale.

Le faucon s'envola et prit de l'altitude en décrivant de grands cercles, paresseusement porté par les courants aériens, en quête d'une proie plus appétissante que le petit rongeur qui furetait sous le ponton.

L'homme qui venait de mourir dans le cabanon était bien le dernier de ses soucis.

1

— Tu te souviens de Slap Watkins ?
— Qui ça ?
— Le type qui faisait du grabuge au bar.
— Tu pourrais être plus précis ? Quel bar ? Quand ça ?
— Le soir où tu as débarqué.
— C'était il y a trois ans.
— Ouais, mais tu devrais t'en souvenir.

Chris Hoyle se redressa dans son fauteuil, comme pour mieux rafraîchir la mémoire de son ami.

— Tu te rappelles pas ? Le type qui n'arrêtait pas de la ramener, celui qui a déclenché la bagarre. Une gueule pas possible, avec des grandes oreilles.
— Ah oui, je vois. Le type qui avait…

Beck déploya les mains de part et d'autre de son crâne.

— Dès qu'il y avait du vent, ses oreilles…
— … claquaient comme des volets un soir de tempête, compléta Beck, hilare, en inclinant sa bouteille de bière en guise de toast silencieux.

Les stores du petit salon des Hoyle étaient baissés pour mieux repousser la chaleur étouffante de cette fin d'après-midi, et accessoirement leur permettre de regarder jouer les Braves à la télé. La partie se terminait et seul un miracle pouvait encore sauver Atlanta. Mais, malgré le score, il y avait pire occupation que de passer un dimanche dans une pièce climatisée en buvant de la bière glacée.

Chris Hoyle et Beck Merchant avaient passé des journées entières à traîner dans cet antre masculin, avec son téléviseur à écran géant équipé d'enceintes *home cinéma*. Le bar, amplement approvisionné, disposait d'une machine à glaçons intégrée et d'un réfrigérateur rempli de sodas et de bières. La pièce comptait aussi une table de billard, une cible de fléchettes et une table de jeu circulaire avec six fauteuils en cuir aussi accueillants que la poitrine de la fille en couverture du dernier numéro de *Maxim*. Des murs lambrissés de noyer teint et un mobilier robuste, facile d'entretien, complétaient le tableau.

Beck décapsula une autre bouteille de bière.

— Et pourquoi tu me parles de Slap ?

— Il est revenu.

— Je ne savais même pas qu'il était parti. La dernière fois que je l'ai vu, je crois bien que c'était ce soir-là. Enfin, vu, c'est beaucoup dire... J'avais les yeux tellement gonflés...

Chris sourit en se remémorant la scène.

— Dans le genre castagne de bar, c'était plutôt pas mal. Tu t'es pris plusieurs pains bien placés. Faut dire que Slap n'a jamais été manchot. Forcément, avec sa grande gueule.

— Parce qu'on le charriait à cause de ses oreilles, je suis sûr.

— À tous les coups. N'empêche que, avec sa manie de la ramener, il était toujours là où ça cognait. Juste après s'être battu avec nous, il a eu une embrouille avec l'ex-mari de sa sœur. Une histoire de tondeuse à gazon, je crois. Un soir, autour d'une marmite d'écrevisses, le ton a monté et Slap s'est jeté sur son ex-beauf avec un couteau.

— Il l'a tué ?

— Non, il n'a pas touché d'organe vital, mais la lame a traversé le bide du mec qui a perdu pas mal de sang. Slap a été inculpé pour coups et blessures volontaires avec arme, il a bien failli tomber pour tentative de meurtre. Même sa sœur a témoigné contre lui. Il a passé trois ans à la prison d'Angola, et il vient de sortir, en conditionnelle.

— Quelle chance…

— Tu parles, fit Chris en fronçant les sourcils. Slap a promis de se venger de nous. C'est en tout cas ce qu'il a dit, à l'époque, le soir où les flics l'ont embarqué. Il trouvait anormal qu'on l'arrête, et pas nous. Il nous a crié des insultes en nous menaçant, j'en avais froid dans le dos.

— Je ne m'en souviens absolument pas.

— Tu devais être aux toilettes, en train de soigner tes coupures. Quoi qu'il en soit, Slap est un crétin instable, un pauvre type, une racaille de mobile home, et il a la rancune tenace. Ce soir-là, on lui a mis la honte. Même bourré comme il l'était, je suis sûr qu'il n'a pas oublié et encore moins pardonné. Méfie-toi de lui.

— Un homme averti en vaut deux, répondit Beck en lançant un regard vers la cuisine. Tu m'invites à dîner ?

— Il y a toujours une place pour toi.

Beck se cala encore plus confortablement entre les coussins du canapé.

— Super. Je ne sais pas ce qu'il y a dans le four, mais je salive déjà.

— Un gâteau à la noix de coco. Selma est la reine des gâteaux.

— Ce n'est pas moi qui vais te contredire, Chris.

Huff Hoyle, le père de Chris, fit son entrée dans la pièce en s'éventant avec son chapeau de paille, le visage cramoisi.

— Donnez-moi une canette. Je meurs de soif, je ne pourrais même pas cracher sur ma queue si elle était en feu.

Il accrocha son chapeau au portemanteau, s'écroula dans son fauteuil et s'essuya le front avec sa manche.

— Bon sang, ça tape, aujourd'hui !

Il s'enfonça dans la fraîcheur du cuir et poussa un grand soupir.

— Merci, fiston.

Il prit la bouteille de bière glacée que Chris lui avait décapsulée et la pointa sur le téléviseur.

— Qui est-ce qui gagne ?

— Pas les Braves. D'ailleurs, c'est fini, répondit Beck en coupant le son alors que les commentateurs entamaient leur autopsie du match. On se fout de savoir pourquoi ils ont perdu. Il suffit de voir le score pour comprendre.

Huff émit un grognement approbateur.

— Leur saison est fichue depuis que tous ces joueurs étrangers font la loi sur le terrain. Des types qui touchent des fortunes, qui ne parlent même pas un mot d'anglais et qui se prennent pour des divas. Grave erreur. S'ils m'avaient demandé mon avis, j'aurais pu leur dire.

D'un long trait, il vida presque entièrement sa canette.

— Tu as joué au golf tout l'après-midi ? lui demanda Chris.

— Non, il faisait trop chaud, lui répondit Huff en allumant une cigarette. On a fait trois trous, et puis on a laissé tomber et on est rentrés au club-house pour se taper un *gin rummy*.

— Tu les as dépouillés de combien, aujourd'hui ?

La question n'était pas de savoir si Huff avait gagné ou perdu. Huff gagnait toujours.

— Dans les deux cents dollars.

— Pas mal.

— Je vois pas l'intérêt de jouer si c'est pas pour gagner, répliqua Huff en adressant un clin d'œil à son fils et à Beck avant de vider sa bière. Vous avez vu Danny, aujourd'hui ?

— Il ne devrait pas tarder à rentrer, fit Chris. Enfin, s'il trouve le temps de venir nous voir entre la messe et les vêpres.

Huff le fusilla du regard.

— Évite de parler de ça si tu ne veux pas me mettre de mauvaise humeur. Tu vas me couper l'appétit.

Pour Huff, les sermons, les prières et les cantiques étaient tout juste bons pour les bonnes femmes et les mecs qui auraient mérité d'être des bonnes femmes. Il mettait l'Église et la mafia sur un pied d'égalité, à ceci près que les églises pouvaient mener leur trafic en toute impunité, sans parler des avantages fiscaux. Huff mettait dans le même sac les bigots, les homosexuels et les ouvriers syndiqués.

Chris s'empressa de réorienter la conversation, soucieux de faire oublier son frère et sa passion récente pour les questions spirituelles.

— Je viens de raconter à Beck que Slap Watkins est sorti. En liberté conditionnelle.

— Racaille, marmonna Huff en jouant du bout des pieds pour enlever ses mocassins. Tous des racailles dans cette famille, à commencer par le grand-père de Slap, la pire saleté que j'ai jamais vue. On l'a retrouvé raide, dans un fossé, un tesson de bouteille de whisky enfoncé dans le gosier. Il avait dû monter une entourloupe de trop. Il y a un problème de consanguinité chez eux. Forcément. Ils sont tous moches à mourir et cons comme des balais.

— Peut-être, approuva Beck en riant, mais j'ai une dette envers Slap. Sans lui, je ne serais pas ici ce soir.

Huff lui lança un regard aussi affectueux que ceux qu'il destinait à ses fils.

— Non, Beck, d'une manière ou d'une autre, tu aurais fini par nous rejoindre. C'était écrit. Le seul bon côté de l'affaire Gene Iverson, c'est qu'on t'a trouvé. On a eu de la chance.

— On a surtout eu la chance que les jurés n'arrivent pas à se mettre d'accord, fit remarquer Chris. Sans quoi, en ce moment, je partagerais ma cellule avec un rigolo comme Slap Watkins.

Chris avait coutume de plaisanter en évoquant le procès à l'issue duquel les douze jurés l'avaient finalement reconnu non coupable du meurtre de Gene Iverson, mais sa désinvolture mettait Beck mal à l'aise. Il décida de changer de sujet.

— Je suis désolé de parler affaires un jour de repos, mais il faut que je vous fasse part d'un problème.

— Les jours de repos, chez moi, ça n'existe pas, lui dit Huff.

— Chez moi, si, râla Chris. Des mauvaises nouvelles, Beck ?

— Peut-être.

— On pourrait peut-être discuter de ça après le dîner. Ça peut attendre ?

— Oui, si tu veux.

— Vous savez très bien que je préfère entendre les mauvaises nouvelles tout de suite, intervint Huff. Pas question d'attendre la fin du repas. Alors, Beck ? Ne me dis pas que ces connards de l'environnement nous ont encore collé une amende à cause des bassins de refroidissement…

— Non, ce n'est pas ça. Enfin, pas directement.

— C'est quoi, alors ?

— Attends, je vais d'abord me servir un verre, annonça Chris. Si tu préfères les mauvaises nouvelles tout de suite, moi, je les préfère un verre de bourbon à la main. Toi aussi, Huff ?

— Avec beaucoup de glace, et sans eau.

— Et toi, Beck ?

— Non merci, ça ira.

Chris se leva pour aller chercher un flacon et deux verres derrière le bar. Il jeta un coup d'œil entre les lamelles du store et fit tourner la baguette afin de les ramener à l'horizontale.

— Tiens, tiens…

— Qu'y a-t-il ? demanda Huff.

— La voiture du shérif.

— Et alors, pourquoi crois-tu qu'il est là ? Il vient chercher sa paie.

— Je ne crois pas, Huff, répondit Chris, l'œil toujours collé à la fenêtre. Il y a quelqu'un avec lui.

— Qui ça ?

— Je ne sais pas. C'est la première fois que je le vois.

Chris acheva de remplir les verres et en tendit un à son père. Un grand silence s'était installé. On sonna et ils entendirent Selma quitter la cuisine afin d'ouvrir la porte. La gouvernante accueillit les visiteurs dans un bruit de voix, puis des pas se rapprochèrent et Selma apparut sur le seuil.

— Monsieur Hoyle, le shérif Harper voudrait vous voir.

Huff lui fit signe de le faire entrer.

Le shérif Red Harper devait son élection, trente ans plus tôt, à une campagne largement financée par Huff dont les largesses lui avaient permis de rester en poste jusqu'à ce jour.

Jadis d'un roux flamboyant, ses cheveux s'étaient ternis, comme victimes de la rouille. L'homme, de grande taille, était si maigre que son gros ceinturon de cuir, lesté de tout son attirail, ressemblait à une chambre à air abandonnée sur un piquet de clôture.

Red Harper avait des allures de plante flétrie, et pas uniquement du fait de la canicule. Son visage était long et émacié, comme ravagé par la culpabilité après trois décennies de corruption. Sa démarche était celle d'un homme las et résigné, d'un homme qui avait vendu son âme au diable pour presque rien.

Le shérif pénétra dans la pièce d'un pas lourd et retira son chapeau. On ne l'avait jamais connu jovial, mais aujourd'hui il affichait une mine particulièrement abattue.

À l'inverse, le jeune adjoint qui l'accompagnait donnait l'impression de sortir d'un bain d'amidon. Les joues encore rosies par le feu du rasoir, il semblait sur le qui-vive, aussi tendu qu'un coureur de 100 mètres dans les starting-blocks, juste avant le coup de feu du départ.

Red Harper adressa un petit signe de tête à Beck avant de lancer un regard à Chris, debout près du fauteuil de Huff. Puis il se tourna vers ce dernier, l'œil morne.

— Bonsoir, Red, lui dit Huff.

— Huff.

Le shérif ne le regardait pas. Son regard s'était fixé sur les bords de son chapeau, qu'il malaxait nerveusement.

— Un verre ?

— Non, je vous remercie.

Huff Hoyle n'avait pas pour habitude de se lever devant quiconque. Cette marque de respect lui était réservée, et nul ne l'ignorait dans le comté. Impatient d'en savoir davantage, il rabattit pourtant le repose-pieds de son fauteuil et se leva.

— Que se passe-t-il ? demanda-t-il au shérif avant d'ajouter en désignant le jeune adjoint briqué comme un sou neuf : et lui, qui c'est ?

Red s'éclaircit la gorge, retira une main de son chapeau et le tapota contre sa cuisse. Un long moment s'écoula avant qu'il ne relève enfin la tête et regarde Huff en face. Beck en déduisit que le shérif n'était pas simplement venu chercher sa petite enveloppe.

— C'est au sujet de Danny..., commença Red.

2

Jane Lynch avait du mal à reconnaître la route, cette route qu'elle avait pourtant si souvent empruntée. Aujourd'hui, elle avait l'impression de faire pour la première fois le trajet entre l'aéroport international de La Nouvelle-Orléans et Destiny.

Au nom du progrès, on avait estompé, pour ne pas dire oblitéré, ce que le paysage avait de plus typique. Le charme de la Louisiane rurale avait été sacrifié sur l'autel de la consommation la plus clinquante. De l'insolite, du pittoresque, il ne restait quasiment plus rien. Jane aurait pu se trouver dans n'importe quelle autre banlieue du pays…

Les boutiques franchisées de restauration rapide avaient supplanté les restaurants familiaux. Les petits pâtés de maison et les sandwiches à la *muffaletta*, deux spécialités locales, avaient disparu au profit des seaux géants d'ailes de poulet et autres menus *best of* standardisés. Les néons avaient remplacé les enseignes peintes à la main, et les plats du jour annoncés par des serveuses enjouées avaient cédé la place à des voix désincarnées derrière des guichets pour automobilistes pressés.

Elle n'était pas venue ici depuis dix ans. Une décennie mise à profit par les bulldozers pour raser les arbres festonnés de mousse. Le réseau routier s'était développé, réduisant du même coup l'étendue et le mystère des marécages environnants. Un lacis de bretelles encombrées de semi-remorques et de monospaces emprisonnait désormais les bayous impénétrables.

Jusqu'à ce jour, Jane n'avait pas mesuré à quel point sa région lui manquait. À la vue de ce paysage défiguré, les souvenirs du passé l'envahirent. Elle aurait voulu sentir les arômes mêlés de poivre de Cayenne et de poudre de feuilles de sassafras. Elle aurait aimé entendre le patois des Cajuns servant des plats dont la préparation exigeait plus de trois minutes.

Les autoroutes permettaient sans doute de se déplacer plus vite, mais Jane regrettait sa petite route jalonnée d'arbres dont les branches se rejoignaient au-dessus de la chaussée, formant une tonnelle qui dessinait sur l'asphalte un entrelacs d'ombres.

Elle regrettait l'époque où elle pouvait conduire vitres ouvertes sans suffoquer dans les gaz d'échappement, respirant le doux parfum du chèvrefeuille et des magnolias comme les effluves musqués du marigot.

Les bouleversements intervenus au cours des dix dernières années agressaient ses sens et faisaient injure aux souvenirs engrangés tout au long de sa jeunesse. Elle avait pourtant conscience d'avoir beaucoup changé, elle aussi, de façon sans doute moins visible.

La dernière fois qu'elle avait emprunté cette route, elle quittait Destiny. À mesure qu'elle s'était éloignée de chez elle, elle s'était sentie plus légère, comme si elle muait, se débarrassant progressivement de ses peaux négatives. Aujourd'hui, son retour s'accompagnait d'une appréhension aussi pesante qu'une cotte de maille.

Aucun élan de nostalgie, aussi puissant fût-il, n'aurait pu la forcer à revenir. Il avait fallu la mort de son frère Danny pour qu'elle change d'avis. Apparemment, Danny avait supporté Huff et Chris jusqu'à la limite du possible avant de leur fausser compagnie de la seule manière envisageable.

Comme un fait exprès, la première vision qu'elle eut de la ville fut celle des cheminées. D'immenses cheminées noires, aussi laides qu'agressives, vomissant perpétuellement leurs colonnes de fumée. Arrêter la fonderie aurait été coûteux et inutile, même en mémoire de Danny. L'idée de faire une telle concession à son fils cadet n'avait probablement pas effleuré l'esprit de Huff.

Un grand panneau marquait l'entrée de la ville : « Bienvenue à Destiny, berceau des Entreprises Hoyle ». Comme s'il y avait de quoi se vanter, songea Jane. Car, si les canalisations en fonte avaient fait la fortune de Huff, cet argent était taché de sang.

Jane retrouva les rues qu'elle avait explorées toute petite à bicyclette, les rues où elle avait appris à conduire. Les rues où, adolescente, elle avait passé tant de temps à traîner avec ses copines, à attendre qu'il se passe quelque chose, à guetter les garçons, à faire les quatre cents coups.

Une centaine de mètres la séparaient encore de l'église méthodiste lorsque les premiers accords d'orgue lui parvinrent. Un orgue offert par sa mère, Laurel Lynch Hoyle, ainsi qu'en attestait une plaque de bronze. L'instrument faisait la joie et la fierté de la petite congrégation, car il n'y avait pas d'autre orgue à Destiny. Aucune des églises catholiques de la ville n'en possédait, alors que la population était essentiellement catholique. En dépit de sa générosité, le cadeau de sa mère symbolisait la mainmise des Hoyle sur leur ville et leur refus de céder une once de pouvoir.

Aujourd'hui, ironie du destin, cet orgue jouait un air funèbre pour l'un des enfants de Laurel Hoyle, mort cinquante ans trop tôt, de sa propre main.

Jane avait appris la nouvelle le dimanche après-midi, au bureau, alors qu'elle rentrait d'un rendez-vous. D'ordinaire, elle ne travaillait pas le dimanche, mais le client n'avait pas d'autre jour à lui proposer. Julia Miller, son assistante, venait de fêter leur cinquième année de collaboration et il n'était pas question pour elle de laisser Jane travailler seule un week-end. Julia était donc venue faire un peu de classement.

Au retour de Jane, elle lui avait tendu un Post-it rose.

— Ce monsieur a appelé trois fois, madame Lynch. Il voulait absolument votre numéro de portable, mais je ne le lui ai pas donné.

Dès qu'elle avait vu le préfixe du numéro, Jane avait froissé le bout de papier pour le jeter dans la corbeille.

— Je n'ai aucune envie de parler à qui que ce soit de ma famille.

— Ce n'est pas quelqu'un de votre famille. Il a dit qu'il travaillait juste pour elle, et qu'il devait vous joindre le plus tôt possible.

— Je n'ai pas davantage envie de parler à quelqu'un qui travaille pour mes proches. D'autres messages ? M. Taylor n'a pas appelé, par hasard ? Il a promis de nous livrer les franges d'ici à demain.

— C'est au sujet de votre frère, avait balbutié Julia. Il est mort.

Jane s'était immobilisée sur le seuil de son bureau. Elle avait longuement fixé le Golden Gate Bridge, noyé dans une brume épaisse. Seule la pointe des pylônes orange dépassait. Une méchante houle balayait les eaux froides et grises de la baie, comme un mauvais présage.

Sans se retourner, elle avait demandé :

— Lequel ?

— Comment ça ?

— Lequel de mes frères ?

— Danny.

Danny, qui lui avait téléphoné deux fois au cours des derniers jours, et dont elle avait refusé de prendre les appels.

— Votre frère Danny est mort ce matin, Jane, avait dit son assistante, compatissante. J'ai pensé qu'il valait mieux vous le dire de vive voix.

Un long soupir.

— Comment ?

— Je crois que vous devriez voir ça avec ce M. Merchant.

— Julia, s'il vous plaît… Comment est mort Danny ?

— Il semblerait qu'il se soit suicidé. Je suis désolée.

Et puis Julia avait ajouté, après une hésitation :

— M. Merchant ne m'a rien dit de plus.

Jane s'était retirée dans son bureau, en prenant soin d'en refermer la porte. Elle avait entendu le téléphone sonner à plusieurs reprises, mais Julia ne lui avait pas passé les appels, lui laissant le temps d'encaisser le choc.

Danny avait-il cherché à la joindre pour lui dire adieu ? Jane se demanda s'il lui faudrait vivre en se sachant coupable d'avoir refusé de lui parler.

Au bout d'une heure, Julia avait frappé à la porte. Jane lui avait dit d'entrer.

— Julia, il est inutile que vous restiez. Rentrez chez vous. Ça va aller.

L'assistante avait déposé une feuille sur son bureau.

— J'ai encore du travail. Appelez-moi si vous avez besoin de moi. Puis-je vous apporter quelque chose ?

Jane avait fait non de la tête et Julia s'était retirée en refermant la porte. Sur la feuille, elle avait inscrit la date et le lieu de l'enterrement. Mardi matin, 11 heures.

Les choses n'avaient pas traîné, ce qui ne surprenait pas Jane. Huff n'était pas homme à s'attarder sur un problème. Chris et lui devaient être pressés de tourner la page, d'enterrer Danny et de reprendre le cours de leur existence.

Paradoxalement, cette précipitation lui rendait service en ne lui laissant guère le temps de se demander si elle devait assister ou non à la cérémonie. Jane avait dû se décider sur l'instant, s'épargnant ainsi les affres d'un long débat intérieur.

Elle avait pris l'avion la veille, en milieu de matinée, et elle était arrivée à La Nouvelle-Orléans en fin d'après-midi, après une escale à Dallas-Fort Worth. Elle s'était promenée dans le Vieux Carré, avait dîné dans un petit restaurant créole et pris une chambre au Windsor Court.

En dépit du confort qu'offrait cet hôtel de luxe, elle n'avait quasiment pas fermé l'œil de la nuit. Elle ne voulait retourner à Destiny à aucun prix. C'était peut-être idiot, mais elle avait peur de se retrouver dans un traquenard et de rester à jamais prisonnière des griffes de Huff.

Son appréhension ne s'était guère estompée avec l'arrivée du jour. Elle s'était levée, s'était habillée et avait pris la route de Destiny, prévoyant d'arriver juste à temps pour la cérémonie et de repartir aussitôt après.

Le parking de l'église était déjà saturé et les gens se garaient dans les rues avoisinantes. Elle finit par trouver une place assez loin de l'église. Une église de carte postale, avec vitraux et grand clocher blanc. Au moment même où elle franchissait le porche à colonnes, Jane entendit sonner 11 heures.

Une fraîcheur toute relative régnait à l'intérieur de la nef et les gens s'éventaient comme ils le pouvaient afin de pallier les défaillances de la climatisation. Jane se glissa au dernier rang alors que s'achevait le premier cantique. Le pasteur prit place derrière le lutrin.

C'était un instant de recueillement et les têtes s'étaient baissées, mais Jane n'avait d'yeux que pour le cercueil posé devant la balustrade, un cercueil argenté plutôt sobre, et fermé. C'était aussi bien comme ça. Elle aurait difficilement supporté de conserver l'image de Danny gisant comme une figure de cire dans une bière garnie de satin. Pour ne pas y penser, elle se concentra sur la brassée de lis immaculés déposée sur le cercueil.

Elle n'apercevait ni Huff ni Chris. Sans doute se trouvaient-ils au premier rang, avec un air accablé de circonstance. Cette hypocrisie l'écœurait.

Le pasteur énumérait les membres de la famille et elle reconnut soudain son nom : « Une sœur, Jane Hoyle, vivant à San Francisco. » Elle se retint de se lever pour hurler qu'elle ne s'appelait plus Hoyle. Au lendemain de son deuxième divorce, elle avait décidé d'utiliser comme patronyme le nom de jeune fille de sa mère. Elle avait fait toutes les démarches nécessaires et, désormais, elle s'appelait Lynch. C'était le nom qui figurait sur son diplôme universitaire, sur le papier à en-tête de sa société, sur son permis de conduire californien, sur son passeport.

Elle ne faisait plus partie du clan Hoyle, mais quelqu'un avait volontairement fourni le mauvais nom au pasteur. Celui-ci, avec son visage poupin et lisse, avait des allures de gamin. Il débita une homélie passe-partout d'une banalité affligeante. Rien ou presque sur Danny, sur l'être humain qu'il avait été. Rien de poignant, rien de personnel sur ce frère à qui sa propre sœur avait refusé de parler au téléphone.

Le service s'achevait et quelques sanglots réprimés s'élevèrent alors que le chœur entamait *Amazing Grace*. Six hommes soulevèrent le cercueil. Chris, un jeune homme blond que Jane ne connaissait pas, et quatre cadres des Entreprises Hoyle.

La lenteur du cortège lui laissa le temps d'étudier son frère Chris. Toujours aussi svelte et beau, avec un charme suave de jeune premier des années 1930. Il ne lui manquait que la petite moustache. Ses cheveux très noirs, légèrement plus courts qu'autrefois et hérissés sur le devant avec du gel, lui donnaient un air un peu décalé pour un homme approchant de la quarantaine, mais cette coupe lui allait bien. Ses pupilles perdues au milieu de ses iris sombres lui donnaient un regard déconcertant.

Huff suivait le cercueil. En dépit des circonstances, il affichait l'air supérieur qui ne le quittait jamais. Les épaules relevées, la tête haute, le pas bien martelé, on aurait dit un souverain conquérant revendiquant le sol qu'il foulait.

Des lèvres minces, dures et résolues, qu'elle n'avait pas oubliées. Des yeux brillants comme les billes noires d'une peluche. Des yeux parfaitement secs qui n'avaient pas pleuré pour Danny. Et toujours la même coupe en brosse, d'une rigueur quasi militaire, bien que les cheveux poivre et sel dont elle avait gardé le souvenir fussent devenus blancs. Il avait pris quelques kilos autour de la taille sans rien perdre de sa robustesse.

Par chance, ni Chris ni Huff ne la virent. Désireuse d'échapper à la foule afin de ne pas risquer d'être reconnue, Jane s'éclipsa par une porte latérale. Elle regagna sa voiture, suivit la queue du cortège de véhicules qui se dirigeaient vers le cimetière et se gara assez loin de la tente érigée au-dessus de la tombe fraîchement creusée.

Plusieurs dizaines de personnes gravissaient par grappes la petite pente du tertre pour rendre un dernier hommage au défunt. La plupart avaient mis leurs vêtements du dimanche, mais la transpiration tachait les rubans des chapeaux et auréolait les aisselles. La démarche était souvent gauche, signe que les souliers n'avaient pas été souvent portés...

Jane en reconnut beaucoup. Des gens de Destiny, qui avaient toujours vécu ici. Quelques petits commerçants et artisans, et beaucoup de gens qui travaillaient, directement ou indirectement, pour les Hoyle. Elle reconnut plusieurs enseignants du collège local. Sa mère avait toujours rêvé d'envoyer ses enfants dans les meilleures écoles privées du Sud, mais Huff s'y était opposé. Il voulait que sa progéniture soit élevée à la dure, sous sa tutelle. Chaque fois que le sujet revenait sur la table, il répétait : « C'est pas dans ces écoles de mauviettes qu'on apprend à vivre et à se battre. » Et, comme toujours, sa mère finissait par rendre les armes avec un soupir résigné.

Jane avait choisi de rester dans sa voiture en laissant tourner le moteur. Dieu merci, la cérémonie ne s'éternisa pas et elle les vit tous regagner leurs véhicules en s'efforçant de ne pas paraître pressés.

Huff et Chris quittèrent la tente les derniers, après avoir serré la main du pasteur. Jane les regarda se diriger vers la limousine que les pompes funèbres Weir avaient mise à leur disposition. Le vieux M. Weir, qui aurait pu prendre une retraite bien méritée, refusait manifestement de lâcher prise...

Il ouvrit la portière et se tint à distance tandis que Chris et Huff échangeaient quelques mots avec l'inconnu blond qui avait porté le cercueil. Puis ils montèrent dans la limousine, l'inconnu les salua d'un geste et M. Weir s'installa au volant. Jane regarda la voiture s'éloigner, non sans soulagement.

Elle attendit qu'il ne reste plus personne. Au bout d'une dizaine de minutes, elle coupa le moteur et descendit de voiture.

— Votre famille m'a demandé de vous escorter jusqu'à la maison pour la veillée.

Surprise, elle se retourna si vite que le gravier vola sous ses pieds.

La veste sur le bras, la cravate dénouée, le col ouvert, en bras de chemise, il était appuyé contre l'aile arrière de sa voiture. Il portait des lunettes noires.

— Je suis Beck Merchant.

— Je l'avais deviné, dit-elle sèchement.

Cheveux blonds tirant sur le châtain, sourire Colgate, pantalon Ralph Lauren parfaitement coupé. Une vraie caricature de mâle américain.

— Ravi de vous rencontrer, madame Hoyle, poursuivit-il, imperturbable.

— Lynch, corrigea-t-elle.

— Veuillez m'excuser.

Il s'exprimait le plus courtoisement du monde, avec un petit sourire moqueur.

— Jouer les coursiers fait aussi partie de vos attributions ? lui demanda-t-elle. Je croyais que vous étiez leur avocat.

— Avocat, coursier…

— Homme de main…

Il posa la main sur le cœur et son sourire s'élargit encore.

— Là, je crains que vous ne me surestimiez.

— Je ne pense pas, rétorqua-t-elle en claquant la portière. Vous m'avez transmis leur invitation. Dites-leur que je la décline. À présent, j'aimerais être un peu seule pour dire au revoir à Danny.

Et elle s'éloigna en direction du tertre.

— Prenez votre temps. Je vous attends.

Elle se retourna.

— Je n'irai pas à leur veillée. Je repars directement à La Nouvelle-Orléans et je prends le premier avion pour San Francisco.

— C'est une solution. Ou alors vous pouvez participer à la veillée en mémoire de votre frère, par correction. Et dans la soirée, le jet de la société vous ramène à San Francisco, ce qui vous épargne tous les tracas d'un vol commercial.

— J'ai encore les moyens de me louer un avion, si je veux.

— Encore mieux.

Elle s'était emportée et le regrettait. Une heure à Destiny, et elle reprenait déjà ses mauvaises habitudes. Elle avait heureusement appris à reconnaître les pièges et à les éviter.

— Au revoir, monsieur Merchant.

Elle s'éloignait déjà lorsqu'il lui demanda :

— Pensez-vous que Danny se soit réellement suicidé ?

Étonnée, elle se retourna. Il s'était rapproché, visiblement aussi intéressé par sa réaction que par sa réponse.

— Pourquoi ? Vous pas ? s'enquit-elle.

— Ce que je pense importe peu. C'est le bureau du shérif qui remet en cause la thèse du suicide.

3

00Voilà qui va vous redonner des forces, monsieur Chris, fit Selma en tendant à l'intéressé une assiette bien remplie.

— Merci.

— Vous voulez quelque chose, monsieur Hoyle ?

C'était son jour de congé, mais la vieille gouvernante avait passé un tablier par-dessus sa robe noire. Un accoutrement d'autant plus incongru qu'elle avait conservé son chapeau.

— Je vais attendre un peu, Selma.

— Vous n'avez pas faim ?

— Il fait trop chaud.

Même si l'ombre du balcon recouvrait toute la terrasse, la chaleur demeurait accablante. Les ventilateurs ne faisaient que brasser de l'air chaud et Huff sortait régulièrement son mouchoir pour s'éponger le visage. La maison avait beau être climatisée, Huff avait jugé qu'il se devait d'accueillir les invités sur le pas de la porte avec Chris afin d'accepter leurs condoléances.

— Si vous avez besoin de quoi que ce soit, vous n'aurez qu'à m'appeler.

Selma s'éloigna en tamponnant ses yeux rougis et referma derrière elle la porte d'entrée dont elle avait drapé le chambranle de crêpe noir.

Malgré les réticences de la vieille femme, Huff avait fait appel à un traiteur, voyant qu'elle n'avait pas le cœur à recevoir. Depuis qu'elle avait appris la mort de Danny, elle passait son temps à sangloter bruyamment lorsqu'elle ne se jetait pas à genoux en implorant, mains jointes, la miséricorde divine.

Elle travaillait chez les Hoyle depuis le jour où Huff avait franchi le seuil de la maison en portant sa jeune épouse dans les bras, près de quarante ans plus tôt. Laurel ayant passé toute sa jeunesse entourée de domestiques, elle avait naturellement confié la gestion de la maison à Selma. Cette dernière était noire. À ses débuts chez les Hoyle, elle avait un côté très maternel et on lui donnait déjà une bonne trentaine d'années. Aujourd'hui, nul ne se serait hasardé à deviner son âge. Elle devait peser moins de cinquante kilos, ce qui ne l'empêchait pas d'être aussi solide qu'un jeune saule.

Lorsque les enfants étaient venus au monde, Selma avait fait office de nourrice. Au moment du décès de leur mère, c'était Danny, le cadet, qui avait eu le plus besoin d'elle. Selma était en quelque sorte devenue sa nouvelle maman. Un lien très fort les unissait et la disparition de Danny l'avait bouleversée.

— J'ai jeté un coup d'œil au buffet dans la salle à manger, observa Chris en posant son assiette, à laquelle il n'avait pas touché, sur la desserte en osier. Tous ces plats, tout cet alcool, c'est presque obscène, tu ne trouves pas ?

— On voit bien que tu n'as jamais connu la faim. Je ne pense pas que tu sois le mieux placé pour juger.

Huff savait qu'il en avait fait trop, mais il avait toujours travaillé dur pour offrir le meilleur à ses enfants et il n'avait pas l'intention de se montrer mesquin le jour où il enterrait son plus jeune fils.

— Tu vas encore me dire que je suis un ingrat, que j'ai de la chance d'être riche, que j'ignore ce que c'est de se débrouiller sans rien, comme toi. C'est ça ?

— Je suis heureux d'avoir dû me débrouiller sans rien. C'est parce que j'ai manqué de tout que je me suis juré de ne plus jamais manquer de rien. Ça a fait de moi ce que je suis. Et si tu es ce que tu es, c'est grâce à moi.

— Ne t'énerve pas, Huff, fit Chris en s'installant dans un rocking-chair. Je connais la chanson, tu me la serines depuis le berceau. On ne va pas remettre ça aujourd'hui.

Huff sentit sa tension retomber.

— Non, on ne va pas remettre ça. Allez, debout, il y a du monde qui arrive.

Un couple s'approcha et gravit les marches.

— Comment ça va, Georges ? Bonjour, Lila. Merci d'être venus.

Georges Robson tendit au maître de maison une main moite, grasse et blême. *Comme Georges en général*, songea Huff avec dégoût.

— Danny était un type bien, Huff. C'était le meilleur d'entre nous.

— C'est bien vrai, ça, Georges.

Huff retira sa main qu'il faillit essuyer sur son pantalon.

— Merci de votre réconfort, ajouta-t-il.

— Tout ça est bien triste...

— Eh oui...

Lila, la très jeune femme de Georges qu'il avait épousée en secondes noces, n'avait pas prononcé un mot, mais Huff intercepta le regard qu'elle lança à Chris.

Chris lui répondit par un sourire.

— Ne laissez pas votre charmante femme au soleil, Georges. Il fait si chaud qu'elle risquerait de fondre. Rapprochez-vous du buffet.

— C'est pas le gin qui manque, Georges, renchérit Huff. Demandez aux serveurs de vous en servir un grand, en y allant mollo sur le Schweppes.

Ravi que Huff se souvienne de sa boisson préférée, Georges s'empressa d'entraîner sa femme à l'intérieur.

Huff attendit que le couple se soit éloigné pour demander à Chris :

— Il y a longtemps que tu couches avec Lila ?

— Depuis samedi dernier. Georges était parti à la pêche avec son fils. C'est l'avantage des mecs remariés, ajouta-t-il avec un sourire. La plupart du temps, ils ont un gosse qui les occupe un week-end sur deux.

Huff lui lança un regard réprobateur.

— À propos de femmes, entre deux galipettes avec Lila Robson, tu as eu le temps de parler à Mary Beth ?

— Cinq secondes à peine.

— Tu lui as dit, pour Danny ?

— Elle m'avait à peine dit bonjour que je lui ai annoncé le suicide de Danny. Elle m'a répondu du tac au tac : « Dans ce cas, ma part augmente. »

Huff sentit sa tension remonter.

— Sa part, mon cul. Elle n'aura pas un *cent* de mon fric. Sauf si elle fait ce qu'il faut et qu'elle accepte de divorcer. Et pas dans cent sept ans, le jour où ça l'arrangera. Tout de suite. Tu lui as demandé si elle avait bien reçu les papiers qu'on lui a envoyés ?

— Pas exactement. Mais jamais Mary Beth ne signera la demande de divorce.

— Dans ce cas, ramène-la ici et fais-lui un gosse.

— Je ne peux pas.

— Tu ne veux pas.

— Je ne *peux* pas, répéta Chris d'un ton grave.

— Comment ça ? Il y a quelque chose que tu ne m'as pas dit, quelque chose que j'ignore ?

— On en parlera plus tard.

— On va en parler tout de suite.

— Ce n'est pas le moment, Huff, soupira Chris. D'ailleurs, tu es tout rouge. Il faut que tu surveilles ta tension. En attendant, dit-il en se dirigeant vers la porte, je vais me prendre un verre.

— Attends une seconde. Regarde qui voilà.

Dans l'allée, Beck s'approchait d'une voiture qui venait de s'arrêter. Il ouvrit la portière et tendit la main.

Jane descendit, ignorant l'aide de Beck, prête à le traiter de tous les noms s'il osait la toucher.

— Eh bien ça alors..., murmura Chris.

Les deux hommes regardèrent Beck et Jane traverser le parc. À mi-chemin, la jeune femme leva la tête. Dès qu'elle aperçut Huff et Chris, sous le large bord de son chapeau de paille noir, elle changea de cap et se dirigea vers la petite allée longeant la maison.

Huff la suivit des yeux jusqu'à ce qu'elle disparaisse.

Depuis dix ans qu'il ne l'avait pas vue, il s'était souvent demandé à quoi elle pouvait ressembler et il n'était pas déçu, loin de là. Jane Hoyle – cette histoire de changement de nom n'était qu'une connerie – était vraiment une belle femme. Une très belle femme.

Beck les rejoignit sur la terrasse.

— Je suis impressionné, lui dit Chris. J'aurais juré qu'elle t'enverrait paître.

— Ça a failli.

— Comment ça s'est passé ?

— Elle comptait repartir sans passer vous voir, Huff. Comme vous l'aviez prévu.

— Comment as-tu réussi à la faire venir ?

— J'ai fait appel à son sens de la famille.

Chris ricana.

— Elle est toujours aussi pimbêche ?

Tandis que Beck acquiesçait, Huff lâcha :

— Elle a toujours été un peu nerveuse.

— Je te trouve gentil. C'est une vraie chieuse, oui.

Chris balaya le parc des yeux.

— Je crois que tout le monde est arrivé. Rentrons.

La maison était littéralement envahie, ce qui ne surprenait pas Beck. Tous ceux qui travaillaient directement ou indirectement pour les Hoyle, tous ceux qui les connaissaient se devaient de venir présenter leurs hommages aux membres de la famille.

Les cadres de l'usine étaient là, accompagnés de leurs épouses. On remarquait également quelques ouvriers, attachés à la société depuis leur sortie de l'école, reconnaissables à leurs chemisettes et cravates à élastique. À l'écart, visiblement mal à l'aise, ils tenaient leur assiette d'une main tremblante. Surtout, ne rien renverser dans la maison de Huff Hoyle...

Il y avait aussi les lèche-bottes, ceux dont la première préoccupation était de rester dans les petits papiers des Hoyle car leur train de vie en dépendait, les élus locaux, les banquiers, les éducateurs, les commerçants et les médecins sur lesquels Huff avait barre. Sans qu'aucune loi le stipulât, tous savaient que déplaire au patriarche revenait à perdre son emploi. Aucun n'aurait oublié de signer le registre des condoléances, preuve qu'ils avaient rendu hommage au défunt, au cas improbable où ils n'auraient pas l'occasion d'échanger quelques mots avec Huff.

Et puis il y avait ceux, nettement moins nombreux, qui étaient venus pour Danny et pour lui seul, que l'on remarquait tout simplement parce que leur douleur n'était pas feinte. Ils restaient groupés et se parlaient tristement à mi-voix, s'adressant rarement à Chris ou à Huff, par indifférence ou par timidité. Après être restés le temps exigé par le protocole, ils repartaient.

Beck allait d'un groupe à l'autre, acceptant les condoléances comme s'il était de la famille.

Jane faisait de même, mais en ignorant soigneusement Chris, Huff et Beck. Ce dernier remarqua que les gens gardaient leurs distances avec elle, et qu'elle était obligée d'aller vers eux. Elle faisait le premier pas, mais sa sophistication semblait en effaroucher plus d'un. Il est vrai qu'elle détonnait parmi ces provinciaux aux manières simples.

Leurs regards ne se croisèrent qu'une seule fois, dans le grand couloir. Elle avait pris Selma par le bras et tentait de la consoler ; la domestique sanglotait contre son épaule. Lorsqu'elle vit que Beck les observait, ce fut comme si son regard le transperçait. Il était devenu transparent.

Deux heures plus tard, alors que l'assemblée commençait à s'éclaircir, Beck rejoignit Chris qui picorait devant le buffet.

— Où est Huff ?

— Parti fumer dans sa pièce. Le jambon vaut le coup. Tu t'es servi ?

— Je mangerai tout à l'heure. Huff va bien ?

— Je crois qu'il est fatigué. Depuis deux jours, il accuse le coup.

— Et toi, tu tiens le choc ?

Chris haussa les épaules.

— Tu sais, Danny et moi, on ne se ressemblait peut-être pas, mais c'était quand même mon frère.

— Je vais voir Huff, je te laisse t'occuper des invités.

— T'es trop sympa, bougonna Chris.

— Ne te plains pas, j'aperçois Lila Robson. Elle a l'air un peu seule, je suis sûr qu'elle serait ravie que tu lui tiennes compagnie.

Chris s'était vanté de sa dernière conquête, confirmant ce que Beck avait toujours soupçonné : le mari de Lila n'était qu'un pauvre con.

— Non, elle fait la gueule.

— Ah bon ? Et pourquoi ?

— Elle est persuadée que je m'intéresse uniquement à son cul.

— Je me demande bien où elle va chercher ça, fit Beck, sarcastique.

— Aucune idée. Elle a commencé à se plaindre juste après m'avoir fait une petite gâterie dans la salle de bains du premier, expliqua-t-il en regardant sa montre. Il y a environ dix minutes.

— Tu déconnes.

Chris eut un geste évasif.

— Va voir Huff. Pendant ce temps, je vais essayer d'empêcher ces ploucs de repartir avec l'argenterie.

Beck trouva Huff dans son fauteuil à bascule, une cigarette aux lèvres. Il referma la porte derrière lui.

— Je peux m'asseoir un moment ?

— Qui t'envoie, Chris ou Selma ? Je sais que ça ne peut pas être Jane. Je la vois mal s'inquiéter de ma santé.

— Elle, je ne sais pas, mais moi, je m'inquiète pour vous.

— Ne t'en fais pas pour moi, ça ira.

Il exhala quelques volutes de fumée.

— Vous voulez faire bonne figure, mais vous venez de perdre votre fils, et ça doit être dur.

Huff demeura un moment silencieux, puis il lâcha :

— Tu sais, je crois que Danny était vraiment le chouchou de Laurel.

Beck se pencha, les bras sur les genoux.

— Pourquoi dites-vous ça ?

— Parce qu'il était comme elle, laissa-t-il tomber en lançant un regard à Beck. Je t'ai déjà parlé de Laurel ?

— J'en ai eu quelques échos, à droite, à gauche.

— Laurel était tout ce que je voulais, Beck. Pas particulièrement intelligente, mais c'était aussi bien comme ça. Une femme douce, belle, adorable.

Beck opina. Le portrait accroché sur le palier montrait effectivement une jeune femme douce et belle, mais l'avocat ne pouvait s'empêcher de penser que le charme de Laurel Lynch devait également tenir au fait que son père était propriétaire de la fonderie dans laquelle travaillait Huff.

— J'étais brut de décoffrage, je parlais mal. Elle, elle était raffinée, elle ne se trompait jamais de couverts.

— Comment avez-vous fait pour la convaincre de vous épouser ?

— Je suis passé en force, dit-il avec un petit rire. Je lui ai annoncé : « Laurel, tu vas être ma femme », et elle a accepté. Tous les types qui la courtisaient marchaient sur des œufs. Moi, j'y suis allé au culot, et je crois que c'est ce qui lui a plu.

Huff contempla la fumée de sa cigarette.

— Tu ne vas peut-être pas me croire, Beck, mais j'étais fidèle. Je ne l'ai jamais trompée, pas une seule fois. Quand elle est morte, j'ai attendu un bon bout de temps avant de coucher avec une autre femme. Je lui devais bien ça.

Il réfléchit un instant avant de reprendre.

— Quand elle m'a annoncé qu'elle était enceinte, tu ne peux pas savoir à quel point j'étais fier. Je savais que ce serait un garçon. Forcément. Chris a été ma chose dès qu'il est sorti du ventre de sa mère. À l'époque, les salles d'accouchement étaient interdites aux hommes, mais j'ai graissé la patte du personnel en faisant un don important à la maternité et on m'a laissé entrer. Je voulais que le premier visage que voie mon fils soit le mien. Quoi qu'il en soit, je me suis tout de suite approprié Chris. En échange, j'ai laissé Jane à Laurel. Facile. Jane était sa poupée, elle pouvait lui mettre des petites robes, organiser des thés en son honneur, lui donner des leçons d'équitation à l'anglaise. Des conneries de ce genre. Mais si Laurel était restée en vie, elle et Jane auraient fini par se voler dans les plumes. Tu as vu Jane. C'est pas le genre à prendre le thé, le petit doigt en l'air.

Beck acquiesça.

— Jane se serait fichue de tout ce qui était important pour Laurel, reprit Huff. Mais Danny aurait fait le bonheur de sa mère. Lui, c'est... *c'était* un *gentleman*, un vrai. Il est né un siècle trop tard, comme Laurel. Il aurait dû vivre à l'époque où on s'habillait en blanc, où on jouait au croquet avec des ongles propres, où on déambulait en sirotant des cocktails au champagne. À l'époque où ne rien faire était un art.

Il regarda Beck, et la fragilité qui avait envahi ses traits un instant s'effaça.

— Danny n'était pas fait pour les affaires. Surtout dans notre secteur. C'est trop salissant. Pas assez propre pour les gens comme lui.

— Il faisait bien son boulot, Huff. Les ouvriers l'adoraient.

— On ne leur demande pas de nous adorer, on leur demande d'avoir peur de nous. Ils doivent claquer des dents en nous voyant.

— Peut-être, mais Danny faisait tampon entre eux et nous. Il leur prouvait que nous étions humains. Enfin, dans une certaine mesure.

— Non, Danny était trop tendre pour être bon en affaires. Trop indécis. Le dernier qui parlait avait toujours raison avec lui. Il était influençable.

— Avouez que ça vous arrangeait souvent, observa Beck.

— Je veux bien l'admettre. Sa faiblesse était de vouloir faire plaisir à tout le monde. Je le savais et je m'en suis servi. Danny n'a jamais compris que c'était un leurre. Je n'étais malheureusement pas la seule personne qu'il écoutait. Désolé de dire du mal de lui, mais autant appeler un chat un chat. Je suis capable de parler de mes enfants en toute franchise, et Danny était un faible.

Beck n'aurait pas utilisé le mot *faible* pour qualifier la personnalité de Danny, mais il s'abstint de tout commentaire. Danny n'était sans doute pas un tueur comme son père, son frère ou lui-même, mais la méthode douce avait ses avantages, sans être forcément synonyme de faiblesse. Danny était toujours resté fidèle à la ligne de conduite qu'il s'était fixée.

Beck se demanda si cette morale avait pu lui être fatale.

Huff tira une dernière bouffée de sa cigarette avant d'en écraser le mégot.

— Il vaudrait mieux que je rejoigne nos invités.

Il se leva.

— Hier soir, j'ai déposé un dossier sur votre bureau. Vous n'avez sans doute pas encore eu le temps de le consulter.

— Non. De quoi s'agit-il ?

— Je voulais juste vous prévenir. On en reparlera plus tard.

— En deux mots ?

Même le jour où il enterrait son fils, Huff avait du mal à oublier son entreprise. Ce qui ne surprenait pas Beck.

— Avez-vous entendu parler d'un certain Charles Nielson ?

— Je ne crois pas. Qui est-ce ?

— Un syndicaliste.

— Enfoiré.

— C'est un bon synonyme, fit Beck avec un sourire narquois. Il nous a envoyé une lettre. J'en ai glissé une copie dans le dossier. J'ai besoin de savoir quelle réponse lui faire. Ce n'est pas urgent, mais il faut qu'on réagisse, alors n'attendez pas trop pour y jeter un œil.

Ils se dirigèrent vers la porte.

— Il est bon, ce Nielson ? demanda Huff.

Beck eut un moment d'hésitation, ce qui incita Huff à faire un geste qui aurait pu se traduire par : « Laisse-le-moi, je m'en charge. »

— Il s'est fait une petite réputation ici et là, finit par répondre Beck, mais on devrait pouvoir le contrer.

Huff lui asséna une vigoureuse claque dans le dos.

— J'ai toute confiance en toi. Je ne sais pas qui est ce salopard ni pour qui il se prend, mais je sais déjà que tu n'en feras qu'une bouchée.

Il ouvrit la porte. Au bout du grand couloir, on apercevait le salon aux larges baies vitrées dont Laurel avait fait son jardin d'hiver. Elle y avait planté des fougères, des orchidées, des violettes et d'innombrables plantes tropicales. Cette pièce avait fait sa fierté et sa joie, comme celles du Destiny Garden Club dont elle avait longtemps été la présidente.

À sa mort, Huff avait fait appel à une société de jardinage qui venait une fois par semaine de La Nouvelle-Orléans. Il avait consenti une avance importante en précisant toutefois que, si jamais les plantes venaient à mourir, il n'hésiterait pas à poursuivre l'entreprise en justice. Cette pièce demeurait la plus belle de la maison, mais aussi la plus déserte. Les hommes qui vivaient ici y mettaient rarement les pieds.

Mais, à cet instant précis, le jardin d'hiver avait une visiteuse : Jane, qui était assise face au clavier du piano demi-queue. Elle leur tournait le dos, la tête penchée au-dessus des touches.

— Tu pourrais la convaincre de venir me parler, Beck ?

— C'est tout juste si j'ai réussi à la convaincre de *me* parler.

— Tu n'as qu'à te servir de tes charmes, ricana Huff en le poussant du coude.

4

— Vous savez jouer du piano ?

Jane se retourna. Beck Merchant pénétra nonchalamment dans la pièce, les mains dans les poches, et s'approcha du siège comme s'il s'attendait à ce qu'elle lui fasse une place. Elle fit mine de ne pas comprendre et ne bougea pas d'un centimètre.

— Vous m'intriguez, monsieur Merchant.

— Vous aussi. J'aimerais bien savoir pourquoi vous ne m'appelez pas Beck, tout simplement.

— Comment Huff a-t-il su que j'irais à l'enterrement ? On l'avait prévenu de mon arrivée ?

— Il espérait que vous viendriez, sans en être sûr. Nous vous guettions.

— À l'église, ni lui ni Chris n'ont laissé paraître qu'ils étaient au courant de ma présence.

— Ils l'étaient pourtant.

— Ils l'ont senti ?

— Quelque chose comme ça. Les vibrations du sang.

Il s'interrompit, lui laissant le temps de rire. Comme elle ne réagissait pas, il poursuivit :

— Soyons réalistes. Vous pensiez vraiment qu'un chapeau et des lunettes noires suffiraient à préserver votre anonymat ?

— Je savais qu'il y aurait du monde. J'espérais me noyer dans la foule.

Il marqua un nouveau temps d'arrêt avant de déclarer, très posément :

— Je vous imagine mal vous noyer dans une foule, Jane.

Le compliment était chargé de sous-entendus, mais elle refusa de tomber dans le piège. S'il s'attendait à des remerciements, il allait être déçu.

— Sans le chapeau, Huff et Chris vous auraient immédiatement repérée, ajouta-t-il. Moi aussi, d'ailleurs, alors que je ne vous connaissais même pas.

Comme son chapeau la gênait, elle l'avait enlevé, libérant ses cheveux. Ils avaient une tendance naturelle à friser, ce qui l'obligeait à se faire un brushing tous les matins. Avec l'humidité ambiante, la nature avait repris ses droits. En surprenant son reflet dans l'un des miroirs du couloir, un peu plus tôt, elle avait cru revoir la crinière rebelle de sa jeunesse.

Le soleil qui embrasait la pièce jouait dans sa chevelure. Beck Merchant la regardait avec une telle insistance qu'elle regretta de n'avoir pas choisi un endroit moins lumineux.

Jane ne tenait pas à croiser son regard, mais c'était ça ou fixer sa boucle de ceinture. Dans les deux cas, elle ne se sentait pas à son avantage. Elle glissa vers le bout du siège avec l'intention de s'en aller.

— Excusez-moi.

— C'est un beau nom.

Elle s'arrêta et le dévisagea.

— Je vous demande pardon ?

— Jane. J'aime bien ce prénom.

— Je vous remercie.

Elle voulut partir, mais il enchaîna :

— Vous n'avez pas répondu à ma question, Jane.

Cette fois, elle se retourna franchement.

— Vous essayez de me faire un numéro de charme ?

— Non, j'essaie juste d'engager la conversation, mais quoi que je dise, ça vous agace. Je pourrais savoir pourquoi ?

Elle soupira bruyamment et croisa les bras.

— Je n'ai pas souvenir que vous m'ayez posé une question.

Il indiqua le piano.

— Vous savez en jouer ?

— Malheureusement non. Ma mère m'a fait prendre des leçons de piano quand j'avais huit ans. Elle tenait à ce que je fasse des gammes une heure par jour, au prétexte que toutes les jeunes filles doivent savoir jouer d'un instrument, comme elle disait.

Jane sourit en songeant aux réprimandes qu'elle essuyait régulièrement parce qu'elle refusait de se soumettre.

— Moi, je n'en faisais qu'à ma tête. Elle a fini par renoncer en décrétant que c'était peine perdue. Pour jouer du piano, il faut un don pour la musique et le sens de l'autodiscipline. Je n'avais ni l'un ni l'autre.

— Vraiment ?

Il s'assit effrontément à côté d'elle, dos au piano. Sa cuisse frôla celle de Jane.

— J'ai du mal à croire que vous n'ayez pas le sens de l'autodiscipline.

La voix de Jane se fit plus sèche.

— Je ne l'avais pas à huit ans. Depuis, j'ai fait des progrès.

— J'espère que ce n'est pas au détriment de votre esprit d'indépendance. Une rousse qui étouffe ses pulsions, ce serait dommage.

Elle ne lui fit pas l'honneur de réagir et se contenta de lâcher :

— Je vous imaginais grossier. Je ne suis pas déçue…

— Grossier ? Moi qui croyais vous faire un compliment.

— Vous devriez peut-être consulter votre dictionnaire.

— Pour quoi faire ?

— Pour y chercher le mot « compliment ».

Elle se leva et traversa la pièce en direction du grand salon. Plusieurs visiteurs s'apprêtaient à partir. Quelques-uns s'arrêtèrent pour lui exprimer leur sympathie.

Le shérif Red Harper se tenait au milieu du petit groupe. En l'espace de dix ans, son visage s'était allongé et aminci, mais elle le reconnut tout de suite. Elle le vit échanger discrètement quelques mots avec Huff et Chris, puis leur serrer la main pour prendre congé. Ces chuchotements lui rappelèrent les raisons de son retour dans une maison où elle s'était pourtant juré de ne jamais remettre les pieds.

Devinant dans son dos la présence de Beck Merchant, elle dit à mi-voix, de telle sorte qu'il puisse l'entendre :

— Red Harper pense que Danny ne s'est pas suicidé ?

— Allons dehors.

Il la prit par le coude. Elle se retourna pour se dégager.

— On reste ici.

Cette rebuffade parut l'irriter. Il ajouta d'un ton égal :

— Vous tenez vraiment à ce qu'on parle de ça ici ? On risque de nous entendre.

Leurs regards s'affrontèrent. Jane finit par céder. Elle quitta la pièce pour gagner l'arrière de la maison, certaine que Merchant lui emboîterait le pas. Comme ils traversaient la cuisine, Selma, occupée à remplir le lave-vaisselle, leur demanda s'ils avaient mangé.

— Je grignoterai plus tard, lui répondit Jane.

— Moi aussi, fit Beck.

Ils ouvraient la porte du jardin lorsqu'elle leur lança :

— Il faut manger. Vous avez besoin de forces.

Jane prit instinctivement la direction du bayou. Enfant, c'était là, au bout de la pelouse, devant ces eaux glauques au cours paresseux, qu'elle venait se réfugier pour bouder, fuir l'atmosphère pesante de la maison lorsque Huff était contrarié, ou bien échapper à Chris qui prenait toujours un malin plaisir à la taquiner.

Elle passait des heures couchée sous les branches des cyprès et des chênes, à ruminer. Elle échafaudait des projets d'avenir grandioses, ou bien s'inventait des vengeances spectaculaires, allant jusqu'à rêver d'une famille où la tendresse et le rire l'emporteraient sur les reproches et l'agressivité, où parents et enfants s'aimeraient vraiment.

En s'approchant, elle remarqua avec un pincement au cœur qu'un parterre de bégonias avait pris la place du gros buisson sous lequel elle se cachait. Certes, les fleurs étaient jolies, mais elles n'auraient pu dissimuler aux yeux du monde les malheurs d'une petite fille.

La vieille balançoire, elle, était encore en place, avec sa planche en bois et ses cordes aussi larges que son poignet, suspendue à la grosse branche d'un chêne. Les intempéries l'avaient mise à mal, mais personne ne l'avait décrochée.

Jane caressa la corde rugueuse.

— Elle est toujours là. Je n'en reviens pas.

— C'était votre balançoire ?

Beck avait fait le tour de l'arbre.

— Le vieux Mitchell... on l'appelait toujours comme ça. C'était notre jardinier. C'est lui qui me l'a installée. Il m'a raconté que les cordes provenaient d'un vaisseau fantôme qui avait sombré au large de Terrebone Parish. Un bateau de pirates, victime d'une tempête effroyable, dont tous les marins avaient péri. D'après lui, les esprits des pirates aimaient tellement cette région qu'ils avaient préféré rester là plutôt que d'aller au ciel. De toute façon, compte tenu des horreurs qu'ils avaient commises sur terre, ils n'avaient pas grand-chose à attendre du paradis. Une fois par mois, à la pleine lune, leurs spectres sortaient de terre pour faire du troc avec quiconque avait le courage de les affronter.

— C'était le cas du vieux Mitchell ?

— Il fallait l'entendre, répondit Jane avec un sourire. En échange d'une pinte de rhum, il avait obtenu un bracelet d'or qu'il avait fait fondre pour se faire des couronnes.

Elle ponctua l'anecdote d'un petit rire.

— J'étais en admiration devant ses dents en or, je voulais les mêmes. J'ai même fait une crise quand Huff et Chris se sont moqués de moi à cause de ça. Quant à ma mère, elle était effondrée.

— Heureusement que vous n'avez pas eu gain de cause.

— Heureusement. Quoi qu'il en soit, le vieux Mitchell a obtenu le bracelet et un rouleau de corde en échange de son rhum. Il a dit au capitaine du vaisseau, un pirate terrible, qu'il allait faire avec cette corde une balançoire pour Mlle Jane. Comme c'était pour moi, le pirate lui a aussi donné une planche de son bateau, pour faire le siège.

Elle poussa doucement la balançoire.

— Quelle histoire ! fit Beck.

— J'y croyais dur comme fer. Le vieux Mitchell m'avait convaincue qu'il possédait des pouvoirs magiques. Il prétendait les tenir d'une prêtresse vaudou qui était borgne et vivait dans le marais avec une panthère. Il portait autour du cou une poche en cuir renfermant son gri-gri. Il refusait de me le montrer et Selma avait menacé de l'assommer s'il le faisait. Quand il pêchait, il s'énervait. Il ne fallait pas que j'ouvre la bouche, sans quoi j'allais faire fuir les poissons. Un jour, il m'a surprise là-haut, dans cet arbre, précisa-t-elle en désignant l'un des chênes. Il m'a dit de descendre tout de suite si je ne voulais pas me casser le cou et passer le restant de mes jours dans un fauteuil roulant. Il rouspétait tout le temps, mais je le considérais comme mon meilleur ami, ce qui horrifiait ma mère et scandalisait Selma. Parfois, quand il avait fini sa journée, il me transportait dans sa brouette jusqu'à la cabane. C'est bizarre, ajouta-t-elle, songeuse. Je n'ai pas vu le vieux Mitchell à l'enterrement...

— Asseyez-vous. Je vais vous pousser.

La proposition de Beck Merchant l'arracha à ses rêveries. Elle regretta aussitôt de s'être abandonnée.

— Non, je vous remercie.

— Alors c'est vous qui allez me pousser.

Il s'assit sur la planche, agrippa les cordes et regarda Jane en souriant, ébloui par le soleil. Il avait de beaux yeux vert bouteille qui lui donnaient un air intelligent et intuitif, deux atouts dont elle ne savait lequel l'agaçait le plus.

Dédaignant le sourire ravageur de son interlocuteur, elle se dirigea vers le canal dont les eaux saumâtres glissaient lentement et inexorablement vers le golfe du Mexique. Sur l'autre rive, un pélican dérangé par cette visite inopportune prit son envol.

Une petite brise faisait frissonner les branches des cyprès et les guirlandes de lichen sans parvenir à ébranler la ramure des chênes.

Les talons de Jane s'enfonçaient dans le sol spongieux. Elle enleva ses chaussures et les prit par les lanières. La terre boueuse lui semblait si fraîche qu'elle aurait pu s'allonger là. Malheureusement, elle n'était pas seule.

— J'ai dit quelque chose qu'il ne fallait pas ? demanda Beck.

Elle se retourna.

— Arrêtez votre numéro de charme, vous voulez bien ? Vous gaspillez inutilement votre énergie. Je côtoie des hommes charmants depuis que je suis toute petite et je suis bien placée pour savoir qu'ils sont presque tous excellents comédiens. Bref, monsieur Merchant, il y a belle lurette que ce genre de discours ne m'impressionne plus.

— Appelez-moi Beck. J'ai une question : qu'est-ce qui vous déplaît le plus ? Les hommes, ou le charme ?

Il se balançait doucement, ce qui énervait Jane au plus haut point.

— C'est vous qui ne me plaisez pas.

— Vous ne me connaissez pas.

Elle eut un rire aigre.

— Oh, si, je vous connais. Je vous connais parce que vous êtes exactement comme eux.

Elle indiqua la maison.

— Comment ça ?

— Vous êtes sans scrupules, vous n'avez aucun sens moral, vous ne pensez qu'au fric et vous êtes arrogant. Ça vous suffit ?

— C'est plus que mon ego ne peut en supporter, rétorqua-t-il sèchement. Mais ce que j'aimerais savoir, c'est comment vous vous êtes forgé une aussi piètre opinion de moi en si peu de temps. On se connaît à peine…

— Croyez-moi, j'ai eu tout le temps de me faire une opinion. J'ai lu les rapports financiers dont on m'abreuve continuellement alors que j'ai plusieurs fois demandé à ne plus figurer sur la liste des destinataires.

— Pourquoi les lire, dans ce cas ?

— Parce que je suis sidérée de voir jusqu'où peut aller ma famille pour la prospérité des Entreprises Hoyle.

— Vous êtes pourtant associée des Entreprises Hoyle.

— Contre mon gré, répliqua-t-elle en haussant le ton. J'ai perdu une année et dépensé des milliers de dollars en honoraires d'avocat, sans réussir à céder mes parts, à cause de vos savantes manigances.

— Ces manigances étaient légales.

— Tout juste légales.

— C'est le « tout juste » qui compte.

Il abandonna la balançoire et s'approcha de Jane.

— Je travaille pour Huff. Il m'a demandé de tout mettre en œuvre pour que vous demeuriez associée de l'entreprise familiale. Je n'ai fait qu'exécuter la tâche pour laquelle j'avais été payé.

— Voilà qui en dit long sur vous.

— Vous me traitez de pute ? dit-il d'une voix plus grave. Je ne crois pas que vous vouliez vous aventurer sur ce terrain-*là*, Jane...

Le sous-entendu l'irrita plus qu'il ne la blessa. Elle ne concédait plus à personne le pouvoir de la meurtrir.

— Je constate que vous êtes un adepte des coups bas, comme eux.

— Quand je me bats, c'est pour gagner.

— Je n'en doute pas.

— Et vous, pour quoi vous battez-vous ?

— Je me bats pour survivre, répliqua-t-elle aussitôt.

Elle se ressaisit, respira profondément, ouvrit les poings qu'elle avait serrés instinctivement, puis elle secoua sa chevelure et s'humecta les lèvres.

Une fois calmée, elle expliqua :

— Je me suis battue pour leur survivre. Et j'y suis parvenue. La seule circonstance qui pouvait me ramener ici, c'était l'enterrement de mon frère. Je suis triste pour Danny et je regretterai toujours...

Elle s'arrêta juste à temps avant de lui avouer que les deux appels de son frère la hanteraient jusqu'à la fin de ses jours.

— Je suis contente qu'il ait enfin réussi à leur échapper, reprit-elle. J'espère qu'il a trouvé la paix. Mais j'aimerais savoir...

Elle s'interrompit brutalement, car Beck lui avait effleuré la joue du dos de la main. Elle le regarda, bouche bée.

— Un moustique.

— Ah. Merci, dit-elle en se touchant machinalement la joue.

— De rien.

Il lui fallut quelques secondes pour retrouver le fil de sa phrase.

— J'aimerais connaître les détails de sa mort.

— Je voulais tout vous dire dimanche dernier. J'ai appelé votre bureau plusieurs fois, mais vous avez refusé de me parler.

— Je n'étais pas prête à vous écouter à ce moment-là.

Ce n'est pas pour cette raison qu'elle n'avait pas pris ses appels et il le savait bien, mais il préféra ne pas relever.

— Un coup de feu en pleine tête. Il n'a pas dû... il n'a sans doute pas souffert. Il est certainement mort sur le coup.

— Qui l'a trouvé ?

— Des pêcheurs. Leur moteur hors-bord fumait. Ils ont accosté pour voir s'ils pouvaient emprunter un peu d'huile. Comme la voiture de Danny était là, ils ont pensé qu'il y avait quelqu'un. Ils ont découvert son corps en entrant dans le cabanon.

Jane s'efforça de ne pas imaginer la scène.

— On a conclu à un suicide.

— Dans un premier temps.

— Mais Red Harper a des doutes ?

— Pas Red. Un jeune adjoint qui vient de rejoindre son équipe, un certain Wayne Scott. Red l'a chargé de procéder aux constatations d'usage, la routine, quoi. Un document à remplir, à tamponner et à classer. Fin de l'affaire, Danny n'est plus qu'une statistique. Mais Scott est revenu avec plus de questions que de réponses.

— C'est-à-dire ? Il pense qu'il peut s'agir d'un accident ?

— Il ne sait pas trop. Comme je vous l'ai dit, il a davantage de questions que de…

— Vous tournez autour du pot, monsieur Merchant. Je suis une grande personne, vous pouvez me parler normalement.

— Scott ne m'a rien révélé. Je vous le jure, ajouta-t-il en voyant l'air sceptique de Jane. J'ai juste l'impression qu'il n'est pas entièrement convaincu par le rapport du médecin légiste.

Il s'adossa contre un arbre, plia un genou et plaqua sa semelle contre l'écorce. Les yeux perdus dans l'eau du canal, il écrasa une perle de sueur sur sa tempe.

— J'ai brièvement travaillé pour un procureur avant de me rendre compte que le droit pénal n'était pas mon fort. C'est là que j'ai appris comment les flics raisonnent. La première hypothèse qui leur vient à l'esprit est toujours celle du meurtre. Je ne connais pas Wayne Scott, je ne sais pas comment il fonctionne, je ne sais pas s'il est doué pour analyser des indices, je n'ai aucune idée de son parcours ni de sa formation. Je l'ai rencontré pour la première fois dimanche après-midi, quand il est venu avec Red nous annoncer la nouvelle. Il me paraît manquer d'expérience, mais j'ai vraiment l'impression qu'il en veut. Peut-être souhaite-t-il simplement se donner de l'importance ou impressionner son nouveau patron. Peut-être cherche-t-il des indices contredisant la thèse du suicide pour donner plus d'importance à son enquête…

Attentive à ses mots autant qu'à ses gestes, Jane comprit que Beck se refusait à prononcer les mots fatidiques parce que l'alternative à un suicide était impensable.

— Vous êtes en train de me dire que, selon cet enquêteur, Danny a été assassiné ? C'est ça ?

Il la regarda.

— Il ne l'a pas dit en ces termes.

— Quelle autre raison aurait-il de rechercher des indices et de poser des questions ?

L'avocat haussa les épaules.

— Il vient d'arriver, il est en poste depuis quelques semaines seulement. Il ne sait pas encore…

— Il ne sait pas encore que son patron accepte des pots-de-vin des membres de ma famille et fait mine de ne rien voir chaque fois qu'ils enfreignent la loi ?

— Huff aide Red parce que son salaire est insuffisant.

— Il lui graisse la patte, oui.

— Les aides de Huff allègent le budget municipal, rétorqua sèchement Beck. Ce qui évite aux impôts d'augmenter.

— Je vois. Si Huff distribue des pots-de-vin, c'est pour le bien des contribuables.

— Tout le monde profite de ses largesses, Jane.

— Y compris vous.

— Et *vous*.

Il s'avança vers elle.

— Dites-moi, Jane. Vous auriez préféré passer la nuit en cellule chaque fois que Red vous a arrêtée ? Pour conduite en état d'ivresse, pour vous être baignée à poil, pour vous être livrée à des ébats amoureux sur une table de pique-nique dans un parc municipal, pour avoir participé à des courses de voiture dans Evangeline Street ? Dans ces moments-là – et je n'ai pas tout dit de ce qu'on m'a raconté sur votre jeunesse tumultueuse – avouez que vous étiez bien contente que Huff glisse tous les mois quelques billets dans la poche du shérif pour qu'il ferme les yeux sur vos écarts de conduite. Je me trompe ? Non, ne dites rien, la réponse va de soi. Essayez de prendre un peu de recul, pour une fois, et vous verrez que…

— Ce que je vois, monsieur Merchant, c'est que vous avez l'art de légitimer la corruption. C'est ce qui vous permet de dormir la nuit ?

Il s'approcha si près que l'ourlet de son pantalon lui effleura les chevilles. Il s'imposait, comme il l'avait fait en s'asseyant sur le siège du piano. Pour le regarder, il lui fallait lever la tête ou bien reculer de quelques pas, ce qu'elle n'avait aucune intention de faire. Pas question de céder un pouce de terrain.

— Pour la dernière fois, Jane, appelez-moi Beck. Et si vous voulez savoir comment je dors, je vous invite à vérifier par vous-même. Quand vous voulez.

Résistant difficilement à l'envie de le gifler, elle lui tourna le dos et repartit en direction de la maison.

— Il est mort.

Elle s'arrêta net et se retourna.

— Le vieux Mitchell, expliqua-t-il. Il y a deux ans, on l'a retrouvé chez lui. Il était mort depuis plusieurs jours.

Après le départ des derniers invités, Huff monta dans sa chambre et troqua son costume sombre contre une tenue plus décontractée.

En passant devant la chambre de Danny, il s'arrêta. La porte était fermée. Selma avait laissé la pièce telle qu'elle était lorsque Danny l'avait quittée, dimanche matin, pour se rendre à l'église. Elle attendait probablement son feu vert avant de rouvrir la chambre, trier les affaires de Danny, mettre d'un côté celles qu'on garderait, de l'autre celles qu'on donnerait à une œuvre de charité. Cette tâche lui incombait. Huff doutait de pouvoir jamais poser le regard ou la main sur ce qui avait appartenu à Danny.

Il avait des regrets, mais on ne refait pas l'histoire. Ressasser le passé ne servait à rien et Huff avait horreur de gaspiller son temps et son énergie.

En redescendant, par la double porte du balcon, juste à côté du portrait de Laurel, il aperçut Jane et Beck au bord du bayou, à l'ombre d'un bosquet.

Il glissa une cigarette entre ses lèvres et, les mains sur les hanches, contempla la scène d'un air amusé.

Comme d'habitude, Beck prenait sa mission très à cœur. Jane avait peut-être enfin trouvé un interlocuteur à sa mesure.

Jane ne manquait pas de caractère, elle n'avait pas la langue dans sa poche et réagissait au quart de tour, mais Beck avait la ténacité d'un pitbull. Un autre, de moindre envergure, aurait agité le drapeau blanc à la première repartie acerbe. Beck, lui, n'était pas du genre à battre en retraite.

Quoi qu'elle fasse, il fallait toujours qu'elle commence par contester, et il en était ainsi depuis le jour de sa naissance. L'accouchement avait été difficile et Laurel avait dû rester douze heures en salle de travail, deux fois plus longtemps que pour les garçons.

Le tempérament déjà assorti à la couleur de ses cheveux, Jane était venue au monde le visage pourpre de colère, hurlant sa rébellion à l'issue d'une lutte interminable, physiquement traumatisante. Elle n'avait jamais cessé de mener la vie dure à son entourage depuis.

En ce moment même, elle donnait probablement du fil à retordre à Beck. Huff aurait aimé savoir ce que celui-ci pouvait bien lui raconter pour la faire tenir en place aussi longtemps. Jane n'était pas du genre à écouter sagement ce qu'elle n'avait pas envie d'entendre. Et pourtant ils étaient là, l'un en face de l'autre, manifestement pris par leur conversation…

Manifestement pris l'un par l'autre…

Cette image lui donna à réfléchir et il les regarda sous un angle neuf, se disant qu'ils formaient un beau couple.

Jane était une redoutable interlocutrice, capable d'aborder tous les sujets avec une égale ferveur. Huff était convaincu que cette ferveur devait s'étendre à des domaines susceptibles de faire le bonheur d'un homme, tout du moins l'inciter à tolérer les aspects moins séduisants de la personnalité de sa fille.

Quant à Beck... Qu'est-ce qu'une jeune femme aurait pu ne pas apprécier chez Beck ?

Huff vit l'avocat se rapprocher de Jane. Même sans chaussures, elle était plutôt grande, mais Beck la dominait d'une bonne tête. Ils étaient tendus comme une corde à la limite de la rupture. L'espace d'un instant, Huff crut que Beck allait empoigner Jane et l'embrasser de force.

Au dernier moment, Jane lui tourna le dos et se dirigea vers la maison. Elle s'arrêta net presque aussitôt. Beck avait dû lui lancer une remarque cinglante car elle se retourna d'un bloc avant de reprendre aussitôt son chemin d'un pas martial.

— Voilà qui promet, marmonna Huff avec un ricanement.

Il descendit et intercepta Jane dans le couloir alors qu'elle franchissait rageusement le seuil de la cuisine. Dans son dos, Selma l'implorait de s'asseoir et de manger quelque chose.

Jane ne répondit pas. Elle s'immobilisa à la vue de Huff. Selma, rompue aux relations tumultueuses entre les membres de la famille, s'éclipsa de la cuisine.

Huff, se composant un visage aussi intimidant que possible, toisa sa fille et constata, au drapé de sa robe noire, que sa silhouette n'avait guère souffert en dix ans. La maturité lui avait affiné les traits. Elle avait désormais l'air d'une femme, et non plus d'une jeune fille.

À l'enterrement, avec son grand chapeau et ses lunettes noires, on aurait pu la prendre pour une star de cinéma, ou la veuve éplorée d'un chef d'État. Elle possédait désormais cette classe que Laurel avait toujours voulu lui inculquer, tout en conservant ce naturel hautain qui énervait et amusait Huff tout à la fois.

— Bonsoir, Jane.

— Huff.

— Tu m'as toujours appelé Huff, hein ?

— Seulement les bons jours.

Il retira sa cigarette et se mit à rire.

— Tu m'avais trouvé quelques noms assez bizarres, si je me souviens bien. Tu comptais t'en aller sans même me dire un mot ?

— Je t'ai dit ce que j'avais à te dire le jour où je suis partie. Dix années se sont peut-être écoulées, mais mon opinion n'a pas changé.

— Par respect pour Danny, tu pourrais avoir l'amabilité de me demander comment je vais, comment je vis ce deuil.

— Je n'ai aucune raison d'être aimable avec toi. Tu ne m'inspires aucun respect. Quant à ton deuil, parlons-en… Tu n'as même pas cru devoir arrêter les hauts-fourneaux aujourd'hui. La mort de Danny est tragique, mais qu'est-ce que ça change pour cette famille ?

— *Ta* famille.

— Ma famille, je l'ai rejetée. Je ne veux rien avoir à faire avec toi, avec Chris ou avec ta fonderie. Je suis uniquement venue saluer la mémoire de Danny sur sa tombe, à titre strictement personnel. Je n'ai même pas pu le faire tranquillement parce que tu as envoyé ton laquais me chercher.

— Beck ne t'a pas enlevée, que je sache.

— Non, mais il m'a attirée ici en me disant quelque chose que je ne pouvais pas ignorer. Son stratagème a fonctionné, puisque je suis venue. Mais maintenant que j'ai fait mon devoir, je vais au cimetière et je rentre directement chez moi.

— Tu *es* chez toi, Jane.

Elle eut un rire désabusé.

— Tu ne renonces jamais, hein, Huff ?

— Non, jamais.

— Alors, pour ton bien, accepte la réalité : tu n'as plus la moindre influence sur moi. Zéro.

Elle dessina le chiffre de l'index.

— Je me fiche de ce que tu pourras me dire. Et inutile de me menacer : tu ne pourras jamais faire pire que ce que tu m'as déjà fait. Je n'ai plus peur de toi.

— Vraiment ?

— Vraiment.

— Prouve-le, répliqua-t-il en poussant la porte du salon.

5

Comme Beck Merchant un peu plus tôt, Huff venait de lui lancer un défi qu'il lui fallait relever. Abandonner n'était pas dans la nature de Jane, qui avait hérité de bien des traits de caractère de son père, qu'elle le veuille ou non.

Elle lui emboîta le pas, sachant qu'elle se jetait dans la gueule du loup. Elle s'était vantée de ne plus avoir peur de lui. Sans doute n'en croyait-il pas un mot, mais l'opinion de Huff n'avait aucune importance aux yeux de Jane, à qui seule importait sa propre opinion. Il ne s'agissait pas de lui prouver qu'elle n'avait plus peur, mais de se le prouver à elle-même.

Rien de plus facile, à plus de trois mille kilomètres de distance, de clamer que les cicatrices sont refermées et que l'indifférence a pris le dessus. Seul un face-à-face avec son ennemi mortel pouvait prouver qu'elle avait tourné la page. Cette confrontation seule pouvait la convaincre que sa peur appartenait bien au passé et que Huff n'avait plus de prise sur elle.

Elle le suivit dans son antre. À l'exception du téléviseur à écran géant, rien n'avait changé. Elle regarda autour d'elle en essayant d'associer un souvenir agréable à cette pièce, mais c'était peine perdue. Pour Jane, le refuge de Huff n'évoquait que des instants douloureux.

Enfant, alors qu'elle devait se battre pour attirer l'attention de son père, elle en avait été bannie. Chris et Danny avaient le droit de pénétrer dans ce sanctuaire, ils y étaient même les bienvenus, mais elle n'avait eu que rarement l'autorisation d'y mettre les pieds, pour la seule raison qu'elle était une fille.

C'était dans cette pièce que Huff leur avait expliqué, à elle et ses frères, que leur mère était très malade. S'improvisant porte-parole, elle avait demandé si Laurel allait mourir. Quand il leur avait répondu par l'affirmative, elle et Danny s'étaient mis à pleurer. Huff ne supportait pas les larmes. Il leur avait intimé de la boucler, de se comporter en adultes, comme des Hoyle. Les Hoyle ne pleurent jamais, avait-il dit en prenant Chris en exemple. *Vous avez déjà vu pleurer Chris ?*

Jane avait pleuré une autre fois dans cette même pièce. Elle avait crié et versé des torrents de larmes en implorant Huff de ne pas faire ce qu'il avait fini par faire. Jamais Jane ne lui pardonnerait ce qui s'était passé ce soir-là. De cette nuit datait la haine qu'elle éprouvait pour son père.

Huff s'approcha lourdement du bar. Il lui proposa un verre.

— Non, merci.

— Tu veux que j'appelle Selma pour qu'elle t'apporte une assiette ? demanda-t-il en se servant un bourbon. Elle ne demande que ça.

— Je n'ai pas faim.

— Quand bien même tu crèverais de faim, jamais tu n'accepterais de manger de la nourriture payée par les Entreprises Hoyle, hein ?

Il s'enfonça dans son fauteuil relax et but une gorgée de bourbon en regardant Jane, l'œil au ras du verre.

— C'est ta balle d'engagement, Huff ? Tu veux savoir qui de nous deux marquera le plus de points ? Tu veux qu'on se balance des petites phrases jusqu'à ce que l'un de nous deux capitule ? Si c'est ce que tu veux, je préfère te dire que je n'en ai aucune envie. Plus jamais je ne jouerai à tes petits jeux de merde.

— Ta mère n'aurait pas aimé t'entendre parler comme ça.

Elle le foudroya du regard.

— Il y a beaucoup de choses que ma mère n'aurait pas aimées. Tu veux que je te dise lesquelles ?

— Toujours aussi impertinente, à ce que je vois. Oh, je ne peux pas dire que ça me surprenne. En fait, je crois même que j'aurais été déçu si tu avais perdu ton mordant.

Il inclina son fauteuil, prit une boîte d'allumettes sur la petite table et alluma une cigarette.

— Assieds-toi. Parle-moi de ta société.

Elle s'assit sur l'un des deux canapés identiques séparés par une table basse.

— Elle se porte bien.

— S'il y a bien une chose que je ne supporte pas, Jane, c'est la fausse modestie. Quand tu réussis quelque chose, tu as le droit de t'en vanter. J'ai lu l'article qu'ils ont publié sur toi dans le *Chronicle*. Beau papier, avec photos et tout. On dit que tu es la décoratrice que s'arrache toute la bourgeoisie de San Francisco.

Elle ne lui demanda pas comment il s'était procuré cet article. Il était capable de tout, même de l'espionner. Il en savait sans doute davantage sur sa vie californienne qu'elle ne l'imaginait. Beck Merchant se chargeait probablement de lui fournir des informations. Il reprit :

— Tu lui as donné combien, à cette vieille tante, pour racheter son affaire ? Beaucoup trop, je parie.

— Cette « vieille tante », comme tu dis, était mon mentor, et un ami.

Jane avait fait un stage chez un décorateur de renom tout en préparant ses examens. Une fois diplômée, il l'avait engagée à plein temps, et son rôle ne consistait pas seulement à vendre des prestations et à encaisser des commissions : dès le départ, son patron l'avait formée pour qu'elle puisse lui succéder.

Il l'avait envoyée acheter des tissus à Hong Kong et des antiquités en France, se fiant implicitement à son flair, à son sens des affaires comme à son goût. Il avait quarante ans d'expérience et un carnet d'adresses qui valait de l'or ; Jane, elle, lui apportait fraîcheur et innovation, de sorte qu'ils formaient un tandem de choc.

— Lorsqu'il a décidé de prendre sa retraite, poursuivit-elle, il m'a permis de racheter la maison à des conditions extrêmement avantageuses.

Sous sa direction, la société avait prospéré plus encore et Jane avait remboursé son emprunt en trois ans, deux fois plus vite que prévu. Mais elle préféra n'en rien dire, jugeant que sa situation financière ne regardait aucunement Huff.

— Qui aurait cru qu'on pouvait se faire autant de fric en accrochant des rideaux, hein ?

Il dévalorisait délibérément son métier, mais elle ne mordit pas à l'appât.

— J'adore mon boulot. Je serais capable de le faire sans être payée. Il se trouve que, par bonheur, il est aussi lucratif qu'agréable.

— Tu as sacrément rentabilisé ton investissement, remarqua-t-il en faisant tournoyer les glaçons dans son verre. Finalement, tu ne regrettes pas trop de t'être mariée deux fois, hein ? Si je n'avais pas insisté pour que les contrats prévoient des montants compensatoires, tu n'aurais jamais pu racheter la boîte de cette grande folle et faire ce métier que tu aimes tant.

Elle serra les dents.

— Ces indemnités, je les méritais, Huff.

— Il y a pire manière de gagner sa vie, observa Chris en entrant dans la pièce, le pas désinvolte. Le divorce juteux est une spécialité qui a ses avantages.

Beau parcours professionnel, ajouta-t-il en s'asseyant sur l'autre canapé et en observant sa sœur avec un grand sourire.

Jane aurait aimé se lever et partir en courant, mais il n'était pas question de lui faire ce plaisir. Son frère aîné aurait jubilé. Mieux valait supporter son rictus moqueur.

— Tu es toujours aussi imbuvable, Chris. Mais tu as raison quand tu dis qu'il y a des avantages à divorcer d'un homme riche. Je suis bien certaine que ton ex-femme est d'accord avec toi.

Le sourire s'affaissa un peu, mais Chris répliqua calmement :

— Tu es mal renseignée, Jane. Mary Beth refuse que nous divorcions.

Pour Jane, l'absence flagrante de la femme de Chris en cette journée de deuil ne pouvait signifier qu'une chose : après des années de relations tumultueuses, le couple s'était finalement disloqué.

— Pourquoi n'est-elle pas là ?

— Elle vit au Mexique dans une villa qui surplombe les eaux bleues du Pacifique. On est allés y passer des vacances. Un après-midi, sur la plage, j'ai eu le tort de boire quelques margaritas de trop. Le lendemain matin, quand je me suis réveillé, j'avais la gueule de bois et j'étais propriétaire. Mary Beth est une redoutable opportuniste. Elle avait tout prévu. Elle a commencé par obtenir la maison avec son personnel, puis elle m'a annoncé qu'elle voulait qu'on se sépare. Définitivement, précisa-t-il en lançant un regard à Huff.

Jane n'avait jamais rencontré sa belle-sœur, puisque Chris s'était marié après son départ, mais elle se fit la réflexion que, pour l'avoir supporté aussi longtemps, madame n'avait sans doute pas volé sa maison avec domestiques sur la côte pacifique. Le mariage n'avait pas dû empêcher Chris de multiplier les aventures.

Tandis que son fils justifiait l'absence de sa femme, Huff était resté couché dans son fauteuil, à tirer sur sa cigarette. Pourtant, il ne semblait pas détendu. Quelque chose le contrariait. Jane remarqua qu'il serrait son verre si fort que les phalanges de ses gros doigts en étaient toutes blanches. La situation conjugale de Chris consternait son père, et Jane comprit brusquement pourquoi.

— Vous n'avez pas d'enfants.

La tête de Huff pivota comme celle d'une chouette au regard menaçant.

— Pas encore, mais ce n'est pas fini, grinça-t-il.

Chris releva la tête et un sourire s'esquissa sur son visage crispé.

— Entre, Beck.

— Je ne voudrais pas vous déranger.

Jane ne se retourna pas.

— Je t'en prie, insista Chris. Tu tombes bien. Ce n'est pas encore aujourd'hui que les réunions familiales s'achèveront dans la bonne humeur.

Jane entendit Beck approcher. Il fit le tour du canapé.

— Red est là, Huff.

— Il est parti il y a une heure.

— Il est revenu, à titre officiel cette fois. Wayne Scott l'accompagne. Ils veulent nous voir.

— À quel sujet ?

Beck regarda Huff, le sourcil éloquent. *À votre avis ?*

— Combien de temps ça va prendre ? s'inquiéta Chris. J'en ai marre de cette ambiance d'enterrement, je comptais sortir un peu.

Cette manifestation d'égocentrisme écœura Jane, mais elle n'était pas pour la surprendre. Comme toujours, Chris pensait d'abord à lui. Tout ce qui l'intéressait était nécessairement lié à sa personne, ses projets, ses désirs. Son égoïsme, encouragé par l'indulgence de Huff, ne connaissait aucune limite, même le jour où il enterrait son frère.

Incapable de supporter plus longtemps sa présence, Jane se leva et se tourna vers Huff.

— Je m'en vais, je vous laisse discuter avec Red. Danny était certainement le meilleur d'entre nous. Je regrette profondément qu'il ne soit plus là.

Puis elle regarda son frère aîné et se contenta d'un banal « Au revoir, Chris » qui avait au moins le mérite de ne pas être hypocrite avant de saluer Beck Merchant d'un vague signe de tête.

Lorsqu'elle voulut passer, il lui toucha le bras.

— Red aimerait que vous restiez.

Surprise, elle ne réagit pas aussitôt. Ce fut Chris qui demanda :

— Pourquoi elle ?

— Il ne me l'a pas dit.

— Il a forcément dit quelque chose, lança Jane.

Beck la regarda froidement.

— Il a dit exactement ce que je viens de vous dire. Il voudrait que vous restiez dans les parages. Je les fais entrer, Huff ?

— Ils m'emmerdent. Comme Chris, j'en ai marre de ne penser qu'à ces histoires de mort, de ne parler que de ça. J'en ai ma claque. Mais autant en finir tout de suite. Fais-les entrer, Beck.

Jane n'avait pas l'intention de s'attarder, et elle comptait bien le dire à Red. Beck s'éclipsa et revint presque aussitôt en compagnie du vieux shérif et de son adjoint.

Jane passa immédiatement à l'offensive.

— Shérif Harper, je comptais prendre le dernier vol au départ de La Nouvelle-Orléans et je suis déjà en retard.

Contrairement à Red Harper, vêtu du même costume noir satiné qu'il avait à l'enterrement, son adjoint était en uniforme. Le chapeau à la main, il regardait autour de lui en enregistrant le moindre détail de la pièce, aussi nerveux qu'un cheval de course sur la grille de départ, décidé à faire ses preuves.

— Je suis navré de vous retenir, Jane, fit le shérif, mais mon adjoint voudrait vous poser à tous quelques questions.

Jane s'adressa directement au jeune officier.

— J'apprécie votre conscience professionnelle et j'admire votre sens du devoir, mais je ne vois pas en quoi je pourrais vous être utile. Je n'habite plus ici et je n'étais plus en contact avec Danny depuis dix ans.

— Oui, madame, mais vous en savez peut-être davantage que vous ne le pensez, rétorqua Wayne Scott avec un accent plus texan que louisianais. Vous voulez bien rester encore un peu ? Je vous promets que ce ne sera pas long.

Elle reprit sa place sur le canapé de mauvaise grâce.

— Beck, prends deux fauteuils à la table de jeu pour ces messieurs de la police, lança Huff. Et toi, tu n'as qu'à t'asseoir à côté de Jane.

Tandis que les deux policiers s'asseyaient et que Beck prenait place auprès d'elle, Jane surprit dans le regard de Huff une lueur malicieuse qu'elle connaissait bien.

— Bien, fit le patriarche en éteignant une allumette. C'est vous qui avez souhaité nous voir, Red. On vous écoute. Qu'avez-vous à nous dire ?

Le shérif se racla la gorge.

— Vous savez sans doute que j'ai engagé Wayne à titre d'enquêteur pour élucider la mort de Danny.

On aurait dit qu'il s'excusait.

— Et alors ?

— Alors il est allé enquêter au cabanon de pêche, Huff, et d'après lui, il y a des détails qui ne collent pas avec la thèse du suicide.

Huff examina le jeune adjoint.

— Quoi, par exemple ?

Wayne Scott s'avança sur son fauteuil, impatient de prendre la parole.

— Le fusil de chasse qu'on a retrouvé...

— Un fusil de chasse ? s'exclama Jane.

Quand Beck lui avait parlé de « coup de feu », elle en avait déduit que Danny s'était tiré une balle dans la tête. Sans être une experte, elle connaissait parfaitement la différence entre un pistolet ou un revolver et un fusil de chasse, et les dommages que ces armes pouvaient causer.

Selon son calibre et sa trajectoire, une balle d'arme de poing tirée dans la tête, à bout portant, provoquait une blessure généralement mortelle, mais les dégâts n'avaient rien à voir avec ceux infligés par une décharge de chevrotines.

— Oui, madame, insista solennellement l'adjoint. Il n'avait aucune chance de s'en sortir vivant.

— Vous devriez peut-être en venir au fait, s'impatienta Beck.

— Voilà mon problème, monsieur Merchant. La victime avait encore ses chaussures.

Tout le monde regarda Wayne Scott sans trop comprendre. Huff fut le premier à réagir.

— Je ne vois pas trop où vous voulez en venir, mais...

— Attendez, s'interposa Beck, les yeux fixés sur l'enquêteur. Je crois comprendre ce qui laisse perplexe l'adjoint du shérif.

Chris opina en se pinçant la lèvre.

— Il se demande comment Danny a appuyé sur la détente.

— Exactement, acquiesça Scott. J'ai enquêté une fois sur un suicidé qui s'était tué avec un fusil de chasse à Carthage, dans l'est du Texas. Pour tirer, le gars s'était servi de son gros orteil.

Il lança un regard contrit à Jane.

— Excusez-moi de donner des détails aussi crus, madame Hoyle, mais…

— Je ne vais pas m'évanouir. Et je ne m'appelle pas Hoyle, mais Lynch.

— Désolé, je pensais que…

— Pas de problème. Continuez.

L'adjoint balaya son auditoire du regard.

— Bref, j'allais vous dire que tous les détails du suicide supposé de M. Hoyle me rappellent cette affaire, à ceci près que je n'arrive pas à comprendre comment il a fait pour appuyer sur la détente. Ce n'est pas si facile, compte tenu de la longueur des canons… Ah, oui ! autre chose m'a frappé : l'arme est un fusil de chasse à canons juxtaposés, et les deux canons étaient chargés. Quand on a l'intention de se faire sauter la cervelle avec un fusil de chasse, pourquoi charger les deux canons ? La deuxième cartouche est inutile a priori.

Personne ne se hasarda à répondre ni à faire de commentaires. Red Harper se racla une nouvelle fois la gorge.

— Quand vous souvenez-vous avoir vu ce fusil pour la dernière fois, Huff ? Votre armoire a l'air bien pleine.

Il désigna le meuble d'angle où Huff conservait, derrière des portes vitrées, tout un arsenal : des armes de poing, des carabines à gros gibier et un fusil pour la chasse aux oiseaux.

— C'était un vieux fusil que personne n'aimait. On l'a mis à la retraite, en quelque sorte. On le laissait dans le cabanon de pêche en cas de pépin. Je serais bien incapable de vous dire quand il a servi pour la dernière fois.

— Moi, si.

Les regards se tournèrent vers Chris. Il affichait toujours la même insouciance, comme si la discussion portait sur la météo et non sur l'arme qui avait tué son frère.

— Un week-end, il y a environ trois mois… C'est bien ça, Beck ?

Le jeune avocat acquiesça.

— On a dormi sur place avec Beck. Tard dans la nuit, Frito s'est mis à aboyer. On est sortis voir ce qui l'avait énervé et on a vu un lynx. Beck a tiré deux coups de feu en l'air pour lui faire peur et le lynx a déguerpi à travers bois.

Prenant la parole, Beck poursuivit.

— Le lendemain matin, j'ai nettoyé le fusil, je l'ai graissé et je l'ai reposé sur le râtelier, au-dessus de la porte.

— C'est vous qui l'avez rechargé ? demanda le shérif.

— Non.

— Quelqu'un l'a fait, en tout cas, murmura son adjoint.

— Avez-vous relevé les empreintes ? s'enquit Jane.

— Oui, madame, répondit-il très poliment. Nous avons retrouvé beaucoup d'empreintes, principalement celles de votre frère Danny. Les vôtres doivent y être aussi, ajouta-t-il à l'adresse de Beck.

— Vous savez donc que Danny a manipulé ce fusil.

— Oui, madame. Ce que j'ignore, c'est quand.

— A-t-on retrouvé ses empreintes sur la détente ?

— Nous n'avons pas retrouvé de traces distinctes sur la détente, avoua Red Harper. Ce qui est tout de même curieux. Je veux dire que si Danny a été la dernière personne à toucher le fusil…

Il n'acheva pas sa phrase.

Huff, dont la patience était à bout, se leva et se planta devant Wayne Scott. C'était pourtant à Red Harper qu'il s'adressait :

— Pourquoi laissez-vous votre nouvel enquêteur nous infliger ça ? Pour justifier son uniforme tout neuf ? Dans ce cas, j'ai du boulot pour lui, moi. Faire des rondes à l'usine, par exemple, et casser la tête du premier ouvrier qui poussera les autres à se syndiquer. Au moins, là, ses heures de service serviront à quelque chose… Au lieu de quoi, il me fait perdre mon temps et m'oblige à repenser à des choses pénibles. Danny est mort et enterré, fin de l'histoire.

Il prit une cigarette.

— Excusez-moi, monsieur Hoyle, mais ce n'est pas la fin de l'histoire.

Huff alluma sa cigarette, le regard noir.

Sans se démonter, le jeune policier poursuivit :

— Ce qui nous gêne, ce n'est pas tant la position du fusil sur le corps de M. Hoyle ou les contorsions auxquelles il a dû se livrer pour appuyer sur la détente, le canon dans la bouche. Non. Il y a autre chose qui nous laisse perplexes…

Le visage de Wayne Scott était cramoisi, sans que l'on puisse dire si c'était d'excitation ou d'embarras. Jane le trouvait courageux d'oser affronter le tout-puissant Huff Hoyle, mais elle ne se faisait guère d'illusions : ses jours au bureau du shérif étaient désormais comptés.

— Eh bien, dites-nous donc ce qui vous perturbe tant, gronda Huff.

— C'est la religion. Votre fils s'était récemment converti.

Une surprise de plus. Jane se demanda si cette étrange révélation allait provoquer le rire des deux mécréants qu'étaient son père et son frère, mais leurs visages restaient fermés. Les traits de Huff s'étaient même assombris.

Elle se tourna vers Beck, à qui son étonnement n'avait pas échappé.

— Depuis quelque temps, Danny avait rejoint une congrégation de…

— De fourgueurs de bibles, ricana Huff.

— Il était même devenu très pieux, poursuivit Beck.

— Depuis combien de temps ?

— Environ un an. Il allait à la messe tous les dimanches et participait à un groupe de prière le mercredi soir.

— Il était devenu très chiant, ajouta Chris. Il avait arrêté de boire et ne supportait plus qu'on dise « nom de Dieu » devant lui. Un vrai bigot.

— Qu'est-ce qui a déclenché cette conversion ?

Chris haussa les épaules.

— Tu ne lui as jamais posé la question ?

— Si, Jane, on l'a interrogé, mais il refusait d'en parler.

— On ne sait pas ce qui a pu provoquer cette transformation subite, précisa Beck. On aurait pu comprendre s'il avait frôlé la mort ou un truc de ce genre, mais ce n'était pas le cas. Disons qu'il n'était plus le même depuis quelques mois. Il avait radicalement changé.

— Pour le meilleur ou pour le pire ?

— C'est une question de point de vue, répondit laconiquement Huff, dont le regard trahissait l'opinion.

Jane se tourna vers l'adjoint du shérif.

— Quel serait le rapport avec son suicide, selon vous ?

— J'ai interrogé le pasteur et les membres de la congrégation qui ont parlé à Danny dimanche matin. Tout le monde, sans exception, m'a répondu qu'il était rayonnant. Qu'en quittant l'église, touché par la grâce, il leur a dit qu'il les reverrait pour la prière du soir.

Scott regarda son auditoire avant de poursuivre :

— Il est curieux qu'un homme mette fin à ses jours dans cet état d'esprit. En pleine euphorie spirituelle, pour ainsi dire.

— Vous voulez dire que ce suicide est une mise en scène ? demanda Jane.

— Ne fais pas dire à Wayne ce qu'il n'a pas dit, intervint Red Harper en lançant à Huff un regard gêné. Tout ce qu'il veut dire...

— Ce que je veux dire, c'est que les circonstances de la mort de Danny Hoyle justifient un complément d'enquête.

— Pour le médecin légiste, il s'agissait bel et bien d'un suicide.

— C'est exact, monsieur Merchant, mais la cause du décès était évidente.

Se tournant vers Jane, il ajouta :

— Je vous fais grâce des termes techniques du rapport rédigé par le médecin. Mais, à mon avis, conclut-il à l'intention de Beck, le véritable mode opératoire reste à établir.

— Le mode opératoire, répéta Beck en fixant l'enquêteur des yeux. Si Danny avait toujours le double canon dans la bouche quand on l'a retrouvé, il n'a pas pu appuyer tout seul sur la détente...

— Très juste. Normalement, le recul aurait dû éloigner l'arme du corps. On peut donc en conclure que quelqu'un a maintenu le canon dans la bouche de Danny. En clair, il s'agit d'un meurtre.

Red Harper grimaça, comme sous l'effet de la douleur.

— Ce qui m'amène à la question que je suis obligé de vous poser : qui aurait pu vouloir la mort de Danny ?

6

La chaleur de l'après-midi avait commencé de flétrir les gerbes et les couronnes disposées sur la tombe. Les fleurs s'étaient fanées, leurs pétales roussis recroquevillés en signe de défaite.

En l'absence de vent, la fumée grise de l'usine stagnait au-dessus du cimetière comme un voile mortuaire.

Jane y voyait le linceul de Danny. Elle était retournée sur place dans l'espoir de trouver un peu d'apaisement, mais, après les révélations de l'adjoint du shérif, il fallait se rendre à l'évidence : son deuil s'annonçait difficile.

Des trois enfants de Huff, Danny était celui qui ressemblait le moins à son père. D'un tempérament doux et calme, il n'avait jamais rien fait de mal, ne s'était jamais montré malveillant avec quiconque.

Lorsqu'ils étaient petits, Danny avait toujours laissé son frère et sa sœur lui imposer leur loi, faisant mine de résister lorsqu'on le traitait injustement avant de finir invariablement par céder, surtout face à son frère aîné. Chris, le plus brutal des trois, manipulait son cadet avec un plaisir retors et lui infligeait régulièrement des farces cruelles.

Quant à Jane, elle avait un fichu caractère. Chaque fois qu'elle s'en prenait à Danny à la suite d'un affront réel ou imaginaire, celui-ci encaissait sa tirade stoïquement, sans lui tenir rancune des horreurs qu'elle lui hurlait.

Un jour, lors d'une colère particulièrement violente, elle avait jeté son jouet préféré, un camion, dans le bayou. Danny s'était mis à pleurer avant de la traiter de tous les noms et de lui ordonner d'aller le récupérer. Elle avait bien évidemment refusé avant de lui expliquer, avec force détails, comment son beau camion tout brillant allait rouiller avant de rejoindre les eaux du golfe du Mexique.

Après avoir pleuré des heures durant, Danny s'était muré dans un silence mélancolique pendant plusieurs jours. Et, lorsque leur mère l'avait sommé de lui dire pourquoi il était aussi triste, il n'avait pas dénoncé Jane ni raconté ce qui s'était passé. Jane n'aurait jamais regretté sa méchanceté s'il l'avait accusée, mais il avait choisi de l'épargner et elle s'en était beaucoup voulu.

Laurel chouchoutait Danny parce que c'était le petit dernier. À plusieurs reprises, Huff lui avait reproché de vouloir en faire une fillette à force de le protéger. Et pourtant, malgré le favoritisme manifeste de sa mère, c'était l'approbation de son père que Danny recherchait avant tout.

Cette approbation, Chris l'avait acquise automatiquement, par son statut d'aîné. Son tempérament, ses centres d'intérêt reflétaient ceux de Huff qui aimait l'avoir à ses côtés. Il se retrouvait en lui, ce qui flattait son ego.

Considérée comme la princesse du clan, sans grande utilité mais décorative, Jane était traitée comme telle. Enfant capricieuse et colérique, elle poussait des hurlements hystériques dès qu'elle n'avait pas ce qu'elle voulait. Pour sa mère, ces crises étaient indignes d'une jeune fille bien élevée ; son père, lui, s'en amusait. Plus elle criait, plus il riait.

Quant à Danny, sage et effacé, il était le dernier à bénéficier de l'attention de Huff.

En grandissant, Jane avait perçu intuitivement les enjeux de ce schéma familial, sans pour autant parvenir à les analyser. Avec le recul, elle comprenait désormais combien Danny avait dû souffrir d'être ce second fils auquel Huff ne s'intéressait qu'accessoirement.

La situation n'avait pas changé au moment de la mort de leur mère. Chris, l'héritier désigné, pouvait tout se permettre : ses faits et gestes trouvaient toujours grâce aux yeux d'un père qui l'adorait. Jane était l'épine dans le flanc de Huff, celle qui l'avait rejeté. Et Danny demeurait l'enfant obéissant qui faisait ce qu'on lui demandait, sans jamais protester, celui sur lequel on pouvait compter, mais que l'on pensait rarement à remercier.

Danny s'était-il suicidé parce qu'il avait le sentiment d'être invisible ?

Encore fallait-il qu'il se soit suicidé…

Jane saisit une rose agonisante et la pressa contre ses lèvres. Une larme glissa le long de sa joue. Quelle injustice ! Le plus gentil, le plus inoffensif des trois, mort si jeune, de manière si violente… Et si les soupçons de Wayne Scott étaient fondés, si Danny n'avait pas choisi de mourir… ?

— Madame Lynch ?

Surprise, Jane se retourna brusquement et découvrit une jeune fille à moins de deux mètres d'elle.

— Excusez-moi, je ne voulais pas vous faire peur. Je croyais que vous m'aviez entendue arriver.

Jane mit quelques secondes à répondre :

— J'étais plongée dans mes pensées.

— Je ne voudrais pas vous déranger. Je peux revenir plus tard. Je voulais juste… lui dire bonsoir.

La jeune inconnue devait avoir quelques années de moins qu'elle. Elle s'efforçait de contenir ses larmes. Jane se souvenait de l'avoir croisée à la veillée, mais elle n'avait pas eu l'occasion de lui parler.

— Jane Lynch, dit-elle en tendant la main.

— Je sais qui vous êtes, je vous ai vue à la veillée. Quelqu'un m'a dit qui vous étiez, mais je vous avais déjà reconnue d'après les photos.

— Les photos de la maison sont vieilles. J'ai changé, depuis.

— Oui, mais vous avez toujours les mêmes cheveux. Et Danny m'a montré un article récent qui vous était consacré. Il était très fier de votre réussite.

Le rire mélodieux qui accompagnait sa remarque impressionna Jane.

— Quand je lui ai dit que je vous trouvais très glamour et distinguée, Danny m'a répondu qu'il ne fallait pas se fier aux apparences, et que, en réalité, vous étiez une vraie furie. Mais il disait ça affectueusement.

— Je peux vous demander votre nom ?

— Excusez-moi. Jessica DeBlance. Je suis... j'étais l'amie de Danny.

— Venez vous asseoir un instant, suggéra Jane en lui indiquant un banc de ciment tout proche, à l'ombre d'un arbre.

Jessica était jolie, plutôt petite, avec des cheveux blonds qui lui tombaient jusqu'aux épaules. Elle portait une jolie robe de lin.

Les deux femmes s'assirent et contemplèrent la tombe un long moment sans prononcer une parole. Lorsque Jessica sortit un mouchoir en papier afin d'essuyer un sanglot, Jane ne put s'empêcher de la prendre par l'épaule. Aussitôt, la jeune femme fondit en larmes, le corps agité de spasmes.

Jane avait beaucoup de questions à lui poser, mais elle préféra la laisser pleurer. Jessica finit par murmurer des excuses.

— Ne vous excusez pas, la rassura Jane. Je suis heureuse de constater que mon petit frère connaissait quelqu'un qui l'aimait assez pour pleurer devant une parfaite inconnue. Apparemment, vous étiez très bons amis.

— Pour tout vous dire, nous allions nous marier.

Jessica lui montra sa main et Jane découvrit avec étonnement une fine bague de platine sertie d'un diamant rond.

— Elle est magnifique.

À la vue de ce bijou sobre qui exprimait la simplicité et la douceur de celui qui l'avait offert, Jane fut prise d'un élan de pitié pour la jeune femme. En parfaits goujats qu'ils étaient, Chris et Huff n'avaient pas cru devoir inscrire son nom sur la liste des proches.

— Je suis désolée de ne pas vous avoir parlé tout à l'heure, Jessica. Je ne savais pas que Danny était fiancé. Personne ne me l'avait dit.

Peut-être était-ce la nouvelle que Danny avait voulu lui annoncer au téléphone.

— Personne n'était au courant, lui répondit Jessica. Dans votre famille, en tout cas. Danny ne voulait rien dire à votre père et à votre frère avant le mariage.

Même si elle croyait en connaître la réponse, Jane ne put s'empêcher de demander quelle en était la raison.

— Il ne voulait pas qu'ils nous mettent des bâtons dans les roues. Il savait que je risquais de ne pas leur plaire.

— C'est ridicule. Pourquoi ça ?

Cette fois, Jessica eut un rire désabusé.

— Je ne viens pas d'une famille riche, madame Lynch.

— Je vous en prie, appelez-moi Jane.

— Mon père est employé à l'usine Tabasco de New Iberia, ma mère n'a jamais travaillé. Ils ont économisé sou par sou pour nous payer des études, à ma sœur et à moi. Nous enseignons toutes les deux dans le primaire… ils sont très fiers de nous.

— C'est bien normal. Je le dis sans aucune condescendance. Comment avez-vous connu Danny ?

— En plus de mon travail d'institutrice, je fais du bénévolat à la bibliothèque municipale. Danny est passé un soir, il s'est plongé dans la lecture d'un bouquin. Au moment de fermer, je l'ai tiré de sa lecture pour lui dire qu'il était temps de s'en aller. Il m'a répondu : « Je veux bien partir sans faire d'histoires, mais à condition que vous preniez un café avec moi. »

Elle effleura sa joue du dos de la main, comme si le souvenir de leur rencontre l'avait fait rougir.

— Et vous avez accepté ?

— De prendre un café avec lui ? Oui, dit-elle avec un petit rire. Je n'aurais pas dû. Cela ne me ressemble pas d'accepter l'invitation d'un inconnu, mais je l'ai fait.

Ses yeux se posèrent sur la tombe noyée sous les fleurs fanées.

— On a bavardé pendant des heures. Au moment de me dire bonsoir, il m'a demandé si je voulais bien sortir avec lui le week-end suivant. Quand j'ai su que c'était le fils de Huff Hoyle, j'ai pris peur, j'ai voulu annuler, mais Danny me plaisait tellement que je suis allée au rendez-vous. Il m'a emmenée dans un restaurant pas très loin de La Nouvelle-Orléans, affirmant que c'était une excellente table. C'était le cas, mais je me suis dit que, s'il avait choisi cet endroit, c'était par souci de discrétion. Je pouvais comprendre et ça ne me dérangeait pas. Je ne tenais pas particulièrement à rencontrer sa famille. Ne le prenez pas mal, ajouta-t-elle aussitôt en se tournant vers Jane.

— Ne vous inquiétez pas. Moi-même, je préfère les éviter. Je suis encore mieux placée que vous pour savoir à quel point nous, les Hoyle, sommes pourris.

Jessica eut un sourire triste.

— Danny n'était pas un pourri.

— Non, pas lui.

— À l'usine il faisait bien son travail, mais le cœur n'y était pas. Danny n'approuvait pas la façon dont votre père et votre frère géraient l'entreprise. En fait, il y avait quantité de choses sur lesquelles ils ne s'entendaient pas, et Danny avait du mal à défendre son point de vue. Les habitudes ont la vie dure. Pourtant, ces derniers temps, il se montrait plus courageux...

La phrase avait quelque chose d'intrigant que Jane se promit d'analyser plus tard. En quoi Danny avait-il pu faire preuve de courage ?

— Depuis combien de temps étiez-vous fiancés ?

— Deux semaines.

— Deux semaines ? s'exclama Jane.

— Oui. On prétend que Danny s'est suicidé, mais c'est impossible. Je sais qu'il ne l'a pas fait. Nous avions toutes sortes de projets, nous réfléchissions à ce que nous allions faire, à l'endroit où nous voulions nous installer. On avait même choisi les noms de nos futurs enfants. Je suis certaine que Danny ne s'est pas suicidé. Pour lui, c'eût été un péché.

Le mot poussa Jane à demander :

— Vous fréquentiez la même église que Danny ?

— Oui. La deuxième fois que nous nous sommes vus, je lui ai proposé de m'accompagner à l'office. Je devais chanter ce dimanche-là, je suis soliste.

Voilà qui expliquait ce rire si mélodieux.

— Danny n'était pas très enthousiaste. Il m'a dit que Huff – c'est comme ça qu'il appelait votre père, en général – détestait la religion. Je lui ai répondu qu'il était hors de question pour moi de continuer à sortir avec lui s'il ne partageait pas mes convictions. Et je ne plaisantais pas.

Un sourire timide éclaira son visage.

— Il tenait tellement à moi qu'il est venu... Ce dimanche-là, il s'est rendu compte à quel point l'amour de Dieu manquait à sa vie. Ça a été comme une révélation pour lui.

Sur ce point, tout le monde semblait d'accord, même si Huff, Chris et Beck attribuaient la métamorphose de Danny à une défaillance psychologique plus qu'à une conversion soudaine.

— Je suis persuadée que vous avez fait beaucoup de bien à mon frère, Jessica. Je suis heureuse qu'il vous ait connue, et je vous suis reconnaissante de l'avoir aimé.

— Je n'ai aucun mérite, vous savez.

La voix se fit tremblante. Les larmes se remirent à couler, Jessica se tamponna les yeux avant de poursuivre.

— Je l'aimais de toute mon âme. Comment vais-je tenir le coup, maintenant ?

Jane la serra contre elle, des larmes plein les yeux. Elle pleurait autant sur Jessica que sur Danny. Danny ne ressentait plus rien, alors que la malheureuse mettrait des années à se remettre d'une telle épreuve.

Les accidents de la vie enlèvent à certains toute force, et même parfois l'envie de vivre. On croit souvent qu'il est préférable de mourir que de connaître un supplice sans fin. Jane avait eu un chagrin d'amour si violent qu'elle avait voulu disparaître. En général, heureusement, l'instinct de survie l'emporte. Le cœur continue de battre alors même qu'on a perdu la volonté de vivre. Sans même le vouloir, on s'obstine à rester en vie.

Jane comprenait l'amertume et la détresse de la fiancée de Danny, mais il n'était pas question pour autant de lui débiter les banalités d'usage. Elle préférait la serrer contre elle, quitte à lui tenir la main toute la nuit s'il le fallait. Le jour où elle-même avait connu l'enfer, personne n'était venu la prendre dans ses bras.

Jessica cessa de sangloter.

— Danny n'aurait pas aimé me voir comme ça.

Elle s'essuya les yeux et se moucha, s'efforçant de recouvrer son calme.

— Je n'accepte pas les conclusions du médecin légiste, lâcha-t-elle.

— Si ça peut vous réconforter, sachez que vous n'êtes pas la seule. Certaines personnes commencent sérieusement à s'interroger.

Jane lui raconta aussi fidèlement que possible l'entrevue avec le shérif et Wayne Scott.

Lorsqu'elle eut fini, Jessica réfléchit un instant et demanda :

— Ce gars-là travaille pour Red Harper ?

— Je sais ce que vous pensez. Vous vous dites que Red Harper est à la solde de Huff. Mais je vous assure que son adjoint a l'air vraiment décidé à poursuivre son enquête.

La jeune femme demeura songeuse.

— Danny paraissait préoccupé, ces temps-ci. Chaque fois que je lui demandais pourquoi, il me répondait en riant qu'il était inquiet pour notre avenir, qu'il avait peur que je devienne énorme une fois mariée, ou alors que je ne l'aime plus s'il devenait chauve. Comme il plaisantait tout le temps, j'ai fini par me dire que je me faisais des idées, mais je n'en suis plus si sûre. Je le connaissais si bien…

— Il n'y a jamais fait allusion ?

— Non, mais quelque chose le taraudait, j'en suis sûre.

— Un problème si grave qu'il aurait préféré disparaître ? suggéra doucement Jane.

— Jamais il ne m'aurait infligé ça, insista Jessica… m'interroger toute ma vie sur les raisons de son geste… me demander ce que j'aurais pu faire ou dire pour l'empêcher de commettre l'irréparable… m'accabler d'un tel sentiment de culpabilité. Non, Jane, je refuserai toujours de croire qu'il s'est donné la mort.

Elle s'interrompit quelques secondes avant de reprendre :

— D'un autre côté, je dois bien reconnaître que l'autre hypothèse est tout aussi invraisemblable. Danny était si ingénu, si innocent ! Même les ouvriers de l'usine qui étaient hostiles à la famille Hoyle l'aimaient bien.

— Pas forcément, Jessica. Il était directeur des ressources humaines ; c'était lui qui embauchait et qui licenciait, qui déterminait le montant des indemnités et des salaires. Son poste l'exposait à des inimitiés.

— Danny ne faisait qu'appliquer des directives dignes du Moyen Âge, édictées par Huff en personne. Je suis persuadée que les employés en avaient conscience.

Peut-être, songea Jane, mais qui pouvait dire que les personnes qui voulaient se venger du clan Hoyle auraient su faire la différence ?

— Quand l'adjoint, Wayne Scott, nous a demandé qui aurait pu en vouloir à Danny, Beck Merchant... Danny a dû vous parler de lui...

— Oui, je sais qui c'est. Tout le monde le connaît. Il fait la pluie et le beau temps à l'usine. Chris et lui s'entendent comme larrons en foire.

— Ils sont vraiment proches ?

— Pour ainsi dire inséparables.

Jane enregistra l'information. Tout ce qu'elle disait à Beck risquait d'être répété à Chris.

— Lorsque le shérif nous a demandé qui aurait pu souhaiter la mort de Danny, Beck Merchant a dit ce que nous pensions tous. À savoir que les Hoyle se sont fait beaucoup d'ennemis au fil des ans, pour diverses raisons. Danny était une proie facile, parce que discret et vulnérable...

— Sûrement, approuva Jessica après un instant de réflexion, mais j'ai mal de penser qu'il a perdu la vie parce qu'on en voulait à sa famille, alors qu'il n'y était pour rien.

— Je suis d'accord avec vous.

Jane eut un moment d'hésitation.

— Avez-vous l'intention de parler de vos fiançailles à Huff et à Chris ?

— Non, pas du tout. Mes parents étaient au courant parce que Danny a demandé ma main à mon père. Je l'ai dit également à ma sœur. Mais personne d'autre n'en avait été informé, pas même la direction de l'école où je travaille. On se retrouvait toujours loin d'ici. À l'église aussi, nous faisions attention à ne jamais nous retrouver seuls. Je ne vois pas l'intérêt de leur raconter tout ça aujourd'hui, ça ne ferait que créer des problèmes avec votre frère et votre père. Franchement, je n'ai ni l'envie ni la force de me lancer dans ce genre de polémique. Je voudrais conserver intacts les souvenirs des moments passés avec Danny, et ils seraient capables de tout salir.

— Sage décision, acquiesça Jane. Je partage malheureusement votre avis. Ne leur donnez pas l'occasion de vous faire souffrir davantage. Ils n'auront jamais la chance de vous connaître, tant pis pour eux. En attendant, conclut-elle en serrant la main de Jessica, je suis ravie d'avoir fait votre connaissance. Maintenant que je sais que Danny a été heureux la dernière année de sa vie, je me sens un peu mieux.

Les deux femmes échangèrent leurs numéros de téléphone. Jane promit à Jessica de la tenir informée des suites de l'enquête.

Au moment de se quitter, la jeune femme revint une dernière fois à la charge :

— Peu importe ce que décidera l'adjoint du shérif. Je sais que Danny ne s'est pas suicidé. Il ne m'aurait jamais abandonnée. Quelqu'un l'a tué.

7

Le Destiny Diner avait été rénové. Les tabourets chromés étaient désormais coiffés de sièges de vinyle turquoise, et non plus rouge. Dans les boxes, on avait tenté d'assortir des tables de Formica, également turquoise, avec des banquettes rose bonbon.

Les nouveaux patrons avaient visiblement voulu recréer une ambiance restaurant des années 1950. Mais, en optant pour des couleurs criardes dignes de Miami Beach, ils étaient tombés dans l'excès et le mauvais goût.

En revanche, le Wurlitzer était toujours là – même si des CD avaient remplacé les 45 tours. Et, contrairement à la déco, la carte n'avait guère changé. Toujours les mêmes plats gras et sucrés.

Jane passa sa commande, puis elle se détendit en sirotant son Coca agrémenté d'un bâton de vanille. Pour la énième fois, elle se demanda ce qu'elle faisait là et pourquoi elle n'était pas retournée à La Nouvelle-Orléans, où il lui aurait suffi de prendre le premier avion pour San Francisco le lendemain matin.

Au lieu de cela, en quittant le cimetière, elle avait pris une chambre dans le moins pourri des deux motels de Destiny avant de se rendre au Diner, sans trop savoir si elle avait vraiment faim.

On était en semaine, l'heure du coup de feu était passée. Jane était quasiment seule, ce qui lui convenait parfaitement, car elle éprouvait le besoin de réfléchir.

La chance l'avait servie en la conduisant au cimetière au bon moment. Une demi-heure plus tôt ou plus tard, elle n'aurait peut-être jamais appris l'existence de Jessica DeBlance, jamais su que Danny avait été heureux grâce à elle. Le fait d'avoir pu parler à la jeune femme qui avait aimé son frère lui était une consolation.

Mais le plus important n'était peut-être pas là : comment croire que Danny ait pu vouloir se suicider, alors qu'il venait de se fiancer ?

Une autre question taraudait Jane. Pour quelle raison Danny avait-il cherché à la joindre après tant d'années ? Voulait-il lui annoncer ses fiançailles, lui parler une dernière fois avant de mettre fin à ses jours, ou bien lui demander conseil parce qu'il se trouvait confronté à un problème insurmontable ? Elle ne connaîtrait jamais la paix tant qu'elle ne serait pas en mesure d'éclaircir ce mystère.

— Salut, la rouquine.

À en juger par son sourire satisfait, l'inconnu qui s'était planté devant son box devait se trouver drôle. Il indiqua son verre de Coca.

— Tu bois toute seule ?

— Je préfère.

Elle détourna les yeux, espérant que l'intrus comprendrait le message et s'en irait. Peine perdue.

— Qu'est-ce que t'en sais ? T'as pas encore essayé avec moi.

— Et je n'en ai nullement l'intention.

— « Et je n'en ai nullement l'intention », répéta-t-il en tentant de l'imiter. Je vois qu'on se donne des grands airs depuis qu'on vit à San-Fran-cis-co.

Elle le regarda.

— Ah, tu te demandes d'où je te connais ? Mais c'est que j'te connais, miss Jane Hoyle. J'ai pas oublié tes cheveux roux, ni comment t'es gaulée, ajouta-t-il en la déshabillant du regard avec des manières de séducteur. T'as pris des mauvaises habitudes, là-bas, en Californie. Mais comme tous ces pédés doivent passer leur temps à faire des grandes phrases, c'est pas vraiment ta faute.

Il se pencha avant d'ajouter à mi-voix :

— Je parie que t'as toujours ton beau petit cul de seize ans, quand t'étais *cheerleader* et que tu faisais des pirouettes sur le terrain de foot. Ah, quand je te voyais lever la jambe comme ça, le vendredi soir, ça me filait une de ces gaules ! J'attendais que ça toute la semaine.

— Charmant, fit-elle en le fusillant du regard. Maintenant, s'il vous plaît, du balai...

Au lieu de s'éloigner, il s'installa sur la banquette en face d'elle. Jane voulut prendre son sac à main et s'en aller, mais l'autre lui saisit le poignet.

— Lâchez-moi.

— C'était juste histoire de bavarder un peu, amicalement, miaula le type. C'est pas comme si on se connaissait pas. Tu me remets pas ?

Jane n'avait aucune envie de bavarder amicalement avec ce taré aux canines jaunies, au bouc clairsemé et aux oreilles gigantesques. Elle ne tenait pas davantage à se livrer à une sordide partie de bras de fer devant les rares clients du Diner.

D'ailleurs, Huff et Chris la croyaient retournée à La Nouvelle-Orléans ; s'ils apprenaient qu'elle avait eu maille à partir avec un importun dans ce snack – et la nouvelle n'aurait pas tardé à faire le tour de Destiny –, ils allaient s'en donner à cœur joie.

Elle posa sur l'inconnu un regard glacial.

— Je ne sais pas qui vous êtes et je ne veux pas le savoir, mais si vous ne me lâchez pas la main immédiatement, je...

Il durcit sa prise, enfonçant son pouce dans l'intérieur du poignet.

— Quoi ? Tu vas faire quoi si je te lâche pas, hein ?

— Elle va te casser la tête. Et si c'est pas elle, ce sera moi.

L'inconnu leva la tête, éberlué. Jane se retourna et vit Beck Merchant, tranquillement adossé au montant du box contigu, dans la même posture nonchalante que le matin lorsqu'il s'était appuyé contre la voiture de Jane. Il affichait le même sourire décontracté, mais son regard était menaçant.

L'autre avait perdu son assurance, mais il n'en voulait rien laisser paraître.

— T'es qui, toi, pour te mêler de mes affaires ?

— Je suis celui qui va te casser la tête.

— Je t'ai déjà démoli la gueule une fois. Apparemment, t'as oublié, mais je vais me faire un plaisir de te rafraîchir la mémoire.

Il bluffait. Jane le sentait.

— Tu la lâches, ajouta Beck en détachant les mots. Tout de suite.

L'homme hésita quelques instants avant de libérer Jane, puis sortit du box en crachant :

— T'es bien une Hoyle, toi. Tu te crois toujours au-dessus des autres.

Jane s'abstint de répliquer. Elle le regarda s'éloigner vers le fond du restaurant où il essuya les quolibets de ses acolytes, témoins de sa défaite.

Puis elle se tourna vers Beck.

— J'aurais pu me débrouiller toute seule.

— Que vous dites.

Avant qu'elle puisse répondre, il se dirigea vers l'entrée, poussa la porte et émit un petit sifflement. Un gros chien sauta de l'arrière d'un pick-up et le rejoignit en quelques bonds.

— Passe derrière et demande-leur de te donner à manger.

Le golden retriever courut jusqu'aux cuisines et poussa les portes battantes du museau. Jane entendit le personnel l'accueillir en fanfare. Beck la rejoignit et prit place dans le box.

— C'est Frito ? demanda-t-elle.

— Oui, comment le savez-vous ?

— Chris en a parlé.

— Ah oui, c'est vrai. À propos du lynx et de la nuit au cabanon.

— Je me suis dit que Chris devait parler d'un chien, dit-elle en jetant un regard en direction des cuisines. On dirait que Frito est un habitué.

— Moi aussi, mais c'est la première fois que je vous vois ici et ça m'étonne un peu, pour tout vous dire. Tout à l'heure, vous n'arrêtiez pas de dire que vous étiez pressée de rentrer en Californie.

— Je suis allée au cimetière et, comme il commençait à se faire tard, j'ai décidé de passer la nuit ici, pour être en forme demain matin.

Il écouta sans faire de commentaires, puis demanda :

— Vous avez commandé ?

— Un cheeseburger.

Il héla le garçon qui officiait derrière le comptoir.

— Grady, tu me mets la même chose, s'il te plaît.

— Ça marche.

— Vous disiez donc que vous aviez la situation bien en main, avec Slap Watkins ? reprit Beck en lui faisant à nouveau face.

Le visage de Jane s'illumina.

— Ça me revient ! Watkins. Je me souviens de lui, maintenant. Il était un peu plus vieux que moi, il avait redoublé plusieurs fois. Il cherchait toujours les ennuis. Un jour, il s'est fait exclure du collège parce qu'il regardait les filles par la fenêtre des vestiaires.

— Il cherche toujours les ennuis. Chris m'a appris qu'il venait de sortir de prison et qu'il était en liberté conditionnelle. Quand je suis arrivé, je vous ai aperçue de l'extérieur et je me suis dit que vous aviez besoin d'un coup de main.

— C'est là que je dois répondre « merci d'avoir volé à mon secours » ?

Il sourit et fit un clin d'œil à la serveuse qui déposait devant lui un verre de Coca.

— Avec un zeste de citron, sans que j'aie besoin de demander. Quelle mémoire ! Merci !

Elle lui rendit son sourire enjôleur.

— Normal.

— Vous connaissez Jane Lynch ?

Les deux jeunes femmes échangèrent un sourire contraint. La serveuse murmura :

— Quelle plaie, ce Slap Watkins. Vous voulez que je nettoie la table, Beck ?

— Non, ça ira. Merci quand même.

— Il n'aurait pas dû sortir de taule.

— Laissez-lui un peu de temps, il ne tardera pas à y retourner.

— En attendant, j'aimerais autant que lui et ses copains aillent traîner ailleurs. Vos cheeseburgers ne vont pas tarder.

La serveuse salua Jane en repartant. Elle n'avait pas l'air ravie de la laisser seule en compagnie de Beck Merchant.

Beck avait dû faire tourner bien des têtes à Destiny, et il n'était pas difficile de comprendre pourquoi. Avec ses yeux verts et ses cheveux blonds, son air canaille et son sourire ravageur, il était aussi séduisant en jean, comme maintenant, qu'en costume sombre. Un très bel homme.

Chris avait l'élégance facile, lui aussi, et un physique de star de cinéma. Mais, comme la plupart des serpents venimeux, s'il charmait d'abord, c'était pour mieux donner le coup de grâce.

Jane n'avait pas davantage confiance en Beck Merchant. Peut-être moins, même. Chez Chris, la méchanceté était naturelle ; Beck, lui, était payé pour être méchant.

— Selma serait effondrée d'apprendre que nous sommes venus dîner ici, observa Beck. Elle qui s'est évertuée à nous faire manger depuis ce matin.

— Elle nous adore. Elle nous a toujours donné énormément d'affection. Bien plus que nous ne le méritons.

Il croisa les bras et se pencha en avant.

— Pourquoi pensez-vous ne pas mériter cette affection ?

— Vous êtes avocat, monsieur Merchant, pas psychanalyste.

— Je voulais juste bavarder gentiment...

— Slap Watkins m'a dit la même chose.

Beck Merchant partit d'un rire bruyant.

— Dans ce cas, il faut vraiment que j'améliore ma technique.

Il fit tournoyer la paille dans son verre.

— Je vous présente mes excuses, Jane, dit-il après un court silence. Je n'aurais pas dû vous parler du vieux Mitchell comme je l'ai fait. C'était nul. Même quand je suis énervé, en général, je ne frappe pas aussi bas.

Jane accueillit avec méfiance ces excuses qui pourtant paraissaient sincères. Elle s'en voulut aussitôt, mais se contenta de hausser vaguement les épaules.

La serveuse apporta leurs plats. Les cheeseburgers-frites étaient irréprochables – bien gras, bien chauds, et délicieux. Jane et Beck mangèrent en silence pendant quelques minutes, mais elle sentit qu'il l'observait.

— Qu'y a-t-il, monsieur Merchant ?

— Pardon ?

— Vous n'arrêtez pas de me regarder.

— Euh, désolé. Je pensais que vous auriez pu me dire merci.

— De quoi ?

— De vous avoir débarrassée de Watkins.

Il lui montra du doigt la baie vitrée. Jane se retourna. Elle vit l'homme grimper sur une moto, donner un coup de *kick*, sortir lentement du parking et leur adresser un doigt d'honneur avant de démarrer en trombe.

— Comme ça, au moins, on sait ce qu'il pense de nous. J'aurais sans doute réussi à me débarrasser de lui, mais en faisant un scandale dont tout le monde aurait parlé demain. Alors, merci.

— De rien.

— Il a dit qu'il vous avait déjà cassé la figure. C'est vrai ?

— C'est sa version.

Il acheva son burger et sortit deux serviettes en papier du distributeur afin de s'essuyer les mains.

— C'est Slap Watkins qui nous a involontairement réunis, Chris et moi, reprit-il tandis que la serveuse enlevait leurs assiettes.

Beck en profita pour commander deux cafés avant d'ajouter :

— Si Frito vous gêne, vous me l'envoyez.

Elle lui répondit que le chien somnolait gentiment et repartit chercher les cafés. Jane se fit la réflexion qu'elle en avait bien besoin, après un repas aussi peu diététique.

— J'ai rencontré Chris à l'université de Louisiane, on faisait partie de la même association d'étudiants. On a vaguement fait connaissance juste avant qu'il finisse ses études, et puis on s'est revus il y a trois ans.

Il sourit une nouvelle fois à la serveuse qui leur apportait les cafés. Jane approchait la tasse fumante de ses lèvres lorsqu'il la mit en garde :

— Attention, c'est de la chicorée caféinée.

— Ne vous en faites pas, j'en buvais déjà au berceau et je m'en fais encore livrer à San Francisco. Quel événement vous a réunis, il y a trois ans ?

— L'affaire Gene Iverson. Indirectement, en tout cas. Vous connaissez l'histoire ?

— J'ai lu ce qu'en disaient les bulletins de la société.

— Ah oui, les rapports que vous ne voulez pas recevoir et que vous lisez quand même…

Jane refusait de le reconnaître, mais il l'avait prise en défaut. Si elle lisait les bulletins, c'était uniquement parce qu'elle était soucieuse des hommes et des femmes qui travaillaient pour eux, et parce qu'elle s'intéressait à l'avenir de la ville. L'économie locale reposait entièrement sur les Entreprises Hoyle. Sans l'usine, des centaines de familles se seraient retrouvées sans rien. Elle s'interdisait de tirer le moindre profit personnel de l'entreprise, mais se sentait l'obligation morale de rester informée de son fonctionnement, aussi douteux fût-il.

— Huff et Chris filtrent tout ce qui est publié, en particulier ce qui ne les arrange pas. Autant vous dire que j'ai lu avec circonspection ce qui concernait l'affaire Iverson. Qu'en savez-vous, au juste ?

Il s'adossa à la banquette et contempla Jane.

— Votre frère a été inculpé de meurtre et vous n'avez pas cherché à savoir ce qui s'était passé. Il est peut-être un peu tard pour vous y intéresser, vous ne trouvez pas ?

— Je ne m'y intéresse pas, je suis simplement curieuse. Je me fiche pas mal des faits et gestes de mon frère ou de mon père. Il y a des années qu'ils n'existent plus pour moi, et tant pis si je vous parais insensible.

— Et Danny, là-dedans ?

— Danny.

Un nuage de tristesse glissa sur son visage.

— Chaque fois que Huff et Chris lui disaient quelque chose, il se couchait. Vous avez dû être quotidiennement témoin de sa soumission. Danny n'a jamais eu le courage de se défendre.

— Mais, vous, oui.

Depuis dix ans seulement, songea-t-elle. Il avait fallu qu'elle touche le fond pour comprendre que sa survie dépendait de sa capacité à quitter sa famille et sa ville à jamais.

— J'ai eu de la chance, répondit-elle. J'ai trouvé la force de tenir tête à Huff et j'ai pris le large, contrairement à Danny.

Beck eut un instant d'hésitation avant de suggérer :

— Il a peut-être pris le large à sa manière, Jane.

— Peut-être.

— Mais quand vous êtes partie, il y a dix ans, son manque de caractère vous dégoûtait.

— C'est vrai.

Elle était partie en les haïssant tous les trois. Après des années d'analyse, ses sentiments à l'égard de Danny s'étaient adoucis. Pas assez pourtant pour qu'elle accepte de lui parler le jour où il avait tenté de l'appeler.

Elle but une gorgée de café, l'air songeur. En reposant la tasse sur la soucoupe, elle s'aperçut que Beck Merchant l'observait avec un intérêt déconcertant. Elle s'en voulut de s'être ouverte à lui de sujets personnels qu'elle avait uniquement évoqués, jusqu'alors, en présence de son psy.

— Nous parlions de l'affaire Gene Iverson.

— C'est vrai, dit-il en se redressant et en s'éclaircissant la gorge. Que souhaitez-vous savoir ?

— C'est Chris qui l'a tué ?

Beck leva un sourcil.

— Vous n'y allez pas par quatre chemins, vous.

— Est-ce qu'il l'a tué ?

— Il y avait des éléments à charge contre Chris, mais aucune preuve matérielle.

— Ce n'est pas une réponse, répliqua-t-elle. Ou plutôt, si vous me permettez de reformuler ma remarque, c'est une réponse d'avocat.

— Le dossier de l'accusation ne tenait pas la route, ce qui fait que les jurés ne se sont pas mis d'accord.

— Et il n'y a pas eu de nouveau procès.

— Il n'aurait jamais dû y avoir de procès.

— Pas de cadavre, donc pas de meurtre ?

C'était ce qui ressortait des articles qu'elle avait lus. Le corps de la victime présumée n'avait jamais été retrouvé. Gene Iverson s'était volatilisé.

— Si j'étais procureur, expliqua Beck, je ne me risquerais pas à faire juger quelqu'un pour meurtre alors que je n'ai pas de cadavre, même si je disposais d'indices accablants.

— Comment vous êtes-vous retrouvé lié à cette histoire ?

— J'étais au courant du procès par la presse. Pour moi, l'accusation ne tenait pas debout, pour les raisons que je viens de vous exposer. Je suis venu ici dans l'espoir de pouvoir aider un copain de fac. Quand je suis arrivé, le procès venait de se terminer et j'ai trouvé Chris et Danny en train de fêter la victoire dans un vieux bar un peu chaud, à la sortie de la ville. Vous voyez de quel endroit je parle ?

— Le Razorback ?

— Exactement. Chris offrait des tournées générales pour fêter son acquittement et Slap Watkins se trouvait là. Il a commencé à déblatérer tout ce qu'il savait sur la justice pourrie, les riches qui ne vont jamais en prison et tout le tremblement. Ça n'a pas vraiment plu à Chris et à Danny. C'est d'ailleurs lui qui a donné le premier coup de poing pour défendre son frère aîné. Ça s'est mis à chauffer. Je me suis jeté dans la mêlée et, même si Watkins prétend le contraire, j'ai fait pencher la balance en faveur des deux frères. On l'a mis en pièces.

— Si je comprends bien, vous nous avez sauvés tous les trois des vilaines griffes de Slap Watkins...

— Il faut croire que oui, sourit-il. Comme quoi ça peut servir d'avoir un type comme moi sous la main.

— C'est apparemment l'avis de Huff et de Chris.

Il posa les avant-bras sur la table et se pencha en avant.

— Pour l'instant, c'est votre avis qui m'intéresse.

Le sous-entendu n'était pas aussi clair qu'il y paraissait et Jane préféra mettre un terme à la conversation.

— Il est temps que je vous dise au revoir.

— Je vous invite, lui dit-il tandis qu'elle ouvrait son sac à main. J'ai un compte ici.

— Non, merci.

— Vous avez peur de me devoir quelque chose ?

Elle glissa un billet de vingt dollars sous le sucrier et soutint le regard malicieux de l'avocat.

— Je n'ai peur de rien, monsieur Merchant.

Elle sortit du box et il la suivit jusqu'à la porte.

— Et les chiens ?

— Pardon ?

Il siffla, assez fort.

— Vous avez peur des chiens ?

Le temps qu'il pose la question, Frito accourait déjà. C'était un bel animal au poil blond, avec un joli duvet blanc sur le ventre. Il remuait la queue avec une telle énergie que Jane dut s'écarter pour ne pas être renversée.

À l'enthousiasme de Frito devant son maître, on aurait pu croire que leur séparation avait duré des mois. Jane eut droit elle aussi à ses débordements d'affection. Il se mit à danser autour d'elle en lui léchant vigoureusement les mains. Il ne se calma qu'en entendant un « Sois gentil, maintenant ! » péremptoire. En chien obéissant, il s'assit sur son arrière-train, tout en frétillant de la queue avec ardeur. De ses grands yeux marron, il semblait implorer Jane. Monsieur voulait des caresses ? Elle s'empressa de lui donner satisfaction.

— Il est adorable. Depuis quand l'avez-vous ?

— Quelques années. Il avait sept semaines quand je l'ai adopté. Un ouvrier était venu à l'usine avec toute une portée. J'ai jeté un coup d'œil dans la caisse et j'ai craqué, expliqua-t-il en frictionnant le crâne du chien avec ses phalanges. Au début, nos rapports étaient un peu houleux, mais aujourd'hui, je ne sais pas ce que je ferais sans lui.

Jane le regarda choyer son chien. Il fallait bien reconnaître que Beck Merchant avait de très beaux yeux, un sourire charmeur et un très sympathique compagnon à quatre pattes. Mais pas question de se laisser prendre au piège, Beck ne pouvait pas être quelqu'un de bien. Quelles que soient les apparences, il était le principal conseiller juridique de Huff Hoyle, qui le payait pour élaborer les coups les plus tordus. Ce type-là était probablement capable de tout, y compris de faire semblant d'adorer son chien pour mieux la désarçonner.

En sortant du restaurant climatisé, elle eut l'impression de pénétrer dans un sauna. Proche de l'asphyxie à cause de la chaleur suffocante, elle avait la tête qui tournait, les oreilles bourdonnantes.

Il lui effleura le coude.

— Ça va ?

La main plaquée sur la poitrine, elle inspira profondément par le nez, expira par la bouche. Les vertiges s'estompèrent et elle comprit, à son grand embarras, que le bourdonnement qui lui martelait les tympans provenait de l'un des néons de la vitrine.

— Je ne me suis pas encore acclimatée.

— Il faut un certain temps, mais vous partirez avant, j'imagine ?

— Non.

Il hocha la tête. Il resta planté à la regarder.

— Avant de partir, dit-elle, j'ai une question à vous poser. Comment… Aïe !

— Qu'y a-t-il ?

— Frito m'a marché sur le pied.

En voulant se frayer un chemin entre elle et son maître, le chien lui avait piétiné la cheville.

— Je suis désolé.

Beck Merchant ouvrit la portière du pick-up et fit signe à Frito de grimper. Le retriever bondit à l'intérieur comme s'il l'avait déjà fait des milliers de fois et sortit la tête, langue pendante, la conscience manifestement tranquille.

Jane marcha à cloche-pied jusqu'à l'arrière du véhicule, s'appuya contre la carrosserie et examina son pied.

— Rien de grave ?

— Non, ce n'est rien.

— Je suis vraiment désolé. Frito se prend pour un chihuahua.

— C'est la surprise, plus que la douleur, expliqua Jane que son pied lançait encore.

— Vous alliez me poser une question…

Elle eut une seconde d'hésitation.

— Ah, oui… Après avoir prêté main-forte à mes frères dans cette bagarre, comment en êtes-vous arrivé à devenir l'avocat des Entreprises Hoyle ? Combien de temps après cette soirée Huff vous a-t-il engagé ?

— Dès que j'ai eu fini de dessoûler, répondit Beck en riant. En fait, Chris m'a invité à passer quelques jours chez lui, histoire d'aller à la pêche et de se détendre un peu. Il a très vite compris que je n'étais pas satisfait de mes conditions de travail et que j'étais prêt à quitter le cabinet où je travaillais. Peu avant la fin de ce bref séjour, Huff m'a fait une offre que je ne pouvais pas refuser. Je n'étais pas venu à Destiny avec l'intention d'y rester, mais ça ne me dérangeait pas de changer de ville et j'ai immédiatement accepté sa proposition.

Les doigts plongés dans l'épaisse fourrure de Frito, Beck lui frottait gentiment l'encolure. Le chien, les yeux clos, semblait ivre de plaisir.

Jane reprit le fil de ses pensées et demanda ce qu'était devenu Calvin McGraw, l'avocat auquel Beck Merchant avait succédé.

— Il a pris sa retraite.

— À moins que ce ne soit Huff qui l'ait mis à la retraite, rétorqua-t-elle.

— J'ignore les termes de leur accord, mais je suis sûr que Huff lui a proposé des indemnités confortables.

— Oh, ça, je n'en doute pas. S'assurer le silence de McGraw a dû lui coûter une petite fortune.

— Son silence ?

— Sur les pots-de-vin versés aux jurés lors du procès de Chris.

Beck cessa de caresser Frito et retira lentement sa main. Le chien émit une plainte, mais son maître fit mine de ne pas l'entendre. Jane monopolisait désormais son attention. Il s'avança vers la jeune femme et se planta délibérément devant elle.

Coincée contre le pick-up, elle ne pouvait se dégager.

— Reculez.

— Pas tout de suite.

— Que faites-vous ?

— Il faut que je vous fasse un aveu. Je vous ai menti.

— Ça ne m'étonne pas. Mais encore ?

— Le moustique.

Elle le regarda, sans comprendre.

— Cet après-midi, au bord du bayou, quand j'ai chassé ce moustique de votre joue. Il n'y avait pas de moustique, Jane. J'avais juste envie d'effleurer votre visage.

Jusqu'à présent, il s'était contenté de l'effleurer du regard, mais il aurait aussi bien pu la toucher. Il n'avait aucune raison de se tenir aussi près d'elle, alors qu'ils se connaissaient à peine. Pour Jane, c'était à la limite du supportable. Il faisait trop lourd.

Chacun sentait la chaleur du corps de l'autre. Ils respiraient le même air suffocant.

— Je ne m'en souviens pas, mentit-elle.

Elle le bouscula et se dirigea vers sa voiture, garée un peu plus loin. Beck eut vite fait de la rattraper. Il la prit par le coude pour la forcer à le regarder.

— Primo, vous vous en souvenez très bien. Secundo, vous avez fait des allégations assez graves, ce soir. Vous laissez entendre que Chris aurait dû être inculpé de meurtre, puis vous accusez votre père d'avoir soudoyé les jurés. Ce sont des délits passibles de prison.

— Tout comme le fait de manipuler les preuves.

— Là, je ne vous suis plus.

— Cette boue jaunâtre, fit-elle en désignant le pick-up. Vous en avez plein les pneus. Et plein les semelles.

Ils regardèrent d'un même mouvement les bottes sales émergeant des jambes étroites du jean usé de Beck.

— Cet ocre-là, on ne le trouve qu'à un seul endroit dans le coin. Au bayou Bosquet, là où se trouve le cabanon.

— Où voulez-vous en venir ?

— Vous y êtes allé ce soir, n'est-ce pas ? N'essayez pas de mentir, je sais que c'est vrai. Je me demande simplement ce que vous avez pu aller faire là-bas.

— Dites donc… Si un jour votre boîte de déco dépose le bilan, vous pourrez toujours intégrer le FBI…

— Scott, l'adjoint du shérif, nous a dit que le cabanon et ses alentours n'étaient pas accessibles jusqu'à nouvel ordre et que le périmètre avait été balisé.

— Avec du ruban jaune. Jaune vif.

— Et vous n'en avez pas tenu compte.

— Je ne sais pas si vous êtes au courant, mais les chiens sont daltoniens. Frito n'a pas vu que c'était interdit. Il a foncé tout droit. Il a bien fallu que j'aille le récupérer.

— Alors que d'habitude il réagit instantanément aux gestes, aux ordres, aux sifflets… ?

Beck, piégé, ne sut que répondre. Un silence pesant s'installa.

8

Comment Georges Robson aurait-il pu le nier ?

Il était rondouillard et il avait le teint rougeaud.

Le grand miroir à trois pans de la salle de bains qui lui permettait de se voir en pied ne lui dissimulait rien de son physique disgracieux. Triste spectacle. Chaque matin, Georges avait l'impression d'avoir moins de cheveux sur le crâne et plus de poils sur le dos. Sa poitrine s'affaissait, son ventre pendouillait et, plus bas, son pénis avait à peu de chose près la taille de son pouce.

En passant un peu moins de temps sur les terrains de golf et un peu plus dans une salle de musculation, il aurait pu raffermir ses pectoraux et ses abdos. Pour le reste, hélas, il n'y avait pas grand-chose à faire et c'était bien ce qui l'inquiétait. Il lui fallait se contenter de ce pitoyable appendice pour satisfaire sa jeune et belle épouse.

Pudiquement, il enfila un caleçon avant de rejoindre Lila au lit. En position assise, elle lisait une revue de mode. Georges se glissa contre elle.

— Tu es plus jolie que toutes les mannequins qui posent dans cette revue.

Ce n'était pas un simple compliment. Georges était sincère, Lila était vraiment la plus belle femme qu'il eût jamais vue.

— Mmm.

— Non, je t'assure. Je suis sérieux.

Elle portait une nuisette comme il les aimait, avec des bretelles toutes fines. Une des bretelles avait glissé. Il passa la main sur le sein dénudé.

Lila la repoussa.

— Il fait trop chaud, ce soir.

— Pas ici, chérie. J'ai réglé la clim à 20 degrés, comme tu aimes.

— Moi, j'ai l'impression qu'il fait plus chaud que ça.

Sans insister, il s'allongea à côté d'elle et la laissa feuilleter son magazine. Il contempla son visage, ses beaux cheveux, son corps de rêve, s'efforçant de chasser ses craintes. Étaient-elles fondées ? Au fond, il préférait ne pas savoir, mais il fallait qu'il sache, sans quoi il allait devenir fou.

— C'était un bel enterrement, hein ? dit-il, aussi naturellement que possible.

L'expression de Lisa ne changea pas.

— J'ai failli m'endormir, à l'église. C'était d'un chiant...

— Huff a organisé une sacrée veillée.

— Ouais. Pas mal.

— Où étais-tu passée ?

— Où j'étais passée ? répéta-t-elle nonchalamment en changeant de page. Quand ça ?

— Pendant un moment, chez les Hoyle. Je t'ai cherchée partout.

Elle lui lança un regard.

— J'étais allée faire pipi.

— J'ai regardé aux toilettes, tu n'y étais pas.

— Il y avait trop de monde, alors je suis allée au premier. Il faut que je te demande la permission, maintenant ? Ou bien tu aurais préféré que j'attende d'être à la maison ?

— Ne t'énerve pas, ma chérie, je voulais juste...

— Laisse tomber, dit-elle en jetant son magazine par terre. Il fait trop chaud, on ne va pas se chamailler pour une histoire aussi ridicule.

Elle tapota ses oreillers. Les taies de soie brodée venaient d'une boutique de La Nouvelle-Orléans. Elles avaient coûté une petite fortune. Georges Robson avait frôlé l'attaque en consultant son relevé de carte de crédit.

— Des taies d'oreillers ? À ce prix-là ? lui avait-il demandé, incrédule.

Elle avait promis d'aller les rendre, mais elle avait fait une telle tête les jours suivants qu'il avait fini par céder. Qu'elle les garde, ses foutues taies. Les larmes aux yeux, elle l'avait remercié en lui répétant qu'il était le plus gentil de tous les maris de la terre. Alors, Georges s'était rengorgé.

— Merci de m'avoir accompagné, aujourd'hui, lui chuchota-t-il en posant la main sur la courbe de sa hanche. Il fallait qu'on y aille, c'était important.

— Évidemment, qu'on devait y aller. Tu travailles pour eux.

— Directeur de la sécurité, c'est un poste clé, tu sais. J'ai beaucoup de responsabilités, Lila. Sans moi, les Hoyle...

Elle le coupa en pleine phrase :

— Tu as donné à manger au chat ?

— J'ai mélangé des croquettes et des boîtes, comme tu me l'as demandé. Ce que je voulais dire, c'est que mon boulot à l'usine est aussi important que celui de Chris. Peut-être même plus.

Lila lâcha ses oreillers de luxe et le regarda.

— Georges, personne ne doute que tu sois quelqu'un d'important dans cette fonderie. Je suis la première à savoir le temps que tu y passes. Je le sais, ajouta-t-elle, la bouche en cœur, parce que toutes les heures que tu passes là-bas, tu ne les passes pas ici avec moi.

Puis, avec un grand sourire, elle retira sa nuisette et la fit glisser langoureusement sur le torse de Georges, dont le petit sexe s'anima.

— Alors, Georges, on a une petite surprise pour Lila ce soir ? Mmmm...

Glissant la main dans la braguette du caleçon, elle s'appliqua à l'exciter avec un parfait savoir-faire. Lorsqu'il voulut la caresser à son tour, elle gémit comme si ces préliminaires lui procuraient un plaisir égal.

Peut-être se trompait-il. Peut-être que tous ces détails, toutes ces impressions n'étaient que le fruit de sa parano. Il était petit, rondouillard et rougeaud. Chris, lui, était bel homme. Grand, la peau mate. On racontait qu'il lui suffisait de vouloir une femme pour la posséder.

Georges connaissait plusieurs employés de l'usine dont le couple avait vacillé, voire sombré, à cause des infidélités de l'épouse qui couchait avec Chris. Aussi, comment ne pas s'inquiéter quand sa propre femme se trouvait à proximité d'un tel don Juan ?

Georges travaillait pour les Hoyle depuis plus de vingt ans. Il leur avait tout donné ou presque : son temps, son intégrité, son amour-propre. Mais ce n'était jamais assez. Les Hoyle dévoraient tout. Les gens, leurs vies, leurs âmes.

Georges en avait pris son parti, et il était prêt à tout. À tout, sauf à leur concéder une chose : sa femme.

Huff descendit l'escalier. Il n'avait sur lui qu'un caleçon et un maillot de corps côtelé, à l'ancienne. Malgré ses précautions, certaines marches grincèrent. Bien entendu, lorsqu'il arriva au rez-de-chaussée, Selma l'attendait, enveloppée dans une robe de chambre trop épaisse pour la saison.

— Vous avez besoin de quelque chose, monsieur Hoyle ?

— Je suis chez moi et j'apprécierais un peu d'intimité. Vous avez l'oreille collée au plancher, ou quoi ?

— Excusez-moi, je me fais du souci pour vous.

— Je vous l'ai déjà dit cent fois aujourd'hui, je vais bien.

— Non, vous n'allez pas bien, vous voulez juste faire bonne figure.

— Pourrait-on poursuivre cette conversation plus tard ? Je suis en calcçon.

— Vos caleçons, c'est moi qui les mets à la machine, alors si vous croyez que je vais tomber en pâmoison en vous voyant dans cette tenue... Il n'y a vraiment pas de quoi, vous savez.

— Allez, retournez vous coucher avant que je vous vire.

Fière comme une danseuse étoile, Selma virevolta dans ses chaussons de toile et disparut au fond de la maison.

Huff était resté longtemps éveillé, les sens en alerte. Même lorsqu'il dormait, son cerveau ne cessait jamais complètement de fonctionner. À l'image des hauts-fourneaux de sa fonderie, ses neurones tournaient jour et nuit à plein régime. Il lui était arrivé à plusieurs reprises de résoudre certains problèmes particulièrement épineux dans son sommeil. Il lui suffisait de se coucher avec un dilemme pour qu'à son réveil la solution soit là, élaborée par son subconscient.

Cette fois, pourtant, il n'avait pu trouver le sommeil. Dès qu'il fermait les yeux, il revoyait la tombe de Danny. Même fleurie, ce n'était jamais qu'un trou, un vulgaire trou dans la terre.

Les murs de sa chambre lui donnaient l'impression de se refermer sur lui, comme les parois de la tombe de Danny, comme la doublure de satin de son cercueil. Huff n'avait jamais souffert de claustrophobie, et chez lui encore moins. Mais, lorsqu'il avait voulu se lever, il avait eu du mal à se dépêtrer de ses draps trempés de sueur ; le flux de l'air conditionné était pourtant dirigé vers le lit...

Et, pour couronner le tout, il y avait ces fichues brûlures d'estomac. Alors, plutôt que de rester couché à broyer du noir jusqu'au petit matin, il avait décidé de se lever et de sortir quelques instants. Avec un peu de chance, le calme de la campagne plongée dans la nuit l'apaiserait et l'aiderait enfin à trouver le sommeil.

Il ouvrit la porte. Il n'avait jamais pensé à installer de système d'alarme et les portes de la maison étaient rarement fermées à clé. Pour se hasarder à cambrioler le domicile de Huff Hoyle, il aurait fallu être bien téméraire. Ou complètement fou.

Certes, Huff méprisait les Arabes, au même titre que les Juifs, les Latinos, les Noirs, les Asiatiques et tous les groupes ethniques autres que le sien, mais il admirait la justice expéditive des pays islamiques. S'il avait surpris un voleur, il n'aurait pas hésité un instant à lui trancher la main avant de le remettre à cette justice amorphe, toujours aussi lente, toujours aussi prompte à défendre les foutus droits civiques des délinquants au lieu de les punir.

Cette simple évocation raviva ses brûlures d'estomac. Il émit un rot amer.

Il s'installa dans son rocking-chair préféré puis alluma une cigarette en contemplant avec satisfaction la portion d'horizon embrasée par les feux de l'usine. La fumée formait une fine couche nuageuse qui surplombait la ville. Même lorsque Huff prenait un peu de repos, son travail ne s'arrêtait jamais.

Les ventilateurs accrochés au-dessus de sa tête tournaient vingt-quatre heures sur vingt-quatre, comme toujours en été. Souvent, comme cette nuit, la véranda était le seul endroit de la maison où l'on pouvait trouver un peu d'air. Huff s'enfonça dans son fauteuil en savourant la caresse de ce semblant de brise sur sa peau poisseuse. Il ferma les yeux et se remémora le jour où il avait vu son premier ventilateur.

Il était entré dans un supermarché avec son papa, qui cherchait du travail. Le monsieur du magasin avait un nœud papillon et de grosses bretelles. Chapeau bas et tête baissée, le père de Huff avait proposé de passer la serpillière sur le plancher de bois ou de brûler les détritus dans les grands fûts entreposés derrière… n'importe quelle tâche que le propriétaire voudrait bien lui confier, les plus pénibles ne lui faisaient pas peur. Par exemple, en arrivant, il avait aperçu des nids de guêpes sous l'auvent de l'entrée. Le monsieur du magasin aurait peut-être aimé les voir disparaître ?

Et pendant que son papa négociait les conditions de son travail temporaire, le petit Huff était resté la tête en l'air, à contempler les pales du ventilateur, émerveillé par cet appareil fantastique qui lui envoyait de l'air frais dans les cheveux et séchait la sueur sur son visage brûlé de soleil.

Toute la journée, son père avait garni les rayons, balayé le sol, nettoyé les vitrines. Il avait brûlé les ordures en plein soleil en demandant à Huff de faire attention aux étincelles qui s'envolaient. Pour le petit garçon qu'il était, ces flammes jaillissant des barils et l'air se gondolant sous l'effet de la chaleur avaient quelque chose de magique.

Son papa n'avait pas cessé de s'activer, de transporter une foule de choses d'un point à un autre, jusqu'à en avoir le dos cassé et les traits défaits. Mais, ce soir-là, Huff avait eu à manger. Un sandwich au fromage pimenté qui traînait derrière le comptoir. Il n'avait jamais rien goûté d'aussi bon, même s'il culpabilisait de manger devant son père. Il n'avait pas faim, disait-il.

Huff aurait aimé que le monsieur du magasin lui propose un cornet de glace, comme ceux qu'il avait servis toute la journée aux clients, en empilant tant de boules que l'enfant se demandait comment elles pouvaient bien tenir.

Mais le monsieur du magasin ne lui avait rien proposé et, dès que Huff eut fini son sandwich, qu'il s'était efforcé d'avaler à petites bouchées, le monsieur leur avait dit de partir. Ça, ils l'avaient souvent entendu.

Un faisceau de phares balaya la pelouse. Huff, arraché à ses pensées, se passa la main sur le visage comme pour effacer un souvenir coupable.

Chris sortit de sa belle Porsche Carrera, remonta l'allée au petit trot et ne remarqua la présence de Huff qu'une fois devant la maison.

— Qu'est-ce que tu fais dehors en pleine nuit, comme ça ?

— À ton avis ?

— J'aime beaucoup ta tenue.

Hilare, Chris se laissa tomber dans l'autre rocking-chair et s'étira.

— Je suis tellement crevé que je pourrais dormir toute la journée de demain.

— Il faut que tu ailles travailler.

— Je vais me faire porter pâle. Qui va me virer ?

Huff se racla la gorge.

— Tu rentres tard…

— La mère de Georges a une gastro-entérite. Elle a téléphoné à un moment extrêmement inopportun. Ce pauvre Georges commençait tout juste à bander quand il a dû partir s'occuper de sa petite maman, laissant ma Lila toute seule et toute malheureuse.

— Celle-là, elle va t'en faire voir.

— C'est justement ce qui m'excite…

Huff exhala un panache de fumée.

— Tu veux vraiment perdre les plus belles années de ta vie à courir les femmes mariées qui s'emmerdent chez elles ? Ou bien est-ce que tu vas enfin te décider à ramener la tienne, à la foutre dans ton lit et lui faire un gosse ?

Chris appuya sur ses paupières, comme si ses yeux lui faisaient subitement mal.

— Je n'ai pas envie de parler de ça ce soir.

— On en parle si j'ai envie d'en parler, répliqua Huff. Ça fait des semaines que tu évites le sujet. Je veux savoir ce qui se passe.

— Bon, d'accord, soupira Chris. Elle ne veut pas divorcer, elle refuse de signer les papiers. Beck a consulté le meilleur spécialiste de droit familial de La Nouvelle-Orléans. Un avocat qui défend les maris, et qui emmerde les petites pleurnichardes qui en veulent au pognon de leurs mecs. Un vrai requin. C'est lui qui a rédigé la proposition, et Beck l'a passée à la loupe. Il m'a confirmé que c'est un excellent arrangement pour moi, sans trop léser Mary Beth.

Chris arrêta le mouvement de son fauteuil et se pencha vers Huff.

— Figure-toi qu'elle refuse de le signer.

— Alors, on peut espérer une réconciliation.

Chris eut un rire amer.

— Si Mary Beth refuse le divorce, ce n'est pas parce qu'elle veut rester avec moi, c'est par dépit. Elle me déteste, elle te déteste, elle déteste cette ville, elle déteste l'usine. Il n'y a rien chez nous qui trouve grâce à ses yeux.

— Mais enfin, mon fils, ça n'est qu'une femme. Une *femme*. Arrête de sauter Lila et file au Mexique. Arrange-toi pour l'amadouer. Fais ce qu'il faut, offre-lui des fleurs, des bijoux, une voiture, paie-lui une nouvelle poitrine si ça lui chante. Pour la reconquérir, rien de tel que les cadeaux et un peu de violon. Et tant pis si tu dois avaler quelques couleuvres, ça ne va pas te tuer. Tu la tringles jusqu'à ce qu'elle soit enceinte et ensuite, tu l'enfermes jusqu'à la naissance du petit. Une fois qu'on a le gosse, on fait valoir qu'elle le maltraite et on la vire sans un sou.

— Impossible, Huff, rétorqua Chris en levant la main pour ne pas être interrompu. Même si j'avais envie de faire du charme à cette salope pour la ramener dans mon lit, ce qui n'est pas le cas, et même si, comme tu le suggères si élégamment, je la tringlais jusqu'à épuisement, ça ne prendrait pas.

— Ça ne prendrait pas ? Qu'est-ce que tu me racontes ?

— Elle s'est fait ligaturer les trompes.

Huff sentit sa tension s'élever brusquement, et des braises qui couvaient dans son estomac jaillit un feu de forêt dont les flammes lui dévorèrent le diaphragme et l'œsophage.

— La dernière fois que j'ai essayé de jouer la carte de la réconciliation, Mary Beth m'a ri au nez. Elle m'a dit qu'elle avait tout compris, que je voulais me rabibocher avec elle pour qu'on puisse avoir un héritier, et uniquement pour ça. Et que j'arrête de la prendre pour une conne.

Chris lança un regard en direction de son père.

— On peut lui reprocher beaucoup de choses, mais ce n'est pas une idiote. Là-dessus, pour mettre fin à nos espoirs, elle m'annonce qu'elle s'est fait stériliser. La pilule, d'après elle, la faisait grossir. Ce qui n'était pas faux : elle avait fini par avoir un cul énorme. Maintenant qu'elle met des strings, elle veut « éviter le surpoids et la rétention d'eau ». Texto. Elle est donc passée à l'acte. Bref, aujourd'hui, elle peut se faire baiser comme elle veut par le petit Mexicain qui nettoie sa piscine, ou revenir ici jouer l'épouse tendre et dévouée, ou entrer au couvent, mais elle ne risque pas d'avoir un bébé.

Il soupira.

— Il fallait bien que je t'annonce la nouvelle à un moment ou à un autre, et je t'avoue que ça me fait un poids en moins.

Huff acheva sa cigarette jusqu'à s'en brûler les doigts. Mauvaise, très mauvaise nouvelle… Cette blondasse de Mary Beth, sa belle-fille – un titre que cette harpie sournoise ne méritait guère – avait donc choisi d'être stérile. Soit. Désormais, Chris n'avait plus le choix : il fallait qu'il divorce et qu'il épouse une femme capable de lui donner des enfants.

Huff se détendit un peu. Il n'aurait plus besoin de se demander quelle carte allait jouer Mary Beth. Elle s'était mise hors-jeu toute seule, et Huff lui en était presque reconnaissant. À présent, son fils et lui étaient libres de se concentrer sur leur nouvel objectif.

— Tu en as parlé à Beck ?

— Non, à personne, lui répondit Chris. Je lui ai juste dit que j'avais fait une croix sur mon couple et que je voulais divorcer le plus tôt possible.

— D'après toi, cet avocat de La Nouvelle-Orléans, c'est le meilleur ?

— Il est cher, mais ses clients ne repartent pas du tribunal complètement dépouillés, les couilles à l'air.

Huff tapota le genou de son fils en riant.

— Fais bien attention aux tiennes, en tout cas. Tu vas en avoir besoin.

Chris esquissa un sourire.

— J'aurais dû t'écouter et faire un gosse à Mary Beth dès notre mariage. Mais elle voulait que je lui laisse le temps de « prendre ses marques », comme elle disait, et moi j'ai accepté.

Chris ignorait que, en réalité, Huff ne leur avait pas laissé le choix. Il avait demandé au docteur Caroe de remplacer les pilules de Mary Beth par des placebos sucrés. Le médecin s'était exécuté, moyennant une jolie somme, bien entendu.

Mais l'investissement s'était révélé à fonds perdu. Les mois s'écoulaient et Mary Beth n'était toujours pas enceinte. À peine mariés, elle et Chris passaient déjà plus de temps à s'engueuler qu'à faire l'amour.

— Maintenant, ça n'a plus beaucoup d'importance, dit Huff. Ne gaspille pas ton énergie à regretter quoi que ce soit. Il va falloir se concentrer sur ton divorce. Il n'y a pas de temps à perdre. Si elle se fait baiser par son boy mexicain, on peut plaider l'adultère.

— Elle pourra riposter facilement en dévoilant toutes mes aventures, la plupart avec ses copines. Il faudrait trouver autre chose.

Huff tapota de nouveau le genou de son fils avant de se lever.

— Je crois qu'avec cet avocat de La Nouvelle-Orléans on a un atout sérieux. Et même si rien ne nous garantit qu'il réussira, on peut toujours compter sur Beck. Allons nous coucher.

— La journée a été longue, marmonna Chris en pénétrant dans la maison silencieuse. L'enterrement me paraît déjà loin. Pas toi ?

— Hum…, grogna Huff en massant son estomac douloureux.

— Comment as-tu trouvé Jane ? On n'a pas eu l'occasion de parler d'elle.

— Toujours aussi coincée.

— Coincée ? ricana Chris. Tu parles d'un euphémisme…

— Au fait, ta sœur n'est pas partie, contrairement à ce qu'elle avait annoncé. Le directeur du Lodge m'a appelé. Elle a pris une chambre.

— Pourquoi ?

— Elle était peut-être aussi fatiguée que nous, elle n'a pas voulu se taper la route jusqu'à La Nouvelle-Orléans de nuit.

Chris regarda son père d'un air sceptique.

— Si elle avait tellement envie de foutre le camp, elle serait repartie en rampant si nécessaire. Elle ne nous aime pas, elle n'aime pas Destiny. De ce point de vue, elle est peut-être même pire que Mary Beth.

— Ah, les femmes, grommela Huff. On ne sait jamais ce qui leur passe par la tête. Au moins, Beck aura passé une partie de la soirée avec elle.

— Il est toujours en mission ?

— Non, non, mais il l'a tirée des griffes de Slap Watkins.

Chris se figea.

— Tu pourrais répéter ?

— Tu m'as bien entendu. Beck est allé manger un morceau au Diner et il y a vu Jane en train de se faire draguer par Slap les Grandes Oreilles.

Huff raconta à son fils ce que Beck lui avait dit.

— Qu'est-ce que Slap Watkins pouvait bien lui vouloir ? demanda Chris, mi-amusé, mi-intrigué.

— Slap est parti en nous insultant. Heureusement que Beck est arrivé au bon moment. Je me demande ce que cette racaille avait derrière la tête. Beck m'a appelé juste après avoir quitté Jane. Il l'a suivie jusqu'au motel et ne l'a pas quittée des yeux jusqu'à ce qu'elle entre dans sa chambre. Elle s'en est aperçue. Elle devait se douter qu'il allait me faire son rapport. D'après lui, elle l'a littéralement fusillé du regard.

— Tu m'étonnes.

— Elle a dit à Beck qu'elle préférait passer la nuit sur place pour être d'attaque demain matin, mais je ne suis pas certain que ce soit la seule raison. Je crois plutôt qu'elle regrette de ne pas avoir été là quand la famille avait besoin d'elle.

— Je te trouve bien optimiste, maugréa Chris. Si tu veux mon avis, elle se fiche royalement de ce qui peut nous arriver.

— N'en sois pas si sûr. Beck m'a dit qu'elle lui avait posé des questions sur l'histoire d'Iverson.

— Tiens, tiens. Il était temps.

Le sarcasme de Chris fit sourire Huff.

— Je crois que ta sœur s'en veut de ne pas avoir été là quand tu avais besoin d'elle. Sans doute aussi de ne pas avoir été là pour Danny.

— Qu'est-ce qu'elle aurait pu faire de plus que nous pour Danny ?

Dans la pénombre, Huff posa les yeux sur la porte de la chambre de Danny, désormais close à jamais.

— Rien, sans doute. Cet enfant a toujours été un mystère pour moi. Il était encore gamin quand il a perdu sa mère et je crois qu'il ne s'en est jamais vraiment remis.

Chris posa la main sur l'épaule de son père.

— En tout cas, j'espère qu'il a enfin trouvé la paix.

Sur ces paroles, le père et le fils se dirent bonsoir et regagnèrent leurs chambres respectives. Huff, qui dédaignait la fatigue la plupart du temps, se sentait épuisé. Il délaissa pourtant son lit au profit d'un fauteuil, face à la grande baie vitrée donnant sur le parc et le bayou.

Les interrogations qu'il avait espéré chasser étaient plus présentes que jamais, amplifiées par les révélations de Chris au sujet de Mary Beth. Sans parler de Jane, qui ne cherchait visiblement qu'à lui nuire. À lui, son propre père...

Laurel était morte. Elle n'y était pour rien, mais elle lui avait tout de même laissé trois enfants à élever. Huff avait assumé sa tâche en faisant ce qu'il avait jugé bon de faire. Des trois, seul Chris lui avait donné satisfaction.

Décidément, la vie n'avait rien d'une sinécure. Mais l'alternative était encore moins séduisante.

Huff ne croyait pas à l'au-delà. Les prédicateurs pouvaient raconter ce qu'ils voulaient sur les richesses des cieux, quand c'était fini, c'était fini. La mort, c'était la mort, point barre. Huff n'avait pas contredit son fils lorsque celui-ci avait suggéré, pour le réconforter, que Danny avait enfin trouvé la paix, mais il ne partageait pas cette vision des choses.

Danny n'avait pas davantage trouvé la paix qu'il n'avait été accueilli aux portes du paradis par une cohorte d'anges ailés et auréolés d'étoiles. Danny avait disparu, il avait tout bonnement sombré dans la nuit éternelle du néant. La mort n'était rien d'autre.

Dans ces conditions, autant tirer le meilleur profit de l'existence. Les seules richesses promises à l'homme étaient celles qu'il accumulait au cours de sa vie. Voilà pourquoi Huff grattait, grappillait, arrachait tout ce qu'il pouvait, s'efforçant invariablement d'être le plus fort, le plus grand, le plus redoutable. Et merde à ceux qui réprouvaient ses méthodes. Huff Hoyle n'avait de comptes à rendre à personne.

Certes, son style de vie ne lui laissait guère de répit, mais c'était un moindre mal…

9

Jane pénétra dans le bâtiment abritant les bureaux du shérif. L'adjoint en uniforme censé assurer l'accueil répondit à son bonjour par un grognement inintelligible sans daigner retirer ses gros pieds du bureau, continuant de se curer les ongles avec son canif.

— Je voudrais voir Wayne Scott.

Son interlocuteur avait visiblement oublié qu'il était payé pour être au service du citoyen, car il ne manifestait ni l'envie ni l'intention d'enlever ses pieds du bureau, de redresser sa chaise et de remettre à plus tard sa séance de manucure.

— Scott est sorti.

— Le shérif Harper, dans ce cas.

— Il est pris toute la journée.

— Est-il là, oui ou non ?

— Il est là, mais…

Sans attendre, Jane s'engouffra dans le petit couloir, ignorant les protestations du flic qui avait fini par se lever, mais trop tard, et entra sans frapper dans le bureau de Red Harper.

Le shérif était occupé à remplir de la paperasse.

— Désolé, Red, bredouilla l'adjoint derrière elle. Elle a déboulé ici comme si elle était quelqu'un d'important.

— Justement, Pat, c'est quelqu'un d'important. Mais ne t'inquiète pas. Si j'ai besoin d'aide, je t'appelle.

— Vous voulez que je ferme la porte ?

— Oui, répondit Jane alors que la question ne s'adressait pas à elle.

Le flic battit en retraite en la fusillant du regard et referma la porte derrière lui.

— Vous n'avez pas pu trouver mieux ? demanda Jane au shérif.

— Pat est parfois un peu ronchon.

— Ça ne l'autorise pas à traiter les gens comme il le fait.

— Tu as raison, concéda Red Harper en lui faisant signe de s'asseoir. Tu veux un café, ou quelque chose ?

— Non, je vous remercie.

Il la regarda longuement.

— On dirait que la Californie te réussit bien. Tu as une mine superbe, Jane.

— Merci…

Elle ne pouvait malheureusement pas lui retourner le compliment. Il avait l'air encore plus hagard que la veille, comme s'il avait à peine dormi depuis l'enterrement.

Il se cala dans son fauteuil.

— Je suis content de te voir, mais j'aurais préféré que ce soit en d'autres circonstances. J'ai toujours apprécié Danny.

— Comme beaucoup de gens.

— C'était un bon garçon.

Il s'interrompit quelques secondes, comme pour honorer la mémoire du défunt, avant de reprendre.

— En quoi puis-je t'être utile ?

— Disons plutôt que c'est moi qui pourrais vous être utile. J'ai des informations susceptibles d'éclairer Scott dans son enquête.

Visiblement surpris, il l'invita à poursuivre.

— Il se trouve que je suis tombée sur Beck Merchant au Diner, hier soir. Vers 22 heures.

— Hum, fit Red, sans savoir où elle voulait en venir.

— Quand nous sommes ressortis, j'ai remarqué que les pneus de son pick-up et les semelles de ses bottes étaient pleins de boue. De la boue jaune, comme celle qui se trouve aux alentours du cabanon de pêche. Il n'avait rien à faire là-bas et je l'ai accusé d'avoir cherché à brouiller les pistes. Il a reconnu s'y être rendu après la veillée, alors qu'on venait de nous expliquer que le périmètre du cabanon était protégé pour les besoins de l'enquête.

— Effectivement.

— Effectivement ?

— Beck s'est rendu là-bas hier soir à ma demande.

Jane avait l'impression d'avancer en terrain miné.

— À votre demande ?

— Je lui ai demandé de me retrouver sur place avec mon adjoint.

Une mine explosa sous ses pieds.

— Je voulais que quelqu'un de la famille…

— Il n'est pas de la famille.

— C'est la raison pour laquelle je lui ai demandé de venir, Jane. Scott et moi voulions que quelqu'un de la famille inspecte le cabanon pour voir s'il n'y avait rien d'anormal ou d'incongru. Quelque chose qui n'aurait pas dû se trouver là, ou bien au contraire un objet manquant. Je n'ai pas eu le cœur de demander à Chris ou à Huff de le faire. C'est encore… comment dire… il y a du sang partout. Il existe des sociétés spécialisées dans ce genre de nettoyage, mais tant que nous n'aurons pas fini de recueillir les indices…

— Je crois comprendre, s'empressa de dire Jane.

— Je ne voulais pas imposer pareille épreuve à Huff ou à Chris, mais il nous fallait un proche, quelqu'un qui connaisse bien les lieux et soit à même de vérifier si quelque chose clochait.

— Oui, c'est logique, murmura-t-elle, penaude.

Dire qu'elle n'avait quasiment pas fermé l'œil de la nuit, toute à son impatience de signaler les agissements de Beck Merchant, qui lui semblaient suspects, pour ne pas dire criminels… En réalité, elle aurait dû lui être reconnaissante d'avoir épargné à sa famille des instants extrêmement pénibles.

N'empêche qu'il l'avait menée en bateau. Lorsqu'elle lui avait fait remarquer qu'il y avait de la boue sur ses pneus et ses bottes, il aurait facilement pu lui expliquer la situation, lui dire qu'il s'était acquitté d'une mission ingrate pour le compte du shérif. Au lieu de ça, il l'avait fait passer pour une idiote.

— Et c'était le cas ? demanda-t-elle.

— Je te demande pardon ?

— M. Merchant a-t-il remarqué quelque chose d'anormal ? Un objet déplacé, ou manquant ?

— Tu ne m'en voudras pas, Jane, mais je ne suis pas autorisé à en parler tant que durera l'enquête criminelle. Tu dois me comprendre.

Elle comprenait parfaitement. Il était en train de verrouiller.

— Vous parlez d'enquête criminelle. Dois-je en déduire que vous ne retenez plus la seule thèse du suicide ?

— Le suicide est un crime, dit-il avant de se pencher vers elle et d'ajouter à mi-voix : Nous ne laissons rien au hasard, c'est tout. Nous voulons avoir la certitude absolue que Danny a bien décidé, pour une raison encore inconnue, d'en finir avec la vie alors qu'il pêchait au bayou Bosquet. Nous ne connaîtrons sans doute jamais toute la vérité.

— A-t-il laissé une lettre, un message ?

— Nous n'avons rien trouvé.

Puisqu'il n'était pas assez important pour qu'on prenne ses appels, Danny avait peut-être estimé qu'il pouvait se dispenser d'écrire un mot d'adieu.

— Même pas un mot ? s'étonna tout de même Jane. C'est bizarre, non ?

— Oh, tu sais, j'ai enquêté sur pas mal de suicides et, dans la moitié des cas, les gens ne laissent pas de lettre.

Son regard se fit plus mélancolique.

— À vrai dire, les gens dans cet état-là ne s'expliquent pas toujours leur geste. Tout ça pour dire qu'il nous faut bien accepter l'inacceptable.

C'était un joli speech, dégoulinant de paternalisme. Le shérif Harper avait toujours sa place au club des vieux machos. Pour lui, Jane était d'abord une femme avant d'être une Hoyle.

— Et les pêcheurs qui ont trouvé le corps ?

— Si tu penses qu'ils ont quelque chose à voir là-dedans, sache qu'ils ont été mis hors de cause. Leurs femmes les accompagnaient, et je peux te dire qu'elles ont été méchamment secouées par ce qu'elles ont vu dans le cabanon. On a toutes les raisons de croire que les malheureux se sont trouvés là par hasard et qu'ils l'ont bien regretté.

— Parlez-moi de Gene Iverson.

— Pardon ?

Ce brusque changement de sujet ne devait rien au hasard. Jane voulait observer la réaction du shérif, et elle ne fut pas déçue. Red Harper était blanc comme un linge.

— Je suis allée à la bibliothèque ce matin, dès l'ouverture, poursuivit Jane. J'ai consulté les archives sur microfiches. Comme les articles de la presse locale étaient d'une indigence et d'une subjectivité risibles, j'ai lu ceux consacrés par le *Times-Picayune* à la disparition d'Iverson, à l'arrestation de Chris et au procès.

Jane cernait mieux à présent le contexte qui avait conduit à l'inculpation de son frère. Eugene Iverson était un salarié des Entreprises Hoyle. Sitôt embauché, il s'était battu pour mettre en place une section du syndicat de la métallurgie. Son travail était irréprochable, mais son prosélytisme auprès des salariés mécontents l'exposait aux foudres de la direction du personnel.

Un beau jour, il avait menacé d'organiser une grève si les conditions de travail ne s'amélioraient pas et si les normes de sécurité prévues par l'ASST, l'Agence pour la santé et la sécurité au travail, n'étaient pas strictement appliquées.

Cette menace de grève avait déstabilisé les ouvriers qui avaient choisi de rester fidèles aux Hoyle, par peur ou par conviction. Nombre d'entre eux étaient hostiles à l'implantation d'une unité syndicale et refusaient le principe d'une affiliation obligatoire. Les frictions entre les uns et les autres commençaient à avoir un impact négatif sur la production.

Huff, soucieux de préserver l'image de l'entreprise, d'échapper aux contrôles de l'inspection du travail et d'empêcher ses employés de se syndiquer, avait décidé d'organiser une rencontre entre Iverson et la direction dans l'espoir de trouver un terrain d'entente.

Lors de la réunion, Iverson avait dénoncé les maigres concessions proposées par Huff, refusant de se laisser acheter par une augmentation symbolique et de vagues promesses d'amélioration. Il avait clairement annoncé son intention de poursuivre son action jusqu'à ce que le syndicat prenne pied chez Hoyle.

Au terme de la réunion, Iverson avait claqué la porte, et personne ne l'avait jamais revu.

— Quand il est parti, continua Jane, mon frère a laissé entendre qu'il fallait réduire ce trouble-fête au silence.

— Oui, admit Red. Tous ceux qui étaient là l'ont confirmé au moment du procès. Au cours du contre-interrogatoire de McGraw, ils ont également déclaré que Chris l'avait dit sur le ton de la plaisanterie.

Le shérif grimaça un sourire.

— Quelqu'un a également fait remarquer qu'on évite de se découvrir en public quand on projette d'assassiner quelqu'un, ajouta-t-il.

— Sauf quand on s'appelle Hoyle.

Le shérif Harper lança à Jane un regard noir. Elle décida d'enfoncer le clou.

— Iverson voulait que la direction rende des comptes chaque fois qu'un accident du travail survenait à l'usine.

— C'est ce qui s'est toujours passé.

— Vous voulez rire ? rétorqua sèchement Jane. Quand les Hoyle, par malchance, sont reconnus coupables de non-respect d'une règle de sécurité après un accident grave – je me souviens même de deux décès –, la société se contente de payer une amende. Ce sont les risques du métier, comme ils disent. Une petite remontrance, et ils sont quittes jusqu'à l'accident suivant. Chaque fois que les inspecteurs du travail débarquent, ils font ce qu'il faut pour sauver les apparences, et rien ne change. Cette fonderie est dangereuse, Red Harper, et vous le savez très bien. Iverson était un agitateur, et c'était peut-être le type le plus imbuvable de la planète. Je ne le connaissais pas et je l'aurais sans doute détesté si je l'avais rencontré, mais j'ai du respect pour la cause qu'il défendait. On ne peut pas en dire autant de Huff et de Chris.

— Des centaines d'ouvriers n'étaient pas de ton avis, Jane. Il menaçait leur existence. S'ils ne travaillent pas, leurs familles n'ont rien à manger. Iverson avait peut-être les moyens de faire grève, mais pas eux. Ils devaient être un bon nombre à souhaiter sa mort.

— Le problème, c'est que personne n'a assisté à sa mort. C'est bien pour ça que Chris a été acquitté.

— Chris a été acquitté parce que les jurés ont estimé qu'il était innocent.

— Disons plutôt… la moitié d'entre eux…

Le tir était bien ajusté, mais la flèche ricocha sur la cuirasse du shérif. Jane ne s'en étonna guère. Elle aurait pu passer la journée à lui décocher des piques, en pure perte. Red Harper aurait couvert les Hoyle jusque dans la tombe, car il leur appartenait, corps et âme.

Sa loyauté était à toute épreuve. Jane n'y voyait pas un quelconque sentiment d'affection, un signe d'allégeance, ni même l'appât du gain. Red Harper avait tout bonnement pris de mauvaises habitudes dont il ne pouvait plus se défaire, à l'image d'un gros fumeur qui allume sa cigarette sans y penser. Red mentait pour le compte de sa famille depuis si longtemps que mentir était une seconde nature. Il n'avait pas conscience de ce qu'il faisait, il n'avait plus le choix.

Il était possible, dans le cas présent, que Red Harper ne cherche pas à couvrir les Hoyle. Chris pouvait très bien avoir été accusé à tort, inculpé par un procureur aux dents longues désireux de se faire un nom en s'attaquant à un fils de grande famille, à la fortune enviable qui plus est. C'était même le sujet d'un éditorial qu'elle avait lu dans la presse quelques heures plus tôt. En sa qualité de notable, peut-être son frère avait-il été désigné comme bouc émissaire dans une affaire dont le mystère restait entier...

S'il était innocent du crime pour lequel on l'avait jugé, elle n'avait pas le droit de continuer à le soupçonner. Et, s'il était coupable, inutile de compter sur Red pour le lui révéler.

Elle prit son sac à main et se leva.

— Merci de m'avoir reçue sans rendez-vous.

— Tu seras toujours la bienvenue, Jane, lui dit-il en la raccompagnant jusqu'à la porte. Tu comptes rester quelque temps dans le coin ?

— Non, je repars cet après-midi.

— Bon, mais sois prudente, là-bas. Je me suis laissé dire qu'il y avait pas mal de gens bizarres à San Francisco.

Ses lèvres molles esquissèrent un sourire.

— Scott a tous tes numéros de téléphone. Je pense qu'il aura bouclé son enquête d'ici à demain. Je lui demanderai de t'appeler quand les conclusions seront officielles.

— Oui, je veux bien.

Jane eut un instant d'hésitation en repensant à Jessica DeBlance. Les fiançailles secrètes de Danny pouvaient avoir un rapport avec le drame. Mais, comme Red bénéficiait des largesses de Huff, il rapporterait à son bienfaiteur tout ce qu'elle lui dirait. Or Jessica lui avait bien précisé qu'elle ne souhaitait pas mettre Huff au courant de leur projet de mariage.

Jane ne savait même pas si elle pouvait confier cette information à Wayne Scott sans que celui-ci se sente obligé de la transmettre à son nouveau patron. Elle décida donc de garder le silence tant qu'elle n'aurait pas fait le point avec Jessica.

Un autre détail la troublait, mais elle ne parvenait pas à mettre le doigt dessus. La mémoire lui revint à l'instant où elle posait la main sur la poignée de porte.

— Shérif ?

Il avait déjà regagné son bureau. Il pointa la tête dans le couloir, l'œil interrogateur.

— Vous m'avez dit tout à l'heure que Danny avait décidé de se donner la mort pendant qu'il était à la pêche.

— Selon moi, c'est l'hypothèse la plus probable, rétorqua Harper.

— Personnellement, je trouve ça difficile à croire.

— Jane, nous avons déjà parlé de tout ça.

— Non, non, je ne fais pas allusion au suicide. Ce que j'ai du mal à avaler, c'est l'histoire de la pêche. Danny avait horreur de la pêche…

Dès qu'il entra dans le bureau de Huff, Beck comprit que le vieux était de mauvais poil. Avant même de dire bonjour, il prit ce qui ressemblait à un bristol sur une pile de cartes et le brandit sous le nez de Beck.

— Tiens, regarde-moi ça. Je suis furieux.

D'aucuns auraient pu s'étonner que Huff et Chris soient à pied d'œuvre le lendemain de l'enterrement de Danny. La décence aurait sans doute commandé qu'ils s'absentent jusqu'à la fin de la semaine. Mais Huff n'avait que faire des cérémonies. Un jour sans travail était un jour perdu. Le mot « congé » n'existait pas dans son vocabulaire.

— Qu'est-ce que c'est ?

Huff tendit la carte à Beck qui s'assit sur le petit canapé, près du bureau. Du côté opposé, les immenses baies vitrées donnaient sur l'atelier. Une vue imprenable sur l'univers sinistre des hauts-fourneaux, où tout n'était que pénombre, clameurs et chaleur torride.

Beck disposait d'un bureau semblable au même étage, tout comme Chris et Danny. Chris était arrivé, pas très frais, quelques instants auparavant. La porte du bureau de Danny était restée fermée.

Beck lut la carte que Huff venait de lui tendre.

« Mes condoléances les plus sincères, Charles Nielson. »

Il eut un petit rire.

— Ne me dites pas qu'il a envoyé des fleurs pour l'enterrement de Danny ?

— Tu imagines un peu le culot de ce salopard ? Je jetais un coup d'œil sur les mots qu'on a reçus avant de demander à Sally d'envoyer les faire-part de remerciement, expliqua-t-il en parlant de sa secrétaire. C'est comme ça que je suis tombé là-dessus. Dire qu'il se sert de la mort de mon fils pour venir m'emmerder…

— Il est gonflé, le type. Vous avez eu le temps de lire le dossier que je vous ai laissé ?

— J'en ai lu suffisamment pour comprendre que ce Nielson cherche à se faire une réputation. Chaque fois qu'un article lui est consacré, j'ai l'impression de lire un communiqué de presse qu'il a écrit lui-même.

— Je serais plutôt de votre avis, concéda Beck, mais, en attendant, il fait parler de lui et le grand public commence à connaître son nom. Pour l'instant, il ne s'est attaqué qu'à de petites entreprises, mais il a chaque fois réussi, soit à y faire entrer un syndicat, soit à obtenir des concessions importantes de la part des dirigeants. Côté succès, il a fait le plein. Ce que je crains, c'est qu'il lui faille aujourd'hui une cible plus importante pour se placer sous les projecteurs.

— Et tu te dis que les Entreprises Hoyle pourraient bien être cette cible…

— Nous sommes la proie idéale, Huff. Nous sommes particulièrement vulnérables. Nous produisons uniquement de la fonte et nous ne faisons pas de sous-traitance. De sorte que si un seul stade de la production est affecté…

— On n'arrive plus à fournir et la boîte s'écroule.

— Je suis certain que Nielson le sait pertinemment. Et, pour ne rien arranger, on a eu plusieurs accidents, dont certains mortels.

Huff se leva avec un « Putain ! » qui venait du cœur et se planta devant la baie donnant sur l'atelier.

— Tu sais combien de types ont bossé ici sans jamais se blesser ? Hein ? Des centaines, dit-il en se retournant. Et on en parle, de ça ? Tu crois que ces syndicalistes fouteurs de merde inscrivent sur leurs pancartes ces chiffres-là ? Bien sûr que non. Il suffit qu'un ouvrier trébuche pour qu'on en fasse des gorges chaudes.

« Trébucher »… Un bel euphémisme pour évoquer une jambe broyée par la chute de tubes sur un tapis roulant laissé sans surveillance, la perte d'un doigt dans une machine dépourvue d'arrêt d'urgence ou une brûlure si profonde que la chair se détachait littéralement de l'os. Beck préféra ne rien dire. Huff était trop remonté pour entendre raison.

— Tu parles d'*infos nationales*, poursuivit-il. Comme si un type de New York ou de Washington pouvait savoir comment on fonctionne ici ! Tous des gauchistes, des communistes qui passent leur temps à essayer de foutre le bordel... Dès qu'il y a un accident à l'atelier, c'est dans la presse, et le lendemain je vois débarquer une brigade d'inspecteurs du travail. Ils viennent parader avec leurs blocs-notes, l'oreille compatissante pour enregistrer toutes les petites misères de cette bande de pleurnichards.

Du bout de sa cigarette, il traça un cercle imaginaire autour des ouvriers qui s'affairaient au rez-de-chaussée.

— Quand j'étais jeune, poursuivit-il, tu peux pas savoir comme j'aurais aimé avoir un boulot comme le leur. Tu n'imagines pas comme mon père aurait aimé être salarié et toucher sa paie chaque mois.

— Vous prêchez un converti, lui dit doucement Beck. Ne vous énervez pas, vous allez faire une attaque.

— Tu parles d'un cinéma..., bougonna Huff.

Il retourna s'asseoir, s'affala lourdement dans son fauteuil, les joues en feu et le souffle court.

— Vous suivez toujours votre traitement contre l'hypertension ?

— Non. Si je prends leurs saloperies de pilules, je débande tout de suite.

Ce n'était un secret pour personne : au moins une fois par semaine, Huff rendait visite à une femme qui habitait à la sortie de la ville. Pour ce qu'en savait Beck, il était son unique client, et sans doute payait-il grassement ce privilège.

— Entre l'hypertension et une queue molle, je préfère l'hypertension, merci.

— J'ai tout entendu, fit Chris en pénétrant dans la pièce.

Comme d'habitude, il était rasé de près et tiré à quatre épingles. Pas un cheveu rebelle, pas un faux pli. Souvent, Beck se demandait quel était son secret, quand la température dépassait les 30 degrés dès le milieu de la matinée.

— On dirait que j'ai loupé le début d'une conversation très intéressante. Alors, si j'ai bien compris, on ne débande pas ? Non, je rigole.

Tandis que Huff se servait un verre d'eau, Beck résuma leur conversation au sujet de Charles Nielson.

Pour Chris, la menace n'était pas réelle.

— On les connaît, les loustics. Ils font de la provoc, ils jouent les durs et un beau jour ils finissent par s'évaporer. Il suffit d'attendre un peu.

— Celui-là est différent des autres. J'ai bien peur qu'il mette un certain temps à s'évaporer, comme tu dis.

— Il faut toujours que tu joues les oiseaux de mauvais augure, Beck.

— C'est bien pour ça qu'on le paie, fit sèchement Huff. Beck se charge des petits problèmes avant qu'ils ne deviennent de gros problèmes.

— Merci pour ce témoignage de confiance, dit l'avocat. Bon, en ce qui concerne Nielson, que voulez-vous que je fasse ?

— Que suggères-tu ?

— Le mieux est encore de l'ignorer.

Cette réponse laconique prit Hoyle père et fils au dépourvu. Beck leur laissa le temps de commenter sa proposition, mais devant leur silence il motiva son choix.

— S'il a envoyé des fleurs à l'enterrement, c'est pour voir de quelle manière vous alliez réagir. Il savait très bien que c'était déplacé. Je pourrais lui envoyer une lettre de protestation, mais cela ne ferait que renforcer sa position. En l'ignorant, on lui fait savoir qu'il ne mérite même pas notre attention, qu'on le prend pour quantité négligeable. C'est à mon avis le message le plus fort qu'on puisse lui envoyer.

Huff tira sur ses lèvres, songeur.

— Qu'en penses-tu, Chris ?

— Moi, j'allais proposer de brûler sa baraque. L'approche de Beck est plus subtile.

Quand les rires cessèrent, il ajouta :
— Il est d'où, au fait ?
— Il fait la navette entre plusieurs bureaux, dont un à La Nouvelle-Orléans. C'est sûrement comme ça qu'il nous a repérés.
Ils ruminèrent un moment en silence, puis Beck déclara :
— Je pourrais lui faire un petit courrier. Lui dire que…
— Non, je préfère la première solution, trancha Huff en se levant et en allumant une cigarette. On n'a qu'à le laisser sortir du bois et se demander à quelle sauce on va le manger.
— Bien, approuva Beck.
Le téléphone sonna.
— Chris, tu prends ? Faut que j'aille pisser.
Pendant que son père se dirigeait vers ses toilettes personnelles, Chris enfonça la touche rouge qui clignotait.
— Sally, c'est Chris. Vous vouliez Huff ?
La voix nasillarde de la secrétaire, dont la fidélité n'avait d'égale que l'infinie patience, emplit la pièce.
— Je sais que vous êtes en réunion, mais j'ai pensé que M. Hoyle… Enfin, que vous ne m'en voudriez pas si je vous dérangeais pour ça.
— Pour quoi ?
— Votre sœur est en bas et elle fait un foin de tous les diables.

10

— Jane est ici ? fit Chris, éberlué.

Huff, de retour des toilettes, se retourna brusquement.

Beck se leva pour voir ce qui se passait en bas. Tout avait l'air normal, les ouvriers étaient à leurs postes.

— Elle est arrivée par l'entrée du personnel, poursuivit Sally, pas celle des visiteurs. Le vigile ne l'a pas reconnue, il n'est pas là depuis très longtemps. Il l'a stoppée, mais elle veut absolument qu'on la laisse pénétrer dans l'atelier.

— Elle a expliqué pourquoi ? demanda Huff.

Sally hésita avant de répondre :

— Elle dit qu'elle est chez elle, mais le vigile ne veut pas la laisser passer sans autorisation.

— Dites au vigile de la retenir, dit Chris. On le rappelle.

— Il me signale qu'elle lui pourrit la vie. Ce sont ses mots.

— Eh bien, dites-lui que c'est nous qui allons lui pourrir la vie s'il ne fait pas son boulot.

Et Chris raccrocha.

Huff ricana entre deux volutes de fumée.

— Hé, les enfants, on dirait que notre associée invisible s'est prise d'un intérêt soudain pour notre métier.

— Je me demande bien pour quelle raison, maugréa Chris, que cette visite impromptue ne semblait pas réjouir.

— Elle a raison, elle est chez elle, déclama Huff. Elle a parfaitement le droit d'être ici.

— C'est exact, confirma Beck. Légalement, elle est votre associée. Mais vous comptez vraiment la laisser accéder à l'atelier ?

— Hors de question, décréta Chris.

— Pourquoi ? fit Huff.

— Premièrement, parce que c'est dangereux.

Huff regarda Beck avec un sourire entendu.

— Depuis des années, nous soutenons à l'inspection du travail que toutes les normes de sécurité sont respectées. Si je laisse ma propre fille se balader dans l'usine, c'est qu'elle ne risque absolument rien, non ?

Huff n'avait pas son pareil pour tirer parti de n'importe quelle situation, lui fût-elle défavorable en apparence. Beck devait bien admettre que son point de vue se défendait, mais il éprouvait les mêmes réticences que Chris.

Ce dernier se dirigea vers la porte.

— C'est une mauvaise idée, et ça ne me gêne pas d'aller le lui dire. Après tout, c'est encore moi qui suis responsable d'exploitation, ici. Si je ne veux pas la laisser entrer dans l'atelier, elle n'y entrera pas.

Huff leva la main.

— Attends un peu, Chris. Si tu adoptes ce genre d'attitude, elle va croire qu'on a quelque chose à cacher.

Beck imaginait les rouages du cerveau de Huff en pleine action, tandis que sa cigarette passait d'un coin de la bouche à l'autre.

— Vas-y, toi, lui dit Huff. Jauge-la, écoute-la. Je me fie à ton instinct. Si tu penses qu'il vaut mieux la raccompagner, tu la raccompagnes et tu verrouilles la porte derrière elle. Mais si tu estimes qu'il vaut mieux qu'on la laisse jeter un coup d'œil à l'intérieur, tu lui fais faire le grand tour.

Beck lança un regard à Chris. La production était le secteur de Chris, qui veillait jalousement sur son territoire. Visiblement, la décision de Huff ne lui plaisait pas, mais il ne chercha pas à la contester. Peut-être même se réjouissait-il de ne pas devoir affronter Jane.

De son côté, Beck n'avait pas l'air plus enthousiaste.

Les Entreprises Hoyle comptaient près de six cents employés, dont à peine une trentaine de femmes, toutes cantonnées à des emplois de bureau à l'écart de l'atelier. Hormis les secrétaires de direction, le personnel du site de production de l'usine était exclusivement masculin.

Les ouvriers pointaient dès leur arrivée au « centre », une salle qui avait tout d'un hangar, avec son sol en béton et une forêt de canalisations d'eau, de gaines de ventilation et de câblages électriques parcourant le plafond dans tous les sens.

Des rangées de casiers vert-de-gris occupaient la moitié de l'espace au sol. Chaque employé avait le sien, équipé d'un cadenas, afin d'y entreposer casque, lunettes et gants de protection, panier-repas et autres effets personnels. Des affichettes informaient le personnel que la société déclinait toute responsabilité en cas de perte ou de vol. Les vols n'étaient d'ailleurs pas rares au sein d'une population ouvrière comptant nombre d'anciens détenus en liberté conditionnelle à la recherche d'un emploi stable pour complaire à leur officier de tutelle.

Les toilettes, derrière les armoires, étaient d'époque, et cela se voyait. Un capharnaüm de tables et de chaises aux pieds chromés, toutes dépareillées, occupait le reste de la salle : il s'agissait de la « cantine », équipée de distributeurs et de fours à micro-ondes mitraillés de taches alignés le long du mur.

Dans un coin, des cloisons mobiles délimitaient vaguement un poste de premiers secours dépourvu de tout personnel. Celui qui avait le malheur de se blesser devait se débrouiller tout seul avec les quelques pansements et médicaments mis à sa disposition.

C'était au « centre » que les ouvriers, des hommes habitués à travailler dur, prenaient leurs pauses, échangeaient des blagues, parlaient sports et femmes. En ce moment, à l'heure de la pause du matin, ils devaient être une cinquantaine. La plupart d'entre eux n'avaient encore jamais vu d'aussi près une femme de la classe de Jane Lynch ; ils n'auraient guère été plus surpris si une licorne s'était matérialisée sous leurs yeux.

Lorsque Beck entra dans l'immense pièce, elle tentait sans grand succès d'engager la conversation avec un groupe de cinq hommes assis autour d'une table. Elle avait fait l'effort de s'habiller simplement, en jean et tee-shirt blanc, mais elle détonnait dans cet univers de bleus de chauffe.

Tête basse, les hommes répondaient à ses questions par des murmures laconiques en échangeant des regards furtifs, manifestement déconcertés par sa présence et franchement suspicieux devant ses velléités d'engager la conversation.

Beck prit soin d'arborer un grand sourire.

— Quelle bonne surprise !

Jane afficha le même air faussement ravi.

— Vous tombez bien, monsieur Merchant. Vous allez pouvoir expliquer à ce monsieur que j'ai besoin d'un casque pour faire le tour de l'atelier.

Le « monsieur » auquel elle faisait référence était l'un des vigiles chargés de surveiller l'accès aux installations. Il se tenait à l'écart, comme s'il craignait d'approcher Jane. Il accourut, le visage luisant de sueur, manifestement nerveux.

— Monsieur Merchant, je ne savais si je devais…

— Merci. Vous avez suivi la procédure, c'est bien. À partir de maintenant, je me charge de Mme Lynch.

Beck prit Jane par le bras et l'entraîna aussitôt avec une vigueur qui frôlait la brutalité.

— Venez avec moi, madame Lynch. Les casques des visiteurs se trouvent là-bas.

— Encore merci et au revoir, lança Jane aux cinq ouvriers.

Beck la fit louvoyer dans le labyrinthe des tables et des chaises jusqu'à une remise, heureusement inoccupée. À peine avait-il refermé la porte derrière lui qu'elle passa à l'offensive :

— Ils n'avaient pas envie que je m'adresse directement aux ouvriers, c'est ça ? Alors ils vous ont envoyé vous débarrasser de moi.

— Pas du tout, répondit Beck sans se démonter. Huff et Chris sont très heureux que vous vous intéressiez à l'entreprise, mais si vous voulez parler à quelqu'un de ce qu'on produit ici, c'est à moi qu'il faut poser des questions, pas à ces types-là. Même dans cette tenue, vous en jetez trop. Ils n'oseraient pas ouvrir la bouche.

— Ce n'est pas moi qui les intimide, c'est mon nom. Ils se méfient de moi parce que je suis une Hoyle.

— Si c'est le cas, pourquoi les mettre mal à l'aise ?

Elle comprit que Beck avait raison.

— Oui, j'aurais peut-être dû réfléchir avant. De toute manière, j'en apprendrai beaucoup plus en faisant le tour de l'atelier. Où est mon casque ?

— Vous savez, vous pouvez presque tout voir depuis nos bureaux, au premier.

— Vos jolis bureaux propres et climatisés ? L'image serait un peu faussée, vous ne trouvez pas ? Je veux être sur place, vivre le travail des ouvriers.

— Ce n'est pas une bonne idée, Jane, rétorqua fermement l'avocat. Chris, en tant que responsable de la production, vous le fait savoir.

— Il n'a pas eu le courage de venir me le dire en face ?

— Disons qu'il s'en est remis à mon sens de la diplomatie.

— Tout votre art de la diplomatie ne me fera pas changer d'avis.

Beck se rapprocha d'elle, mains sur les hanches.

— Dans ce cas, je vais être très direct. Qu'êtes-vous venue faire ici ?

— Comme vous me l'avez vous-même rappelé fort justement hier, je suis une associée des Entreprises Hoyle.

— Pourquoi aujourd'hui, alors que vous n'avez jamais manifesté aucun intérêt pour l'entreprise ?

La question n'était pas là, mais soucieuse de ne pas détromper son interlocuteur, elle répondit :

— Disons qu'il était temps que je commence à m'y intéresser.

— Je vous redemande pourquoi. Est-ce parce que vous n'aviez pas le droit de venir ici quand vous étiez petite ? Chris et Danny pouvaient venir, mais pas vous, à ce que je me suis laissé dire. Vous souffriez de ne pas être traitée comme eux ?

Une lueur féroce étincela dans le regard de Jane.

— Gardez votre psychologie de supermarché pour vous. Je n'ai pas à vous expliquer mes motivations.

Beck désigna la porte d'un mouvement de tête.

— Sauf si vous voulez franchir cette porte.

— Vous êtes un employé de la société, monsieur Merchant. Par conséquent, vous travaillez pour moi. Je suis votre patronne.

Derrière ce ton hautain et condescendant qui exaspérait Beck se dissimulait quelque chose de plus indéfinissable qui l'excitait au-delà du raisonnable. Il mourait d'envie d'embrasser Jane, de la prendre à pleine bouche, de lui prouver qu'elle n'était pas sa patronne dans tous les domaines, mais il réfréna ses pulsions.

— Qu'espérez-vous faire, au juste ?

— Je veux voir si cette usine est aussi dangereuse qu'on le dit. Est-ce que les risques encourus par les ouvriers qui travaillent ici sont exagérés ou, comme je le soupçonne, sous-évalués ?

— Bien sûr qu'il y a des risques, Jane. C'est une fonderie. On y travaille des métaux en fusion. C'est un métier dangereux.

— Soyez gentil, épargnez-moi ce ton paternaliste, dit sèchement Jane. Je sais parfaitement que c'est dangereux par nature. Raison de plus pour protéger par tous les moyens les hommes qui y travaillent. Je crois qu'à cet égard les Entreprises Hoyle ont fait preuve d'une négligence coupable.

— Nous avons une charte qui…

— Parlons-en. Une charte rédigée par Huff et Chris, mise en œuvre par Georges Robson, le roi des laquais. Vous savez aussi bien que moi que, des principes à la pratique, il y a un monde. La devise de Huff, c'est de produire à tout prix, à moins qu'il n'ait changé de philosophie au cours des dix dernières années, ce dont je doute. Rien n'arrête jamais la production. La preuve : hier, le jour où on enterrait son propre fils, l'usine tournait à plein régime.

Elle reprit son souffle.

— Maintenant, s'il vous plaît, donnez-moi un casque.

Il y avait dans la voix de Jane une violence qui en disait long sur sa détermination. Plus il tenterait de la dissuader, plus elle insisterait et plus elle les soupçonnerait de vouloir dissimuler quelque chose, ainsi que l'avait affirmé Huff. Avec un peu de chance, s'il cédait à son caprice, elle repartirait une fois sa curiosité satisfaite, sans faire trop de dégâts.

Malgré tout, il revint une dernière fois à la charge en lui montrant la porte qu'ils venaient de franchir.

— Vous avez bien regardé ces hommes, Jane ? Ils ont presque tous des cicatrices. Ce genre de matériel peut couper, brûler, pincer, broyer.

— Je n'ai pas l'intention de m'approcher des machines.

— Quelles que soient les précautions que vous prenez, il y a mille façons de se blesser.

— Vous ne faites qu'apporter de l'eau à mon moulin !

Jetant finalement l'éponge, il prit deux casques sur les étagères et en lança un à Jane.

— N'oubliez pas les lunettes de protection, ajouta-t-il en lui tendant une paire. En revanche, je ne peux rien faire pour vos pieds. Ces mocassins ne vont pas vous protéger beaucoup…

Elle commença par ajuster ses lunettes, puis posa le casque sur sa tête.

— Non, pas comme ça.

Sans lui laisser le temps de réagir, il lui retira le casque, rassembla ses cheveux sur le sommet du crâne et replaça le casque, prenant soin de replier les quelques mèches qui s'échappaient encore sur la nuque de la jeune femme.

— Ne vous en faites pas, ça va aller, lui dit Jane.

— Il ne doit pas rester de mèches libres. Je ne voudrais pas qu'une étincelle vous brûle les cheveux ou qu'une machine vous les arrache jusqu'à la racine. Sans compter que ça risque de distraire les ouvriers.

Elle redressa la tête. Il la regarda à travers ses lunettes.

— Depuis que je suis ici, jamais une femme n'est entrée dans l'atelier. Et encore moins une femme comme vous. Ces types ne manqueront pas de mater vos seins et vos fesses, je ne peux rien y faire. Mais il ne faudrait pas que quelqu'un se fasse mal par inattention, à rêver de vos cheveux sur son ventre.

Il la dévisagea quelques secondes encore, puis il ajusta ses lunettes et son casque.

— Bon, allons-y.

Il ouvrit la trappe de l'enfer.

Ce fut la première impression de Jane. La chaleur la frappa de plein fouet, comme si une main gigantesque, plaquée sur sa poitrine, voulait la maintenir sur le seuil…

Beck avait déjà descendu plusieurs marches de l'escalier métallique. Sentant qu'elle hésitait, il hurla, pour couvrir le vacarme :

— Alors, on a changé d'avis ?

Elle lui fit signe que non, qu'il pouvait avancer. Sous ses pieds, les grilles étaient si brûlantes qu'elle se demanda combien de temps ses semelles de cuir allaient pouvoir résister.

C'était le royaume du bruit, de la pénombre et de la chaleur. Un espace immense, comme infini, dont elle ne distinguait pas les limites. L'obscurité, encore et toujours, criblée de cascades d'étincelles et de bouillonnements de feu liquide. Un halo blanc coiffait les poches de métal en fusion qui se balançaient le long du pont roulant. Le métal frappait le métal, les tapis roulants ronronnaient, les machines claquaient, cliquetaient, tremblaient.

Le vacarme était incessant, la pénombre oppressante, la chaleur implacable qui ne faisait plus qu'un avec quiconque l'inhalait.

Les Vulcain de ce monde des ténèbres étaient des hommes au visage ruisselant de sueur, équipés de grosses lunettes, auxquels Beck et Jane inspiraient à la fois respect et méfiance. En perpétuel mouvement, ils manœuvraient parfois plusieurs machines à la fois. Ici, pas question de s'asseoir, mais une attention de tous les instants face aux étincelles, aux éclaboussures, aux chutes ou aux glissades. Chacun des membres de leur corps, leur vie en dépendaient.

— Vous n'êtes pas obligée de faire ça, Jane, cria Beck à quelques centimètres de l'oreille de la jeune femme. Vous n'avez rien à prouver à qui que ce soit.

Que tu dis. Elle leva les yeux vers les vitres du premier étage. Elles étaient éclairées. Comme elle l'avait prévu, Jane aperçut Huff, maître incontesté de cet enfer, bien campé sur ses jambes, tirant sur une cigarette au bout rougeoyant.

Jane ne releva pas la provocation qui brillait dans le regard de Beck.

— Qu'y a-t-il d'autre à voir ?

Il avança.

— Nous fabriquons des alliages ferreux composés essentiellement d'acier, auquel s'ajoutent un peu de carbone et de silicone.

Elle se contenta d'opiner.

— Les Entreprises Hoyle récupèrent à la tonne de la ferraille qu'on nous envoie par rail depuis des dépôts situés dans différents États.

Jane se dit que la hideuse montagne de ferraille qui jouxtait l'usine devait être un mal nécessaire. Et pourtant, elle entendait encore sa mère demander à Huff s'il ne pouvait pas faire construire quelque chose, un mur ou une palissade, afin de cacher cette monstruosité aspirant tous les regards.

Une telle dépense était pour lui hors de question. Il répondait invariablement :

— Sans ce tas de ferraille, tu pourrais dire adieu à ton vison et à ta Cadillac neuve.

— On fait fondre la ferraille dans des fours qu'on appelle des cubilots, poursuivit Beck. Ensuite, on verse le métal fondu dans un moule métallique qui utilisera la force centrifuge, ou bien alors dans des moules de sable.

Elle regarda une poche déverser son contenu en fusion dans un moule. Cette technologie l'impressionnait, mais pas autant que le danger auquel s'exposaient les hommes qui manœuvraient les machines, à quelques dizaines de centimètres de ces brasiers liquides et de ces pièces métalliques en mouvement, chauffées à blanc.

— Qu'est-ce qu'il a sur les mains ? demanda-t-elle en désignant l'un des ouvriers.

Beck eut un instant d'hésitation.

— Du ruban adhésif. Pour ajouter une épaisseur aux gants, ce qui lui évite de se brûler les mains.

— Pourquoi ne pas simplement leur fournir des gants plus épais ?

— C'est plus cher, rétorqua sèchement Beck avant de l'éloigner d'une flaque de métal en fusion qui bouillonnait.

Jane leva la tête ; le métal s'écoulait d'une poche débordante. Elle remarqua que l'homme surveillant l'opération se tenait sur une plate-forme dépourvue de rambarde.

Beck reprit :

— Quand le métal s'est solidifié dans les moules en sable, on passe au décochage. La pièce circule sur une grille vibrante qui fait tomber le sable.

D'une main, il lui indiqua la sortie et poursuivit ses explications tout en lui tenant la porte, tel un prof s'adressant à une élève de sixième au cours d'une visite guidée.

— Une fois le tube débarrassé de son moule, c'est la phase de la finition, puis de l'inspection. On vérifie la qualité du métal et sa composition chimique. Tous les produits défectueux sont recyclés, ils retournent au four. Et ce qui était arrivé ici à l'état de ferraille repart de la fonderie dans l'un de nos semi-remorques, sous la forme d'un tube destiné à de multiples usages. Des questions ?

Jane retira ses lunettes puis son casque et secoua sa chevelure.

— Quelle température atteint-on, là-dedans ?

— En été, ça peut monter jusqu'à 54 degrés. En hiver, c'est plus supportable.

Beck la guida jusqu'à un ascenseur. Une fois à l'intérieur, ils gardèrent les yeux rivés sur les numéros d'étage.

— Sur l'une des machines..., commença Jane.
— Oui ?
— ... il y avait une croix blanche.
Beck, impassible, mit si longtemps à répondre qu'elle crut qu'il avait décidé d'ignorer sa question.
— Ça veut dire qu'il y a eu un mort.
Elle aurait voulu en savoir plus, mais les portes de l'ascenseur s'ouvrirent et Chris apparut, qui les attendait avec un sourire désarmant.
— Bonjour, Jane. Dis-moi, tu as changé de look, dit-il en voyant la tenue qu'elle avait achetée en ville juste avant de venir. Pour ne rien te cacher, je trouve ça moyen. Alors, ce petit tour ?
— Très instructif.
— Je suis ravi que ça t'ait plu.
— Je n'ai pas dit que ça m'avait plu.
Le mobile de Beck sonna.
— Excusez-moi.
L'avocat s'éloigna afin de prendre l'appel. Jane en profita pour passer à l'offensive.
— Je n'ai rien vu, dans l'atelier, qui démente les accusations de manquements à la sécurité et d'atteinte à l'environnement portées à l'encontre de la société. C'était quoi, cette odeur ?
— C'est le sable, Jane, répondit Chris avec une patience exagérée. Il contient des produits chimiques qui peuvent dégager des odeurs désagréables avec la chaleur.
— Des produits nocifs ?
— Cite-moi un seul secteur industriel dans lequel les risques n'existent pas ?
— Mais avec les systèmes de ventilation modernes...
— On a vite fait de se ruiner. Cela dit, nous cherchons toujours de nouveaux moyens d'améliorer notre environnement de travail.
— À propos d'environnement, je crois me souvenir que nous avons été condamnés à payer de lourdes

amendes, il y a quelques années, pour avoir pollué la rivière. Un problème d'écoulement en provenance des bassins de refroidissement, si ma mémoire est bonne.

Le sourire de Chris se figea.

— Nous faisons également quantité d'efforts pour protéger l'environnement local.

— C'est aux fonctionnaires du ministère qu'il faudra expliquer ça, Chris, répliqua Jane d'un ton parfaitement sceptique.

Beck, qui avait achevé sa conversation, les rejoignit.

— Vous voudrez bien m'excuser, mais j'ai un problème urgent à régler, leur annonça-t-il en délestant Jane de son casque et ses lunettes. Vous retrouverez votre chemin ?

— Ça ne doit pas être trop compliqué.

— Je suis vraiment navré de ne pas pouvoir t'inviter à déjeuner avant ton départ, mais j'ai du travail, moi aussi, s'empressa d'ajouter Chris en faisant la bise à Jane, l'œil narquois.

— Bon vol, Jane.

Beck et Chris la regardèrent s'éloigner.

— Et voilà.

— Je ne suis pas sûr que nous en soyons quittes, Chris.

— Tu crois qu'elle compte nous emmerder question sécurité, environnement et cetera ?

— Ça reste à voir. Mais je peux te dire que madame s'est beaucoup démenée, ce matin.

— Ah bon ? s'étonna Chris. Qu'est-ce qu'elle a fait ?

— Primo, elle est allée voir Red Harper. C'est lui qui vient de m'appeler. Il voudrait que tu passes à son bureau pour répondre à quelques questions.

Avant de quitter Destiny, Jane traversa un quartier installé, pour ainsi dire, à l'ombre des hauts-fourneaux des Entreprises Hoyle. Jadis, quand elle était jeune et naïve, quand tout lui semblait possible, quand elle s'imaginait un avenir radieux, la simple vue de cette rue résidentielle la faisait chavirer de joie. Cette maison, au milieu de ce quartier presque populaire, était le centre de son univers. Pour elle, elle symbolisait l'espoir, le bonheur, la sécurité et l'amour.

Mais le triste spectacle que découvrit Jane lui déchira le cœur.

D'une manière générale, le quartier s'était dégradé au cours des dix dernières années, et la maison elle-même donnait l'impression d'être à l'abandon. Elle se trouvait dans un tel état de délabrement que Jane crut tout d'abord s'être trompée. Elle avait dû tourner trop tôt, elle n'était pas à la bonne adresse.

Mais non, elle se trouvait au bon endroit. Elle reconnaissait les lieux. Et si sa mémoire lui inspirait des inquiétudes, il lui suffisait de lire le nom sur la boîte aux lettres...

La pelouse – enfin, ce qu'il en restait – était jonchée de jouets presque tous cassés, apparemment abandonnés. Quelques arbustes livrés à eux-mêmes s'accrochaient encore à la vie. Sur la terrasse, une balançoire métallique rouillée semblait avoir renoncé à résister et la peinture lépreuse des boiseries extérieures faisait tout aussi pitié à voir.

Jane tenta de se rassurer en se disant qu'elle était venue ici sur un coup de tête. La vérité était tout autre. Depuis son arrivée à Destiny, elle avait caressé l'idée d'aller voir la maison. Et maintenant qu'elle se trouvait au pied du mur, elle avait le ventre noué comme jamais.

Avant qu'elle trouve la force de s'extraire de la voiture, le téléphone sonna. Elle prit l'appel en voyant s'afficher le numéro de Jessica DeBlance.

— Je ne voudrais pas vous déranger, lui dit la petite amie de Danny. Je voulais juste savoir s'il y avait du nouveau dans l'enquête.

— J'ai vu Red Harper ce matin, lui répondit Jane.

Elle expliqua à son interlocutrice que le shérif, son adjoint et Beck Merchant avaient passé le cabanon au peigne fin la veille.

— J'ai l'impression qu'ils n'ont rien trouvé de concluant, ajouta-t-elle, car il m'a dit que Scott bouclerait l'enquête d'ici à demain.

— Je m'y attendais un peu, soupira Jessica, désabusée.

— Puis-je leur dire que vous étiez fiancés ?

— Non, ça remonterait jusqu'aux Hoyle et on m'accuserait d'avoir poussé Danny au suicide en insistant pour me marier.

Jane ne pouvait malheureusement que lui donner raison.

— J'ai l'impression de vous laisser tomber, Jessica. J'aimerais tellement pouvoir faire plus.

Le sentiment d'avoir abandonné Danny en refusant de prendre ses appels ne la quittait pas.

— Vous savez, votre sollicitude m'a déjà beaucoup aidée.

Jessica marqua un léger temps d'arrêt avant de reprendre :

— Il me faut peut-être simplement accepter le fait que Danny n'était pas aussi heureux que je le croyais, qu'il a mis fin à ses jours pour des raisons que je ne pouvais pas connaître. Je suis certaine que quelque chose le perturbait. Peut-être ne pouvait-il plus vivre avec ça, et je ne saurai jamais de quoi il s'agissait.

— Je suis désolée, bredouilla Jane.

La malheureuse avait le cœur brisé et elle ne trouvait à lui dire que des platitudes. Elle lui promit toutefois de la prévenir si elle apprenait quelque chose du bureau du shérif.

Au moment même où Jane raccrochait, la porte moustiquaire de la maison s'ouvrit. Un homme surgit, torse nu, pieds nus, vêtu d'un jean sale, l'air méfiant.

— Je peux vous aider ? demanda-t-il sur un ton agressif.

11

Jane savait qu'il ne pouvait pas la reconnaître à travers les vitres teintées. Honteuse d'être prise en flagrant délit d'espionnage, elle faillit redémarrer avant de changer d'avis. Puisqu'elle était venue jusque-là, autant aller jusqu'au bout. Elle baissa la vitre.

— Bonjour, Clark.

Dès qu'il la reconnut, il articula son nom et un grand sourire illumina son visage. Ce même sourire qui faisait fondre les jeunes filles au lycée lorsqu'il était *quarterback* vedette de l'équipe de foot, représentant des lycéens et promis à tous les succès.

Elle descendit de voiture tandis que Clark Daly se précipitait à sa rencontre. Ils se retrouvèrent au milieu de l'allée de béton craquelé. À défaut d'accolade, il lui prit la main et la serra entre les siennes, puis il dévisagea Jane.

— Incroyable. Tu n'as pas changé. Enfin, si, en mieux.

— Merci.

Elle n'aurait pas pu en dire autant de lui. Son corps d'athlète mince et musclé n'était plus qu'un souvenir, elle découvrait une silhouette décharnée aux côtes saillantes, le visage rongé d'une barbe de plusieurs jours qui lui donnait un air négligé. Ses cheveux étaient bien moins fournis qu'autrefois, ce qui accentuait le relief de son front et de ses arcades sourcilières. Il avait les yeux injectés de sang. Jane crut sentir des relents d'alcool dans son haleine.

Il lui lâcha la main et recula d'un pas, comme s'il venait brusquement de comprendre à quel point il avait dû changer à ses yeux.

— Je ne devrais pas être aussi surpris de te voir. Tu es venue pour l'enterrement de Danny ?

— Oui. Je suis arrivée hier et je repars tout à l'heure.

— Je suis désolé de n'avoir pas pu venir, mais bon, tu sais...

D'un geste, il indiqua la maison, comme pour justifier son absence.

— Ne t'en fais pas, je comprends.

La conversation s'enlisait. Jane avait du mal à le regarder dans les yeux. Retrouver un amour de jeunesse l'intimidait sans doute, mais la gêne qui s'installait entre eux avait des racines plus profondes.

D'un ton faussement enjoué, elle lui demanda :

— Alors, qu'est-ce que tu fais, en ce moment ?

— Je bosse à l'usine.

Elle faillit s'étrangler.

— Tu veux dire... chez Huff ?

— C'est la seule usine de la région, répondit-il en riant.

— Et tu y fais quoi ?

Il haussa les épaules, un peu embarrassé.

— Oh, je charge les hauts-fourneaux. Je travaille de nuit.

Elle crut qu'il plaisantait avant de lire le désespoir et l'abattement dans ses yeux cernés.

Ainsi, son père avait réussi à détruire la vie de cet homme aussi sûrement que s'il l'avait abattu d'une balle dans la tête, ce qu'il avait menacé de faire.

— Il faut bien vivre, fit Clark avec un sourire forcé. Tu veux entrer boire un café ?

Elle baissa la tête pour lui cacher sa détresse.

— Non, je te remercie, j'ai un avion à prendre.

De toute façon, il lui avait sans doute lancé l'invitation par politesse.

Après un nouveau silence gêné, Clark demanda doucement :

— Tu es heureuse, là-bas, en Californie, Jane ?

— Qui t'a dit où j'habitais ?

— Attends, tu sais bien que ça papote, ici. Tu as une boîte de décoration, c'est ça ?

— Décoration intérieure.

— Tu dois être douée pour ça. Tu as un mari... des enfants ?

— Je me suis mariée plusieurs fois, mais ça n'a jamais duré.

— Moi, je suis remarié.

— Ah, je ne savais pas.

— Quatre enfants. Trois à elle, et un ensemble. Un garçon.

— C'est génial, Clark. Je suis contente pour toi.

Il glissa les mains dans les poches arrière de son jean, les yeux rivés sur ses pieds nus.

— Ouais, enfin, disons qu'on fait comme on peut. Il faut bien prendre ce que la vie nous donne.

Elle hésita avant de poser la question qui la taraudait :

— Je croyais que tu voulais devenir ingénieur en électricité ?

— Ça n'a pas marché.

— Pourquoi ?

— Tu n'as pas su ? Je n'ai pas pu aller à la fac, ma bourse a été supprimée.

— Pour quelle raison ?

— Je n'ai jamais su pourquoi. Un beau jour, j'ai reçu une lettre m'informant qu'il était inutile de m'inscrire si je n'avais pas les moyens de payer mes études, que ma demande de bourse avait finalement été refusée. J'ai essayé d'obtenir une bourse sport-études, mais on m'a recalé partout à cause de ma blessure au genou. Comme mes parents ne pouvaient pas me payer la fac, j'ai décidé de travailler deux ou trois ans pour financer moi-même mes études, et puis le temps a passé. Maman a eu un cancer et papa avait besoin d'un coup de main pour s'occuper d'elle. Tu sais ce que c'est.

Ils savaient tous deux pourquoi il n'avait pas obtenu de bourse. Huff avait le bras long et beaucoup d'argent. Il s'était juré de détruire Clark Daly et il l'avait fait. Huff tenait toujours ses promesses. À sa grande satisfaction, Clark travaillait désormais dans son usine où il effectuait un travail pénible et mal rémunéré, ce qui devait enchanter le vieux.

— Je dois te décevoir, hein ? fit Clark avec un rire désabusé. Figure-toi que je me déçois moi-même.

— Je suis désolée que ça n'ait pas mieux marché pour toi, mais tu as des excuses. Il y avait un obstacle insurmontable. Huff Hoyle, pour ne pas le nommer.

— Pour toi non plus, ça n'a pas dû être facile.

— J'ai survécu. Pendant des années, j'ai d'ailleurs eu l'impression de ne faire que ça : survivre.

— Danny aura sans doute pensé que survivre ne suffisait pas.

— Probablement.

— Comment Huff et Chris ont-ils réagi, après son suicide ?

Jane fit un geste en direction des hauts-fourneaux qui dominaient la ville.

— Rien n'interrompt jamais la production. Ils ont repris le travail aujourd'hui. Beck Merchant… tu vois qui c'est ?

Il grimaça.

— Oui, très bien. Surtout, évite-le. C'est un…

— Clark ?

Une jeune femme venait d'apparaître. Pas loin de la trentaine, blonde, plutôt jolie si elle n'avait pas affiché une mine renfrognée. Elle portait sur la hanche un bébé d'un an, avec une couche pour tout vêtement.

— Luce, je te présente Jane Hoyle. Jane, Luce, ma femme.

— Bonjour, comment allez-vous ? lança aimablement Jane.

— Salut.

Gêné par l'attitude glaciale de Luce, Clark s'empressa d'ajouter :

— Et je te présente Clark Junior.

— Il a l'air en pleine forme, ce petit bonhomme ! s'exclama Jane avec un grand sourire.

— Il faut l'avoir à l'œil, dit Clark. Avant, il passait son temps à quatre pattes et maintenant, il court. Il n'aura jamais appris à marcher.

— Je vais être en retard au boulot, fit sèchement Luce.

Et elle disparut en claquant la porte.

Clark se retourna.

— Pendant les vacances d'été, c'est moi qui garde les enfants. Luce travaille à l'hôpital, dans les bureaux. Elle gère les demandes d'indemnisation, ce genre de trucs.

— Si tu travailles de nuit et que tu fais du babysitting pendant la journée, quand trouves-tu le temps de dormir ?

— Je me débrouille.

Le sourire de Clark s'estompa rapidement.

— Luce fait la gueule, mais il ne faut pas lui en vouloir. Ça n'a rien à voir avec toi. C'est moi qui l'ai énervée. Je ne suis pas un mari modèle, expliqua-t-il avant d'ajouter à mi-voix : Pour être franc, Jane, je picole. Si tu demandes autour de toi, c'est la première chose qu'on te dira.

— Tu sais, Clark, je n'écoute pas les ragots. Encore moins s'ils te concernent.

— C'est pourtant vrai.

Son regard se perdit dans le lointain.

— Après ce qui s'est… Enfin, tu sais…

Elle savait, en effet.

— Après toute cette histoire, je suis un peu parti à la dérive.

— Moi aussi.

Il la regarda.

— Oui, mais toi, tu t'es ressaisie. Regarde-toi, tu es superbe, fit-il en laissant échapper un rire dépité. Je ne peux pas en dire autant. J'ai jamais réussi à reprendre pied. Je me suis laissé entraîner. Au bout d'un moment, je n'avais plus le courage de me battre. Je n'avais plus envie de rien, d'ailleurs.

— Je suis désolée.

Toujours les mêmes mots, aussi sincères qu'impuissants...

— Luce a du mérite d'être restée aussi longtemps avec moi. Elle m'a redonné ma chance je ne sais combien de fois. Plus que je ne le méritais, en tout cas. Je commence toujours par m'accrocher, mais au bout d'un moment...

Sa voix se réduisit à un soupir et il dévisagea Jane, découragé.

— Il faut que je trouve un sens à ma vie, Jane. Il faut que je sois à la hauteur, pour mon gosse.

— Je suis sûre que tu y arriveras. Tu vas te remettre d'aplomb et prendre un nouveau départ, comme moi.

Elle lui toucha le bras en signe d'encouragement. Il regarda sa main puis, les yeux dans les yeux, ils échangèrent un sourire. Un sourire mélancolique, chargé de regrets.

— Je ne vais pas te retarder davantage, lui dit Jane d'une voix rauque en lui lâchant le bras. J'aurais dû appeler avant de venir. J'aurais peut-être même mieux fait de ne pas vous déranger.

— Tu ne peux pas savoir à quel point je suis content de t'avoir revue.

— Prends soin de toi.

— Toi aussi.

Au bord des larmes, Jane regagna sa voiture. Elle se retourna. Clark la suivait des yeux depuis le porche de la maison. Il lui fit au revoir de la main.

Elle démarra, s'arrêta deux rues plus loin, à l'abri des regards, sous un pont de chemin de fer, et éclata en sanglots, la nuque renversée sur l'appui-tête.

Elle n'avait pas tant pleuré à l'annonce de la disparition de son frère. Le Clark Daly qu'elle avait connu, intelligent et doué, courtois et sensible, prometteur et ambitieux, le garçon qu'elle avait aimé, était aujourd'hui aussi mort que Danny.

Red Harper avait eu beau lui demander d'une voix innocente si Chris pouvait passer le voir, Beck était persuadé que ce rendez-vous était tout sauf anodin.

En dépit des apparences, il s'agissait bel et bien d'un interrogatoire, même si Beck n'avait pas employé ce terme lorsqu'il en avait parlé à Chris.

— Apparemment, il voudrait éclaircir quelques zones d'ombre, lui avait-il dit avec une décontraction un peu exagérée.

— Et Red a besoin de moi pour ça ?

— Je crois qu'on en saura plus sur place.

Beck ne comptait pas informer Huff de cette audition, pas avant d'en savoir davantage, en tout cas. Par malchance, Huff les intercepta au moment où ils s'en allaient. Cette fois encore, Beck minimisa la requête du shérif.

— Je suis sûr que c'est une simple formalité. On en a pour une demi-heure au grand maximum.

— Tu as idée de ce qu'il veut à Chris ?

— Je crois surtout que Red ne veut pas contrarier son nouvel enquêteur, l'ambitieux Wayne Scott.

Cela les fit tous rire. Beck promit à Huff de lui faire le compte rendu de la réunion dès leur retour.

Mais à peine se trouvaient-ils dans le bureau du shérif que l'attitude de Red confirma les soupçons de Beck.

Red Harper les accueillit d'un laconique « Merci d'être passés » et les invita à s'asseoir.

Wayne Scott se planta à côté de Red, assis derrière son bureau, de sorte que les deux hommes faisaient face à Chris et Beck.

Sans leur laisser le temps de prendre la parole, Beck passa à l'offensive.

— Pour commencer, j'aimerais savoir en quelle qualité je suis ici.

— En quelle qualité ? répéta Scott en faisant mine de ne pas comprendre, ce qui ne rassura pas Beck.

— Suis-je ici pour répondre à des questions, ou en tant qu'avocat de Chris ?

— Mon avocat ? s'étonna Chris. Pourquoi aurais-je besoin d'un avocat ?

D'un regard, Beck lui ordonna de se taire.

— J'aimerais savoir pourquoi on m'a demandé de venir ici, en particulier si je suis soupçonné d'avoir commis un délit ou un crime quelconque. Auquel cas, je souhaiterais la présence de mon propre avocat.

— Du calme, Beck, fit Red avec un rire gêné. Inutile de monter sur vos grands chevaux et de nous sortir votre arsenal juridique.

— Si, si, Red. Avant toute chose, je voudrais connaître la nature de cette audition et les questions que vous comptez poser à Chris. Cherchez-vous simplement à mettre à plat les détails du suicide de Danny ? Ou bien avez-vous des raisons de penser qu'il a été victime d'un meurtre ?

Scott prit soin de ne pas répondre directement.

— C'est juste que deux ou trois choses ne collent pas. Je pense que M. Hoyle pourrait nous éclairer.

Beck lança un regard à Chris, qui haussa mollement les épaules.

— Je n'ai rien à cacher.

— Très bien, dit Beck. Allez-y, mais je me réserve le droit à tout moment de dire à mon client de ne pas vous répondre.

— Parfait, répondit Scott, les yeux posés sur un petit carnet à spirale. Monsieur Hoyle, la victime se rendait-elle régulièrement dans votre cabanon de pêche familial ?

— Je ne sais pas. Danny et moi n'avions pas les mêmes horaires. Le dernier sur place était censé nettoyer, couper le courant et remplacer ce qu'il avait utilisé. Bière, papier toilette, produits de base. C'était la règle. Dans ces conditions, difficile de savoir qui était passé le dernier. Pourquoi ? demanda Chris en s'adressant à Red. C'est important ?

— Peut-être, fit le shérif avec un geste vague. Est-ce que Danny pêchait beaucoup ?

— Je n'en ai aucune idée.

— Ce matin, votre sœur m'a dit…

— Ma sœur ? Vous m'avez fait venir pour vérifier ou infirmer quelque chose que Jane vous a dit ? Qu'est-ce qu'elle vous a raconté ?

D'un geste, Beck conseilla à Chris de se taire, puis il demanda à l'enquêteur :

— Vous fondez cet interrogatoire sur des paroles prononcées par quelqu'un qui ne vit plus à Destiny depuis plus de dix ans et qui, au cours de cette période, n'a eu aucun contact avec les membres de sa famille ?

— Elle a déclaré au shérif Harper que Danny avait horreur de la pêche. Ce sont bien ses mots, shérif ? Horreur de la pêche…

— C'est ça.

Chris regarda Beck et se mit à rire.

— Où veulent-ils en venir ? Quelqu'un a tiré sur Danny parce qu'il a dit du mal de la pêche ?

— Ça n'a rien d'une plaisanterie, rétorqua Scott d'un ton cinglant.

— Ah bon ? Moi, je vous trouve très drôle.

Beck jugea qu'il était temps de calmer le jeu.

— Que pouvait bien faire Danny au cabanon s'il n'aimait pas pêcher ? C'est bien ce que vous essayez de déterminer ?

— Absolument, approuva Scott, tourné vers Chris dont il n'avait pas digéré les remarques.

— Comment voulez-vous que je le sache ? s'énerva Chris. Peut-être qu'il avait décidé de réessayer. Ou alors, il n'est pas venu pour pêcher. Il a peut-être voulu aller prier là-bas. Ou faire la sieste. Ou se branler. Ou faire justement ce qu'il a fait, c'est-à-dire se brûler la cervelle. Dans ce cabanon, il était sûr d'être tranquille.

— On a trouvé du matériel de pêche sur le ponton.

— Vous voyez bien, rétorqua Chris. Danny voulait pêcher, histoire de voir s'il détestait toujours autant ça.

— Sans appâts ? Sur le ponton, il y avait une canne et tout le matériel, mais pas d'appâts.

Chris regarda les deux hommes et haussa les épaules.

— Je ne peux pas vous aider.

— Ça ressemble fort à une mise en scène, si vous voyez ce que je veux dire, dit Scott. Comme si quelqu'un avait voulu faire croire qu'il était parti pêcher avant de changer d'avis et de se suicider.

Chris claqua des doigts.

— Ah ! Vous avez mis le doigt sur quelque chose, monsieur Scott. À mon avis, il avait oublié d'acheter des appâts, alors il s'est flingué.

— Chris.

Si le shérif n'était pas intervenu, Beck l'aurait fait. Ces sarcasmes déplacés ne pouvaient qu'envenimer la situation.

— Désolé, s'excusa Chris, l'air sincère. Je ne voulais pas manquer de respect à mon frère, mais je trouve ces questions ridicules. Les raisons de la présence de Danny au camp sont évidentes. Il y est allé pour se suicider et c'est ce qu'il a fait. Autre chose ? demanda-t-il en posant son regard noir sur Wayne Scott.

— Quand l'avez-vous vu pour la dernière fois ?

— Samedi. Au country club. Ce matin-là, on a disputé plusieurs sets de tennis avant d'abandonner vers midi à cause de la chaleur. Je suis resté à la piscine pour faire quelques longueurs, mais Danny est reparti juste après le match.

— Vous ne l'avez pas vu, dimanche ?

— Chris a répondu à votre question, intervint Beck. La dernière fois qu'il a vu Danny, c'était samedi matin. Et ils se sont quittés vers midi.

— Où étiez-vous, dimanche ? insista Scott.

— Chez moi. Toute la journée. J'ai fait la grasse matinée, j'ai traîné, j'ai lu le journal. Beck est venu l'après-midi et on a regardé jouer les Braves à la télé. La gouvernante pourra témoigner.

Chris se tourna brusquement vers le shérif.

— Est-ce que tout ça est vraiment nécessaire ? Où est-ce qu'on va, là, Red ?

— J'aimerais bien le savoir, moi aussi, dit Beck.

— Accordez-nous encore un petit instant, répondit le shérif. Tu veux bien accélérer, Wayne ?

L'adjoint consulta une nouvelle fois son carnet à spirale, mais il s'agissait manifestement d'un artifice car Scott avait une idée très précise derrière la tête.

— Où étiez-vous samedi soir ?

— Qu'est-ce que ça change ? rétorqua Chris, dont la patience était à bout. Danny n'était pas là.

— Où étiez-vous ? répéta Scott.

Chris dévisagea l'enquêteur en se balançant légèrement sur sa chaise, furieux d'avoir à répondre aux questions d'un sous-fifre. Il finit par répondre sèchement :

— Je suis allé dans une boîte qui vient d'ouvrir, à Breaux Bridge. Il y avait un bon groupe. Et des serveuses canon. Vous devriez aller y faire un tour, monsieur l'adjoint. Je vous invite volontiers.

L'offre laissa Scott de marbre.

— Est-ce que vous fumez, monsieur Hoyle ?

— Pas de manière régulière. Ça m'arrive, quand je suis de sortie.

— Avez-vous fumé samedi soir, dans cette nouvelle boîte de Breaux Bridge ?

Beck ne laissa pas à Chris le temps de répondre.

— Chris ne vous dira plus rien tant que je ne saurai pas où vous voulez en venir.

Scott regarda Red Harper, dont le visage de chien battu s'était encore allongé depuis le début de l'entretien. À contrecœur, il ouvrit un tiroir et en retira un sac en papier brun semblable à ceux qu'utilisent les techniciens en quête d'indices sur le lieu d'un crime. Il le tendit à son adjoint qui l'ouvrit cérémonieusement avant d'en répandre le contenu sur le bureau.

12

— Beck…
— Attends qu'on soit dehors.
— Mais c'est…
— Attends qu'on soit dehors, insista l'avocat.
Ignorant le personnel interloqué, il poussa Chris jusqu'à la sortie.
Ils rejoignirent son pick-up où la chaleur était suffocante. Beck mit le moteur en marche, régla la climatisation au maximum et se tourna vers son ami, devenu suspect dans une affaire de meurtre.
— Raconte.
— Il n'y a rien à raconter, répondit Chris avec un calme impressionnant. J'ai tout dit à Red et à ce… cet adjoint.
Dans sa bouche, le terme devenait une insulte.
— Peu importe ce qu'il a trouvé au cabanon, poursuivit-il. Je ne vois pas comment il pourrait établir un lien avec moi, puisque je n'y suis pas allé dimanche. Selma sait parfaitement que je n'ai pas quitté la maison de la journée. Tu as toi-même passé plusieurs heures avec moi. Je n'ai pas revu Danny et je ne lui ai pas reparlé après notre match de tennis, samedi matin.
— Et c'est au club qu'on vous a entendus vous engueuler ?
— On n'était pas d'accord sur une balle. Attends, au tennis, il y a toujours des points qu'on conteste, c'est normal. Pas de quoi lever les yeux au ciel !

— Justement, parlons-en, du ciel.

— Pardon ? fit Chris en dirigeant la ventilation sur son visage. Ah oui, c'est vrai ! D'après Danny, j'aurais blasphémé et fait des remarques désobligeantes sur son église à la noix. C'était mon frère et je voyais qu'il filait un mauvais coton. J'avais le droit d'exprimer mon opinion, tout de même !

— En le ridiculisant ?

Chris soupira.

— Huff m'a demandé de ramener Danny à la raison. Si je me suis montré un peu sarcastique…

— Tu l'as méchamment allumé, d'après les témoins que Scott a entendus. Qu'est-ce qui s'est passé ?

— Je ne me souviens pas exactement de ce que j'ai dit.

— « Je ne me souviens pas exactement de ce que j'ai dit. » Quand tu seras à la barre, il faudra te défendre mieux que ça.

— Comment ça, à la barre ?

— Tu n'as toujours pas compris ? Ils veulent prouver que tu étais sur le lieu du crime, là où quelqu'un a fait sauter la cervelle de Danny avec un fusil de chasse.

— Ils ne pourront jamais prouver que j'y étais puisque *je n'y étais pas*.

Beck regarda Chris dans les yeux.

— Tu dois me dire la vérité, Chris. Si cette affaire tourne mal, je ne veux pas avoir de surprises.

— Qu'est-ce que je dois faire ? Te dire « croix de bois, croix de fer, si je mens je vais en enfer » ?

— C'est ça, fais le malin. Tu as raison, tout ça n'est qu'une douce rigolade.

Le sourire de Chris se fit moins narquois.

— Écoute, je sais que tu joues ton rôle d'avocat. Comme le faisait remarquer Huff, tu es payé pour te faire du souci à notre place, mais je ne vois pas ce que je pourrais te dire de plus pour te convaincre que je ne suis pas allé au cabanon ce week-end. La dernière fois que je m'y suis rendu, c'était ce fameux soir, avec toi, il y a plusieurs mois. Et la dernière fois que j'ai vu Danny, c'était samedi matin, au country club. Il se dirigeait vers les vestiaires. Il avait complètement pété les plombs, il n'y en avait plus que pour ses foutaises religieuses et il ne supportait pas la moindre critique à ce sujet. Je lui ai balancé quelques vannes et, oui, c'est vrai, il est reparti un peu énervé.

— Et toi ? Quand vous vous êtes quittés, dans quel état d'esprit étais-tu ? Jusqu'alors, Danny s'est toujours montré très conciliant et, tout d'un coup, plus moyen de l'influencer. Comment expliques-tu ce changement ?

— J'admets que ça m'énervait de le voir se donner en spectacle, comme ça, devant tous ces culs-bénits. Beaucoup travaillent pour nous et il ne faudrait pas qu'ils nous prennent pour des lopettes, même si c'est pour plaire au Bon Dieu. J'étais furax. J'ai fait quelques longueurs pour me calmer et ensuite, quand Lila m'a appelé pour me dire que la voie était libre, je suis allé chez elle et j'ai passé le restant de l'après-midi entre ses cuisses musclées. C'est dingue le stress qu'on peut évacuer en baisant une nana qui n'a pas froid aux yeux. La créativité de Lila n'a pas de limites.

— Sois gentil, épargne-moi les détails.

— Tu ne sais pas ce que tu perds, camarade. Quoi qu'il en soit, je suis reparti de chez elle vers 5 heures, je suis rentré chez moi me changer et je suis allé à Breaux Bridge. Voilà, c'est tout, il n'y a rien d'autre à raconter.

Il regarda Beck, les mains ouvertes d'un air faussement suppliant.

— Qui plus est, pourquoi aurais-je voulu tuer Danny ? ajouta-t-il. Donne-moi une seule bonne raison.

— C'est vrai que l'absence de mobile joue en notre faveur. N'empêche qu'ils cherchent à t'impliquer et que ce jeune flic aux dents longues fera tout pour découvrir un mobile. S'il y a quelque chose que j'ignore…

— Il n'y a rien.

— … tu ferais mieux de me le dire maintenant, Chris. Ne me mens pas. Tu souhaites que je fasse appel à un avocat pénaliste ?

— Non.

Le portable de Beck sonna et il reconnut le numéro.

— C'est Huff.

Chris se voila les yeux.

— Putain…

— Oui, Huff, on part à l'instant, on devrait être là dans cinq minutes. Vous voulez qu'on vous ramène de la crème glacée Blizzard ? On peut faire un crochet par le Dairy Queen, si vous voulez. Vous êtes sûr ? Bon, d'accord.

Il raccrocha.

— Il ne veut pas qu'on s'arrête en route. Il nous attend.

— On lui dit quoi, exactement ?

— On lui dit tout. Sinon, c'est Red qui le lui dira. Hors de portée des oreilles de Wayne Scott, bien entendu.

— C'est mon deuxième atout, observa Chris. Ce bon vieux Red Harper, toujours prêt à rendre service. Il ne laissera jamais l'autre m'inculper de meurtre une deuxième fois.

Jane n'était finalement pas repartie à La Nouvelle-Orléans. Sa visite à l'usine, sa conversation avec Clark et sa crise de larmes l'avaient moralement et physiquement épuisée, et la perspective de passer deux heures au volant avant de faire face aux tracasseries du transport aérien actuel ne l'enchantait guère.

L'un de ses clients, propriétaire d'une société de location d'avions d'affaires à San Francisco, lui devait bien un service… elle avait refait la décoration de son hôtel particulier de Russian Hill en un temps record. Elle lui téléphona. Il l'écouta d'une oreille compréhensive, lui demandant d'attendre cinq minutes, le temps de prendre les dispositions nécessaires. Quatre minutes plus tard, il la rappelait.

— Vous avez de la chance, j'ai un avion à Houston. Je viens de demander au pilote de décoller.

— Il y a un aérodrome, ici, susceptible d'accueillir un jet privé ? s'étonna Jane.

— C'est la première chose que j'ai vérifiée. Il y a une grosse boîte à Destiny, une usine de canalisations et ils ont un jet.

Jane se souvint que Beck y avait fait allusion, mais elle s'abstint de révéler à son client qu'elle était membre du conseil d'administration de la « grosse boîte » en question.

— Vous n'aurez qu'à laisser les clés de votre voiture de location à l'aérodrome, poursuivit-il. Quelqu'un viendra la chercher pour la reconduire à La Nouvelle-Orléans.

Ce service princier était pour elle un vrai luxe, mais elle pouvait se l'offrir. Et si ça pouvait lui permettre de quitter Destiny un peu plus tôt…

En arrivant à l'aérodrome, elle se gara sur l'emplacement réservé et prit son sac. Une femme d'une cinquantaine d'années s'approcha d'elle en la voyant franchir la porte du petit bâtiment.

— Vous êtes madame Lynch ?

— Oui, c'est moi.

— Votre avion vient de se poser. Je crois que vous avez des clés de voiture à me remettre ?

Jane aperçut le pilote, allure distinguée et tempes grises, en train de descendre de son appareil, un petit jet aux formes très aérodynamiques qui attendait à une vingtaine de mètres de l'aérogare. Elle alla à sa rencontre. Le béton du tarmac lui brûlait littéralement les pieds.

— Madame Lynch ?

— Bonjour.

— Je suis votre commandant de bord, dit-il en lui tendant la main.

Une fois à bord, il lui présenta le copilote qui lui adressa un signe de la main depuis le cockpit. Puis il lui indiqua les issues de secours avant de lui montrer le bar où elle trouverait à boire et à grignoter.

— Faites comme chez vous.

Jane le remercia et tandis qu'il s'installait aux commandes de l'appareil, elle se détendit enfin, heureuse de sentir la fraîcheur du cuir contre sa nuque, heureuse de repartir, enfin libre de tout souci le temps du vol de retour.

Quelques minutes plus tard, l'avion roulait en direction de la piste.

Jane somnolait déjà quand il se mit en position pour le décollage.

Mais au lieu de se transformer en rugissement, comme elle s'y attendait, le sifflement des réacteurs mourut doucement. Elle rouvrit les yeux et vit le commandant s'extraire du cockpit.

— Restez assise, madame Lynch. Il y a un petit problème. Je m'en occupe et nous décollons.

Le ton poli et calme du commandant de bord dissimulait mal son énervement.

Il déverrouilla la porte, l'ouvrit et se précipita au bas de l'échelle de coupée dépliée.

— Vous êtes malade ou quoi ? l'entendit-elle crier.

— Je dois absolument voir votre passagère.

Jane détacha sa ceinture et s'approcha de l'ouverture. Le pilote lui tournait le dos, menaçant Beck Merchant des pires sanctions, apparemment sans grand succès.

— J'ai demandé à la dame du terminal de vous contacter par radio avant que vous ne décolliez, mais elle a refusé. Elle a dit que je n'avais pas le droit d'intervenir. C'était le seul moyen de vous arrêter.

Jane descendit de l'avion. Dès que Beck la vit, il

lui fit signe de rejoindre son pick-up arrêté au beau milieu de la piste, juste devant l'appareil.

— Montez.

— Vous êtes devenu fou ?

— Huff a fait une crise cardiaque.

Beck lança un regard à sa passagère.

— Vous n'avez pas envie d'en savoir en peu plus ?

Jane n'avait pas dit un mot depuis qu'il l'avait fait monter dans son véhicule. Elle le regarda, le visage impavide.

— Huff était dans son bureau, expliqua-t-il. Sally, son assistante, l'a entendu pousser un petit cri. Elle s'est précipitée, l'a trouvé affalé sur son bureau, la main sur la poitrine. Elle a réagi vite, ce qui lui a peut-être sauvé la vie. Elle lui a glissé un cachet d'aspirine dans la bouche et elle a appelé les secours. Chris et moi sommes arrivés à l'hôpital juste après l'ambulance. Il s'est peut-être passé une demi-heure avant que Chris soit autorisé à le voir. Je ne sais pas très bien, mais ça nous a paru long. Il n'a eu le droit de rester que cinq minutes en salle de réanimation. D'après lui, ils essayaient de stabiliser son état, mais Huff ne se laissait pas faire. Il était très énervé et vous réclamait, alors on m'a demandé de vous retrouver et de vous ramener.

— Ils ont pu établir un diagnostic ?

— Pas encore. Ils en sont encore à mesurer la gravité de l'attaque. Tout ce que je peux vous dire, c'est que Huff était toujours en vie quand j'ai quitté l'hôpital. J'ai dit à Chris de m'appeler sur mon portable si la situation évoluait. Depuis, pas de nouvelles.

— Comment avez-vous su où me trouver ?

— La société de location de voitures. J'ai appelé le bureau de La Nouvelle-Orléans pour savoir si vous aviez déjà rendu la vôtre et on m'a répondu que vous deviez la laisser à l'aérodrome, que quelqu'un viendrait la chercher plus tard. Alors j'ai foncé. Je vous avais pourtant proposé l'avion de la société, ajouta-t-il après un silence.

— Je ne vais quand même pas profiter de l'avion d'une société qui refuse de fournir à ses employés des gants de sécurité adéquats sous prétexte qu'ils sont trop chers. Combien coûte une paire de gants de sécurité ?

— Ça n'est pas de mon ressort.

Elle lui lança un regard méprisant.

— Ah oui, c'est vrai. Vous n'êtes que leur homme à tout faire, on vous envoie faire le sale boulot. Vous auriez pu créer un grave accident en arrivant sur la piste avec votre pick-up.

— Le commandant me l'a fait remarquer.

— Mais ça n'a pas eu l'air de vous émouvoir outre mesure. Vous vous êtes permis ce genre d'exploit, si je puis dire, parce que vous saviez pertinemment que vous ne risquiez rien. Je comprends que vous vous entendiez si bien avec ma famille.

Les mains de Beck se crispèrent sur le volant.

— Vous n'appréciez pas mes méthodes ? Très bien. Je ne cherche pas à obtenir votre bénédiction. Mon employeur m'a demandé de vous retrouver et de vous conduire à l'hôpital ; c'est ce que je suis en train de faire.

— Et vous faites toujours ce qu'on vous dit de faire, c'est bien ça ? Peu importe que ce soit bien ou mal, que ça affecte la vie des autres. Je me demande jusqu'où vous seriez capable d'aller pour eux, dit-elle, la tête penchée sur le côté, le jaugeant ostensiblement. Quelles seraient vos limites ? Si tant est qu'il y en ait…

— Vous m'avez déjà fait comprendre que vous aviez une piètre opinion de moi.

— Hier soir, au Diner, pourquoi ne m'avoir pas dit que vous étiez allé au cabanon de pêche à la demande du shérif ?

— Pour vous gâcher la soirée ? Vous aviez tellement envie de penser du mal de moi, j'ai voulu vous faire plaisir.

Elle détourna la tête. Sa colère irradiait presque autant que la chaleur montant de l'asphalte surchauffé. Sa chevelure rougeoyait comme un brasier au soleil et sa peau donnait l'impression d'être brûlante de fièvre.

Non, ne pas la toucher, ne pas y penser. Beck avait beau se le répéter, rien n'y faisait. Depuis qu'il l'avait vue, il ne pensait quasiment plus qu'à elle.

La veille, au cimetière, lors de son premier face-à-face avec la fille de Huff, il avait eu du mal à dissimuler sa surprise. Il l'avait déjà vue en photo, bien sûr, mais les portraits d'elle traduisaient mal son incroyable pouvoir d'attraction.

Il s'était contenté de voir la sœur cadette de Chris, celle au sujet de laquelle couraient tant d'histoires. La femme fatale de Destiny, la Lolita, la petite sœur à la langue de vipère et au fichu caractère.

Il l'imaginait bavarde et vulgaire, ses formes voluptueuses mises en valeur par des tenues voyantes, et il avait découvert avec étonnement un mannequin au goût très sûr que son élégance discrète rendait d'autant plus séduisante.

On lui avait décrit une gamine gâtée, une exaltée, une emmerdeuse, une harpie. Ce qu'elle ne manquait certainement pas d'être aussi. Mais Chris avait négligé de préciser que sa sœur était d'abord une femme au charme mystérieux. Il émanait d'elle une sorte d'impatience qui démentait son allure BCBG et sa condescendance apparente, suggérant une passion latente, un gisement de sensualité inépuisable dissimulé sous une assurance hautaine.

Tout cela échappait naturellement à Chris, puisqu'il était son frère. La sensualité latente de Jane en particulier. Derrière cette distance affectée, il y avait sans nul doute le refus de se laisser percer à jour.

Beck avait néanmoins réussi à gratter ce vernis, et le peu qu'il avait entrevu de la fougue de Jane l'avait émoustillé. Il en avait eu des frissons. Il avait vu ses yeux briller de surprise lorsqu'il lui avait parlé de ses cheveux en ajustant son casque. Il s'imaginait en train de lui mordiller la lèvre, pour commencer, avant d'aller plus loin, d'explorer plus avant cette sensualité tapie dans le moindre de ses gestes. En cet instant précis, sa vie aurait été tellement plus simple s'il n'avait pas laissé son esprit vagabonder…

Tandis qu'ils fonçaient vers l'hôpital, elle persistait à l'ignorer superbement, ce qui agaçait Beck au plus haut point. Il aurait préféré qu'elle fasse ou dise quelque chose. N'importe quoi, mais pas cette indifférence qu'il ressentait douloureusement.

— Vous êtes à l'aise ?

Elle le regarda.

— Quoi ?

— La clim. Trop, pas assez ?

— Ça ira.

— Vous risquez de retrouver des poils de chien sur vos vêtements. Je suis désolé. Frito aime bien être à…

— Si Huff a fait une crise cardiaque suffisamment grave pour qu'il demande à voir ses enfants avant de mourir, pourquoi ne l'a-t-on pas transporté par hélicoptère jusqu'à un hôpital de La Nouvelle-Orléans doté d'une unité de cardiologie ?

Elle l'avait interrompu ; pour lui, c'était aussi bien.

— Ils ont dû y penser, mais ils attendent sans doute de déterminer la gravité de son état.

— Il n'a jamais mentionné de symptômes laissant entendre qu'il souffrait d'un problème cardiaque ?

— Il fait de l'hypertension. Il est censé suivre un traitement, mais les effets secondaires ne lui plaisent pas. Il fume tout le temps, ce doit être pour emmerder ceux qui lui disent que c'est mauvais pour la santé. Il ne fait pas d'exercice, si ce n'est se balancer dans son rocking-chair. Il met de la crème dans son café. Il a menacé de renvoyer Selma si elle avait le malheur de remplacer son bacon par de la dinde fumée. Bref, le sujet idéal pour un accident cardiaque.

— Vous pensez que la mort de Danny y est pour quelque chose ?

— Sans aucun doute. La perte de son fils l'a beaucoup stressé, particulièrement dans ces circonstances, sans parler des répercussions.

— Quelles répercussions ?

— Nous sommes arrivés.

Il se gara sur le parking de l'hôpital et descendit sans répondre à la question de Jane. Fallait-il vraiment lui dire que Huff s'était effondré peu après sa discussion avec Chris, qui avait suivi l'audition houleuse du matin ?

Avec son aplomb habituel, Chris avait assuré son père qu'il n'y avait pas lieu de s'inquiéter, que les gesticulations de Wayne Scott étaient uniquement destinées à épater la galerie et que ses prétendus éléments à charge étaient vraiment risibles.

— Il se sert de moi pour justifier son poste, avait poursuivi Chris. C'est aussi simple que ça. Beck ne fera qu'une bouchée de ce connard et de son enquête. Je te le dis : d'ici quelques jours, on en rigolera.

Beck avait également cherché à dédramatiser l'affaire, mais Huff n'avait pas supporté l'idée que l'un de ses fils puisse être soupçonné de fratricide.

Ne voyant pas l'intérêt d'en informer Jane, il fit le tour du pick-up afin de lui ouvrir la portière. Elle était déjà en train de descendre et refusa la main qu'il lui tendait. Elle se retourna pour attraper son sac de voyage.

— Laissez-le, je vais fermer à clé.

Elle hésita, finit par acquiescer. Arrivés devant l'entrée, Beck lui céda le passage dans le tourniquet. Brusquement Jane s'immobilisa à quelques centimètres de la porte, si bien que, en débouchant dans le hall, emporté par son élan, il faillit la renverser et perdre lui-même l'équilibre. Il la rattrapa par les épaules et leurs corps se frôlèrent. En d'autres circonstances, il en aurait eu le souffle coupé. Beck se demanda bien pourquoi Jane s'était figée sur place.

Le docteur Tom Caroe venait à leur rencontre. Ses épaules étroites et son dos voûté le faisaient paraître plus petit qu'il n'était et ses vêtements flottaient comme s'il avait rétréci après s'être habillé. S'il conservait quelques cheveux, maladroitement teints en noir, les rides de son visage trahissaient son âge, relativement avancé.

Il dit bonjour à Jane puis lui tendit la main. Il la laissa retomber lorsqu'il s'aperçut qu'elle ignorait son geste.

— Merci de l'avoir amenée aussi vite, Beck, dit-il pour dissimuler son embarras.

— Pas de problème. Comment va-t-il ?

Jane, surmontant le choc qui l'avait clouée sur place, repoussa la main que Beck avait posée sur son épaule et se plaça à son côté.

— Son état est stable, répondit le docteur Caroe. On va pouvoir poursuivre les examens.

Lorsque Jane revint de sa stupeur, ce fut pour mettre en doute les compétences du médecin de famille.

— Vous êtes habilité à faire un diagnostic, au moins ? Ne faudrait-il pas consulter un cardiologue ?

— À mon avis, si, mais Huff s'y oppose catégoriquement.

— Je réussirai peut-être à le convaincre, dit Beck, poussant Jane du coude en direction de l'ascenseur. Quel étage ?

— Au premier, en réanimation. Vos visites sont limitées à quelques minutes par heure. Il a besoin d'un repos absolu.

Le docteur Caroe se tourna vers Jane.

— Il tenait particulièrement à vous voir, ce qui, honnêtement, ne me paraît pas indiqué. Si vous lui parlez, pensez à son état et évitez de le contrarier. Une nouvelle crise pourrait le tuer.

Chris arbora un air faussement étonné en les voyant sortir de l'ascenseur.

— Tiens, tiens, Jane. Merci de t'être donné la peine de revenir.

Elle l'ignora. Avec Chris, c'était encore la meilleure défense.

— On est tombés sur Tom Caroe dans le hall, dit Beck.

— Vous en savez donc autant que moi. Huff t'a réclamée, Jane.

— Tu sais pourquoi ?

— Aucune idée. Je pensais que tu pourrais m'éclairer un peu.

— Non.

— Ça a peut-être un rapport avec ton intérêt soudain pour nos activités ?

— Comme je te l'ai dit, Chris, je ne sais pas.

La conversation tourna court. Ils prirent place dans la salle d'attente en évitant de se regarder. Après un moment, Beck se leva en annonçant qu'il partait à la recherche d'un distributeur de boissons. Il proposa à Jane de lui rapporter un soda, mais elle déclina son offre.

— Je t'accompagne, dit Chris.

Jane demeura seule.

Elle appréhendait la rencontre avec Huff. Impossible de l'imaginer faire acte de repentance, mais, au seuil du tombeau, se prenait-il à redouter l'enfer dont il avait toujours nié l'existence ? Devant la perspective plus que probable d'y passer l'éternité, souhaitait-il implorer le pardon de sa fille pour s'en aller la conscience tranquille ?

Si tel était le cas, il allait gâcher son dernier souffle. Jamais elle ne lui pardonnerait.

Elle était toujours seule lorsqu'une infirmière vint lui annoncer qu'elle pouvait la suivre.

Huff était relié à une batterie d'appareils dont les témoins sonores et lumineux fonctionnaient avec une régularité rassurante. Une canule lui acheminait de l'oxygène via les narines. Il avait les yeux fermés. L'infirmière se retira en silence.

Jane dévisagea son père. Comment l'homme auquel elle devait la vie avait-il pu détruire à ce point l'amour qu'elle lui portait ? Lorsqu'elle était petite, elle attendait avec une telle impatience son retour du travail ! Il s'annonçait d'une voix de stentor qui résonnait dans les couloirs, ranimant toute la maison. Huff avait toujours été l'âme de la famille, pour le meilleur et pour le pire.

Elle se souvenait parfaitement de cette époque où le moindre signe de la part de son père revêtait à ses yeux plus d'importance que tous les cadeaux reçus à Noël. Avec quelle ferveur elle attendait de lui des compliments qui ne venaient pas, ou si peu ! Même s'il lui faisait peur parfois, elle l'aimait de tout son cœur, lui vouant une affection sans condition.

Elle le voyait alors avec ses yeux d'enfant, des yeux bien incapables de déceler sa dépravation. La désillusion n'en avait été que plus rude lorsque la vérité lui était enfin apparue.

Elle demeura un long moment à son chevet avant qu'il ne prenne conscience de sa présence. Soulevant les paupières, il la dévisagea, sourit, prononça son nom.

— Tu te sens bien ? lui demanda-t-elle.

— Maintenant qu'on m'a bourré de médicaments, ça va.

— Ton état est stable. Tension, rythme cardiaque, tout va bien.

Il hocha la tête d'un air absent. Il écoutait à peine. Son regard scrutait le visage de sa fille.

— Je n'étais pas d'accord avec ta mère quand elle a voulu t'appeler Jane. Je trouvais ce nom ridicule. Pourquoi pas plutôt Mary ou Susan ? Aujourd'hui je suis content qu'elle ait insisté. Ça te va bien.

Elle n'avait pas l'intention de se laisser entraîner sur la pente hypocrite de la nostalgie. Elle préféra revenir à sa situation.

— C'était sans doute une petite attaque, sans quoi tu ne te sentirais pas aussi bien. Ton cœur n'a pas dû trop souffrir.

— Parce que tu es cardiologue, maintenant ? dit-il, caustique.

— Non, mais les cœurs brisés, ça me connaît.

Il opina, comme pour dire : bien vu.

— Je te trouve dure et insensible, Jane.

— J'ai été à bonne école.

— C'est à moi que tu fais allusion, j'imagine. Ta mère…

— Sois gentil de ne pas invoquer ma mère, surtout si c'est pour me culpabiliser d'oser te tenir tête. Non, je ne suis pas douce et conciliante comme elle, mais je suis sûre qu'elle n'apprécierait pas de voir ce que nous sommes devenus.

— Tu as certainement raison. Sauf Danny, peut-être. Oui, je pense qu'il lui aurait plu. Je suis bien content qu'elle n'ait pas eu à l'enterrer.

— Moi aussi. Ce n'est pas le rôle d'une mère d'enterrer son fils.

Il plissa les yeux.

— Je sais que tu ne vas sans doute pas me croire, Jane, mais je suis triste pour Danny. Je t'assure.

— Qui essaies-tu de convaincre, Huff ? Moi, ou toi-même ?

— D'accord, si tu ne veux pas me croire, ne me crois pas. Mais, en ce moment, je déguste. D'abord, Danny. Et maintenant, ces soupçons qui pèsent sur Chris.

— Chris… Comment ça ?

— Madame Hoyle ?

C'était l'infirmière, venue lui signaler qu'il était temps de mettre fin à la visite.

Jane hocha la tête. Elle ne chercha pas à relever l'erreur au sujet de son nom.

— Ne fais pas attention à elle, dit Huff dès qu'elle eut tourné les talons. Elle n'osera jamais te virer.

La triste vérité, c'était que Jane avait hâte de s'en aller.

— Tu te remettras, Huff. Le diable n'est pas encore prêt à t'accueillir.

— Il n'aime pas la concurrence, souffla Huff avec un sourire en coin.

— Tu plaisantes, mais le diable ne t'arrive pas à la cheville.

— Tu es sérieuse ?

— Absolument.

— Ce sont là des mots bien durs. Songe que j'aurais pu y rester il y a quelques heures. Des années et des années de rancune. Tu ne crois pas qu'il serait temps d'arrêter de m'en vouloir, de remiser ta colère au placard ?

— Ce n'est pas de la colère, Huff. La colère est un sentiment, et je ne ressens plus rien pour toi. Plus rien.

— C'est vrai ?

— Oui, c'est vrai.

— Alors pourquoi es-tu venue aussi vite, si ce n'est pour voir ton vieux papa une dernière fois ?

— Pourquoi as-tu envoyé quelqu'un me chercher ?

Un sourire narquois se dessina sur les lèvres de Huff Hoyle. Il partit d'un rire sonore.

— Pour le plaisir de constater que tu arriverais au pas de course. Et regarde, ma petite Jane, tu es là…

13

— Ils parlent de quoi, à ton avis ?

Beck regarda Chris en haussant les épaules et continua à feuilleter le vieux *People* trouvé sur la table.

— Je serais curieux de savoir quel est leur problème, à tous les deux.

— Ça remonte à l'époque où Jane était adolescente. Son petit copain de lycée s'appelait Clark Daly.

Beck fronça les sourcils.

— Oui, on parle bien du même, insista Chris.

Beck connaissait bien un Clark Daly, mais il travaillait à l'usine. Son contremaître l'avait plusieurs fois renvoyé chez lui parce qu'il était arrivé ivre et on l'avait même surpris à sortir une flasque de bourbon de son panier-repas. Que Jane ait pu sortir avec un type pareil laissait Beck pantois.

— Pendant un certain temps, poursuivit Chris, Huff n'a rien trouvé à y redire ; pour lui, c'était des fredaines de collégiens, sans conséquences. Mais quand les choses ont commencé à devenir plus sérieuses, il a décidé d'y mettre le holà.

— Daly picolait déjà, à l'époque ?

— Non, une petite bière en douce, de temps en temps. C'était un sportif brillant et la mascotte du lycée.

— Où était le problème, alors ?

— Je ne connais pas tous les détails. J'étais déjà en fac et je ne m'intéressais pas vraiment aux amours de Jane. Tout ce que je sais, c'est que Huff ne tenait pas à avoir Clark Daly pour gendre. Il les a laissés terminer leurs études secondaires et, juste après, il a mis un terme à leurs relations.

— Comment Jane a-t-elle réagi ?

Chris sourit.

— À ton avis ? D'après ce qu'on m'a raconté, elle a foutu un bordel pas possible. Et, quand elle a vu que Huff restait inflexible, elle s'est repliée sur elle-même, elle a perdu beaucoup de poids. On aurait dit un fantôme. Je me souviens qu'un week-end, en rentrant à Destiny, j'ai failli ne pas la reconnaître. Elle avait laissé tomber ses études, elle ne travaillait pas, ne faisait rien, ne sortait plus. Quand j'ai demandé à Selma ce qui se passait, elle s'est mise à pleurer en me disant que Jane était devenue « une pauvre petite chose malheureuse ». Danny m'a appris qu'elle n'adressait plus la parole à Huff depuis des mois et qu'elle évitait de se trouver dans la même pièce que lui.

Chris s'interrompit pour boire une gorgée de soda. Beck aurait voulu connaître la suite, mais il hésitait à le relancer, de peur que son intérêt n'éveille la suspicion. Heureusement, Chris reprit :

— Ça a duré des mois. Un jour, Huff en a eu assez. Il lui a dit d'arrêter de se morfondre et de se ressaisir, sans quoi il l'enverrait dans un hôpital psychiatrique.

— C'était la solution de Huff, pour soigner le chagrin d'amour d'une adolescente ? Menacer de l'enfermer ?

— Oui, je sais que ça peut paraître dur, mais ça a marché. Et quand Huff lui a choisi un type en insistant pour qu'elle l'épouse, elle a accepté. Elle a dû se dire qu'il valait mieux être mariée qu'internée.

Beck regarda la double porte du service de réanimation, songeur.

— Huff a brisé ses amours de jeunesse et elle lui en veut toujours...

— Elle est comme ça, Jane. Petite, déjà, elle avait toujours une dent contre quelqu'un, il y avait toujours quelque chose qui la contrariait. Elle n'a pas changé. Son problème, c'est qu'elle prend toujours tout très au sérieux.

Chris se leva, s'étira et se dirigea vers la fenêtre. Il resta un long moment les yeux dans le vague.

— À quoi penses-tu, Chris ?

Chris haussa les épaules, mais Beck savait que son indifférence était feinte.

— Cette histoire, aujourd'hui…

— Laquelle ? La journée a été riche.

— Chez le shérif. Tu crois qu'ils vont m'arrêter ?

— Non.

— La première fois qu'on m'a bouclé, Beck, je peux te dire que j'ai pas aimé. Huff m'a fait sortir sous caution au bout de quelques heures, mais je n'ai pas envie de renouveler l'expérience.

— Ils ne vont pas t'arrêter. Ils n'ont pas assez de preuves. Pour l'instant.

Chris se retourna.

— *Pour l'instant ?*

— Est-ce qu'ils peuvent en trouver d'autres, Chris ? Il faut que je sache.

Chris le fusilla du regard.

— Si mon propre avocat ne me croit pas, qui va me croire ?

— Je te crois, mais tu dois reconnaître que, pour l'instant, tu es dans une situation délicate.

Chris se détendit un peu.

— Tu as raison. J'ai beaucoup réfléchi et je suis arrivé à une conclusion : quelqu'un essaie de me faire porter le chapeau.

— Un coup monté ?

— Tu as l'air sceptique.

— Oui, plutôt.

Chris revint s'asseoir.

— Réfléchis, Beck. L'affaire Iverson est loin d'être oubliée, d'autant qu'on n'a jamais retrouvé le corps. Tu ne crois pas qu'on pourrait avoir intérêt à faire porter les soupçons sur moi ? Je suis le suspect idéal.

— À qui penses-tu ?

— Slap Watkins.

Beck ne put s'empêcher de rire.

— Slap Watkins ?

— J'aimerais que tu m'écoutes, fit sèchement Chris. Slap avait un compte à régler avec les frères Hoyle. Et avec toi, par-dessus le marché.

— Parce qu'on s'est castagnés dans un bar il y a trois ans ?

— Lui, il ne l'a pas oublié. Tu as même dit à Huff qu'il t'en avait parlé hier soir, au Diner.

— D'accord, mais…

— Il n'y a pas que ça. J'ai eu l'idée de demander à la secrétaire de Danny de regarder les demandes de poste reçues ces dernières semaines et devine ce que j'ai trouvé ?

Il sortit de sa poche une feuille de papier pliée qu'il agita sous le nez de Beck.

— Slap Watkins lui a fait parvenir un CV.

— Pour travailler à l'usine ?

— Danny a rejeté sa demande. Ça donne à Slap une autre raison d'en vouloir aux Hoyle.

— Assez pour assassiner Danny ?

— Les types dans son genre, tu sais, il suffit de peu de chose pour les énerver.

— Ouais, ça se tient, murmura Beck, songeur.

— En tout cas, c'est une piste à explorer.

— Tu en as parlé à Red ?

— Pas encore. Je venais de voir le courrier de candidature de Slap quand Huff a eu son attaque. Je n'ai pas eu le temps d'en parler à qui que ce soit.

Beck réfléchit un instant.

— D'accord, mais il y a encore un problème, Chris.

— Lequel ?

— Comment Watkins aurait-il fait pour attirer Danny au cabanon ?

Chris réfléchit avant d'avouer qu'il n'en avait aucune idée.

— Il n'empêche que ce type-là est un vrai salopard. En trois ans de cabane, il a eu le temps de se faire des relations. Bon, on en reparlera plus tard, conclut-il précipitamment en voyant Jane ressortir du service de réanimation.

Ils se levèrent.

— Il va bien, leur annonça-t-elle. On ne peut pas dire qu'il soit à l'article de la mort.

— Pourquoi a-t-il tellement insisté pour te voir ?

— Je te rassure tout de suite, Chris. Il n'a pas modifié son testament pour faire de moi sa seule héritière, si c'est ça qui te tracasse. Il m'a fait revenir dans le seul but de s'amuser à mes dépens.

Elle se tourna vers Beck.

— Vous voulez bien m'ouvrir votre pick-up, que je reprenne mon sac ?

— Vous prenez votre avion ?

— Non, j'ai dû annuler, étant donné que je ne savais pas quand je repartirais. Mais j'espère que ma voiture de location…

Elle vit Beck secouer la tête.

— Quoi ?

— Ils l'ont déjà récupérée. J'ai pris la liberté d'appeler pour me renseigner.

— Bon, de toute manière, je comptais passer la nuit au Lodge. Je louerai une autre voiture demain.

Comme Beck lui proposait de la conduire au motel, elle répondit :

— Non, merci, je prendrai un taxi.

Chris l'informa que l'unique société de taxis de Destiny n'existait plus.

— Ils ont déposé le bilan il y a quelques années.

Jane avait visiblement hâte de les quitter. Tous ces contretemps qui n'en finissaient pas de retarder son départ l'agaçaient au plus haut point.

— Bon, d'accord, lâcha-t-elle, résignée. Si ça ne vous oblige pas à faire un trop grand détour, je veux bien que vous me déposiez au motel.

— Aucun problème. Chris, tu restes ici ?

— Oui, je vais attendre que le docteur Caroe repasse pour sa tournée du soir. S'il juge que Huff est provisoirement hors de danger, je m'en irai.

Ils convinrent de garder leurs téléphones à portée de main afin de se tenir informés de toute évolution de l'état de santé de Huff, et se dirent au revoir.

Au rez-de-chaussée, Beck demanda à Jane plus de détails. Elle lui répondit laconiquement :

— Si la méchanceté est synonyme de longévité, il nous enterrera tous.

Ils sortirent du bâtiment. Beck aurait voulu prolonger la conversation, mais l'attitude de Jane le dissuada de chercher à savoir ce qu'elle et son père avaient pu se dire.

— Vous avez l'air fatiguée, lui dit-il en l'aidant à grimper dans le pick-up.

— Parler à Huff, ça m'épuise toujours.

Il régnait une chaleur étouffante dans la cabine. En mettant le contact, Beck s'excusa.

— J'aurais dû entrouvrir les vitres.

— Ça ne me gêne pas.

Elle cala la nuque contre l'appui-tête, ferma les yeux.

— Quand il fait 10 degrés en juillet à San Francisco, les vrais étés me manquent. En fait, j'aime bien la chaleur.

— De vous, ça ne me surprend pas.

Elle rouvrit les yeux. Ils échangèrent un long regard. Beck sentit sa température monter. Adossée à la banquette, le corps penché en arrière, Jane paraissait sans défense, d'une féminité exacerbée. Quelques mèches de cheveux avaient bouclé au-dessus de son front, au mépris des traitements artificiels qu'elle leur imposait. Ce simple détail apportait à son visage une touche de douceur qu'elle aurait tout fait pour effacer si elle l'avait su. Elle avait les joues empourprées et Beck se fit la réflexion, une fois de plus, que sa peau devait être brûlante.

Il mourait d'envie d'en avoir le cœur net, mais il ne se risqua pas à effleurer le bras de sa passagère, de peur de rompre le fragile équilibre qui semblait s'être instauré entre eux.

— Vous avez faim, Jane ? se contenta-t-il de demander.

Elle redressa la tête, le regard vague, manifestement décontenancée.

— Pardon ?

— Faim ?

— Oh. Non.

— Je suis sûr que si.

Il l'observa encore avant de démarrer. Il ne prit pas la route du motel, mais la direction opposée. Jane s'étonna :

— Le Lodge est de l'autre côté de la ville.

— Faites-moi confiance.

— Là, vous me demandez l'impossible.

Il se borna à sourire et, comme elle n'ajoutait rien, il prit son silence pour un acquiescement. Peu après la sortie de la ville, il s'engagea sur un chemin gravillonné qui se perdait dans un petit bois pour s'achever en cul-de-sac sur une clairière, en bord de bayou. Plusieurs voitures étaient garées autour d'une gargote en piteux état.

Jane se tourna vers Beck.

— Vous connaissez ce boui-boui ?

— Ça a l'air de vous surprendre.

— Je pensais que seuls les gens du coin étaient au courant.

— Vous savez, je ne suis plus vraiment un nouveau venu dans la région.

La gargote, tenue par la même famille depuis le début des années 1930, ne proposait que des spécialités locales. Aux grands jours de la Prohibition, on y vendait surtout de l'alcool de contrebande. Bâtie à l'aide de tôles qui avaient rouillé au fil du temps, elle penchait de manière inquiétante.

La cuisine occupait la totalité de l'espace, sur trois mètres de façade, derrière un minuscule comptoir. On y servait des huîtres assaisonnées d'une sauce pimentée si forte qu'elle faisait monter les larmes aux yeux, un épais gumbo[1] relevé d'une touche de filé et d'okra, ainsi qu'une estouffade d'écrevisses faire damner un saint. Tout, de l'alligator aux cornichons à l'aneth, pouvait également se déguster sous forme de beignets.

Beck commanda deux gumbos et des sandwiches aux crevettes. Puis il fit quelques pas jusqu'à la citerne, sur le côté de la cabane, enfonça le bras dans la glace pilée pour en retirer deux canettes de bière qu'il ouvrit à l'aide d'un décapsuleur suspendu à un bout de ficelle cloué à un arbre.

— Elle est glacée, dit-il en tendant à Jane l'une des bouteilles givrées. Vous voulez un verre ?

— Ils risqueraient de mal le prendre.

Elle porta le goulot à ses lèvres d'un geste très sûr. Beck la regarda avec un sourire en coin.

— Vous montez dans mon estime.

— Je ne cherche pas à gagner votre estime.

Le sourire de Beck s'élargit.

— C'est dommage. Vous ne savez pas ce que vous perdez.

Leur commande une fois prête, ils emportèrent leurs barquettes en carton et s'installèrent de part et

---

1. Plat relevé, mi-soupe, mi-ragoût, à base de riz, de poisson ou de viande. Le filé désigne la poudre de feuilles de sassafras. L'okra est un lointain cousin de notre courgette.

d'autre d'une vieille table de bois, sous la ramure des chênes. Des guirlandes d'ampoules de Noël accrochées n'importe comment aux branches les plus basses jouaient à cache-cache avec les lianes de mousse. Pour ajouter à l'ambiance, l'un des clients avait réglé l'autoradio de sa voiture sur une station de musique zydeco.

Ils commencèrent par le gumbo, puis Jane déballa son sandwich. Le pain brioché fait maison, chaud, croustillant et moelleux à l'intérieur, était généreusement farci : crevettes panées tout juste sorties de la friteuse, laitue et sauce rémoulade, que Jane agrémenta d'une bonne giclée de Tabasco.

Elle mordit dans son sandwich à pleines dents.

— C'est un délice. On mange extrêmement bien à San Francisco, mais ça…

— Oui ?

— Ça, c'est vraiment la cuisine de chez moi.

Tandis qu'elle souriait, une ombre mélancolique glissa sur son visage.

Tout en mangeant, il la contemplait, conscient qu'elle se savait observée. Elle s'efforçait de paraître décontractée, mais ce regard soutenu la mettait mal à l'aise.

Elle fronça les sourcils.

— J'ai de la sauce sur le visage, ou quoi ?

— Non.

— Alors pourquoi vous me regardez comme ça ?

Elle comprit à sa mine qu'il attendait d'elle une suggestion, mais Jane refusa d'entrer dans son jeu. Ils se remirent à manger.

Au bout d'un moment, il lui demanda :

— Il vous arrive de transpirer ?

— Je vous demande pardon ?

— Il fait une chaleur à crever. Il n'y a pas de vent. Le taux d'humidité doit atteindre 99 %. Vous mangez de la sauce au piment rouge quasiment à la petite cuillère, mais vous ne transpirez pas. Vous n'avez même pas la peau moite. Comment faites-vous ?

— Vous non plus, vous ne transpirez pas.

Il se tamponna le front avec la manche et tendit le bras afin de lui montrer la tache.

— Je ruisselle. Je dégouline dans le dos. Des litres…

Il exagérait, mais cela la fit sourire.

— Je transpire, mais pas souvent, avoua-t-elle. Il faut vraiment que je fasse des efforts.

— Ah, voilà une bonne nouvelle. Je commençais à me demander si vous n'étiez pas une extraterrestre dépourvue de glandes sudoripares.

Le repas terminé, Beck rassembla les détritus qu'il jeta dans l'un des fûts faisant office de poubelles. Il revint, s'assit sur la table et posa les pieds sur le banc, à côté de Jane. Il but une gorgée de bière tout en observant la jeune femme.

— Qu'avez-vous contre le docteur Caroe ?

Elle posa délicatement sa bouteille, prit une serviette en papier pour s'essuyer la paume de la main, trempée de condensation.

— L'antipathie qu'il m'inspire était si évidente ?

— Oh, oui. Entre lui serrer la main et rester collée contre moi…

Il s'interrompit et attendit qu'elle lève la tête pour poursuivre.

— … vous avez préféré ne pas lui serrer la main. Connaissant votre aversion à mon égard, j'en déduis que vous détestez vraiment ce type-là.

Elle regarda ailleurs. Il y eut une explosion de rires à une table voisine, comme si quelqu'un venait de faire un bon mot. Les enfants couraient après les vers luisants entre les arbres, poussant des cris de joie chaque fois qu'ils en capturaient un.

— Ils s'amusent bien, hein ? dit-elle.

— On dirait.

Du bout du pied, il lui toucha la cuisse.

— Pourquoi n'aimez-vous pas le docteur Caroe ?

Elle le regarda.

— Avec sa coiffure ridicule, c'est un petit coq qui souffre d'un complexe d'infériorité. C'est surtout un danger public pour tous ceux qui le consultent. Mais il est bien trop incompétent, trop bête ou trop orgueilleux pour l'admettre. On aurait dû lui interdire d'exercer depuis des années.

— Mis à part cela, qu'est-ce que vous avez contre lui ?

Elle comprit qu'il la taquinait et laissa échapper un petit rire.

— Désolée, je m'emporte…

— Ne vous excusez pas, je vous préfère quand vous vous emportez. Je crois que vous devriez vous énerver plus souvent.

— Ça vous plaît de me psychanalyser, hein ?

— Revenons-en au docteur Caroe.

Le sourire de Jane s'estompa.

— C'était le médecin de ma mère quand elle a eu un cancer de l'estomac.

— Chris m'en a parlé. Vous avez tous vécu des moments difficiles.

— Quand le diagnostic est tombé, la maladie était déjà très avancée. Aucun traitement n'aurait été efficace, mais je refusais d'accepter la réalité. Il me semblait que le docteur Caroe ne faisait pas tout ce qu'il pouvait pour sauver ma mère.

— Vous n'étiez qu'une enfant, Jane. Vous vouliez que Laurel soit vite tirée d'affaire. Et quand elle est morte, il vous fallait un coupable.

— Vous devez avoir raison.

— J'ai réagi de la même manière quand mon père est mort. J'avais à peu près le même âge que vous.

— Ça a dû être terrible.

L'espace d'un instant, Jane avait baissé la garde. Son expression s'était adoucie, son regard s'était ouvert, elle avait parlé avec une totale sincérité.

— C'était il y a longtemps, expliqua Beck, mais je me souviens que j'en voulais à la terre entière. Je suis resté comme ça un bon bout de temps, ce qui n'a pas facilité la tâche de ma mère.

Elle posa le menton sur ses mains.

— Qu'avez-vous fait quand on vous a dit que votre père était mort ? Le premier geste ?

— J'ai pris ma batte de base-ball et j'ai tapé de toutes mes forces dans le mur du garage.

Le souvenir en était si vivace qu'il n'avait pas eu besoin de réfléchir.

— J'ai tapé comme un malade jusqu'à ce que le bois de ma batte vole en éclats. Ne me demandez pas pourquoi. Je crois que j'avais besoin de ça pour extérioriser ma douleur.

Il s'assit sur le banc, dos à la table, tout près de Jane, ainsi qu'il l'avait fait lorsqu'il l'avait surprise au piano, le jour de l'enterrement de Danny.

— Et vous, qu'avez-vous fait quand vous avez appris la mort de votre mère ?

— Je suis allée dans sa chambre. Ça sentait bon, ça sentait le talc qu'elle mettait tous les soirs, après son bain. Je me souviendrai jusqu'à la fin de mes jours de son odeur quand elle venait dans ma chambre me border et me souhaiter bonne nuit. Elle prenait mon visage entre ses mains toutes fraîches.

Elle joignit le geste à la parole et demeura un moment ainsi, perdue dans ses souvenirs, avant de retirer lentement ses mains.

— Bref, quand Huff est rentré de l'hôpital et qu'il nous a annoncé qu'elle était morte, je suis allée dans sa chambre. C'était aussi la chambre de Huff, mais il y avait ce côté féminin, et toutes ces fanfreluches, qui lui ressemblaient tellement… Je me suis allongée sur le lit, de son côté, et j'ai pleuré longtemps, la tête dans l'oreiller. Au bout d'un moment, Selma m'a trouvée. Elle m'a passé un linge humide sur le visage et elle m'a dit que, maintenant, c'était moi la dame de la maison, que ma maman me regardait depuis le ciel. Elle m'a demandé si je cherchais à lui faire de la peine en continuant à pleurer comme ça, alors je me suis arrêtée.

— Et vous êtes devenue la dame de la maison.

Elle ébroua sa chevelure en riant.

— Je crois qu'on a fait le tour du sujet. Je ne me suis jamais vraiment comportée en dame. En tout cas, c'est à ce moment-là que j'ai commencé à détester le toubib qui n'avait pas réussi à guérir ma mère, et ça n'a pas changé depuis.

— C'est compréhensible.

— Votre mère vit toujours ?

— Oui. Elle a survécu au décès de mon père et elle a survécu à mes incartades.

Jane hocha la tête.

— Je parie que vous étiez un adolescent infernal.

— Et je le suis toujours ?

Elle le dévisagea un instant, avant de répondre :

— À en croire certains, oui.

— Qui ça ?

Elle ne sut que répondre et acheva sa bière.

— Je ferais mieux d'aller réserver ma chambre. Le Lodge risque d'être complet, ce soir.

Ils regagnèrent le pick-up. Comme le terrain était accidenté, Beck prit Jane par le coude afin de la guider. Cette fois-ci, elle ne se déroba pas.

— Le taux d'occupation du motel dépend du bowling, lui glissa-t-il.

— Du bowling ?

— Les soirs où les mecs jouent au bowling, les femmes voient leurs amants. Ces soirs-là, il n'y a pas une chambre de libre.

Jane se retourna. Il lui avait ouvert la portière.

— Et quand les femmes jouent au bowling ?

— C'est l'inverse. Toutes les chambres sont prises parce que les maris retrouvent leurs petites copines. Mais je crois que ce soir vous serez tranquille. Il n'y a personne au bowling, à part les Chevaliers de Colomb, une confrérie catholique.

— Parce que chez les catholiques, les femmes ne trompent pas leurs maris… ?

— Si, mais plus discrètement. Elles vont ailleurs.

Jane monta en riant dans le pick-up, sans se rendre compte que la jolie courbe de ses fesses tendait son tailleur, du fait de la hauteur du marchepied. *Elle porte un string*, songea Beck en n'apercevant pas la marque d'un slip. Il avait envie d'elle, là, tout de suite. Il s'épongea une fois de plus le front d'un revers de manche, fit le tour du pick-up et s'installa au volant.

Au moment où il démarrait, Jane lui demanda :

— Comment vous êtes-vous procuré ces précieuses données sur l'adultère à Destiny ?

— Ça fait partie de mon travail.

Il fit demi-tour et reprit la direction de la ville. De part et d'autre du chemin, les bois avaient sombré dans une nuit impénétrable.

— Je vois. Vous collectez des infos sur tout le monde, vous regardez qui couche avec qui, qui boit quoi, quels sont les points faibles de chacun. Pour donner à Huff des arguments imparables, au cas où.

— Du chantage, c'est ce que vous voulez dire ?

— Ça n'en est pas ?

Il la regarda d'un air dépité.

— Je vous emmène dîner dans un endroit sympa qui sort de l'ordinaire et je n'arrive même pas à m'attirer vos bonnes grâces. Je regrette vraiment que vous repartiez demain à San Francisco avec une si piètre opinion de moi.

— Je ne pars pas demain.

14

Beck freina si brutalement que le pick-up dérapa sur plusieurs mètres avant de s'arrêter.

— Pourquoi ça ?

— Qu'est-ce que ça peut vous faire ?

— Cet après-midi, vous n'aviez qu'une hâte, c'était de repartir. Qu'est-ce qui vous a fait changer d'avis ?

— Le fait que Chris soit soupçonné du meurtre de Danny.

— Qui vous a dit ça ?

— Huff.

Beck prit le temps de digérer ce qu'il venait d'entendre, puis il retira son pied de la pédale de frein et reprit sa route.

— Vous croyez que Huff m'a dit ça sous l'effet des médicaments ? demanda-t-elle.

— Non, il était parfaitement lucide.

— Vous pouvez… vous pourriez m'en dire plus ?

Il haussa les épaules avec une nonchalance feinte.

— Red Harper a demandé à Chris de passer le voir à son bureau. Il avait quelques questions à lui poser.

Il lança un coup d'œil dans sa direction.

— Il faut croire que Scott a mordu à l'hameçon en vous entendant dire que Danny avait horreur de la pêche.

— Je me suis dit que ça devrait l'intéresser. Danny détestait cet endroit. Il n'y allait jamais.

— C'est vrai qu'il n'a jamais mis les pieds là-bas depuis que je vis ici, reconnut Beck. Tout du moins, pas à ma connaissance.

— Et ça ne vous semble pas étrange qu'il ait trouvé la mort là-bas ?

— Étrange ? Pourquoi ?

Ils arrivaient en ville et il s'arrêta à un feu rouge. Comme elle n'avait toujours pas répondu à sa question, il insista :

— Pourquoi est-ce si étrange qu'il soit mort là-bas ? D'abord, pour quelle raison Danny détestait-il cet endroit ?

Mais la jeune femme avait décidé de garder le silence.

— Je ne sais pas, moi. Il avait peur des serpents ? Il était allergique au sumac ? Pourquoi Danny n'aimait-il pas ce cabanon ?

— À cause d'un souvenir d'enfance particulièrement pénible, répliqua-t-elle sèchement. Ça vous va ?

Il n'insista pas.

— Très bien, très bien.

Le feu venait de passer au vert. Il redémarra.

Les yeux droit devant lui, il entendit Jane pousser un grand soupir en posant la tête contre la vitre.

— Vous voulez savoir pourquoi ?

— Sauf si vous n'avez pas envie d'en parler.

— Chris finira par vous le raconter de toute façon. Comme ça, au moins, vous aurez une version expurgée. Ça vous aidera peut-être à mieux comprendre la vie à la maison quand on était gamins, et à vous éclairer sur la véritable nature de votre patron.

Un jour, peu de temps après la mort de ma mère, Huff a voulu organiser une sortie en famille. Une journée rien que tous les quatre. Inutile de préciser que ce n'était pas vraiment dans ses habitudes, puisqu'il va à l'usine tous les jours que Dieu fait. Quoi qu'il en soit, il nous a emmenés au cabanon. Il nous a donné à tous une canne à pêche, des vers, il nous a montré comment nous y prendre, à Danny et à moi. Comme vous pouvez vous en douter, Chris était déjà un pêcheur chevronné puisque Huff l'emmenait avec lui à chaque fois qu'il allait à la pêche. Danny s'est mis à pleurnicher en disant qu'il ne voulait pas. Il refusait d'accrocher le ver à l'hameçon, de peur de lui faire mal. Il nous a expliqué qu'il espérait bien ne pas attraper de poisson pour ne pas avoir à les tuer. Il était traumatisé par la mort, à cause de Mère. Une semaine plus tôt, il avait pleuré pendant des heures en découvrant un grillon mort sur le balcon. Après tout, qu'est-ce que ça pouvait faire à Huff que Danny attrape un poisson ou non ce jour-là ? Mais, au lieu d'essayer de le consoler ou de le convaincre, ou tout simplement de laisser tomber, il s'est mis en colère. Il a dit à Danny qu'il ne rentrerait pas à la maison tant qu'il n'aurait pas attrapé au moins un poisson. Danny a dû rester assis tout l'après-midi dans cette boue jaunâtre et puante, sous le regard méprisant de son père et les quolibets de son frère. Non seulement Huff ne disait rien quand Chris se moquait de Danny, mais il le poussait même à l'humilier. Le soleil était déjà couché quand le malheureux Danny a enfin attrapé un poisson. Il pleurait comme une madeleine en essayant de le décrocher de l'hameçon, mais il avait réussi, conclut-elle avec une petite voix. Il avait réussi. À ce moment-là, dans un geste de défi surprenant de la part de Danny, il a rejeté le poisson dans le bayou en jurant que jamais plus il ne recommencerait.

Beck s'engagea sur le parking du motel et s'arrêta face à la réception. Tourné vers Jane, il allongea le bras sur le dossier du siège, les doigts à quelques centimètres de son épaule.

Perdue dans ses souvenirs, elle s'aperçut soudain qu'il l'observait attentivement. Elle se redressa aussitôt en s'éclaircissant la voix.

— Danny détestait cet endroit qui lui rappelait des souvenirs pénibles. Pourquoi aurait-il choisi d'aller là-bas dimanche après-midi ?

— Peut-être précisément pour cette raison, Jane. Quelqu'un d'assez désespéré pour se suicider est parfaitement capable de choisir un lieu qui lui rappelle de mauvais souvenirs, par masochisme.

— Encore faudrait-il qu'il s'agisse *vraiment* d'un suicide.

Les yeux dans les yeux, elle ajouta :

— Pourquoi ont-ils décidé d'enquêter sur Chris ?

— Ils n'ont pas décidé d'enquêter sur lui, ils ont simplement quelques questions…

— Oui, oui, je sais. Ils ont simplement quelques questions à lui poser. N'empêche que ces questions ont suffi à provoquer chez Huff une crise cardiaque.

Il détourna la tête et posa machinalement les yeux sur la flèche de néon rouge suspendue au-dessus de la porte d'entrée. De l'autre côté de la baie vitrée, on distinguait la silhouette de l'employé à la réception. Confortablement assis dans un fauteuil inclinable, il regardait la télévision en mâchonnant un cure-dent sans se soucier des clients éventuels, manifestement habitué à voir des couples parlementer longuement dans leur voiture avant de se décider à prendre une chambre.

— Ils ont retrouvé un objet appartenant à Chris dans le cabanon. Il prétend qu'il n'y avait pas mis les pieds depuis le soir où Frito a fait fuir un lynx. Je suis convaincu qu'il dit la vérité, ajouta-t-il en se tournant à nouveau vers elle.

— Un objet ? Quoi exactement ?

— Une pochette d'allumettes provenant d'un night-club de Breaux Bridge.

— C'est tout ? Pas vraiment convaincant. N'importe qui pourrait l'avoir laissé tomber un autre jour.

— En temps normal, oui. Mais le club a été inauguré samedi dernier, la veille de la mort de Danny, et ces pochettes n'ont jamais été distribuées avant, expliqua-t-il. Chris reconnaît avoir fait un tour à Breaux Bridge et être rentré tard. Il reconnaît même avoir fumé plusieurs cigarettes, ce qui expliquerait les allumettes.

— Je suppose que Danny ne se trouvait pas dans le même club ce soir-là ?

Il fit non de la tête.

— Ce n'était pas vraiment son genre. Surtout ces derniers temps. Danny n'a jamais fumé, et je le vois mal se balader avec une pochette d'allumettes. En plus, comment aurait-il pu se la procurer entre samedi soir et dimanche matin lorsqu'il a quitté la maison pour se rendre à la messe ?

— Si je comprends bien, Scott aimerait bien savoir comment une pochette d'allumettes récupérée samedi soir a pu se retrouver au cabanon dimanche après-midi. Et, comme Chris s'est rendu dans ce club, il fait figure de coupable idéal.

— C'est du moins la théorie de Scott.

— Soit, mais qui d'autre aurait pu l'apporter là ?

— Je ne sais pas, Jane. Mais, si c'est tout ce que Scott peut se mettre sous la dent, jamais un grand jury n'acceptera d'inculper Chris, quand bien même le juge chercherait à faire du zèle.

— Vous croyez vraiment que ça ira jusque-là ? demanda-t-elle, désarçonnée.

— Non, je ne pense pas. Quel mobile Chris pourrait-il avoir ?

La question était théorique, mais elle la prit au pied de la lettre.

— Si vous voulez mon avis, Chris n'est pas du genre à s'embarrasser d'un mobile si l'envie lui prend de faire quelque chose.

Beck connaissait trop bien Chris pour pouvoir la contredire.

Après un court silence, elle ajouta :

— J'ai décidé de rester à Destiny jusqu'à ce que cette affaire soit résolue.

— Et votre travail ?

— J'ai téléphoné à mon assistante cet après-midi. Je n'ai aucun dossier urgent à boucler cette semaine, elle repoussera mes rendez-vous. Cette histoire est plus importante que mon boulot. Je n'avais pas eu de nouvelles de Danny depuis dix ans.

Elle avait prononcé ces derniers mots d'une voix nouée, et il eut clairement le sentiment qu'elle ne lui avait pas tout dit, qu'elle lui cachait quelque chose.

— Je veux savoir ce qui s'est passé, poursuivit-elle. Qu'il se soit suicidé ou non, j'ai envie de comprendre comment il est mort, ne serait-ce que pour repartir l'esprit tranquille. Je dois aussi penser à ma mère. Elle a toujours chouchouté Danny. Si je laissais faire Huff et Chris, c'est tout juste si sa mort ne passerait pas inaperçue. Je ne pourrai plus jamais me regarder dans une glace si je ne fais rien. Mère en aurait le cœur brisé, je lui dois bien ça. À Danny aussi, d'ailleurs.

Elle posa la main sur la poignée de la portière.

Il lui effleura l'épaule.

— Jane ?

Elle le regarda, mais il ne savait plus quoi dire. Comment la convaincre de repartir, alors que ses motivations étaient sincères ? Il aurait mieux valu pour elle qu'elle quitte la ville, mais il se sentait brusquement incapable de le lui conseiller.

Le silence s'était installé, qu'elle finit par rompre.

— Inutile de venir m'ouvrir la portière. Merci pour ce dîner. Bonsoir.

Il la vit sortir et reprendre son sac derrière le siège, puis refermer la portière sans un regard pour lui. Une sonnette tinta au moment où elle poussait la porte de la réception. De l'autre côté de la vitre, il la vit remplir un formulaire sur le comptoir.

Beck aurait voulu pouvoir s'en aller, tirer un trait sur elle. Il tendit même la main vers la clé de contact. Moins il aurait affaire à Jane Lynch, mieux il s'en porterait. D'autant qu'elle ne l'aimait pas. Alors, pourquoi rester là ?

— Putain de merde !

Lorsqu'elle sortit de la réception, une clé à la main, il l'attendait. Il voulut lui prendre son sac des mains.

— C'est au premier ou au rez-de-chaussée ? s'enquit-il.

— Vous n'êtes pas obligé de m'accompagner jusqu'à ma porte.

— Huff ne me le pardonnerait jamais s'il vous arrivait quelque chose.

— Que voulez-vous qu'il m'arrive ?

Il s'empara de son sac.

— C'est comme ça, et pas autrement.

Résignée, Jane lui désigna la coursive qui longeait les chambres.

— La dernière chambre, tout au bout.

Elle lâcha un rire amer.

— Si vous croyez que Huff s'inquiète de ma santé, vous vous fourrez le doigt dans l'œil jusqu'au coude.

— J'en déduis que vous ne vous êtes pas réconciliés à l'hôpital.

— Il a voulu jouer au chat et à la souris avec moi, une fois de plus.

— Vous avez peut-être tort. Il croyait qu'il allait mourir.

— J'ai raison.

— Vous ne lui accorderez jamais le bénéfice du doute ?

— Jamais.

— En mettant un terme à votre idylle avec Clark Daly, il vous aura définitivement…

— Comment ? s'exclama-t-elle en s'arrêtant brusquement. Que savez-vous, au juste ? insista-t-elle en lui agrippant le bras.

— Uniquement ce que Chris a bien voulu me raconter.

— Chris vous a parlé de Clark et de moi ? Quand ça ?

— Pendant que vous étiez aux urgences.

— Pour quelle raison ?

Les doigts de Jane s'étaient enfoncés machinalement dans le creux de son bras et son regard brillait d'une lueur inquiétante.

Soucieux de la calmer, il répondit d'une voix posée :

— J'ai demandé à Chris ce qui avait allumé la guerre entre vous et Huff.

— J'espère au moins que cette triste histoire aura eu le mérite de vous amuser.

Relâchant son étreinte, elle repartit d'un pas rapide. Arrivée devant la dernière porte, elle glissa la clé dans la serrure avec une telle brutalité que Beck crut un instant qu'elle allait la casser. Elle lui arracha son sac des mains et le lança dans la pièce.

— Je n'en aurais pas parlé si j'avais pensé que vous réagiriez aussi violemment, dit-il.

— Ça me dérange foncièrement de savoir que vous cancanez comme des pipelettes sur ma vie privée. Chris n'avait aucun droit de vous parler de ça. C'est tout ce que vous avez à me dire ?

— D'une part, on ne cancanait pas, et de l'autre, c'est de l'histoire ancienne. À moins que je ne me trompe, insista-t-il en la regardant droit dans les yeux.

— En quoi ça vous regarde ?

— Ça me regarde autant que vos deux maris.

— Parce que vous avez aussi parlé de mes deux maris ?

— J'ai cru comprendre que ça faisait partie de l'histoire familiale.

— Une famille dont vous ne faites pas partie, que je sache.

— Absolument. Je me contente d'en être l'observateur attentif et curieux.

— Curieux de quoi ?

— Deux mariages en l'espace de trois ans. Huff vous ayant imposé le premier, je peux comprendre qu'il n'ait pas duré. Mais le second ?

Jane, raide comme la justice, ne répondit pas.

— Incompatibilité d'humeur ? Nostalgie d'un amour plus ancien ? Le souvenir de Daly, peut-être ? Je parierais que c'est ça. J'ai cru comprendre que vous aviez eu une relation plutôt torride.

— Vous ne comprenez rien du tout.

— Libre à vous de m'expliquer, Jane. Il suffirait de me dire les choses pour que je comprenne.

Elle bouillait intérieurement.

— Quitte à ne pas vivre avec l'homme que vous aimiez, autant profiter de la vie, pas vrai ?

— C'est exactement ça, siffla-t-elle entre ses dents. Vous voulez un petit échantillon ?

D'un geste méchant, elle le prit par le cou, l'attira à elle et lui plaqua un baiser vengeur sur la bouche avant de le repousser brutalement.

Puis elle lui tourna le dos et se glissa dans sa chambre. Elle s'apprêtait à refermer la porte derrière elle lorsqu'il la saisit par la taille.

— L'échantillon ne m'a pas suffi.

Sans autre forme de procès, il lui passa un bras autour de la taille et força sa langue dans la bouche de la jeune femme. Elle voulut l'en empêcher, mais il lui tenait le menton d'une main ferme. Il l'empêchait de bouger tout en l'embrassant furieusement.

Soudain, elle glissa les doigts dans les cheveux de Beck et s'y agrippa, sans le repousser pour autant. Au contraire, elle se frottait contre lui à présent et répondait goulûment à ses baisers en émettant de petits cris de gorge qui excitaient son partenaire.

Il décida de tempérer la violence initiale de leur étreinte. Sa main caressait maintenant le menton de Jane tandis que leurs langues s'entrelaçaient amoureusement. Il pivota sans la lâcher et la poussa contre le battant. Il la maintenait tout contre lui avec l'espoir insensé que leurs vêtements s'évaporent comme par miracle.

Il reprit son souffle et lui effleura les lèvres.

— J'étais sûr que tu en avais envie.

Elle voulut s'en défendre, le souffle court, tout en tournant la tête comme pour mieux inviter les lèvres de Beck à descendre le long de son cou. Il découvrit sur la peau de la jeune femme un film de transpiration qui lui fit comprendre à quel point il se trompait sur sa supposée froideur. Il écarta la veste de Jane, caressa de la bouche les deux seins ronds qui sortaient d'un soutien-gorge largement échancré.

Il prit le bout d'un sein entre ses lèvres, à travers la dentelle. Elle eut un mouvement de recul et murmura « Non, non », sans pourtant chercher à l'arrêter.

L'embrassant de plus belle, il plaqua les deux mains sur les fesses de Jane et l'attira contre lui.

— Mon Dieu, gémit-elle en lui tournant brusquement le dos.

Sans se formaliser, il obligea la jeune femme à lever les bras afin de les poser sur la porte, puis il se mit en devoir de lui explorer la nuque tout en lui caressant les bras des poignets aux aisselles avant de malaxer longuement ses seins, de caresser son ventre, ses hanches, ses genoux.

En remontant, l'une des mains de Beck se glissa sous la jupe et découvrit une cuisse infiniment soyeuse. Jane portait un string de dentelle à travers lequel il la caressa avant de s'aventurer dans la chaleur de son pubis. Ses doigts découvrirent des lèvres humides. Entre excitation et reconnaissance, il murmura son nom.

Elle se cabra sous sa caresse insistante, amorçant un léger mouvement de va-et-vient qui le fit gémir de plaisir. Les fesses collées contre lui, elle se caressait sur sa main.

Au moment de l'orgasme, il la plaqua de toutes ses forces sur la porte contre laquelle elle roulait le front en haletant, jusqu'à ce que le rythme de ses soubresauts finisse par se calmer.

Beck retira sa main et rabattit la jupe de Jane, puis il la prit par la taille en la serrant doucement à intervalles réguliers afin de lui faire savoir son désir.

Il fallut plus d'une minute à la jeune femme avant de se retourner vers lui. Les cheveux en bataille, elle posa sur Beck des yeux d'un doré profond dans lesquels il aurait pu se noyer. Un voile de transpiration perlait sur sa lèvre supérieure, au-dessus de cette bouche dont il avait plus que jamais envie.

Il lui essuya la lèvre d'un doigt en souriant.

— Seulement quand tu fais de l'exercice.

— Si tu me touches, je te tue.

Confondu, il fit un pas en arrière.

— Pardon ?

— Je pense avoir été assez claire.

Il venait de comprendre que la lueur allumée dans son regard n'était pas du désir, mais de la colère. Une rage sauvage qui ne laissait aucun doute sur ses intentions si d'aventure il la touchait.

— Je ne plaisante pas, ajouta-t-elle. Ne me touche pas.

— Ça n'avait pas l'air de te déranger que je te touche il y a une minute, répliqua-t-il, furieux. Je dois te faire un dessin ?

— Je voudrais que tu t'en ailles.

D'un geste sec, il lui fit signe de s'écarter et passa exprès loin d'elle. Il ouvrit la porte, s'arrêta et se retourna.

— À qui en veux-tu vraiment, Jane ? À moi ou à toi ?

— Je veux que tu t'en ailles.

— Tu savais que ça finirait par arriver.

— Va-t'en.

— Dès le premier regard, on a su tous les deux que c'était inévitable.

Elle secoua violemment la tête.

— Tu en avais envie et ça t'a plu.

— C'est faux.

— Ah oui ?

Du pouce, il épongea sur la lèvre de Jane une goutte de sang à l'endroit où elle s'était mordue.

Il lui murmura un dernier mot à l'oreille et quitta la pièce.

Huff, allongé sur le dos dans son lit d'hôpital, les yeux fermés, entendit quelqu'un pénétrer dans la chambre.

— Qui c'est ?

— Votre distingué médecin.

— Vous avez mis le temps, marmonna Huff.

— Au cas où vous ne le sauriez pas, j'ai d'autres malades, rétorqua Tom Caroe.

— Je ne suis pas malade, grogna Huff en glissant ses jambes hors du lit et en s'asseyant. J'ai horreur de toutes ces saloperies qu'on me fout partout, jura-t-il en arrachant les tuyaux qu'il avait dans le nez.

Le médecin éclata de rire.

— Vous devriez être content qu'on ne vous ait pas enfoncé un cathéter dans la quéquette.

— Je voudrais bien voir ça. Vous pourriez trouver un moyen de m'apporter à manger ?

Tom Caroe exhuma un sandwich enveloppé de cellophane de l'une des poches d'un pantalon trop large pour lui.

— Un sandwich de ma propre composition, au beurre de cacahuète et à la confiture.

— C'est tout ?!! Vous aviez pourtant promis de m'apporter à manger.

— Huff, les types qui ont une crise cardiaque à 2 heures de l'après-midi mangent rarement de la viande en sauce avec de la purée le soir même.

Huff lui arracha des mains le sandwich dont il déchira la cellophane avant de l'ingurgiter en trois bouchées.

— Allez me chercher un Coca, exigea-t-il tout en mastiquant.

— Vous n'avez pas droit à la caféine.

— L'infirmière, celle qui a une tête à faire peur. Elle m'a pris mes cigarettes.

— Personne n'est autorisé à fumer dans un service d'urgence, pas même le tout-puissant Huff Hoyle.

— Avec tout le fric que j'ai donné à cet hôpital, vous voulez dire qu'on m'interdit de fumer ici ?

— Je ne sais pas si vous avez remarqué, mais il y a des bonbonnes à oxygène, observa le médecin en lui en montrant une.

— Dans ce cas, je vais descendre fumer au rez-de-chaussée.

— Pour ça, il faudrait vous détacher de toutes ces machines et un quarteron d'infirmières rappliquerait illico au galop. Ça ferait désordre, vous ne trouvez pas ? ajouta Caroe d'un air entendu.

Huff lui jeta un regard mauvais.

— Je suis sûr que ça vous amuse.

— C'était votre idée, Huff. Si vos petits plats et vos cigares vous manquent, vous ne pouvez vous en prendre qu'à vous-même. Combien de temps comptez-vous jouer la comédie ? Les infirmières commencent déjà à se poser des questions en constatant que toutes vos fonctions vitales sont parfaitement normales. Je ne pourrai pas tenir longtemps.

— Combien de temps faut-il pour qu'un type se remette miraculeusement d'une crise cardiaque ?

— Un jour ou deux. Je pourrais procéder à des examens demain…

Huff l'interrompit en lui enfonçant un doigt dans la poitrine.

— Rien de douloureux ou de désagréable.

— Je pourrais dire à vos enfants que c'était une simple alerte, que vous avez fait un infarctus mineur et que vous devez veiller à changer de régime alimentaire, arrêter de fumer, faire de l'exercice et tout le tremblement.

— Si vous employez le mot régime, vous pouvez être sûr que Selma ne me donnera plus que de la merde à manger.

— C'est le prix à payer pour avoir feint une crise cardiaque.

— Qu'est-ce que je pouvais faire d'autre ? demanda Huff d'une voix rageuse.

— Je pourrais dire que je me suis trompé, que ça n'avait rien à voir avec le cœur, que vous avez fait une indigestion et que vous avez pris peur.

Huff réfléchit à la proposition.

— Personne ne s'étonnerait qu'un charlatan dans votre genre ait pu se tromper, mais j'aime autant continuer à faire croire que j'ai fait un petit infarctus. Je resterai ici un jour de plus pour la photo.

— J'ai beau savoir que vous êtes le roi du coup tordu, cette fois, vous avez passé les bornes. Pourquoi faites-vous ça ?

— Qu'est-ce que ça peut vous faire ? Je vous paye pour ne pas poser de questions.

— En liquide, n'oubliez pas.

— Comme si je risquais d'oublier.

Le médecin accueillit la réponse de Huff avec un petit rire forcé.

— Vous savez bien que je n'ai pas l'habitude de mettre le nez dans vos affaires, Huff. Je me posais la question, c'est tout.

— J'ai mes raisons. Il faut qu'on me croie affaibli. Mais je ne vous le fais pas dire, mes affaires ne vous regardent pas.

Tom Caroe était l'un des êtres les plus dénués de scrupules que Huff ait jamais connus, ce qui n'était pas peu dire. Huff était devenu ce qu'il était en achetant les autres, et plus encore en évitant de leur faire des confidences. Il n'était pas question pour lui de dévoiler ses plans au médecin.

— Si vous n'avez rien d'autre à me donner à manger, je ne vous retiens pas, conclut-il d'un ton péremptoire. Et tant que vous y êtes, évitez de tuer trop de malades avant de rentrer chez vous.

— Je passerai vous voir demain.

— Souvenez-vous de ce que je vous ai dit. Pas d'examens désagréables. Pas question de me foutre une sonde dans le cul ou un tuyau dans une veine. Vous n'avez qu'à me faire passer des radios.

Au moment de quitter la pièce, Caroe se retourna.

— N'oubliez pas de vous remettre le tuyau à oxygène dans le nez, recommanda-t-il.

Huff obtempéra. Il se recoucha et posa la tête sur l'oreiller. Soudain, il fut pris d'un accès d'hilarité qu'il camoufla en quinte de toux, au cas où une infirmière aurait surgi dans la pièce.

Une fois de plus, il avait réussi son coup. Jamais il n'aurait pu y parvenir sans l'aide de Tom Caroe. Dire qu'un seul appel téléphonique avait suffi à lui garantir la complicité du médecin…

Plusieurs questions le taraudaient depuis l'annonce de la mort de Danny. Des questions qui le harcelaient comme autant de vautours affamés qu'il ne parvenait pas à chasser. Il suffisait que l'une d'elles fasse mine de s'en aller pour qu'une autre aussitôt se présente.

La première concernait la mort de son fils, bien sûr. Un incident regrettable et triste. Tragique, même. Danny allait lui manquer, mais ça ne servait à rien d'y penser puisque ni lui ni personne ne pouvait rien y changer.

Et puis, il y avait Chris. Huff était contrarié par le mariage raté de son fils aîné. Qu'est-ce qu'il pouvait bien foutre pendant que sa femme s'envoyait en l'air avec ses maîtres nageurs mexicains après s'être fait ligaturer les trompes ? À tout coup, Chris était allé retrouver cette pétasse de Lila Robson.

Huff se fichait éperdument du mariage de Chris. Il n'aurait même jamais pensé qu'il pût durer aussi longtemps, mais ils auraient au moins pu lui donner un petit-fils avant de se séparer. Huff bouillait intérieurement chaque fois qu'il repensait au berceau qui prenait la poussière dans le grenier.

Il n'avait pas compris à quel point la situation lui échappait, jusqu'à ce que le retour de Jane lui ouvre les yeux. Lui qui décidait toujours de tout pour tout le monde. Autrefois, rien ne se faisait jamais sans son accord. Quelle que soit la situation, il avait toujours le dernier mot, il avait toujours tenu son monde d'une main de fer.

Sans même s'en apercevoir, Huff avait perdu son emprise sur les siens. Sur Jane, en particulier. Il était plus que temps d'y remédier. Mais, avant toute chose, il fallait qu'elle accepte de l'écouter et, s'il avait simulé une crise cardiaque, c'était précisément dans ce but, pour l'empêcher de rentrer chez elle et l'obliger à rester sur place.

Allongé sur le dos dans le silence de sa chambre d'hôpital, il s'efforça de ne pas rire en pensant au sort qu'il réservait à Mlle Jane Lynch Hoyle.

Heureusement, elle avait mordu à l'hameçon.

15

En rentrant chez lui, Beck fut accueilli par un Frito tout excité qui déposa à ses pieds une balle de tennis humide.

— Désolé, vieux frère, mais je ne suis pas d'humeur à jouer.

Ce soir, il avait moins besoin d'un chien que d'un sac de sable à la Rocky sur lequel se faire les poings. Et encore lui aurait-il fallu une heure ou deux pour se défaire du sentiment de frustration qui l'envahissait.

Mais Frito insistait et Beck comprit que son chien n'avait pas à faire les frais de sa mauvaise humeur.

— D'accord, d'accord, concéda-t-il. Mais pas longtemps.

Après avoir envoyé la balle au diable cinquante fois de suite, Beck était épuisé.

— Je suis crevé, Frito. En plus, c'est l'heure de manger.

En entendant le mot « manger », Frito grimpa les quelques marches et se précipita vers la porte grillagée qu'il ouvrit avec la truffe avant de pénétrer dans la maison. Lorsque Beck le rejoignit dans la cuisine, Frito attendait sagement devant le réfrigérateur, la queue frétillante et la langue pendante.

Au lieu d'ouvrir la porte du frigo, Beck se dirigea vers l'arrière-cuisine et prit la boîte de croquettes du chien. Frito se mit à pleurnicher. Le mercredi et le dimanche soir, Beck lui préparait normalement des œufs brouillés. La brave bête regarda son maître, l'air de dire : « Tu as oublié quel jour on est ? »

— Désolé, mon vieux. Ce soir, tu as des Kibbles. Je me rattraperai demain, dit-il en versant une bonne dose de croquettes dans le bol du chien.

Frito s'en approcha lentement, renifla la nourriture sans enthousiasme avant de poser sur son maître un regard larmoyant.

— Il n'y a plus d'œufs, d'accord ? Je ne sais pas si tu sais, mais les chiens chinois qui crèvent de faim seraient ravis d'avoir de bonnes croquettes survitaminées comme celles-là. Maintenant, mange et arrête de te plaindre.

Comprenant que la bataille était perdue, Frito plongea la tête dans le bol et entama bruyamment son repas. Au même moment, Beck prit une bière dans le frigo. Frito eut le temps d'y apercevoir une rangée d'œufs, sagement alignés dans leur compartiment en haut de la porte. Il adressa à son maître un reproche muet.

— Tu es trop malin pour ton propre bien.

À bien y réfléchir, Frito n'était pas le seul à souffrir d'un tel syndrome. Beck aussi était trop malin pour son propre bien. S'il en jugeait par la fureur de Jane lorsqu'il avait évoqué sa conversation avec Chris, elle n'avait toujours pas fait le deuil de sa relation avec Clark Daly. Pas totalement, en tout cas. Et c'était bien ce qui dérangeait Beck. Il avait du mal à comprendre. Daly était un *has been*, un alcoolique qui avait cruellement déçu tous ceux qui l'avaient connu à l'époque où il était au faîte de sa gloire. Comment une femme telle que Jane Lynch pouvait-elle lui rester aussi attachée ?

Cette histoire l'énervait. D'ailleurs, tout chez Jane l'énervait.

Frito acheva de laper l'eau de son bol.

— Terminé ? Il ne te reste plus qu'à aller dehors faire ce que tu as à faire avant que je boucle la maison pour la nuit.

Frito s'éclipsa par la porte de derrière.

C'était une maison de plain-pied, typique de l'architecture du pays cajun. Deux chambres dont la plus grande, celle que Beck avait choisie, communiquait avec la salle de bains. La chambre d'ami servait rarement, car il ne recevait jamais personne et, si lui-même s'y rendait, c'était pour chercher quelque chose dans le placard où il rangeait les affaires dont il n'avait pas besoin.

Une maison ordinaire, mais spacieuse et confortable, dont il aimait les vieux planchers aux craquements familiers et les grandes fenêtres. Faute d'avoir la main verte, il faisait appel à une entreprise de jardinage pour entretenir la pelouse et éviter que les marais ne reprennent leurs droits. La femme de ménage qui venait deux fois par semaine s'occupait également du linge, le ravitaillait en produits de première nécessité et en plats surgelés qu'elle cuisinait elle-même.

Une vraie vie de célibataire.

Il se déshabilla, se glissa sous la douche, baissa la tête et s'appuya des deux mains contre le carrelage en faisant longtemps couler l'eau sur sa nuque.

— Je n'aurais jamais dû la toucher.

Lorsque Jane l'avait pris par le cou et l'avait embrassé, il aurait mieux fait de s'en aller en la laissant savourer sa victoire. Mais il n'avait pas pu s'empêcher de rester. De rester pour elle. Et ce qui s'était passé ensuite…

Arrête de penser à ce qui s'est passé ensuite.

Mais il y pensait. Rien n'y faisait, il y pensait. Le ballon d'eau chaude avait fini par se vider, mais il restait là, sous l'eau froide, à ressasser leur étreinte sans en omettre un seul détail.

Lorsqu'il sortit enfin de la salle de bains, Frito l'attendait dans la chambre, allongé sur son tapis au pied du lit.

— Tu as fini ?

Le chien bâilla avant de poser le museau sur ses pattes avant.

— Je prends ça pour un oui.

Beck s'assura que la maison était bien fermée, puis il se mit au lit. Il était fatigué mais n'avait pas sommeil. Mille questions l'assaillaient dans l'obscurité, tels ces monstres qui viennent vous gratter la tête dans un train fantôme.

Chris et l'enquête sur les circonstances de la mort de Danny.

Huff et l'impact que sa crise cardiaque risquait d'avoir sur l'avenir des Entreprises Hoyle.

Charles Nielson et tout ce qu'il lui fallait encore régler.

Jane, Jane et encore Jane.

Il ne la connaissait que depuis la veille, mais elle avait déjà bouleversé son existence comme aucune femme avant elle. Pour toutes sortes de raisons sur lesquelles il préférait ne pas s'étendre, Jane ne lui apporterait rien de bon. Pas question de la laisser mettre en péril sa place au sein du clan Hoyle en entamant une relation avec elle.

D'un autre côté, elle ne pouvait rien contre lui s'il refusait de se laisser emporter dans la tourmente. Pour qu'elle parvienne à détruire tout ce qu'il avait patiemment construit depuis des années, encore fallait-il qu'il la laisse agir, et il n'avait pas l'intention de se faire le complice de sa propre déroute.

La solution était simple, il lui suffisait de l'éviter soigneusement.

Il avait pourtant conscience que sa résolution pouvait s'écrouler à tout instant sous le poids du désir. Comment la chasser de son esprit, maintenant qu'il avait goûté au fruit de la passion ?

Beck eut le temps de se dire une dernière fois qu'il n'aurait jamais dû la toucher, puis il s'endormit.

La même pensée l'assaillit moins d'une heure plus tard lorsqu'il fut réveillé en sursaut par la sonnerie de son téléphone portable.

La crise cardiaque de Huff lui revint brusquement en mémoire. Il prit le téléphone à tâtons sur la table de nuit.

— Allô ?

— Monsieur Merchant ?

— Oui, qui est à l'appareil ?

— Fred Decluette.

L'un des contremaîtres de nuit à l'usine. Beck devina que quelque chose de grave venait de se produire. Il se dressa sur son lit.

Pour la deuxième fois en moins de vingt-quatre heures, Beck se rendit à toute allure aux urgences de l'hôpital.

Fred Decluette, un personnage courtaud aussi râblé que musclé, l'attendait. Cela faisait plus de trente ans que le contremaître travaillait pour les Entreprises Hoyle. Mal à l'aise, visiblement sous le choc, il triturait sa casquette entre ses doigts.

Du col de sa chemise aux revers de son pantalon, ses vêtements étaient couverts de sang à moitié séché.

— Merci d'être venu, m'sieur Merchant. Je suis sincèrement désolé de vous avoir dérangé en pleine nuit, mais je savais pas qui appeler d'autre. Je me suis dit qu'il fallait prévenir quelqu'un de la direction. J'ai pas réussi à joindre m'sieur Hoyle, je veux dire Chris, sur le numéro d'urgence. J'ai tiré du lit la gouvernante, mais il était pas là et elle savait pas où il était. Et comme m'sieur Huff est à l'hôpital en ce moment…

— Ne vous inquiétez pas, Fred. Vous avez bien fait de m'appeler. Qu'est-il arrivé à Billy Paulik ? C'est grave ?

Beck espérait que les blessures de l'ouvrier ne seraient pas aussi sérieuses que le laissaient penser les vêtements tachés de sang du contremaître.

— Très grave, m'sieur Merchant. Je crois que Billy va y laisser un bras.

Beck inspira lentement.

— Racontez-moi ce qui s'est passé.

— Ben voilà. Il remplaçait un type en vacances sur un des tapis roulants et il a voulu remettre en place une courroie qu'arrêtait pas de déraper.

— Pendant que le tapis avançait ?

Decluette dansa d'un pied sur l'autre.

— Ben, oui, m'sieur. Sauf en cas de problème grave, on n'a pas le droit d'arrêter les machines, alors le tapis avançait. La manche de Billy s'est coincée dans le mécanisme et il était trop loin pour atteindre le bouton d'arrêt d'urgence. Quand un des ouvriers a appuyé sur le bouton, eh ben...

Fred Decluette avala sa salive.

— On n'a pas attendu que l'ambulance arrive. On l'a récupéré et on l'a amené ici direct avec les collègues.

D'un geste, il désigna trois ouvriers assis dans la salle d'attente, tête baissée, leurs tenues aussi souillées que celle du contremaître.

— Le bras droit de Billy tenait plus que par un fil à hauteur de l'épaule, et Moe l'a tenu tout serré pour pas qu'y se détache.

Très grave. Tu parles d'un euphémisme. Une véritable catastrophe, oui.

— Il était encore conscient ? demanda Beck.

— Quand on l'a retiré de la machine, il gueulait tout ce qu'y savait. Je crois pas que je pourrai jamais oublier ses cris. Quelque chose de pas humain. Ensuite, il devait être sous le choc parce qu'il a pu rien dit.

— Vous avez pu vous entretenir avec le médecin ?

— Non, m'sieur. Ils ont emporté Billy et on a vu personne depuis, sauf l'infirmière à l'accueil, là-bas.

— Billy a de la famille, je crois.

— J'ai appelé Alicia. Elle devrait pas tarder à arriver.

Beck posa une main sur l'épaule de son interlocuteur.

— Vous avez fait tout ce que vous avez pu pour Billy. À partir de maintenant, je prends le relais.

— Si ça vous dérange pas, avec les gars, on aimerait rester, m'sieur Merchant. On a demandé aux collègues de nous remplacer à l'usine. On voudrait savoir s'ils ont pu sauver Billy. Il a perdu beaucoup de sang.

Beck ne voulait même pas imaginer ce qui se passerait si Billy ne survivait pas.

— Je suis certain que ça ferait plaisir à Billy que vous restiez là.

Fred allait retourner près de ses collègues lorsqu'il pensa à demander :

— Et m'sieur Hoyle, comment y va ?

— Il est actuellement hors de danger. Je crois qu'il se remettra.

Beck laissa les quatre employés de l'usine à leur conversation chuchotée et composa le numéro du portable de Chris. Au bout de la sixième sonnerie, l'annonce prit le relais et Beck laissa un message :

— Je croyais qu'on avait convenu de toujours garder nos portables à portée de main. Appelle-moi. Huff va bien à ma connaissance, mais on a une autre tuile sur les bras.

L'infirmière de l'accueil refusait de lui donner des informations précises. Agacé par son attitude, Beck finit par lui demander :

— Dites-moi au moins s'il est toujours en vie.

— Vous êtes un membre de sa famille ?

— Non, mais c'est moi qui vais payer sa putain de facture quand il sortira de l'hôpital, ce qui devrait au moins me donner le droit de savoir s'il va s'en tirer ou non.

— Je vous demanderai de me parler autrement, monsieur.

— Si vous tenez à votre boulot, mademoiselle, vous feriez mieux de répondre à ma question, et vite.

L'infirmière se raidit et c'est tout juste si ses lèvres bougeaient lorsqu'elle lui répondit.

— J'ai cru comprendre que le blessé allait être transporté par hélicoptère dans un hôpital de La Nouvelle-Orléans, c'est tout ce que je sais.

Beck se retourna en entendant du bruit dans son dos et vit une femme pénétrer en trombe dans le bâtiment. Elle traînait dans son sillage cinq enfants pieds nus, en pyjama, livides de peur. La plus petite avait un vieux nounours borgne sous le bras. La femme était au bord de la crise de nerfs.

— Fred ! s'écria-t-elle en voyant Decluette se lever.

Elle aperçut aussitôt le sang de son mari sur les vêtements des ouvriers et tomba à genoux.

— Dites-moi qu'il est pas mort, je vous en supplie, dites-moi qu'il est vivant.

Les collègues de son mari s'étaient précipités. Ils la relevèrent avant de l'installer sur une chaise.

— Non, il est pas mort, lui dit Fred, mais il a été grièvement blessé.

Les enfants, traumatisés d'avoir vu leur mère s'effondrer, ne pipaient mot.

— Je veux le voir, hurla-t-elle. Est-ce que je peux le voir ?

— Pas tout de suite. Ils sont en train de s'occuper de lui et personne ne peut aller là-bas pour l'instant.

Fred Decluette faisait de son mieux pour la calmer en tentant de lui expliquer les circonstances de l'accident, mais, comme la malheureuse sanglotait, il avait les plus grandes difficultés à se faire entendre. Beck se tourna vers l'infirmière qui observait la scène d'un œil impassible.

— Vous pourriez peut-être lui donner quelque chose, suggéra-t-il.

— Je ne peux rien faire sans l'autorisation d'un médecin.

— Dans ce cas, allez en chercher un, répliqua-t-il d'une voix tranchante.

L'infirmière s'éloigna aussitôt, très perturbée.

— Son bras droit ? ! s'écria la femme de Billy. Mais il est droitier ! Mon Dieu, que va-t-on devenir ?

Lorsque Beck s'approcha du petit groupe, elle s'arrêta aussitôt de pleurer, comme si quelqu'un avait appuyé sur un bouton. Les ouvriers s'écartèrent pour le laisser passer. Beck s'accroupit devant elle.

— Madame Paulik, je m'appelle Beck Merchant. Ce qui est arrivé à Billy est dramatique, mais je puis vous assurer que je ferai tout ce qui est en mon pouvoir pour vous aider, vous et votre famille. On vient de m'apprendre que Billy va être transféré en hélicoptère dans un centre hospitalier de La Nouvelle-Orléans. Il recevra là-bas tous les soins nécessaires. À l'heure qu'il est, ils doivent déjà réunir une équipe de spécialistes de chirurgie orthopédique. Il est peut-être encore possible de sauver son bras. De nos jours, les chirurgiens font des miracles, même dans des cas aussi graves.

Elle le fixait d'un regard morne sans dire un mot. Elle aussi était sous le choc, comme son mari. Beck jeta un coup d'œil en direction des enfants. La petite fille au nounours suçait son pouce, les yeux rivés sur Beck, et les autres l'observaient de leurs yeux sombres.

L'aîné avait à peu de chose près l'âge qu'il avait lorsque son père était mort. Il se tenait à l'écart dans une attitude de méfiance voisine de l'hostilité. Beck comprenait ce qu'il ressentait, il savait qu'il refuserait d'emblée de croire tous ceux qui lui diraient que tout allait bien alors que tout montrait le contraire.

Beck se tourna à nouveau vers la mère. Les larmes avaient laissé des sillons salés sur ses joues rebondies.

— Je vais faire en sorte qu'on vous conduise à La Nouvelle-Orléans afin que vous puissiez être aux côtés de Billy. Je vous trouverai un logement près de l'hôpital, et, si vous avez besoin de quelqu'un pour garder les enfants, je m'en occuperai. Il vous faudra remplir le dossier d'indemnisation de l'assurance dès que possible, à moins que vous ne préfériez demander à quelqu'un du service du personnel de s'en occuper à votre place. En attendant, il n'est pas question que vous dépensiez quoi que ce soit.

Il sortit un portefeuille de la poche de son pantalon.

— Voici deux cents dollars pour vos besoins immédiats, et voici ma carte. Je vais vous mettre mon numéro de portable au dos de la carte, n'hésitez pas à m'appeler si nécessaire, je suis là pour vous aider.

Elle lui arracha des mains les deux billets et la carte qu'elle déchira d'un geste rageur avant de les jeter à terre.

Fred Decluette, stupéfait, se précipita.

— Alicia !

Beck lui fit signe de ne pas s'en mêler.

— Vous croyez que je vous vois pas venir ? s'écria la femme de Billy Paulik d'un air méprisant. Vous faites le sale boulot des Hoyle, c'est tout. J'ai entendu parler de vous. Vous seriez capable de leur torcher le cul s'ils vous le demandaient. Vous essayez de m'embobiner en me donnant de l'argent et en me racontant toutes sortes de conneries sur ce qui est bien pour Billy, mais je sais où vous voulez en venir. Vous avez pas envie qu'on attaque les Hoyle en justice et qu'on en parle aux journaux, c'est tout. Pas vrai, monsieur Merchant ? Eh ben allez vous faire foutre, j'ai pas l'intention de remplir le dossier de l'assurance. Ni demain ni dans vingt ans. Et je veux pas de votre aumône. Comptez pas sur moi pour vous acheter une bonne conscience, et comptez pas sur votre fric pour acheter mon silence. Prenez-en bonne note, monsieur le beau parleur lèche-cul au joli sourire. Prenez-en bonne note avec le sang de mon Billy. Je compte bien faire savoir au monde entier tout ce qui se passe dans votre saloperie d'usine. Vous et les Hoyle, vous aurez que ce que vous méritez, je vous le garantis.

Sur ces mots, elle lui cracha au visage.

— Tu as cherché à me joindre ?

— Chris ! Putain, où es-tu ?

— Au Diner.

— Je te rejoins tout de suite. Commande-moi du café.

Beck, qui venait de quitter l'hôpital, s'apprêtait à rentrer chez lui lorsque l'appel de Chris l'obligea à faire demi-tour. Quelques minutes plus tard, il arrivait au Diner.

— J'ai mis votre café en route, Beck, lui signala la serveuse à l'instant où il pénétrait dans le restaurant. Il sera prêt d'ici deux minutes.

— Vous êtes un ange.

— Ouais, ouais, c'est toujours ce qu'on dit.

Beck s'installa dans le box où Chris l'attendait. Les coudes sur la table, il se passa les mains sur le visage d'un air las.

— Je me demande quand cette journée voudra bien finir.

— Je viens d'avoir l'hôpital. Huff dort comme un bébé, son cœur bat comme une montre suisse. Qu'est-ce qu'il y a de si urgent ?

— Pourquoi avais-tu débranché ton portable ?

— Je ne l'avais pas débranché, je l'avais mis en vibreur, mais le problème, c'est que je ne l'avais pas sur moi, répondit Chris avec un sourire détaché. Le moins que puisse faire un gentleman qui retrouve une femme au lit, c'est d'enlever ses bottes ET son portable. Ta mère ne t'a pas appris les bonnes manières ?

— Billy Paulik a eu le bras à moitié arraché ce soir.

Le sourire de Chris s'effaça. Les deux hommes se regardèrent en chiens de faïence tandis que la serveuse resservait Chris en café et posait une tasse devant Beck.

— Vous mangez quelque chose, Beck ?

— Non merci.

Sentant à quel point l'atmosphère était tendue, elle s'éloigna sans insister.

— C'est arrivé à l'usine, je suppose, reprit Chris.

Beck hocha la tête d'un air grave.

— Seigneur ! En plus de tout le reste. Comme si ça ne suffisait pas.

— C'est bien pour ça que j'ai l'impression d'avoir vieilli de mille ans en une journée, répondit Beck avant de relater les détails de l'accident. L'hélicoptère est parti quelques minutes seulement avant ton appel, précisa-t-il. Ils ont refusé de laisser monter sa femme dans l'appareil. À l'heure où je te parle, son beau-frère la conduit à La Nouvelle-Orléans.

Il évita de raconter comment il s'était fait cracher au visage. À quoi bon risquer de monter Chris contre Mme Paulik ? Beck ne lui en voulait pas, il savait qu'elle avait agi sous l'emprise de l'angoisse.

La malheureuse savait déjà que son existence venait de basculer. Personne ne pouvait encore dire si son mari survivrait. Et, même s'il survivait, plus rien ne serait jamais comme avant. L'avenir de toute une famille était en jeu. Dans de telles circonstances, comment s'offusquer de sa réaction ? Beck ne lui offrait que de l'argent et des platitudes…

Beck Merchant s'était relevé aussi dignement que possible, avait essuyé son visage à l'aide d'un mouchoir et s'était éloigné sous le regard apeuré de Fred Decluette.

— Ne vous faites pas de bile, Fred, lui avait-il dit alors que le contremaître se confondait en excuses. Elle a peur et elle est bouleversée.

— Je voulais simplement vous dire qu'on pense pas tous comme elle, m'sieur Merchant. Je voudrais pas que les Hoyle aillent s'imaginer qu'on n'est pas sensibles à leur générosité dans un moment pareil.

Beck avait rassuré Fred Decluette en lui affirmant que l'incident était clos et qu'il n'en dirait rien à Chris.

— Ils vont essayer d'opérer Billy, mais le médecin urgentiste m'a dit que son bras était dans un état tel qu'à moins d'un miracle ils ne pourraient le rattacher. De toute façon, il est exclu qu'il puisse s'en resservir un jour. Il a ajouté que ce serait aussi bien pour Billy de ne pas tenter l'opération.

Il venait de porter sa tasse à ses lèvres lorsqu'il vit la porte s'ouvrir sur un client inattendu : Slap Watkins, aussi arrogant et agressif que la veille.

— Il habite ici, ou quoi ? murmura-t-il.

Slap s'arrêta sur le pas de la porte et fit des yeux le tour de la salle. Il reconnut les deux hommes et son menton s'affaissa, comme s'il ne s'attendait pas à trouver là Beck et Chris.

— Tiens, tiens, Slap Watkins, fit Chris d'un ton décontracté. Ça fait longtemps qu'on ne t'avait pas vu par ici. Alors, la prison ?

Slap les observa tour à tour avant de répondre :

— C'est toujours mieux que de travailler dans ton usine.

— Si c'est comme ça que tu vois les choses, je me réjouis que mon frère n'ait pas voulu t'engager.

— Ouais, ben parlons-en de ton frère, rétorqua-t-il avec un sourire qui fit se dresser les poils sur les bras de Beck. À l'heure qu'il est, notre cher Danny Boy doit commencer à mûrir, fit-il en reniflant l'air. Ouais, même que j'sens son cadavre d'ici.

Chris voulut se lever, mais Beck le calma en lui posant une main sur le bras.

— Arrête, il n'attend que ça.

— Sage conseil, Merchant, poursuivit Slap en ricanant. À propos, t'as eu le temps de baiser sa sœur ? Elle est aussi chaude qu'elle en a l'air ?

Beck eut le plus grand mal à conserver son sang-froid.

Au même moment, la serveuse fit le tour du comptoir et s'approcha.

— Pas de grossièretés ici. Si vous voulez manger ou boire quelque chose, asseyez-vous, dit-elle en lui tendant un menu.

Slap écarta le menu d'un geste.

— J'ai pas faim et j'ai pas soif.

— Alors je me demande bien ce que vous venez faire ici.

— Non pas que ça te regarde, mais j'avais rendez-vous avec quelqu'un pour parler affaires.

Pas le moins du monde intimidée, les mains sur les hanches, elle le regarda de la tête aux pieds et fit la moue en voyant son jean sale et le vieux maillot de corps d'où émergeaient deux bras tatoués de dessins obscènes, manifestement réalisés par des amateurs.

— Je constate en effet que vous vous êtes mis sur votre trente et un pour un rendez-vous d'affaires, commenta-t-elle. Sauf que c'est pas un bureau, ici. Alors soit vous consommez, soit vous partez.

— Bonne idée, approuva sèchement Chris.

Slap les regarda d'un air malicieux.

— Alors, les pédés ? Dur de dire lequel fait la fille, fit-il avant de s'éloigner d'un air satisfait.

Quelques instants plus tard, ils le virent enfourcher sa moto et quitter le parking du Diner dans un nuage de graviers.

— Tu vois, Beck. Je t'avais bien dit que ce type-là cherchait les emmerdes.

— Ça lui pend au nez.

— S'il n'est pas déjà trop tard. Tu as entendu ce qu'il a dit à propos de l'usine ? Et tu as vu sa réaction quand je lui ai parlé de Danny ? D'un seul coup, il était moins arrogant, l'espace d'une fraction de seconde. À mon avis, on devrait en parler à Red.

— D'accord, on fera ça demain. En attendant, on a un problème urgent à régler. Tu ne crois pas qu'on devrait attendre un jour ou deux avant d'en parler à Huff ?

— Au sujet de Slap Watkins ?

— Je te parle de Billy Paulik, Chris, rétorqua Beck d'un ton agacé. Je te signale qu'un de tes ouvriers a été grièvement blessé dans ton usine et qu'il restera handicapé à vie. Il a cinq enfants en bas âge et il travaille pour la boîte depuis qu'il a dix-sept ans. Quel boulot veux-tu proposer à un manchot ? Qu'est-ce qu'il va faire, maintenant ?

— J'en sais rien. Pourquoi tu me parles comme ça ? C'est tout de même pas moi qui lui ai coincé le bras dans le tapis roulant. S'il travaille chez nous depuis qu'il a dix-sept ans, il devrait savoir que le boulot est dangereux et il aurait dû faire plus attention.

— Billy a voulu réparer un truc qui déconnait sur la machine sans l'arrêter.

— Il n'avait aucune raison de réparer quoi que ce soit, ce n'est pas son job.

— Il fallait bien que quelqu'un le fasse. Il a pensé à la production avant de penser à la sécurité parce que c'est comme ça qu'on lui a appris à penser. Il aurait fallu arrêter cette machine avant d'entreprendre dessus la moindre réparation.

— Tu n'auras qu'à voir ça avec Georges Robson, c'est lui qui est responsable de la sécurité à l'usine et c'est lui qui décide quand on arrête les machines.

— Georges se contente de faire ce que Huff et toi vous lui dites de faire.

Chris s'adossa contre le dossier, une lueur étrange dans le regard.

— De quel côté es-tu ?

Beck posa à nouveau les coudes sur la table et se frotta les yeux avec les pouces.

— Tu n'as pas vu son sang, dit-il à voix basse.

Après un long silence, il baissa les mains.

— Fred Decluette m'a expliqué que Billy remplaçait un type en vacances. Lui aussi m'a dit que jamais Billy n'aurait dû prendre l'initiative de réparer ce pétard de tapis roulant.

— Qu'est-ce que je te disais ? répliqua Chris sur un ton enjoué. On n'a rien à se reprocher.

Beck se demanda un instant comment Chris pouvait se montrer aussi désinvolte.

— Ouais, t'as raison, soupira-t-il.

— Les frais médicaux de Billy seront pris en charge par l'assurance. On paye assez cher pour pouvoir se retourner contre eux le moment venu.

Beck hocha la tête. Inutile de parler à Chris des menaces d'Alicia Paulik, il serait toujours temps d'aviser plus tard. Peut-être Mme Paulik changerait-elle d'avis en voyant le montant des factures d'hôpital de son mari. En fin de compte, peut-être choisirait-elle la solution de facilité et déciderait-elle d'avoir recours à l'assurance de l'usine, tout en sachant qu'elle renonçait par là même à son droit de porter plainte contre les Entreprises Hoyle.

— Écoute, Beck. Je sais que tu es mal à cause de ce qui est arrivé. Moi aussi, si tu veux savoir. Mais qu'est-ce qu'on y peut ?

— On pourrait lui envoyer des fleurs à l'hôpital.

— Excellente idée.

Beck éclata d'un rire sinistre en constatant que Chris avait pris sa suggestion au premier degré.

— Je m'en occuperai.

— Tu penses pouvoir éviter que les médias s'en mêlent ?

Les menaces de Mme Paulik lui revinrent en mémoire.

— Je ferai de mon mieux.

— Te connaissant, je ne me fais pas de souci, conclut Chris en vidant sa tasse. Je suis crevé. Lila était particulièrement en forme ce soir, comme si l'interrogatoire du shérif et la crise cardiaque de Huff ne m'avaient pas suffi.

— Comment as-tu fait pour éviter Georges ?

— Elle lui a raconté qu'elle allait rendre visite à une copine malade.

— Et il l'a crue ?

— Elle le mène par le bout de la queue. Et puis tu connais Georges, c'est pas vraiment un prix Nobel.

— Et c'est le responsable de la sécurité de l'usine, rien que ça, marmonna Beck entre ses dents alors qu'ils se levaient et se dirigeaient vers la porte.

Au moment de se quitter, Chris lui demanda :

— Tu crois qu'il s'en tirera ?

— Comment veux-tu qu'il s'en tire avec un bras en m…

— Je ne te parle pas de Paulik, mais de Huff.

— Oh…

À en croire Jane, Huff lui aurait joué un tour de sa façon en l'attirant sur son « lit de mort ». C'était Huff tout craché.

— Oui, affirma-t-il sans l'ombre d'une hésitation. Je suis persuadé qu'il va s'en tirer.

Les yeux perdus dans le vague, Chris faisait sauter ses clés de voiture dans sa main.

— Tu sais ce qu'il m'a dit aujourd'hui ? Il devait être d'humeur sentimentale, sans doute parce qu'il avait cru mourir, mais il était sincère. Il m'a dit qu'il ne savait pas comment il ferait sans ses deux fils. Je lui ai rappelé que Danny était mort, mais c'était de toi qu'il voulait parler. Il m'a dit : « Beck est comme un second fils pour moi. »

— Je suis flatté.

— Tu ne devrais pas. Être le second fils de Hoyle, ça peut avoir des inconvénients.

— Ah bon ? Lesquels ?

— Je ne sais pas, moi. Par exemple lui annoncer que Billy Paulik a perdu un bras.

16

— Jessica DeBlance est-elle là ? demanda Jane avec le chuchotement de rigueur dans les bibliothèques du monde entier.

Une femme couronnée de cheveux gris lui sourit derrière le comptoir.

— Jessica travaille aujourd'hui, mais elle a dû s'absenter quelques instants. Elle est partie chercher des muffins à la boulangerie.

— Savez-vous si elle revient bientôt ?

— Elle sera là dans cinq minutes.

Jane traversa la salle de lecture et se planta devant une fenêtre donnant sur une petite cour paysagée. Des moineaux se rafraîchissaient dans l'eau d'un bassin, au milieu de massifs d'hortensias chargés de fleurs bleues et roses grosses comme des ballons. Un mur de brique recouvert de lierre et de lichen ajoutait encore à l'apaisement du lieu.

La conscience de Jane ne lui avait pas laissé un instant de répit depuis qu'elle avait ordonné à Beck Merchant de quitter sa chambre la veille au soir.

Menteuse, lui avait-il murmuré à l'oreille avant de s'en aller.

Un mot dur et accusateur, dont elle savait au fond d'elle-même qu'il reflétait la vérité. Elle avait nié avoir eu l'intuition de ce qui allait se passer. Elle avait surtout nié en avoir eu envie. Il lui avait suffi d'un mot pour balayer ses dénégations. *Menteuse*.

L'accusation de Beck l'obnubilait. Elle y avait pensé toute la nuit, même lorsqu'elle avait fini par s'enfoncer dans un sommeil agité. Elle s'était réveillée avec un sentiment d'humiliation cuisant, furieuse contre lui et plus encore contre elle-même. Une nouvelle fois, il l'avait démasquée.

Beck ne pouvait savoir à quel point le mot de menteuse lui collait à la peau. Elle avait menti en lui affirmant être restée par obligation envers la mémoire de sa mère, histoire de s'assurer que Chris n'avait rien à voir avec la mort de Danny. En réalité, elle était restée à Destiny parce qu'elle avait mauvaise conscience. Elle avait refusé de prendre Danny au téléphone quelques jours seulement avant sa mort et le sentiment de culpabilité qui l'étreignait était aussi pesant que la chaleur ambiante. Pas moyen d'y échapper. C'est pour cette raison qu'elle avait pris le chemin de la bibliothèque ce matin-là.

— Jane ?

Elle leva les yeux et découvrit Jessica DeBlance, debout à côté d'elle.

— Je passe mon temps à vous faire peur, s'excusa Jessica.

— Non, c'est encore une fois ma faute. Mais beaucoup de choses se bousculent dans ma tête, en ce moment.

— Je suis étonnée de vous voir ici. J'avais cru que vous quittiez la ville hier.

— J'ai changé d'avis. J'ai téléphoné chez vous ce matin avant d'essayer de vous joindre sur votre portable. Comme je n'y arrivais pas, je me suis souvenue que vous aviez rencontré Danny à la bibliothèque et je me suis dit que vous y travailliez peut-être encore.

— On m'a dit que M. Hoyle avait eu une crise cardiaque. C'est pour ça que vous êtes restée ?

— Entre autres, mais…

Jane jeta un coup d'œil aux lecteurs qui les entouraient.

— Y aurait-il un endroit plus tranquille pour discuter ?

Jessica la conduisit dans une pièce remplie de livres rangés dans des cartons.

— Ce sont les ouvrages qu'on nous donne, expliqua-t-elle en débarrassant une chaise.

Elle fit signe à Jane de s'asseoir.

— La plupart de mes collègues ont horreur d'inventorier et de référencer les livres, mais ça ne me dérange pas. À l'heure de l'informatique, j'aime toujours autant l'odeur des vieux bouquins.

— Moi aussi.

Les deux femmes se sourirent et Jessica s'assit sur un tabouret rembourré.

— Je peux vous offrir un muffin ? Une tasse de café ?

— Non merci, c'est gentil à vous.

— Les gens ne parlaient que de M. Hoyle à la boulangerie. C'est grave ?

— Je crois qu'il s'en tirera, répliqua Jane avant de poursuivre après un court silence : Je souhaitais vous parler d'une chose qui s'est produite hier. Je ne sais pas si c'est vraiment important, mais je suis restée aussi pour ça.

— De quoi s'agit-il ?

— Le shérif et son adjoint ont interrogé Chris au sujet de la mort de Danny.

Tandis que Jessica la regardait avec des yeux ronds, Jane lui rapporta les détails fournis par Beck.

— Ils n'ont rien d'autre que cette pochette d'allumettes. Comme le faisait remarquer Beck, n'importe quel avocat digne de ce nom pourrait expliquer de mille façons la présence de cette pochette dans le cabanon. Ça ne prouve rien.

— Mais le shérif et son adjoint se demandent tout de même si Chris n'y a pas retrouvé Danny cet après-midi-là. C'est ça ?

— Je me pose la même question. Jessica, savez-vous s'ils s'étaient disputés récemment ?

— Ils ont passé leur vie à se disputer. Ils étaient si différents. Danny avait bien conscience que Chris était le préféré de votre père, mais je ne crois pas que ça le dérangeait. Chris est le portrait craché de Huff, alors que Danny ne lui ressemblait en rien. Il le savait, il l'acceptait, et je crois même que ça l'arrangeait. Il n'avait pas envie de leur ressembler.

— Avait-il envie que Huff s'intéresse à lui ?

— Pas particulièrement. Je ne crois pas que c'était primordial pour lui. Si c'est ce que vous cherchez à savoir, il n'était pas jaloux de Chris.

— Chris était-il jaloux de Danny ?

Jessica s'attendait si peu à la question qu'elle éclata de rire.

— Pourquoi auriez-vous voulu qu'il soit jaloux de lui ?

— Je ne sais pas. Je cherche à comprendre.

Jane se leva et s'approcha de la fenêtre. Dans le petit jardin, les moineaux avaient disparu, mais des abeilles bourdonnaient autour des fleurs roses d'un massif de millepertuis. Une grosse chenille noire avançait lentement sur les dalles de l'allée.

— Je ne sais pas où je vais, Jessica. Je me disais que Danny aurait peut-être évoqué une dispute ou un désaccord entre eux.

— Chris est l'amant d'une femme mariée et Danny ne trouvait pas ça bien. Mais, d'après ce qu'il a pu m'en dire, ce n'était pas la première fois que votre frère avait une relation adultère. Les deux frères avaient une conception des choses complètement opposée. Quelque chose me dit…

Elle s'arrêta au milieu de sa phrase et Jane se retourna afin de l'observer.

— Quelque chose vous dit… ?

— Rien qu'une impression. Je n'en suis pas sûre.

Jane reprit sa place sur la chaise et se pencha vers la jeune fille.

— Vous connaissiez Danny mieux que quiconque. Infiniment mieux que n'importe lequel d'entre nous. Je fais confiance à votre instinct.

— Vous savez, le truc qui tarabustait Danny…

— Vous pensez que ça avait un rapport avec Chris ?

— Pas précisément. Ils ne se voyaient pas tant que ça.

— Ils habitaient la même maison.

— Ils partageaient la même adresse, mais c'était rare qu'ils se croisent, ou bien alors en présence de Huff ou de Beck Merchant. Ils se voyaient à l'usine, bien sûr, mais ils avaient des boulots très différents et chacun en rendait compte directement à Huff. À part ça, ils ne fréquentaient pas du tout les mêmes gens, surtout depuis que Danny avait rejoint notre congrégation.

Elle s'arrêta brièvement.

— Et c'est bien ce qui tourmentait Danny. Il était en proie à des affres d'ordre spirituel.

— Des affres de quelle nature ?

— Si seulement je le savais. Dire que c'est peut-être la cause de sa mort… J'avais mal de le voir comme ça. Je le poussais à me dire ce qui n'allait pas, à en parler à notre pasteur ou à quelqu'un en qui il aurait eu confiance, mais il a toujours refusé. Il se contentait de me dire qu'il ne se comportait pas en bon chrétien, comme il aurait dû le faire.

— Comme s'il avait eu mauvaise conscience.

Jessica hocha la tête.

— Quand je lui disais que Dieu est capable de nous pardonner et d'accepter nos défauts, il me répondait en riant que Dieu ne devait pas connaître la famille Hoyle.

— D'après vous, a-t-il pu résoudre son problème avant de mourir ?

Jane espérait qu'à défaut d'avoir pu lui parler lorsqu'il avait tenté de l'appeler à San Francisco, il se serait confié à quelqu'un d'autre, mais Jessica lui ôta ses dernières illusions en secouant lentement la tête.

— Je ne crois pas, et c'est ce qui me taraude le plus. Qu'il soit mort sans avoir eu le temps de faire la paix avec lui-même.

— Peut-être aura-t-il trouvé la paix au dernier moment, tenta de se rassurer Jane.

Jessica la regarda en souriant.

— C'est gentil à vous de me dire ça, mais je ne crois pas que ce soit le cas. Plus on parlait de se marier et de notre avenir, plus ce problème le dérangeait. Je me trompe peut-être, mais...

— Allez-y, donnez-moi votre sentiment.

— Eh bien, les conditions de travail à l'usine le dérangeaient profondément. Il était gêné de ce qui se passait à la fonderie, il avait honte que les règles de sécurité les plus élémentaires soient systématiquement bafouées. D'autant qu'il était chargé du recrutement au sein de l'usine. Il engageait des gens dont il savait qu'il leur faisait courir des risques, et sans leur donner aucune formation. Peut-être qu'il ne l'a pas supporté.

Leur conversation fut interrompue par la bibliothécaire. Elle frappa à la porte et s'excusa avant de prévenir Jessica que les élèves auxquels elle lisait des contes étaient arrivés.

— Une vingtaine de ces chers petits anges réclament leur tante Jessica, dit-elle, et je ne sais plus comment les faire patienter.

Au moment de quitter la pièce, Jane demanda à Jessica si elle accepterait de lui rendre un service.

— Je ferais n'importe quoi pour vous aider à comprendre ce qui a pu arriver à Danny. De quoi avez-vous besoin ?

— Connaîtriez-vous quelqu'un au tribunal ?

À l'usine, l'ambiance était aussi morose et sombre que l'atelier de fonderie lui-même.

Beck en prit conscience dès qu'il s'approcha du tapis roulant où s'était déroulé l'accident de la nuit précédente. Les ouvriers effectuaient leur travail sans enthousiasme, dans un silence pesant. Aucun d'entre eux n'avait osé croiser son regard, mais il sentait bien qu'on l'observait durement dans son dos.

Georges Robson et Fred Decluette, en grande discussion près de la machine, le virent arriver avec surprise.

— Bonjour, m'sieur Merchant, l'accueillit Fred.

— Bonjour Fred, bonjour Georges.

— Sale histoire, grimaça Georges en essuyant son crâne dégarni dégoulinant de sueur. Sale histoire.

Beck regarda machinalement le sol de l'atelier. La mare de sang qui devait s'étaler là quelques heures plus tôt avait été soigneusement nettoyée, avant l'arrivée des ouvriers assurant la relève.

— On s'en est occupés, confirma Fred, comme s'il lisait dans ses pensées. C'est mauvais pour le moral, pas la peine de leur rappeler ce qui s'est passé ici.

— Au contraire, intervint Georges. Ça leur ferait du bien de s'en rappeler, ils feraient peut-être plus attention.

Beck l'aurait volontiers giflé, mais il préféra s'approcher de la machine afin de l'examiner de plus près.

— Montrez-moi comment les choses se sont passées, demanda-t-il à Fred.

— Il m'a déjà tout expliqué, s'interposa Robson.

— Si ça ne vous dérange pas, Georges, je préfère jeter un coup d'œil moi-même. Huff me demandera sûrement de lui expliquer en détail les circonstances de l'accident.

Georges recula prudemment tandis que Fred montrait à Beck la courroie défectueuse et la façon dont le bras de Paulik s'était trouvé happé au moment où il tentait de la réparer.

— On a demandé que quelqu'un vienne s'en occuper demain, précisa Fred.

Beck leva les yeux sur les conduites en fonte qui circulaient au-dessus de leurs têtes sur un tapis roulant capricieux.

— Ce n'est pas dangereux de continuer à faire tourner la chaîne en attendant ?

La question s'adressait au contremaître, mais Georges ne laissa pas à Fred le temps de répondre.

— À mon avis, aucun danger.

Fred n'avait pas l'air aussi affirmatif, mais il préféra acquiescer.

— Si m'sieur Robson pense que c'est pas dangereux, c'est lui le responsable.

Beck marqua une légère hésitation.

— Bon, très bien. Assurez-vous que tout le monde est au courant et dites-leur bien...

— Oh, mais on leur a déjà dit, monsieur Merchant, ne vous inquiétez pas pour ça. Ce genre de nouvelle se propage vite.

Beck n'en doutait pas. Il adressa un vague signe de tête à Robson et tourna les talons. Sa chemise lui collait dans le dos à cause de la sueur s'écoulant entre ses omoplates. Moins de cinq minutes dans l'atelier, et il était en nage. Il avait du mal à respirer tant l'atmosphère était étouffante. Les ouvriers subissaient cet enfer huit heures par jour, parfois le double lorsqu'ils faisaient des heures supplémentaires pour boucler leurs fins de mois.

Il ralentit le pas à hauteur de la machine sur laquelle s'étalait la croix blanche, se demandant si Georges Robson avait jamais cherché à en connaître la signification. Mais peut-être ne l'avait-il même jamais remarquée, contrairement à Jane.

Beck s'arrêta, observa la croix quelques instants, la tête perdue dans ses pensées, puis il fit brusquement demi-tour et rejoignit Fred Decluette qui avait repris sa conversation avec le responsable de la sécurité.

— Bon Dieu, les médias vont s'en donner à cœur joie, gronda Huff, les lèvres pincées comme s'il fumait une cigarette. On va avoir droit au même cirque que la dernière fois.

— Beck aurait mieux fait d'attendre quelques jours avant de t'en parler, lui répondit Chris qui se tenait au pied de son lit.

Huff eut un vilain ricanement.

— Il a bien fait, au contraire. Il aurait même dû m'avertir hier soir au lieu d'attendre ce matin. C'est *mon* usine. Elle porte mon nom, je te rappelle. Tu aurais préféré que je l'apprenne en lisant le journal ou en écoutant la radio ? Je ne pouvais pas ne pas être au courant, et Beck l'a bien compris.

Chris remarqua que Beck ne disait rien. Il avait prudemment laissé le soin à son ami d'annoncer la mauvaise nouvelle à son père, mais loin de lui en tenir rigueur, Huff allait jusqu'à donner raison à Beck, ce qui irritait passablement Chris.

— Encore une plaisanterie qui va nous coûter cher, reprit Huff. Sans parler des primes d'assurance qui vont exploser à cause de l'accident.

Beck sortit enfin de son mutisme.

— Il est possible que Mme Paulik refuse de faire marcher l'assurance. Elle a en tout cas menacé de le faire.

Huff éructa une longue litanie de jurons. Il avait parfaitement compris ce que cela signifiait pour les Entreprises Hoyle.

— Pourquoi ne m'as-tu rien dit hier soir ? s'énerva Chris, furieux de l'apprendre aussi tard.

— Tu ne m'as rien demandé.

— Je te signale que tu aurais dû me le dire sans que j'aie à te poser la question.

— On était crevés tous les deux, Chris. La journée avait été éprouvante et je n'avais pas envie d'entrer dans les détails.

Huff mit fin à leur dispute en demandant :

— Beck, tu la crois vraiment capable de porter plainte ?

— C'était son intention hier soir. Maintenant, elle a peut-être changé d'avis. Il n'y a plus qu'à l'espérer.

— Si jamais elle porte plainte, combien ça peut nous coûter ?

— Il est trop tôt pour le dire. La comptabilité ne sera pas en mesure de faire une estimation des frais médicaux tant qu'on n'aura pas eu l'avis des médecins. D'ailleurs, je doute fort qu'ils puissent nous en dire beaucoup plus à ce stade. Paulik en a pour un bout de temps, avant même de penser à la rééducation et d'envisager la pose d'une prothèse.

— Il y a prothèse et prothèse, intervint Chris. Ils ne sont pas obligés de lui refiler une Rolls Royce. Une Ford de base suffira amplement, tu ne crois pas ?

La plaisanterie tomba à plat. Huff et Beck semblaient avoir oublié leur sens de l'humour.

— En plus des frais médicaux, poursuivit Beck, on peut compter sur Mme Paulik pour faire intervenir des éléments difficilement quantifiables. Je pense au traumatisme subi par toute sa famille, à la perte de revenu liée au handicap de Billy. J'ai bien peur qu'elle y mette le paquet et je ne serais pas surpris que le montant de la facture soit astronomique.

— Combien ça coûterait d'étouffer l'affaire ? s'enquit Huff.

— Très cher, à mon avis. Elle a promis qu'elle allait faire du bruit.

— Ma parole, tu n'as que des nouvelles géniales, aujourd'hui, soupira Chris.

— Ton père m'a posé la question, je lui réponds, rétorqua sèchement Beck.

— Personne ne t'obligeait à tout lâcher d'un coup.

— Bien sûr que si, aboya Huff. Comment veux-tu résoudre un problème dont tu ne connais pas les tenants et les aboutissants ?

Huff était tout rouge et Chris jeta un coup d'œil inquiet en direction de l'appareil à tension auquel était relié son père. Il décida de calmer le jeu.

— Si vous voulez mon avis, on se fait du souci pour rien. Rien ne nous dit que les choses iront jusque-là. On ferait mieux de réfléchir avant de faire n'importe quoi. OK ?

Beck hocha la tête avec raideur tandis que Huff adressait à son fils un signe de tête qu'il prit pour un assentiment.

— Comme le faisait remarquer Beck, Mme Paulik peut très bien changer d'avis. Elle a perdu les pédales aux urgences, ce qui n'a rien de surprenant étant donné les circonstances. Elle se sera crue dans un épisode d'*Urgences*, mais j'imagine qu'elle fera moins la fière ce matin en regardant les choses en face. Elle peut très bien vouloir trouver un arrangement. N'oublions pas non plus que Billy Paulik a toujours été un bon ouvrier. Il ne nous a jamais causé d'ennuis. Quand il aura repris ses esprits, il sera à même d'expliquer à bobonne qu'il a fait une connerie et qu'on n'y est pour rien. Je le vois mal nous foutre sur le dos un accident dont il est l'unique responsable.

Huff réfléchit un instant avant de se tourner vers Beck.

— Tu as vu sa femme. Selon toi, elle réagissait comme une mégère hystérique ?

— Je voudrais que Chris ait raison, mais vous me payez pour envisager le pire scénario. Hier soir, elle n'a laissé planer aucun doute sur ses intentions.

— Elle veut nous prendre par les couilles.

— J'en ai bien peur. Au minimum, nous mettre le nez dans notre caca.

— Alors prenons-la de court, suggéra Chris qui cherchait à tout prix une porte de sortie. Il faut l'arrêter avant qu'elle ait le temps de faire des dégâts. Faisons preuve de bonne volonté en achetant à ses gosses tout ce qu'ils veulent chez Toys'R'Us. Offrons-lui un beau 4 × 4 tout neuf. Payons-lui son loyer pendant un an. Vu le taudis dans lequel ils vivent, ça ne devrait pas nous coûter trop cher.

— Le taudis dont tu parles nous appartient, déclara Huff. C'est nous qui le lui louons.

— Encore mieux. On n'a qu'à lui redonner un coup de peinture, le remettre en état, faire installer un barbecue dans le jardin. Après ça, Mme Paulik réfléchira à deux fois avant de nous coller un procès. Surtout si elle s'aperçoit qu'elle peut perdre. Tiens, Beck. Tu devrais lui sortir le grand jeu et la convaincre à grands coups de termes juridiques qu'elle a toutes les chances de perdre, qu'elle risque fort de se faire virer de sa maison toute neuve, de perdre son 4 × 4 et tout le tralala.

Huff se tourna vers Beck.

— Qu'en penses-tu ?

— On peut toujours essayer. Je vais demander à mes gens de lui préparer un paquet-cadeau en commençant par le 4 × 4.

— En attendant, ajouta Chris, et pour éviter toute accusation intempestive concernant les conditions de travail à l'usine, je vais demander qu'on arrête ce tapis roulant jusqu'à ce qu'il soit réparé.

— C'est déjà fait.

— Depuis quand ? demanda Chris en fronçant les sourcils.

— Ce matin.

— Et qui a pris la décision de l'arrêter ?

— Moi.

Le visage de Chris s'empourpra. Beck semblait oublier qui prenait les décisions à l'usine.

— Désolé d'avoir outrepassé mes droits, Chris, mais je suis passé à l'atelier ce matin pour voir de quoi il retournait.

— C'est le boulot de Georges Robson, je te signale.

— Il était là avec un doigt dans le cul, totalement inefficace comme à son habitude. Le premier crétin venu aurait compris qu'il fallait arrêter immédiatement cette machine. Et réfléchis un instant à ce que pensaient les ouvriers en voyant qu'elle fonctionnait toujours après ce qui est arrivé à Billy Paulik. Comme Georges n'avait ni les couilles ni l'intelligence de prendre la décision lui-même, je l'ai fait à sa place.

Chris hocha sèchement la tête.

— Tu leur as dit que tu agissais sur mes ordres, au moins.

— Oui, j'ai expliqué que tu étais au chevet de Huff. J'ai bien fait comprendre à Georges et aux autres que je parlais en ton nom.

Beck regarda sa montre.

— Je ne voudrais pas rester trop longtemps ici. Le moral est au plus bas à l'usine et il faut qu'on soit le plus présents possible. Avec votre permission, je vais faire afficher une note à l'atelier comme quoi la direction est extrêmement peinée de ce qui est arrivé à Billy.

— N'oublie pas de préciser qu'on s'occupe de sa famille, ajouta Huff.

— Bien sûr, dit Beck avant d'ajouter avec un sourire triste : Tout ça arrive au plus mauvais moment, juste après la mort de Danny. J'espère que toutes ces mauvaises nouvelles ne vous empêcheront pas de vous remettre. Comment vous sentez-vous ?

— Ils souhaitent me garder un jour de plus. Simple précaution. C'est totalement inutile, si tu veux mon avis. Le docteur Caroe dit que je suis dans une forme olympique. Il m'a fait passer des tas d'examens, on m'a trituré de tous les côtés et regardé sous toutes les coutures, on m'a pompé des litres de sang, fait pisser dans des bocaux, tout ça pour me dire que mon cœur avait à peine trinqué.

— Tu as presque l'air déçu, Huff, fit Chris en riant.

— Pas du tout. Je compte bien vous enterrer tous. Bon, ajouta-t-il à l'intention de Beck, je sais bien que tu ne voulais pas me faire peur en m'annonçant tout ça, mais je te rappelle que c'est ton job de me dire ce qui ne va pas. Je ne t'en voudrai jamais de faire ton boulot.

Beck acquiesça machinalement.

Son air préoccupé n'avait pas échappé à Huff.

— Qu'est-ce qu'il y a ?

— Si j'avais perdu un bras et mon gagne-pain, répondit Beck, songeur, je ne suis pas certain que je me laisserais acheter par quelques jouets pour mes gosses et un coup de peinture chez moi. Si vous voulez mon avis, conclut-il en regardant successivement le père et le fils, il faut s'attendre au pire.

Sur ces mots, il quitta la pièce et Chris s'assit au pied du lit de Huff.

— Tu connais Beck. C'est un oiseau de mauvais augure. Ne te laisse pas abattre par son pessimisme.

— Il fait son boulot et il prend nos intérêts à cœur, répliqua Huff en piquant d'un doigt la jambe de Chris. Il protège ton héritage, fiston, ne l'oublie jamais.

— Bon, bon, d'accord. Ce type est une perle, pas la peine de faire monter ta tension pour ça.

— C'est la première fois que je t'ai vu aussi susceptible avec Beck. Pourquoi ça ?

— Depuis quand est-il habilité à faire arrêter une machine qui déconne ?

— Tu préférerais peut-être qu'un autre ouvrier y laisse un bras ?

— Bien sûr que non.

— Alors il a bien fait.

— Je n'ai pas dit qu'il avait mal fait. J'avais moi-même pris la décision de la faire arrêter. C'est simplement que… oh et puis merde, on arrête de parler de ça. Je suis nerveux, c'est tout. On est tous nerveux, ces temps-ci.

— À propos de gens nerveux, tu as des nouvelles de Red ?

— Aucune.

— Ça ne m'étonne pas, réagit Huff avec un geste de la main. Red ferait mieux d'envoyer son adjoint enquêter sur les vaches perdues. Je ne comprends pas ce qui lui prend. Pourquoi laisse-t-il ce Scott emmerder le monde avec cette histoire idiote de pochette d'allumettes ? Sinon, tu as des nouvelles du Mexique ?

— De Mary Beth, tu veux dire ? Je ne vois pas quand j'aurais trouvé le temps de penser à elle.

— En tout cas, tu as trouvé le temps de sauter la petite maligne qui a épousé Georges. La nuit dernière, encore.

Sans éprouver aucune gêne, Chris sourit.

— Ton réseau d'indics m'impressionnera toujours, Huff. Je me demande comment tu fais pour tout savoir, même depuis ton lit d'hôpital.

Huff accueillit la remarque de son fils avec un rire silencieux.

— Je vais t'apprendre un truc plus surprenant encore. Savais-tu que ta sœur et Beck ont dîné ensemble à la vieille gargote près du bayou hier soir ? Ensuite, Beck l'a reconduite à son motel, l'a accompagnée jusqu'à la porte de sa chambre et il est entré.

Chris se souvint de la fureur de Beck lorsque Slap Watkins avait fait une allusion grossière à Jane. Cela dit, Beck était plutôt vieux jeu et il avait tendance à respecter toutes les femmes dont il croisait la route.

— Tu ne t'imagines tout de même pas que Beck et Jane ont eu le coup de foudre l'un pour l'autre ? ricana-t-il. Elle l'a détesté au premier regard parce qu'il faisait partie de la famille.

— Dans ce cas, comment expliques-tu qu'elle ne soit pas retournée à San Francisco ?

— Elle a cru que tu allais passer l'arme à gauche, c'est tout.

— Hmm. Peut-être, reconnut Huff en croisant les mains sur la nuque. Mais ce serait plutôt rigolo, tu ne trouves pas ?

— Qu'est-ce qui serait rigolo ?

— Que Jane et Beck tombent amoureux.

— À ta place, je ne me réjouirais pas trop vite. Beck aime les filles douces et soumises. Pas exactement le portrait de Jane.

— Je ne suis pas en train de me réjouir, répliqua Huff, mais il faut bien que je trouve une solution pour régler mon problème.

— Quel problème ?

— Celui de me trouver un héritier avant qu'un infarctus ne m'achève. Si tu as l'intention de me donner un petit-fils, je te conseille de te dépêcher de divorcer. Je ne vois pas l'intérêt de t'entêter si elle ne peut pas avoir d'enfant. Tu as déjà fait ton choix ? Lila, peut-être ?

— Lila ? Jamais de la vie.

— Alors ne perds pas ton temps avec elle. Et le mien avec, soit dit en passant. Je te dis ça comme ça, laissa tomber Huff en mettant son lit en position allongée à l'aide de la commande placée à côté de lui.

Confortablement installé, il ferma les yeux.

Chris n'avait pas besoin d'un dessin pour comprendre que l'audition était terminée. En quittant l'hôpital quelques instants plus tard, il repensa à l'avertissement de son père, sachant d'expérience que Huff n'avait pas l'habitude de parler pour ne rien dire.

17

La maison était assez éloignée de la route. Une allée recouverte de vieilles coquilles d'huîtres conduisait jusqu'au porche. Le toit en pente raide surplombait la coursive qui ceinturait le bâtiment afin de le protéger du soleil. La porte principale, encadrée par de grandes fenêtres, s'ouvrait au cœur de la façade. L'extérieur était peint d'un blanc vif qui faisait ressortir le vert des volets et de l'entrée.

Jane remonta l'allée au volant de sa voiture et s'arrêta au pied des marches bordées de plates-bandes de caladiums et de géraniums blancs. De toute évidence, les plantes avaient souffert de la chaleur de cette journée torride.

Beck était assis sur une balancelle en teck, une bouteille de bière dans une main, l'autre perdue dans l'épaisse fourrure de Frito.

Elle ouvrit sa portière et le chien se mit à gronder, mais, la reconnaissant, il bondit à sa rencontre et la plaqua affectueusement contre la carrosserie.

D'un sifflement ferme, Beck rappela Frito à l'ordre. L'animal fit à peine quelques pas en arrière et Jane trébucha contre lui à plusieurs reprises en grimpant les marches du porche.

Beck ne s'était pas levé. Il la regarda s'approcher sans un mot, curieusement impressionnant pour quelqu'un vêtu d'un simple short kaki. Ses traits, impénétrables, ne permettaient pas de savoir s'il était étonné, furieux, ou parfaitement indifférent.

La jeune femme s'arrêta en haut des marches. Frito se planta à côté d'elle et lui renifla la paume de la main jusqu'à ce qu'elle se décide à lui caresser la tête. Depuis son arrivée, elle n'avait pas quitté Beck des yeux.

— Tu ne peux pas savoir à quel point j'ai dû me faire violence pour venir jusqu'ici et me retrouver devant toi, finit-elle par lui dire.

Beck porta la bouteille de bière à ses lèvres sans dire un mot.

— Je n'avais aucune envie de venir, et je ne serais pas venue s'il n'y avait pas un truc important dont je voudrais te parler.

— Tu veux me parler ?

— Oui.

— Simplement me parler ?

— Oui !

— Si je comprends bien, tu n'es pas venue ici avec l'intention de poursuivre notre discussion de la nuit dernière.

Jane rougit fortement, écartelée entre la honte et la colère.

— Si je comprends bien, tu as décidé d'oublier ta galanterie.

— Tu me parles de galanterie après avoir menacé de me tuer si je te touchais une seconde de plus ? Tu ne crois pas que tu y vas un peu fort ?

— Tu dois avoir raison.

— Et comment, que j'ai raison.

Elle se doutait bien que, en allant le voir, rien ne lui serait épargné et elle s'y était préparée. Mais à cet instant précis, elle n'avait qu'une envie : prendre ses jambes à son cou et partir le plus vite possible afin de lui dissimuler sa honte. Pourtant, elle décida de rester et d'affronter son regard.

Au bout d'une éternité, Beck eut un petit rire amer. Il se poussa pour lui faire de la place sur la balancelle.

— Assieds-toi. Tu veux une bière ?

— Non merci, répondit-elle en s'installant à côté de lui.

Il posa les yeux sur le cabriolet rouge dans lequel elle était arrivée.

— Elle en jette, ta voiture.

— C'est tout ce qu'ils avaient de disponible à l'agence de location.

— Tu l'as fait venir de La Nouvelle-Orléans ?

— Oui, ce matin.

Il la regarda de la tête aux pieds et remarqua que son pantalon de lin était de la même couleur que son tee-shirt de soie.

— Nouvelles fringues ?

— Je n'avais pas apporté grand-chose de San Francisco. J'ai dû compléter ma garde-robe.

— J'en déduis que tu comptes rester encore un peu.

— Tu t'imaginais peut-être que j'allais m'enfuir après ce qui s'est passé hier soir ? Tu voulais que je m'en aille ? C'est pour ça que tu l'as fait ?

Les yeux verts de Beck la sondaient inexorablement.

— Et toi, pourquoi l'as-tu fait ?

Ils se tenaient très près l'un de l'autre. La situation aurait été plus inconfortable s'il avait été habillé. Paradoxalement, le fait qu'il soit à moitié nu la déconcertait davantage qu'il ne la gênait. Le plus curieux était sans doute que le moins couvert des deux était aussi le moins à nu.

Elle détourna le regard. Ses yeux s'attardèrent sur la rangée de cyprès bordant la rive du bayou Bosquet qui traversait le jardin de Beck avant de rejoindre la propriété de Huff.

— C'était notre ancienne maison, dit-elle. Tu le savais ?

— Oui, on me l'a déjà dit.

— Huff vivait ici à l'époque où il a fait bâtir la grande maison.

— Avant de se marier avec ta mère.

— Oui. Huff n'avait pas envie qu'elle tombe en ruine, alors il a demandé au vieux Mitchell de s'en occuper. Il m'arrivait de l'accompagner quand il venait ici et je jouais à la maîtresse de maison dans les pièces vides pendant qu'il était occupé dehors. C'est la première maison dont j'ai réalisé la décoration. Dans ma tête, bien sûr.

— Question déco, j'ai bien peur de ne pas être à la hauteur.

Elle partit d'un petit rire.

— Rien n'est moins sûr. Je me souviens que je voyais un lustre en cristal pendu au plafond du salon à l'aide d'un cordon à pompons, des tapis d'Orient et des soieries tendues sur les murs. Un mélange de palais français et de tente des Mille et Une Nuits.

— Ou alors un bordel.

— Je ne savais pas ce que c'était, à l'époque, mais c'était un peu ça.

Elle lui adressa un sourire et se tourna à nouveau vers la rangée de cyprès.

— Un jour, on est venus par le bayou avec le vieux Mitchell. Il avait une pirogue qu'il dirigeait avec une perche et il m'avait recommandé de ne pas bouger pour ne pas risquer de chavirer et d'être mangés par les alligators. Il prétendait que le bayou regorgeait de ces vilaines bêtes cachées, prêtes à m'avaler toute crue. Pendant tout le temps du voyage, c'est tout juste si j'osais respirer. Quelle aventure…

Un sourire songeur lui effleura les lèvres.

— Jusqu'à aujourd'hui, je ne savais même pas que tu vivais ici.

— Et ça ternit tes souvenirs ? Le fait de savoir que j'habite dans cette maison et que je suis assis sur la balancelle que le vieux Mitchell t'avait fabriquée ?

— Mes souvenirs d'enfance ne t'ont pas attendu pour se ternir.

Beck préféra ne pas faire de commentaire, se contentant d'expliquer :

— Huff m'a proposé de vivre ici provisoirement lorsqu'il m'a engagé, en attendant que je trouve une maison. Et puis un jour il m'a demandé si je tenais vraiment à payer un loyer ailleurs alors que je pouvais continuer à vivre ici gratuitement. Je me suis posé la même question, la réponse m'a paru évidente, et je suis resté.

— Tu leur appartiens corps et âme, pas vrai ?

La remarque avait fait mouche. Il vida sa bière et reposa brutalement la bouteille sur la petite table à côté de lui.

— Qu'est-ce qui t'amène ?

— J'ai entendu parler de l'accident survenu à l'usine cette nuit. Les gens ne parlent que de ça en ville.

— Et ils disent quoi ?

— Qu'il y a eu un blessé grave et que c'est en grande partie la faute des Entreprises Hoyle.

— Ça ne m'étonne pas.

— C'est la vérité ?

— Les médecins n'ont pas pu sauver le bras du type qui a été blessé. Il a été amputé cet après-midi. Il y a donc bien eu un blessé grave.

Beck avait soigneusement évité de répondre à la question de Jane, et ce qui n'était pas un effet du hasard.

— On m'a dit que tu t'étais rendu à l'hôpital cette nuit.

— Tu es bien informée.

— Et que la femme du type qui a été blessé a refusé l'aide que tu lui proposais.

— Arrête de tourner autour du pot, Jane. On t'a dit qu'elle m'avait craché à la figure. C'est pour ça que tu es venue jusqu'ici ? Pour me narguer ?

— Non.

— Ou alors pour me rappeler que les conditions de travail à l'usine sont loin d'être idéales ?

— J'aurais été surprise que tu ne le saches pas déjà.

— Le tapis roulant sur lequel est survenu l'accident de Billy Paulik a été arrêté.

— Sur tes ordres. Oui, je sais, on me l'a dit.

Il répondit par un vague haussement d'épaules.

— Pourquoi l'ordre d'arrêter la machine n'a-t-il pas été donné par Georges Robson ?

— Parce que…

— Parce que c'est un pantin aux ordres et à la botte de Huff.

— Qui se trouvait à l'hôpital où il se remet d'un infarctus, si tu ne l'as pas déjà oublié.

— Comment Huff et Chris ont-ils réagi en apprenant que tu avais fait arrêter la machine ?

— Ils m'ont dit que j'avais bien fait.

— Arrête de les défendre, Beck. Tu crois vraiment que Georges Robson est chargé de la sécurité par hasard ? Huff ne pouvait nommer à un poste pareil qu'un sous-fifre bête et sans scrupules. Georges Robson est un vulgaire alibi pour l'inspection du travail. Je parie qu'il n'a même pas d'équipe sous ses ordres ?

— Une petite équipe, si.

— C'est-à-dire une secrétaire, point barre. Aucun personnel qualifié susceptible de procéder aux vérifications d'usage. Et comme il ne risque pas de s'en charger… Est-ce qu'il a un budget ? Aucun. Une autorité quelconque ? Aucune.

— C'est lui qui a mis en place le système de consignation et de condamnation.

Jane en avait déjà entendu parler. Une procédure de sécurité permettant d'arrêter une machine défectueuse sans que personne puisse la remettre en route, volontairement ou non, sauf accord d'un contremaître muni d'une clé.

— Il l'a mis en place uniquement pour éviter une amende à l'usine. Est-ce que le système est vraiment appliqué, au moins ?

Beck ne répondit pas.

— C'est bien ce que je pensais. Le guignol qui sert de responsable de la sécurité chez Hoyle est uniquement là pour la photo.

— Tu devrais proposer tes services à Charles Nielson.

— Qui ça ?

— Rien, laisse tomber.

De son pied nu, il mit la balancelle en branle.

— Tu es venue uniquement pour me parler de cet accident ?

— Non. Je suis venue te poser une question concernant quelque chose qui me tracasse.

— Sur le ventre.

— Comment ? !!

— L'autre jour, tu voulais savoir comment je dormais la nuit et je n'ai pas eu le temps de te le dire. Le plus souvent, je dors sur le ventre. Et si le cœur t'en dit, je t'invite à vérifier par toi-même quand tu voudras.

Jane jaillit de la balancelle. Arrêtée par la balustrade, elle se retourna.

— Je me demande si Chris n'a pas assassiné Danny. Alors, tu as toujours le cœur à plaisanter ?

Il quitta la balancelle à son tour et traversa la coursive en deux enjambées.

— Ça te ferait plaisir, pas vrai ? Comme ça, tu pourrais te dire que tu as raison de haïr Chris et Huff, et tu tiendrais enfin ta vengeance.

— Je n'ai jamais cherché à me venger.

— Ah bon ?

— Non.

— Alors qu'est-ce que tu cherches, Jane ?

— La justice, répliqua-t-elle d'un ton enflammé. J'ose espérer que c'est également ton objectif premier, en tant qu'homme de loi. Sauf que tu vis gratuitement dans une maison qui leur appartient.

Il poussa un soupir agacé.

— Ça n'a aucun rapport. De toute façon, je n'ai pas le droit de parler de cette affaire avec toi. Je suis leur avocat.

— Tu n'es pas un avocat d'assises, que je sache.

— Chris n'a pas besoin d'un avocat d'assises.

— En es-tu si sûr ?

Ils se mesuraient du regard, mais Beck baissa les yeux le premier. Il se passa la main dans les cheveux et fit signe à Jane de se rasseoir. Comme elle ne faisait pas mine de bouger, il retourna sur la balancelle.

— Très bien, Jane. Puisque tu as envie de parler, parlons. Je ne te promets pas de te répondre, mais je suis prêt à t'écouter.

Elle aurait voulu obtenir une réponse à la question qui la taraudait, mais il était tenu par le secret professionnel et elle avait promis de son côté à Jessica DeBlance de ne pas la trahir. Le temps de rassembler ses pensées, elle lui demanda :

— Danny et Chris s'étaient-ils disputés récemment au sujet de quelque chose ?

— Au sujet de « quelque chose », comme tu dis ? On voit bien que tu es partie depuis longtemps. Ils passaient leur temps à se disputer sur tout. Depuis le taux horaire des ouvriers recrutés à l'usine jusqu'aux résultats de l'équipe de football de l'université de Louisiane, en passant par les mérites comparatifs du Coca et du Pepsi.

— Je ne parle pas de disputes mineures, mais d'un désaccord profond sur un sujet important.

— La religion, suggéra tout de suite Beck. Danny et Chris se sont disputés à ce propos au country club, la veille du jour où Danny a trouvé la mort. Huff avait demandé à Chris d'aborder la question avec Danny, il voulait que Chris lui remette les idées en place. Chris s'est moqué de son église et Danny l'a très mal pris. Je ne te révèle rien de confidentiel, plusieurs personnes qui se trouvaient là en ont parlé à l'adjoint du shérif.

— Les témoins en question ont-ils dit de quoi il était question exactement ?

— Pas à ma connaissance.

— Chris t'en a-t-il parlé ? Non, je retire ma question, se reprit-elle en secouant la tête. S'il t'avait raconté quelque chose, tu n'aurais pas le droit de me le dire.

— Je n'en aurais pas le droit, en effet. Mais il se trouve qu'il ne m'a rien dit de précis. Il a reconnu s'être engueulé avec Danny au sujet de sa conversion récente. Il ne s'est pas montré plus précis.

Frito s'était approché de la jeune femme et lui reniflait la cuisse. Elle se baissa afin de lui caresser le dos.

— Je suis jaloux, remarqua Beck.

— C'est vrai qu'il a l'air de m'apprécier.

— Je ne suis pas jaloux de toi. Je suis jaloux de Frito.

Il avait parlé d'une voix aussi vibrante que le regard qu'il lui adressait.

— Comment puis-je t'en vouloir autant une minute et me retrouver...

— Non.

— Non quoi ?

— Ne finis pas ta phrase. Ne cherche pas à me faire la cour pour changer de sujet. De toi à moi, tu me déçois de penser que je puisse être aussi frivole.

— Frivole, toi ? Tu es à peu près aussi frivole qu'un accident de chemin de fer.

— Je ne suis pas sûre de prendre ça pour un compliment.

— À tous les coups l'on perd, avec toi. Quand je te fais des compliments, tu m'accuses de te faire la cour pour noyer le poisson. Tu ne veux pas qu'on arrête de croiser le fer un instant ? Pourquoi ne me dis-tu pas vraiment ce que tu as sur le cœur ?

— Parce que je ne te fais pas confiance.

Il fronça un sourcil.

— Au moins, on ne peut pas t'accuser d'y mettre les formes.

— Tu serais capable de te servir de ce que je te dis dans ton propre intérêt.

— Dans *mon* intérêt ? Je serais curieux de savoir où il se trouve, mon intérêt.

— Ton intérêt, c'est d'éviter que Chris soit condamné pour meurtre, dit-elle d'une voix sourde. Une fois de plus.

Il soutint son regard quelques instants avant de répondre.

— Le ministère public n'a jamais pu prouver que Chris avait tué Gene Iverson.

— Et la défense n'a jamais pu prouver qu'il ne l'avait pas tué. Je sais par quelqu'un qui était très proche de Danny que…

— De qui s'agit-il ?

— Je ne peux pas te le dire. Mais ce quelqu'un de proche m'a confié que Danny se trouvait confronté à un dilemme. Un problème de conscience, à en croire cette personne.

— Danny faisait tout pour se comporter en honnête homme. Il versait le denier du culte et assistait à l'office chaque fois que l'église ouvrait ses portes. Il ne buvait même plus de bière depuis qu'il faisait partie de cette communauté. Quel genre de problème de conscience aurais-tu voulu qu'il ait ?

— D'après cette personne, Danny avait des états d'âme sur un sujet autrement plus important qu'un verre de bière. Peut-être quelque chose à l'usine.

Quelque chose d'illégal. Quoi qu'il en soit, ça le minait. Je suis persuadée qu'il voulait s'en ouvrir à quelqu'un. Chris l'aura tué pour le faire taire.

Beck la regarda quelques instants avec des yeux ronds, puis il se leva. Il s'approcha de la balustrade, y posa les avant-bras et observa le paysage. Au-dessus des arbres, on apercevait le halo des réverbères de l'usine qui étaient allumés automatiquement avec le crépuscule.

Faute de vent, le nuage de fumée qui s'échappait de la cheminée s'élevait à la verticale de l'horizon. Un symbole omniprésent de la toute-puissance du clan Hoyle, un poing brandi à l'adresse de tous ceux qui s'aventureraient à contester son autorité.

— Tu leur en veux tant que ça ? demanda Beck.

— Tu crois sincèrement que ça me fait plaisir d'accuser mon propre frère de meurtre ?

Il se redressa, tourna le dos à la rambarde et s'y appuya en croisant les bras.

— Je me posais la question.

— Eh bien, la réponse est non. Je me refuse à penser que Chris en soit capable, pourtant c'est la conclusion qui s'impose à moi. C'est tragique, mais c'est comme ça. Je suis née dans une famille d'assassins.

— Parce que c'est inscrit dans les gènes ?

— Huff a tué un homme un jour, et il s'en est tiré.

— Ah ! D'abord Chris, ensuite Huff, dit-il sur un ton incrédule en secouant la tête. Tu ne t'arrêtes jamais ? Si ça ne te dérange pas, je te demanderai de me tenir à l'écart de ta petite vendetta familiale.

Il traversa le porche, ouvrit la porte de la maison et fit signe à Frito de rentrer. La moustiquaire claqua derrière lui. Jane n'hésita qu'un instant avant de le rejoindre.

Guidée par le bruit de casseroles, elle retrouva Beck dans la cuisine où il était en train d'allumer l'un des brûleurs de la cuisinière. Frito, tout agité, dansait autour de lui.

— Il s'appelait Sonnie Hallser, dit-elle. Il était contremaître à l'usine au milieu des années 1970. Il poussait ses hommes à se syndiquer. Il s'est pris de bec avec Huff au sujet des conditions de travail et...

— Écoute, l'interrompit-il en se retournant. Je suis au courant et je n'ai pas besoin que tu me donnes les détails de cette histoire parce que je les connais par cœur. Huff m'a fait une proposition... Merde !

L'huile commençait à fumer dans la poêle. Il la retira du feu et sortit du réfrigérateur deux œufs qu'il cassa au-dessus du récipient pour les faire cuire. Une fois prêts, il les versa dans le bol de Frito et les mélangea aux croquettes qui s'y trouvaient déjà. Beck venait à peine de reposer le bol par terre que Frito se rua dessus.

— Huff m'a fait une proposition plutôt alléchante, poursuivit-il. Le rêve de tout avocat qui se respecte. En plus d'un boulot intéressant, il me proposait une maison, une voiture, une assurance maladie, une assurance retraite et un super salaire. Si ça te plaît de penser que je suis une pute d'avoir accepté, libre à toi. Mais, comme n'importe quelle pute, je me remue le cul et je ne vole pas mon fric. Et comme toute bonne pute qui se respecte, j'ai pris le temps de me renseigner sur mon client avant d'accepter son fric. Je me suis même très bien renseigné sur lui. Tu crois peut-être que je suis un crétin naïf ou négligent ? Pas du tout, Jane. J'ai fait des recherches. Lors du procès de Chris, l'un des comptes rendus d'audience les plus accablants faisait état de tous les autres employés des Entreprises Hoyle décédés accidentellement à l'usine. Le nom de Sonnie Hallser y était mentionné. J'ai fait des recherches assez poussées et j'ai fini par savoir ce qui s'était passé. Je t'accorde que les circonstances de son accident n'étaient pas très claires, mais...

— Huff est suffisamment malin pour qu'elles restent obscures.

— Qu'est-ce que tu en sais ?

— Mais enfin, j'étais là quand c'est arrivé ! J'avais cinq ans, mais je ne l'ai jamais oublié. Ma mère refusait de sortir de sa chambre, elle pleurait tout le temps. Huff était dans un état d'énervement épouvantable. Red Harper et d'autres types arrivaient à la maison en pleine nuit et ils passaient des heures dans le bureau de Huff. Il régnait une atmosphère à couper au couteau à la maison. J'avais beau être toute petite, je le sentais et ça me faisait peur. Je me souviens avoir demandé à Selma ce qui se passait. Elle m'a expliqué que certaines personnes accusaient Huff d'avoir tué un homme et d'avoir camouflé ça en accident. Elle a voulu me rassurer en me disant que c'était des mensonges et que je ne devais plus y penser. Mais j'y pensais tout le temps, Beck. Je n'arrêtais pas de me demander si c'était vraiment un mensonge. J'avais déjà vu Huff entrer dans de telles colères qu'il aurait été capable de tuer n'importe qui. J'ai continué à y penser longtemps après que tout fut rentré dans l'ordre, au point d'effectuer des recherches, moi aussi, des années plus tard.

— Si c'est le cas, tu as dû te rendre compte qu'il n'y avait pas matière à inculper Huff.

— Peut-être pas d'un point de vue juridique, mais je n'en reste pas moins convaincue que Huff était coupable de ce dont on l'accusait. La machine sur laquelle est peinte une croix blanche, celle que j'ai vue hier, c'est bien celle qui a tué Sonnie Hallser, non ?

— C'est ce qu'on dit.

— Une machine énorme, capable de broyer n'importe qui. Huff y a poussé Hallser et il l'a regardé mourir.

Les mains sur les hanches, Beck se pencha légèrement en avant et prit lentement sa respiration à plusieurs reprises avant de se redresser.

— La police a mené une enquête, Jane.

— La police a été achetée.

— Personne n'a jamais été inculpé.

— Ça ne prouve en rien qu'il n'y a pas eu crime.

— Huff a été blanchi.

— On a étouffé l'affaire.

— Personne n'a jamais rien pu prouver, cria-t-il. Et que ça te plaise ou non, c'est encore comme ça que fonctionne la justice dans ce pays.

Ses yeux lançaient des flammes. Le gémissement de Frito finit par le rappeler à la mesure et il se radoucit brusquement. Il traversa la pièce, ouvrit la porte de derrière afin de laisser sortir le chien.

— N'en fais pas trop, Frito. Souviens-toi du putois.

Il se retourna.

— Tu es sûre que tu ne veux rien boire ?

Elle fit non de la tête.

Sa colère était tombée, seul subsistait en lui un sentiment de frustration qui ne faisait qu'ajouter à son charme naturel. Elle aurait voulu ne pas le regarder, mais elle en était incapable. Elle le suivit des yeux tandis qu'il prenait dans le frigo une canette de Coca dont il jeta la languette après l'avoir tirée sur le plan de travail avec une négligence toute masculine.

Il but à longues gorgées avant de reposer la boîte sur la table de la cuisine.

— Où en étions-nous ?

Elle détourna les yeux de son torse nu.

— Nulle part. J'ai l'impression qu'on tourne en rond. J'ai eu tort de venir te voir.

Elle s'apprêtait à sortir de la pièce lorsqu'il l'arrêta en lui posant une main sur l'épaule.

— Pourquoi es-tu venue ici, Jane ? Je te demande d'être sincère.

Il était trop près d'elle, elle n'aurait jamais dû se retourner. Elle s'en rendit compte trop tard.

Lorsqu'elle se retourna, ses yeux se trouvaient à la hauteur du cou de Beck.

— Sincèrement ? Je voulais savoir si tu avais une idée de ce qui tracassait Danny.

— Aucune. Et j'en suis désolé, parce que ça nous aiderait peut-être à comprendre ce qui lui est arrivé. C'est vraiment la seule raison de ta venue ?

— Oui.

— Aucune autre ?

— Aucune.

— Je ne te crois pas.

Au moment où elle levait les yeux pour le regarder, il ajouta :

— Je crois que tu es venue ici parce que tu avais envie de me voir. Je suis content que tu sois venue. Moi aussi, j'avais envie de te voir. Je ne suis pas le salaud que tu crois.

— Bien sûr que si, Beck. Le pire, c'est que tu ne t'en aperçois même pas. Tu n'as peut-être pas toujours été comme ça, je ne sais pas, mais maintenant que tu es mouillé jusqu'au cou dans leurs sales combines, c'est comme si tu étais né comme eux. Ils t'ont corrompu à un point tel depuis trois ans que tu ne fais plus la différence entre le bien et l'opportunisme. Mme Paulik l'a compris, et moi aussi. Tu leur appartiens corps et âme à présent.

— OK, supposons que tu aies raison et que je ne sois qu'un sale opportuniste pourri jusqu'à la moelle. Dans ce cas, pourquoi me laisses-tu t'approcher à moins de trois mètres ?

Il fit un pas vers elle.

— Il doit bien y avoir quelque chose qui t'attire chez moi.

Elle voulut se dégager, mais il lui barrait le chemin.

— Je voudrais qu'on parle d'hier soir.

— Non, Beck.

— Pourquoi pas ? On n'est plus des gamins, tout de même.

Elle eut un petit rire moqueur.

— C'est comme ça que se comportent les adultes ?

— Ceux qui ont de la chance, oui, répondit-il avant d'ajouter à voix basse : Hier soir, la chance était surtout de ton côté.

Elle ferma les yeux pour échapper à son sourire.

— De quoi est-ce que tu t'en veux, Jane ? demanda-t-il tout doucement. Tu t'es laissée aller à tes instincts naturels. C'est si grave que ça ?

— Pour moi, oui.

— Arrête de t'en vouloir d'être comme tout le monde. Tu avais eu une journée très dure, sans hurler, pleurer, ni même rire, Dieu m'en est témoin. Pas une seule fois tu n'avais baissé la garde. Tu es toujours restée imperturbable, parfaitement maîtresse de toi, pas étonnant que tu aies éprouvé le besoin d'extérioriser tes émotions. Tu sais comme moi que le sexe est une soupape de sécurité.

Elle ouvrit les yeux.

— Ce qui est arrivé hier soir était le résultat d'une colère rentrée, ça n'avait rien à voir avec le sexe.

Il fronça les sourcils d'un air réprobateur.

— Pas à moi, Jane. J'étais là, je te le rappelle. Ce qui nous est arrivé avait tout à voir avec le sexe, au contraire.

— J'étais furieuse et tu as cherché à m'humilier.

— Tu ne peux pas croire ça.

— Bien sûr que si.

Il fit non de la tête.

— Si tu croyais vraiment ça, tu ne serais pas ici en ce moment.

Il avait raison. Elle se mentait à elle-même. Tout en lui l'attirait viscéralement. Il lui suffisait de le voir pour ressentir une bouffée de désir, pour avoir envie de le prendre dans ses bras, d'être prise dans les siens. Un désir absolu, qui lui faisait oublier tout le reste.

Elle aurait donné n'importe quoi pour se laisser faire, se laisser prendre par ce corps qui l'attirait, se laisser aller et se perdre dans une étreinte dont elle avait besoin. Mais elle était en présence de Beck Merchant, le meilleur ami de Chris, le sbire de Huff.

— Je ne peux pas, Beck, murmura-t-elle.

— Moi non plus, je sais que c'est mal.

Il la prit par la taille et l'attira contre lui.

— Mais je ne peux pas m'en empêcher, j'ai trop envie de toi.

Puis il l'embrassa. Les lèvres de Beck étaient brûlantes, sa langue tentante, et Jane se laissa faire. Elle alla jusqu'à émettre un petit gémissement de protestation lorsqu'il retira sa bouche de la sienne. Il caressa du revers de l'index la petite coupure qu'elle avait à la lèvre inférieure.

— J'appuie trop fort ?

— Non.

Il sourit.

— Pas assez ?

Il posa délicatement le bout de la langue sur le point sensible, y déposa un petit baiser très tendre et se remit à l'embrasser fougueusement. D'une main, il palpa son visage, puis son sein dont il écrasa doucement la pointe de la paume, faisant naître chez elle un désir proche du besoin.

Dieu, que c'était bon. Elle ne savait plus si c'était du désir ou de la rage, mais c'était infiniment bon, à la fois alléchant et terrifiant. Terrifiant parce que, si elle ne s'arrêtait pas immédiatement, elle allait commettre une erreur plus désastreuse encore que la veille.

— Je ne peux pas, lui glissa-t-elle, le souffle court.

Avant qu'il ait eu le temps de réagir, elle le repoussa et sortit en trombe de la cuisine. Elle s'arrêta net sur le seuil du salon.

Nonchalamment appuyé contre le dos du canapé, les chevilles et les bras croisés, Chris lui adressait un sourire d'une insolence rare.

— Je sais, j'aurais dû tousser, mais je ne voulais surtout pas vous déranger.

Il la regarda de la tête aux pieds d'un air narquois avant de se tourner vers Beck.

— Tu as tout juste le temps de prendre une douche froide. On dirait que je vais avoir besoin de mon avocat.

18

Red Harper faisait les cent pas sur le trottoir lorsqu'ils s'arrêtèrent devant son bureau. Le shérif était en train de fumer, mais Beck eut la nette impression qu'il s'agissait d'une pause cigarette de circonstance et qu'il souhaitait surtout les intercepter dès leur arrivée.

Les premières paroles de Red confirmèrent son intuition.

— Je voulais vous dire que je n'ai rien à voir avec tout ça.

— Tout ça quoi ? demanda Beck.

— Scott a agi de sa propre initiative. Je n'étais au courant de rien. À ta place, Chris, je ferais gaffe à ce que je vais dire.

Chris s'approcha du shérif. Il le touchait presque.

— Et moi, à votre place, si j'étais infoutu de tenir mon propre crétin d'adjoint, je me mettrais en quête d'un nouveau job.

Red le savait, la menace n'avait rien de théorique. À moins de protéger le clan Hoyle, il s'attirerait de sérieux ennuis le jour où quelqu'un mettrait le nez dans ses affaires. Il tira une dernière fois sur sa cigarette.

— On ferait mieux d'y aller.

Tiré à quatre épingles, l'adjoint du shérif, Wayne Scott, les attendait dans le bureau de son chef. Il leur adressa un mouvement de tête solennel et les remercia d'avoir répondu si vite à sa convocation.

— J'ai pensé qu'il serait préférable de régler la chose dans les meilleurs délais.

— On peut savoir de quelle chose il s'agit ? s'enquit Chris.

— Si tu veux bien, Chris, je préfère que tu me laisses faire.

Ils prirent place sur les mêmes sièges que lors de leur dernière visite, face à Red assis derrière son bureau en pagaille, Scott derrière lui, dans une position proche du garde-à-vous.

Red commença par s'éclaircir la voix.

— Hum… il me semble que quelques explications s'imposent.

Il tendit à Beck une feuille de papier sur laquelle s'étalaient des formules informatiques cabalistiques.

— Monsieur Hoyle, je me suis procuré le détail de vos appels téléphoniques avec l'accord du juge, expliqua Scott. Il s'agit de la liste des appels passés depuis votre téléphone portable le jour de la mort de votre frère. J'aurais souhaité certains éclaircissements concernant l'appel surligné.

Beck lut attentivement la ligne passée au Stabilo jaune.

— Il s'agit bien du matin ? demanda-t-il en remarquant l'heure.

— Oui, maître. Dimanche matin à 7 h 04, M. Hoyle a appelé le téléphone portable de la victime.

Scott parlait désormais de Danny comme de la « victime ». La nuance n'échappa pas à Beck.

— Alors là, monsieur l'adjoint, vous m'avez pris la main dans le sac en train d'appeler mon frère au téléphone. Vous devriez vous dépêcher de me passer les menottes avant que je fasse des ravages au sein de la population locale.

D'un regard, Beck fit signe à Chris de se taire avant de s'adresser à Scott d'un air perplexe.

— Comme mon client, j'avoue ne pas très bien comprendre où est le problème.

— Le problème, c'est que M. Hoyle nous a affirmé avoir fait la grasse matinée ce jour-là jusqu'aux environs de 11 heures. Il n'a jamais mentionné le fait qu'il s'était réveillé un peu après 7 heures pour appeler son frère. Il est d'autant plus surprenant qu'il ait eu besoin de l'appeler que Danny Hoyle dormait à quelques mètres de là.

Pour la première fois, Red se décida à intervenir.

— Il a été établi que Danny était rentré samedi soir peu avant minuit. Il a dormi dans son lit cette nuit-là car Selma a fait sa chambre dimanche matin. Il a pris une tasse de café en sa compagnie dans la cuisine entre 6 h 30 et 7 heures, lorsqu'il s'est rendu à un petit déjeuner de prière réservé aux hommes de son église, comme tous les dimanches. Il avait quitté la maison depuis quelques minutes quand tu l'as appelé sur son portable.

Avant que Chris ait le temps de répondre, Beck précisa :

— Rien ne prouve que Chris se soit servi de son portable. Il a pu être utilisé par Selma, Huff ou moi-même. Nous y avions tous accès.

— Où gardez-vous votre téléphone portable, monsieur Hoyle ?

Chris adressa un coup d'œil à Beck afin de lui signifier qu'il souhaitait répondre.

— Je te conseille de ne rien dire tant que nous n'avons pas eu l'occasion d'en discuter ensemble, lui conseilla Beck.

— Quelle importance ? Tout ça n'est qu'un ramassis de conneries, répliqua-t-il en ignorant la recommandation. Personne ne s'est servi de mon portable dimanche matin. Il se trouvait sur ma commode, avec mon portefeuille et tout ce qu'il y avait dans les poches de mon pantalon la veille. C'est moi qui ai appelé Danny et je ne vois aucune raison de le nier. Vous en avez la preuve, précisa-t-il en désignant le relevé d'appels. Je ne vous en avais pas parlé parce que je n'y pensais plus, et je n'y pensais plus parce que cet appel ne présentait pas le moindre caractère d'importance. Je me suis réveillé pour aller aux toilettes. Si vous me dites qu'il était 7 heures, je n'ai aucune raison d'en douter. Je ne savais pas l'heure qu'il était et je m'en fichais. J'allais me recoucher quand j'ai entendu une voiture démarrer. J'ai regardé par la fenêtre de ma chambre et j'ai vu la voiture de Danny qui s'éloignait. Je me suis souvenu que Huff souhaitait absolument la présence de Danny au dîner ce soir-là, que saint Pierre ait décidé ou non de venir faire un tour dans son église d'illuminés. Ce sont les paroles mêmes de Huff. J'avais la gueule de bois et je peux bien vous avouer que je n'en avais pas grand-chose à foutre que mon frère soit présent ou pas ce soir-là. Mais je savais aussi que Huff serait d'une humeur de dogue si j'oubliais de prévenir Danny, alors je l'ai appelé de peur de ne plus y penser en me réveillant après m'être rendormi. Et je lui ai dit de rentrer dîner à la maison s'il ne voulait pas subir les foudres de Huff. Danny m'a promis qu'il serait là. J'en ai profité pour lui demander de déposer cinq dollars de ma part pour la quête, histoire de me faire pardonner mes péchés de la veille. Il a rigolé. Il a dit que ça ne suffirait jamais. Il m'a dit d'aller me recoucher, qu'on se verrait ce soir-là, et il a raccroché. Maintenant, monsieur le shérif adjoint, ajouta-t-il avec un sourire méprisant, si vous comptez m'inculper de meurtre sur la foi de ce coup de téléphone, vous êtes encore plus ridicule que je ne l'imaginais.

Raide comme la justice dans son uniforme amidonné, Scott laissa glisser l'insulte.

— Vous avez raison, monsieur, ce n'est pas très significatif en soi. Mais il y a le problème de l'heure.

— L'heure ? s'étonna Beck en posant un œil sur Red dont la joue flasque reposait sur son poing fermé.

Le shérif, très ennuyé, évita de croiser son regard.

— Oui, monsieur Merchant, poursuivit Scott. Puis-je vous poser une question ?

— Vous pouvez toujours la poser, je verrai bien si j'y réponds.

— À quelle heure avez-vous retrouvé M. Hoyle pour regarder avec lui le match de base-ball à la télévision ?

La question était innocente en apparence.

— Le match avait commencé à 15 heures et ils étaient au milieu de la deuxième période, il devait donc être 15 h 20.

— M. Hoyle était déjà là ?

— Oui, dans le petit salon.

— Vous avez passé tout l'après-midi ensemble ?

— Jusqu'à votre arrivée avec Red. Pourquoi toutes ces questions ?

— Tout simplement parce qu'on n'arrive pas à savoir ce qu'a fait M. Hoyle entre 12 h 30 et 14 h 30.

Chris décida de se rendre au Sonic, même si Beck ne jugeait pas le lieu idéal pour une discussion aussi grave. Les soirs d'été, les ados du cru passaient leur temps à tourner en voiture autour du bâtiment en klaxonnant. Au passage, les garçons faisaient des allusions grivoises aux filles qui leur répondaient d'aller se faire voir. Agglutinés autour des tables en tôle boulonnées à la dalle de béton, sous la marquise métallique, d'autres picoraient des frites trempées dans du chili en s'inventant des histoires pour tromper leur ennui.

— Pourquoi as-tu voulu venir ici ? interrogea Beck en tentant de se faire entendre dans le brouhaha des haut-parleurs qui gueulaient une chanson des Beach Boys.

— J'avais envie d'un granité, répondit Chris en se garant dans un emplacement libre.

Il passa sa commande dans le micro et se tourna vers son passager.

— Tu as intérêt à avoir une bonne explication, l'avertit Beck.

— Cet adjoint commence à me courir.

— D'après ce que tu m'avais dit, Selma était prête à témoigner que tu n'avais pas bougé de la journée.

— Je ne pensais pas qu'elle allait leur parler de sa petite sieste.

— Si je comprends bien, tu as un trou de deux heures dans ton emploi du temps. Est-ce que tu as quitté la maison ? Je te conseille de me dire la putain de vérité.

— Qu'est-ce que ça change si je suis sorti ?

— Ça change que tu as eu tout le temps de tuer Danny puisque l'heure de sa mort, telle que l'a établie le médecin légiste, tombe pile au moment où tu n'as pas d'alibi.

Ils furent interrompus par la serveuse qui s'approchait avec leurs granités au citron vert. Chris lui laissa un gros pourboire et entama sa glace non sans faire remarquer à Beck qu'il y manquait une double rasade de tequila pour qu'elle soit parfaite.

— Mais enfin, Chris, tu attends quoi pour comprendre que tu es dans la merde ? s'exclama Beck, agacé. C'est quoi, ce coup de téléphone à Danny ? Tu n'avais rien de mieux que cette histoire de dîner ? Tu peux être certain qu'ils n'ont pas été dupes, ni moi non plus. Quand Huff nous a rejoints dimanche après-midi en nous demandant si on avait des nouvelles de Danny, tu ne lui as jamais parlé du moindre coup de téléphone.

— J'ai oublié.

— Tu as oublié ! ricana Beck. Super. Tu connais déjà mon avis sur ce genre de système de défense.

— D'accord, Beck. Tu veux une autre version ? Tu voulais peut-être que je dise à Red et à son adjoint que j'ai appelé Danny pour lui donner rendez-vous ce jour-là au cabanon ? C'est pourtant la vérité, ajouta-t-il en lisant l'étonnement dans les yeux de Beck. C'est pour ça que je l'ai appelé. Je n'ai rien dit à Huff dimanche après-midi parce que je m'étais planté et que je n'étais pas d'humeur à subir un de ses sermons. Tu crois que ça aurait fait bon effet que j'avoue la vérité à nos chers limiers ? Tu aurais préféré que je leur dise ça ?

Beck poussa un grand soupir.

— Non, je n'aurais pas préféré que tu leur dises ça.

Il reposa son verre de granité intact dans le porte-gobelet accroché au tableau de bord en regardant fixement le capot à travers le pare-brise. Il avait toujours aimé les pick-up, alors que Chris préférait les voitures étrangères de luxe.

— Dorénavant, Chris, insista-t-il en regardant son voisin, tu ne dis plus rien à personne. Tu as déjà assez parlé comme ça.

— C'est Scott qui m'a provoqué.

— Il le fait exprès. Il passe son temps à te tendre des perches énormes, profitant du mépris que tu affiches à son égard. Il va falloir que tu apprennes à fermer ta gueule.

— Tu dis ça comme si tu me croyais coupable, répliqua Chris en le regardant dans les yeux. Je n'ai pas tué mon frère et je ne suis pas allé au cabanon.

— Dans ce cas, pourquoi diable lui as-tu donné rendez-vous là-bas ?

— Je m'étais engueulé avec Danny la veille. Il était têtu comme une mule. Quand je l'ai vu partir à l'église ce matin-là, j'ai compris qu'il restait campé sur ses putains de positions. Alors je me suis dit que ce serait peut-être plus facile de lui faire entendre raison en pleine cambrousse, loin de tout, dans un cadre plus serein. Du coup, j'aurais pu dire à Huff que j'avais tout fait pour le ramener à la raison. Huff commençait à se faire du mauvais sang à cause de cette église et de l'influence que ces culs-bénits avaient sur lui, il voulait y mettre un terme.

— Danny a accepté de te retrouver là-bas ?

— Non, il ne voulait pas, répondit Chris. C'est ce qui m'étonne le plus. Il m'a dit qu'il aimait mieux mourir...

Il s'arrêta net en comprenant brusquement les implications de ces dernières paroles.

— Nom de Dieu...

— Vas-y, continue.

— Eh bien, quand Red est arrivé en nous annonçant que Danny avait été retrouvé mort dans le cabanon, j'ai été stupéfait. D'abord parce qu'on m'annonçait la mort de mon frère, mais aussi à cause de l'endroit où ça s'était passé.

— Tu ne t'es pas rendu là-bas ?

Il secoua violemment la tête.

— J'avais dit à Danny que j'irais quand même en espérant qu'il change d'avis. Il m'a répondu de ne pas compter sur lui, qu'il ne viendrait pas. Il faisait une chaleur dingue cet après-midi-là, j'avais la gueule de bois et rien envie de faire. Alors je l'ai pris au mot et j'ai décidé de laisser tomber. Mais il faut croire que Danny, lui aussi, m'avait pris au mot. Il a dû aller là-bas en croyant m'y trouver.

— Je vois mal un jury croire que Danny ait pu se suicider parce que tu n'étais pas venu.

— Je suppose que c'est de l'humour.

— Je ne te le fais pas dire. Ton histoire ne tient pas la route.

— J'en suis bien conscient. Pourquoi crois-tu que je ne voulais en parler à personne ?

— Même à moi ?

— Surtout à toi.

— Pour quelle raison ?

— J'étais sûr que tu serais furax parce que je ne t'avais rien dit.

Beck posa la nuque sur l'appui-tête en soupirant. Inutile d'épiloguer plus longtemps, ça ne ferait que braquer Chris. Il était temps de recoller les pots cassés.

— À ton avis, que s'est-il passé là-bas ?

— La seule explication que j'avais ne te convient pas.

— Tu veux dire qu'on a cherché à te coller sa mort sur le dos ?

— J'en suis persuadé. Tu as parlé à Red de Slap Watkins ?

— Aujourd'hui même, manifestement avant que Scott n'obtienne le relevé de tes coups de téléphone. Je lui ai raconté ce qui s'était passé avec Watkins hier soir au Diner, je lui ai dit que Danny avait refusé de l'embaucher, je lui ai raconté ce que Watkins nous avait dit à tous les deux et ce qu'il m'avait dit quand j'étais avec Jane.

— Quelle a été la réaction de Red ?

— Que c'était plutôt mince, mais que Slap Watkins était capable de tout. Il m'a dit qu'il allait se renseigner et qu'il garderait Watkins à l'œil.

Chris fronça les sourcils.

— C'est pas grand-chose, mais c'est déjà ça.

— Comment Watkins ou quelqu'un d'autre aurait-il pu te faire un coup fourré, Chris ? Qui pouvait être au courant du rendez-vous que tu avais fixé à Danny ?

— Personne. Mais quelqu'un a pu suivre Danny. Il suffisait d'attendre qu'il soit seul pour le tuer, et le cabanon était l'endroit rêvé.

— En se servant d'un fusil trouvé sur place ?

— Pourquoi pas, s'il avait l'intention de faire porter le chapeau à l'un d'entre nous ? répliqua Chris rageusement. Il lui suffisait de coincer Danny d'une manière ou d'une autre, de prendre le fusil, de lui ouvrir la bouche et de tirer. Il y a des armes à feu dans tous les cabanons de pêche que je connais.

Beck se tut, plongé dans ses réflexions tandis que Buddy Holly s'enflammait pour Peggy Sue.

— Je n'ai pas rechargé le fusil avant de le raccrocher au-dessus de la porte le jour où nous y étions. Il aurait fallu que le meurtrier mette la main sur les cartouches, et personne d'autre que nous ne pouvait savoir où elles se trouvaient. Et puis les enquêteurs n'ont relevé sur place que mes empreintes et celles des membres de la famille Hoyle.

— Il aura mis des gants, rien de plus facile.

La transition était toute trouvée. Beck s'enhardit à poser une question délicate.

— À propos, comment étais-tu habillé ?

Avant de quitter le bureau du shérif, Scott avait demandé à Chris de lui montrer les vêtements et les chaussures qu'il portait le dimanche précédent. Chris lui avait répondu qu'il ne savait plus comment il était habillé, mais que de toute façon Selma aurait certainement déjà lavé ou porté chez le teinturier sa tenue du dimanche précédent.

— Tu as entendu ce que j'ai répondu à Scott, je ne m'en souviens pas. Un pantalon et un polo, je ne sais plus.

— Quand je suis arrivé chez toi, tu avais une chemise rayée à col boutonné et un pantalon Dockers noir.

Il adressa à Beck un regard inquiet.

— Depuis quand tu regardes comment je suis habillé ? T'es en train de devenir pédé, ou quoi ? rit-il. Non, je suis bête. Pour aller fourrer ta langue aussi loin dans les amygdales de Jane, tu ne dois pas être la moitié d'une fiotte.

Beck ne tomba pas dans le piège.

— Je sais comment tu étais habillé parce que j'ai bien cru fondre sur la route en venant chez toi. J'ai beau habiter tout près, le temps que j'arrive en voiture, ma chemise était trempée dans le dos, alors que tu avais l'air de sortir de chez le tailleur. Tu venais de prendre une douche, c'est ça ?

— Qu'est-ce que ça peut faire ?

— Ça peut faire que si Selma est appelée à témoigner à ton procès et qu'on lui demande de déclarer sous serment ce qu'elle a trouvé ou n'a pas trouvé dans ton panier à linge entre le moment où tu es parti pour Breaux Bridge le samedi et le lendemain après-midi, elle sera bien obligée de dire que tu as pris une douche vers 15 heures dimanche, alors que Danny a été tué entre 13 heures et 14 h 30. Es-tu sorti dimanche, oui ou non ? insista Beck.

Chris le regarda longtemps sans ciller avant de baisser la garde, les mains levées en signe de reddition.

— Je plaide coupable.

Beck crut que le ciel lui tombait sur la tête, mais il s'efforça de conserver son calme.

— Où étais-tu, Chris ? Pourquoi as-tu pris une douche et pourquoi t'es-tu changé avant que j'arrive ?

— Tu te souviens des traces retrouvées sur la robe de Monica Lewinsky ? demanda-t-il avec un petit sourire, les mains écartées. Pris la main dans le sac sans capote. À mon âge, tu te rends compte ? J'ai dû me retirer avant de jouir.

— Avec qui étais-tu ?

— Lila. Je savais que Georges jouait au golf avec Huff, alors je suis passé chez elle le temps d'une sieste crapuleuse.

— Mais putain, pourquoi ne pas me l'avoir dit ? La première fois qu'on t'a interrogé sur ce que tu faisais dimanche après-midi, pourquoi n'avoir pas dit que tu étais avec une femme ? Ton alibi, c'est Lila !

— Tu peux être certain que ça va plaire au shérif.

Beck mit quelques instants à comprendre.

— Eh merde ! gronda-t-il.

— Je ne te le fais pas dire. Lila est la fille de la sœur de Red. Je n'ai donc pas pu tuer mon frère puisque j'étais en train de m'occuper de la nièce de notre cher shérif. J'aurais préféré éviter de lui infliger ça, même si son attitude depuis quelque temps est en passe de m'ôter tout scrupule.

— Si jamais il te fallait impérativement un alibi, la crois-tu capable de le corroborer ?

— J'aimerais autant ne pas l'impliquer là-dedans, répondit Chris en faisant la grimace. Non seulement c'est la nièce de Red, mais je ne suis pas certain qu'elle soit prête à mettre son mariage en péril en avouant à Georges qu'elle a un amant. Elle se moque de lui en permanence, mais il la gâte et lui achète tout ce qu'elle veut. Il est fou d'elle et, tant qu'elle joue le jeu, ils s'en contentent. Je suis persuadé qu'elle mentirait pour préserver son nid douillet.

— Tu es resté avec elle pendant les deux heures ?

— À dire vrai, je n'ai pas passé mon temps à regarder ma montre, mais ça doit être à peu près ça.

— Quelqu'un t'a vu chez elle ?

— Au cas où tu n'aurais pas compris, on s'arrange justement pour que personne ne nous voie.

— Très bien. Gardons le témoignage de Lila sous le coude, on s'en servira uniquement en cas de besoin.

— On n'en aura pas besoin, affirma Chris. Ils n'ont pas l'ombre d'une preuve. Pour avoir déjà été accusé de meurtre à tort, je sais de quoi je parle.

— Les circonstances sont très différentes, Chris. Cette fois-ci, ils ont un corps.

— Le corps. Oui, c'est vrai. J'évite d'y penser. Je suis content que Red se soit chargé d'identifier Danny et qu'il n'ait pas fait appel à l'un d'entre nous. Tu as vu comme moi l'intérieur du cabanon. Un vrai carnage…

— C'est pour cette raison qu'ils voulaient voir tes vêtements. Le meurtrier a certainement été éclaboussé par…

— Beck, je t'en prie. OK ?

— Tu auras tout le loisir de vomir au procès, quand ils te montreront les photos.

— Il n'y aura pas de procès. Pas le mien, en tout cas.

Les deux hommes restèrent silencieux un long moment, tandis qu'Elvis chantait le dernier couplet de *Jailhouse Rock* avec beaucoup d'à-propos. Lorsque Chris eut achevé son granité, il demanda brusquement à Beck :

— Tu as déjà baisé Jane ?

— Pardon ? !!

— Regardez-moi celui-là ! L'étonnement, l'innocence et l'indignation personnifiés. Baiser Jane, lui ? Jamais il n'aurait osé faire une chose pareille.

Il éclata de rire.

— Alors, tu l'as baisée ou pas ?

— Tu as déjà suffisamment de pain sur la planche pour ne pas t'occuper de ça, répliqua sèchement Beck.

— Je ne suis pas le seul à m'être aperçu qu'il y avait quelque chose entre vous. Huff aussi m'en a fait la remarque.

— Il n'y a rien à remarquer.

— Mouais. La chaleur torride qui régnait tout à l'heure dans ta cuisine était sans doute l'effet de la canicule.

Beck lui jeta un regard mauvais.

— Pourquoi crois-tu qu'elle a décidé de rester ici, sinon pour toi ? insista Chris. Elle déteste Destiny et tous ses habitants, surtout ceux qui s'appellent Hoyle.

Beck ne voulut pas lui dire que Jane le soupçonnait d'avoir tué leur frère. Chris en aurait été aussi choqué qu'il l'était lui-même. Il se demandait jusqu'où Jane pourrait bien aller pour prouver qu'elle avait raison. Elle n'était pas du genre à se laisser intimider facilement et, pour peu qu'il la connaissait, il savait déjà qu'elle ne renonçait jamais sans avoir obtenu ce qu'elle voulait.

— Tu fais ce que tu veux avec ta queue, reprit Chris.

— Je te remercie.

— Mais je ne serais pas ton ami si je ne te disais pas de faire attention. Jane est…

— Écoute, Chris, je te demande de ne pas aller plus loin. D'accord ?

Chris lui adressa un sourire moqueur.

— Beck, mon ami, tu m'ôtes les mots de la bouche.

19

Il faisait chaud.

Une chaleur étouffante, comme toujours dans la partie méridionale du Mississippi, le long du golfe du Mexique, et l'été 1945 ne faisait pas exception. Une chaleur telle que les sauterelles mouraient sous l'effet de la canicule. Les tomates éclataient sur pied avant qu'on ait eu le temps de les cueillir.

Cela n'avait pas empêché Huff et son père de récupérer les tomates éclatées dans un jardin, d'en enlever la terre et les fourmis et de les manger un soir où ils avaient trop faim.

Huff avait eu huit ans cet été-là. Les gens ne parlaient que de la victoire contre l'Allemagne, et bientôt contre le Japon. Il y avait des défilés dans la plupart des bourgades qu'ils traversaient. Les gens agitaient des drapeaux, pour une fois la bannière étoilée avait remplacé le drapeau confédéré.

Huff comprenait mal toute cette agitation. C'est à peine s'ils avaient subi les effets de la guerre, son père et lui. Son père avait échappé au service militaire – Huff se l'expliquait d'autant moins que les hommes de son âge étaient tous en uniforme. Les trains étaient pleins à craquer de marins et de soldats. Un jour ils avaient même voyagé dans un wagon de marchandises en compagnie de deux Noirs en uniforme. Ça n'avait pas plu à Huff. À son père non plus, d'ailleurs. En temps normal, il n'aurait pas hésité à leur dire de foutre le camp et de se trouver un autre wagon. Si le père de Huff n'avait pas bronché, c'est parce qu'après tout ces Noirs se battaient pour son pays. C'était bon pour une fois.

Pourquoi l'armée ne voulait-elle pas de son papa alors qu'elle acceptait les nègres ? Huff avait fini par se persuader que c'était à cause de lui. Que serait-il devenu en effet si son père avait dû partir tuer des nazis et des Japs ? Comme ils allaient de ville en ville sans jamais s'attarder longtemps, peut-être que l'armée ignorait jusqu'au nom de son père. Ou alors l'armée était comme les autres : elle ne voulait pas de son papa parce qu'elle pensait que c'était un bon à rien et un idiot, alors qu'il était tout simplement pauvre et illettré.

Son papa avait survécu à la Dépression. Huff ne savait pas exactement ce que ce mot signifiait, mais il savait que c'était quelque chose de terrible. Des explications de son père, Huff avait cru comprendre que la Dépression, c'était comme la guerre, sauf que l'ennemi, c'était la pauvreté. La famille de son père avait perdu cette guerre-là.

Sa famille avait toujours été pauvre et c'est la raison pour laquelle son papa n'était allé à l'école que pendant trois ans. Après quoi, il avait dû travailler dans les champs de coton avec son papa à lui, et aussi sa maman quelquefois.

— Elle avait les mains en sang et toujours un ou deux bébés pendus à son sein, lui disait son père d'un air découragé.

Ils étaient tous morts, dans la famille de son papa. Comme la maman de Huff. Quand il lui avait demandé de quoi ils étaient morts, son papa avait répondu :

— De pauvreté, je crois.

En cet été 45, il était plus difficile encore de trouver du boulot, à cause de tous les soldats qui, de retour de la guerre, cherchaient du travail. Il n'y en avait pas pour tout le monde. Huff et son papa avaient cru au miracle quand monsieur J. D. Humphrey avait engagé son papa dans sa casse d'autos.

C'était un travail sale et fatigant, mais son père était trop heureux pour se plaindre. Au contraire il se donnait un mal fou. Quand quelqu'un venait chez monsieur J. D. Humphrey en quête d'une pièce, son papa passait des heures à chercher parmi les centaines d'autos jusqu'à ce qu'il l'ait trouvée.

Le soir, à force d'avoir manipulé toute la journée de vieux morceaux de métal rouillé, il rentrait tout crasseux et couvert de graisse, d'égratignures et de coupures. Démonter des moteurs récalcitrants finissait par lui casser le dos. Mais ça n'avait aucune importance, il était si content.

Huff traînait sur le chantier avec lui. Il était petit et chétif pour son âge, timide au point de ne parler à personne d'autre qu'à son père. On lui confiait des tâches mineures, comme aller chercher un outil dans la réserve ou bien empiler des pneus rechapés. Monsieur J. D. Humphrey lui avait même donné une vieille chambre à air réparée si souvent qu'elle ne valait plus rien. Il passait des heures à jouer avec pendant que son père trimait de l'aube au crépuscule, tous les jours sauf le dimanche.

Son papa lui avait même dit que, si tout se passait bien, il pourrait l'envoyer à l'école à la rentrée. C'était un peu tard, avait-il ajouté, mais il était bien sûr qu'il ne tarderait pas à rattraper le niveau des autres gamins.

Huff était impatient d'aller à l'école, comme tous les garçons de son âge. Il les avait souvent regardés de loin dans la cour de l'école, en train de rire et de s'amuser, de jouer au ballon et de courser les filles qui criaient et riaient avec leurs rubans dans les cheveux.

Ils avaient passé cet été-là dans une vieille masure abandonnée. Les anciens occupants avaient laissé un tas de trucs pourris derrière eux, mais aussi un matelas et quelques meubles en mauvais état. Avec son papa, ils s'étaient débarrassés de tous les détritus avant de prendre possession des lieux.

Le soir où la vie de Huff avait basculé, la chaleur était suffocante, l'air encore plus humide que d'habitude. Au lieu de s'évaporer, la transpiration coulait le long du corps en y traçant des sillons sales avant de s'égoutter par terre où elle formait de petits cratères, comme font les premières gouttes d'eau quand il commence à pleuvoir. Lorsqu'ils étaient rentrés de la casse, son papa lui avait fait remarquer qu'il faisait très chaud et il avait prédit un orage avant la fin de la soirée.

Comme à l'accoutumée, ils mangeaient du bacon froid, du pain de maïs et des prunes sauvages ramassées sur le bord de la route, lorsqu'une auto s'était approchée de leur vieille baraque.

C'était d'autant plus bizarre que personne ne venait jamais leur rendre visite.

Le cœur de Huff s'était serré dans sa poitrine et il lui avait fallu se forcer pour avaler la bouchée de pain de maïs qu'il était en train de mastiquer. C'était peut-être le propriétaire de la maison qui venait leur demander des comptes : de quel droit mangeaient-ils sur sa vieille table à trois pattes et dormaient-ils sur son matelas ? Si jamais il les mettait dehors, ils n'auraient plus de toit.

Que se passerait-il s'ils ne trouvaient pas d'autre logement avant la rentrée scolaire de début septembre, le mardi d'après la fête du Travail ? Huff attendait avec impatience le mardi d'après la fête du Travail. Son papa avait même entouré cette date sur le calendrier avec une femme toute nue, accroché dans le bureau de monsieur J. D. Humphrey. Ce jour-là, il aurait le droit de se joindre aux autres enfants dans la cour de l'école et il pourrait peut-être apprendre leurs jeux.

La gorge nouée, Huff alla rejoindre son papa près de la fenêtre. Il aperçut une voiture noir et blanc avec une lumière rouge sur le toit. Monsieur J. D. Humphrey était assis à côté du policier, mais il ne souriait pas comme le jour où il lui avait donné la chambre à air. Ils descendirent de l'auto et Huff remarqua que le policier tapait sa paume de main avec une matraque en avançant vers la maison.

Son papa avait dit à Huff de ne pas bouger et il était sorti accueillir ses visiteurs.

— Bonsoir, monsieur Humphrey.

— Ne fais pas d'histoires.

— Je vous demande pardon ?

— Donne-la-moi.

— Vous donner quoi, monsieur Humphrey ?

— Arrête de faire l'idiot, avait aboyé le policier. J. D. sait que c'est toi qui l'as volée.

— Je n'ai rien volé.

— La boîte à cigares, celle où je mets l'argent liquide.

— Oui, monsieur, et alors ?

— Elle a disparu. Si c'est pas toi, explique-moi qui l'a volée ?

— Je ne sais pas, monsieur, mais en tout cas, c'est pas moi.

— Tu crois peut-être que je vais gober ça, espèce de racaille ?

Huff observait la scène depuis la fenêtre. Le visage de M. Humphrey était tout rouge. Le policier souriait, mais d'un sourire pas gentil du tout. Il avait tendu sa matraque à M. Humphrey.

— Prends ça, ça le fera peut-être réfléchir.

— Mais, monsieur Humphrey…

Son papa n'avait pas eu le temps d'aller plus loin car M. Humphrey lui avait donné un grand coup de matraque sur l'épaule. Il devait avoir eu très mal parce qu'il avait mis un genou à terre.

— Je vous jure, jamais je n'aurais volé…

M. Humphrey l'avait frappé à nouveau, sur la tête cette fois, ça avait fait un bruit terrible, comme un coup de hache sur une bûche. Son papa s'était écroulé et il n'avait plus bougé.

Huff était comme pétrifié. Fou de terreur, il avait du mal à respirer.

— Putain, J. D., t'y as été fort, ricana le policier en se penchant sur son papa.

— Ça lui apprendra à voler.

— Il n'apprendra plus rien du tout, répondit le policier en se redressant avant de tirer un mouchoir de la poche arrière de son pantalon pour essuyer le sang qu'il avait sur les doigts. Il est mort.

— Tu déconnes !

— Mort comme un âne mort.

M. Humphrey avait soupesé la matraque.

— Tu l'as renforcée avec une barre de fer, ou quoi ?

— C'est ce qu'il y a de mieux pour calmer les nègres, avait fait le policier en poussant du pied le papa de Huff. Comment il s'appelait ?

M. J. D. Humphrey avait répondu en écorchant le nom du papa de Huff.

— Une racaille blanche quelconque. Voilà ce que c'est que de se montrer bon chrétien. On leur a pas plus tôt tendu la main qu'ils s'empressent de la mordre.

— À qui le dis-tu ! avait répliqué le policier en secouant la tête d'un air désolé. Bon, j'enverrai le croque-mort demain. C'est encore le comté qui va devoir payer la note.

— J'ai entendu dire que la fac de médecine avait besoin de corps.

— C'est une idée.

— Il a sûrement planqué mon fric dans son taudis.

En pénétrant dans la maison, les deux hommes avaient trouvé Huff recroquevillé près de la fenêtre contre le mur recouvert de papier journal.

— Nom d'un chien ! J'avais oublié son gamin.

Le policier avait poussé son chapeau en arrière et regardé Huff en fronçant les sourcils, les mains sur les hanches.

— Une vraie crevette, pas vrai ?

— Il suivait ce qui lui servait de père comme son ombre. Je crois qu'il est légèrement demeuré.

— Comment il s'appelle ?

— Aucune idée, avait répondu monsieur J. D. Humphrey. J'ai toujours entendu son père l'appeler Huff.

— Huff… Huff ?

Il finit par comprendre que ce n'était pas le fantôme de l'été 45 qui l'appelait.

Il se sentait complètement démuni, comme toujours lorsqu'il émergeait de ce rêve récurrent. D'une certaine façon, c'était l'occasion de revoir son père, mais la fin était toujours aussi abominable. Chaque fois qu'il se réveillait, son père était mort et il se retrouvait irrémédiablement seul.

Il ouvrit les yeux. Chris et Beck étaient debout de chaque côté de son lit.

— Bienvenue sur terre, dit Chris en souriant. J'ai l'impression que tu étais très loin au milieu des étoiles.

Gêné d'avoir été surpris en train de dormir aussi profondément et, plus encore, confus de s'être laissé aller à tant de sentimentalisme, même en rêve, Huff se redressa puis glissa les jambes hors du lit.

— Je faisais une petite sieste.

— Tu parles d'une petite sieste, fit Chris en éclatant de rire. Tu étais quasiment comateux, j'ai bien cru qu'on n'arriverait pas à te réveiller. Tu parlais dans ton sommeil, une histoire de nom mal compris. À quoi rêvais-tu ?

— Aucun souvenir, grogna Huff.

— On souhaitait vous aider à tout préparer avant de vous ramener à la maison, intervint Beck, mais j'ai l'impression qu'on arrive trop tard.

Huff s'était levé et habillé dès l'aube. Il n'était pas du genre à traîner au lit, et son séjour à l'hôpital n'avait rien changé à ses habitudes.

— Je suis prêt.

— Et nous, nous sommes plus que prêts à vous voir partir, fit la voix du docteur Caroe qui venait de pénétrer dans la pièce, les pans de sa blouse volant derrière lui. Le personnel commençait à en avoir assez de votre mauvais caractère.

— Alors, vous n'avez qu'à signer mon autorisation de sortie. Je vais être en retard à l'usine.

— L'usine ? Même pas en rêve, Huff. Vous rentrez chez vous, lui ordonna le médecin.

— On a besoin de moi à la fonderie.

— Vous avez surtout besoin de repos avant de pouvoir reprendre une activité normale.

— Conneries. Ça fait deux jours que je suis ici à ne rien foutre.

Les deux hommes négocièrent un compromis. Huff acceptait de rentrer chez lui se reposer, à condition de passer quelques heures à l'usine dès le lendemain s'il se sentait mieux, en attendant de reprendre un rythme normal.

Le tout était que Chris et Beck continuent à croire que Huff avait eu un infarctus. Et ce salaud de Caroe se prenait pour Al Pacino dans son rôle de médecin modèle. Il ne donnerait son feu vert à Huff qu'une fois versée la somme convenue entre eux pour prix de sa participation à cette comédie.

Huff fut à deux doigts d'exploser pendant que l'on remplissait son dossier de sortie. Le fait qu'on l'oblige à quitter l'hôpital en chaise roulante n'était pas pour arranger les choses et il était d'humeur exécrable en arrivant chez lui.

— Attention, Selma, prévint Chris, il est plus dangereux qu'un cobra.

Sans se soucier de la recommandation, la vieille femme s'affaira auprès de Huff qu'elle installa confortablement dans son antre avec un verre de thé glacé et une couverture qu'il s'empressa de repousser en hurlant.

— Bon sang ! Je ne suis pas encore handicapé et il fait 35 degrés dehors ! Si vous avez l'intention de continuer à travailler ici, je vous conseille de ne plus m'emmerder avec cette couverture !

— Pas la peine de crier, je ne suis pas sourde. Et je vous demanderai de ne pas jurer, répliqua Selma sans s'émouvoir le moins du monde en repliant la couverture. Que voulez-vous pour le déjeuner ?

— Du poulet frit.

— Eh bien, vous aurez du poisson grillé et des légumes vapeur, laissa-t-elle tomber en quittant la pièce.

— Selma est bien la seule personne capable de te tenir tête, fit remarquer Chris qui jouait aux fléchettes à l'autre bout de la pièce, sans grand succès.

Beck s'était assis sur le canapé, la cheville droite sur le genou gauche, un bras nonchalamment posé sur les coussins du dossier.

Huff alluma sa deuxième cigarette depuis son départ de l'hôpital.

— Tu joues très mal ton rôle, grommela-t-il.

— Quel rôle ? lui demanda Beck.

— Celui de me faire croire que tout va bien, répliqua Huff en soufflant sur l'allumette. Arrête ton cinéma et dis-moi ce qui ne va pas.

— Le docteur Caroe t'a demandé de ne pas fumer, s'interposa Chris.

— Qu'il aille se faire foutre. Et n'essaye pas de détourner la conversation. Je veux savoir ce qui se passe. Lequel de vous deux va me le dire ?

Chris prit place à son tour sur le canapé.

— Wayne Scott recommence à faire des siennes.

— Quoi encore ?

— Il continue à fourrer son nez partout, précisa Beck. Il n'a pas l'air décidé à lâcher Chris.

Huff tira sur sa cigarette en se demandant où se trouvaient les putains de flics dont Scott était le digne héritier quand son père avait été assassiné de sang-froid sous ses yeux. Personne n'avait cherché à savoir qui lui avait fendu le crâne en deux, avec une violence telle que des bouts de cervelle avaient giclé. Huff ne savait même pas si son père avait été enterré, ou bien si son cadavre avait servi de terrain de jeu à des étudiants en médecine maladroits.

Il avait dû dormir à la prison le soir du drame, faute de mieux. Sur le chemin du retour, monsieur J. D. Humphrey avait dit au policier que sa femme ferait une attaque s'il ramenait Huff chez lui.

— Je serais pas étonné qu'il ait des poux. J'en entendrais parler jusqu'à la fin de mes jours si jamais il refilait des lentes aux enfants.

Cette nuit-là, entre deux sanglots sur la paillasse de sa cellule, Huff avait entendu le policier raconter à un autre policier, chargé de veiller sur lui, que c'était Mme Humphrey, la femme de J. D., qui avait pris la boîte à cigares que le policier et monsieur J. D. Humphrey n'avaient pas retrouvée en fouillant leur vieille masure.

— Figure-toi qu'il y avait des coupons de tissu en solde en ville. Comme elle n'avait plus de liquide, elle est passée à la casse et elle a pris la boîte sans le dire à J. D.

— Quelle histoire ! avait répondu l'autre.

La méprise avait bien fait rire les deux hommes.

Le lendemain matin, Huff avait eu un petit pain et un sandwich à la chair à saucisse en guise de petit déjeuner. Puis le policier lui avait dit de rester assis sans faire de bruit, ce qu'il avait fait jusqu'à l'arrivée d'un monsieur tout maigre portant un costume en toile et des petites lunettes cerclées d'acier. Il avait expliqué à Huff qu'il allait le conduire dans un orphelinat. En chemin, il lui avait demandé :

— Alors gamin, je peux compter sur toi pour te tenir tranquille ?

Le monsieur tout maigre ne pouvait pas prévoir les ennuis qui ne tarderaient pas à s'abattre sur lui. Il en viendrait à regretter le jour où il était allé chercher Huff Hoyle à la prison.

Huff avait vécu – le terme survécu serait plus approprié – pendant cinq ans dans un orphelinat dirigé par des personnes prêchant l'amour du Christ mais qui battaient comme plâtre, à l'aide d'une lanière en cuir, tous ceux qui pipaient mot, ce qui était souvent le cas de Huff Hoyle.

Il n'avait regretté qu'une chose le jour où il s'était échappé de l'orphelinat à l'âge de treize ans : que le salaud tout maigre avec son costume en toile n'ait pas eu le temps de savoir que c'était Huff qui l'avait tué. Il aurait dû le réveiller et lui laisser le temps de mettre ses lunettes avant de l'étouffer avec un oreiller.

Huff n'avait pas commis la même erreur lorsqu'il s'était occupé de Monsieur J. D. Humphrey. Il s'était assuré que l'assassin de son père le voie et entende bien le nom qu'il lui avait glissé à l'oreille avant de l'étouffer dans son lit pendant que sa grosse femme ronflait paisiblement dans le lit jumeau, à un mètre de distance.

Il n'avait pas eu besoin de tuer le policier. En menant sa petite enquête en ville, Huff avait appris que le flic avait voulu s'interposer un soir entre deux nègres qui se bagarraient à propos d'un chien de chasse. L'un d'eux était armé d'un couteau qu'il avait enfoncé jusqu'à la garde dans le ventre du policier. Les témoins avaient affirmé qu'il était mort en hurlant de douleur.

Depuis la mort de son père, Huff n'avait que mépris pour les représentants de la loi, et l'attitude de l'adjoint du shérif ne risquait pas de le faire changer d'avis.

— Qu'est-ce que ce Scott a encore trouvé pour nous faire chier ?

Beck lui fit le détail de l'interrogatoire de la veille, interrompu à intervalles réguliers par les commentaires acerbes ou ironiques de Chris.

— À mon avis, Chris, conclut Huff au terme de l'exposé de Beck, Scott aurait dû se satisfaire de ton explication au sujet de ce coup de téléphone. D'autant que je t'avais vraiment demandé d'intervenir auprès de Danny et de cette satanée église. Mais ce Scott est têtu, il a les dents qui rayent le plancher et c'est bien ça qui m'inquiète. Je le vois mal tout laisser tomber à présent.

— J'ai bien peur que vous ayez raison, Huff, approuva Beck.

— Je ne comprends pas l'attitude de Red, remarqua Chris. Les deux fois où j'ai été convoqué, il a passé le flambeau à Scott. Il veut plus de fric ou quoi ? Si c'est le cas, il n'y a qu'à lui glisser deux ou trois billets et on n'en parle plus. Ou bien alors on n'a qu'à faire l'enquête à sa place.

— Faire l'enquête à sa place ? s'étonna Huff en se tournant vers Beck. De quoi il parle ?

— Chris est persuadé que Danny a été tué par quelqu'un qui veut lui faire porter le chapeau.

— Tout ça pue le coup monté, Huff.

Huff se cala confortablement dans son fauteuil.

— Un coup monté, hein ? Qu'est-ce que tu en penses, Beck ?

— C'est possible. Avec le temps, vous vous êtes fait de sérieux ennemis. Si quelqu'un avait envie de vous atteindre, le mieux serait encore de s'en prendre à l'un de vos enfants. Faire porter le chapeau à un autre de vos enfants, c'est faire coup double.

— Tu as idée de qui ça pourrait être ?

— Slap Watkins, répondit Chris.

Huff l'observa longuement, puis il fut agité d'un rire intérieur.

— Slap Watkins ? Il serait incapable de tuer un hanneton sans se faire prendre.

— Ne crois pas ça, Huff. Il est dangereux.

— Bien sûr qu'il est dangereux. Tous les Watkins sont des dégénérés, mais ce ne sont pas des meurtriers.

— Ils sont violents et toujours prêts à se battre. Après trois ans à Angola, Slap a très bien pu en prendre de la graine, insista Chris en se penchant en avant, assis en équilibre sur le bord du canapé. La première chose qu'il a faite en sortant de prison, alors qu'il en voulait à la terre entière, a été de se présenter à l'usine. Danny n'a pas voulu de lui. Slap sait très bien qu'on engage des types en liberté conditionnelle parce qu'on n'a pas besoin de les payer cher. Danny, un gosse de riche qui représentait tout ce que Slap déteste, lui a fermé la porte au nez. Ajoute à ça la bagarre d'il y a trois ans, et tu verras qu'il avait un excellent mobile pour chercher à se venger.

Beck prit la suite de Chris.

— Watkins a très bien pu surveiller Danny en attendant le moment d'agir. Dimanche après-midi, il aura suivi Danny jusqu'au cabanon de pêche. C'est une hypothèse, résuma-t-il en écartant les mains.

— Slap est assez bête pour avoir oublié de se munir d'un appât pour sa petite mise en scène, ajouta Chris. Et il ne pouvait pas savoir que Danny avait horreur de la pêche.

Huff se leva de son fauteuil, fit le tour de la pièce en caressant des yeux les objets familiers qui l'entouraient, savourant le goût retrouvé du tabac sur sa langue.

— Tout ça est bien beau, dit-il enfin, mais rien ne vient confirmer votre intuition.

— À part Slap lui-même, le contra Chris. Je le trouve bien sûr de lui, ces temps-ci. Comment expliquer autrement son attitude vis-à-vis de Jane au Diner ? Il n'aurait jamais osé faire ça autrefois. Sans compter qu'il a insulté toute la famille l'autre soir. Beck peut en témoigner.

Huff regarda Beck qui confirma d'un mouvement de tête.

— C'est vrai. Devant tout le monde.

— Qu'en dit Red ?

— Je ne lui en ai parlé qu'une seule fois, répondit Beck.

— Et ça ne lui a fait ni chaud ni froid, s'énerva Chris, furieux de l'indifférence du shérif. Tu ne crois pas qu'il devrait interroger Watkins ?

— Si, c'est la moindre des choses.

Huff s'approcha d'une console et fit tomber sa cendre de cigarette dans un cendrier.

— Laisse-moi m'occuper de Red.

Selma frappa à la porte du bureau.

— On vient d'apporter un paquet pour vous, monsieur Hoyle.

Il lui fit signe de donner l'enveloppe Federal Express à Beck.

— Je ne sais pas ce que c'est. Tu peux t'en occuper ?

— Bien sûr.

Beck prit l'enveloppe des mains de Selma et déchira le rabat. Elle contenait une simple lettre. Beck la parcourut rapidement sous le regard de Huff, puis la relut attentivement. Sa lecture terminée, il étouffa un juron. Le coup d'œil inquiet qu'il adressa à Chris n'échappa pas à Huff.

— Mauvaises nouvelles ? demanda-t-il. Allez, dis-moi de quoi il s'agit.

L'hésitation de Beck ne fit qu'exaspérer Huff.

— Bon Dieu ! cria-t-il. C'est encore moi qui m'occupe de cette boîte, oui ou non ?

— Désolé, Huff, s'excusa calmement Beck.

— Alors arrête tes conneries et dis-moi tout de suite ce que contient cette lettre.

— C'est un courrier de Charles Nielson. Il est au courant pour l'accident de Billy Paulik.

Huff glissa sa cigarette entre ses lèvres en se dandinant.

— Et alors ?

— Et alors on n'a pas fini d'en entendre parler, soupira Beck.

Chris fit la grimace en découvrant que Georges Robson l'attendait devant son bureau, à l'usine. C'était après un déjeuner orageux au cours duquel Huff s'était plaint de tout, de Charles Nielson comme du menu concocté par Selma.

— Je peux vous voir une minute, Chris ? fit Georges.

Faute de trouver une excuse plausible, Chris lui fit signe de pénétrer dans son bureau.

Physiquement parlant, Georges n'avait pas grand-chose pour lui, et sa veulerie ne lui avait pas rapporté beaucoup d'amis, son insistance à plaire à tout le monde ayant le don d'agacer les gens. C'était le type même du fayot qui s'imaginait toujours bien faire alors qu'il était systématiquement à côté de la plaque.

Autant de qualités qui avaient fait de lui le candidat idéal pour le poste qu'il occupait.

Chris sourit intérieurement. Robson n'avait pas la moindre idée que le patron qui lui disait de s'asseoir et lui proposait aimablement un verre le cocufiait derrière son dos.

— Non merci.

— Que puis-je faire pour vous, Georges ?

— C'est au sujet de ce tapis roulant. Un type est venu ce matin changer la courroie.

— Très bien. Alors, quel est le problème ?

— C'est-à-dire que… euh, le technicien en question a conseillé de ne plus se servir de la machine tant qu'elle ne serait pas complètement révisée.

Chris s'enfonça dans son fauteuil en fronçant les sourcils.

— Voilà qui ne va pas faire plaisir à Huff.

— Non, en effet.

— Que suggérez-vous ? lui demanda Chris d'un air innocent.

Georges s'humecta les lèvres.

— Eh bien, la sécurité reste ma préoccupation principale.

— Bien évidemment.

— Et il ne faut pas oublier que cette machine a coûté un bras à l'un de nos hommes.

Chris ne quittait pas son interlocuteur des yeux, prenant un malin plaisir à le voir aussi mal à l'aise.

— À mon... à mon avis, bégaya-t-il, il serait inutile de procéder à une révision complète. Je suis persuadé que la machine peut très bien fonctionner en l'état.

Chris lui adressa un grand sourire.

— Je me fie à votre avis, Georges. Tout comme Huff. C'est vous le responsable de la sécurité. Si vous me dites que la machine a été convenablement réparée et ne présente plus aucun danger, je vous fais confiance. Autre chose ?

— Non, c'est tout, dit-il en se levant.

Il allait sortir de la pièce lorsqu'il se retourna.

— En fait, si, il y a autre chose. C'est au sujet de Lila.

Chris s'arrêta de trier les messages déposés sur son bureau pendant son absence et leva les yeux sur son visiteur. De quoi diable pouvait-il s'agir ? Cette pauvre conne aurait-elle eu la mauvaise idée de tout raconter à son mari, ou bien alors se serait-elle trahie bêtement ?

— Lila ? demanda-t-il d'une voix aimable.

Georges avala sa salive.

— Elle me disait récemment qu'on devrait vous inviter à dîner. Huff aussi, bien sûr. Vous seriez d'accord ?

— Euh, ça dépend, répondit Chris, soulagé. Elle est bonne cuisinière, au moins ?

Georges rit nerveusement en se caressant l'estomac.

— En voici la preuve, dit-il en se passant à nouveau la langue sur les lèvres. Sauf hier soir. Elle était sortie et j'ai dû me débrouiller tout seul.

— Vraiment ? fit Chris en se replongeant dans l'examen de ses messages.

— Une de ses amies était souffrante. Elle s'est absentée pour aller à son chevet.

— Rien de grave, j'espère.

— Je ne crois pas. Mais elle est rentrée très tard.

Chris releva une nouvelle fois la tête.

— Avec une femme comme Lila, je comprends que vous vous fassiez du souci, Georges. Reparlons très vite de ce dîner chez vous, d'accord ?

Georges acquiesça, hésita visiblement sur la façon de conclure l'entretien et finit par s'éclipser.

— Vacherie, marmonna Chris.

Avec un mari pareil, pas étonnant que Lila y mette autant d'entrain quand il la baisait.

— Mon mari est mort l'an dernier. Dieu ait son âme.

Loretta Foster s'était signée en annonçant la chose à Jane.

— Je suis désolée de l'apprendre. Il était souffrant ?

— Il n'a jamais été malade de toute son existence. Il est mort d'un coup, au beau milieu de la cuisine, en se versant une tasse de café. Embolie pulmonaire. Le docteur m'a dit qu'il était déjà mort quand il s'est écroulé.

— Rien ne peut nous préparer à une mort subite.

Mme Foster acquiesça. Ses cheveux gris permanentés formaient un casque qui se balançait à chaque mouvement de tête.

— C'est mieux pour celui qui part le premier sans crier gare, dit-elle en claquant des doigts. Il n'a pas le temps de se faire du souci. En revanche, c'est dur pour ceux qui restent. Je suis toute seule avec mon gamin, maintenant.

D'un geste, elle montra son fils. Assis par terre, il regardait des dessins animés sur la télé grand écran qui occupait presque tout l'espace du minuscule salon de la petite maison. Il suivait avec la plus grande attention les aventures de Rocky et Bullwinkle.

Mme Foster avait posé un paquet de Cheetos et un verre de jus d'orange sur un plateau devant lui en lui recommandant de bien faire attention à ne rien renverser sur la moquette. Il était difficile de dire s'il avait entendu et il ne prêtait aucune attention à Jane, assise dans la cuisine en face de sa mère devant un verre de thé glacé sucré.

Le « gamin » de Mme Foster avait la quarantaine bien sonnée.

— Vous avez probablement vu qu'il n'était pas tout à fait normal, glissa Mme Foster dans un murmure.

Jane devina les mots plus qu'elle ne les entendit à cause du bruit de la télévision.

— Il est né comme ça, ajouta-t-elle. Je n'ai pourtant rien fait de spécial pendant ma grossesse.

Comme elle ne trouvait rien à répondre, Jane préféra la remercier de son accueil.

— C'est très gentil à vous de me recevoir en plein après-midi. J'espère que je ne vous dérange pas.

Mme Foster éclata d'un rire aigu qui secoua sa poitrine.

— C'est pas comme si on allait quelque part ou qu'on avait quelque chose à faire. Sauf le dimanche à cause de la messe, les jours se suivent et se ressemblent. Tant qu'il a son dîner à 17 h 30, mon gamin est content. C'est à peu près tout ce qu'on fait les après-midi, ça me fait du bien d'avoir de la visite et de pouvoir parler un peu. Mais je suis curieuse de savoir ce qui vous amène.

Le nom de Loretta Foster figurait sur la liste que Jane s'était procurée au tribunal avec l'aide de Jessica DeBlance.

— Je connais quelqu'un qui travaille pour la trésorerie du comté, avait-elle précisé lorsque Jane lui avait demandé conseil. Ce n'est pas une amie intime, mais je pense qu'elle acceptera de vous aider. De quoi avez-vous besoin ?

Jane voulait la liste des jurés présents au procès de Chris. Jessica avait appelé son amie qui avait promis de se renseigner.

Quelques heures plus tard, elle remettait à Jane la liste en question.

— C'était plus facile que je ne le pensais, lui avait dit la femme. Ils conservent les noms de tous ceux qui ont fait partie d'un jury pour leur accorder une décharge s'ils sont à nouveau tirés au sort dans un délai trop bref. Chaque fois qu'un juré est récusé, le numéro du procès figure sur sa fiche.

Jane avait déjà la liste avec elle lorsqu'elle était allée voir Beck Merchant la veille, mais elle n'avait pas encore eu l'occasion de s'en servir. En retournant au tribunal le matin même, elle avait appris que dix des douze jurés résidaient toujours dans le comté.

Les deux premiers qu'elle avait contactés lui avaient dit qu'ils ne souhaitaient pas parler du procès et lui avaient raccroché au nez. La femme d'un troisième lui avait dit que son mari travaillait pour les Entreprises Hoyle ; et lorsque Jane lui avait expliqué les raisons de son appel, la femme s'était brusquement montrée méfiante avant de devenir franchement désagréable lorsque Jane avait insisté, précisant que son mari n'avait pas de temps à lui consacrer.

À la quatrième tentative, elle avait enfin réussi à décrocher un rendez-vous avec Mme Foster.

Jane remua son thé glacé que le sucre rendait à peu près opaque.

— Je souhaitais parler avec vous du procès de mon frère Chris. J'ai cru comprendre que vous faisiez partie du jury.

Le sourire de Loretta Foster se crispa.

— En effet. C'est la seule et unique fois de ma vie qu'on m'a fait siéger dans un jury. J'ai pourtant passé toute ma vie ici. Pour quelle raison voulez-vous savoir ça ?

Jane marchait sur des œufs.

— J'ai mauvaise conscience de n'avoir pas été là pendant le procès de mon frère. J'aurais dû revenir à Destiny plus tôt, ne serait-ce que pour le soutenir moralement et parler du procès avec ceux qui y ont assisté. Aujourd'hui, j'aimerais mieux comprendre comment les choses se sont passées.

Mme Foster ne tomba pas dans le panneau. Pas complètement, du moins.

— Je ne comprends pas bien. Il ne s'est *rien* passé. On n'a pas réussi à se mettre d'accord à l'unanimité, c'est tout. La moitié des jurés était pour, l'autre moitié contre.

— De quel côté penchiez-vous, madame Foster ?

La vieille dame se leva et se dirigea vers la cuisinière afin de remuer le contenu d'une casserole dont elle souleva le couvercle.

— Je ne vois pas très bien ce que ça change, puisque votre frère s'en est tiré.

— Vous pensez qu'il était innocent ?

Elle reposa le couvercle bruyamment avant de se retourner.

— Et si je vous disais que oui ?

— Si c'est le cas, je vous dois des remerciements, répondit Jane en se forçant à sourire. Je suis certaine que mon frère et mon père auront pensé à vous remercier.

Mme Foster se rassit en face de Jane qu'elle observa attentivement en buvant une gorgée de thé glacé.

— Ils sont venus nous serrer la main à la fin du procès. À part ça, je ne vois pas de quoi vous voulez parler.

Jane regarda autour d'elle. Le salon était bien rangé, mais les meubles étaient vieux. Des appuis-tête en crochet dissimulaient un tissu usé jusqu'à la trame. Le papier peint était passé et la moquette dont s'inquiétait Mme Foster quelques instants plus tôt était toute tachée.

Un crucifix accroché au mur, derrière le vieux canapé, une panthère de porcelaine aux yeux verts posée sur la table basse… tout paraissait normal, à l'exception de l'énorme poste de télévision trônant incongrûment au milieu de la pièce.

Jane connaissait le prix d'un tel appareil. Une veuve de condition modeste telle que Mme Foster n'aurait jamais pu se l'offrir.

Depuis que Jane était là, le fils Foster était resté scotché devant son écran. Assis en tailleur, il grignotait des Cheetos et buvait du jus d'orange, happé par l'image.

Jane fit face à la vieille femme. Celle-ci était sur la défensive et sa nervosité augmentait à mesure que les secondes s'écoulaient. Un voile de honte s'abattit sur son visage.

— Si ça ne vous dérange pas, dit-elle, il faut que je prépare le dîner de mon gamin. Il est capable de piquer une crise si le repas n'est pas prêt pour le début de « La Roue de la fortune ». C'est son émission préférée quand il mange. N'allez pas me demander pourquoi, d'autant qu'il sait à peine lire.

Plongeant ses yeux dans ceux de Jane avec un mélange de provocation et de supplication, elle ajouta :

— Comme je vous l'ai dit, il n'est pas tout à fait normal. Il a toujours été comme ça. Il est incapable de se débrouiller tout seul. Il n'a que moi, et il faut bien que je m'assure qu'on s'occupera de lui quand je ne serai plus là.

20

Red Harper frappa doucement avant de passer la tête par la porte de l'antre de Huff.

— Selma m'a dit que je pouvais entrer.

— Je vous attendais. Servez-vous à boire.

— C'est pas de refus.

Le shérif se prépara un bourbon à l'eau et s'installa sur le canapé, son chapeau sur les genoux. Huff leva son verre et les deux hommes burent une gorgée.

— Vous avez l'air en forme, remarqua Red. Comment vous sentez-vous ?

— Comme au jour de mes vingt ans.

— Ça fait longtemps que j'ai oublié de me sentir comme à vingt ans.

— Et moi, je m'en souviens comme si c'était hier, répliqua Huff. Je travaillais à l'usine pour le vieux M. Lynch. C'est moi qui rechargeais le haut-fourneau. Un boulot usant, ce qui ne m'empêchait pas de travailler seize heures par jour chaque fois que c'était possible. Je rêvais déjà du jour où je dirigerais l'usine.

Du moins l'orphelinat avait-il permis à Huff de faire des études. Quelques mois après son arrivée, il avait rattrapé son retard. Au lieu d'aller en récréation, de jouer au ballon et de courir après les filles comme il l'avait ardemment désiré à l'époque où il croyait encore au bonheur, il révisait ses leçons. Décidé à réussir coûte que coûte, il avait choisi d'apprendre le plus possible en un minimum de temps.

Il passait des heures à lire la nuit à la lueur de la veilleuse des toilettes, assis à même le carrelage, dans la chaleur l'été et les courants d'air glacé l'hiver. La nourriture n'avait aucun goût, mais il s'appliquait à nettoyer scrupuleusement son assiette à chaque repas afin de mieux grandir.

Lorsqu'il s'était échappé de l'orphelinat à l'âge de treize ans, il dépassait tous ses condisciples, tant par la taille que par l'ampleur de ses connaissances. Par la suite, l'expérience de la vie lui avait permis de compléter son éducation. Mieux que n'importe quel professeur, cette école-là lui avait permis de se débrouiller seul et de survivre quand les autres adolescents se préoccupaient d'abord de leurs problèmes d'acné.

Il voyageait clandestinement sur un train de marchandises en route pour un inconnu quelconque lorsque le convoi avait fait halte à Destiny afin de livrer plusieurs tonnes de ferraille à la fonderie du vieux Lynch.

Huff ne savait même pas dans quel État il se trouvait. Soudain, le nom de la petite ville, lu par hasard sur un château d'eau, lui était apparu comme un appel du destin. C'est là qu'il avait sur-le-champ décidé de faire sa vie, et nulle part ailleurs.

Il ne connaissait rien à la métallurgie, mais l'usine Lynch, unique entreprise de la ville, était aussi la seule où trouver un emploi. Huff avait appris très vite et n'avait pas tardé à se faire repérer par M. Lynch.

— À vingt-cinq ans, j'étais son bras droit, expliqua-t-il à Red. Pendant des années, j'ai passé mon temps à tenter de lui inculquer le sens des affaires.

Le futur beau-père de Huff n'avait rien d'un visionnaire. Il vivait de son entreprise « drôlement confortablement », ainsi qu'il le disait lui-même, et il s'en contentait. Son manque d'ambition avait toujours été une source de frustration pour Huff qui avait compris à quel point la métallurgie était un secteur en plein essor.

Les deux hommes s'affrontaient constamment à ce propos, M. Lynch n'éprouvant aucunement l'envie d'augmenter sa production. Il se satisfaisait de sa médiocrité alors que Huff avait une énergie indomptable et des projets grandioses plein la tête. M. Lynch avait une vision extrêmement conservatrice sur le plan financier. Huff, tout au contraire, était un fervent partisan de la stratégie de l'investissement, persuadé qu'il fallait dépenser de l'argent pour en gagner.

Quelles que soient leurs divergences de vues, le vieux Lynch tenait les cordons de la bourse et Huff devait se contenter de son salaire, de sorte que, au bout du compte, seule prévalait l'opinion de M. Lynch.

Il avait fallu la malchance de l'un pour que se mette à briller l'étoile de l'autre. Le jour où le vieil homme avait été victime d'une attaque, Huff avait pris le contrôle de la production. Tous ceux qui avaient tenté de se mettre en travers de sa route avaient été impitoyablement écartés. M. Lynch, incapable de marcher et de s'exprimer normalement au cours des trois dernières années de sa vie, avait vu le chiffre d'affaires de l'usine quadrupler et ses revenus exploser grâce aux efforts de celui qui avait fini par épouser sa fille unique, Laurel.

— J'avais trente ans quand M. Lynch est mort, poursuivit Huff. Deux ans plus tard, j'ai donné mon nom à l'entreprise.

— La modestie ne vous a jamais étouffé, Huff.

— Et alors ? C'était bien grâce à moi que la boîte tournait, non ?

Red plongea les yeux dans son verre.

— Vous m'avez fait venir pour me parler du passé ?

— Non, je vous ai fait venir pour que vous m'expliquiez ce qui se passe. Chris est constamment emmerdé par votre nouvel adjoint et vous ne faites rien pour l'en empêcher. Pourquoi ? Je ne vous paye pas assez comme ça ?

— Ce n'est pas ça, Huff.

— Alors, c'est quoi ?

— Je suis en train de mourir.

Il vida son verre d'un coup et le fit rouler entre les paumes de ses mains.

Huff en resta sans voix.

Red leva sur son hôte un regard d'une infinie lassitude.

— Cancer de la prostate.

— Espèce d'idiot ! réagit Huff en soufflant et en balayant l'argument d'un geste de la main. Vous m'avez fait peur. On ne meurt plus de ça aujourd'hui. Ils peuvent opérer et enlever...

— Malheureusement non, Huff. C'était trop tard. La maladie s'est étendue aux glandes lymphatiques, aux os, à tout.

— On doit pouvoir vous faire des rayons. Une chimiothérapie.

— Je n'ai pas envie d'en passer par là. À quoi bon vivre un enfer au quotidien pour gagner tout au plus quelques mois ?

— Vacherie, Red. Je suis sincèrement désolé.

— Vous savez, si on ne meurt pas d'un truc, on meurt d'un autre, répondit le shérif, philosophe, en reposant son verre sur la table basse. Je vais vous dire, Huff, j'en ai assez. Je suis fatigué et je n'ai plus le courage d'affronter Wayne Scott bille en tête. C'est un gars droit qui essaye de faire son boulot le plus honnêtement du monde. Vous et moi, on est des parias.

Red arrêta Huff d'une main en voyant qu'il s'apprêtait à protester.

— Vous pouvez dire tout ce que vous voulez, Huff, vous savez bien que j'ai raison, poursuivit-il. Vous aurez beau faire et le dorer sur tranche, le petit arrangement qui nous lie n'est pas joli, joli. J'ai fait plus de magouilles dans ma vie que je ne saurai jamais le reconnaître. C'est comme ça, on ne revient pas sur le passé. Mais aujourd'hui que Chris se trouve à nouveau dans le pétrin, je n'ai plus le temps ni la force de l'en sortir.

Red avait rarement autant parlé de toute son existence, mais les implications de son laïus dépassaient de loin les mots.

— Combien de temps comptez-vous garder votre poste ? demanda Huff.

— Un mois, à peu près.

— Pas plus ?

— J'aurais voulu passer un peu de temps avec les miens avant les heures les plus pénibles.

— Je comprends ça, Red, mais votre retraite ne pouvait pas survenir à un plus mauvais moment.

— Je n'y peux rien. Cette nouvelle affaire avec Chris risque de durer un bon bout de temps.

— Cette nouvelle affaire avec Chris, l'imita Huff d'une voix dure. Chris n'est pas un enfant de chœur et il ne me serait d'aucune utilité si c'était le cas. Il a fait des conneries plus souvent qu'à son tour, il serait le premier à le reconnaître, ajouta Huff en se penchant vers le shérif. Mais il n'a pas tué son frère.

Red ne répondit pas immédiatement.

— Je ne crois pas non plus qu'il l'ait fait.

— Il est persuadé que c'est un coup monté.

— C'est ce que m'a dit Beck. Il pense sérieusement que Slap Watkins pourrait se trouver derrière cette histoire ?

— Bien sûr, qu'il le pense, insista Huff avant de rapporter à son interlocuteur la teneur de la conversation qu'il avait eue avec Beck et Chris quelques heures plus tôt. Maintenant, je ne sais pas si ce demeuré de Watkins est capable d'imaginer et d'exécuter un tour de cochon pareil, et encore moins de coller un meurtre sur le dos de quelqu'un d'autre, mais ça vaudrait tout de même le coup d'en savoir un peu plus. Ce n'est pas vous qui me direz le contraire.

Le regard de Huff indiquait clairement au shérif

qu'il était hors de question de le contredire. Soucieux d'éviter tout malentendu, il enchaîna :

— Watkins est un délinquant de la pire espèce, il a déjà passé trois ans en prison. Je doute qu'il ait fait beaucoup d'efforts pour rentrer dans le droit chemin. Je suis même prêt à parier qu'en y regardant de plus près, Red, vous trouveriez bien deux ou trois délits à lui reprocher. Au passage, vous pourriez bien vous apercevoir qu'il s'est débarrassé de Danny, par vengeance ou par méchanceté pure.

Huff avait toujours su se faire comprendre sans avoir besoin d'exprimer ouvertement les choses. Le shérif Harper avait parfaitement entendu le message.

— Très bien, acquiesça-t-il à regret. Je vais l'interroger.

— Commencez par là. Rien ne dit que vous n'obtiendrez pas une confession en bonne et due forme. Les garçons m'affirment qu'il fait preuve de beaucoup d'impudence ces temps-ci. Si vous vous y prenez avec fermeté, il est assez grande gueule pour se passer lui-même la corde au cou.

— Je lance tout de suite un avis de recherche.

Red allait se lever lorsque Huff lui fit signe de rester assis.

— J'ai une autre mission à vous confier, dit-il en allumant une cigarette. À La Nouvelle-Orléans.

— Huff…

— Rien de compliqué, je vous assure. Vous pouvez même demander à quelqu'un de confiance de le faire pour vous. Vous connaissez pas mal de monde là-bas, non ?

Huff exposa sa requête à un Red attentif.

— Je ne vous oublierai pas, ajouta Huff. Vous savez que je n'ai pas l'habitude de barguigner quand j'ai besoin de quelque chose. J'y attache beaucoup d'importance.

— Très bien. Je vais lancer quelques ballons-sondes et voir ce que je récolte, mais je ne vous promets rien.

— Nielson, N-I-E-L-S-O-N. Tout ce que vous pourrez apprendre sur lui me sera utile.

Red hocha la tête et se leva.

— Prenez soin de vous, Huff. Faites ce que vous dit Selma. Les problèmes de cœur, ça ne rigole pas. Et vous feriez mieux d'arrêter de vous enfumer les bronches.

— J'arrêterai le même jour que vous.

Red esquissa un pauvre sourire et se dirigea vers la porte d'une démarche de vieillard. C'était un shérif amoindri, handicapé, blessé par la vie, qui quittait la pièce. Choqué de le voir en si piteux état, Huff le rappela.

— Vous êtes toujours dans mon camp, Red ?

— C'est-à-dire ?

— Vous voulez que je vous fasse un dessin ?

Red posa sur lui un regard rageur.

— Après plus de quarante ans, vous avez le culot de me poser la question ?

Huff n'était pas homme à se formaliser de la réaction du shérif. À ce stade, il n'avait rien à perdre.

— Le jour où vous serez sur votre lit de mort, vous seriez capable de confesser vos crimes en échange d'une place au purgatoire ?

— Au point où j'en suis, la confession ne me serait pas d'une grande utilité. Je sais déjà que j'irai en enfer. Et vous aussi, Huff.

— Je dois rentrer, déclara Lila en ramassant son chapeau.

— Il n'y a pas le feu. Georges est pris par cette histoire de tapis roulant, il en a pour des heures. En plus, ajouta Chris en levant la bouteille de vin blanc, il en reste assez pour deux et je n'ai pas envie de boire seul.

Il lui prit le chapeau des mains et glissa un verre plein entre ses doigts.

Dans un premier temps, ce pique-nique lui avait semblé une bonne idée. Dans un premier temps seulement, car Lila n'avait pas arrêté de se plaindre. De tout : des insectes, de ce qui lui passait par la tête.

Ils s'étaient rendus séparément à leur point de rendez-vous, un de leurs endroits habituels. Une aire de pique-nique au bord du bayou, à l'ombre d'un bosquet de grands arbres. L'endroit grouillait de familles le week-end, mais en semaine il n'y avait pas un chat.

Chris l'avait prévenue très tard, à l'instant où le mari de Lila quittait son bureau. Elle était arrivée en retard dans son cabriolet, avec un chapeau de paille à larges bords et une robe d'été qui ne cachait pas grand-chose de sa personne.

Sa mine s'était renfrognée lorsqu'elle avait vu les victuailles apportées par Chris.

— Pour quoi faire ?

— À ton avis ?

— On ferait mieux de rester dans l'auto avec la climatisation.

Chris n'était pas vraiment amateur de pique-nique, mais il savait qu'en restant dans sa voiture, ils se contenteraient de faire l'amour et qu'elle s'en irait tout de suite après. Or il avait besoin de temps pour l'entreprendre.

Il s'était dit qu'un petit repas romantique à la fraîche séduirait la jeune femme. Il lui avait pris la main et l'avait invitée à s'asseoir sur la couverture à ses côtés, puis il l'avait aidée à retirer son chapeau avant de lui caresser le cou et la naissance des seins.

— Tu sais, Lila, je n'en peux plus d'être enfermé. À cause de Danny. Je crois que je deviens claustrophobe. Quand je suis entre quatre murs, je n'arrête pas de penser à lui, à la manière horrible dont il est mort, lui avait-il dit avant de murmurer en lui caressant les cheveux : j'avais envie d'être allongé contre toi plutôt que d'être coincé dans une voiture. J'ai besoin que tu m'aides à ne plus penser à tout ça. Je t'en prie.

Lila s'était montrée sensible à ce discours enjôleur. Au terme de prémices prometteurs qui les avaient mis en nage, elle s'était installée à califourchon sur lui et s'était empalée sur son sexe avec une telle vigueur qu'il en avait eu le souffle coupé.

Au cours des quelques minutes qui avaient suivi, Lila s'était appliquée à lui faire oublier tous ses problèmes pour ne plus penser qu'à leur étreinte, et elle avait bien failli le faire passer de vie à trépas par la même occasion.

Elle avait attendu la fin de leurs ébats avant d'entamer ses jérémiades, commençant par se plaindre du cadre dans lequel ils se trouvaient.

— C'est toujours comme ça. Au moment où on a le plus besoin de toilettes, on n'en trouve jamais.

— Tu n'as qu'à aller derrière un buisson.

— Pour me retrouver avec des boutons ? Merci.

Les deux verres de vin qu'il lui avait servis avaient contribué à l'apaiser, tout comme la délicieuse salade de poulet et les petits pains au fromage de Selma. Mais après s'être débarrassée d'une mouche qui l'importunait, elle avait ramassé son chapeau en annonçant à Chris qu'elle rentrait chez elle.

Il avait réussi à retarder son départ en lui fourguant un verre de vin, mais il était temps de lui parler.

— Allez, bois, lui ordonna-t-il en la forçant à vider le verre dont le contenu lui glissa en partie sur le menton.

Il regarda le vin s'écouler le long de son cou et se perdre sous sa robe, puis il écarta l'étoffe avec un clin d'œil et lui lécha les seins.

— Un excellent cru, plaisanta-t-il.

Elle soupira de plaisir, s'allongea sur la couverture et repoussa son corset afin de lui faciliter la tâche en se frottant contre lui.

— Mon Dieu, tu me rends folle.

— Qu'est-ce qui te rend folle ? Ça ? demanda-t-il entre deux coups de langue.

— Oh oui.

Il lui pinçait doucement le bout des seins tandis que sa bouche partait en exploration. Le temps qu'il achève ses pérégrinations intimes, il crut bien qu'elle allait lui arracher plusieurs touffes de cheveux.

Lila lui prouva sa reconnaissance en le prenant dans sa bouche qu'elle avait rafraîchie d'un peu de pinot gris. Au dernier moment, il se glissa sur elle et la pénétra ardemment. Elle réagit aussitôt, ils jouirent ensemble quelques instants plus tard. Mais à peine avait-elle repris son souffle qu'elle le repoussa en lui donnant une bourrade à l'épaule.

— Allez, pousse-toi. Il fait chaud et tu es lourd.

Les cheveux en bataille, son maquillage défait, sa robe tire-bouchonnée autour de ses reins, Lila formait un tableau vivant de la débauche. Ce pauvre Georges ne serait décidément jamais à la hauteur.

Chris lui adressa un sourire en caressant d'un doigt l'extérieur de sa cuisse.

— Tu sais, Lila, tu es la fille la plus sexy que je connaisse, mais il y a des jours où tu te surpasses. Comme aujourd'hui. Ou comme dimanche dernier.

— Dimanche dernier ?

Elle regarda sa montre, étouffa un juron et se redressa.

— Mais oui, souviens-toi, quand je suis venu te faire une petite visite.

— Seigneur, quelle tête je dois avoir.

Elle tira sur sa robe et chercha sa culotte entre les plis de la couverture.

— Si jamais Georges est déjà à la maison quand je rentre…

— Ça ne risque pas, voulut la rassurer Chris. Il a du boulot à n'en plus finir, il en a encore pour des heures à l'usine.

— Et s'il rentrait à l'improviste ?

Elle venait de retrouver sa culotte qu'elle s'empressa d'enfiler, debout, puis elle voulut ramasser son chapeau.

— Il est bizarre, ces derniers temps. Il arrête pas de me surveiller, je suis sûre qu'il se doute de quelque chose.

— Tu as trop d'imagination.

— C'est ce que je me disais au début, mais l'autre soir, quand on est rentrés à la maison le jour de l'enterrement, il m'a demandé où j'avais disparu.

Il lui prit le menton.

— À mon avis, tu ne lui as pas dit la vérité.

Lila n'était pas d'humeur à plaisanter.

— Depuis, j'essaye de me montrer amoureuse avec lui pour tenter d'endormir sa méfiance, mais je ne suis pas certaine que ça marche. Il me parle de toi tout le temps et il passe son temps à me regarder quand il croit que je ne le vois pas.

Chris repensa à la conversation qu'il avait eue avec Georges et se demanda si elle n'avait pas raison. Mais quand bien même ? Peu lui importait que Georges soit au courant. Pour l'heure, il avait surtout besoin que Lila soit disposée à l'aider en cas de besoin.

Il escalada dans son sillage le talus en haut duquel était garée sa voiture. Elle jeta son chapeau sur le siège arrière et ouvrit la porte côté passager.

— Une petite minute, fit-il en l'attirant à lui. Tu ne me dis pas au revoir ?

— Je n'ai pas le temps, Chris.

— Tu es sûre ? insista-t-il en lui mordillant l'oreille.

Elle le repoussa gentiment, mais fermement.

— Je te signale que je suis censée être chez moi en train d'attendre que mon cher mari rentre d'une dure journée de travail. Il va falloir que tu trouves une autre fille pour t'occuper de celui-ci, dit-elle en lui pinçant doucement le sexe.

— Je n'ai pas envie d'une autre fille, répliqua-t-il en glissant une jambe entre les cuisses de Lila. J'ai envie d'une femme. De toi, Lila. Et toi aussi tu as envie de moi, parce que je sais ce qui te fait plaisir.

La position n'était ni délicate, ni vraiment confortable, mais il parvint à la faire jouir une nouvelle fois, et c'était tout ce qui comptait pour Lila. Lorsqu'il relâcha son étreinte, elle avait du mal à retrouver sa respiration et son regard était trouble.

Le moment était venu.

— Si jamais j'avais besoin de toi un jour, je pourrais compter sur toi, Lila ? Dis-moi.

— Sans doute.

Elle éprouvait les plus grandes difficultés à remettre sa robe dont le tissu collait à sa peau moite.

— Tu sais, c'est pas toujours facile pour moi de venir te retrouver comme ça, à la dernière minute.

— Je ne parlais pas uniquement de faire l'amour. Mais si j'avais vraiment besoin de ton aide ?

Elle recula d'un pas, l'air inquiet.

— Besoin de moi pour quoi ?

Il lui caressa les bras d'un geste tendre.

— Je ne sais pas, moi. Imagine que ton oncle Red te demande si nous étions bien ensemble dimanche dernier chez toi, tu pourrais le lui confirmer. Non ?

Le regard de Lila retrouva d'un seul coup toute sa lucidité, comme si elle avait reçu un seau d'eau froide à la figure. Ce n'était plus la Lila qui l'observait d'un œil éteint quelques instants plus tôt. Elle n'avait jamais été aussi alerte de sa vie.

— Pourquoi est-ce que l'oncle Red me demanderait ça ? Alors, c'est bien ça, Georges est au courant ?

— Mais non, ça n'a rien à voir avec Georges, la rassura-t-il en lui pétrissant doucement les épaules. C'est à cause de moi. De nous. Tu sais que je vais bientôt divorcer. Ce jour-là, je voudrais qu'on parle ensemble d'avenir. De notre avenir. Je sais bien qu'il est encore trop tôt pour te demander de t'engager.

Surtout en ce moment avec l'histoire de Danny qui m'est tombée dessus. Mais ce ne sera bientôt plus qu'un mauvais souvenir. Et le bientôt en question dépend de ce que tu diras à Red à propos de dimanche dernier.

Chris n'était pas mécontent de lui. Il l'avait appâtée juste comme il fallait. L'air de rien, il avait mis leur avenir entre les mains de Lila en lui faisant miroiter la possibilité de l'épouser.

Il se pencha et l'embrassa sur le front afin de sceller leur pacte.

— Alors, je peux compter sur toi ?

— Mais bien sûr, Chris.

— J'en étais sûr.

Il l'embrassa délicatement sur la bouche, relâcha son étreinte et l'aida à s'installer au volant. Elle mit le moteur en route puis se tourna vers lui avec un grand sourire.

— Tu peux compter sur moi pour prendre soin de Lila.

La phrase lui fit l'effet d'une gifle.

— Quoi ?

— Tu me prends vraiment pour une idiote. Tu baises comme un dieu, Chris, mais c'est bien la seule raison qui me pousse à te voir. Georges n'est peut-être pas génial, mais il m'adore. Il me traite comme une princesse. Si je t'épousais, je serais sous la coupe de Huff et tu t'empresserais de me tromper. Quant à tes ennuis à cause de la mort de ton frère, c'est ton problème, mon chéri. Tu es assez grand pour te débrouiller tout seul.

21

Beck grimpait les quelques marches conduisant à l'entrée des Hoyle lorsque son portable sonna. Il répondit, laissa parler son correspondant, poussa un juron et demanda :

— Quand ça ?

— Il y a une heure, à peu près, lui répondit la voix de Red Harper.

— Il a donné une explication ?

— C'est bien ça le problème. Il n'a pas pu.

— Très bien, Red. Merci de m'avoir prévenu. Je vous tiens au courant.

Il replia son téléphone et pénétra dans la maison. Le grand hall d'entrée, plongé dans la pénombre, était silencieux, comme si la maison tout entière était assoupie. L'antre de Huff était vide, mais il finit par trouver le vieil homme dans l'endroit le plus inattendu : le jardin d'hiver de Laurel Lynch Hoyle.

— Qu'est-ce que vous faites ici ?

— Je vis ici, si ça ne te dérange pas.

— Je suis désolé, ce n'est pas ce que je voulais dire. Je suis sur les nerfs.

— Je vois ça. Sers-toi un verre.

— Non merci, je préfère m'abstenir.

— Tu as besoin de garder les idées claires ?

— On peut dire ça comme ça.

— Assieds-toi. Tu es remonté comme une pendule de grand-mère.

Beck se laissa tomber dans l'un des sièges en rotin qui meublaient la pièce. Les fenêtres s'ouvraient sur le couchant. Le ciel de cette fin de journée était du même bleu lavande que les orchidées en pot aux fleurs luxuriantes. Les fougères apportaient une note de fraîcheur qui contrastait agréablement avec la chaleur extérieure. On aurait dit une oasis de paix et de détente, mais il en aurait fallu davantage pour calmer Beck.

Huff était confortablement installé sur une chaise longue, le dos calé contre des coussins à franges. Un verre de bourbon à la main, il ne fumait pas, par égard pour sa défunte épouse qui avait toujours banni la cigarette de son refuge de prédilection.

— Comment vous sentez-vous ? demanda Beck.

— Mieux que toi, à mon avis. Si on me demandait lequel de nous deux a le plus de tension en ce moment, je miserais sur toi.

— Je ne pensais pas que c'était aussi visible.

— Dis-moi plutôt ce qui ne va pas.

Beck soupira longuement et se cala contre les coussins de son siège.

— Les tuiles nous arrivent de tous les côtés, Huff.

— Prends-les l'une après l'autre.

— Pour commencer, il y a le problème Billy Paulik. Je me suis entretenu par téléphone avec son médecin. Le pronostic est bon. Physiquement parlant, il s'en tire aussi bien que possible.

— Mais ?

— Mais il est en train de faire une dépression grave.

— En clair, il a besoin d'un psychiatre, résuma Huff d'un air renfrogné.

— Quand bien même les Paulik feraient une demande d'indemnisation auprès de l'assurance de l'usine, ce qu'ils n'ont pas fait, les frais psychiatriques ne sont pas pris en charge. À mon avis, il faudrait leur proposer de payer la note.

Huff eut une moue de dégoût.

— Tous ces médecins se serrent les coudes entre eux. C'est du racket.

— C'est sûrement vrai dans certaines circonstances. Dans le cas présent, je ne suis pas surpris outre mesure que Billy ait du mal à accepter ce qui lui arrive, mentalement et émotionnellement. Je pense par ailleurs que ce serait bon pour notre image, qui en a grand besoin.

— D'accord, mais quelques séances suffiront, concéda Huff. Pas question d'un traitement à long terme.

— Disons cinq séances.

— Trois. Quoi d'autre ?

— Mme Paulik. Le 4 × 4 tout neuf qu'on lui a fait livrer hier se trouvait à ma place de parking quand je suis arrivé à l'usine ce matin. J'ai également envoyé des ouvriers chez elle arranger deux ou trois bricoles, remettre un coup de peinture et tout le tralala, mais Mme Paulik a refusé de les laisser entrer. Elle les a envoyés promener avant de m'appeler pour me dire que je pouvais me mettre tous nos petits cadeaux où je pense. Elle a décidé de quitter votre « vacherie de maison » – ce sont ses propres termes – et de déménager. Elle a ajouté que si on avait cru pouvoir la faire taire avec deux ou trois babioles, on s'était fourré le doigt dans l'œil.

Huff avala une gorgée de bourbon.

— Je me trompe, ou ce n'est pas fini ?

— Non, ce n'est pas fini, avoua Beck à regret. Elle veut nous faire un procès.

— Saloperie ! Elle te l'a dit ?

— Elle me l'a même promis.

Huff réfléchit à ce qu'il venait d'entendre en faisant machinalement tourner l'alcool dans son verre.

— Je suis prêt à parier que c'est du bluff, Beck. Elle nous tient par les poils du cul avec ses menaces, il ne reste plus qu'à parler business.

— Comment ? En lui offrant d'autres cadeaux ? Je suis convaincu que ça ne ferait que renforcer sa détermination en lui apportant la preuve qu'on cherche à l'acheter, soupira Beck. Elle menace de porter plainte pour mise en danger de la vie d'autrui auprès du ministère de la Justice.

Huff vida son verre avant de le poser sur une petite table d'un geste brusque qui trahissait sa colère.

— Elle n'a aucune chance de gagner, ajouta Beck. Il lui faudrait soutenir la thèse que nous avons continué à faire fonctionner cette machine en sachant pertinemment qu'un accident allait arriver, ce qu'un procureur, même le plus retors, ne parviendrait jamais à prouver. D'un autre côté, je connais plusieurs cas d'entreprises accusées d'avoir mis en danger la vie de leurs employés en négligeant volontairement les règles de sécurité les plus élémentaires. Du jour au lendemain, les meilleurs clients vont voir ailleurs et les employés, notamment les cadres moyens, démissionnent de peur de couler avec le navire. Ce genre de procès peut traîner des années. Une multinationale disposant d'un milliard de dollars et d'une batterie d'avocats peut s'en tirer, mais c'est rarement le cas de compagnies privées telles que la vôtre.

Huff émit un petit ricanement.

— Crois-moi, ce n'est pas une bonne femme hystérique et mal baisée qui fera fermer les Entreprises Hoyle.

— En temps normal, je serais d'accord avec vous, mais Alicia Paulik n'agit pas seule. Elle a recruté Charles Nielson pour sonner la charge. J'ai reçu un fax de lui aujourd'hui. Sans déconner, Huff, c'est un vrai cauchemar.

— Où est ce fax ?

Beck sortit une feuille de son attaché-case, puis il se leva pour la tendre à Hoyle.

— Finalement, je crois que je vais m'en prendre un petit.

Il rejoignit l'antre de Huff, se servit un bourbon à l'eau, échangea quelques mots avec Selma qui souhaitait savoir s'il restait dîner et retourna dans le jardin d'hiver. Huff avait quitté sa chaise longue et faisait les cent pas devant la fenêtre. Le fax gisait à ses pieds, roulé en boule.

— Il perd son temps. Nos ouvriers ne se mettront jamais en grève, affirma Huff.

— Je n'en suis pas si sûr.

— Jamais.

— S'ils se rallient...

— S'ils se rallient, mon cul ! tonna-t-il. Ils ont bien trop peur pour leur...

— Les choses ont changé depuis quarante ans, Huff, cria Beck. Vous ne pouvez pas continuer à gérer votre boîte comme autrefois sans tenir compte des contraintes extérieures.

— Qu'est-ce qui m'en empêche, bordel ?

— Destiny n'est pas un bourg féodal coupé du reste du monde. Le gouvernement...

— Le gouvernement n'a rien à dire sur la manière dont je dirige mon usine.

Beck accueillit sa remarque avec un petit rire.

— En tout cas, ce n'est pas ce que dit la loi fédérale. Nous sommes déjà dans le collimateur de l'Agence pour la santé et la sécurité au travail et de l'Agence de protection de l'environnement. Il ne manquerait plus qu'on ait le ministère de la Justice sur les bras. Ça va faire plaisir à Nielson.

Beck se frotta la nuque, avala une gorgée de bourbon et poursuivit :

— Il a demandé aux syndicats de...

— Tous des truands.

— Ils seront à l'entrée de l'usine la semaine prochaine. Ils comptent mettre en place un piquet de grève et inciter nos ouvriers à se joindre au mouvement jusqu'à... Je n'ai pas besoin de vous faire un dessin, vous avez vu sur ce fax la liste de leurs exigences.

Huff eut un geste d'impatience.

— Jamais nos employés ne se laisseront manipuler par une bande d'agitateurs extérieurs, surtout s'ils viennent du Nord.

— Et s'il s'agissait d'ouvriers sudistes bien de chez nous ? Des Cajuns. Des Blancs et des Noirs. Nielson n'est pas assez bête pour nous envoyer des guignols venus d'ailleurs. Il nous enverra des gens du cru qui parlent le même langage que nos hommes.

— Il peut les faire venir d'où il veut, nos ouvriers n'ont pas l'habitude qu'on se mêle de leurs affaires.

— J'espère que vous avez raison, Huff, mais l'accident de Billy les a ébranlés. Vous n'êtes pas retourné à l'usine depuis, sinon vous auriez pu constater à quel point l'ambiance est pesante. Les hommes n'arrêtent pas de râler, ils disent que ça ne serait jamais arrivé si on avait entretenu la machine comme il faut et si on appliquait convenablement les consignes de sécurité.

— Paulik n'avait rien à foutre sur cette machine. Il n'était pas formé pour ça.

— À votre place, Huff, j'éviterais d'utiliser ce genre d'argument. C'est exactement ce que disent les hommes. Ils se plaignent déjà que les nouveaux arrivent à l'atelier sans aucune formation. Ils disent qu'on n'apprend pas le boulot sur le tas dans une fonderie. Si j'étais Georges Robson, je protégerais mes arrières, même s'ils savent bien que c'est un simple pion.

Huff grommela une bordée d'injures et plongea son regard à travers les panneaux vitrés, du côté où s'étendait sa propriété. Beck préféra lui laisser le temps de digérer ce qu'il venait d'entendre.

Après un long silence, Huff se dirigea vers le piano et appuya sur quelques touches.

— Tu joues du piano, Beck ?

— Non. Ma mère a eu sa période Pete Fountain[1] et elle a voulu que je prenne des cours de clari-

1. Clarinettiste natif de La Nouvelle-Orléans, qui popularisa le style Dixieland par le biais du disque et de la télévision.

nette. Je suis allé aux trois premiers et j'ai laissé tomber.

— Laurel en jouait, reprit Huff sans quitter le clavier des yeux, un sourire aux lèvres comme s'il revoyait sa femme. Bach, Mozart, du jazz Dixieland. Elle s'installait au piano, jetait un coup d'œil à la partition et la musique lui coulait des doigts.

— Elle devait avoir du talent.

— Un peu, mon neveu.

— Jane m'a dit qu'elle n'en avait malheureusement pas hérité.

— Jane, ricana Huff. Tu sais ce qu'elle a fait aujourd'hui ?

Beck fit non de la tête. Il n'avait pas envie de parler de Jane. Il n'avait même pas envie de penser à elle.

— Eh bien, disons qu'elle a trouvé le moyen de s'occuper.

Beck ne savait pas s'il devait relever ou non. Huff retourna s'asseoir dans son fauteuil à bascule avant de reprendre la discussion.

— Voilà ce que je crois, Beck. À mon avis, ce Nielson n'a que de la gueule. Sinon, pourquoi nous préviendrait-il qu'il nous envoie ses gens ? C'était plus simple de nous mettre devant le fait accompli.

— Une opération surprise ?

D'un geste, Huff lui fit comprendre qu'il avait mis dans le mille.

— Moi, c'est ce que je ferais à sa place. Pourquoi nous laisser le temps de nous préparer en nous avertissant d'abord ? De deux choses l'une : ou bien c'est un piètre stratège et il n'est pas aussi malin qu'il le croit…

— Ou bien ?

— … ou bien il cherche à se faire de la pub sur notre dos sans avoir l'intention d'aller plus loin. Je ne crois pas qu'il ait envie de se battre. Il a peur de nous.

Beck ne répondit pas immédiatement.

— En tout cas, dit-il après réflexion, il n'est pas pressé de nous voir. Après avoir reçu son fax, j'ai essayé de l'appeler à plusieurs reprises à son bureau de La Nouvelle-Orléans. On m'a répondu qu'il était sorti. J'ai demandé qu'il me rappelle, il ne l'a pas encore fait.

Un large sourire illumina le visage de Huff.

— Tu vois bien ! Il nous évite. Ce type-là est un poltron et il bluffe.

— Je continue à chercher à le joindre ?

— Plus que jamais. Tu l'inondes de coups de fil, histoire de lui montrer qui est le chasseur et qui est le gibier.

— Très bonne idée, Huff.

— Tu ne le lâches pas tant qu'il n'accepte pas de nous rencontrer. C'est la seule façon de savoir si ce type-là a quelque chose dans le ventre. Tous ces fax et ces lettres envoyées par FedEx, c'est de la connerie. Ça encombre ma poubelle.

— Je m'en occupe demain à la première heure.

— En attendant, je voudrais que tu voies nos hommes les plus sûrs, à commencer par Fred Decluette. Tous ceux sur qui on peut compter. Il faut savoir qui sont les fauteurs de troubles au sein de l'usine.

— J'ai discuté avec Fred cet après-midi. Il compte bien nous aider, avec quelques autres.

Huff lui adressa un clin d'œil.

— J'aurais dû me douter que tu avais déjà fait le nécessaire.

— Un autre ? proposa Beck en prenant le verre de Huff.

Quelques instants plus tard, il revenait avec deux verres pleins.

— Bon ! Parlons d'autre chose, soupira Huff.

Beck le regarda d'un air grave.

— J'ai bien peur que ce ne soit pas encore fini. Red Harper m'a appelé au moment où j'arrivais et…

— Ça attendra. Je voudrais te parler de Jane.

— À quel propos ?

— Pourquoi ne l'épouserais-tu pas ?

Beck s'arrêta net à l'instant où il allait s'asseoir. Il se retourna. Huff, qui sirotait tranquillement son bourbon, éclata de rire en lisant l'étonnement sur le visage de Beck.

Beck en profita pour reprendre place dans son fauteuil.

— Ce sont sans doute les médicaments du docteur Caroe qui vous font cet effet-là. Vous êtes sûr que vous avez le droit de boire de l'alcool en ce moment ?

— Je ne suis ni soûl ni drogué. Écoute-moi bien.

Confortablement installé dans le fauteuil en rotin, Beck affectait la plus parfaite indolence.

— Je sens que je vais m'amuser. Je suis tout ouïe, Huff.

— Arrête de faire le mariole. Je suis sérieux.

— Vous divaguez, oui.

— Tu la trouves jolie ?

Beck regardait son interlocuteur en s'efforçant de rester impassible.

— C'est bien ce que je pensais, gloussa Huff. Je vous ai aperçus ensemble près du bayou le jour de l'enterrement. Même de loin, j'ai bien vu qu'il se passait quelque chose entre vous.

— Pour se passer quelque chose, il se passait quelque chose. Elle me traînait plus bas que terre.

La proposition de Huff avait beau être loufoque, il se demanda si Chris avait raconté à son père dans quelles circonstances il avait trouvé sa sœur dans la cuisine de Beck. Depuis combien de temps Chris les observait-il ? Qu'avait-il pu entendre de leur conversation ?

— D'où vous vient cette idée saugrenue ? demanda-t-il avec une nonchalance feinte.

— C'est déjà comme si tu faisais partie de la famille. Te marier avec Jane ne ferait qu'officialiser la chose.

— Il y a un hic géant dans votre petite combine, Huff. Quand bien même je rêverais d'épouser Jane – et je me fais l'avocat du diable en disant ça –, elle déteste cette famille.

— Tu pourrais lui faire changer d'avis.

Beck afficha un sourire en coin.

— J'ai cru comprendre qu'elle n'était pas du genre à changer facilement d'avis. Je dirais même qu'elle est à peu près aussi souple que les tuyaux en fonte qu'on fabrique à l'usine.

— Tu veux dire que tu n'es pas capable de la dompter ?

— Il faudrait quelqu'un de beaucoup plus doué que moi, répliqua Beck en riant. Sans compter que je ne cherche pas une femme à « dompter ».

Il s'aperçut trop tard qu'il venait de tomber dans le piège.

— Si je comprends bien, vous êtes faits pour vous entendre, fit Huff en levant les sourcils. L'entente, le désir, tout y est. Jane est la fille idéale pour quelqu'un comme toi qui ne veut pas épouser une carpette.

Beck vida son verre et le reposa sur une table basse en bousculant une lampe au passage.

— Ne comptez pas sur moi et n'en parlons plus.

— Si tu as peur d'épouser la fille du patron, tu as tort. C'est ce que j'ai fait et ça ne m'a pas trop mal réussi.

— La situation n'est pas du tout la même.

— Je ne te le fais pas dire. Tu as autrement plus d'atouts que je n'en avais à ton âge. J'étais un petit va-nu-pieds mal dégrossi et sans le sou, ce qui est loin d'être ton cas. Jane sera bien lotie avec toi.

— Elle a refusé que je lui paye son hamburger l'autre soir au Diner.

— Et elle t'a laissé payer à la guinguette où tu l'as emmenée manger du poisson.

Beck se sentit rougir de honte. Le vieux saligaud en savait beaucoup plus qu'il ne voulait bien le dire, mais il fit comme si de rien n'était.

— Pour une fille aussi mince, elle a un sérieux coup de fourchette. Elle m'a coûté quinze dollars ce soir-là, avec le pourboire que j'ai laissé en partant.

Huff gloussa, sans pour autant se départir de son idée.

— J'ai travaillé toute ma vie dans un seul but, Beck, déclara-t-il sur un ton grave. On pourrait croire que j'ai fait ça pour l'argent, mais ce n'est pas le cas. L'argent m'intéresse uniquement dans la mesure où il me donne du pouvoir. J'échangerais n'importe quel bien matériel pour le pouvoir. Je me fous du respect des autres et de ce que les gens pensent de moi. Je me fous qu'ils m'aiment ou qu'ils me détestent.

Il leva l'index et poursuivit :

— Je n'ai travaillé que pour une seule chose dans la vie : la survie de mon nom. C'est tout. Ça t'étonne ? Les gens peuvent se garder leur argent, leurs trucs et leurs machins, leurs titres et leurs honneurs, toutes les conneries de la bonne société, fit-il en balayant le tout d'un geste. Je me fiche de tout ça. Complètement. Tout ce que je veux en échange de mes efforts, c'est que le nom de Huff Hoyle me survive et traverse le temps. Pour ça, Beck, j'ai besoin de petits-enfants. Je n'en ai pas encore et il est grand temps d'y remédier.

Huff ne plaisantait plus et Beck l'avait compris.

— Pour ça, il vous faudra faire confiance à Chris.

Huff fronça les sourcils d'un air agacé et fouilla la poche de sa chemise à la recherche de son paquet de cigarettes avant de se souvenir qu'il s'interdisait de fumer dans cette pièce.

— Je vois mal Chris avoir des enfants dans un avenir proche, déclara-t-il avant d'expliquer à Beck la situation de Mary Beth.

— Je n'étais pas au courant. Chris ne m'a rien dit.

— C'est triste, mais c'est comme ça. Je n'ai pas besoin de te faire un dessin, il faut que Chris divorce par tous les moyens. Mais quand bien même Mary Beth accepterait demain, il n'a pas de femme pour la remplacer. Ce qui n'est pas ton cas, ajouta-t-il en sondant le regard de Beck. Si tu te débrouilles bien, je pourrais avoir un petit-fils dans dix mois.

Beck, incrédule, secoua la tête.

— Sauf votre respect, il me semble que cette conversation tourne au délire. D'abord vous voulez me marier à une femme qui ne peut pas me voir en peinture, et maintenant vous voulez qu'elle me donne un fils. Si je suis personnellement ahuri par ce que vous me proposez, je vous laisse imaginer la réaction de Jane lorsqu'elle apprendra la chose. Je ne la connais pas assez pour savoir si elle va rire ou si elle va hurler, mais je peux vous assurer que ça fera du bruit. Si vous souhaitez lui en parler, je vous conseille de vous munir d'un tabouret, d'un fouet et d'une muselière. Quoi qu'il en soit, c'est hors de question, en ce qui me concerne.

— Je ne nie pas qu'il existe quelques obstacles, rétorqua Huff sans se laisser démonter, mais rien qui me semble insurmontable.

— Je connais au moins un obstacle insurmontable, Huff.

— Lequel ?

— Le conflit d'intérêt. Je suis l'avocat de Chris.

Huff fronça les sourcils.

— Quel rapport ?

— Le rapport est simple. Jane est convaincue que Wayne Scott est sur la bonne piste.

Il vit le visage de Huff se contracter de rage.

— Elle croit que Chris a tué Danny ? Comment ose-t-elle ? Et pour quelle raison ? Tout ça à cause d'Iverson ?

— En partie à cause de ça, probablement.

— Quoi d'autre, alors ?

Beck regarda ses mains qu'il tenait croisées.

— Elle m'a parlé de Sonnie Hallser.

Comme Huff ne réagissait pas, Beck releva la tête et enfonça le clou.

— Elle dit que le meurtre circule dans le sang des Hoyle.

Le visage de Huff devint cramoisi, au point que Beck eut peur qu'il ne fasse une nouvelle attaque.

— Vous voulez que j'aille vous chercher de l'eau ?

Huff ne l'avait même pas entendu.

— L'affaire Hallser est de l'histoire ancienne.

— Pas si ancienne que ça. Jane en a gardé un souvenir très précis.

— Se souvient-elle aussi que jamais je n'ai été inculpé ?

— Oui, mais elle se demande si…

Il secoua la tête, incapable d'achever sa phrase.

— … Je préfère ne pas répéter ce qu'elle m'a dit.

— Elle se demande si je n'ai pas quitté l'atelier *après* la chute de Hallser dans la machine. C'est bien ça ? Elle pense peut-être que c'est moi qui l'ai poussé et qui l'ai laissé se vider de son sang ?

Beck se contentait de l'observer sans faire de commentaire. C'est ce qui s'était dit à l'époque. On n'avait rien pu prouver et il n'y avait pas eu de procès. C'est tout juste si la police avait mené une enquête.

— Jane a toujours pensé le plus grand mal de moi, poursuivit Huff. Alors que je voulais simplement m'assurer que les miens ne manquaient de rien.

Il se leva et recommença à tourner en rond.

— J'étais encore un gamin mal dégrossi au fin fond du Mississippi quand j'ai pris la décision de ne jamais me faire marcher sur les pieds, de ne jamais baisser la tête, de ne jamais ramper devant personne. Ça n'a jamais été le cas et ça ne le sera jamais. Si les gens n'aiment pas ma façon de faire, grand bien leur fasse, et ça vaut aussi pour Mlle Jane Lynch Hoyle !

— Je ne voulais pas vous perturber, Huff, mais c'est vous qui m'avez posé la question.

Huff balaya l'excuse d'un geste.

— Elle pense ce qu'elle veut. J'ignore pourquoi elle se complaît à ressusciter une affaire qui date d'une époque où elle savait à peine marcher. Pour aller fouiller la merde aussi loin, elle devait être à court de raisons de me haïr. Va savoir, avec elle. Mais elle n'a pas besoin de m'aimer pour t'épouser.

Il s'arrêta brusquement, lança à Beck un regard rusé et émit un petit rire.

— Tu sais que tu es un petit malin ? Tu t'es dit que tu allais me faire changer d'avis en m'énervant un peu, mais ça ne marche pas, mon garçon. Je ne suis pas tombé dans le panneau. Qu'est-ce qui te dérange tant à l'idée d'épouser Jane ? Le fait qu'elle ait déjà été mariée deux fois ?

— Je n'ai pas à la juger.

— Elle était jeune, continua Huff imperturbablement. Téméraire, impulsive et têtue comme une mule. Elle a fait le mauvais choix.

— Ce n'est pas tout à fait vrai, Huff. Si j'ai bien compris, c'est *vous* qui avez choisi ses maris pour elle.

Il plissa les yeux.

— C'est elle qui t'a dit ça ?

— Non, c'est Chris.

Huff mâchonna une cigarette imaginaire, ainsi qu'il en avait l'habitude quand il ne fumait pas.

— Elle ne savait plus ce qu'elle faisait. Sa vie ne ressemblait plus à rien, elle courait au désastre. Elle n'avait plus que moi et j'ai jugé qu'il était de mon devoir d'intervenir pour lui éviter le pire. J'y suis peut-être allé un peu fort en lui ordonnant de se marier, mais il le fallait. Tu sais, Beck… Tu dois être en train de te dire « pauvre Jane », mais tu aurais tort. Elle a fait vivre un enfer à ces deux malheureux. Je ne les plains pas, ils la voulaient et ils l'ont eue. Même son deuxième mari, qui savait que son premier mariage était parti en couille avant que l'encre du certificat de mariage ait fini de sécher. Mais ils étaient prêts à tout pour elle. C'était une fille magnifique, avec un tempérament de feu. Enfin, tu vois ce que je veux dire.

Beck voyait même très bien. Jane était tout cela et bien plus encore. Ses mains, ses lèvres pouvaient en témoigner, mais mieux valait éviter d'y penser.

— Pourquoi avez-vous insisté pour qu'elle se remarie après son premier divorce ?

— Elle n'avait pas encore compris.

— Elle était toujours amoureuse de Clark Daly ?

— Tu es au courant de ça aussi ? s'étonna Huff.

— J'en ai vaguement entendu parler.

— J'ai bien fait de mettre un terme à leur idylle, tu ne crois pas ? Regarde ce qu'il est devenu. Tu crois que Jane serait heureuse avec lui aujourd'hui ? L'alcoolo du coin qui a du mal à joindre les deux bouts. Un raté. Je voudrais bien qu'on m'explique en quoi j'ai eu tort de les empêcher de se marier.

Beck évita de se prononcer. Le sujet était aussi sensible pour Huff que pour Jane.

Huff lui adressa un regard inquisiteur.

— Je parie que tu t'es déjà posé la question.

— Quelle question ?

— Comment elle est au lit.

— Je vous en prie, Huff, fit-il en se levant précipitamment. J'en ai assez entendu.

Il allait sortir de la pièce lorsqu'il faillit se cogner contre Chris.

— Tu en as assez entendu de quoi ?

— J'essayais de convaincre Beck d'épouser ta sœur, intervint Huff.

Chris lança à Beck un regard amusé en repensant à la scène qu'il avait interrompue dans la cuisine de son ami.

— Il faut que je sorte mon smoking ?

— J'ai déjà dit à Huff qu'il avait des hallucinations, mais je vois qu'il n'est pas le seul.

Le ton sur lequel il s'exprimait fit sursauter Chris.

— Je te trouve bien nerveux.

— Qu'est-ce que tu es allé foutre au cabanon ? le contra Beck.

— Quoi ? ! s'exclama Huff.

— Red m'appelait pour ça tout à l'heure, expliqua Beck. Il voulait nous prévenir. Il paraît que Wayne Scott est repassé au bureau tout à l'heure, tout excité d'avoir surpris Chris dans le refuge.

— Et alors ? fit Chris. Je vais me chercher un verre.

Beck l'attrapa par la manche avant qu'il ait eu le temps de quitter la pièce. Chris se dégagea d'un mouvement rageur, mais ne bougea pas.

— Pourquoi t'es-tu rendu là-bas ? demanda Beck.

— Ce cabanon m'appartient.

— C'est un périmètre protégé tant que l'enquête reste ouverte. Tu sais de quoi tu as l'air ?

— Non, de quoi ?

— D'un coupable.

Les deux hommes s'affrontaient hargneusement du regard. Chris baissa la garde le premier.

— Il n'y a pas de quoi en faire un plat. J'ai emmené Lila pique-niquer cet après-midi, croyant lui faire plaisir. Je voulais l'entreprendre au cas où j'aurais besoin qu'elle confirme mon alibi. Je me suis dit que si je jouais au petit garçon fragile, elle se laisserait plus facilement amadouer.

— Comment a-t-elle réagi ?

— Il se trouve que Lila n'est pas du genre à se laisser amadouer, répondit-il sèchement. Mais je n'ai pas renoncé.

La réponse était trop évasive pour satisfaire Beck, mais il jugea préférable de ne pas insister.

— Tout ça ne me dit pas ce que tu es allé faire au cabanon.

— C'était sur le chemin du retour. J'ai agi sans réfléchir en passant devant le petit chemin. Je n'y étais pas retourné depuis… depuis que c'est arrivé et j'avais envie de voir les lieux par moi-même. Je suis entré, j'ai regardé un peu partout. Ils ont nettoyé, mais on voit encore les taches de sang. Je ne suis resté que quelques minutes. En sortant, je suis tombé sur Scott adossé à sa voiture de patrouille avec son sourire à la con.

— Il a dit quoi ?

— Il a fait une réflexion brillante du genre : « Les assassins retournent toujours sur les lieux du crime. » Je lui ai répondu d'aller se faire foutre. Il m'a demandé ce que j'étais venu faire et si j'avais pris quelque chose.

— Qu'as-tu répondu ?

— Rien. Tu m'as dit de ne jamais répondre quand tu n'étais pas là.

— Et ensuite ?

— Je suis remonté dans ma voiture et je suis reparti.

— Chris, est-ce que tu as pris quelque chose ?

Beck crut un instant que Chris allait lui répondre également d'aller se faire foutre, mais il se contenta de secouer la tête avant d'ajouter :

— Je n'ai rien touché, à part la poignée de porte en entrant.

Beck n'était pas certain de vouloir le croire, mais il ne posa pas d'autre question. Un avocat n'a pas nécessairement besoin de connaître la vérité ; il arrive même qu'il préfère ne pas savoir si son client est coupable ou innocent.

— J'espère que ça ne prêtera pas à conséquence, dit-il d'un ton rassurant. J'aurais tout de même préféré que tu m'en parles avant d'y aller.

— Tu es mon avocat, pas ma maîtresse d'école maternelle, répliqua sèchement Chris avant de s'éclipser.

Il était de retour quelques instants plus tard, un verre à la main. Il se posa sur un petit canapé et observa la pièce comme s'il ne l'avait jamais vue.

— Qu'est-ce que vous faites ici ?

— J'ai passé la journée dans le petit salon, j'avais envie de changer d'air, répondit Huff. Beck m'a rejoint tout à l'heure et nous avons discuté de choses et d'autres.

— Quelles choses, à part ton mariage avec Jane ? Une idée risible, si vous voulez mon avis.

— Je suis bien d'accord, acquiesça Beck. Le sujet est clos, ajouta-t-il fermement en lançant un coup d'œil du côté de Huff. J'étais venu informer ton père de divers problèmes, poursuivit-il en dressant la liste des sujets abordés avec une rigueur toute militaire.

— On ne peut pas dire qu'il s'agisse de problèmes mineurs, remarqua Chris. Vous auriez pu m'attendre avant d'en parler. Depuis quelque temps, vous avez la mauvaise habitude de me tenir à l'écart de vos discussions.

— Ce n'était pas voulu, Chris. Huff m'a posé la question et…

— Et il m'a répondu, enchaîna Huff. Il te donnera tous les détails plus tard. En attendant, on a autre chose de plus important à voir. C'est au sujet de Jane.

— Je vous l'ai déjà dit, le sujet est clos.

— Non, c'est autre chose, Beck.

Chris trempa les lèvres dans son verre.

— Je suis impatient de savoir ce que ma chère petite sœur nous a réservé, cette fois.

22

On était samedi soir et Slap Watkins ne savait pas où aller.

Il avait passé la journée à boire dans un troquet perdu au milieu des marais dont seuls quelques habitués connaissaient l'existence. Cet anonymat ne devait rien au hasard car les clients du bastringue, réfractaires pour la plupart aux questions indiscrètes, évitaient généralement de se faire appeler par leur nom de baptême.

Depuis son arrivée vers 10 heures, ce matin-là, Slap avait beaucoup joué et beaucoup perdu au billard. Il avait ensuite essuyé le refus d'une fille avec un anneau dans le nez et une dent de devant en moins à qui il avait offert un verre. La fille avait éclaté d'un rire vulgaire en voyant ses oreilles.

— J'ai soif, mais quand même pas à ce point-là.

Il avait titubé jusqu'à la sortie en se demandant pourquoi il s'infligeait ce genre de punition. Slap avait toujours eu l'alcool triste. Son humeur s'assombrissait invariablement à mesure qu'il buvait et, ce soir-là, il avait bu plus que de raison.

Sa fureur avait atteint des sommets lorsqu'il était retourné chez le copain qui l'hébergeait depuis quelque temps.

— Hé, mec. Ils te recherchent.

Le type en question (Slap était trop embrumé pour remettre un nom sur son visage), un sac d'os maigrichon, lui barrait le passage, derrière la porte moustiquaire. Une situation qui lui rappelait étrangement les rares visites reçues quand il était en prison.

— Qui ça, « ils » ?

— Deux mecs du bureau du shérif. Ils sont passés vers 16 heures. Ma copine a flippé comme une malade.

Pas étonnant, avec le labo de meth qu'elle avait installé dans la salle de bains.

— Ils ont dit ce qu'ils voulaient ?

— Nan. Mais j'les ai entendus parler de Hoyle quand ils sont remontés dans leur bagnole. En tout cas, ma cops veut plus que tu restes ici. Désolé, Slap, mais putain, tu sais ce que c'est, conclut-il en haussant les épaules.

Génial. Maintenant, il était à la rue et, pour couronner le tout, le shérif le recherchait. Il avait passé sa vie à collectionner les emmerdes, mais ça commençait à faire un peu beaucoup.

Il avait été initié à la violence par un père qui le cognait régulièrement, sans parler d'une chiée de frères et sœurs qui passaient leur temps à se foutre de sa gueule à cause de ses oreilles. Face à l'adversité, il avait appris à se défendre. Sans pitié. Slap était de ces bagarreurs invétérés qui pètent un plomb à la moindre occasion et sont incapables de résoudre le plus petit problème sans se battre. Avec leurs poings, leurs pieds ou leurs dents s'il le faut.

La haine accumulée tout au long de la journée était en passe d'atteindre son point d'ébullition alors que Slap roulait à toute vitesse sur une route secondaire, ses quelques affaires dans un sac sur le porte-bagages de sa moto. Il avait beau essayer de se calmer et d'y voir plus clair, son cerveau engourdi par l'alcool l'empêchait de réfléchir à un moment où il avait pourtant besoin de prendre des décisions graves.

Il lui fallait d'abord trouver un endroit où aller. Il avait de la famille éparpillée un peu partout à travers le sud de la Louisiane, mais il ne s'entendait avec aucun des siens. Son oncle lui faisait penser à son défunt père que Slap avait toujours cordialement détesté. Et puis, la plupart de ses proches avaient des chiards qui passaient leur temps à gueuler, ce qui avait le don de l'énerver.

Il avait bien trouvé refuge quelques semaines plus tôt chez un cousin qui l'avait laissé dormir sur le canapé, mais il avait accusé Slap dès le premier jour d'avoir des pensées impures au sujet de sa femme. Slap lui avait ri au nez en lui disant qu'il fallait être aveugle pour avoir des pensées impures avec une bonne femme aussi moche.

Elle n'était pas si moche que ça, en fait, et il ne s'était pas vraiment contenté d'avoir des pensées impures. Elle l'avait pratiquement supplié, même qu'il avait dû se grouiller de lui faire son affaire avant que le cousin rentre de l'épicerie où elle l'avait envoyé chercher des canettes de Bud et un pot de mayonnaise.

Bref, le séjour chez le cousin s'était terminé en eau de boudin et il avait continué à faire le tour des gens qu'il connaissait.

Slap connaissait pas mal de monde un peu partout, mais tous allaient bientôt savoir que les flics le recherchaient. Ce genre de rumeur se propage comme une traînée de poudre. Considéré alors comme un pestiféré, personne ne voudrait plus de lui.

D'abord, pourquoi est-ce que ces deux flics le recherchaient ?

Tiens, qu'est-ce que tu crois ?

Sans chercher à voir le diable partout, il n'était pas complètement débile. Les deux flics avaient parlé de Hoyle, et Slap aurait parié sa couille gauche qu'il s'agissait de celui qui venait de mourir.

Slap devait être guidé par une pensée subil... subli... sub-machin-chouette. Le nom à coucher dehors qu'on donne aux messages dont on vous bourre le crâne pour vous faire faire des trucs sans en avoir conscience. Il ne savait pas où il allait, sauf qu'il devait le savoir parce qu'il se retrouvait justement sur la jolie petite route de cambrousse où habitaient les Hoyle.

Bingo ! Il venait même d'apercevoir leur grande maison au milieu de chênes trop beaux pour être vrais, comme ceux qu'on voit dans les films. Le soleil se couchait derrière la maison, une baraque immense qui aurait abrité sans problème tout un quartier pénitentiaire. Y a pas à dire, c'était nettement plus beau et moins sale que leur putain d'usine. Il passa une fois devant la propriété, le long d'une clôture blanche en bois à l'air inoffensif dont Slap n'aurait pas été étonné d'apprendre qu'elle était électrifiée.

Bande d'enculés. Ils se prenaient pour les rois du monde, ou quoi ? En tout cas, ils vivaient comme des rois.

Il repassa devant la maison et vit Chris Hoyle descendre en courant les marches du porche avant de monter dans sa Porsche gris métallisé. Slap accéléra pour ne pas risquer d'être surpris. Heureusement, Chris s'éloignait déjà dans l'autre sens. Slap fit demi-tour et le suivit à distance respectable.

Hoyle tourna presque tout de suite dans une propriété voisine dont la barrière était ouverte. La maison vers laquelle il se dirigeait était nettement plus petite que celle des Hoyle, mais elle était tout de même infiniment mieux qu'aucune de celles qu'avait connues Slap au cours de son existence.

Beck Merchant, l'acolyte de Hoyle, émergea de la maison et monta dans la Porsche. Une nouvelle fois, Slap accéléra pour éviter de se faire repérer. Sous la caresse du vent chaud, son visage arbora soudain un grand sourire. Il ne savait pas ce que ces deux-là avaient prévu de faire, mais il comptait bien épicer leur soirée.

Beck avait suivi Chris à contrecœur.

Il avait passé la journée du samedi chez lui. Il avait lavé son pick-up et donné un bain à Frito avant de le brosser longuement, activités qui lui avaient permis de réfléchir tranquillement.

Lorsque Chris lui avait téléphoné en fin d'après-midi en lui proposant de passer la soirée en sa compagnie, il avait commencé par refuser, mais le frère de Jane s'était montré persuasif.

— On n'est pas sortis ensemble depuis la mort de Danny. Avec toutes ces conneries, on est à cran, tous les deux. Allez, Beck ! Oublions tout ça le temps d'une soirée.

Comme Chris s'éloignait de Destiny, Beck lui demanda :

— Où va-t-on ?

— Je pensais aller au Razorback.

— Ah non, pas là-bas. C'est bruyant et il y a plein de gens qui picolent trop.

Chris lança un coup d'œil dans sa direction.

— Tu vieillis, Beck.

— Non, mais je ne suis pas d'humeur, ce soir.

— Tu penses encore à ma sœur ?

Il savait que Chris cherchait à l'asticoter. Il lui répondit avec le plus grand sérieux.

— Eh bien, tu ne crois pas si bien dire. Je me demandais justement ce qu'elle cherchait.

— Aucune idée.

Il avait répondu la même chose la veille lorsque Huff leur avait annoncé que Jane faisait le tour des jurés présents au procès de Chris. Ils s'étaient contentés de hausser les épaules, perplexes. Mais le fait qu'ils y pensent encore contredisait leur apparente insouciance. « Tout ça ne me dit rien de bon », avait ajouté Huff, et Chris avait acquiescé. Depuis, Beck n'arrêtait pas d'y penser.

Chris interrompit sa rêverie.

— Qu'est-ce que c'est encore que ça ?

— Quoi ? demanda Beck en se retournant afin de voir ce que Chris avait aperçu dans le rétroviseur.

Une moto fondait sur eux à toute allure.

— Je me demande si ce n'est pas déjà lui qui passait devant chez moi quand tu es venu me prendre. Vacherie ! C'est…

— Notre excellent ami Slap Watkins. J'avais cru comprendre que Red devait s'occuper de lui.

— Visiblement, il ne lui a pas encore mis la main dessus, dit Beck en s'emparant du portable accroché à sa ceinture. Avec ta voiture, tu ne devrais pas avoir de mal à le semer, mais essaye au contraire de ne pas le perdre de vue. Je vais téléphoner à Red pour lui dire où nous sommes. Le mieux serait d'occuper Watkins en attendant que Red vienne le cueillir.

Au même instant, la moto fonça dans le pare-chocs de la Porsche.

Chris lâcha une bordée d'injures. Puis il accéléra en prévenant Beck de s'accrocher. L'instant d'après, il appuyait de toutes ses forces sur la pédale de frein. Beck n'avait pas eu le temps de se préparer, la ceinture lui scia le torse.

Chris et son passager auraient probablement été décapités par la moto si elle avait volé au-dessus de la Porsche. Mais, évitant l'obstacle à la dernière seconde, Watkins avait donné un coup de guidon à gauche. La moto accrocha le pare-chocs de l'auto et se coucha sur la chaussée en emprisonnant la jambe gauche de son conducteur. Slap parvint à s'extraire de l'engin, se releva et courut en boitant dans leur direction, le poing levé, en les abreuvant d'obscénités.

Comme Beck avait perdu son portable au moment du coup de frein, il défit précipitamment sa ceinture afin de le récupérer à ses pieds.

— Appelle Red pendant que je m'occupe de lui.

Avant que Beck ait eu le temps de l'arrêter, Chris était descendu de l'auto.

— Tu dois vraiment avoir envie de me parler, Slap.

— Tu sais très bien ce que je veux.

— Tuer un autre Hoyle, sans doute.

Du coin de l'œil, Slap vit que Beck avait récupéré son téléphone.

— Lâche ça, Merchant !

— Pas tant que tu ne t'es pas calmé.

Soudain hésitant, Slap s'humecta les lèvres et s'intéressa à nouveau à Chris.

— La mort de mon frère ne t'a pas suffi ?

— C'est pour ça que le shérif me cherche ?

— À moins que tu aies tué quelqu'un d'autre depuis.

Il fit un pas en direction de Chris.

— Espèce de…

Il n'eut pas le temps d'en dire davantage car Chris venait de l'envoyer bouler d'un coup de tête en pleine poitrine. En homme qui a l'habitude de se battre, Slap se reprit aussitôt. Beck composa précipitamment le 911 puis jeta le téléphone sur le siège, sachant que les secours avaient les moyens de localiser son appel.

Il ouvrit sa portière, mais, la Porsche étant immobilisée sur le bas-côté, il perdit l'équilibre en s'enfonçant dans un fossé plus profond qu'il ne l'imaginait. Le temps de se relever, il découvrit Chris et Slap figés l'un en face de l'autre, de chaque côté de la ligne blanche.

Chris tenait un bras replié sur le ventre et du sang s'écoulait d'entre ses doigts. Slap fixait bêtement le couteau dégoulinant de sang qu'il tenait à la main. Il releva la tête, regarda Chris d'un air hébété. Soudain, il tourna le dos à son adversaire avant de courir jusqu'à sa moto.

Comme Chris faisait mine de le poursuivre, Beck le retint par un pan de sa chemise.

— Laisse-le. Ils finiront par le coincer.

Les genoux de Chris le lâchèrent. Il s'affaissa sur la route.

Slap releva sa moto, se rua dessus, démarra et s'éloigna dans un rugissement de moteur qui troua la nuit.

Beck aida Chris à se remettre sur pied et le fit monter dans la Porsche, côté passager.

— Fais attention au fossé. Comment tu te sens ?

— Ça va, ça va, marmonna Chris en hochant la tête. Ce connard m'a ouvert le bras.

— J'ai appelé les secours, le rassura Beck en l'aidant à s'installer. Et merde ! ajouta-t-il en reprenant son téléphone. Ils m'ont mis en attente.

— C'est bon, Beck. C'est rien qu'une estafilade.

Beck jeta un œil sur la blessure. Le bras était entaillé du biceps au poignet. La blessure ne semblait pas profonde, mais, comme la nuit était tombée, il n'y voyait pas suffisamment pour en être sûr.

— Va savoir si la lame n'a pas touché un endroit sensible.

— Conduis-moi chez le docteur Caroe. Il me donnera des antibiotiques.

Chris ne voulant pas entendre parler des urgences, Beck finit par appeler Red Harper. Le shérif était occupé, mais l'agent chargé du standard prit note des informations que Beck lui donnait.

— Dites à Red de nous retrouver chez le docteur Caroe.

Le temps de raccrocher et ils étaient en vue de la maison de brique du médecin. Caroe était en train de regarder un film sur HBO, il leur ouvrit la porte en pyjama. Comme le reste de sa garde-robe, le pyjama était bien trop grand pour lui. On aurait dit un gnome. Il leur fit traverser un couloir en direction de son cabinet, installé dans la partie arrière de la maison.

— C'est ici que mon père a reçu ses patients pendant plus de cinquante ans, expliqua-t-il à Beck. J'ai toujours conservé cette pièce en l'état en cas d'urgence, même après avoir refait la maison quand j'ai ouvert mon cabinet en ville sur Lafayette Street.

La blessure, assez vilaine, n'était pas profonde et ne nécessitait pas de points de suture. Il appliqua d'abord un antiseptique si puissant que Chris en eut les larmes aux yeux. Puis, il lui fit un pansement.

— Je vais te faire une piqûre d'antibiotiques. Baisse ton pantalon.

Au moment de se rhabiller, Chris demanda :

— Je voudrais qu'on soit bien d'accord. Pas un mot à Huff.

— Pour quelle raison ? demanda distraitement Caroe en se débarrassant de la seringue jetable dans une poubelle fixée au mur.

— Je ne suis pas sûr que ce soit génial pour son cœur d'apprendre que son seul fils encore vivant vient de recevoir un coup de couteau.

Caroe leva sur lui un regard absent.

— Bon, d'accord. Tu as raison. C'est encore trop tôt après sa crise cardiaque.

— Il risque de l'apprendre par Red de toute façon, remarqua Beck. Si on ne lui dit rien, il va piquer une crise et ça fera monter sa tension.

— Ouais, tu as peut-être raison, concéda Chris. Attendons au moins demain. Je lui dirai au petit déjeuner. En espérant que Watkins aura été arrêté d'ici là et que ça ne perturbera pas trop Huff.

Ils quittaient la maison du médecin lorsque Red Harper les rejoignit.

— J'ai lancé un avis de recherche avec la description de la moto de Watkins, annonça-t-il en descendant de voiture. Mes hommes passent au crible toutes les petites routes dans le secteur où vous l'avez rencontré. Comment va ton bras, Chris ?

— Simple égratignure. Mais essayez de coincer Slap le plus rapidement possible.

— Le problème, c'est qu'il a de la famille et des copains dans toute la région. Ce n'est pas difficile de se cacher dans les marais et ces gens-là ne se dénoncent pas entre eux. Il suffit de leur poser une question pour qu'ils se taisent. Il faut leur arracher la moindre information au forceps.

— Vous savez où il vivait depuis sa sortie de prison ? s'enquit Chris.

— D'après son contrôleur judiciaire, il était censé vivre dans la famille de son père. Je suis passé voir son oncle aujourd'hui qui m'a dit que Slap n'était plus là depuis plusieurs semaines. Il avait cru comprendre qu'il habitait chez des amis.

Le shérif leur donna le détail des recherches effectuées ce jour-là avant d'ajouter :

— Personne ne sait rien, mais il y en a forcément un qui ment. On va recommencer ce soir.

— Faites attention, l'avertit Chris. Il sait que vous êtes à sa recherche.

— Ce qui veut dire que quelqu'un l'a alerté.

— Lorsque Chris lui a parlé de Danny, intervint Beck, Slap a tout de suite voulu savoir si c'était pour ça qu'on le recherchait.

— Vous devriez vous munir d'un mandat de perquisition, suggéra Chris. Au cas où vous tomberiez sur quelque chose en rapport avec Danny.

Red était nettement moins optimiste.

— Je vois mal Slap se faire prendre avec un indice susceptible de prouver sa culpabilité. Ce n'est peut-être pas Einstein, mais il n'est pas idiot à ce point-là.

— Vous avez sans doute raison, reconnut Chris d'un ton amer. Mais je vous fiche mon billet que c'est lui l'assassin de mon frère.

Red promit de les tenir au courant avant de les quitter. Chris demanda au docteur Caroe de lui faire parvenir sa note. Le médecin lui répondit qu'il pouvait compter sur lui.

— Pas exactement le genre de soirée à laquelle j'aspirais, remarqua Chris en reprenant place dans la Porsche accidentée.

— Je savais bien que j'aurais mieux fait de rester chez moi, grommela Beck en se glissant derrière le volant.

— Merci de te faire autant de souci pour moi, rétorqua Chris, faussement vexé. Je n'ose même pas penser à ce qui me serait arrivé si j'avais été tout seul. Il est vrai que tu as tellement traîné en chemin, il a eu tout le loisir de me charcuter. Le temps que tu voles à mon secours et la bagarre était terminée.

— Je me suis étalé dans le fossé, admit Beck piteusement.

— Quoi ?

— Exactement.

— Alors, c'est pour ça qu'une délicieuse odeur d'eau croupie flotte autour de nous !

— J'étais embourbé jusqu'aux genoux.

Le bras calé contre son ventre à la manière d'un nouveau-né, Chris partit d'un grand éclat de rire.

— J'aurais dû demander à ce bon docteur de me donner des somnifères, ajouta-t-il. La douleur commence à se réveiller.

— On dirait vraiment que Slap est impliqué dans la mort de Danny, reprit Beck.

— Impliqué ? Tu veux dire qu'il l'a tout bonnement assassiné, oui !

— Mais alors... Non, rien.

— Si, qu'est-ce que tu allais dire ?

Beck haussa les épaules.

— S'il avait vraiment tué Danny, tu ne crois pas qu'il chercherait à nous éviter ? Surtout toi ? Je trouve ça étrange qu'il se soit lancé à notre poursuite ce soir.

Chris secoua la tête.

— Tu vois les choses de façon rationnelle, Beck, comme quelqu'un de sensé. Watkins est un parfait abruti. Il a tué Danny et ça le démange de nous le faire savoir. Il ne peut pas s'empêcher de nous narguer. Avant qu'il aille en prison, je peux compter sur les doigts d'une main les fois où je l'ai rencontré. Depuis sa sortie d'Angola, on ne voit que lui. Tu crois sincèrement que c'est une simple coïncidence ?

— Non, tu dois avoir raison. Tu sais, Chris, il aurait pu te tuer.

— J'y ai pensé, avoua Chris d'une voix grave, mais une fois que c'était fini. D'un seul coup, je me suis senti mal.

Beck s'engagea dans l'allée conduisant à la propriété des Hoyle.

— Merde, gémit Chris. Moi qui croyais avoir un peu de répit jusqu'à demain matin.

Les lumières brillaient dans toute la maison. Une cigarette à la main, Huff les attendait sous le porche.

Et voilà qu'il avait encore déconné à plein tube.

Slap Watkins avait veillé à n'emprunter que des petites routes, parfois même les chemins de terre sillonnant les marais. La plupart du temps, il se retrouvait au bord des eaux boueuses et pleines de serpents d'un bayou, ou alors dans un cul-de-sac en pleine forêt et il se voyait contraint de faire demi-tour, au risque de se retrouver nez à nez avec une meute de flics qui l'aurait pisté jusque-là. En parlant de piste, il n'aurait pas été surpris que les Hoyle lancent des chiens à ses trousses.

Slap n'avait jamais fait d'étincelles à l'école, mais il savait se battre. Il était prêt à se défendre, férocement s'il le fallait. Quand on est décidé à gagner, tous les coups sont permis.

Il avait été surpris quand Chris Hoyle avait foncé sur lui, mais l'instinct de survie avait aussitôt repris le dessus. Oubliant qu'il était en liberté conditionnelle et qu'il avait déjà passé trois années en prison, il avait sorti le couteau de sa botte.

Il s'en voulait d'avoir perdu son sang-froid, d'avoir trop bu, de s'être laissé entraîner à se battre par ce gosse de riche arrogant. Il ne se souvenait plus très bien de ce qui s'était passé ensuite. Il ne se rappelait même pas avoir frappé son adversaire, mais il avait dû le faire puisque l'autre saignait.

Je le jure devant Dieu, se promit-il de dire par la suite à tous ceux qui accepteraient de l'écouter. *Je voulais simplement lui faire peur. J'ai jamais voulu me servir de ce couteau.*

23

Le lundi, Jane appela Beck à son bureau aux alentours de 17 heures.

— Beck Merchant.

— Jane Lynch. Tu es libre ce soir ?

— Tu me proposes un rancard ?

— Je voudrais te présenter quelqu'un.

— Qui ça ?

— Calvin McGraw.

— Mon prédécesseur ? Pour quelle raison ?

— On se retrouve au motel à 18 heures.

Il n'eut pas le temps de répondre qu'elle avait déjà raccroché.

Il était 18 heures précises lorsqu'il frappa à la porte de sa chambre. Elle lui ouvrit aussitôt, son sac à main en bandoulière et sa clé à la main.

— Tu ne m'invites pas à entrer ?

Elle referma la porte derrière elle.

— On prend ma voiture.

L'auto de location de Jane était décapotée. La jeune femme se dirigea vers la sortie de la ville. Sous l'effet du vent, sa coiffure ne ressembla plus à rien après quelques instants, ce qui n'avait pas l'air de la préoccuper. La climatisation avait beau être réglée au maximum, il faisait une chaleur étouffante dans la voiture. La décapotable avait stationné en plein soleil toute la journée et le siège de Beck était bouillant sous ses cuisses et dans son dos.

— J'ai entendu dire que Chris et toi aviez passé une soirée mouvementée samedi, remarqua-t-elle.

— On ne tenait pas à ce que ça se sache, mais ce genre de bruit court vite.

— Comment va son bras ?

— Mieux qu'on ne pouvait le craindre.

— J'ai du mal à imaginer Chris en train de se battre avec qui que ce soit au beau milieu d'une route de campagne. Qu'est-ce qui lui a pris ?

— Il est persuadé que Watkins a tué Danny.

Elle tourna vivement la tête.

— Slap Watkins ? ! On parle bien de la même personne ?

— Oui, ton charmant fiancé. Il a postulé à un emploi à l'usine et Danny n'a pas voulu l'engager, expliqua-t-il avant de lui détailler les raisons qui pouvaient faire de Watkins un suspect potentiel.

— Tu trouves ça crédible ? demanda-t-elle lorsqu'il eut terminé.

— Crédible, oui.

— Probable ?

— Je ne sais pas, Jane, répliqua-t-il en essayant de trouver une position confortable.

De toute évidence, la question le mettait aussi mal à l'aise que la garniture brûlante de son siège.

— En tout cas, poursuivit-il, le bureau du shérif trouve la chose suffisamment crédible pour avoir décidé d'interroger Watkins.

— La liste de ceux qui ont des raisons d'en vouloir au clan Hoyle est longue d'un kilomètre. Je pourrais te donner les noms d'une bonne centaine de personnes qui ont bien plus de motifs que Watkins de les détester. À commencer par tous les ouvriers qui ont été renvoyés de l'usine depuis des années. Pourquoi avoir tiré au sort le nom de Watkins ?

— Sans l'incident de samedi soir, j'aurais tendance à te donner raison. Je l'ai vu faire des allers-retours devant chez moi. Au début, je n'y ai pas fait très attention. J'avais simplement remarqué un type à moto, mais c'était Watkins. Il a suivi Chris jusque chez moi avant d'essayer de nous mettre dans le fossé. Qu'il soit impliqué ou non dans la mort de Danny, il doit désormais faire face à une accusation d'attaque à main armée. Il a un long passé criminel derrière lui et il a eu l'air inquiet quand Chris a prononcé le nom de Danny. Quelle que soit sa responsabilité dans cette affaire, Watkins est quelqu'un de dangereux qui n'hésiterait pas à commettre un meurtre.

Jane n'était toujours pas convaincue.

— Son casier judiciaire fait surtout de lui un bouc émissaire idéal.

— Il a blessé Chris avec un couteau.

— Tu as assisté à l'altercation ?

— En partie seulement, parce que j'étais coincé dans un fossé.

Il lui raconta sa mésaventure, mais Jane n'était pas d'humeur à rire. Une moue pensive se dessina sur son visage.

— Si tu étais amené à témoigner devant un tribunal, serais-tu prêt à jurer que Watkins a délibérément donné un coup de couteau à Chris ?

— La chose me semble évidente. Le bras de Chris pissait le sang.

Elle arrêta la voiture sur le bas-côté, à l'ombre d'un magnolia, et regarda Beck en laissant tourner le moteur.

— Un jour, quand j'étais ado, je devais être au collège à cette époque-là, j'ai passé l'après-midi dans la salle de bains à me pomponner. Il y avait trois autres salles de bains à la maison, mais Chris toquait constamment à la porte pour m'embêter, uniquement parce qu'il s'ennuyait. À la fin, j'ai fini par lui ouvrir et je lui ai dit d'aller se faire voir et de me ficher la paix. Il a poussé la porte de toutes ses forces, il est entré et on s'est battus comme des chiffonniers.

D'un seul coup, il s'est mis à brailler comme un putois et il est sorti en trombe de la salle de bains. Il est allé trouver Huff en prétendant que je l'avais attaqué avec mon fer à friser avant de lui montrer une vilaine brûlure au bras.

Elle marqua un temps d'arrêt pour que Beck comprenne où elle voulait en venir.

— Je n'avais même pas mon fer à friser à la main quand je lui ai ouvert la porte. Je l'avais branché, mais il était posé sur la tablette.

— Tu es en train de me dire qu'il s'est brûlé volontairement ?

— Exactement. Il était prêt à tout pour que je me fasse punir.

— Tu voudrais dire que Chris s'est arrangé pour placer son bras intentionnellement sur la trajectoire du couteau de Slap Watkins.

Elle lui jeta un regard entendu et redémarra.

— La rumeur de votre algarade avec Watkins n'est pas la seule à circuler en ville.

— Où as-tu entendu toutes ces rumeurs ?

— Chez l'esthéticienne.

Il retira ses lunettes de soleil et regarda sa chevelure en bataille.

— J'y suis allée pour une pédicure, précisa-t-elle, sur la défensive.

L'occasion était trop belle et il en profita pour se pencher afin d'examiner attentivement le mollet et le pied droit de sa compagne, posé sur la pédale d'accélérateur. La voiture roulait à cent dix kilomètres-heure depuis qu'ils avaient quitté la ville.

— Oh, très joli. Drôle de couleur. Ni rouge ni rose. Comment tu appelles ça ?

— C'est un beige Marilyn.

— Comme Marilyn Monroe ?

— Sans doute. Je ne m'étais jamais posé la question. Mais je ne suis pas venue te parler de la couleur de mes ongles de pied. J'ai fait allusion au salon d'esthétique parce que c'est une vraie mine d'informations. Les filles ne savent peut-être pas situer l'Irak sur une carte, mais elles savent qui couche avec qui, qui s'est pris un coup de couteau samedi dernier, et le reste.

— C'est comme ça que tu as pu retrouver les jurés présents au procès de Chris ?

Elle lui lança un coup d'œil malicieux.

— Pas du tout, répondit-elle du tac au tac. On m'a donné la composition du jury au tribunal.

Elle hésita un instant avant d'ajouter :

— Je me demandais si Huff était au courant.

— Il est au courant. Tu t'imaginais peut-être pouvoir garder secrets tes petits rendez-vous avec tous ces gens ? Tu ne risques pas de passer inaperçue, Jane. Tu te balades peut-être dans des fringues achetées au Wal-Mart du coin, mais on voit tout de suite que tu viens de la « grande ville ». Ton retour après dix ans d'absence fait jaser, et plus encore le fait que tu cherches à te mêler des histoires de Huff. Tu as beau impressionner les gens, personne n'a envie de se mettre Huff Hoyle à dos.

— Quand j'ai pris contact avec ces jurés, je me doutais bien que Huff et Chris finiraient par l'apprendre. Toi aussi, ajouta-t-elle en jetant un coup d'œil dans sa direction. Mais je m'en moque.

— Tu comptais trouver quoi en partant à la pêche au trésor ?

— J'espérais trouver quelqu'un qui avait encore une conscience. Quelqu'un qui reconnaîtrait avoir été acheté, ou bien qui saurait que d'autres l'avaient été.

Jane lui fit part de sa visite chez Mme Foster et son fils handicapé. Elle lui raconta aussi sa rencontre avec un juré qui s'était mis à pleurer lorsqu'elle avait évoqué le procès.

— Quand j'ai insisté, sa femme m'a demandé de partir. Par la suite, j'ai découvert qu'il avait échappé à une mise en faillite personnelle un mois après le procès de Chris. Drôle de coïncidence.

Elle quitta la grand-route et pénétra dans une propriété protégée par un impressionnant portail métallique. Des deux côtés de la grille se dressait un mur de fausses pierres sur lequel s'écoulait une cascade. L'inscription « Lakeside Manor » s'étalait sur le mur en grosses lettres de fer forgé.

Un lotissement pour retraités s'étendait de l'autre côté de l'enceinte, le long d'un lac artificiel au pied d'un terrain de golf. Le club-house était lové au cœur d'un petit bois de chênes ; à en croire l'écriteau vert que Beck eut le temps de lire au passage, les résidents disposaient d'une piscine, d'une salle de gym dernier cri, d'un restaurant, d'un bar et d'un centre de loisirs. Les propriétés individuelles étaient de dimensions modestes, mais les maisons étaient toutes élégantes et cossues. Des allées dallées joliment dessinées serpentaient à travers un parc parfaitement paysagé.

Jane gara la décapotable dans le parking visiteurs du club-house, sans pourtant se décider à descendre de voiture.

— Je déteste ce genre d'endroit aseptisé. Les gens sont tous pareils et les jours se ressemblent tous. Tu ne crois pas que ça doit être mortel ?

— Je ne sais pas, mais, en tout cas, ils n'ont pas à se soucier des grèves.

Elle se tourna vers lui.

— Alors, ce qu'on dit est bien vrai.

— Malheureusement.

— Raconte-moi.

— Nous avons affaire à un certain Nielson.

— J'ai entendu prononcer son nom chez l'esthéticienne et tu m'en avais déjà parlé l'autre soir. Qui est ce type ?

— Un emmerdeur qui pourrit la vie de boîtes comme les Entreprises Hoyle.

— Apparemment, la femme de Billy Paulik est entrée en contact avec lui.

— Suite à ça, acquiesça Beck, il a décidé de sortir l'artillerie lourde. Il a engagé des types pour installer un piquet de grève devant l'usine dans l'espoir d'inciter nos gars à cesser le travail.

— Un bon point pour lui.

— Ça risque de mal se passer, Jane.

— Les choses se passent déjà mal.

— Il va y avoir de la casse. Arrête, je sais déjà ce que tu vas dire, s'empressa-t-il de déclarer en voyant qu'elle s'apprêtait à lui répondre. J'ai bien conscience que Billy a été grièvement blessé, mais c'était un accident. On aurait peut-être pu l'éviter, mais personne n'a voulu qu'un drame comme celui-là se produise. La grève, c'est une guerre.

— J'espère que vous allez la perdre.

Il eut un petit rire contrit.

— Ton souhait pourrait bien se réaliser, laissa-t-il tomber en posant la nuque sur l'appui-tête, les yeux perdus dans les branches des arbres sous lesquels ils stationnaient. Cette grève arrive au pire moment. Danny est mort il y a huit jours et il est fort probable qu'il a été assassiné. Red Harper a toutes les peines du monde à appréhender un paria local qui en veut à mort au clan Hoyle, et l'un de ses adjoints suspecte Chris de fratricide. Pendant ce temps-là, tu te balades à droite et à gauche au volant de ta belle petite décapotable en rappelant aux gens que Chris a déjà été impliqué dans une histoire de meurtre, et la tension artérielle de Huff fait des bonds. Et tu prends position pour les grévistes. Sans parler du reste.

— Quel reste ?

Sans quitter le refuge de l'appui-tête, il se tourna vers elle.

— Je fais des efforts désespérés pour ne pas te toucher.

Ses yeux descendirent sur la jambe droite de la jeune femme dont la jupe était remontée bien au-dessus du genou.

— Je ne sais pas ce qu'il y a de pire : ne pas te voir et passer mon temps à penser à toi, ou bien me trouver tout près de toi sans pouvoir te toucher.

Il s'obligea à quitter des yeux la cuisse de sa voisine, mais l'expression troublée qu'il lut sur le visage de Jane n'était pas pour lui rendre sa sérénité.

— On a acheté Mme Foster en lui offrant une télé grand écran pour son fils handicapé, dit-elle d'une voix tendue. Quant à l'autre juré, il a vendu son âme au diable en échange de ses dettes.

Beck se redressa en soupirant.

— Tu es sûre de ça ? Tu peux le prouver ?

— Non.

— Tu as vérifié que ces deux personnes faisaient partie des six jurés qui ont voté en faveur de l'acquittement de Chris ?

— Non.

Il lui adressa un regard de reproche.

— Je me fais volontairement l'avocat du diable, mais quand bien même cette veuve avec son fils attardé et ce type miraculeusement sauvé de la faillite auraient été achetés pour voter en faveur de Chris, ça te soulage vraiment de leur avoir rappelé ce qu'ils ont fait ?

Elle détourna les yeux et murmura un non à peine audible.

— Quel effet crois-tu qu'a pu avoir sur eux le fait de les confronter à leurs turpitudes, Jane ?

— Aucun, répliqua-t-elle sèchement. C'est bon, j'ai compris.

— Dans ce cas, pourquoi être allée les importuner ? À quoi ça t'a servi, sinon à régler tes comptes avec Huff et Chris ? Pourquoi ne pas leur dire en face ?

— Et toi ? le contra-t-elle. La vérité sur le procès de Chris t'intéresse-t-elle donc si peu ? En fait, tu préfères ne pas savoir que Huff a acheté des jurés dans le but d'éviter à Chris une condamnation pour meurtre. Dis-moi que je me trompe.

Beck éleva la voix à son tour pour se faire entendre.

— Qui te dit que Huff n'aurait pas soudoyé ces gens afin d'éviter que Chris soit condamné pour un crime qu'il n'avait *pas* commis ? Avec ta vendetta…

— Ce n'est pas une vendetta.

— Alors, qu'est-ce que tu cherches ?

— Je cherche à être intègre. Eux n'ont aucune intégrité. J'espérais que peut-être…

— Que peut-être… ? insista Beck.

Elle hésita avant d'achever sa phrase d'une voix rauque.

— Que peut-être tu étais quelqu'un d'intègre. C'est pour cette raison que je t'ai fait venir ici, dit-elle en lui montrant d'un mouvement de tête une rangée de maisons en bordure du lac. Calvin McGraw habite la troisième maison à partir du coin. Il a accepté de me parler ce matin. J'avoue même avoir été surprise qu'il veuille bien me recevoir, mais en arrivant j'ai été choquée de voir à quel point il avait vieilli depuis la dernière fois que je l'avais croisé.

— Dix ans, c'est beaucoup, tu sais.

— J'ai surtout l'impression qu'il a pris un sérieux coup de vieux ces trois dernières années, depuis qu'il s'est occupé des membres du jury pour que Chris soit blanchi. Il est rongé par la honte.

— Il te l'a dit ?

— Oui, Beck, il me l'a dit. C'était sa dernière grande mission au nom des Entreprises Hoyle. McGraw est devenu l'avocat de l'usine peu après que Huff a succédé à mon grand-père. Il faisait le même boulot que toi aujourd'hui. Le dernier dossier qui lui a été confié par Huff avant qu'il prenne sa retraite et soit remplacé par quelqu'un de plus jeune et de plus...

— De plus véreux.

— J'allais dire de plus intelligent.

Beck fronça les sourcils d'un air dubitatif et lui fit signe de continuer.

— À peine les jurés sélectionnés, McGraw s'est intéressé aux plus vulnérables.

— Une vieille dame avec un fils handicapé mental, par exemple.

— Exactement, répondit-elle en suivant des yeux deux couples qui s'affrontaient sans entrain sur les courts de tennis. Je te remercie de m'avoir demandé ce que je ressentais après avoir parlé avec ces personnes. Si tu veux tout savoir, je me sentais très mal, surtout en sortant de chez Mme Foster. Comment lui en vouloir d'avoir saisi une telle occasion d'améliorer un peu son quotidien, même si l'enjeu n'était qu'une simple télévision ? À sa place, j'aurais fait la même chose, d'autant qu'elle n'a pas agi égoïstement pour elle, mais pour ce fils qu'elle aime.

Elle regarda Beck et le sourire songeur qu'elle affichait céda la place à une expression de dégoût.

— À l'inverse, Calvin McGraw a accepté de se salir les mains pour la pire des raisons. Il n'avait pas l'excuse d'agir par grandeur d'âme. Il a quitté l'entreprise de Huff avec l'assurance qu'il serait à jamais à l'abri du besoin dans ce petit havre de paix. Pourtant, il ne coule pas des jours paisibles ici. J'ai bien vu qu'il était heureux de pouvoir soulager sa conscience en me parlant ce matin quand je suis allée le voir. Il m'a tout avoué.

Beck l'observa un long moment en silence, puis il posa sa main sur la poignée de la portière.

— Très bien, allons voir ce que M. McGraw souhaite nous dire.

Ils empruntèrent le petit chemin qui longeait la rive du lac. À l'étage, les fenêtres de McGraw étaient ornées de grilles en fer forgé, imitation kitsch des balcons du Quartier français de La Nouvelle-Orléans. Jane fit la moue en les apercevant.

Elle appuya sur la sonnette et l'infirmière en uniforme blanc immaculé qui l'avait déjà accueillie le matin leur ouvrit la porte. Mais, alors qu'elle était tout sourires lors de la visite précédente de Jane, elle arborait cette fois une mine renfrognée. Surprise de cette métamorphose, Jane se demanda ce qui avait bien pu provoquer un tel changement.

— Rebonjour, dit-elle.

— Vous ne m'avez pas dit qui vous étiez, tout à l'heure, répondit l'infirmière d'un ton accusateur.

— Je vous ai dit mon nom.

Elle poussa un grognement désapprobateur.

Consciente que Beck ne perdait pas un détail de la scène, Jane se reprit.

— Je vous l'ai dit ce matin en repartant, je souhaiterais présenter quelqu'un à M. McGraw. Puis-je le voir ?

— Oui, madame, répondit la femme sèchement en s'effaçant pour laisser entrer ses visiteurs. Il se trouve dans la véranda où il vous a reçue ce matin.

— Je vous remercie. Il nous attend ?

— Je crois, oui.

Malgré son manque d'aménité, Jane la remercia. Elle fit signe à Beck de la suivre. Ils traversèrent un hall d'entrée et plusieurs pièces trop chargées en direction de la véranda qui dominait le terrain de golf.

Calvin McGraw était installé dans le même fauteuil que le matin, face à la porte. Jane lui adressa un sourire en prononçant son nom, mais il ne parut pas la reconnaître et elle fut prise d'un sentiment d'appréhension.

— Je suis venue en compagnie de M. Merchant. Je ne vous dérange pas, au moins ?

— J'ai bien peur que si, Jane.

Chris, assis dans un siège en osier au dossier surdimensionné qui le dissimulait jusque-là à la vue des deux visiteurs, se leva et fit face à sa sœur.

— Beck m'a prévenu que vous veniez et ça m'a rappelé que j'avais négligé Calvin ces derniers temps. J'essaye de lui rendre visite de temps à autre afin de m'assurer que tout va bien. Malheureusement, il n'est pas dans un de ses meilleurs jours. Sa mémoire lui joue des tours, tu sais ce que c'est avec la maladie d'Alzheimer.

Il s'approcha du vieil homme et lui posa une main amicale sur l'épaule. McGraw, parfaitement immobile, regardait devant lui d'un air vide.

— Certains jours, il ne se souvient plus de ses enfants. D'autres fois, il prétend avoir eu un bébé avec la veuve de soixante-dix-huit ans qui vit dans la maison voisine. La semaine dernière, on l'a trouvé en train de se baigner tout nu dans le lac. C'est un miracle qu'il ne se soit pas noyé. Le lendemain, il était en pleine forme et disposait de toutes ses facultés, il a battu son infirmière cinq fois de suite aux dames.

Il pressa affectueusement l'épaule du vieil homme.

— C'est triste, tu ne trouves pas ? Quand on pense à son éloquence dans les prétoires autrefois. Un esprit brillant, dit-il en secouant la tête d'un air navré. Il peut rester des jours entiers sans dire un mot et parler comme une pipelette le lendemain en racontant des choses qui n'ont ni queue ni tête. Dans ces cas-là, il ne faut pas se fier à ce qu'il raconte.

Jane, le visage rouge de colère, prête à exploser, avait du mal à contrôler sa respiration. Par Chris, dont elle n'attendait rien de bon, elle aurait pu accepter de se faire avoir. Mais le fait d'avoir été trahie par Beck avait ouvert dans son amour-propre une blessure qui n'était pas près de se refermer.

Dire qu'il avait eu le culot de lui faire tout un topo sur son attirance pour elle alors qu'il s'apprêtait à la piéger en beauté. Elle aurait voulu lui arracher les yeux d'avoir réussi à endormir sa méfiance, de lui avoir laissé croire qu'il n'était peut-être pas aussi abject que ceux dont il était l'homme de main.

— Espèce de fils de pute, siffla-t-elle entre ses dents en se tournant vers lui.

Une insulte anodine comparée à ce qu'elle pensait véritablement de lui.

Elle tourna les talons, sortit en toute hâte de cette horrible maison et courut jusqu'à sa voiture. Elle se précipita derrière le volant, à demi étouffée par sa course en pleine chaleur, et plus encore par la colère et l'indignation.

En glissant la clé dans le démarreur, elle s'aperçut qu'elle saignait. Elle déplia les doigts et constata que la clé qu'elle avait serrée dans son poing tout au long du trajet lui avait entaillé la paume de la main.

24

Clark Daly sortit de chez lui à 22 h 10 ce soir-là, une demi-heure plus tôt que nécessaire puisque l'usine ne se trouvait qu'à cinq minutes en voiture de chez lui et qu'il embauchait à 23 heures.

L'ambiance à la maison était si pénible qu'il préférait encore celle de la fonderie. Luce n'arrêtait pas de l'asticoter à cause de Jane. En l'épousant, elle savait qu'il était sorti autrefois avec Jane Hoyle et que leur histoire était sérieuse, même s'ils étaient encore lycéens à l'époque. Les mauvaises langues avaient veillé soigneusement à ce que Luce soit au courant de tous les détails.

Luce avait abordé le sujet très tôt dans leur relation et il n'avait rien voulu lui cacher de ce qui s'était passé avec Jane. Il préférait encore qu'elle apprenne les choses de sa propre bouche que par celle des pipelettes de la ville, trop heureuses de se repaître des histoires des autres qu'elles avaient d'ailleurs tendance à enjoliver.

Luce était parvenue à lui faire avouer qu'il avait aimé Jane. Il avait toutefois tenu à lui préciser que cette idylle appartenait désormais au passé et qu'elle-même avait quelques heures de vol lorsqu'ils s'étaient rencontrés. Ils avaient fini par parler d'autre chose, leur mariage leur fournissant bien d'autres raisons de se faire la guerre.

Néanmoins, si c'était une chose pour Luce de savoir que son mari avait été fou amoureux de Jane, c'en était une autre de savoir Jane en ville. Luce n'avait guère apprécié de la voir débarquer chez eux, resplendissante avec ses allures de princesse. À peine Jane avait-elle tourné le coin de la rue qu'elle s'en était pris à son mari.

— Clark, tu ne peux pas me demander de supporter ça.

Elle le lui avait dit d'une voix calme, mais ferme, afin de lui faire comprendre qu'elle ne plaisantait pas. Lorsqu'elle lui criait dessus, il se contentait de mettre ses récriminations sur le compte de la colère, mais ce n'était pas le cas cette fois. Son ton grave disait assez qu'il avait tout intérêt à faire attention.

— Passe encore que tu boives et que tu sois dépressif, mais je ne supporterais pas un instant que tu couches avec Jane Hoyle, ou Jane Lynch, quel que soit son nom.

— Je n'ai aucune intention de coucher avec Jane. On se connaît depuis toujours, c'est tout.

— Vous avez couché ensemble.

— Il y a très longtemps, quand on était jeunes. Parce que tu t'imagines peut-être que je l'intéresse encore ?

De tous les arguments dont il aurait pu se servir, celui-là était probablement le plus maladroit et Luce en déduisit aussitôt qu'il aurait sauté sur l'occasion si Jane avait encore voulu de lui. Sans compter que la réponse de Clark n'était guère flatteuse pour sa femme.

Le jour où Jane était passée chez eux, Luce était partie travailler en pleurant et, si ses larmes avaient séché à son retour en fin de journée, l'atmosphère était glaciale lorsqu'ils s'étaient couchés. Depuis, la situation ne s'était guère améliorée.

Le plus ridicule, dans tout cela, c'était que Clark aimait sa femme. Elle n'avait pas la classe ni l'éducation de Jane, mais c'était une fille bien. Elle adorait ses enfants, dont elle s'était occupée toute seule lorsque son premier mari l'avait quittée. Et puis, elle l'aimait lui, ce qui tenait du miracle étant donné qu'il n'avait pas fait grand-chose pour mériter cet amour.

Perdu dans ses pensées, il ne prêta pas attention à la voiture qui le suivait jusqu'à ce qu'elle vienne se coller derrière lui. Il se serra à droite afin de se laisser doubler, mais l'autre restait collé dans son sillage en lui faisant des appels de phares.

— Qu'est-ce qu'il me veut, celui-là ?

Il s'assura dans le rétroviseur que son suiveur n'avait pas de gyrophare, mais rien n'indiquait une voiture officielle. Vaguement inquiet, il saisit le démonte-pneu dissimulé sous son siège. Les jours où il se mettait à boire, il fréquentait des lieux un peu louches et il lui était arrivé de se prendre le bec avec des types peu recommandables. Le conducteur de l'auto était seul, mais il pouvait s'agir d'un piège.

L'autre lui fit un nouvel appel de phares. Clark freina avant de se ranger le long du trottoir. La voiture s'arrêta à son tour, le conducteur éteignit ses phares. La main de Clark se referma machinalement autour du démonte-pneu.

Il vit le conducteur descendre de voiture, se précipiter vers la sienne et cogner à la vitre.

— Clark, c'est moi.

Reconnaissant aussitôt le visage à demi dissimulé par une casquette de base-ball, il lâcha le démonte-pneu et ouvrit la portière. Jane se glissa sur le siège et referma la porte afin d'éteindre au plus vite le plafonnier. Elle portait un jean et un tee-shirt foncé, les cheveux ramassés sous sa casquette.

— Qu'est-ce que tu fabriques ? s'exclama-t-il.

— Je reconnais que c'est un peu dramatique, comme entrée en matière, mais il fallait impérativement que je te voie sans que personne le sache.

— J'ai le téléphone, tu sais, et la facture a même été payée. Enfin, je crois.

— Je ne voulais pas risquer de tomber sur Luce. Je me trompe peut-être, mais elle n'avait pas l'air ravie de trouver ton ancienne petite amie de lycée dans son jardin, l'autre jour.

— Non, pas vraiment.

— Je ne lui en veux pas du tout, je crois que je ferais la même chose, à sa place. Tu sais, Clark, je n'ai aucune envie de te compliquer la vie. Je ne ferais jamais rien qui puisse nuire à ton mariage ou créer des problèmes entre ta femme et toi. Si tu ne me crois pas, je préfère m'en aller tout de suite.

Il l'observa un moment. Elle était toujours aussi belle, mais il était clair que sa passion pour lui s'était éteinte à jamais. Une profonde affection les liait encore, alimentée par les souvenirs aigres-doux qui les rattachaient l'un à l'autre, mais leur amour était mort. Huff s'était chargé de le détruire avant qu'il ait pu s'épanouir. Clark sentait bien qu'elle lui disait la vérité.

— Je te crois, Jane.

— Merci.

— Pourquoi tu voulais me voir ?

Il l'écouta sans mot dire pendant plus de cinq minutes, sans chercher à dissimuler sa surprise.

— Tu es d'accord ? demanda-t-elle en guise de conclusion.

— Tu me demandes ni plus ni moins d'espionner les types avec lesquels je travaille.

— Ce sont eux qui t'espionnent, Clark.

Elle cala un genou sur le siège afin de mieux lui faire face et poursuivit :

— Parce que tu t'imagines peut-être que Huff et Chris vont laisser les ouvriers faire grève sans se battre ? Beck Merchant m'a prévenue que ça risquait de mal tourner. Ce n'est pas moi qui ai parlé de guerre, c'est lui.

— J'ai entendu parler de Charles Nielson dans les couloirs de l'usine, reconnut Clark. Il paraît qu'il compte envoyer des types du syndicat pour discuter de tout ça avec nous. J'ai entendu parler de réunions secrètes.

— Si je comprends bien, les ouvriers en parlent déjà ?

— Ils ne parlent que de ça, tu veux dire.

— Tu peux être sûr que les espions de Huff vont lui répéter tout ce qu'ils entendent, en précisant qui a dit quoi.

— Tout le monde sait que Fred Decluette est l'homme de Huff. Il a été très secoué le soir de l'accident de Billy. J'étais là et je peux témoigner que Fred a tout fait pour que Billy se retrouve à l'hôpital avant qu'il soit trop tard. Mais en cas de pépin… Fred a six gamins. Il faut bien qu'il les nourrisse, qu'il leur achète des fringues et les envoie à l'école. Il fera toujours passer ses intérêts en premier, même s'il lui faut pour ça tout raconter à Huff. Il n'est pas le seul. À l'usine, c'est de notoriété publique que Huff récompense ceux qui dénoncent les mecs favorables au syndicat.

— Tu les connais ?

— Certains, pas tous. Fred ne s'en cache pas, mais les autres sont plus discrets.

— Ce serait bien si tu pouvais déblayer le terrain, Clark. Essayer de savoir qui sont les moutons de Huff et leur refiler des informations erronées tout en dirigeant la contestation en cas d'affrontement. Tu peux vraiment contribuer à faire bouger les choses.

Elle parlait avec une telle conviction… il ne put s'empêcher de souligner sa naïveté :

— Tu sais, Jane, rien ne changera vraiment à l'usine tant que Huff Hoyle aura son mot à dire.

— Ses jours sont peut-être comptés.

— Tu veux parler de sa crise cardiaque ?

— Non, ce n'était pas si grave que ça et il est capable de nous enterrer tous. Je voulais parler de l'action du gouvernement. Que cette grève réussisse ou non, Huff a l'ASST sur le dos. À moins d'améliorer grandement la sécurité, il pourrait bien être obligé de fermer l'usine. Ce qui ne résoudrait d'ailleurs pas les problèmes, loin de là. Sans la fonderie, c'est toute l'économie de la ville qui s'effondrerait. Imagine un peu les répercussions qu'aurait la fermeture de l'usine sur toutes les familles qui en vivent actuellement.

Elle reprit sa respiration avant d'ajouter d'un ton décidé :

— Il est temps de faire bouger les choses, et vite. Sinon, tout le monde risque d'y laisser sa chemise. Tu pourrais peut-être jouer sur l'accident de Billy Paulik. Ce que je te demande n'est pas facile, Clark. Il faut que tu t'arranges pour avoir l'air crédible, si tu veux gagner le respect et la confiance des ouvriers.

Il passa la main sur sa mâchoire râpeuse, gêné que Jane le voie une fois encore pas rasé. Il avait beaucoup d'efforts à faire.

— Tu me confies une mission délicate.

— Je sais que ce n'est pas évident.

— Je ne suis pas certain que tu saches à quel point.

— Je suis allée à l'usine, Clark.

— Je suis au courant, on m'a raconté.

— Je savais que les choses n'étaient pas roses à l'atelier, mais j'ai été stupéfaite de ce que j'ai découvert. Les conditions de travail sont antédiluviennes. Comment faites-vous pour accepter ça ?

— On n'a pas tellement le choix.

— À partir de maintenant, vous avez le choix. Il est grand temps de changer tout ça en profondeur.

— Je suis d'accord avec toi, mais je ne suis pas la bonne personne, Jane.

— Tu es un leader-né.

— Je l'ai peut-être été il y a longtemps, mais ce n'est plus le cas. Regarde-moi bien. Tu trouves vraiment que j'ai l'air d'un leader ?

— Non, dit-elle sèchement. Tu as l'air d'une poule mouillée. Parfaitement, insista-t-elle en voyant son étonnement. L'autre jour, tu m'as dit que tu n'avais aucun but dans la vie, que tu comptais te reprendre et devenir un exemple aux yeux de ton fils. Eh bien, je te propose un but et tu commences par refuser. Pourquoi ? De quoi as-tu peur ?

— L'échec, Jane. J'ai peur de l'échec. Le jour où tu ne nageras plus dans le fric, où tu ne te baladeras plus au volant d'une jolie petite bagnole, le jour où tu seras tombée si bas qu'il te faudra faire un effort chaque matin pour te lever, tu comprendras peut-être le sens du mot échec. Tu sauras ce que ça fait, quand les gens qui t'adulaient à l'époque où tu étais une gloire locale murmureront dans ton dos d'un air navré en te croisant dans la rue.

Il s'arrêta brusquement en s'apercevant que sa colère était dirigée contre lui-même.

— Bien sûr que j'ai peur, reprit-il. Aujourd'hui, si tu veux que je te dise, j'ai même peur d'*espérer*.

La virulence de son plaidoyer avait adouci Jane, et c'est d'une voix à peine audible qu'elle lui répondit.

— Tu as tort, Clark. Je sais très bien ce qu'on ressent les matins où on n'a même plus le courage de se lever.

Elle voulut reprendre sa respiration et fut agitée d'un tremblement.

— Aujourd'hui, tu vas pourtant devoir choisir. Ou bien tu refuses et tu continues sur ta lancée, déçu par toi-même et par la vie en général, et tu auras toujours la solution de noyer ta déception dans le bourbon en te faisant honte à toi-même. Au passage, tu foutras en l'air la vie de ta femme et tu finiras seul comme un pauvre alcoolique. Ou bien tu décides de te comporter comme un homme, à l'image de ce que tu étais gamin.

Elle prit sa main entre les siennes et la serra.

— Je ne te demande pas de faire ça pour régler tes comptes avec Huff. Rien ne te rendra jamais ce qu'il t'a pris, Clark. Il n'en vaut même pas la peine. Je ne te demande pas non plus de faire ça pour moi, mais de le faire pour *toi*, insista-t-elle en serrant sa main entre ses doigts. Alors, qu'est-ce que tu en dis ?

En reprenant le chemin du motel, Jane était relativement confiante. Elle n'y était pas allée de main morte en le traitant de poule mouillée, mais Clark avait besoin d'un bon coup de pied au cul. Elle se doutait bien que, sous sa carapace de loser, il lui restait un peu d'amour-propre. Le tout était de le piquer au vif.

Il était trop tôt pour savoir si sa tactique avait été efficace. Il ne s'était pas engagé à arrêter de boire, il n'avait pas même accepté la mission qu'elle lui avait confiée. Mais quel que soit le rôle qu'il serait amené à jouer dans l'avenir des Entreprises Hoyle, du moins espérait-elle qu'il parviendrait à remettre sa vie sur les rails. Elle aurait aimé pouvoir rentrer à San Francisco en se disant que son séjour en Louisiane n'avait pas été totalement inutile.

Elle remonta le couloir menant jusqu'à sa chambre et glissa sa clé dans la serrure.

— Tu sors bien tard.

Elle sursauta violemment et découvrit Chris en se retournant. Il avait surgi de l'ombre comme par enchantement.

— Qu'est-ce que tu veux, Chris ?

— Je peux entrer ?

— Pour quoi faire ?

— J'aurais bien aimé m'entretenir avec ma sœur.

Son sourire affable la laissait de marbre.

— À quel sujet ?

— Fais-moi entrer et je te le dirai. J'ai même apporté du vin, dit-il en lui montrant la bouteille qu'il tenait à la main.

Connaissant Chris, il n'avait pas apporté de vin dans le seul but de lui faire la conversation. Rien n'était jamais gratuit chez lui, le tout était de deviner ce qu'il voulait. Jane supportait difficilement sa présence, mais la curiosité l'emporta sur l'aversion qu'elle éprouvait à l'endroit de son frère.

Elle ouvrit la porte de sa chambre et pénétra la première dans la pièce afin d'allumer les lumières. Il la suivit en examinant attentivement le décor morne qui l'entourait.

— Je n'étais pas revenu depuis le lycée, quand j'amenais des filles ici. À l'époque, je dois avouer que je ne prêtais pas vraiment attention au cadre. Pas terrible, hein ?

— Non.

— Dans ce cas, pourquoi ne pas venir à la maison ? Selma s'applique à garder ta chambre inchangée depuis dix ans.

Elle retira sa casquette et secoua la tête afin de libérer ses cheveux.

— Ce n'est plus ma maison, Chris.

Il soupira, désarmé par son entêtement.

— J'espère au moins que tu as des verres.

Elle pénétra dans la salle de bains dont elle rapporta quelques instants plus tard deux gobelets en plastique dans des sachets aseptisés. Il posa un regard désolé sur les récipients tout en débouchant la bouteille à l'aide du tire-bouchon qu'il avait pris la précaution d'apporter.

— C'est un bon petit chardonnay de la vallée de Napa.

— Je suis déjà allée là-bas. C'est vrai que leur vin est bon.

Il remplit les deux gobelets, en tendit un à sa sœur et leva le sien.

— À la tienne, Jane.

— À quoi veux-tu trinquer ? Au tour de cochon que tu m'as joué chez Calvin McGraw ?

— Tu penses toujours à cette histoire ? Ça fait quarante-huit heures, mais je vois que tu ne l'as toujours pas avalée, pouffa-t-il. En fait, je peux difficilement te donner tort. Si tu avais vu ta tête !

— Je suis certaine que ça vous a beaucoup fait rire, Beck et toi.

Il s'assit sur le vieux fauteuil et désigna le lit à sa sœur.

— Tu ne veux pas t'asseoir, qu'on puisse discuter comme deux personnes civilisées ?

Elle hésita avant de s'installer à regret sur le bord du lit.

— Je t'attends depuis plus d'une heure, poursuivit-il. Où étais-tu ? Destiny *by night* laisse plutôt à désirer, et ta tenue me dit que…

— Qu'est-ce que tu veux, Chris ?

Il poussa un soupir.

— Pourquoi ne serais-je pas venu uniquement pour passer un moment en ta compagnie ? Tu refuses systématiquement que je sois sympa avec toi.

— Tu n'as jamais été quelqu'un de sympa et tu ne le seras jamais.

— Tu sais quel est ton problème, Jane ? Tu es incapable de pardonner. Tu ne saurais pas quoi foutre de tes journées si tu ne passais pas ton temps à régler des comptes.

— C'est pour me dire ça que tu m'as apporté une bouteille de vin ?

Il lui adressa un petit sourire et poursuivit sans se démonter :

— Tu as besoin de râler pour être heureuse. Je m'étais dit qu'avec le temps ça finirait par te passer, mais je constate que c'est loin d'être le cas. Tu continues à m'en vouloir pour des trucs qui se sont passés quand on était mômes. Les frères sont comme ça, Jane. Ça fait partie de leur job d'emmerder leurs sœurs.

— Danny n'était pas comme ça.

— Et c'est pour ça que tu lui en voulais autant. Tu ne supportais pas sa passivité. Danny était un agneau et tu l'acceptais très mal. Le fait qu'il refuse de se défendre, ou qu'il en soit incapable, t'insupportait au plus haut point.

Pourquoi prétendre le contraire puisqu'elle savait qu'il avait raison ?

— Tu es furieuse contre Huff à cause de Clark Daly.

Elle plongea les yeux dans son verre de vin. Pourvu qu'il n'ait pas remarqué son trouble lorsqu'il avait prononcé le nom de Clark. Elle espérait que la visite de Chris, quelques minutes seulement après son rendez-vous clandestin avec Clark, n'était qu'une coïncidence.

— Au lieu d'en vouloir à Huff de t'avoir empêchée de continuer à voir Clark, tu ferais mieux de le remercier. Et puis ça fait tellement longtemps, dit-il en se resservant à boire. Aujourd'hui, ton principal souci est la mort de Danny et c'est de ça que je suis venu te parler. Tu as cru bien faire en menant ta petite enquête au sujet de ce qui semble être un meurtre.

— Et tu es venu me faire peur et me dire d'arrêter si je ne veux pas qu'il m'arrive des bricoles.

— Pas le moins du monde, répondit-il d'une voix neutre. Je suis de tout cœur avec toi et je partage ton désir de connaître la vérité. En revanche, j'ai du mal à comprendre où tu veux en venir. Que les choses soient bien claires, Jane. Je souhaitais te faire gagner du temps en te disant que mon procès n'avait rien à voir avec la mort de Danny. Je trouve parfaitement ridicules et déplacées tes recherches dans ce domaine, surtout au bout de trois ans. Rien ne t'empêchait de revenir ici au moment des faits. Tu aurais pu te faire une opinion par toi-même, j'aurais veillé personnellement à ce qu'on te réserve une place au premier rang. Jane, il est temps que tu comprennes que le procès est fini. F-I-N-I.

— Tu l'as tué, c'est bien ça ? Tout comme Huff a tué Sonnie Hallser.

— Faux pour l'un comme pour l'autre.

— Quelqu'un d'autre que moi est-il au courant que tu as vu Huff tuer Hallser ?

Il plissa les yeux, prenant l'air concentré.

— De quoi parles-tu ?

— Tu es sorti subrepticement de la maison cette nuit-là, Chris. Je t'ai pris sur le fait, tu t'en souviens ? Tu m'as menacée de mort ou presque si jamais j'en parlais à Mère. Tu m'as dit que tu voulais faire une surprise à Huff à l'usine et rentrer avec lui. Je me souviens avoir envié ton courage d'aller à pied jusque là-bas, tout seul dans le noir. J'étais encore plus jalouse à l'idée que Huff serait ravi de te voir. Il trouverait ça formidable de ta part, il ne penserait même pas à te punir.

Elle ajouta d'une voix sourde :

— Qu'est-ce que tu as vu exactement ce soir-là, Chris ?

— Quel âge avais-tu ?

— Cinq ans.

— Exactement. Alors comment peux-tu t'en souvenir ? Ce n'était pas la première fois que je sortais de la maison en douce et que j'allais retrouver Huff à l'usine. Tu te trompes de soir.

Elle ne se trompait pas le moins du monde. Certains souvenirs ne s'effacent jamais, et les jours qui avaient suivi la découverte du corps horriblement mutilé de Sonnie Hallser étaient de ceux-là. Elle s'en souvenait parfaitement, car c'était la seule fois où elle avait vu Chris se comporter comme s'il avait peur.

— Je suis convaincue que Huff a tué cet homme, continua-t-elle. Quant à toi, tu as tué Gene Iverson pour des raisons identiques, à quelques décennies d'écart. À ceci près que tu n'as pas commis la même erreur que Huff. Tu as fait disparaître le corps d'Iverson.

— Personne ne sait ce qu'il est advenu d'Iverson. Si ça se trouve, Huff lui a fichu une trouille bleue et il s'est enfui sans demander son reste.

— En abandonnant tout ce qu'il avait ?

— À moins qu'il n'ait été enlevé par des extraterrestres. Ah, je sais ! s'exclama-t-il avec un claquement de doigts. Le colonel Moutarde l'a tué dans la bibliothèque avec la matraque.

— Ce n'est pas un jeu, Chris, s'énerva-t-elle. Comment peux-tu plaisanter au sujet d'un meurtre ?

— J'allais y venir. Personne n'a pu prouver qu'Iverson était mort, encore moins qu'il avait été assassiné. Si tu veux mon avis, il est en pleine forme à l'heure qu'il est et il doit bien rigoler des emmerdements qu'il nous a causés. Quoi qu'il en soit, ce n'est pas moi qui l'ai tué.

Mais Jane poursuivait, imperturbable :

— Comme Huff et toi ne faisiez pas confiance à la justice, vous avez décidé de prendre les choses en main. Calvin McGraw m'a avoué avoir acheté lui-même certains membres du jury.

— Mais enfin, Jane ! Il est complètement sénile ! s'écria Chris. Si tu lui avais posé la question, il t'aurait avoué avoir fait sauter le Golden Gate Bridge. Il ne sait plus ce qu'il dit. C'est quand même incroyable ! Tu es prête à croire un vieillard atteint de la maladie d'Alzheimer alors que tu refuses de croire ton propre frère.

Elle se leva et s'approcha du petit bureau. Elle déposa sur le plateau stratifié tout égratigné le gobelet auquel elle n'avait pas touché et se regarda dans la glace.

Avec son jean et son tee-shirt informe, la décoratrice attitrée de tous les nantis de San Francisco était méconnaissable. Elle avait renoncé à dompter sa crinière que l'air humide rendait désespérément rebelle.

Qui donc était cette inconnue qui la regardait ? Que faisait-elle dans une chambre aussi triste à jouer les justicières au nom de causes auxquelles elle semblait être la seule à s'intéresser ? De quel droit cherchait-elle à empêcher Clark Daly de se laisser mourir à grands coups d'alcool et de désespoir ? Pourquoi se préoccupait-elle de l'avenir des Entreprises Hoyle alors que les gens y toléraient depuis si longtemps les accidents, les morts imbéciles et les conditions de travail déplorables ?

Si Chris avait effectivement tué Iverson en toute impunité, pourquoi ne pas le laisser brûler en enfer, après tout ? Chris et Huff se moquaient ouvertement du système depuis si longtemps, personne à part elle n'en avait rien à faire. Pourquoi s'entêter à jouer les Zorro ?

Rien ne lui prouvait que Danny avait cherché à la joindre pour quelque chose d'important. Les statistiques montrent que les candidats au suicide se laissent rarement convaincre de renoncer à commettre l'irréparable. Au mieux, elle aurait retardé l'échéance en acceptant de lui parler. C'était même présomptueux de sa part de penser qu'elle aurait pu l'influencer alors que sa propre fiancée n'en avait pas été capable.

Au même moment, elle vit le reflet de Chris dans la glace. Il l'observait, comme s'il avait senti le doute s'emparer d'elle. Elle se reprit aussitôt et lui fit face.

— Tu m'as posé une question directe et je vais te répondre de la même façon, Chris. Tu veux savoir pourquoi je ne te crois pas alors que je suis prête à croire un témoin aussi peu fiable. La réponse est simple : parce que Huff s'est appliqué à te pourrir et que ça se voit. Tu es la personnification même de l'égocentrisme. Tu n'as jamais pu t'empêcher de faire ce dont tu avais envie. Quand tu te fais prendre la main dans le sac en train de faire quelque chose de mal, tu comptes invariablement sur ton charme ou sur les appuis de Huff pour t'éviter le pire. Tu es un jouisseur narcissique totalement dénué de scrupules. Il t'arrive de mentir par plaisir, rien que pour voir si tu arriveras à t'en tirer. Quand tu as envie de quelque chose, tu le prends. C'est normal, rien ne t'a jamais été refusé de toute ton existence. À l'exception peut-être de ton divorce, mais je ne m'inquiète pas pour ça. Huff et toi trouverez bien un moyen d'y arriver, d'une façon ou d'une autre. Maintenant, est-ce que tu as tué Iverson ? La réponse est oui, mais tu t'en es tiré. Mais si jamais tu as tué Danny, Chris, je peux te garantir que tu vas le payer. J'en fais personnellement le serment.

Chris posa son gobelet sur la table de nuit.

— Jane, assieds-toi, s'il te plaît.

Le fait qu'il lui ait dit s'il te plaît était si inhabituel qu'elle lui obéit, à contrecœur. Il lui prit les mains et les garda entre les siennes tandis qu'elle tentait de se dégager.

— Réfléchis un instant à la façon dont Danny est mort, dit-il d'une voix douce. Pour le tuer, il aurait fallu que je prenne ce vieux fusil, que je le charge, que je lui mette le canon dans la bouche et que j'appuie sur la détente. En dépit de tous les défauts que tu me prêtes, tu crois vraiment que j'aurais pu faire ça à mon propre frère ?

Sans attendre sa réponse, il ajouta :

— Je n'ai pas tué Danny. Je ne l'ai pas tué, et tu es ridicule de penser que j'ai pu le faire.

— Qu'est-ce que ça peut te faire que je sois ridicule ?

— Rien du tout. C'est pour ton bien que je te le dis.

Sa nonchalance était si artificielle qu'elle ne tomba pas dans le piège.

— Non, Chris, ce n'est pas pour ça. Ce qui te gêne, c'est que je détourne son attention de toi. Vrai ou faux ?

— De qui parles-tu ?

— De Huff. Je fais des vagues et j'ai beau l'énerver, c'est de moi qu'il s'occupe en ce moment, pas de toi, et tu ne le supportes pas un instant.

Il baissa à demi les paupières, ne laissant filtrer qu'un regard d'une noirceur absolue. Ses lèvres qui souriaient encore quelques instants plus tôt ne formaient plus qu'une ligne dure, et c'est entre ses dents qu'il prononça :

— Retourne à San Francisco, Jane. C'est là-bas qu'est ta place.

— Tu serais ravi que je reparte, pas vrai ?

— C'est pour toi que je dis ça, pas pour moi.

Elle éclata de rire.

— Tu voudrais me faire croire que tu te soucies de *mon* bien-être ? demanda-t-elle, une main sur la poitrine.

— Exactement. Comme tu le dis si bien, Huff s'intéresse beaucoup à toi ces derniers temps. Et tu sais pourquoi ? Tu sais le sort qu'il te réserve ?

Cette fois, un sourire triomphant s'afficha sur le visage de Chris.

25

Les bureaux de Charles Nielson étaient situés dans l'immeuble d'un établissement bancaire de Canal Street, en plein centre de La Nouvelle-Orléans. Nielson partageait le dix-neuvième étage avec deux dentistes, une firme de courtage, un psychologue, ainsi qu'une société identifiée par ses seules initiales dont rien ne laissait deviner l'activité. Nielson occupait les derniers bureaux sur la gauche, tout au bout d'un couloir recouvert de moquette. Son nom était peint sur la porte en sobres caractères noirs.

La salle d'attente était de dimensions modestes, meublée du strict nécessaire : deux fauteuils identiques de part et d'autre d'une petite table sur laquelle était posée une lampe. Une femme d'un certain âge, encore belle, était installée derrière un bureau.

Elle était en grande conversation avec Jane lorsque Beck pénétra dans la pièce. Il aurait été difficile de dire lequel des deux était le plus surpris de voir l'autre.

La dame de la réception adressa au visiteur un bonjour souriant.

— Bonjour, répondit-il.

— Je suis à vous dans un instant. Asseyez-vous, je vous en prie.

Mais Beck ne donnait pas l'impression de vouloir s'asseoir, curieux de savoir pour quelle raison Jane, transformée en statue de sel depuis son irruption dans la pièce, se trouvait là.

Sans s'inquiéter de lui, la réceptionniste poursuivit :

— J'ai bien peur qu'il y ait un petit problème de coordination. Il arrive à M. Nielson de prendre des rendez-vous et d'oublier de me préciser de les noter sur son agenda.

— Non, il n'a pas oublié…

Jane, gênée, s'éclaircit la gorge.

— Il n'a pas oublié de vous en parler, je suis venue sans rendez-vous.

— Très bien. Dans ce cas, puis-je vous demander la raison de votre visite ? Je ne manquerai pas de lui transmettre l'information.

— Je m'appelle Jane Lynch, mais j'ai changé de nom. Je m'appelais Jane Hoyle autrefois.

Le sourire de la réceptionniste se figea.

— Hoyle comme les Entreprises Hoyle ?

— Oui.

— Je vois.

— Non, je ne crois pas. Je ne suis pas envoyée par la famille Hoyle.

La réceptionniste croisa les mains sur son bureau comme si elle attendait une explication.

— Je suis certaine que M. Nielson sera heureux de le savoir.

— Lorsque vous le verrez, dites-lui bien que je suis venue lui proposer mon aide.

— Euh… c'est-à-dire que M. Nielson…

Elle fut interrompue par la sonnerie du téléphone. Elle leva un doigt qui demandait à Jane de patienter un instant et décrocha.

— Le bureau de Charles Nielson. Non, je suis désolée, il est actuellement absent. Puis-je prendre un message ?

Elle s'empara d'un bloc sur lequel elle jeta quelques notes.

Jane se tourna vers Beck.

— Tu m'as suivie ?

— Désolé de te décevoir, mais pas du tout. Contrairement à toi, j'avais un rendez-vous avec Nielson.

Comme la réceptionniste raccrochait, il s'approcha du bureau en contournant Jane.

— Vous êtes probablement Brenda ? demanda-t-il d'une voix onctueuse, tout sourire.

— Oui, c'est moi.

— Nous nous sommes déjà entretenus à plusieurs reprises par téléphone. Je suis Beck Merchant.

Elle prit aussitôt un air chagriné.

— Mon Dieu. Vous n'avez pas eu mon message ?

— Quel message ?

— M. Nielson a été contraint de s'absenter subitement. J'ai appelé votre messagerie afin de vous prévenir qu'il ne serait pas en mesure d'honorer le rendez-vous qu'il vous avait fixé cet après-midi.

Beck sortit son portable de la poche intérieure de sa veste et regarda l'écran.

— En effet, dit-il. Mais j'ai oublié de le relever.

— J'ai voulu vous prévenir pour vous éviter le déplacement.

— J'aurais préféré que votre employeur ait au moins la courtoisie de me voir avant de s'absenter. Savez-vous quand il sera de retour ?

— Il ne me l'a pas dit.

— Peut-on le joindre par téléphone ?

— Je peux vous donner le numéro de l'hôtel où il est descendu. Il se trouve à Cincinnati.

— Vous ne pouvez pas me donner son numéro de portable ?

— C'est malheureusement impossible, répondit-elle. Je ne tiens pas à perdre mon emploi.

— Vous m'en verriez navré.

— M. Nielson ne manquera pas de me joindre pour relever ses messages. Puis-je lui demander de vous proposer un autre rendez-vous, monsieur Merchant ?

— S'il vous plaît. Si ça ne répond pas, veillez à indiquer la date et l'heure de votre appel sur ma messagerie. Je m'arrangerai. En cas de problème, soyez gentille de chercher à me joindre aussi à mon bureau et sur ma ligne privée. Je ne voudrais pas faire une nouvelle fois le trajet pour rien.

— Bien sûr, monsieur Merchant.

— Je vous remercie.

— Je suis sincèrement désolée que vous vous soyez déplacé inutilement. Vous aussi, mademoiselle.

— Je souhaiterais également rencontrer M. Nielson le plus rapidement possible, intervint Jane.

— Je ne manquerai pas de vous tenir au courant, mademoiselle Hoyle.

— Je m'appelle Lynch.

— Bien sûr. Je vous prie de m'excuser.

Jane lui donna son numéro de portable et celui de la réception du motel, puis elle se dirigea vers la sortie.

Beck l'attendait en lui tenant galamment la porte.

— Au revoir, Brenda, dit-il en sortant.

— Au revoir, monsieur Merchant.

Ils reprirent le couloir en sens inverse, l'un à côté de l'autre, et attendirent l'ascenseur. Une fois dans le hall d'entrée, Beck se dirigea vers la sortie tandis que Jane suivait la pancarte des toilettes. Ils n'avaient pas prononcé une parole depuis qu'ils avaient quitté le bureau de Nielson.

Lorsque Jane se retrouva dans la rue cinq minutes plus tard, elle eut la mauvaise surprise de le voir devant l'immeuble, en grande conversation sur son portable. Elle avait pourtant veillé à lui laisser tout le temps de disparaître.

Il était 17 heures, les bureaux se vidaient les uns après les autres et les trottoirs du centre-ville étaient noirs de monde. Les voitures avançaient pare-chocs contre pare-chocs sur Canal Street. L'atmosphère était difficilement respirable en raison des gaz d'échappement rendus captifs par l'humidité ambiante.

Beck avait l'air épuisé. Un doigt sur l'oreille dans le vain espoir de faire taire la rumeur des voitures, il plissait les yeux afin d'entendre son correspondant. La veste pliée sur un bras, la cravate dénouée et les manches de chemise relevées, il ressemblait en tous points au Beck que Jane avait vu pour la première fois au cimetière.

Il la vit sortir du building et se traça un chemin à travers la foule pour la rejoindre.

— Si ça peut t'éviter de l'appeler pour rien, Nielson n'est pas encore arrivé à son hôtel, lui dit-il en guise d'entrée en matière.

— Je l'appellerai plus tard.

— J'ai bien failli tomber à la renverse en te voyant là. Pourquoi voulais-tu rencontrer Nielson ?

— Comme je l'ai dit à son assistante, je comptais lui proposer mon aide. Et toi ?

— Je voulais le rencontrer *physiquement*, répondit-il doucement. Lui montrer que ni moi ni les Hoyle n'avons des cornes et des pieds fourchus. J'avais l'espoir de parvenir en douceur à une solution négociée, afin d'éviter une grève. Je comptais lui expliquer qu'une grève serait préjudiciable à toutes les parties, à commencer par les ouvriers de l'usine qui ont besoin de leur paye.

— Quel grand cœur, ce Beck, railla-t-elle. Combien ?

— Combien quoi ?

Elle désigna l'attaché-case qu'il avait à la main.

— Combien de fric avais-tu là-dedans pour l'acheter ?

Le feu passa au vert et elle s'engagea sur la chaussée. Elle atteignait le trottoir opposé lorsque Beck l'attira par le bras à l'écart de la foule et l'obligea à s'arrêter.

— Assez de fric pour t'inviter à dîner.

— Tu veux m'inviter à dîner ?

— Je sais bien que tu as l'habitude de payer tes repas, mais j'aurais bien aimé t'inviter pour une fois. Sauf si tu es trop gourmande, auquel cas je te demanderai de compléter.

Loin de la séduire, son sourire espiègle et ses yeux verts moqueurs la révulsaient. Comment pouvait-on se montrer aussi calculateur ? Curieusement, elle aurait dû être dégoûtée… elle était surtout déçue.

— Chris m'a expliqué la façon dont Huff envisageait notre avenir commun.

Son sourire charmeur s'effaça instantanément.

— Je ne voudrais pas que tu perdes ton temps à chercher à me séduire alors que tu n'as aucune chance de réussir. Maintenant, si ça ne te dérange pas, j'ai une course à faire.

Sans attendre sa réponse, elle s'éloigna à pas rapides, mais il ne se tenait pas encore pour battu.

— Cette invitation à dîner n'a aucun rapport avec les combines de Huff, insista-t-il en la rattrapant.

— Laisse-moi tranquille, Beck, dit-elle lorsqu'il tenta à nouveau de se mettre en travers de sa route. Je suis déjà en retard.

— En retard pour quoi faire ?

— Je vais voir Billy Paulik à l'hôpital. Je ne voudrais pas rater l'heure des visites.

Il ne s'y attendait pas et elle en profita pour repartir.

— Attends, Jane. Je vais t'y conduire.

— Merci, j'ai ma voiture et je suis assez grande pour y aller toute seule. D'ailleurs, ça m'étonnerait que tu sois le bienvenu.

— Je t'assure, il faut de toute façon que je passe lui donner des papiers, expliqua-t-il en tapotant son attaché-case. Où es-tu garée ?

Le pick-up de Beck se trouvait au rez-de-chaussée d'un parking plus proche que le garage où elle avait laissé sa décapotable, de sorte qu'elle finit par accepter sa proposition de peur d'arriver trop tard.

L'hôpital n'était pas très loin, mais la circulation dense et les places de stationnement chères, de sorte qu'il leur fallut près d'une demi-heure avant d'arriver à l'étage des urgences que Billy Paulik n'avait pas quitté depuis son opération. Ils n'avaient pas échangé un mot tout au long du trajet.

Alicia Paulik s'entretenait avec un jeune homme en blouse blanche lorsque Beck et Jane débouchèrent de l'ascenseur. Elle les aperçut et son visage se renfrogna en reconnaissant Beck.

— Qu'est-ce que vous faites ici ?

— Nous sommes venus prendre des nouvelles de Billy, lui répondit-il calmement. Je vous présente Jane Lynch.

Elle examina Jane de la tête aux pieds.

— Lynch ? Vous êtes la fille de Huff Hoyle, c'est bien ça ? Je comprends que vous ayez voulu changer de nom.

— Comment va votre mari ?

Mme Paulik montra du doigt le jeune homme en blouse blanche.

— C'est à lui qu'il faut demander ça. C'est son psy.

Le médecin se présenta en leur serrant la main.

— Vous comprendrez que je ne sois pas autorisé à vous dire de quoi nous parlons avec Billy lors de nos entretiens. Je peux toutefois vous préciser qu'il est extrêmement déprimé. Il lui faut à la fois faire face aux enjeux de sa guérison et admettre de devoir vivre avec un bras en moins. Même avec une prothèse, ce sera très difficile pour lui. Il se fait également beaucoup de souci au sujet des siens.

— Je lui ai dit de ne pas s'en faire pour ça, s'immisça Mme Paulik. On s'en tirera, d'autant que j'ai la ferme intention d'obtenir le maximum d'argent de votre saloperie de boîte.

De toute évidence, elle s'adressait à Jane autant qu'à Beck.

Gêné, le jeune médecin crut bon d'intervenir.

— Billy a les réactions normales de quelqu'un qui a subi un traumatisme majeur. Il lui faudra du temps pour en accepter toutes les conséquences.

— En tous les cas, poursuivez les séances aussi longtemps que vous le jugerez utile, lui recommanda Beck.

Le médecin jeta un coup d'œil anxieux en direction de Mme Paulik.

— C'est-à-dire... On m'avait parlé de trois séances...

— M. Hoyle a changé d'avis. Vous pouvez continuer sans problème et n'hésitez pas à m'appeler si vous avez des questions, dit Beck en lui tendant sa carte de visite.

Le psychiatre leur adressa un petit salut et s'éloigna.

Beck se tourna vers Mme Paulik.

— M'autorisez-vous à voir Billy ?

— Pour quoi faire ?

Il lui montra l'enveloppe de papier kraft que Jane l'avait vu sortir de son attaché-case en descendant du pick-up.

— Des petits mots de ses collègues lui souhaitant un prompt rétablissement. Ce ne sera pas long.

Elle lui arracha l'enveloppe des mains.

— Je lui donnerai moi-même. Ça ne lui ferait sûrement pas de bien de vous voir, ou n'importe qui d'autre de la boîte.

— Comme vous voulez, madame Paulik.

Beck annonça à Jane qu'il appelait l'ascenseur, puis il s'éclipsa en la laissant seule avec Alicia Paulik.

— Comment réagissent les enfants ?

— Ils ont peur. Vous n'auriez pas peur, à leur place ?

Passant outre à l'agressivité de son interlocutrice, Jane poursuivit :

— Bien sûr que si. Quand ma mère est morte, j'étais extrêmement triste, et je me souviens avoir eu très peur de mourir aussi. Ce genre d'événement fragilise particulièrement les enfants.

Mme Paulik rumina un instant ce que Jane venait de dire, puis elle grommela :

— Je suis désolée pour votre frère Danny.

— Je vous remercie.

— C'était un garçon bien.

— Je sais.

— Vous comptez vous installer définitivement à Destiny ?

— Non, je ne vais pas tarder à rentrer à San Francisco.

— Le plus tôt sera le mieux. Si j'étais vous, je m'en irais avant que les ennuis arrivent. J'aimerais pas m'appeler Hoyle quand Nielson s'occupera de l'usine.

Jane n'eut pas le temps de lui répondre, car Beck l'appelait à l'autre bout du couloir.

— L'ascenseur est là.

Elle posa timidement la main sur le bras d'Alicia Paulik.

— Je sais que vous ne me faites pas confiance et je peux le comprendre, mais sachez que je suis sincèrement désolée de ce qui s'est passé.

Sans attendre, elle rejoignit Beck face aux ascenseurs.

— Je n'ai pas pu le retenir, expliqua-t-il. Les gens commençaient à s'impatienter.

— Désolée de t'avoir fait attendre, je voulais seulement…

Elle fut interrompue par un cri. Elle se retourna et vit Alicia Paulik à l'endroit où elle l'avait laissée quelques instants plus tôt, des lettres et des cartes de convalescence éparpillées autour d'elle. Elle tenait encore à la main une carte dont le contenu lui avait fait perdre contenance.

Stupéfaite, Jane regarda Beck.

— Qu'est-ce qu'il y avait dans cette enveloppe ?

Comme un autre ascenseur venait de s'arrêter, il lui fit signe de passer devant.

— Je ne voudrais pas rater celui-là.

Mais Jane s'éloignait déjà à grands pas vers Alicia Paulik, qui serrait une carte contre sa poitrine en sanglotant.

26

Beck l'attendait au volant de son pick-up face à l'entrée principale de l'hôpital. Il se pencha afin de lui ouvrir la portière et elle se hissa dans l'habitacle. Au lieu de l'interroger sur ce qui s'était passé avec Alicia Paulik, il se contenta de lui demander :

— J'étais sérieux tout à l'heure en t'invitant à dîner. Je n'ai pas eu le temps de déjeuner. Tu viens avec moi, oui ou non ?

Elle avait déjà reçu des invitations formulées plus aimablement, mais elle décida d'accepter, par curiosité avant tout. Elle n'avait pas très faim et se serait aisément contentée d'une halte dans un fast-food. Beck était le seul à pouvoir répondre aux questions qu'elle se posait depuis l'incident survenu à l'hôpital, et il lui faudrait du temps si elle voulait parvenir à ses fins.

La conversation se limita au strict minimum tout au long du trajet, tandis qu'il reprenait le chemin de Canal Street et du Quartier français en pleine heure de pointe. Il gara le pick-up dans un parking public et ils remontèrent Royal Street.

Ils étaient passés devant plusieurs restaurants d'où émanaient des odeurs alléchantes lorsqu'elle demanda :

— Tu sais où tu m'emmènes ?

— Oui, je connais un petit endroit.

Le soleil commençait à baisser. Ils avançaient à l'ombre des maisons dans une fraîcheur toute relative, les façades colorées ayant emmagasiné la chaleur de cette journée torride.

Beck, qui avait laissé sa veste dans le pick-up, avait pris soin de dénouer sa cravate afin de déboutonner le col de sa chemise. Quant à Jane, dans la même robe noire qu'elle portait le jour de l'enterrement, elle regrettait de n'avoir pas pensé à mettre des chaussures plus confortables.

Ils marchaient lentement, parlant peu, et s'arrêtèrent même à un coin de rue pour écouter un saxophoniste. Ils déclinèrent l'offre d'un clown habillé d'énormes culottes à pois, une perruque frisée rose bonbon sur la tête, qui souhaitait les grimer. Comme une bande de jeunes gens passablement éméchés les dépassait, l'un d'eux osa une réflexion déplacée à l'adresse de Jane. Son sourire béat ne tarda pas à s'effacer lorsqu'il croisa le regard haineux de Beck, et il alla rejoindre ses compagnons.

Sur Royal Street s'alignaient des boutiques et des galeries chic, principalement des magasins d'antiquités proposant des meubles importés d'Europe, des bijoux, des tableaux et des sculptures. Même le magasin de souvenirs devant lequel ils venaient de passer valait de beaucoup les bazars de Bourbon Street.

Beck et Jane avaient fait quelques mètres lorsqu'il s'arrêta brusquement et fit demi-tour.

— Je reviens tout de suite, la prévint-il en pénétrant dans la boutique.

Jane revint sur ses pas afin d'admirer l'impressionnante collection de masques de Mardi gras exposée dans la vitrine. Ornés de bijoux en strass, de dentelles et de plumes de toutes les couleurs, certains étaient inquiétants, d'autres magnifiques.

Beck sortit du magasin avec un collier de perles blanches, émaillé de perles métalliques plus petites vertes et violettes.

— Tu as une très belle robe, mais ça me fait penser à l'enterrement et je me suis dit que ça l'égayerait un peu.

Sans attendre, il lui passa le collier autour du cou, le glissa sous sa chevelure et l'ajusta sur sa robe.

— Voilà ! C'est nettement mieux.

— Habituellement, un homme n'offre des perles à une femme que si elle les a méritées.

Il caressa les perles du bout des doigts avant de retirer lentement la main.

— La soirée n'est pas terminée.

Ils restèrent immobiles quelques instants, les yeux dans les yeux, jusqu'à ce qu'un groupe de passants hilares les bouscule sur l'étroit trottoir de brique, puis ils repartirent.

À moins de connaître les lieux, personne n'aurait pu trouver le restaurant, situé dans une minuscule rue de traverse au milieu de laquelle coulait une rigole. Aucune pancarte n'en signalait l'entrée. Beck s'arrêta devant une grille de fer forgé recouverte de lierre et appuya sur une sonnette dissimulée par la végétation.

Une voix lui répondit dans un haut-parleur invisible.

— Oui ? fit la voix en français.

— Beck Merchant.

La grille s'ouvrit dans un clic et Beck s'effaça pour laisser passer la jeune femme avant de refermer la grille derrière eux. Un étroit passage les conduisit jusqu'à une cour intérieure aux murs de brique recouverts de lichen. Des fougères grosses comme des voitures pendaient dans d'énormes pots soutenus par des chaînes accrochées aux branches d'un chêne gigantesque occupant tout l'espace.

Des plantes en fleurs pointaient sous les philodendrons et les caladiums géants. Le tronc noueux d'une glycine luxuriante grimpait le long d'un mur et se perdait sur la toiture d'une maison mitoyenne.

Beck lui fit signe de monter à l'étage.

Subjuguée, Jane le précéda dans un escalier en colimaçon qui débouchait sur un balcon pourvu d'un garde-corps lourdement ouvragé. Des ventilateurs tournaient au plafond, rythmant d'un mouvement paresseux la flamme des lampes tempête fixées le long du mur extérieur. Des buissons d'hibiscus émergeaient de pots en faïence disposés à intervalles réguliers sur le balcon, leurs fleurs rayonnantes presque aussi larges que des parasols.

Ils furent accueillis par un maître d'hôtel en smoking qui prit les mains de Beck dans les siennes. Il s'exprimait en français, une langue que Jane connaissait suffisamment pour comprendre qu'il était heureux de voir Beck. Ce dernier les présenta l'un à l'autre. Le maître d'hôtel adressa à la jeune femme une telle pluie de compliments avant de l'embrasser sur les deux joues qu'elle en fut gênée.

— Il est sans doute présomptueux d'arriver à l'improviste sans avoir pris la précaution de réserver, s'excusa Beck.

Le maître d'hôtel le fit taire d'un geste en lui assurant qu'il y aurait toujours une table libre pour lui.

Beck lui demanda alors s'il était possible de leur servir un apéritif sur le balcon en attendant l'heure de dîner.

— Du champagne, s'il vous plaît.

— Certainement, répondit l'autre en français. Je m'assurerai qu'on vous laisse tranquilles, ajouta-t-il en levant les sourcils en direction de Jane. Prenez tout votre temps, vous n'êtes pas pressés.

D'un claquement de doigts, il appela un serveur à qui il commanda d'apporter une bouteille de champagne.

Beck désigna à Jane une table bistrot à l'extrémité du balcon, recula une chaise à son attention avant de s'installer en face d'elle.

— J'aurais peut-être dû te demander ton avis avant de lui dire de nous installer ici, s'excusa-t-il.

— Au contraire, ça fait du bien.

— Tu n'as pas trop chaud ?

— J'aime la chaleur.

— Oui, je sais.

La manière dont il lui avait répondu, sans doute aussi la façon dont il la regardait firent bondir le cœur de Jane dans sa poitrine. Soucieuse de changer de sujet, elle lui demanda où il avait appris le français.

— J'étais censé étudier une langue étrangère à la fac. J'ai choisi le français.

Il était clair que ce n'était pas à l'université qu'il avait appris à le parler aussi bien, mais sa réponse laconique fit comprendre à Jane que Beck ne faisait pas grand cas de son bilinguisme.

Avec une discrétion étudiée, le serveur les rejoignit avec deux flûtes posées sur un plateau tandis que l'un de ses collègues installait un seau à glace sur pied à côté de leur table. Il remplit leurs flûtes, remit la bouteille de champagne dans son lit de glace et disparut dans l'ombre du balcon.

Beck leva son verre et le fit tinter contre celui de sa compagne.

— À quoi trinque-t-on ? demanda-t-elle.

— À ton départ.

— Vraiment ?

— Il faut que tu t'en ailles, Jane. Dépêche-toi de reprendre ta vie à San Francisco avant qu'il ne t'arrive quelque chose.

— Ce ne serait pas la première fois.

— Je sais, tu as connu un chagrin d'amour au lycée. Crois-moi, c'était de la rigolade à côté de ce qui t'attend.

— Tu parles sans savoir, Beck.

— Alors éclaire ma lanterne.

Elle fit non de la tête.

— Ce qui s'est passé restera entre Huff et moi. Quand je suis partie, j'avais juré de ne jamais revenir.

— Ce qui ne t'a pas empêchée de le faire.

— Oui, c'est vrai.

— Pourquoi es-tu revenue ?

Elle hésita très longtemps avant de se décider à lui avouer la vérité.

— Danny m'a appelée.

Il ne chercha pas à dissimuler son étonnement.

— Quand ça ?

— Le vendredi qui a précédé sa mort, répondit-elle avant de lui fournir tous les détails. Je m'en voudrai toute ma vie d'avoir refusé de lui parler, conclut-elle.

— Je suppose qu'il ne t'a pas dit pourquoi il appelait ?

— Non, mais ce n'était certainement pas parce qu'il avait un coup de cafard. Je suis persuadée qu'il avait une bonne raison de vouloir me parler et je ne vois pas comment je pourrai continuer à vivre normalement tant que je ne la connaîtrai pas.

— Ça aurait pu être n'importe quoi, Jane, remarqua-t-il d'une voix douce.

— Peut-être. Crois-moi, j'ai essayé de me dire qu'il souhaitait simplement prendre de mes nouvelles. Mais maintenant que j'ai vu dans quelles conditions les ouvriers travaillent à l'usine, sans parler du mystère qui entoure la disparition d'Iverson et des différends qui ont récemment opposé Danny et Chris, je suis persuadée qu'il y avait autre chose.

Elle posa les yeux sur lui avec un soupir.

— Beck, mon père et mon frère sont aussi corrompus que dangereux. Je ne peux pas les laisser détruire la vie des gens en toute impunité. Il faut que quelqu'un les arrête. Je t'en ai voulu au début de m'avoir empêchée de prendre l'avion, mais je t'en suis reconnaissante à présent. Je n'aurais jamais pu me regarder dans la glace si j'étais tranquillement retournée chez moi sans avoir obtenu de réponses à certaines questions.

Il tenta une dernière approche.

— Et ta boîte ? Tu ne risques pas d'y laisser des plumes si tu t'absentes trop longtemps ?

— Il n'est pas exclu que ça me coûte quelques clients trop pressés, mais la plupart d'entre eux attendront mon retour. Quoi qu'il en soit, je ne me vois pas reprendre ma vie comme si de rien n'était sans avoir d'abord remis un peu d'ordre dans tout ce bazar.

Les yeux perdus dans les bulles de champagne, elle ajouta :

— Chris fait tout pour que je m'en aille et je me demande pourquoi. Il y met trop d'ardeur, ça cache certainement quelque chose. Bref, conclut-elle en le regardant dans les yeux, je reste.

Beck, considérant que le chapitre était clos, lui désigna sa flûte de champagne en soupirant.

— Bois. Inutile de gâcher un tel nectar.

Elle prit le temps de tremper les lèvres dans son verre avant de répondre.

— Tu commandes toujours du champagne quand tu veux séduire quelqu'un ?

Il haussa les sourcils.

— Tu préfères brûler les étapes ? Si tu veux, je peux demander à notre hôte s'il n'a pas une chambre à notre disposition. Quant à moi, ajouta-t-il à voix basse, je suis à ton entière disposition.

— Comme ça, tu pourrais aller trouver Huff et lui dire que tu as accompli ta mission.

— Enfin, Jane, crois-tu vraiment que je n'ai pas trouvé sa proposition ridicule ?

Elle sourit à regret.

— Chris s'est fait un malin plaisir de me raconter comment Huff avait cherché à me caser une nouvelle fois. Le coup de grâce, après avoir tout tenté pour me convaincre de repartir.

Leur conversation fut interrompue par un serveur apportant quelques mises en bouche.

— Tu ne voudrais pas oublier tout ça le temps de ce dîner ? demanda Beck.

Elle hocha la tête et il lui fit signe de se servir. Elle porta son choix sur un amuse-gueule qui fondait littéralement en bouche.

— Qu'y a-t-il à l'intérieur ? s'enquit-il.

— Je ne sais pas, mais c'est délicieux.

Il choisit le même et acquiesça.

— Du gruyère avec des épinards ?

— Beck, à l'hôpital…

— Et une pointe de confiture d'oignons, ajouta-t-il.

— La première carte qu'Alicia Paulik a trouvée dans cette enveloppe était de toi. Tu as vu sa réaction.

Il avala le reste de sa bouchée et s'essuya les mains.

— Exquis. Je crois que je vais craquer pour un autre.

Il avançait déjà la main lorsque Jane lui saisit le poignet pour l'obliger à la regarder.

— Tu avais joint à ta carte un chèque d'un montant particulièrement généreux.

— Tout est relatif. Qu'est-ce que tu entends par généreux ? Huff nous a suggéré de lui « graisser la patte ». Ce sont ses propres termes.

— Huff n'a rien à voir là-dedans. Ce n'était pas un chèque de la boîte, mais un chèque personnel.

Il saisit la bouteille dans le seau à glace et les resservit en champagne.

— Mme Paulik n'en revenait pas de ta générosité, continua Jane. Elle ne savait plus quoi penser. Elle t'en voulait presque de lui faire regretter de t'avoir craché dessus. Elle voulait s'excuser.

— Elle n'a aucune raison de s'excuser.

— Elle t'est très reconnaissante.

— Ce n'est pas le but recherché.

— Mais alors, dans quel but as-tu fait ça ?

— Tu devrais réfléchir à ce que tu veux manger. Je te recommande les huîtres Bienville.

— Beck, bon sang, réponds-moi.

— Soit, répliqua-t-il sèchement. Peut-être que j'ai envie de me racheter une conscience. Ça te va comme réponse ? Pas trop déçue ?

Il fit un signe au serveur à qui il glissa quelques mots en français. Le serveur disparut pour revenir presque aussitôt avec deux menus manuscrits dans des étuis de cuir souple.

Jane posa le sien devant elle sans l'ouvrir.

— Lundi après-midi, pourquoi as-tu prévenu Chris au sujet de Calvin McGraw ? Tu voulais voir la tête que je ferais ?

Il reposa son menu et la regarda droit dans les yeux.

— Non, Jane. Si tu veux tout savoir, j'étais curieux de voir la tête que ferait Chris.

— Chris ? Pourquoi ?

Beck posa ses avant-bras sur la table et s'approcha de la jeune femme.

— Chris et Huff étaient inquiets d'apprendre que tu faisais le tour des membres du jury et j'étais curieux de savoir pourquoi. Ils auraient pu se gratter la tête en se demandant quelle mouche t'avait piquée. Le plus simple était encore d'en rire en attendant que tu te ridiculises et que tu finisses par reprendre l'avion pour San Francisco. À leur place, c'est ce que j'aurais fait.

— Sauf s'ils avaient quelque chose à se reprocher, dit-elle d'un air pensif.

— Exactement.

Il se plongea dans la lecture du menu, jouant machinalement avec le pompon du cordon de soie qui maintenait la double feuille de papier cartonné à l'intérieur de son étui de cuir.

— Certes, je t'ai mise dans une situation embarrassante, mais je voulais savoir ce qu'aurait dit Chris si Calvin McGraw avait été assez lucide pour nous raconter ce qui s'était vraiment passé pendant le procès, comme il l'a fait avec toi ce matin-là.

— Tu m'as crue, au moins ?

Il leva les yeux et la regarda longuement avant de répondre.

— Je me demande comment tu arrives à faire ça.

— À faire quoi ?

— À porter un collier à six sous avec autant d'élégance. Quand je t'ai regardée à l'instant... en dépit de toutes ces conneries qui nous préoccupent, je me suis dit que tu étais diantrement belle.

Elle posa machinalement la main sur son collier de fausses perles.

— Tu n'as pas répondu à ma question. Tu m'as crue, quand je t'ai rapporté ce que m'avait dit McGraw ?

Il se recula sur son siège avec un soupir.

— Si je te croyais, je ne serais pas loin de croire que Chris a tué Gene Iverson avant de se débarrasser de lui de façon qu'on ne retrouve jamais son corps.

— Il n'aura pas voulu faire la même erreur que Huff, commenta-t-elle à mi-voix.

— Quelle erreur ?

— Chris a assisté au meurtre de Sonnie Hallser.

Une lueur étrange s'alluma dans le regard de Beck.

— Qu'est-ce que tu dis ?

— Chris m'attendait quand je suis rentrée au motel hier soir. On n'a pas uniquement parlé des plans de Huff à notre sujet.

En quelques mots, elle lui rapporta leur conversation, et plus particulièrement ce qu'elle lui avait dit au sujet de la mort de Hallser.

— Il a prétendu que j'étais trop petite pour m'en souvenir et que je confondais avec un autre soir, mais c'est faux, Beck. Je sais que j'ai raison. Chris a quitté la maison subrepticement cette nuit-là et il s'est rendu à l'usine à pied pour faire la surprise à Huff. Je ne sais pas s'il a vu Huff pousser Hallser dans cette machine ou bien s'il l'a vu laisser le malheureux agoniser après l'accident sans lui porter secours, mais la scène l'a forcément impressionné. Il aurait pu en concevoir une sainte horreur de la violence, mais je crois au contraire que cet épisode l'a endurci. Surtout lorsqu'il a constaté que Huff s'en tirait sans une égratignure.

En sa qualité d'avocat de Chris, Beck ne pouvait se permettre de réagir à ce qu'elle venait de lui apprendre et il préféra conserver le silence. Jane l'avait compris et respecta son attitude.

Une goutte de transpiration coula le long de la tempe de Beck avant de se perdre dans les rides naissantes qu'il avait au coin de l'œil.

— Je serais curieuse de savoir une chose, Beck. Combien je vaux ?

— Qu'est-ce que tu veux dire ?

— Je suis sûre que Huff serait prêt à t'indemniser royalement si tu m'épousais et que tu lui donnais un petit-enfant. Vous vous êtes mis d'accord sur un montant, ou bien tu le laisses libre du chiffre ? Il t'a consenti une avance, au moins ?

— Avec quel argent croyais-tu que j'allais t'inviter à dîner ? plaisanta-t-il en se levant et en faisant le tour de la table afin de tirer la chaise de Jane. Je te demanderai tout de même de ne consulter que la partie gauche du menu.

Les entrées et les plats qu'on leur servit étaient exceptionnels, mais le soufflé au chocolat à la chantilly qu'ils partagèrent au dessert battait tous les records. La salle à manger du restaurant comptait une douzaine de tables seulement, toutes habillées de nappes blanches damassées sur lesquelles brillaient des couverts en argent, des verres en cristal et des assiettes de porcelaine. Au-dessus des lambris, les murs étaient tendus de tissu moiré rose, assorti aux rideaux qui tombaient jusqu'au vieux plancher de chêne. Les bougies posées sur les tables éclairaient discrètement la pièce au centre de laquelle trônait un lustre de cristal, suspendu à un médaillon de plâtre ouvragé.

— Tu féliciteras le chef de ma part, de même que la personne responsable de la décoration, dit Jane à Beck alors qu'ils retournaient prendre le café sur le balcon.

— Je n'y manquerai pas.

— Comment as-tu découvert cet endroit ?

— En fait, c'est ma mère. Elle m'a invité ici pour fêter mon diplôme à la fin de mes études de droit.

— Ta mère est originaire de La Nouvelle-Orléans ?

— Oui, elle a toujours vécu ici.

— C'est elle qui t'a appris le français ?

Un sourire s'afficha sur son visage.

— Depuis que je suis bébé.

Le serveur les laissa seuls après avoir rempli leurs tasses. Beck y ajouta une goutte de Grand Marnier et tendit une tasse à Jane.

— Ce n'est pas tout à fait le même café qu'au Diner de Destiny, mais ils font des efforts.

Elle lui répondit par un sourire et s'approcha du garde-fou, son café à la main. Des effluves de musique leur parvenaient par-delà les toits des maisons voisines. La cour intérieure, à peine éclairée, était plongée dans une pénombre mystérieuse.

Un mince filet d'eau s'écoulait paresseusement d'une fontaine surmontée d'un ange de pierre à la main mutilée, les pieds recouverts de mousse. À l'instar du lierre qui envahissait le moindre espace libre, une plante en fleur s'était immiscée dans une fente au pied de la fontaine.

Pour Jane, tous ces petits défauts contribuaient à la beauté et à la magie du lieu, propres à l'atmosphère de désuétude du Quartier français.

— Hier soir, Chris a nié avoir tué Danny. Il avait l'air sincère, dit-elle brusquement dans le silence ouaté qui les entourait.

Beck la rejoignit.

— Si ça se trouve, on va chercher midi à quatorze heures et Danny s'est réellement suicidé.

Elle but une dernière gorgée de café, reposa la tasse avec sa soucoupe sur le plateau d'argent et reprit sa place le long du garde-fou.

— Qu'est-ce qu'il y a de plus sacré pour toi, Beck ?

— Pourquoi me poses-tu la question ?

— J'ai quelque chose à te dire, mais je souhaiterais être certaine que tu ne le répéteras pas. En te le disant, je trahis déjà une confidence qui m'a été faite.

— Dans ce cas, ne me dis rien.

— C'est important que tu sois au courant.

— Très bien. Dans ce cas, tu n'as qu'à me prendre comme avocat. Donne-moi cinq dollars en guise de provision et je serai lié par le secret professionnel.

— J'y avais pensé, avoua-t-elle, mais ce n'est pas possible car il pourrait y avoir un conflit d'intérêts.

— Pourquoi ? Ce dont tu veux me parler concerne Chris ?

— Danny, plus particulièrement.

Elle scruta son visage sur lequel jouait la lueur vacillante des lampes tempête. Le jour où elle l'avait rencontré, elle l'avait accusé d'être l'homme de main de son père et il n'avait pas cherché à l'en dissuader. Disait-il la vérité en affirmant l'avoir trahie pour mieux scruter la réaction de Chris face à McGraw ?

Clark lui avait recommandé de se méfier de Beck. Quelques heures plus tôt, son hypocrisie la dégoûtait. Elle se demandait à présent pourquoi il s'était montré aussi généreux envers les Paulik. Avait-il cherché à entrer dans ses bonnes grâces en l'impressionnant ?

Mais non. Il ne pouvait pas savoir que Jane se trouverait à l'hôpital au moment où Alicia Paulik ouvrirait l'enveloppe. Il avait encore moins pu prévoir qu'elle tomberait sur sa carte en premier.

Elle décida de se jeter à l'eau.

— Je vais te dire quelque chose que personne ne sait.

— N'oublie pas, Jane, je suis l'avocat de Chris. Fais attention aux secrets que tu peux me confier.

Consciente du risque qu'elle prenait, elle poursuivit :

— Danny allait se marier.

Beck ne s'y attendait visiblement pas.

— Il allait se marier ? Avec qui ?

— Je ne peux pas te donner son nom.

— Mais comment… comment as-tu…

— Je l'ai rencontrée par hasard au cimetière. Elle se recueillait sur sa tombe et elle est venue me voir.

Il eut l'air soulagé.

— La première venue vient te voir, sachant que tu es la sœur de Danny, elle te dit qu'elle est la fiancée du malheureux défunt et tu la prends au mot ? Il peut très bien s'agir de quelqu'un qui a voulu profiter…

— Ne me prends pas pour une parfaite imbécile, Beck. J'ai un minimum de bon sens. Cette fille n'a rien d'une aventurière, elle aimait sincèrement Danny et il l'aimait aussi. Elle m'a montré le diamant qu'il lui avait offert.

— Qui te dit qu'elle ne l'a pas acheté en faisant chanter quelqu'un d'autre ?

— Si elle voulait de l'argent, tu ne crois pas qu'elle aurait déjà pris contact avec Huff ? Ni lui ni Chris n'étaient au courant de ses fiançailles avec Danny et elle ne tient pas à ce qu'ils l'apprennent.

— Pour quelle raison ?

— Parce qu'ils auraient exactement la même réaction que toi. Ils risqueraient de croire qu'elle en veut à leur argent.

Il eut l'élégance de lui montrer sa déception.

— Elle sait pertinemment que Huff et Chris n'auraient pas manqué de salir l'amour que Danny et elle avaient l'un pour l'autre.

— Peut-être était-ce de ça que Danny voulait te parler quand il a cherché à te joindre.

— Ma conscience aimerait le croire et tu as peut-être raison. En tout cas, je suis persuadée qu'ils étaient vraiment très amoureux. Il avait décidé de l'épouser et de faire sa vie avec elle, ce qui me donne toutes les raisons de penser qu'il ne s'est pas suicidé.

— Il avait peut-être décidé de rompre et…

— Non. Je lui ai posé la question avec toute la délicatesse requise. Elle m'a affirmé qu'il n'avait aucune hésitation quant à leur relation. En revanche, c'est elle qui m'a appris que Danny traversait une crise…

Elle faillit employer l'adjectif *spirituelle*, mais elle eut peur qu'il ne fasse le lien avec l'église que Danny avait rejointe.

— Danny traversait une crise personnelle profonde, mais il refusait de lui en parler.

— Le fameux problème de conscience qu'il aurait eu.

— Exactement. D'après elle, Danny avait un problème personnel grave à résoudre avant de pouvoir s'engager définitivement avec elle.

— Il aurait pu s'agir de n'importe quoi, Jane. Une dette de jeu, un défaut dont il ne parlait jamais, une fille qu'il aurait mise enceinte.

— Ou bien alors un secret trop lourd à porter.

— Tu as eu le temps d'y réfléchir longuement… Je devine que tu as une idée derrière la tête.

— Au départ, je me disais que ça devait avoir un lien avec le fonctionnement de l'usine. Maintenant, je suis persuadée que Danny savait ce qu'il est advenu de Gene Iverson.

Beck s'éloigna pour poser sa tasse sur la table à côté de celle de Jane. Comme le serveur faisait mine de s'approcher, il lui fit comprendre d'un mouvement de tête de les laisser tranquilles. Le serveur s'éclipsa.

Beck retourna près du garde-fou sur lequel il posa les mains, s'y appuyant de tout son poids. Sa colonne vertébrale et les muscles de son dos se dessinaient à travers sa chemise tendue.

— Danny était très croyant, reprit-elle. La confession représentait quelque chose d'important à ses yeux. Tu ne crois pas qu'il aurait pu être au courant de quelque chose au sujet d'Iverson ? Quelque chose qui lui aurait pesé sur la conscience, au point de ne plus pouvoir continuer à vivre normalement sans se libérer du poids de sa culpabilité ?

Il tourna la tête et la regarda.

— Ce qui lui donnait une excellente raison de se suicider.

— Ça donnait surtout une excellente raison à quelqu'un d'autre de vouloir l'assassiner. Surtout s'il avait décidé de révéler publiquement ce qu'il savait.

Beck détourna le regard et poussa un juron.

— Tu viens de me donner l'élément qui manquait à Wayne Scott pour inculper Chris.

— Un mobile.

Il resta longtemps sans bouger, les yeux perdus dans la petite cour intérieure. Il sortit soudain de sa rêverie et se tourna vers elle.

— Il est temps de rentrer.

— Oui, la route est encore longue jusqu'à Destiny.

— Surtout après ce que tu viens de me dire.

Le maître d'hôtel les remercia avec effusion, embrassa à nouveau Jane sur les deux joues avant de recommander à Beck de revenir prochainement avec elle. Ils repartirent par l'escalier en colimaçon.

Parvenu au milieu de la cour, Beck s'arrêta. Surprise, Jane se retourna. Sans un sourire, sans un mot d'explication, il l'attira doucement dans l'ombre de la glycine et elle se laissa faire.

Portée par le café au Grand Marnier, elle se sentit envahie d'une étrange torpeur, faite de bien-être et d'excitation. Paradoxalement, elle avait à la fois les paupières lourdes et les nerfs à vif.

Beck la prit contre lui. Les veines de son cou formaient des dessins vibrants, mais elle résista à la tentation d'y poser les lèvres.

Il posa la main sur sa nuque, sous ses cheveux, approcha son visage à quelques centimètres de celui de Jane. Son haleine était douce et tiède, semblable à la brume du matin sur les eaux du bayou.

— Si je te touche, tu vas encore croire que c'est à cause de la proposition de Huff.

Elle se hissa sur la pointe des pieds et murmura dans un souffle, le long de ses lèvres :

— Je m'en fiche. Fais-le quand même.

Il l'embrassa. Elle se blottit tout entière contre lui tandis qu'il la prenait dans ses bras et l'étreignait en la dévorant des lèvres. Les mains de Beck maintenaient ses hanches fermement contre les siennes. Il se pencha en avant, écarta le collier de perles avec sa bouche et lui embrassa les seins à travers le tissu de sa robe.

Puis il la serra contre lui. La main sur sa nuque, il posa le visage de Jane contre son cou avant d'approcher sa bouche de l'oreille de la jeune femme.

— Tout l'or du monde ne parviendrait pas à m'enchaîner à une femme que je ne désire pas, murmura-t-il. Je voulais que tu le saches, Jane. Mais le pire…

Il appuya son sexe contre son ventre avant de poursuivre :

— Le pire, c'est que j'ai terriblement envie de toi.

Il aurait aisément pu la convaincre. À cet instant précis, elle buvait leur étreinte de tous ses sens. Elle le désirait avec la même passion aveugle, impossible et folle qui l'animait.

— Quelle ironie, ajouta-t-il d'une voix rauque. C'est précisément parce que Huff voudrait que je te prenne que je n'irai pas plus loin.

Il relâcha progressivement son étreinte jusqu'à ce qu'elle se détache complètement de lui.

— Dieu sait que j'ai envie de toi. Mais je ne te toucherai pas tant que tu auras un doute sur mes motivations.

27

Un nuage de fumée auréolait le visage de Huff, et il tira machinalement sur la cigarette coincée entre ses lèvres. Debout sur l'aire de chargement, les pieds écartés et les mains sur les hanches, il observait le manège des piquets de grève d'un air maussade.

Une quarantaine de types armés de pancartes tournaient lentement en rond dans le plus grand silence, de l'autre côté de la route, juste en face de l'entrée principale des Entreprises Hoyle.

— Depuis combien de temps ils sont là ?

Ceux qui se trouvaient à ses côtés – Chris, plusieurs contremaîtres, une poignée de cadres – se regroupèrent autour de lui. Tous avaient été appelés en catastrophe, certains avaient été tirés du lit.

Fred Decluette avait eu la malchance de se trouver aux premières loges lorsque le piquet de grève s'était mis en place, et c'était tout naturellement à lui que s'était adressé Huff en priorité.

— Ils sont arrivés aux alentours de 22 heures et ils étaient à l'œuvre au moment du changement d'équipe.

— Appelle Red et dis-lui de les arrêter pour s'être introduits illégalement sur une propriété privée.

— Il ne peut pas, Huff, intervint Chris. Tant qu'ils n'ont pas franchi les grilles, ils ont le droit de rester là. Le problème, c'est que tous les employés qui entrent et qui sortent les voient forcément. Ils ne peuvent pas faire autrement, ils sont quasiment obligés de traverser le piquet en voiture avant de venir se garer ici.

— Sans compter qu'ils ont reçu l'autorisation d'organiser un piquet de grève, ajouta Georges Robson. Ces types-là savent ce qu'ils font.

— Vous n'avez que des mauvaises nouvelles à m'annoncer ? s'énerva Huff.

— La bonne nouvelle, c'est que leur autorisation est valable uniquement s'ils manifestent pacifiquement, répondit Chris. À nous de faire en sorte que ça dégénère.

Quelques rires lui répondirent. Huff se tourna vers Fred.

— Tes gars sont prêts ?

Decluette acquiesça à contrecœur et sa réaction n'échappa pas à Huff.

— Alors, Fred ? Il faut que je te tire les vers du nez ? Dis-moi ce que tu as sur le cœur.

— J'ai peur qu'il y ait une certaine résistance chez nos gars, répondit Fred en regardant autour de lui, mal à l'aise. Il y a des bruits qui circulent comme quoi certains ouvriers pourraient se mettre en grève.

Huff jeta sa cigarette par terre et l'écrasa du pied.

— Je vais voir ça tout de suite.

Le petit groupe pénétra dans l'usine et rejoignit le bureau de Huff. Tous lui faisaient face, debout devant le mur transparent surplombant l'atelier. De l'autre côté de la vitre, les ouvriers vaquaient à leurs occupations sans entrain, et l'atmosphère était électrique.

— Les haut-parleurs sont branchés ? demanda Huff.

Chris enclencha plusieurs interrupteurs sur un pupitre.

— C'est bon.

Huff s'empara du micro sur lequel il souffla afin de s'assurer qu'il fonctionnait convenablement, puis il prit la parole.

— Écoutez-moi tous.

Sa voix se répercuta à travers toute l'usine, attirant l'attention des ouvriers dans les coins les plus reculés de l'atelier. Certains s'étaient arrêtés et gardaient les yeux rivés sur leur travail ; d'autres avaient relevé la tête, mais il était impossible de savoir ce qu'ils pensaient à cause de leurs grosses lunettes de protection.

— Vous êtes tous au courant de ce qui se passe dehors. À l'heure qu'il est, vous avez certainement entendu parler de celui qui a envoyé ces clowns nous casser les pieds et vous vous demandez sans doute qui est ce Charles Nielson. Eh bien, je vais vous le dire. C'est un empêcheur de tourner en rond qui n'a rien à faire chez Hoyle. Les types qui ont installé ce piquet de grève perdent leur temps et ils passent pour des imbéciles, ce qui est leur problème. À condition de nous serrer les coudes et de les ignorer, ils finiront par se lasser et repartiront tranquillement chez eux. On connaît ce genre d'oiseaux de mauvais augure, ce n'est pas la première fois qu'on voit des agitateurs ici. Ils arrivent sans crier gare et viennent fourrer leur nez dans nos affaires. Personnellement, et je suis bien convaincu que la plupart d'entre vous sont d'accord avec moi, je déteste qu'on vienne me dire ce que j'ai à faire. Ça vaut aussi pour le gouvernement fédéral et les syndicats. Ces gens-là ne sont même pas fichus de se mettre d'accord entre eux. Alors comment seraient-ils capables de nous dire ce qu'on doit faire à Destiny ? demanda-t-il d'une voix tonitruante. Je ne suis pas d'accord.

Il marqua une pause, le temps de reprendre son souffle, et poursuivit d'une voix plus calme.

— Ce qui est arrivé à Billy Paulik est dramatique. Personne ne dira le contraire. Billy a beaucoup souffert et il n'est pas au bout de ses peines, il en a encore pour un bon moment. Mais on pourrait lui donner tout l'or du monde, ce n'est pas ça qui lui rendrait son bras. On va tout mettre en œuvre pour l'aider et pour aider les siens, mais, en fin de compte, c'est à

Billy de prendre son avenir en main puisque personne ne peut revenir en arrière et changer ce qui lui est arrivé. Vous le savez aussi bien que moi, nous faisons un travail dangereux. Il arrive qu'il y ait des accidents. Nous avons eu des blessés, nous avons même eu des morts, mais je serais curieux d'entendre tous ces ronds-de-cuir qui font la pluie et le beau temps à Washington m'expliquer comment fabriquer des tuyaux en fonte sans courir de risque. S'il y avait une recette, il y a longtemps qu'on l'appliquerait. Je suis prêt à parier que ces mêmes ronds-de-cuir sont bien contents d'avoir des tuyaux quand ils tirent une chasse d'eau et qu'ils se foutent bien de savoir que quelqu'un a pu se blesser en les fabriquant.

Il s'arrêta pour évaluer l'effet de son discours. Personne n'avait bougé dans l'atelier, les hommes s'étaient figés à leur poste et ceux qui se trouvaient à la cantine à cette heure-là devaient l'écouter tout aussi religieusement, assis devant leurs sandwiches au saucisson, leurs beignets Twinkies et leurs thermos de café.

Huff avait retenu leur attention. Il s'agissait de bien leur faire comprendre qu'il en allait de leur avenir.

— Les demeurés qui tournent en rond à la porte de l'usine vous encourageront à vous mettre en grève. Moi aussi, j'aimerais bien ne pas avoir à travailler pour vivre. Si je pouvais me contenter de faire le clown devant les usines du pays en poussant les autres à quitter leur boulot, je ne me gênerais pas. Et tant pis pour ceux qui ont le sens du travail et qui ne toucheront pas leur chèque le moment venu. Si j'allais trouver des gens qui travaillent aussi dur que vous pour leur dire de laisser tomber, je passerais pour un imbécile. Tout le monde a des factures à régler à la fin du mois, des courses à payer, une famille à faire vivre. C'est pas vrai, ça ?

Quelques ouvriers acquiescèrent timidement tandis que les autres observaient leurs voisins du coin de l'œil afin de jauger leur réaction.

— Je suis bien conscient que tout est loin d'être parfait ici, chez Hoyle. On a eu notre lot de pépins, mais je peux vous dire que Georges Robson et moi-même sommes en train d'enquêter sur cet accident pour savoir ce qui s'est réellement passé.

Georges ne chercha pas à dissimuler son étonnement. Huff espérait que personne ne l'avait remarqué.

— Il va falloir mieux former les ouvriers qui arrivent à l'atelier, et il est temps de vous accorder à tous une augmentation. Mais sachez que j'ai horreur des geignards. Je n'ai pas oublié l'époque où un ouvrier aurait donné son bras droit pour avoir un boulot. Avant de prendre la direction de cette usine, j'ai fait le même boulot que vous. Sachez que j'ai travaillé et transpiré comme vous dans cet atelier, je sais à quel point le boulot est dangereux, sans parler de la chaleur et de la crasse.

Il remonta ses manches d'un geste dramatique et montra ses bras à travers la vitre.

— Ces cicatrices me rappellent chaque jour à quel point votre travail est dur.

Le temps de redescendre ses manches et son ton s'était radouci.

— Je suis quelqu'un de raisonnable, et je suis tout prêt à écouter vos revendications. Faites-moi la liste des changements que vous souhaiteriez apporter et je vous garantis que nous les examinerons avec la plus grande attention. Cependant…

Il marqua un temps d'arrêt afin de retenir l'attention.

— S'il y en a parmi vous qui sont d'accord avec cette bande d'agitateurs, libre à eux de les rejoindre. Vous m'entendez ? Allez-y tout de suite. Si vous n'aimez pas cette usine, vous savez où se trouve la porte. Mais sachez que si jamais vous vous joignez à eux, vous ne retravaillerez jamais pour moi, ni personne d'autre de votre famille. Vous vous serez fait un ennemi à vie.

Il laissa le temps à ses paroles de pénétrer les consciences avant de conclure :

— Je vous conseille de bien réfléchir. Maintenant, assez perdu de temps comme ça, il faut reprendre le travail.

Il coupa le micro et se retourna.

— Bon, ça devrait calmer les ardeurs de ceux qui avaient des hésitations, dit Chris. Quant à la poignée qui poussait à la création d'une unité syndicale, je ne serais pas surpris que ça leur cloue le bec. Franchement, je les vois mal avoir les couilles de le faire après ton petit discours.

À en juger par sa mine, Huff était loin de partager l'optimisme de Chris.

— Fred, qu'est-ce que tu en penses ?

Gêné d'être mis sur la sellette, le contremaître dansait d'un pied sur l'autre.

— Euh... ça leur a fait du bien d'entendre ça, Huff. Mais ces gars-là font partie de la même équipe que Billy. Ils l'ont tous vu pisser le sang et ils ont entendu ses hurlements. L'accident est encore dans tous les esprits. Je sais tout ce que vous faites pour lui et les siens. On vient de me dire que Beck était allé le voir. Alicia m'a...

— Beck est allé le voir ? s'étonna Chris.

Fred jeta un coup d'œil inquiet à la ronde avant de répondre :

— C'est ce qu'Alicia m'a dit. Elle m'a appelé tout à l'heure pour me dire que Beck était passé à l'hôpital et qu'il leur avait fait un gros chèque.

Huff regarda Chris qui lui fit comprendre par un haussement d'épaules qu'il n'était pas au courant.

— Qu'est-ce que tu allais dire avant d'être interrompu par Chris ? insista Huff.

— Ben, je disais que les gars qui travaillaient avec Billy risquaient pas d'oublier de sitôt ce qui lui est arrivé. Ils commençaient déjà à moins y penser, mais y en a qui veulent pas qu'on oublie.

— Ah oui ? Comment ça ?

— Ce soir, on a trouvé un ruban jaune sur le cadenas du casier de Billy et quelqu'un a écrit son nom sur le tapis roulant. On voudrait énerver les gars qu'on s'y prendrait pas autrement.

— Qui a fait ça ?

— Je sais pas encore. Les gars s'arrêtent de parler quand je m'approche d'eux.

— Trouve-moi le coupable.

— Je fais tout ce que j'peux.

Huff pointa dans sa direction un doigt menaçant.

— Je ne te demande pas de faire ce que tu peux, je te demande de trouver le coupable. Ouvre les yeux et les oreilles, sinon je m'adresserai à quelqu'un d'autre.

Fred avala sa salive.

— Oui, patron. Et je fais quoi, pour le piquet de grève ?

Huff alluma une nouvelle cigarette dont il tira plusieurs bouffées avant de répondre.

— L'idéal serait encore de les virer avec un fusil de chasse. Tu les verrais détaler comme des lapins.

— Je veux bien m'en charger, proposa Chris.

Huff secoua la tête en riant.

— Non, ne faisons rien ce soir, c'est encore trop tôt. Si ça se trouve, ils s'en iront tout seuls quand ils seront fatigués et déshydratés, qu'ils en auront marre de se faire bouffer par les moustiques et de se casser le dos avec leurs pancartes. Avec un peu de chance, on n'aura pas à lever le petit doigt. Autant attendre un jour ou deux pour voir comment évoluent les choses, comment réagissent les hommes. Fred, prépare-toi quand même à faire le coup de poing avec quelques-uns de tes hommes en cas de besoin.

— Vous me direz quand, m'sieur Hoyle. J'ai tous les gars qu'il faut.

— Bon. Mais souviens-toi qu'en cas de bagarre, il faut pouvoir mettre ça sur le dos du piquet de grève.

Ce sont eux qui ont commencé, et nos hommes n'ont fait que se défendre. Ce sera la ligne officielle.

— Compris.

Fred sorti du bureau, Huff donna ses instructions aux autres.

— À mon avis, il n'y aura pas d'étincelles ce soir. Demain, on fait comme si de rien n'était. Ne répondez pas aux provocations du piquet de grève et ne faites pas attention à leurs pancartes, même si vous jugez leurs slogans insultants. Le mieux est encore d'ignorer ces salopards. En attendant, Beck arrivera peut-être à convaincre Nielson de rappeler ses sbires avant que ça tourne mal. Nous sommes d'accord ? Bon, vous pouvez rentrer chez vous.

Les cadres sortirent l'un après l'autre du bureau, à l'exception de Georges Robson.

— Huff ?

— Oui, Georges ?

— À propos de ce que vous leur avez dit au sujet de l'enquête qu'on est censés faire suite à l'accident de Paulik...

— Je leur ai dit ce qu'ils avaient envie d'entendre, c'est tout. Ne t'inquiète pas pour ça.

— Je me disais..., insista Robson en jetant de petits coups d'œil nerveux à Huff et à Chris. Il serait peut-être préférable d'arrêter ce tapis roulant tant qu'il n'a pas été révisé. Ça éviterait qu'on nous fasse des reproches plus tard.

Huff se tourna vers Chris.

— Je croyais que vous en aviez déjà discuté.

— On en a discuté.

— C'est vrai, avoua Georges, mais à bien y réfléchir...

— Tu devrais éviter de trop réfléchir, Georges, répliqua Huff. Chris est le responsable des opérations et il a pris une décision à propos de ce tapis roulant.

— Sur vos recommandations, Georges, je tiens à vous le rappeler.

Georges hocha la tête à regret.

— Bon, d'accord.

— Tu ferais mieux de rentrer chez toi et de dormir quelques heures, lui conseilla Huff.

— Très bien. À demain, fit Georges en leur tournant le dos.

— Vous saluerez votre jolie petite femme de notre part.

Georges s'arrêta net. Il se retourna et regarda posément Chris avant de filer.

— Tu joues avec le feu, dit Huff à son fils.

Chris éclata de rire.

— Je vois mal Georges me provoquer en duel. S'il avait peur d'être trompé par sa femme, il ne fallait pas épouser une traînée.

Au même moment, Beck pénétra dans la pièce.

— Je viens de croiser Georges. Il paraît que j'ai raté un beau discours.

À peine Chris avait-il été averti de l'arrivée du piquet de grève qu'il avait cherché à joindre Beck sur son portable. L'avocat se trouvait à mi-chemin de Destiny lorsqu'il avait reçu l'appel et il avait promis à Chris de le rejoindre dès que possible. Huff, regardant la pendule accrochée au mur, se fit la réflexion qu'il avait dû rouler vite.

Beck posa son attaché-case et se laissa choir sur le petit canapé, tout essoufflé.

— Il suffit que je m'éloigne quelques heures pour que ce soit l'enfer, ici.

Huff désigna à Chris le petit buffet dans lequel il gardait sa réserve d'alcool.

— Sers-nous donc un bourbon, fils.

— Je suis passé à côté de nos visiteurs en arrivant, leur expliqua Beck.

— C'est bien le problème, remarqua Huff en s'asseyant dans son fauteuil en cuir. Ils ne se sont pas installés là par hasard.

— Vous avez eu confirmation qu'ils étaient envoyés par Nielson ?

— Ils ne s'en sont pas vantés, répliqua Chris en lui tendant un verre. Je suis allé discuter avec celui qui a l'air d'être leur chef. Un malabar, probablement gavé aux stéroïdes, assez malin pour ne rien dire, sinon qu'il avait une autorisation. Il me l'a montrée en me disant de m'adresser à M. Nielson si j'avais des questions.

— Eh bien, je peux vous dire que M. Nielson est une arlésienne, commenta Beck en leur racontant sa visite à La Nouvelle-Orléans. Il a des bureaux tout ce qu'il y a de plus banals avec du mobilier banal et une seule secrétaire, aussi courtoise que dévouée. Je crois que si je lui avais demandé de me faire une tarte aux pommes ou de me recoudre un bouton, elle l'aurait fait, mais ce n'est pas une idiote pour autant. Et pas vraiment bavarde. Elle n'a jamais voulu me dire quand j'aurais une chance de rencontrer son patron. Elle a été bien formée.

Huff émit un petit ricanement.

— Ce lâche savait que tu venais, alors il a préféré se planquer. Il est peut-être à Cincinnati, ou bien il attendait tranquillement au bar du coin que la voie soit libre.

— Ce n'est pas exclu, reconnut Beck. J'ai essayé de le joindre plusieurs fois à son hôtel. La première fois, on m'a dit qu'il n'était pas encore arrivé et, maintenant, on prétend qu'il fait bloquer ses appels. Quoi qu'il en soit, on dirait que ce type-là veut me faire tourner en bourrique.

— Il n'aura pas eu envie d'une confrontation avec toi le jour même où ses sbires débarquaient devant l'usine, suggéra Chris.

— Tu as sans doute raison, concéda Beck. Mais ce n'est pas le plus beau. Devinez qui se trouvait dans le bureau de Nielson, en grande tenue et prête à ne faire qu'une bouchée de ses ennemis, moi y compris, malgré ses hauts talons ?

— Tu rigoles, s'exclama Chris. Jane ?

— Bonne pioche.

— Que faisait-elle là ? s'enquit Huff.

— Elle venait voir Nielson, comme moi, mais pas pour les mêmes raisons. Elle souhaitait lui proposer son aide.

— Mais encore ? insista Chris.

— Elle n'a pas eu l'occasion d'en dévoiler davantage.

— Elle était avec toi quand tu es allé voir Billy Paulik ?

Beck montra son étonnement en regardant successivement Huff et Chris.

— Comment le savez-vous ?

— Alicia Paulik a téléphoné à Fred Decluette.

— Ce n'est pas moi qui voulais le voir, mais Jane, expliqua-t-il. J'ai décidé de l'accompagner en utilisant comme prétexte les cartes envoyées à Billy par ses collègues. Je me suis dit que ça ne pouvait pas faire de mal de les remettre en main propre à Mme Paulik. Et puis je voulais voir ce que Jane mijotait.

— Et alors ? demanda Huff.

— Rien de particulier en apparence. Simple visite de courtoisie.

— Quand Mme Paulik a appelé Fred, elle a parlé d'un « chèque important ». Combien ça m'aura coûté ?

— Rien, Huff. C'est moi qui ai spontanément fait un don. Vous n'êtes pas obligé de me rembourser si vous n'êtes pas d'accord.

— Sauf que c'est moi qui ai suggéré de lui graisser la patte. J'étais sûr que cette femme finirait par se laisser amadouer. Je suppose qu'elle a gardé le chèque ?

— À ma connaissance, oui.

— Tu vois bien, conclut-il en levant son verre au succès de la manœuvre.

— Avant de boire, l'interrompit Beck, il faut que vous sachiez que j'ai également donné carte blanche au psychiatre pour poursuivre les séances avec Billy.

— Tu veux nous pousser à la faillite, ou quoi ? ronchonna Chris.

— J'avoue avoir agi sur un coup de tête. Il fallait que je prenne une décision sur-le-champ et je n'avais pas le temps de vous demander votre avis, mais je crois qu'on a marqué des points avec Mme Paulik.

Huff lui fit un clin d'œil.

— Tu ne vaudrais pas un clou si tu n'étais pas capable de prendre des décisions tout seul. Tu as toute ma confiance, sinon tu ne te trouverais pas là où tu es.

— N'empêche qu'on jette de l'argent par les fenêtres pour une cause perdue, se plaignit Chris. Je veux bien qu'on fasse tout ce qu'on peut pour Billy, mais à quoi ça va nous servir ?

— Je ne pense pas que Beck s'inquiétait prioritairement de la productivité future de Billy en agissant de la sorte.

— Exactement, Huff. Je me suis dit qu'un tel geste nous éviterait peut-être un procès qui risque de nous coûter des millions. À mon avis, tout ce qui peut nous éviter d'aller au conflit sera bénéfique pour l'entreprise.

— Je suis bien d'accord.

Huff vida son verre, savourant la brûlure du bourbon le long de sa gorge et la chaleur qui lui irradiait le ventre.

— De quelle humeur était Jane quand tu l'as quittée ?

Beck haussa les épaules, mais Huff savait bien qu'il n'était pas aussi indifférent qu'il voulait bien le montrer.

— On a dîné ensemble, je lui ai offert une babiole et on a bu du champagne.

Huff frappa dans ses mains d'un air réjoui.

— Alors, comment les choses se sont-elles passées ?

Beck haussa un sourcil.

— Elles se seraient mieux passées si Chris n'avait pas eu la bonne idée de lui raconter que vous aviez l'intention de nous marier.

Huff se tourna vers son fils.

— Tu lui en as parlé ?

— Quelle différence ça peut bien faire ?

— C'est toi qui me demandes ça ?

— Jane a peut-être accepté de boire du champagne avec lui, mais Beck n'est pas encore dans son lit, que je sache. Et je la vois mal lui faire une place sous sa couette tant qu'il travaillera pour nous.

— Pas si sûr, alors que maintenant... Merde ! tu connais ta sœur, il faut toujours qu'elle se fasse prier.

— Elle se serait fait prier de toute façon, Huff, intervint Beck. Elle est bien trop maligne et têtue pour se laisser acheter avec du champagne. J'espérais pourtant qu'une bonne bouteille et un peu de cuisine française lui délieraient la langue.

— À quel propos ?

— À propos de Nielson. L'idée que ces deux-là soient capables de fricoter ensemble n'est pas pour me rassurer. Il serait ravi d'avoir quelqu'un du clan Hoyle à ses côtés, ne serait-ce que pour faire saliver la presse.

D'une main, il dessina la Une d'un journal.

— « La fille de Huff Hoyle rejoint l'opposition. Tous les détails et les photos en page trois. »

Huff rota. D'un seul coup, son bourbon lui paraissait nettement moins agréable.

— Oui, je vois ce que tu veux dire.

— En outre, ajouta Beck sur un ton hésitant, elle était convaincue de pouvoir vous piéger avec McGraw avant de s'apercevoir que les dés étaient pipés. Ce qui n'a pas entamé sa détermination. Elle est persuadée que Chris s'est débarrassé de Gene Iverson, qu'il a soudoyé certains jurés pour s'en tirer et qu'elle va pouvoir jouer les redresseuses de tort. Elle a perdu une bataille avec McGraw, mais elle n'a pas renoncé à gagner la guerre.

Il plongea ses yeux dans ceux de Chris avant de se tourner vers Huff.

— À cette époque-là, je n'étais pas encore votre avocat, Huff, mais c'est moi qui représente vos intérêts dorénavant. Je ne voudrais pas me retrouver en mauvaise posture à cause d'un élément que Jane pourrait découvrir. Y a-t-il quelque chose que je devrais savoir au sujet de l'affaire Iverson ?

Depuis l'âge de huit ans, Huff avait appris à rester impassible en toutes circonstances. Il répondit à la question de Beck en le regardant droit dans les yeux :

— Si le procureur avait pu trouver quoi que ce soit contre Chris, il n'aurait pas hésité à ouvrir un nouveau procès. Jane ne découvrira rien.

— Vous avez eu des nouvelles de Red pendant que j'étais à La Nouvelle-Orléans ?

— Pas un mot, sinon que Slap Watkins court toujours, lui dit Chris. Ils n'ont pas encore réussi à retrouver sa trace.

— Ils ont passé au crible tous les endroits où il avait séjourné ces derniers temps ?

— Avec des mandats en bonne et due forme. Ils ont découvert un labo clandestin dans la salle de bains de sa dernière résidence en date. Les flics ont arrêté le couple qui vivait là, mais le mari et la femme prétendent ignorer où se trouve Slap depuis qu'ils l'ont viré de chez eux. Red m'a dit qu'ils avaient retourné la maison, mais que les affaires de Slap avaient disparu.

— Souhaitons qu'ils lui mettent rapidement la main dessus, commenta Beck. Et qu'il avoue effectivement avoir tué Danny le jour où ils l'attraperont. Avec tout ce qui est en train de se passer, poursuivit-il en montrant du menton l'atelier de l'autre côté de la vitre, on risque de nous regarder à la loupe. Je pense à l'Agence pour la sécurité et la santé au travail.

— L'ASST ? Bande de salopards, marmonna Huff qui venait de porter à sa bouche une nouvelle cigarette.

— On a perdu le peu de marge de manœuvre qui nous restait depuis l'accident de Billy, poursuivit Beck.

— Il n'y a pas moyen de les freiner ? demanda Chris.

— J'aurais bien voulu. J'ai tenté de joindre à plusieurs reprises le responsable régional, mais il ne me rappelle jamais. Je ne serais pas surpris qu'ils effectuent une visite surprise un de ces jours.

— Je croyais que tu avais soudoyé quelqu'un de chez eux pour nous avertir, s'étonna Huff.

— J'ai appris hier qu'elle était en congé maternité.

— C'est le pompon ! réagit Chris.

— Je suis d'accord, ça tombe très mal, avoua Beck. La seule façon de s'en tirer est d'être blancs comme neige. Pas question de leur fournir des munitions supplémentaires après l'accident de Billy. Ils sont capables de faire fermer l'usine en attendant une inspection en règle. Je peux même vous dire qu'ils n'hésiteront pas un instant.

Chris soupira longuement.

— Sur cette excellente nouvelle, je crois que je vais aller me bourrer la gueule.

— Chris...

— Je plaisante, le rassura-t-il. Putain, je serai content le jour où l'un de vous deux m'apportera une bonne nouvelle. Vous ne trouvez pas qu'on ferait mieux de voir le bon côté des choses, pour une fois ? La femme de Paulik est en train de se calmer et le piquet de grève ne fera pas long feu lorsque le soleil leur tombera dessus demain matin. Quant à l'ASST, on leur promettra de ne plus recommencer, on payera leur putain d'amende et on continuera comme avant.

Sans oublier Mary Beth, en espérant que son maître nageur en aura plein le cul d'elle et qu'il la noiera dans sa piscine. Je ne devrais pas avoir trop de mal à me trouver une autre femme. Je m'arrangerai pour semer à tous vents, de quoi doubler la population chinoise, et grand-papa Huff aura enfin le petit-fils Hoyle dont il rêve. Sans compter que je suis innocent du meurtre de mon frère. Vous voyez bien, il n'y a pas de quoi dramatiser.

— Bon, tu n'as pas tout à fait tort, reconnut Huff en riant. Maintenant, foutez-moi le camp d'ici. Je ferme la boutique.

Un sourire aux lèvres, Huff regarda Chris s'éloigner d'un pas léger, mais sa bonne humeur ne résista pas longtemps à la mine sombre qu'affichait Beck.

Beck avait l'air inquiet, et ce n'était pas pour rassurer Huff.

Jane mit longtemps à s'endormir.

Fatiguée par son séjour à La Nouvelle-Orléans et le long trajet du retour, elle s'attendait à sombrer en posant la tête sur l'oreiller, mais elle n'arrêtait pas de se retourner dans tous les sens sans trouver le sommeil.

Le climatiseur faisait un tintamarre infernal et il régnait un froid sibérien dans la pièce chaque fois qu'il se mettait en route. Mais à peine s'arrêtait-il que la chaleur de cette nuit étouffante reprenait ses droits, faisant ressortir les odeurs, enfermées dans la moquette, les rideaux et le couvre-lit, de tous ceux qui avaient dormi là depuis des années.

Le manque de confort n'expliquait pas seul son insomnie. Elle n'arrêtait pas de repasser dans sa tête la conversation qu'elle avait eue avec Beck. Elle se demandait si elle avait bien fait de lui parler de la fiancée de Danny. Et surtout, pourquoi s'était-elle laissée approcher par Beck tout en connaissant les intentions de Huff à leur sujet ? Elle s'en voulait d'avoir eu envie de le toucher.

Jane ne se laissa emporter par le sommeil qu'au milieu de la nuit mais eut la mauvaise surprise de se réveiller avant l'aube. Elle dormait sur le ventre, la tête à demi enfouie dans un mauvais oreiller. Elle ouvrit un œil, décida de ne pas bouger dans l'espoir de se rendormir.

Le climatiseur s'était arrêté et la chaleur était intense. Elle se débarrassa des couvertures d'un coup de pied, persuadée d'avoir été réveillée par la moiteur. Maintenant qu'elle avait moins chaud, elle n'allait pas tarder à s'assoupir.

Mais rien n'y faisait.

Elle se demanda si elle n'avait pas trop bu. Elle avait la bouche sèche à cause du champagne et du vin rouge ingurgité pendant le repas, un verre d'eau lui ferait sans doute du bien. Maintenant qu'elle y pensait, elle avait également besoin de soulager sa vessie.

Elle roula péniblement sur le dos en jurant entre ses dents et s'assit sur le bord du lit. Elle tendait déjà la main vers l'interrupteur de la lampe posée sur la table de nuit lorsqu'elle changea d'avis, jugeant préférable de ne pas allumer la lumière afin de se rendormir plus vite après.

Elle se leva et se dirigea d'un pas hésitant vers la salle de bains. Elle avait eu le temps de se familiariser avec la disposition des lieux. Sans doute auraitelle trouvé la salle de bains sans encombre si elle n'avait trébuché sur une lourde paire de bottes.

Jane recouvra brutalement toute sa conscience en constatant que les bottes se prolongeaient par deux jambes.

28

Une main sale étouffa le cri de Jane tandis qu'une autre main l'attrapait par les cheveux et lui enfonçait la tête dans le matelas. Il tomba sur elle de tout son poids, rendant tout mouvement impossible. Elle continua pourtant à se débattre furieusement.

— Si tu continues, je t'arrache les cheveux. Dieu m'en est témoin, je scalpe ta jolie crinière et je la garde en souvenir.

Joignant le geste à la parole, il tira sur une mèche avec une telle violence que les larmes lui vinrent aux yeux.

Elle s'immobilisa aussitôt.

— C'est bien, dit-il en se frottant contre ses fesses. On est bien, là, tous les deux. Tu ne voudrais pas que je te montre un peu les trucs qu'on m'a appris en prison ?

Elle poussa un hurlement de peur et de dégoût, noyé par la main qui lui maintenait la bouche fermée. Il éclata de rire.

— Calme-toi, ma jolie. J'ai vraiment envie de ton petit cul, mais j'ai pas le temps de te faire la cour. Je suis venu pour causer, mais je peux t'assurer que je suis capable de te faire mal si tu m'y obliges. On est bien d'accord, tous les deux ?

Avec la main de son agresseur plaquée sur sa bouche et les couvertures qui l'empêchaient de respirer, Jane commençait à manquer d'air. Elle avait du mal à croire qu'il se soit introduit dans sa chambre uniquement pour discuter, mais elle hocha la tête dans l'espoir qu'il relâche son étreinte.

— C'est bon. Je vais enlever ma main, mais je te jure que si tu cries, ce sera la dernière fois.

Il retira sa main lentement. Jane résista à l'envie de se passer la langue sur les lèvres pour ne pas risquer de sentir son odeur répugnante. Dans le même temps, il se releva, non sans lui pincer méchamment les fesses. Enfin libre, elle se retourna et s'assit sur le lit en s'essuyant la bouche du revers de la main.

Aveuglée, elle papillonna des yeux et découvrit Slap Watkins, les doigts serrés sur l'interrupteur de la lampe. La lumière qui passait au-dessus de l'abat-jour durcissait ses traits. L'ombre de sa tête dessinait sur le mur une silhouette aussi grotesque qu'effrayante, digne d'un cauchemar d'enfant.

Son apparence ne s'était guère améliorée depuis sa fuite. Il était presque plus laid qu'auparavant, avec sa barbiche en bataille, ses dents longues et jaunes. On aurait dit que son visage s'était allongé, les os saillaient sous la peau à la façon d'une tête de mort, son cou de vautour semblait plus décharné que jamais, ses énormes oreilles de clown comme collées artificiellement sur son crâne.

— Salut, ma jolie.

Le cœur de Jane battait à tout rompre, elle avait la gorge sèche, mais elle refusait de lui montrer sa peur. Elle lança un coup d'œil furtif en direction de la porte.

— N'y pense même pas, lui dit-il avec un rire sinistre. Tu n'aurais pas fait trois pas que je t'aurais sauté dessus, et ça m'obligerait à te faire mal.

Un sourire malsain aux lèvres, il tira de sa botte un couteau avec la lame duquel il se caressa la paume de la main.

— Comment êtes-vous entré ici ?

— T'avais déjà oublié que j'étais une racaille ? J'ai forcé la serrure en deux temps trois mouvements, et sans un bruit. C'est con que t'aies pas pensé à mettre la chaîne de sûreté. C'est pas très malin, de la part d'une femme seule.

Elle ne voulait même pas savoir depuis combien de temps il était là. À l'idée qu'il se tenait assis près du lit à la regarder dormir, à écouter sa respiration, elle avait envie de vomir. Elle se demanda si elle n'avait pas été réveillée par son odeur. Il ne s'était pas lavé depuis plusieurs jours au moins et il flottait autour de lui des relents de transpiration qui lui soulevaient le cœur.

— C'est des vrais ? demanda-t-il en avisant les boucles d'oreilles en diamant posées sur la table de nuit.

Il les mit à la lumière et les tourna dans tous les sens, comme pour en évaluer le prix.

— Oui, et je vous les donne si vous partez tout de suite.

— Merci, c'est gentil, répliqua-t-il en glissant les pendants dans la poche de son jean raide de crasse. Mais je voudrais qu'on ait une petite discussion tous les deux avant de m'en aller.

— De quoi voulez-vous qu'on discute ?

— Je sais pas si t'es au courant, mais les flics me cherchent.

— Vous avez agressé mon frère avec un couteau.

— N'importe quoi. Je voulais juste lui faire peur. C'est à cause de lui, il l'a fait exprès.

Jane avait elle-même envisagé cette éventualité devant Beck quelques jours plus tôt. Elle chercha à en savoir davantage.

— Pourquoi Chris aurait-il fait ça ?

— Il veut me faire passer pour un assassin.

— Chris est persuadé que vous avez tué notre frère. C'est vrai ?

En guise de réponse, il ouvrit le tiroir de la table de nuit, y prit la Bible de Gidéon et la lança en direction de Jane.

— La Genèse, chapitre quatre.

Sans prendre la Bible qui avait atterri près d'elle, Jane demanda sèchement :

— Vous êtes un spécialiste de la Bible, maintenant ?

— Quand j'étais à Angola, j'allais à l'office tous les dimanches. Je distribuais les livres de cantiques et tout le tremblement, histoire de faire bien dans mon dossier.

— Histoire aussi de faire pénitence pour vos histoires de sodomie.

Son regard se durcit.

— Tu me traites de pédé, c'est ça ? Je vais te montrer, moi, si je suis un pédé.

Jane comprit son erreur. On n'insulte pas impunément la fierté d'un macho. Elle tenta de se protéger en se réfugiant de l'autre côté du lit, mais il l'attrapa à nouveau par les cheveux en l'obligeant à revenir tout près de lui. Il enfonça légèrement la pointe de son couteau dans sa joue avant d'éclater de rire en constatant qu'elle osait à peine respirer.

— Je me disais bien que ça te ferait réfléchir. Tu voudrais quand même pas que j'abîme ta belle petite gueule, hein ?

D'une main brutale, il lui écarta les cuisses et se colla contre elle, les hanches à hauteur du visage de la jeune femme.

— T'as une grande gueule, mais je connais un bon moyen de t'empêcher de dire trop de conneries.

— Pour ça, il faudrait d'abord me tuer.

— Ça pourrait ajouter du piquant à la chose.

Au même moment, le climatiseur se remit en route bruyamment. Slap sursauta, tourna la tête et comprit avec soulagement d'où venait le bruit. Mais il avait eu peur et il lâcha les cheveux de Jane en reculant nerveusement.

— C'est dommage que j'aie pas le temps, je voudrais pas faire de vieux os dans le coin, dit-il en prenant la Bible qu'il brandit sous les yeux de Jane. Tu diras au shérif qu'il ferait mieux de relire la Bible, le passage sur Caïn et Abel. Et vaudrait mieux pour toi que t'arrives à le convaincre. Quitte à être accusé d'avoir tué un Hoyle, autant le faire pour de bon.

De la pointe de son couteau, il alla chercher l'un des seins de Jane.

— Tu sais, j'ai toujours eu un faible pour les rouquines.

Elle se trouvait dans le bureau du shérif en compagnie de ce dernier et de Wayne Scott lorsque Beck les rejoignit. Comme elle, il n'avait pas l'air très frais.

Elle était passée devant l'usine en voiture en venant. La présence du piquet de grève ne l'avait pas étonnée outre mesure, car elle avait déjà été informée de la situation par Clark Daly. Il l'avait appelée peu avant son retour de La Nouvelle-Orléans, à l'heure de la pause, sur un téléphone portable emprunté à un copain. Elle avait entendu au son de sa voix qu'il était fier des premiers résultats engrangés.

— J'ai réussi à repérer plusieurs des mouchards de Huff. J'ai prévenu les gars de faire gaffe à ce qu'ils disaient devant eux parce qu'ils répétaient tout au patron.

Avec quelques collègues sûrs, ils s'employaient également à ce que l'accident de Billy Paulik reste dans toutes les mémoires.

— Nielson a fait installer un piquet de grève. Huff nous a sorti un beau discours, mais les gars n'ont pas vraiment eu peur. Les choses commencent à bouger, Jane. Je te tiendrai au courant de l'évolution de la situation.

Elle avait tout de suite senti qu'il était remonté. Elle ne regrettait pas de l'avoir impliqué dans toute cette histoire car il était en train de reprendre du poil de la bête. Elle n'avait pas eu de ses nouvelles depuis, mais il ne faisait aucun doute que le mécontentement avait pris de l'ampleur pendant la nuit, en dépit des efforts de Huff. Ce matin, plusieurs employés de l'usine avaient même rejoint le piquet de grève.

Autant d'éléments susceptibles d'expliquer l'air hagard de Beck lorsqu'il pénétra dans le bureau de Red en les gratifiant d'un bonjour sombre.

Ils lui répondirent en chœur sans grand enthousiasme. Beck s'installa sur une chaise, en face de Red. Pour sa part, Wayne Scott avait préféré rester debout.

— Comment ça se passe à l'usine ? demanda le shérif.

— Ça chauffe.

— J'ai entendu dire à la météo qu'il allait faire près de quarante aujourd'hui, intervint Scott.

Jane se demanda s'il avait réellement pu croire un instant que Beck faisait référence à la température extérieure.

Beck feignit de n'avoir pas entendu et poursuivit à l'intention de Red :

— Une vingtaine de types sont venus renforcer le piquet de grève à l'heure où arrivait l'équipe de 7 heures. Plusieurs de nos gars ont pris les tracts qu'on leur tendait et certains se sont même joints au piquet, ce qui n'a pas plu aux fidèles de Huff. L'atmosphère est tendue et je ne sais pas si on pourra les contenir encore longtemps. J'ai tenté de joindre Nielson par tous les moyens dans l'espoir qu'il calme le jeu, mais il ne me rappelle pas. Tu as eu de ses nouvelles ? demanda-t-il à Jane.

Leurs regards se croisaient pour la première fois depuis son entrée dans la pièce. Le contact fut électrique.

— Non.

Il la scruta longuement, comme s'il voulait sonder sa capacité à lui mentir, puis il se tourna vers Red.

— Je ne peux pas rester davantage, il faut que je retourne là-bas. Pourquoi m'avez-vous fait venir ?

Red désigna la jeune femme.

— Jane a reçu de la visite ce matin. Elle préférait que vous soyez présent avant de nous en parler.

— De la visite ?

— Slap Watkins s'est introduit dans ma chambre tôt ce matin.

Beck la regarda en écarquillant les yeux, et chercha confirmation de ce qu'il venait d'entendre dans les yeux de Red.

— Nous avons reçu son appel un peu avant 5 heures ce matin. Nous avons immédiatement envoyé quelqu'un, mais Watkins avait bien évidemment quitté le Lodge depuis belle lurette quand notre homme est arrivé sur place.

Beck se tourna à nouveau vers Jane qu'il examina de la tête aux pieds avant de plonger les yeux dans les siens.

— Tu es blessée ? Il ne t'a pas…

Elle répondit à la question muette de Beck en secouant la tête, le regard baissé.

— Il a menacé de me faire mal, mais il ne m'a rien fait. À part ça, précisa-t-elle.

Elle lui désigna le point rouge sur sa joue, à l'endroit où la lame du couteau s'était enfoncée lorsque le climatiseur s'était remis en route.

— Il a sursauté en entendant du bruit, je ne crois pas qu'il l'ait fait exprès.

— Wayne et moi-même avons lu la déposition que Jane a faite à l'adjoint qui s'est rendu sur place, mais elle ne nous a pas encore raconté ce qui s'était passé. Elle souhaitait le faire en votre présence.

Beck hocha la tête d'un air pensif.

— Comment Watkins s'y est-il pris ? Tu dis qu'il a forcé ta porte ?

— Il a crocheté la serrure. Bêtement, je n'avais pas mis la chaîne de sûreté. Je l'ai trouvé là en me réveillant.

— Seigneur.

— J'imagine qu'il ne vous a pas dit où il se cachait, intervint Scott.

— Non, il ne m'a rien dit à ce sujet.

— Avez-vous pu voir dans quelle direction il repartait ?

— Non, mais il a dû repartir à pied, je n'ai pas entendu de bruit de moteur.

— Comment savait-il où vous habitiez ?

— Ce n'était pas très difficile, il n'y a que deux motels en ville. Il aura sans doute procédé par élimination.

Elle remarqua que l'attitude de Scott commençait à agacer Beck qui demanda brusquement à l'adjoint :

— Vous ne pourriez pas la laisser nous raconter ce qui s'est passé, au lieu de lui poser des questions idiotes ?

— Bonne idée, intervint Red avant que son adjoint ait pu réagir. Jane, essaye de nous raconter ce qui s'est passé depuis le début. On te laisse parler sans t'interrompre. Qu'est-ce qu'il voulait ?

— Il voulait que je vous transmette un message.

Elle leur raconta son entrevue avec Slap en passant sous silence les remarques obscènes qu'il avait faites, jugeant qu'elles n'avaient pas de rapport avec le message qu'il souhaitait transmettre au shérif. Conformément aux recommandations de ce dernier, personne n'interrompit son récit.

— Voilà ce qu'il m'a dit, quasiment mot pour mot, conclut-elle.

Après un court moment de silence, Scott demanda :

— Avez-vous tenté de vous échapper ?

— J'avais peur qu'il me poignarde dans le dos si je me précipitais vers la porte. Je n'aurais jamais eu le temps de l'ouvrir et de sortir de la chambre avant qu'il ne m'attrape. Il n'est pas gros, mais il est physiquement plus fort que moi.

— Vous n'avez pas crié ?

— Je ne pouvais pas tant qu'il me bâillonnait avec sa main. Ensuite, quand il m'a lâchée, je ne tenais pas à recevoir un coup de couteau. De toute façon, à quoi ça aurait servi que je crie ?

Personne ne sut que répondre. Red se frotta les yeux. Il avait une mine de déterré. Il semblait avoir perdu du poids depuis la dernière fois que Jane l'avait vu, quelques jours plus tôt. Elle se demanda s'il était malade, ou bien tout simplement stressé.

Beck desserra sa cravate et défit son bouton de col, comme quelqu'un sur le point de perdre les pédales.

Seul Wayne Scott donnait l'impression d'être galvanisé par ce rebondissement inattendu.

— Allez, on va le chercher, fit-il en remontant d'un geste l'étui de son arme de service.

— J'ose espérer que vous parlez de Slap Watkins, et non de Chris, s'interposa Beck.

— Je vais me gêner, rétorqua Scott.

— Pas si vite, Wayne, tempéra le shérif avant d'ajouter à l'intention de Beck : on ferait peut-être bien d'avoir une petite conversation avec Chris.

— Sur la foi de simples rumeurs ?

Jane le regarda avec des yeux ronds.

— Tu m'accuses de mentir ?

— Non, Watkins est assez bête pour avoir fait ça. Mais tant qu'on ne l'aura pas arrêté, nous n'avons que ta parole sur ce qui s'est dit entre vous.

Elle dut se maîtriser pour ne pas le frapper.

— Va te faire voir.

— Jane, la réprimanda Red.

Elle le regarda.

— Je vous ai rapporté mot pour mot ma conversation avec Watkins. C'est exactement ce qu'il m'a dit. La Genèse, chapitre quatre.

— Je te crois, dit Red. Beck te croit sûrement aussi, mais n'oublie pas qu'il est l'avocat de Chris.

— Je ne risque pas de l'oublier, dit-elle en regardant Beck droit dans les yeux.

— N'oublie pas non plus que Watkins vient de sortir de prison, poursuivit Red. Il est prêt à tout pour ne pas y retourner. Il a voulu brouiller les pistes avec cette référence à la Bible. Il cherche à nous faire croire que Chris a tué son frère pour mieux nous égarer, sans doute le temps de prendre la fuite au Mexique.

— C'est exactement ce qu'il a voulu faire, approuva Beck. Il a peur et il est au bout du rouleau. Il aura voulu reporter les soupçons sur quelqu'un d'autre... Nous savons tous ce qu'il pense de la famille Hoyle.

— Parce que tu crois que je n'y ai pas pensé ? s'écria Jane. J'ai été la première à me demander pourquoi il faisait ça, je ne suis pas complètement idiote.

— Personne n'a dit que tu étais idiote, Jane, dit Beck.

— Non, tu t'es contenté de dire que je mentais.

— Calme-toi. Je ne mets pas en doute ta parole, j'essaye uniquement de comprendre ce qui s'est passé. Supposons que Watkins t'ait dit la vérité. Supposons qu'il ait su que Chris avait tué Danny. Pourquoi ne pas prendre contact directement avec la police et lui donner tous les détails ? Pourquoi risquer de se faire prendre en s'introduisant par effraction dans ta chambre en te menaçant d'un couteau ? Pourquoi prendre un tel risque uniquement pour te raconter son histoire ?

— Tout simplement parce qu'il savait que sa version des faits ne passerait pas aux oubliettes avec moi.

— Elle ne serait pas non plus passée aux oubliettes avec nous, mademoiselle Lynch, déclara fermement Scott. Shérif, il est grand temps d'agir. Nous savons déjà que Chris se trouvait sur les lieux.

Beck émit un ricanement.

— À cause d'une simple pochette d'allumettes ?

— Nous avons également pu établir qu'il avait eu tout le loisir de se rendre au refuge pendant les deux heures au cours desquelles personne ne peut dire où il était.

— À moins qu'il ne puisse produire un alibi.

— Il n'en a pas, affirma Scott.

— Il n'en a pas *produit*, le corrigea Beck. Ce qui ne signifie pas qu'il n'en a pas.

Tandis que Scott réfléchissait à ce qu'il venait d'entendre, Red lui demanda :

— Quel serait son mobile, Wayne ? Tu n'expliques toujours pas pourquoi Chris aurait voulu tuer Danny.

Jane se retint de justesse de répondre à la question du shérif. Elle aurait aimé le faire, ne serait-ce que pour savonner la planche à Beck Merchant, mais elle ne pouvait rien dire sans risquer de trahir Jessica DeBlance. Si la vérité en dépendait un jour, elle serait bien obligée de révéler ce qu'elle savait au sujet de la fiancée de Danny. Pour le moment, autant éviter d'y faire allusion.

— On en sait pourtant assez pour lui faire subir au minimum un nouvel interrogatoire, insista Scott.

Red poussa un soupir.

— Ça m'ennuie de le dire, Beck, mais il faut bien reconnaître que Wayne a raison. On demanderait à n'importe quel autre suspect de venir s'expliquer et je me vois mal faire une exception pour Chris, simplement parce que c'est Chris.

Beck prit le temps de la réflexion.

— À l'heure qu'il est, nous sommes assis sur un tonneau de poudre à l'usine. Dieu sait le genre de réaction que ça entraînerait si vous alliez chercher Chris dans une voiture de patrouille. Je n'en vois pas l'utilité, sauf à vouloir créer un mouvement de panique.

— Dans ce cas, je vous demanderai qu'il vienne de sa propre initiative, répondit Red.

— Je suis certain qu'il sera ravi de pouvoir s'expliquer quand il apprendra ce qui s'est passé.

— Quoi qu'il en soit, j'exige qu'il se présente ici aujourd'hui, insista le shérif.

— Je viendrai avec lui après le déjeuner.

— Très bien.

La mine renfrognée de Wayne Scott trahissait son opinion sur l'arrangement qui venait d'être trouvé, mais il n'avait guère le choix.

— Vous avez peur, madame ?

Jane le regarda.

— Peur ?

— Watkins a menacé de vous tuer.

— Il aurait très bien pu me tuer, il ne l'a pas fait.

— Pour plus de sécurité, j'envoie une patrouille surveiller ta chambre.

— Non, Red. N'en faites rien.

— Si jamais Huff a vent de ce qui s'est passé, tu peux être certaine que...

— Et je peux compter sur vous pour lui en parler, le coupa-t-elle, mais je ne veux pas d'anges gardiens. C'est hors de question.

— Dans ce cas... fais très attention, concéda-t-il du bout des lèvres.

— J'y veillerai, dit-elle en se levant. Autre chose ?

— Pas pour l'instant.

Elle adressa un petit salut à Red et Scott en ignorant Beck superbement, puis sortit de la pièce. Elle se dirigeait vers la décapotable rouge lorsqu'une voix la héla. Elle poursuivit son chemin sans se retourner et il la rattrapa au moment où elle ouvrait la portière.

Il lui posa la main sur l'épaule. Elle se retourna.

— Je sais que tu es furieuse, dit-il avant même qu'elle ait eu le temps de prononcer un mot.

— À ce stade-là, ce n'est plus de la fureur.

— Et je le comprends, mais écoute-moi, Jane. Accepte l'offre de Red.

Elle éclata d'un rire acide.

— Pourquoi ? Tu me crois, maintenant ? Tu n'es plus aussi sûr que j'ai inventé mon entrevue avec Watkins ?

— Bien sûr, que je te crois.

— En tout cas, ça t'amuse de me faire passer pour une imbécile et une menteuse devant tout le monde. Je me demande même si ce n'est pas ton passe-temps favori.

— Je suis l'avocat de Chris.

— J'avais compris.

Elle ouvrit la portière et se glissa derrière le volant, mais il l'empêcha de refermer la porte et se pencha vers elle.

— Chris m'a confié ses intérêts, dit-il sur un ton coupant. Je n'ai pas plus le droit de le trahir que toi de trahir la fiancée de Danny. Tu avais l'occasion rêvée ce matin d'expliquer que Chris avait un mobile et tu ne l'as pas fait. Tu avais les mains liées parce que tu as promis à cette femme de ne rien dire. Pourquoi serais-tu la seule à devoir respecter la parole donnée ?

D'un point de vue juridique, il avait parfaitement raison. Il aurait manqué aux règles les plus élémentaires de sa profession en ne prenant pas la défense de son client, mais Jane n'était pas disposée à laisser sa colère s'apaiser.

— Laisse-moi refermer cette portière.

— Où vas-tu ?

— Je vais où ça me chante, siffla-t-elle en tirant sur la poignée, en vain.

— Écoute-moi, Jane. Oublie un instant que tu m'en veux et pense à Watkins. Méfie-toi de ce type. Il n'est pas très malin, ce qui le rend d'autant plus dangereux. Il n'a peut-être pas voulu te faire du mal ce matin, mais tu ne lui es plus d'aucune utilité maintenant que tu as transmis son message à Red. Rien ne l'empêche de revenir et de se venger sur toi. Ce type-là hait les Hoyle et tu fais partie du clan, Jane, que ça te plaise ou non. En plus, ajouta-t-il en s'attardant sur sa silhouette, tu fais une très belle cible.

— Tu m'en vois ravie. Comme ça, on me repérera d'autant plus facilement au milieu du piquet de grève.

Pour la deuxième fois ce jour-là, Beck gara son pick-up devant les locaux de la police, à côté de la Porsche de Chris. Les deux hommes avaient convenu de s'y retrouver, après que Chris avait déjeuné chez lui avec Huff.

Beck prit la précaution de baisser sa vitre avant de descendre du pick-up, ce qui n'empêcherait pas la cabine de se transformer en fournaise pendant son rendez-vous. La chaleur était toujours aussi étouffante. Même le bureau du shérif donnait l'impression d'être une étuve malgré la climatisation.

— Hoyle se trouve dans la dernière pièce sur votre droite, lui dit le flic de service à l'accueil, un certain Pat quelque chose.

— Merci.

Beck toqua brièvement avant d'ouvrir la porte. La pièce était tout juste assez grande pour accueillir une table et deux chaises en plastique. Chris avait pris place sur l'une d'elles.

— Salut, lui dit-il.

— Salut. Tu as vu Red ? demanda Beck.

— Non, rien que l'espèce de Neandertal à l'accueil. C'est lui qui m'a conduit ici. Il m'a dit de me mettre à l'aise en attendant que Red et Scott reviennent de déjeuner.

Beck sentit instantanément un changement de comportement chez son ami. Lui d'habitude si blasé et si sarcastique semblait avoir perdu sa désinvolture. Beck s'installa en face de lui.

— Tu peux me dire ce qui ne va pas ?

Chris lui répondit par un sourire amer.

— Si je te le disais, il faudrait que je te tue ensuite.

Le cœur de Beck fit un bond dans sa poitrine.

Le sourire de Chris s'élargissait déjà.

— Mais non, je te rassure. Je ne suis pas encore prêt à tout avouer. Pas le meurtre de mon frère, en tout cas.

— Alors, qu'est-ce qui ne va pas ?

Chris posa les coudes sur la table et se massa le front du bout des doigts.

— J'ai peur, voilà tout. J'ose l'avouer, Beck. Cette pièce ressemble à s'y méprendre à une cellule de prison et ça me fout la trouille.

Beck se sentit aussitôt moins tendu.

— Rien d'étonnant. C'est à ça que servent les salles d'interrogatoire, Chris. À foutre la trouille, à faire douter de sa propre innocence. À l'époque où je travaillais pour le bureau du procureur, je me suis souvent retrouvé dans des pièces semblables à celle-ci en compagnie de vrais durs. Des membres de gangs, des violeurs, des assassins, des voleurs. Et je peux te dire que malgré leur pedigree, tous finissaient par appeler leur mère si on les laissait mariner suffisamment longtemps.

Un sourire fugitif passa sur le visage de Chris.

— Je commence à me demander s'ils ne sont pas sur le point de me foutre ce meurtre sur le dos.

— Ils n'ont que des hypothèses fumeuses et de vagues présomptions à se mettre sous la dent. Si tu veux mon avis, jamais le procureur n'oserait se présenter devant un grand jury avec si peu. Surtout dans ce comté.

— Peut-être, mais leurs vagues présomptions finissent par s'accumuler. Il y a un terme juridique pour ça, je ne sais plus lequel.

— La prépondérance ?

— Oui, c'est ça. La prépondérance de preuves suffit parfois. Slap Watkins et ses références bibliques..., ricana-t-il. C'est sans doute tout ce qu'il aura lu dans la Bible. Tout le monde connaît l'histoire de Caïn et Abel, même un mécréant comme moi. Danny a été assassiné, c'était mon frère, donc je suis forcément son assassin.

Il se leva et se mit à tourner en rond.

— Qu'est-ce qui peut bien pousser ma propre sœur à croire les élucubrations d'un truand confirmé, au point d'en parler à un flic zélé à la recherche du premier prétexte pour m'inculper ?

Beck aurait pu lui parler de la fiancée de Danny dont seuls Jane et lui connaissaient l'existence, ou encore des coups de téléphone de Danny à sa sœur, mais il n'en fit rien. Ces deux éléments auraient sans doute permis d'éclairer l'affaire d'un jour nouveau, mais il préféra se taire car il pouvait aussi bien s'agir de faits sans rapport aucun avec l'affaire.

— Tu sais, Chris, on ne peut pas dire que Jane sautait de joie la dernière fois que je l'ai vue. Dieu seul sait ce que ce salopard a pu lui dire ou lui faire et qu'elle aura préféré taire, ajouta-t-il d'un air songeur.

— Je me doute qu'elle a dû avoir peur, mais pourquoi ne pas s'en tenir à signaler le vol de ses boucles d'oreilles ? Pourquoi marcher dans la combine de Watkins ?

Beck fronça les sourcils.

— Franchement, je ne comprends pas la façon dont elle fonctionne.

Chris s'arrêta et le regarda.

— C'est donc vrai ?

— Qui t'en a parlé ?

— Huff a été averti par téléphone pendant le déjeuner. Il a pété un plomb. Elle a vraiment rejoint le piquet de grève ?

— En première ligne.

Chris retourna s'asseoir, attendant la suite.

— Elle est arrivée vers 11 h 30 avec des hamburgers achetés au Dairy Queen et des glacières pleines de boissons, continua Beck. Après avoir nourri tout ce petit monde, elle a pris une pancarte et s'est jointe à eux. Elle se trouvait toujours là quand je suis sorti de l'usine il y a quelques minutes.

Chris baissa la tête, la secouant d'un air incrédule.

— Si on m'avait dit qu'un jour je verrais un membre de la famille s'opposer aux autres Hoyle, je ne l'aurais jamais cru. Tu me diras, on m'accuse bien d'avoir tué mon frère en lui enfournant un fusil dans la bouche.

Tout en se massant le front, il ajouta :

— Qui peut croire que j'aie fait une chose pareille ?

— C'est bien ce que je te disais, Chris. Ils n'ont pas de mobile. Sauf s'ils ne nous ont pas tout dit.

Il releva brusquement la tête.

— Un mobile ? Lequel ?

— Tu leur as tout rapporté de ta dispute avec Danny ?

— Cent fois.

— Crois-tu que Danny nous cachait certains trucs ?

— Quels trucs ?

— Je ne sais pas. Quelque chose dont il t'aurait parlé et dont nous ne serions pas informés.

— Non, je ne vois pas.

Beck observa longuement Chris, à la recherche d'un secret caché, mais l'autre le regardait d'un air candide.

— Je me posais la question, c'est tout. Que devient Lila ?

— Je suis passé chez elle hier pendant que Georges était sorti. Elle a refusé de m'ouvrir.

— Un alibi hostile. Super.

Beck se leva à son tour et s'approcha de la fenêtre. Elle était protégée par des barreaux. En levant les yeux, il constata que le bleu du ciel s'était dilué sous l'effet de la chaleur. La fumée de l'usine était à peine plus blanche.

— Je n'ai pas envie de te raconter des conneries, Chris. Le moment est venu d'étoffer notre système de défense.

— Je n'ai pas tué mon frère.

Beck se retourna.

— Il nous faut quelque chose de plus que ta parole.

Chris le regarda un bon moment avant de déclarer :

— Beck, c'est la décision la plus difficile que j'ai jamais eu à prendre : tu es viré.

— Viré ? rétorqua Beck avec un petit rire.

— Je ne mets pas en cause tes capacités professionnelles. Ce n'est pas le problème. Tu as sauvé les Entreprises Hoyle de plus d'une tuile qui aurait pu nous coûter très cher, et je ne parle pas uniquement d'un point de vue financier. Huff et moi avons besoin de toi à l'usine pour faire le lien avec les agences gouvernementales et même, grâce à Nielson, avec nos propres employés. Mais j'ai besoin d'un avocat d'assises, conclut-il avec un sourire en coin.

Beck retourna s'asseoir.

— Pour tout te dire, je suis soulagé.

— Tu ne m'en veux pas ?

— Chris, tu le sais, je suis loin d'être un spécialiste des affaires criminelles. J'ai été le premier à te conseiller de prendre un pénaliste. Je n'ai pas insisté, pour ne pas donner l'impression de me défausser. Je ne savais pas non plus comment allait réagir Huff.

— Je peux te dire que ça ne va pas lui plaire. Il a toujours insisté pour qu'on lave notre linge sale en famille, mais je compte sur toi pour le convaincre que c'est la bonne décision.

— Je m'en occupe. À qui as-tu fait appel ?

Chris lui donna le nom d'un avocat dont Beck n'avait jamais entendu parler.

— Il est installé à Baton Rouge et on m'en a dit le plus grand bien.

— Bonne chance, en tout cas.

— Tu ne m'en veux pas, tu me le jures ?

— Je te le jure. Mais comment se fait-il qu'il ne soit pas là ?

— C'est le problème. Il n'est pas libre avant lundi. Comment faire, pour cet interrogatoire ?

— Je vais demander à Red de le reporter jusqu'à l'arrivée de ton nouvel avocat.

— Tu crois qu'il peut me garder en prison jusqu'à lundi ?

— Tu peux compter sur moi pour pousser les hauts cris s'il fait seulement mine d'en parler. De toute façon, ils n'ont rien. À mon avis, Red t'a fait venir uniquement pour calmer son adjoint. Il ne croit pas plus que nous à cette histoire.

Les deux hommes se serrèrent la main. Au moment où Beck allait retirer la sienne, Chris le retint.

— Je ne veux pas porter le chapeau pour quelque chose que je n'ai pas fait, Beck. Je n'ai pas tué Danny.

Beck accentua brièvement la pression.

— Je te crois.

29

Jane ouvrit la porte de sa chambre à l'aide de la clé qu'on venait de lui remettre. La serrure crochetée par Slap Watkins avait été remplacée dans la journée.

Elle s'arrêta sur le seuil et scruta la pièce dans ses moindres recoins. Toute trace de son odeur avait disparu. Plutôt que de s'en remettre à la femme de ménage, elle avait enfilé une paire de gants de caoutchouc et s'était employée à récurer elle-même la chambre à fond avant de se rendre à l'usine. Elle avait également insisté auprès du gérant pour qu'il remplace la chaise sur laquelle Watkins s'était assis, et elle avait fait changer les draps.

Rassurée de voir qu'il ne restait plus rien du passage de son visiteur nocturne, elle avait pénétré dans la pièce avant de refermer le verrou derrière elle, prenant garde cette fois à mettre la chaîne de sûreté. Elle s'approcha de la commode d'un air las et se regarda dans la glace. Elle était brûlée par le soleil, ses vêtements détrempés de sueur lui collaient à la peau. Elle défit ses baskets afin d'examiner ses pieds : ils étaient couverts d'ampoules, d'une couleur violacée qui tranchait avec le beige Marilyn de ses ongles.

Épuisée par sa journée, elle hésita à s'attaquer au toast au fromage acheté en passant au Diner, mais elle avait une faim de loup. Elle le dévora en quelques bouchées.

Jane resta longtemps sous la douche. Elle avait déjà passé des heures à se laver le matin même, dans l'espoir d'effacer le souvenir de Watkins sur sa peau.

Le massage de l'eau fit le plus grand bien à ses muscles endoloris. Il lui sembla avoir repris forme humaine lorsqu'elle sortit enfin du bac à douche. Trop fatiguée pour se sécher les cheveux, elle se contenta de les essuyer à l'aide d'une serviette avant d'étaler un peu de crème sur son nez rougi par le soleil. Le petit point rouge sur sa joue commençait déjà à cicatriser, il n'y paraîtrait plus d'ici un jour ou deux.

Elle enfila une culotte et la courte chemise de nuit qu'elle avait achetée après avoir jeté à la poubelle celle qu'elle portait la nuit précédente. Même après l'avoir passée dix fois de suite à la machine, elle n'aurait jamais pu la remettre.

Elle voulait à tout prix oublier l'incident. Après tout, il ne lui était rien arrivé et elle refusait d'accorder à cet imbécile plus d'intérêt qu'il ne le méritait.

Elle décida malgré tout de laisser allumée la lumière de la salle de bains, de peur de se réveiller à nouveau dans le noir et de revivre le même cauchemar.

Sa rêverie fut interrompue par de petits coups à la porte.

— Jane ? Ouvre-moi.

C'était Beck. Il avait veillé à frapper doucement afin de ne pas l'effrayer, mais il avait une voix grave.

— Qu'est-ce que tu veux ?

— Je veux que tu m'ouvres la porte.

Elle défit le verrou avant de glisser un œil par l'entrebâillement, sans ôter la chaîne de sûreté.

— Je ne suis pas habillée.

— Laisse-moi entrer.

— Pourquoi ?

Nul besoin d'être perspicace pour s'apercevoir qu'il était de mauvaise humeur. Comme il la regardait fixement sans daigner lui répondre, elle finit par céder, avant tout soucieuse que leur conversation échappe aux oreilles indiscrètes. Les amateurs de bowling devaient être de sortie, car le parking du Lodge était plein, et la chambre voisine occupée.

Elle défit la chaîne, et il pénétra dans la pièce en refermant soigneusement derrière lui. Son regard s'arrêta sur la nuisette courte, les jambes et les pieds nus de la jeune femme. Elle croisa les bras sur sa poitrine d'un geste défensif et il détourna les yeux.

— Avec ce qui t'est déjà arrivé ce matin… Passe quelque chose d'autre, si ça peut te rassurer.

— De toute façon, tu ne vas pas t'éterniser. Qu'est-ce que tu veux ?

— Clark Daly est à l'hôpital.

— Quoi ? !

— Il a été transporté aux urgences.

Elle mit une main sur sa gorge.

— Encore un accident à l'usine ?

— Pas vraiment. On l'a tabassé.

— Tabassé ?

— Gravement. Il est assez mal en point. C'est encore trop tôt pour avoir un diagnostic. Des dents cassées, la lèvre fendue, les yeux au beurre noir, une paupière déchirée et une plaie au cuir chevelu. Peut-être une fracture du crâne. Très probablement quelques côtes cassées et une hémorragie interne. Ils sont en train de lui faire passer des radios afin d'en savoir plus.

Elle porta la main à sa bouche et s'assit machinalement sur le lit, le souffle coupé.

— Mais qui… qui… ?

— On ne sait pas exactement, mais plusieurs noms circulent, dont le tien, répondit-il en la regardant droit dans les yeux.

Elle avala sa salive.

— Que s'est-il passé ?

— J'avais décidé de rester à l'usine ce soir. Je voulais être là en cas de pépin.

Peu après l'arrivée de l'équipe de nuit, Beck s'était aperçu que tout ne tournait pas rond.

— À force de travailler dans un endroit, tu perçois ce genre de chose, expliqua-t-il. J'ai tout de suite senti que quelque chose clochait, alors je suis descendu à l'atelier. J'ai commencé à poser des questions, mais personne ne voulait me répondre. Surtout avec l'ambiance qui règne à l'usine en ce moment.

— N'oublie pas que tu es le bras droit de Huff.

Il se contenta de serrer les mâchoires, refusant de relever sa remarque.

— À force de cuisiner l'un des gars, j'ai fini par apprendre que Clark n'avait pas pointé au boulot. Quelqu'un a appelé sa femme et elle a paniqué. Elle leur a précisé qu'il était parti très en avance. Je leur ai dit de ne pas bouger de l'atelier, j'ai pris un ou deux gars avec moi et on est partis à sa recherche. On a retrouvé sa voiture sur le bas-côté à quelques centaines de mètres de chez lui. Clark était allongé sur le ventre dans le fossé, il avait perdu connaissance. Il est très amoché.

Jane se leva et se dirigea d'un pas hésitant vers la commode.

— J'y vais.

Elle ouvrit un tiroir dont elle tira un jean. Elle n'eut pas le temps d'aller plus loin car Beck le lui arracha des mains avant de le jeter sur le lit.

— Je ne crois pas que Mme Daly apprécierait beaucoup, Jane.

— Je me fous de savoir ce…

— Écoute-moi ! dit-il en la prenant par les épaules. Quand Luce Daly est arrivée à l'hôpital et qu'elle m'a vu, elle a immédiatement sorti les griffes. Elle m'a fait comprendre en termes très directs que j'étais persona non grata en me criant de ne pas m'approcher de son mari. J'aurais pu comprendre si Clark avait été victime d'un accident à l'usine, comme Billy Paulik, mais la réaction de Luce Daly m'a heurté profondément. Après tout, c'est moi qui l'ai trouvé et conduit aux urgences. Quoi qu'il en soit, Mme Daly m'a expliqué que son mari n'avait pas été victime d'une agression quelconque. Pas du tout. Clark a été passé à tabac parce que tu l'as recruté pour repérer les mouchards de Huff et pousser les ouvriers à la grève.

Il respirait difficilement et s'efforçait de ne pas hausser le ton, mais on sentait bien qu'il avait toutes les peines du monde à contenir sa colère. S'apercevant brusquement de la force avec laquelle il l'agrippait, il relâcha son étreinte. Il lui tourna le dos, se passa la main dans les cheveux et lui fit de nouveau face.

— Dis-moi que Mme Daly a tort, Jane. Dis-moi que tout ça n'est pas vrai.

Elle le toisa d'un air de défi, le menton en avant.

— C'est toi-même qui as parlé de guerre.

— Mais enfin, Jane ! Ce n'est pas ta guerre à *toi* ! Quelle raison as-tu de te battre ?

— Il faut bien que quelqu'un le fasse. Cette usine fonctionne de façon proprement scandaleuse, il faut bien que quelqu'un y mette bon ordre.

— Tu crois sincèrement que ta participation à ce mouvement peut aider à résoudre les problèmes ? Tu crois vraiment faire du bien aux gens en défilant au milieu du piquet de grève ?

— Pourquoi pas ?

— Eh bien, tu as tort. Foncièrement tort.

— C'est le moyen de faire passer un message aux employés de l'usine.

— Tu ne parles même pas la même langue qu'eux ! hurla-t-il. Tu as eu l'occasion de t'en apercevoir l'autre jour à l'usine. Ce n'est pas parce que tu te balades avec une pancarte que tu es capable de communiquer avec des gens qui dépensent pour manger en un mois ce que tu claques pour une paire de chaussures. Je ne remets pas en cause tes motivations et ta générosité, Jane, mais tu as tout faux. Tu es loin d'avoir gagné la confiance des ouvriers et de leurs familles. Tant que tu n'auras pas leur confiance, tu feras plus de mal que de bien. Grâce à toi, Clark Daly s'est fait gravement casser la gueule ce soir et tu as de la chance que ce ne soit pas toi qu'on ait retrouvée dans un fossé.

Piquée au vif, mais consciente de la validité de ses arguments, elle se détourna de lui, submergée par le poids de sa responsabilité.

— Tu te doutes bien que je n'ai jamais voulu faire payer les pots cassés à Clark.

— Dans ce cas, tu aurais mieux fait de le laisser tranquille. C'est le sens du message que je viens t'apporter.

Elle leva les yeux et regarda son reflet dans le miroir accroché au-dessus de la commode.

— Un message de qui ?

— De Luce Daly, qui est loin d'être idiote. Elle a tout de suite prévu ta réaction. Elle a deviné que tu te précipiterais au chevet de Clark. Désolé, mais sa femme ne veut pas te voir dans les parages. Elle m'a raconté que tu étais allée le voir à plusieurs reprises, et elle m'a demandé de te dire de retourner d'où tu viens et de laisser son mari tranquille.

— Elle réagit en femme jalouse. Je n'ai aucune vue sur Clark, je cherchais uniquement à lui venir en aide.

— Tu parles d'une aide. Sa femme te considère comme une maladie qu'il aurait attrapée il y a longtemps et dont il n'aurait jamais pu se défaire.

Jane pouvait comprendre le point de vue de Luce Daly, même si la comparaison n'était pas flatteuse. Elle aurait voulu se défendre, mais s'y refusa, par fierté.

— Tu sais qui a pu attaquer Clark ?

— Je m'en doute.

— Mais tu ne vas pas te précipiter pour les faire arrêter… Pas vrai ? Tout simplement parce que ce sont les sbires de Huff et que tu es leur chef.

— Un conseil, Jane, même si je sais d'avance que tu n'en tiendras aucun compte. Évite de te joindre de nouveau au piquet de grève. Quand les gens sauront pour Clark, tu peux être certaine que la tension va monter d'un cran. On court droit à l'affrontement et tu pourrais bien te retrouver prise entre deux feux.

Il jeta un coup d'œil en direction de la porte.

— Je constate en tout cas que tu mets la chaîne de sûreté.

— Je peux te dire que, après ce qui m'est arrivé ce matin, je ne risque plus d'oublier.

Il s'approcha lentement d'elle.

— Est-ce qu'il t'a fait mal, Jane ?

— Comme je vous l'ai dit…

— Je sais ce que tu nous as dit, mais je sais aussi que tu ne nous as pas tout dit. Est-ce qu'il t'a touchée ?

Elle fit non de la tête, mais à son grand embarras, ses yeux se mouillèrent de larmes.

— Pas vraiment.

— Mais encore ?

— Il… il m'a sorti des obscénités, mais il n'est pas passé à l'acte.

Il voulut l'enlacer. Elle le repoussa d'une main ferme en secouant la tête.

— Tout va bien. Il est temps de t'en aller.

— Très bien, dit-il avec un hochement de tête sec. J'étais venu te dire ce qui était arrivé à Clark et te transmettre le message de sa femme. Avant de partir, j'ai une dernière question, Jane. Pourquoi veux-tu absolument te mêler de cette histoire ?

— Je te l'ai expliqué hier soir.

— Parce que tu as mauvaise conscience de n'avoir pas accepté de prendre Danny au téléphone. À cause des ambiguïtés de l'affaire Iverson. Pour améliorer les conditions de travail à l'usine. Je sais ce que tu m'as *dit*.

— Et alors ? répliqua-t-elle vivement.

— Je ne suis pas certain que ce soient là tes véritables motivations. Derrière toutes tes décisions et toutes tes actions, je ne vois qu'une seule vraie raison.

Il ouvrit la porte, franchit le seuil et ajouta en se retournant :

— La vraie raison, c'est Huff.

— Jane ! Toute seule ? Seigneur Jésus, ma petite fille, tu n'es pas un peu folle de te promener en voiture toute seule à une heure pareille ?

— J'espère que je ne t'ai pas dérangée, Selma.

La vieille femme lui fit signe d'entrer.

— Surtout avec cette racaille de fils Watkins qui te poursuit partout.

— À l'heure qu'il est, il doit être au fin fond du Texas, en route pour la frontière mexicaine. Chris est là ?

— Il est sorti après le dîner et il n'est pas encore rentré. Tu veux que j'essaye de l'appeler ?

— En fait, c'est Huff que je venais voir. Il n'est pas couché ?

— Il est monté dans sa chambre, mais je l'ai entendu bouger, il ne doit pas encore dormir.

— Comment va-t-il ? Tu crois qu'il s'est bien remis ?

— Il est exactement comme avant sa crise cardiaque. Je veille à lui faire prendre ses médicaments pour la tension. Avec tout ce qui s'est passé depuis que Danny nous a quittés, c'est un miracle que ses veines n'aient pas éclaté.

Jane lui tapota gentiment la main.

— Tu as toujours pris soin de nous, Selma, et je t'en suis très reconnaissante. Retourne te coucher.

Ne m'attends pas, je me débrouillerai toute seule pour repartir après l'avoir vu.

La vieille gouvernante s'éloigna en direction de ses quartiers, de l'autre côté de la cuisine, en faisant doucement claquer ses chaussons sur le plancher du grand couloir.

Les dernières paroles de Beck avaient suffisamment taraudé Jane pour qu'elle se précipite chez son père après s'être rhabillée. Maintenant qu'elle se trouvait au pied du mur, elle n'était plus très sûre d'avoir bien fait. Elle aurait dû demander à Selma d'appeler Huff. Après tout, elle n'était plus chez elle. Seule au milieu de l'escalier en pleine nuit, elle se sentait comme une étrangère dans cette maison.

Le silence était oppressant. L'escalier était plongé dans l'obscurité et c'est tout juste si elle voyait le palier se dessiner au-dessus de sa tête. Elle n'était pas montée à l'étage depuis dix ans. La dernière fois qu'elle avait descendu cet escalier, elle avait une valise à la main et pensait ne plus jamais revenir. Ce n'était pas sans appréhension qu'elle s'était lancée dans l'inconnu ce jour-là, mais elle avait décidé d'aller jusqu'au bout.

Ce soir, le même sentiment d'appréhension l'étreignait, mais sa résolution était intacte. Une fois franchies les premières marches, elle se sentit mieux. Arrivée sur le palier, elle s'arrêta devant le portrait de sa mère et ressentit un pincement au cœur sans savoir exactement pourquoi. Était-ce à cause de ce visage familier au sourire figé sur la toile ? Ou bien alors était-ce la présence maternelle qui lui manquait, le fait de pouvoir s'adresser à un être aimant, capable de lui prodiguer conseils et réconfort ?

Le couloir du premier étage était faiblement éclairé par deux veilleuses branchées sur des prises de courant au niveau de la plinthe. Elle avançait sans bruit sur ce tapis auquel Laurel tenait tant, héritage d'une arrière-grand-mère qui avait vécu dans une plantation.

La porte de la chambre de Danny était fermée. Elle eut un instant d'hésitation et finit par poursuivre son chemin sans y pénétrer, résistant à l'envie de commettre ce qu'elle aurait considéré comme un sacrilège. La disparition de son frère était encore trop récente.

La porte de la chambre de Chris était entrouverte. Selma lui avait expliqué qu'il était revenu vivre là après l'installation de Mary Beth au Mexique.

— On a réaménagé la pièce. Ce n'est plus celle qu'elle était avant son mariage.

Jane glissa un œil par l'entrebâillement. Il lui fallut bien reconnaître qu'elle était arrangée avec goût. Les meubles étaient élégants sans être prétentieux, la couleur des murs neutre. Une chambre masculine plutôt sobre qui lui rappelait l'appartement d'un célibataire dont on lui avait récemment confié la décoration.

Un rai de lumière filtrait sous la porte de Huff. Elle s'empressa de frapper deux coups avant de changer d'avis. Lorsqu'il ouvrit, ils se retrouvèrent face à face, à se regarder en chiens de faïence.

Il retira la cigarette qu'il avait entre les lèvres en lui adressant un regard interrogateur.

— Je croyais que c'était Chris ou Beck.

— Je voudrais te parler.

Il fronça les sourcils.

— À en juger par ton expression, on dirait surtout que tu veux me mordre.

— C'est toi qui as lâché tes sbires sur Clark Daly ?

Il remit sa cigarette entre ses lèvres et s'effaça pour la laisser passer.

— Entre. Autant en finir tout de suite.

Elle pénétra dans la chambre. La pièce avait été refaite. À l'époque où Jane vivait encore à Destiny, la chambre de ses parents était restée telle qu'elle était du vivant de sa mère. Depuis, les tissus à volants de Laurel avaient été remplacés par un couvre-lit et des rideaux moins chargés.

Huff lui désigna une petite table roulante.

— Sers-toi à boire.

— Je ne suis pas venue boire, mais obtenir une réponse à ma question. Est-ce que c'est toi qui as donné l'ordre de tabasser Clark ?

— Je ne savais pas qu'il s'agissait de Clark.

— C'est donc bien toi qui as lâché tes chiens sur lui.

Il s'installa sur un grand fauteuil et tira longuement sur sa cigarette dont l'extrémité rougeoya.

— J'ai un certain nombre de gars fidèles à qui j'ai demandé de mettre un terme aux bruits de grève qui couraient et je leur ai donné carte blanche.

Il agita sa cigarette en direction de Jane.

— Je n'ai pas l'intention de payer des gens pour qu'ils fassent grève. Si ça leur chante de rejoindre ce Nielson et ses agitateurs, grand bien leur fasse, mais pas sur leur temps de travail et pas avec mon argent, dit-il en haussant le ton.

— Ils ont failli le tuer.

— Peut-être, mais il n'est pas mort et on me dit qu'il s'en remettra, fit-il en écrasant son mégot. À vrai dire, je n'aurais jamais cru Clark Daly capable d'organiser un concours de pêche à la ligne, encore moins de mettre sur pied un mouvement de grève.

— Il ne l'aurait sans doute pas fait si... si je ne l'avais pas poussé à le faire.

Huff sursauta. Après quelques secondes d'hébétude, il se mit à rire de son ricanement rauque.

— Ça alors ! J'aurais dû m'en douter. Jamais Clark Daly n'aurait eu les couilles de se lancer tout seul dans une aventure comme celle-là, il a perdu les pédales depuis trop longtemps. Un vrai mollasson.

— C'est ce que tu crois, Huff, mais tu as tort. Clark a l'étoffe d'un leader. Tu l'as écrasé, tu t'es arrangé pour qu'on lui retire sa bourse d'études, qu'il ne puisse pas aller à la fac. Tu as piétiné ses espoirs et son courage.

— Je t'en prie, change de disque. Tu n'en as pas marre ? Tout ce qui est arrivé à ce gamin était de sa faute.

— Ce n'est plus un gamin, Huff, c'est un homme. Il vient même d'apporter la preuve de ses capacités de leader.

— C'est ça. Un leader de rêve pour tous les alcooliques de la région.

— Les ouvriers l'ont écouté, Huff. Beck m'a dit que les collègues de Clark étaient prêts à quitter la chaîne ce soir pour partir à sa recherche. Si ce n'est pas la preuve qu'il est capable d'inspirer confiance, je ne sais pas ce que c'est.

Huff se leva brutalement de son fauteuil.

— Qu'est-ce que Clark Daly a su inspirer chez toi, sinon la désobéissance ?

— J'avais dix-huit ans. On n'avait pas besoin de ta permission pour se marier.

Il s'approcha de la table roulante, prit une carafe et se servit une grande rasade de bourbon qu'il avala cul sec.

— Encore heureux que j'aie eu vent de vos intentions et que j'aie pu m'y opposer.

— Huff le héros. Huff qui a envoyé ses gens à nos trousses comme si on était des criminels, qui a menacé Clark de virer son père de l'usine si jamais on se mariait quand même. Tu as terrorisé ses parents et tu nous as terrorisés, c'est tout. Quel courage !

— Tu aurais peut-être préféré que je le fasse abattre ? tonna-t-il. J'avais tous les droits de tuer ce gamin.

— Le droit de le tuer ? Mais de quel droit parles-tu ?

— Ce gamin avait défié mon autorité. Il méritait…

— Je t'arrête tout de suite, Huff ! Son seul tort était de m'aimer.

— Tu méritais mieux que ça.

— C'est toi qui voyais les choses comme ça, dans ton égoïsme incommensurable.

— Comme petit ami quand vous étiez au lycée, passe encore, mais pour t'épouser, il fallait quelqu'un d'une famille comme la nôtre.

Elle éclata d'un rire mauvais, la tête en arrière.

— Mais enfin, Huff, tu sais bien que notre famille est unique.

— Ne joue pas sur les mots avec moi, Jane. Tu vois très bien ce que je veux dire, rétorqua-t-il sur un ton agressif. Il te fallait quelqu'un issu d'une famille influente. Des gens avec de l'argent, pas un fils d'ouvriers.

— N'importe quoi. C'était déjà n'importe quoi à l'époque quand tu as invoqué cette raison pour nous séparer, et c'est toujours n'importe quoi aujourd'hui. Tu te fichais bien de l'argent, Huff. La seule chose qui te déplaisait chez Clark, c'est que tu ne l'avais pas choisi.

— J'en ai assez qu'on me reproche tout et son contraire, réagit-il avec un grand geste. J'ai toujours voulu ce qu'il y avait de mieux pour mes enfants.

— C'est faux. Tu as toujours voulu avoir raison, s'écria-t-elle en élevant la voix à son tour. Il fallait toujours faire ce que *tu* voulais. Tu n'as jamais supporté qu'on ait des idées ou des projets différents des tiens.

Elle reprit son souffle avant de poursuivre d'une voix tremblante d'émotion.

— Sinon, tu t'arrangeais pour les démolir.

Il lui jeta un regard noir en se servant un autre verre de bourbon, puis il retourna s'asseoir et alluma une cigarette. Il avait du mal à respirer et son haleine empestait l'alcool.

— Gueule-moi dessus tant que tu veux, ma fille. Tu peux faire des caprices et taper du pied jusqu'à la fin du monde, ne compte pas sur moi pour te faire des excuses. Quand j'étais haut comme ça, dit-il en levant à peine la main, je me suis juré de fonder un clan et de faire respecter le nom de Hoyle. Je me suis juré que rien ni personne ne nous arrêterait jamais.

Il martelait chaque mot à l'aide de sa cigarette.

— Et il était hors de question que ce bâtard de Clark Daly porte le nom de Hoyle.

Elle eut un haut-le-cœur.

— Alors tu t'es arrangé pour qu'on me l'arrache.

— J'ai fait ce que n'importe quel père...

— N'importe quel père sans scrupule.

— Ce que n'importe quel père aurait fait pour empêcher sa fille de foutre sa vie...

— *Tu m'as arraché mon bébé !*

Elle traversa la pièce en trois enjambées et le gifla de toutes ses forces.

Il se leva d'une détente tandis que son verre lui échappait des mains et roulait sur la moquette. Il laissa tomber sa cigarette et brandit les poings d'un air menaçant.

— Vas-y, Huff, frappe-moi. Tu m'as déjà giflée le soir où tu m'as sortie de force de ton bureau. Je hurlais et je te suppliais de ne pas me faire ça. Le plancher a conservé la trace des coups de talon que j'ai donnés pour essayer de t'arrêter. Regarde-les si tu l'oses ! Ces marques sont la meilleure preuve de ta perversité. Comme tu n'arrivais pas à me faire monter dans la voiture, tu m'as assommée et je me suis réveillée dans la pièce du fond chez le docteur Caroe, les jambes attachées aux étriers et les bras immobilisés sur la table.

Joignant le geste à la parole, elle tendit les bras le long du corps, avec au plus profond d'elle-même le souvenir des sangles qui l'entravaient.

Elle s'aperçut soudain qu'elle pleurait et voulut sécher d'un coup de langue les larmes accumulées à la commissure de ses lèvres.

— Et cette ordure sans scrupule a consciencieusement arraché le bébé que j'avais dans le ventre. Combien lui as-tu donné en échange de cette petite vie innocente, Huff ? Combien l'as-tu payé pour bien asseoir ton autorité sur moi ?

Elle sanglotait entre chaque mot, mais plus rien ne la retenait.

— Ensuite, il l'a mis dans un sac en plastique et il l'a jeté à la poubelle. *Mon bébé !* hurla-t-elle en posant la main sur sa poitrine.

Le silence qui suivit, que seul troublait le tic-tac du réveil posé sur la table de nuit, était assourdissant. Jane essuya ses larmes et ramena ses cheveux en arrière.

— On m'a récemment fait la remarque que tu étais la raison profonde à tout ce que je fais. Et c'est la vérité. Ma haine pour toi m'a permis de survivre à la dépression et à deux mariages dont je ne voulais pas. Aujourd'hui encore, à l'instant où je te parle, c'est le souvenir de ce que tu m'as fait subir ce soir-là, c'est la haine qui me fait tenir. Le plus drôle, ajouta-t-elle en riant silencieusement, c'est que tu es aujourd'hui le dindon de la farce. Tu me fais bien rire, avec tes conneries d'ambitions dynastiques et tes manigances pour me faire épouser Beck. C'est drôle, c'est même hilarant ! Parce que figure-toi que, en m'enlevant ce bébé, ton abruti de copain, le docteur Caroe, m'a empêchée à jamais d'en avoir d'autres.

Il tituba sous le choc.

— Qu'est-ce que tu dis ?

— Eh oui, Huff. Si je n'ai plus les moyens de perpétuer ta putain de lignée de Hoyle, c'est uniquement grâce à toi.

Sans attendre sa réponse, elle lui tourna le dos et traversa la pièce en courant.

Elle s'arrêta net en découvrant Beck dans le couloir.

30

Jane eut un instant d'hésitation en le voyant, puis elle s'éloigna dans le couloir sans un mot avant de disparaître dans l'obscurité. Quelques instants plus tard, Beck entendit la porte d'entrée se refermer derrière elle.

Il ne chercha pas à la rattraper, sachant d'avance qu'elle ne se laisserait pas faire car, à ses yeux, il demeurait l'homme de Huff. Il comprenait mieux à présent les raisons de son animosité.

Il toqua à la porte de la chambre.

— Huff, c'est moi.

Huff se trouvait dans son fauteuil. Il s'y était affalé machinalement. Perché en équilibre au bord de l'assise, il regardait fixement par terre sans se soucier de la cigarette qui se consumait lentement en faisant un trou dans la moquette, à quelques centimètres de ses pieds.

Beck ramassa la cigarette, qu'il écrasa dans un cendrier sur la petite table voisine du fauteuil.

Huff remarqua enfin sa présence.

— Beck. Tu es là depuis longtemps ?

— Assez.

— Tu as entendu ce qu'a dit Jane ?

Il acquiesça.

— Vous vous sentez bien ? Vous avez le visage tout rouge.

— Ça va, elle ne m'a pas tué. Pas encore.

Il fronça les sourcils en voyant la tache que formait par terre le bourbon renversé.

— Je boirais bien quelque chose.

Beck remplit un verre d'eau et le lui tendit.

— Commencez par ça.

Huff fit la grimace, mais il vida le verre. Puis il se cala dans le fauteuil en soupirant.

— Quelle journée de merde. D'abord, ce piquet de grève devant l'usine, pour apprendre ensuite que Jane est stérile.

— C'est ça qui vous préoccupe ?

— Je te demande pardon ?

Beck prit place sur l'ottomane qui faisait face au fauteuil de Huff.

— Après tout ce dont vous avez parlé... Je veux dire... quand votre fille unique...

Huff lui lança un regard d'impatience, comme pour lui dire d'en venir au fait.

Si Huff n'avait pas encore compris, il ne comprendrait jamais.

— Je ne sais pas ce que je voulais dire. De toute façon, c'est une affaire d'ordre privé entre Jane et vous.

— Ouais, elle en a fait une *affaire* depuis le jour où c'est arrivé.

— Le jour où c'est *arrivé* ? Mais enfin, Huff, il ne lui est pas arrivé de perdre son bébé. Vous l'avez avortée de force.

— C'était une gamine, répliqua-t-il avec un geste d'agacement. Je n'allais quand même pas la laisser foutre sa vie en l'air avant même qu'elle soit adulte. Surtout en ayant un gosse de Clark Daly. Tu dois bien te douter pour quelle raison elle est tombée enceinte, non ?

La question était rhétorique, ce qui n'empêcha pas Beck d'y répondre :

— Pour être sûre de pouvoir l'épouser.

— Exactement. Je les avais empêchés de se marier. Les parents Daly se sont couchés tout de suite quand j'ai dit au père que son boulot à l'usine était en jeu. Du coup, ils ont envoyé leur fils passer l'été dans de la famille au Tennessee. Je pensais que l'éloignement suffirait à refroidir leurs ardeurs amoureuses, mais pas du tout. Jane m'a désobéi une nouvelle fois. Elle s'est enfuie et s'est arrangée pour passer le week-end avec Daly, et la voilà qui revient un mois plus tard en m'annonçant qu'elle est enceinte et que je ne peux plus rien contre leur mariage.

— Vous les en avez empêchés quand même.

— J'allais me gêner. Plus de bébé, plus de mariage, dit-il avec un claquement de doigts. Le même soir, j'ai réglé deux problèmes d'un coup.

Sidéré par tant d'indifférence, Beck restait bouche bée.

— Et Daly ? Il était au courant que Jane attendait un bébé ? finit-il par demander.

— Je n'en sais rien. Je n'ai jamais posé la question à Jane et, même si je lui avais demandé, elle ne m'aurait jamais répondu. Elle est restée des mois sans m'adresser la parole. Au début, je me suis dit que ça lui passerait, qu'elle finirait par oublier.

Beck revit le visage bouleversé de la jeune femme lorsqu'elle était sortie en trombe de la chambre de Huff quelques minutes plus tôt. On aurait pu croire que son calvaire remontait à hier.

— À mon avis, Huff, elle n'oubliera jamais, dit-il d'une voix douce.

— On dirait bien, en effet. Et tu sais qu'elle a rejoint le piquet de grève. Elle se balade avec une pancarte dénonçant mes méthodes. Je sais que c'est elle qui se trouve derrière toute cette histoire avec Clark Daly. Elle me l'a dit droit dans les yeux. Si jamais il ne s'en sort pas, elle en fera une maladie et tu verras que c'est à moi qu'elle s'en prendra.

— Il s'en sortira. J'ai appelé l'hôpital en venant. Il a plusieurs côtes cassées, mais pas de fracture du crâne. Ils sont en train de vérifier qu'il n'a pas fait d'hémorragie interne, mais c'est plutôt rassurant qu'ils n'aient rien trouvé à l'heure qu'il est.

Huff passa une main sur son crâne dégarni avec un petit rire dépité.

— Mes gars y sont allés un peu fort.

— Ce n'était pas très malin de votre part, Huff.

Son rire se figea dans sa gorge et, pour la première fois, Huff jeta à Beck un regard mauvais.

— Pas la peine de me regarder comme ça, lui dit calmement Beck. Vous me payez pour vous donner des conseils. Si vous n'avez pas envie d'entendre la vérité, prenez un autre avocat. Je dis et je répète que ce n'était pas très malin de frapper le premier. Vous l'avez dit vous-même hier soir.

— Je ne me doutais pas que les choses allaient déraper aussi rapidement. Je n'allais quand même pas rester les bras croisés sans rien faire.

— Vous avez eu tort de vous en prendre physiquement à l'un de vos employés. Vous n'avez fait que renforcer la position de l'adversaire en lui donnant du grain à moudre.

Huff se releva péniblement en marmonnant et s'approcha de la table roulante.

— Tout le monde m'en veut, ce soir.

— Je sais que le moment est mal choisi, concéda Beck. Après les foudres de Jane, je me doute que vous n'avez aucune envie de vous entendre dire que vous gérez mal la crise à l'usine. C'est pourtant vrai, Huff. J'ai tenté de vous expliquer l'autre jour qu'on ne pouvait plus résoudre les conflits sociaux comme autrefois. Nielson est plus dangereux qu'Iverson, et il ne vous lâchera pas.

Il s'arrêta afin de donner plus de poids à ses paroles, puis il ajouta :

— Et pas question de le faire disparaître, cette fois.

L'allusion n'échappa pas à Huff. Il se retourna lentement. Il tenait un verre vide dans la main droite, et des glaçons lui coulaient lentement entre les doigts de la main gauche.

Beck ne se laissa pas impressionner.

— Je ne vous en demanderai pas davantage, Huff, parce que je ne tiens pas à savoir, mais je ne suis pas assez bête pour penser que vous n'êtes pour rien dans la disparition de Gene Iverson. Une allusion à certains de vos gars, un simple mot ou même un regard, et le problème était réglé. Je suis persuadé que Chris aura joué au moins un petit rôle dans cette affaire. S'il n'avait rien eu à se reprocher, vous n'auriez pas demandé à McGraw d'acheter ces jurés. Malgré tout le cinéma que Chris et moi avons fait à Jane chez McGraw, personne n'est dupe. Nous savons tous qu'il a été payé, et bien payé, pour influencer ces gens. Je ne sais pas ce qu'il est advenu d'Iverson, mais vous vous en êtes tiré sans une égratignure. L'histoire ne faisait que se répéter.

— C'est-à-dire ?

— Je pense à Sonnie Hallser.

— Aucun rapport.

— Vous êtes sûr, Huff ? J'ai appris tout récemment que Chris se trouvait à l'usine le soir où Hallser a trouvé la mort.

Huff jura entre ses dents en déposant enfin les glaçons dans son verre, puis il se retourna et se servit à boire.

— Il était censé ne dire à personne qu'il se trouvait là ce soir-là. Il me l'avait juré.

Beck ne prit pas la peine de préciser qu'il tenait l'information de Jane, et non de Chris.

— Qu'a-t-il vu cette nuit-là ?

— Il a assisté à notre engueulade avec Sonnie.

— Et ensuite ?

— Ensuite rien, répondit-il en élevant la voix. Il n'y avait rien à voir. Je me suis engueulé avec ce type et c'est tout.

— Une altercation particulièrement vive.

— Je n'ai jamais su m'engueuler calmement. On s'est défoulés l'un sur l'autre et je suis rentré à la maison avec Chris. Point. Ce n'est que plus tard dans la nuit que Sonnie a eu cet accident.

— Mauvaise coïncidence.

— Une coïncidence, et rien d'autre. Pourquoi remettre ça sur le tapis ?

— Pour apporter de l'eau à mon moulin, répondit Beck.

Il se leva, fit le tour de l'ottomane et se planta devant Huff.

— Vous avez la réputation de résoudre vos problèmes sociaux par la force. Sans parler de violence, on sait que vos gars n'hésitent pas à faire le coup de poing. Des pratiques aussi archaïques que l'utilisation de sangsues en médecine.

Huff avala une gorgée de bourbon.

— Bon, d'accord. Il m'est peut-être arrivé d'aller un peu trop loin, mais toujours pour protéger ma personne, ma famille et mon entreprise. Seuls réussissent ceux qui sont capables de résister, à n'importe quel prix s'il le faut. Chris le comprend. Je ne crois pas que c'était le cas de Danny et ce ne sera jamais celui de Jane. Quand je l'ai reprise, cette fonderie vivotait tout juste et j'en ai fait une entreprise florissante, dit-il en serrant le poing. Tu crois peut-être que j'aurais été aussi loin si j'avais laissé faire les syndicats et que j'avais accédé à toutes les requêtes de mes ouvriers ? Bien sûr que non. Avec mes gros godillots, j'ai botté les fesses de qui il fallait et je ne m'arrêterai que le jour de mon enterrement. Je ne laisserai personne fermer mon usine, ni ce Charles Nielson ni les agences gouvernementales. Il faudra me passer sur le corps avant que mes ouvriers aient le droit de se syndiquer.

Il avait prononcé les derniers mots en criant, ponctuant chacun d'entre eux d'un index accusateur.

— Ne parlons pas de malheur, déclara Beck d'une voix calme.

Sa remarque eut le don d'apaiser la colère de Huff qui lui répondit par un sourire.

— Tu as raison. D'ailleurs, je ne me sens pas encore prêt à passer l'arme à gauche.

— Dans ce cas, vous feriez mieux de vous asseoir si vous ne voulez pas faire une attaque, suggéra Beck.

Il attendit que Huff ait repris place dans son fauteuil et qu'il ait retrouvé un teint plus normal pour poursuivre :

— Je vous en prie, Huff, laissez-moi au moins le temps de trouver une issue par la négociation avant de recommencer vos bêtises. Les Paulik renonceraient probablement à leur procès si on leur proposait suffisamment d'argent.

— Combien ?

— Assez pour les calmer, mais pas de quoi vous obliger à boire du bourbon de contrebande. Je vous suggère aussi d'arrêter le tapis roulant sur lequel s'est blessé Billy.

— Il a été réparé, il fonctionne parfaitement à présent.

— Réparé peut-être, mais pas entièrement révisé comme il devrait l'être, insista Beck. Cette machine est un désastre en puissance. Vous croyez vraiment qu'on peut se permettre d'avoir un autre accident en ce moment ?

— Georges a donné son feu vert, Chris aussi. Ce sont eux qui décident, Beck. Ton boulot, c'est d'éviter qu'on ait des ennuis.

— Bon, fit Beck à contrecœur. Il est tard, je ferais mieux de m'en aller avant que Selma ne me jette dehors.

— Tu rentres chez toi ?

— À vrai dire, je comptais dormir sur le canapé dans mon bureau. Il vaudrait mieux que l'un d'entre nous soit présent en cas de pépin.

— Où est Chris ?

— Il n'a plus de raison de me tenir au courant de ce qu'il fait. Je ne suis plus son avocat.

— Je croyais que tu avais réussi à convaincre Red de le laisser en liberté ce week-end.

— C'était ma dernière mission officielle au nom de Chris.

— C'est ce que j'ai cru comprendre. Franchement, je mentirais en te disant que ça me fait plaisir de le savoir entre les mains de ce nouvel avocat.

— Avec tout ce qui se passe à l'usine en ce moment, Huff, je crois que c'est aussi bien. J'ai déjà du pain sur la planche.

— Ce type que Chris a engagé, il est bon ?

— J'ai essayé de me renseigner à droite et à gauche. Il a la réputation d'être cher, ambitieux, égocentrique et odieux. Tout ce qu'on demande à un bon avocat d'assises.

Huff émit un petit sourire.

— Espérons que Chris n'aura pas besoin de lui. Ce Scott, l'adjoint de Red, cherche un puits dans le désert. Quand je pense qu'il est allé croire cette histoire de Caïn et Abel, ricana-t-il. Des histoires colportées par Slap Watkins, par-dessus le marché.

— Il lui a vraiment fait peur.

Beck s'aperçut qu'il avait pensé à voix haute en voyant l'étonnement s'afficher sur le visage de Huff.

— Je voulais parler de Jane.

— Ah oui. Quand il s'est introduit dans sa chambre. Ça lui apprendra à descendre dans ce trou à rats.

— Elle était plus perturbée qu'elle ne voulait le montrer. Je suis persuadé qu'elle ne nous a pas tout dit.

Huff était trop préoccupé pour s'inquiéter de la sécurité de sa fille.

— Maintenant qu'on sait qu'elle est stérile, mon vieux Beck, tu n'as plus aucune raison de te sacrifier, pouffa-t-il. Il ne reste plus que Chris pour me donner un héritier. Il est désormais le seul à pouvoir perpétuer mon nom.

— Toc, toc.

Beck ouvrit un œil et découvrit le visage souriant de Chris au-dessus de sa tête. Les muscles endoloris, il se mit en position assise.

— Quelle heure est-il ?

— Pas loin de 7 heures. Tu as passé la nuit ici ?

Beck se leva péniblement.

— À peu près.

— Tu as l'air complètement cassé, remarqua Chris. Tu as mal au dos ?

— J'ai dormi plié en deux sur ce canapé. C'est comme si une horde de bisons m'était passée sur le corps. Toi, en revanche, tu es frais comme un gardon, dit-il en regardant Chris d'un air interrogateur.

— Huff m'a demandé d'être là tôt. Je lui ai rappelé qu'on était samedi et que je n'avais pas l'habitude de travailler le week-end, mais il a insisté. Il préférait qu'on soit sur place à l'heure du changement d'équipe, alors me voici. J'ai une gueule de bois d'enfer, mais je suis lavé et rasé de près, ce qui n'est pas ton cas.

— Donne-moi cinq minutes.

Beck trouva une trousse de toilette dans un tiroir de son bureau et prit des vêtements de rechange dans un placard.

— J'avais prévu le coup il y a quelques jours, expliqua-t-il.

Les deux hommes quittèrent la pièce et se dirigèrent vers les toilettes dans lesquelles quelqu'un avait eu la bonne idée de faire installer une cabine de douche.

— Où étais-tu hier soir ? demanda Beck.

— Je suis retourné dans ce club de Breaux Bridge. C'est l'endroit branché du moment, tu devrais venir avec moi la prochaine fois.

— Je vois que tes soucis ne t'empêchent pas de t'amuser.

— Quels soucis ?

— D'abord, une menace de grève à l'usine. Et, comme si ça ne suffisait pas, je te rappelle que tu es suspecté de meurtre.

— Huff dit que tu trouveras toujours un moyen d'éviter la grève. Quant à cette histoire de meurtre, j'ai passé plus d'une heure au téléphone avec mon nouvel avocat hier après-midi. Je lui ai tout raconté de À à Z, depuis le jour où le corps de Danny a été retrouvé. Il me dit que je n'ai aucun souci à me faire. Rien ne prouve que j'étais sur le lieu du crime, à part cette vacherie de pochette d'allumettes qui aurait pu être apportée là par un ragondin.

— Un ragondin ? Suis-je bête, j'aurais dû y penser.

Chris lui lança un regard en coin.

— Un clown pessimiste. C'est bien ma chance. Je ne sais pas si tu es au courant, Beck, mais tu n'es pas très rigolo en ce moment. Quoi qu'il en soit, mon avocat compte se faire Wayne Scott pour le petit déjeuner. Des nouvelles de Slap Watkins ?

— Pas à ma connaissance.

— L'avocat dit que cette histoire de Caïn et Abel ressemble fort à une manœuvre désespérée de la part d'un fuyard aux abois.

— Je suis d'accord avec lui.

Ils pénétrèrent ensemble dans les toilettes. Tandis que Chris se dirigeait vers les urinoirs, Beck s'approcha du lavabo et se regarda dans la glace. Il avait les yeux rougis par le manque de sommeil, un début de barbe et les cheveux dans tous les sens, mais au moins avait-il encore figure humaine, ce qui n'était pas le cas du malheureux Clark Daly. Il demanda à Chris s'il avait entendu parler de ce qui s'était passé.

— Huff m'a raconté. Il était encore debout quand je suis rentré cette nuit.

Beck passa une main dans la douche et tourna les robinets avant de se déshabiller.

— Daly s'est fait sérieusement amocher.

Chris tira la chasse.

— Si tu veux mon avis, il n'a eu que ce qu'il méritait. Combien de fois a-t-on été obligés de lui retirer du fric sur sa fiche de paie parce qu'il était en retard, soûl, ou qu'il n'était pas venu travailler ? Des dizaines de fois. On lui a pourtant toujours redonné sa chance. Et comment il nous remercie de ne pas l'avoir viré ? En semant la pagaille à l'usine. J'avoue n'avoir aucune sympathie pour tous ceux qui se sont joints au piquet de grève, ma sœur y compris.

Beck sortit la tête de la douche afin de regarder Chris qui se lavait les mains au lavabo.

— Eh oui ! Je te confirme qu'elle se trouve là-bas, déclara Chris à la question muette de Beck. Elle distribue du café et des beignets. Je l'ai vue tout à l'heure en arrivant à l'usine avec Huff.

— Merde !

— Je vais prendre un café, annonça Chris en sortant des toilettes.

Beck acheva de se laver. Faute de mousse à raser, il dut se servir de savon, mais il avait heureusement pensé à prendre une brosse à dents dans sa trousse de toilette. Il s'habilla rapidement. Il regagnait son bureau lorsque résonna la sirène de 7 heures.

Debout face à la paroi vitrée de son bureau, il attendit avec inquiétude de voir la tournure des événements. L'atelier se vidait rapidement avec le départ de l'équipe de nuit. Les minutes s'écoulaient et seuls quelques ouvriers venaient prendre le relais.

— Allons bon, grommela-t-il, inquiet.

Il s'apprêtait à sortir de son bureau lorsque Chris apparut sur le seuil. Il tenait à la main un talkie qui crépitait des informations incompréhensibles.

— On a un problème à l'extérieur, dit-il.

— Je m'en doutais.

Ils se dirigèrent au pas de course vers le bureau de Huff, à l'autre bout du couloir.

— Fred Decluette me dit que plusieurs des gars de son équipe ont rejoint le piquet de grève à la fin de leur poste, lui expliqua Chris en chemin. Ils en ont profité pour convaincre ceux qui arrivaient de se joindre au mouvement. Clark Daly leur sert d'étendard.

Beck n'eut pas le temps de lui demander si Jane se trouvait toujours là, car ils arrivaient devant le bureau de Huff. Debout face au mur vitré, il observait l'atelier d'un air farouche. Il se retourna en les entendant pénétrer dans la pièce.

— Où sont-ils tous ?

Chris lui fit un rapide résumé de la situation.

— Commencez par me ficher le camp d'ici tous les deux ! gronda-t-il. Je vais mettre bon ordre à tout ce bordel, et tout de suite ! Le temps d'appeler Red et je descends.

— Non, tu restes ici, lui ordonna Chris. N'oublie pas que tu as fait une crise cardiaque la semaine dernière. Inutile d'en rajouter avec du stress supplémentaire.

— Rien à foutre. C'est mon usine, hurla-t-il, et je n'ai pas l'intention de me terrer ici comme un putain d'handicapé pendant qu'on investit mon entreprise.

— Je suis assez grand pour m'en occuper, Huff.

— Chris a raison, appuya Beck. On ne prétend pas que vous êtes handicapé, mais si vous entrez dans la mêlée, vous leur donnez l'impression de paniquer. Inutile de paraître accorder encore plus d'importance à l'affaire en quittant votre bureau.

Sans abandonner sa mine renfrognée, Huff se laissa convaincre.

— Ouais, je crois que tu as raison, Beck. D'accord, je prends la direction des opérations d'ici. Pendant ce temps-là, allez voir ce qu'ils trament et tenez-moi au courant.

Ils quittèrent aussitôt le bureau et se ruèrent dans l'escalier afin de ne pas perdre de temps à attendre l'ascenseur.

— Encore heureux qu'il t'écoute, commenta Chris en arrivant au rez-de-chaussée, essoufflé.

— Il fallait bien que je trouve quelque chose pour l'obliger à rester ici, répondit Beck par-dessus son épaule.

Le battant métallique de l'issue de secours était déjà brûlant. Beck se précipita et le poussa de tout son poids. Quand la porte s'ouvrit, il fut ébloui par le soleil du matin. Il s'habituait à peine à la lumière ambiante lorsqu'il vit arriver la canette de bière.

31

Debout sur le capot de sa voiture de location, Jane vit de loin Beck apparaître sur le seuil de l'issue de secours, Chris sur ses talons.

D'autres s'attendaient manifestement à les voir sortir car une canette de bière vola dans leur direction. Beck évita le projectile de justesse et se précipita avec Chris à l'abri d'une benne derrière laquelle se trouvait déjà Fred Decluette, un mégaphone à la main.

— Nous vous demandons de reculer immédiatement. Tout employé des Entreprises Hoyle qui ne se trouve pas à son poste à 7 h 30 verra son salaire amputé d'une journée entière.

L'annonce fut accueillie par les huées des hommes de Nielson, auxquels s'étaient joints des employés de l'usine et plusieurs habitants de la ville, regroupés derrière le grillage d'enceinte. La plupart des ouvriers qui venaient de quitter leur poste ou qui arrivaient pour la relève se trouvaient dans le no man's land entre Decluette et les manifestants, hésitants quant à la conduite à tenir.

L'un des agitateurs payés par Nielson, lui aussi armé d'un mégaphone, incitait les employés à ne pas retourner travailler tant que leurs revendications n'auraient pas été satisfaites et l'atelier mis aux normes de sécurité.

— Est-ce trop demander de travailler dans des conditions normales ?

— Non ! répondit la foule de ceux qui se trouvaient à ses côtés.

— Les Entreprises Hoyle ont procédé à des réparations…

La réponse de Fred se perdit dans un océan de huées et de protestations.

Un ouvrier s'empara d'un micro dans lequel il cria :

— Demande à Billy Paulik ce qu'il pense de tes réparations !

Un brouhaha de vivats et d'injures répondit à son intervention. Chris attendit que la rumeur se soit calmée, puis il saisit le mégaphone de Fred.

— Écoutez-moi tous. Nous allons indemniser la famille Paulik.

— Le prix du sang !

Chris poursuivit sous les quolibets :

— Nous souhaitons parvenir à un règlement global et nous sommes prêts à écouter…

— Le même règlement que pour Clark Daly ? s'éleva une voix depuis le piquet de grève. Non merci !

— Nous n'avons rien à voir avec ce qui est arrivé à Daly hier soir, répondit Chris dans le mégaphone.

— Tu n'es qu'un sale menteur, Hoyle. Comme ton père.

Jane vit celui qui venait de parler ouvrir la portière d'une voiture et tendre la main à la personne qui se trouvait à l'intérieur. Luce Daly descendit de l'auto.

— Mon Dieu, murmura Jane.

Jusque-là, à l'exception de la bouteille jetée en direction de Chris et de Beck, la violence était restée contenue. L'arrivée de Luce Daly risquait de mettre le feu aux poudres, surtout si elle prenait la parole. Jane sauta du capot de sa voiture et se fraya un chemin à travers la foule dans l'espoir de rejoindre la femme de Clark qu'elle voulait dissuader de prendre part au mouvement.

Il était trop tard. Avant que Jane ne parvienne à sa hauteur, Luce s'emparait du micro qu'on lui tendait. Il s'agissait d'un appareil de qualité médiocre, un jouet d'enfant ou peut-être un magnétophone à karaoké, mais sa voix s'élevait déjà des mauvais haut-parleurs.

— Je suis venue m'exprimer au nom de mon mari. Il n'est pas en mesure de parler ce matin à cause des points de suture qu'on lui a faits dans la bouche, mais il a pu écrire une liste de noms qu'il m'a demandé de vous lire.

Elle entama la lecture de la liste et la foule manifesta aussitôt sa colère. Un homme qui se trouvait à côté de Jane mit les mains en porte-voix et se mit à huer les noms prononcés par Luce Daly.

— De qui s'agit-il ? demanda Jane en criant pour se faire entendre au-dessus du tumulte.

— C'est les chiens d'attaque de Huff Hoyle, lui cria son voisin.

Clark avait voulu dénoncer ses agresseurs, sans doute les mêmes qui restaient à l'abri de la benne en compagnie de Beck, Chris et Fred. L'un d'eux arracha le mégaphone des mains de Chris et s'écria :

— Salope de menteuse !

Jane acheva de se frayer un chemin jusqu'à Luce Daly qui lisait une nouvelle fois la liste. De plus en plus d'ouvriers indécis rejoignaient à présent les grévistes.

La foule se transformait en une masse incontrôlable et Jane eut toutes les peines du monde à ne pas perdre l'équilibre, écrasée de tous côtés par des grappes de manifestants.

— Tu ne perds rien pour attendre, Merchant. Ton tour viendra bientôt, cria quelqu'un près d'elle.

Elle se hissa sur la pointe des pieds et vit Beck s'approcher du grillage qui formait une ligne de démarcation entre les groupes rivaux. Il se dirigea vers Luce d'un pas décidé tandis que la jeune femme débitait inlassablement d'une voix monotone les noms des agresseurs de son mari.

Beck s'arrêta face au piquet et regarda droit dans les yeux les hommes formant le premier rang de la barricade humaine. Au brouhaha avait succédé un silence épais, aussi lourd que la chape de chaleur pesant sur les deux camps.

Mais Beck refusait de se laisser impressionner, et la foule commença à s'écarter devant lui, malgré la résistance de quelques-uns. Il s'avança et la foule se referma dans son sillage, à mesure qu'il s'approchait de Luce Daly.

Il finit par la rejoindre. Elle baissa son micro en lui lançant un regard haineux.

— Je comprends votre colère, lui dit-il, apaisant.

La foule retenait son souffle et sa voix portait loin dans l'air chaud et humide.

— Si Clark a pu reconnaître ceux qui l'ont attaqué, je peux vous assurer qu'ils seront poursuivis et traînés en justice.

— Pourquoi je devrais vous croire ? demanda-t-elle.

— Je vous en donne ma parole.

— Ta parole, c'est de la merde, s'éleva une voix au milieu de la foule.

D'autres s'enhardissaient déjà.

— T'es que la pute de Huff Hoyle, Merchant !

— Ouais ! Quand y te demande de baisser ton froc, tu lui donnes la vaseline !

Les insultes et les invectives fusaient de toutes parts, chargées de mépris pour celui que tous considéraient comme le valet du patron.

Il se retourna avec l'intention de s'adresser à la foule, mais il fut atteint par un caillou avant d'avoir pu ouvrir la bouche. Au même instant, un ouvrier se rua sur lui et lui cloua les bras dans le dos tandis qu'un autre lui donnait un coup de poing dans le ventre.

Jane comprit instantanément que le salut ne pouvait venir que des équipes de Huff. Elle se tourna vers la benne et vit Chris sortir de son abri en compagnie de plusieurs de ses hommes.

— Chris ! Chris !

Elle l'appelait de toutes ses forces en agitant les bras afin d'attirer son attention, tout en sachant qu'il ne pouvait pas l'entendre au-dessus de la mêlée.

Fred Decluette s'avança, prêt à porter secours à Beck, mais Chris l'arrêta d'un geste ferme en faisant non de la tête avant de lui donner de grandes explications. Fred lança un regard inquiet du côté de Beck, retenu par un groupe d'ouvriers en colère, et reprit sa place à contrecœur derrière Chris.

Jane, traitant son frère de tous les noms, se rua vers Beck en écartant tout le monde sur son passage. Un cercle de curieux s'était formé autour des hommes qui maintenaient Beck au sol et le rouaient de coups de pied.

— Laissez-le ! s'écria-t-elle en attrapant l'ouvrier le plus proche par la chemise et en le tirant en arrière.

Celui-ci se retourna d'un bloc, les poings serrés. Il s'arrêta net, bouche bée, en la voyant.

Elle acheva de se frayer un chemin jusqu'à Beck sur qui deux hommes s'acharnaient toujours.

— Arrêtez ! hurla-t-elle en voyant l'un des hommes prêt à envoyer un violent coup de pied à sa victime.

L'homme s'arrêta et se retourna. Profitant de l'effet de surprise, elle le repoussa et s'agenouilla près du blessé.

Il avait le visage maculé de sueur et de sang, mais il était conscient.

Jane leva les yeux en direction de Luce Daly.

— Dites-leur d'arrêter tout de suite. On n'arrivera à rien de cette façon-là.

— Peut-être, mais ça fait du bien.

Jane se releva comme une furie et fit face à la jeune femme.

— Et ça fera du bien à Clark, peut-être ?

Une lueur d'hésitation passa dans le regard de Luce.

— Je vous signale que c'est Beck qui l'a conduit à l'hôpital hier soir, reprit Jane.

— C'est quand même l'un des leurs.

— Pas moi.

— J'aimerais voir ça, ricana Luce.

— Je suis peut-être l'une des leurs par la naissance, Luce, mais ça s'arrête là. D'ailleurs, vous savez très bien que je n'ai rien à voir avec eux.

Comme elle ne la contredisait pas, Jane enchaîna :

— Je sais que vous ne m'aimez pas et je peux le comprendre. Mais je peux vous jurer que vous n'avez rien à craindre de moi. Clark vous a épousée, il vous aime et je sais que vous l'aimez. C'est le moment ou jamais de donner un sens à ce qui lui est arrivé hier soir, Luce. Ce n'est pas en se vengeant aveuglément qu'on y parviendra. Ce n'est pas non plus en vous vengeant de ce qui s'est passé entre lui et moi il y a longtemps, avant que Clark ne vous rencontre.

Les deux femmes s'observèrent. Jane crut voir faiblir la détermination de l'autre. Au terme d'un long silence, Luce demanda :

— Au sujet des types qui ont tabassé Clark, je suis censée me fier à la parole de Merchant quand il dit qu'ils seront punis ?

— Si vous ne voulez pas vous fier à sa parole, vous pouvez vous fier à la mienne.

Luce la regarda pendant ce qui sembla à Jane une éternité, puis elle se tourna vers celui qui lui avait tendu le micro quelques minutes plus tôt en faisant oui de la tête. D'un seul mouvement, les hommes qui entouraient Beck s'écartèrent.

Jane se remit à genoux et glissa les mains sous ses bras.

— Tu peux te relever ?

— Oui, mais pas trop vite.

Il refusait obstinément de se laisser conduire à l'hôpital et elle finit par se ranger à son avis.

— Je commence à en avoir assez d'aller aux urgences, dit-il péniblement en grimaçant de douleur.

— Tu as peut-être des côtes cassées.

— Non, je sais l'effet que ça fait. Je m'en suis déjà cassé deux. En jouant au football. C'est rien. Ramène-moi juste chez moi.

Elle le vit se tenir les côtes en serrant les dents lorsqu'elle quitta la route afin d'emprunter le petit chemin qui menait jusque chez lui.

— En repartant, merci de verrouiller la barrière derrière toi. À cause de la presse.

Elle n'y avait pas pensé, mais il était clair que les médias n'allaient pas tarder à évoquer les incidents récents et qu'ils chercheraient à interviewer le porte-parole de l'usine. Ils voudraient sans doute aussi s'entretenir avec Nielson.

Au lieu de s'arrêter devant la maison, elle fit le tour et stoppa la voiture sur l'arrière.

— Qu'est-ce que tu fais ?

— Comme ça, personne ne verra la voiture.

— Ne t'inquiète pas, laisse-moi devant la porte. Je vais me débrouiller.

— Si ça se trouve, il faudra que je te porte, grommela-t-elle entre ses dents en descendant précipitamment puis en faisant le tour de l'auto.

Elle l'aida à s'extraire de son siège et à monter les quelques marches.

— Tant que tu es là, ça t'ennuie de donner à manger à Frito ? demanda-t-il.

— Bien sûr que non.

Le chien les accueillit en sautant en tous sens, au point qu'elle fut contrainte de tempérer son enthousiasme.

— Sois sage, lui dit-elle d'une voix sévère en se souvenant de la façon dont Beck avait calmé son chien au Diner.

Frito obéit, l'air penaud.

— Désolé, mon vieux, mais je ne peux pas jouer avec toi tout de suite, tenta de le consoler Beck.

— Je lui expliquerai une fois que je me serai occupée de toi, dit-elle en conduisant Beck jusqu'à sa chambre.

— Tu n'as pas besoin de faire tout ça.

— Bien sûr que si. Tout ce qui est arrivé est ma faute.

— Ce n'est pas toi qui m'as lancé ce caillou, que je sache, dit-il en la regardant. Je me trompe ?

— Non, mais j'étais du côté de celui qui t'a fait ça. Tu m'avais pourtant prévenue que les choses risquaient de mal tourner et qu'il y aurait de la casse. Je n'ai pas voulu te croire.

— J'ai déjà remarqué. Tu as du mal à me croire. Très mauvaise habitude.

— Beck, tu m'as bien dit que tu n'avais pas de côté cassée ?

— Oui, pourquoi ?

— Parce que je peux y remédier, si tu y tiens vraiment.

Il poussa un grognement de douleur.

— Je t'en prie, ne me fais pas rire.

Ils venaient de pénétrer dans sa chambre. Elle l'aida à s'asseoir sur le rebord de son lit bateau le temps de repousser les couvertures, puis elle l'installa sur le bord du matelas.

— Tu peux rester là tout seul sans bouger le temps que j'aille chercher un antiseptique pour ta joue ?

De toute évidence, il souffrait beaucoup. Un voile de transpiration perlait sur son front et sa bouche était livide.

— Armoire à pharmacie... dans la salle de bains.

Elle fouilla plusieurs tiroirs avant de mettre la main sur des pansements, du coton, de l'eau oxygénée et une boîte d'Ibuprofen. Lorsqu'elle revint dans la chambre, Jane trouva Frito aux pieds de son maître en train de geindre lamentablement. Beck lui caressait doucement la tête.

— Il est inquiet.

— C'est bien la preuve qu'il est plus malin que toi. À part ce caillou, tu as reçu d'autres coups à la tête ?

— Non.

— As-tu perdu conscience à un moment quelconque ? Est-ce que tu as mal à la tête ? Qu'as-tu mangé ce matin ?

— Rien, je n'ai pas eu le temps de déjeuner.

— Et hier soir ?

— Jane, je t'assure que je n'ai pas de traumatisme crânien.

— Qu'est-ce que tu en sais ?

— J'en ai déjà eu un.

— En jouant au football ?

— Non, au base-ball. J'ai reçu une balle sur le crâne.

— C'est pour ça que tu as la tête aussi dure ?

— Écoute, je n'ai pas mal à la tête, je n'ai pas envie de vomir, je ne me suis pas évanoui...

Il retint son souffle sous l'effet de la compresse d'eau oxygénée qu'elle lui appliquait sur la joue.

— Je me demande si tu n'aurais pas besoin de points de suture.

— Mais non.

Elle retira les traces de sang et constata que l'entaille était longue, mais peu profonde.

— À ta place, je me ferais tout de même faire des points de suture.

— Ne t'inquiète pas, je survivrai. Pour l'instant, j'ai surtout besoin de m'allonger.

Il déboutonna sa chemise, étouffa un cri en tentant de la retirer.

— Laisse-moi faire, proposa-t-elle en faisant glisser la chemise le long de ses épaules.

Avec beaucoup de douceur, elle l'aida à en retirer les manches avant de reculer d'un pas afin d'évaluer les dégâts. Son torse était déjà tout bleu aux divers endroits où il avait été frappé et son dos ne valait guère mieux.

— Oh ! Beck, murmura-t-elle. Il faudrait que tu passes une radio.

— Pour ça ?

Il s'allongea avec un gémissement et posa la tête sur l'oreiller.

— Non, c'est rien.

— S'il te plaît, laisse-moi appeler une ambulance. Tu pourrais être à l'hôpital d'ici dix minutes.

— Je pourrais dormir d'ici dix secondes si tu arrêtais de parler et que tu t'en allais. Avant ça, je veux bien que tu me donnes de l'Ibuprofen.

Elle décapsula le flacon et prit trois comprimés. Comme il lui en demandait un quatrième, Jane s'exécuta, puis elle lui tint la tête pendant qu'il les avalait à l'aide du verre d'eau qu'elle avait rapporté de la salle de bains.

Il reposa la tête sur l'oreiller et ferma les yeux.

— Avant de partir, si ça ne te dérange pas, décroche le téléphone.

— D'accord.

— Mets des croquettes dans le bol de Frito, assure-toi qu'il lui reste de l'eau et pense à le sortir.

— Ne t'inquiète pas, je m'en occupe.

— La barrière…

— Oui, je sais.

Elle ferma les volets afin de le laisser dans l'obscurité et mit en marche le ventilateur suspendu au plafond. Elle attendit que le rythme de sa respiration s'apaise pour être sûre qu'il s'était endormi. Elle traversa alors la chambre sans bruit en faisant signe à Frito de la suivre.

Allongé au pied du lit, la gueule posée sur les pattes, il lui lança un long regard attendrissant sans bouger. Jane sortit de la pièce en le laissant veiller sur son maître.

Beck se réveilla au milieu de l'après-midi alors qu'il n'arrêtait pas de se retourner depuis une demi-heure. Un instant désorienté, il posa les yeux sur elle.

— Jane ?

— Tu grognais dans ton sommeil. J'ai l'impression que l'Ibuprofen ne fait plus effet.

Il jeta un coup d'œil au réveil posé sur sa table de nuit.

— Comment se fait-il que tu sois encore là ?

— Tiens, prends trois autres comprimés, lui dit-elle en les glissant entre ses dents avant de lui faire boire un verre d'eau.

Il avala les médicaments et demanda :

— Les médias ?

— Une camionnette d'une chaîne de télé de La Nouvelle-Orléans s'est arrêtée devant la barrière aux alentours de 13 heures et deux types sont descendus. Ils ont regardé la maison un bon moment, puis ils sont remontés dans la camionnette et sont repartis.

Les yeux fermés, il se contenta d'un hochement de tête.

— Ils ont vaguement évoqué l'incident aux infos de midi en annonçant qu'ils y reviendraient dans le journal du soir. Le bureau de Nielson a publié un communiqué. Nielson dit regretter cette flambée de violence mais précise que ce sont les employés de Hoyle qui t'ont attaqué, et non ses hommes.

— Il a raison, je les ai reconnus.

— Ton portable a sonné plusieurs fois. Je n'ai pas relevé les messages, mais j'ai regardé qui appelait. J'ai reconnu le numéro du bureau de Nielson à deux reprises.

— Rappelle-les et demande-leur de quoi il s'agit. Si ça ne t'ennuie pas.

— Pas du tout. J'ai aussi pensé que Huff devait se faire du souci à ton sujet, alors je l'ai appelé. Je lui ai dit que tout allait bien, que tu te reposais chez toi et que je tirerais sur le premier qui pointerait le bout du nez, à commencer par lui.

Un sourire éclaira son visage.

— Tu en serais bien capable. Des nouvelles de Chris ?

— Si tu veux que je te dise, Beck, Chris n'est pas ton ami.

Il souleva les paupières.

— Je t'assure que j'ai raison, dit-elle doucement en secouant la tête.

Il l'observa encore pendant quelques secondes, puis referma les yeux avant de sombrer dans un profond sommeil.

Elle rappela Huff à 18 h 15. Elle attendit qu'il dise allô d'un ton hargneux avant de parler.

— C'est Jane. Je viens d'apprendre la nouvelle aux infos de 18 heures.

Elle l'entendit respirer lourdement à l'autre bout du fil. Elle l'imagina serrant le combiné à le casser, en train de fumer méchamment une cigarette, le regard mauvais.

— Tu dois jubiler. C'est pour ça que tu me téléphones ?

— Non, je te téléphone au sujet de Beck. En se réveillant, il voudra savoir comment tu as réagi.

Elle n'avait d'abord pas cru le présentateur du journal ; elle ne l'aurait même jamais cru sans le reportage qui avait suivi. Les fonctionnaires de l'Agence pour la sécurité et la santé au travail avaient opéré une descente chez Hoyle cet après-midi-là et ils avaient fait fermer toute l'usine, de la fonderie à l'expédition.

— Ce pays est tombé bien bas pour qu'une bande de ronds-de-cuir et d'acariens de bureau qui n'ont jamais travaillé de leur vie puissent piquer son entreprise à quelqu'un comme moi, fulmina Huff. C'est toi qui es derrière tout ça ?

— Non, Huff. C'est *toi*. C'est toi qui t'infliges ça à toi-même. On t'a prévenu à de nombreuses reprises. Si tu avais accepté de te plier aux…

— Si je m'étais couché, tu veux dire.

Elle comprit à quel point il était futile de vouloir discuter avec lui : il ne saurait jamais reconnaître ses torts. Les Entreprises Hoyle ne seraient pas autorisées à reprendre leurs activités tant que l'ensemble des services de l'usine n'auraient pas fait l'objet d'une inspection en bonne et due forme. En outre, l'ASST exigeait la mise en œuvre de toutes ses recommandations avant la réouverture des chaînes, ainsi que le versement intégral des amendes infligées pour toutes les infractions constatées, et il risquait d'y en avoir beaucoup.

— Que comptes-tu faire ? demanda-t-elle.

— Je compte les emmerder jusqu'à la dernière minute. Ils se fourrent le doigt dans l'œil s'ils s'imaginent que je vais les laisser réorganiser mon usine à leur convenance.

À en croire le porte-parole de l'ASST, la « réorganisation » dont parlait Huff comprenait l'installation obligatoire de mécanismes d'arrêt automatique sur toutes les machines, de rambardes de protection aux normes et d'un système de ventilation afin d'améliorer la qualité de l'air dans l'atelier.

— Que veux-tu que je dise à Beck quand il se réveillera ?

Il lui donna ses instructions avant de se lancer dans une diatribe contre l'agence gouvernementale.

— Ces salopards de bureaucrates yankees ne savent pas à qui ils ont affaire.

— Ils le savent très bien, au contraire. C'est même pour cette raison qu'ils se montrent aussi impitoyables avec toi.

— On dirait que ça te fait plaisir, hein ? Tu tiens enfin ta vengeance.

— Je n'ai jamais voulu me venger, Huff.

— Tu as manifesté avec une pancarte contre ton propre père. Si ce n'est pas de la vengeance, je ne sais pas ce que c'est.

— Mais tu n'es pas mon père, Huff.

Elle raccrocha avant qu'il ait pu lui répondre.

— Allô ?

Chris afficha un sourire satisfait.

— Ah ! Tu acceptes enfin de me parler, dit-il à Lila Robson.

— Salut, Chris.

Son ton était aussi glacial que le jour du pique-nique où elle lui avait dit ses quatre vérités.

— Je t'ai manqué ?

Elle garda le silence trop longtemps pour que la réponse à sa question soit négative.

— C'est bien ce que je pensais, poursuivit-il en riant silencieusement. Les piles de ton vibromasseur sont à plat ? Si tu veux, je peux venir vérifier sur place.

— Je ne veux plus te voir tant que l'histoire de ton frère ne sera pas réglée. C'est compris ? Ne cherche pas à me mêler à tout ça. Je suis sérieuse, Chris. Si jamais tu dis à oncle Red que tu étais avec moi cet après-midi-là…

— Georges va se faire virer.

Il l'entendit suffoquer à l'autre bout du fil, le souffle coupé. Il crut même l'entendre avaler sa salive.

— Quoi ?

— Les inspecteurs de l'ASST cherchent un coupable et le responsable de la sécurité de l'usine est un bouc émissaire idéal. Si Georges avait fait son boulot convenablement, il aurait su que ce tapis roulant était dangereux et il l'aurait arrêté en attendant que la courroie soit remplacée par un réparateur qualifié. Billy Paulik n'y aurait pas laissé un bras, Nielson n'aurait jamais installé un piquet de grève devant chez nous et l'usine tournerait au lieu d'être arrêtée.

— Tu ne peux pas reprocher ça à Georges, s'exclama-t-elle. C'est toi qui refuses toujours qu'il arrête les machines. Tu sais bien qu'il se contente de faire ce que Huff et toi lui demandez.

— En d'autres termes, tu es en train de m'expliquer qu'il ne sert à rien. Si c'est le cas, on n'aura aucun mal à se passer de lui.

— Chris, je t'en prie.

Il sourit en entendant le trémolo dans sa voix et se félicita intérieurement d'avoir choisi cette tactique d'approche.

— Je ne virerai Georges que si j'y suis obligé, Lila. Je commencerai par le soutenir quand les inspecteurs de l'ASST viendront l'interroger. Je préférerais de loin le garder à sa place, mais ça dépend de toi.

— Comment ça ?

— Lundi matin à la première heure, je veux que tu te précipites chez ton oncle Red pour lui dire que je me trouvais avec toi l'après-midi où Danny a été tué. Tu feras une double bonne action, Lila : d'abord en tant que citoyenne en disant la vérité à un fonctionnaire de police, épargnant par là même des embêtements inutiles à un malheureux innocent ; ensuite en évitant à ton mari de perdre son boulot. Tu sais, j'ai bien réfléchi. Pourquoi est-ce que j'irais dépenser autant de fric à payer un avocat quand il me suffit, pour tout régler, de produire mon alibi ?

Il marqua un temps d'arrêt avant d'ajouter :

— Je ne te demanderai même pas si tu as l'intention de m'obéir parce que je sais déjà que tu le feras. Et tant qu'on y est, jusqu'à ce que j'en aie assez de toi, tu te feras belle et tu me rejoindras chaque fois que j'aurai envie de te baiser. C'est compris ? dit-il en prenant le même ton désinvolte que la jeune femme au début de leur conversation. Pour ta gouverne, Lila, c'est moi qui mettrai un terme à notre aventure le moment venu, pas toi.

Georges Robson vit sa femme appuyer sur la touche rouge du téléphone sans fil et le reposer brutalement sur le plan de travail de la cuisine, une main sur la bouche, bouleversée.

— Lila ? demanda-t-il.

Elle se retourna d'une pièce, les yeux écarquillés, et posa la main sur sa poitrine.

— C'est toi ? Je ne t'ai pas entendu rentrer. Je pensais que tu en aurais pour des heures à l'usine. Alors, comment ça se passe ?

— C'est à moi de te poser la question.

— Comment ça ?

Du menton, il lui montra le téléphone.

— Tu parlais à Chris ?

Elle ouvrit la bouche pour lui répondre mais la referma sans rien dire. Soudain, elle baissa la tête, ses traits se brouillèrent et elle fondit en larmes.

— Oh, Georges, si tu savais ce que j'ai fait.

Robson traversa la cuisine aussi rapidement que le lui permettaient ses petites jambes et la prit dans ses bras.

— Allons, allons, ma chérie. Dis-moi tout.

Et elle lui raconta tout de ses relations avec Chris, depuis le premier jour.

— C'était dans une douche du vestiaire des femmes au country club. L'idée qu'on nous surprenne m'excitait peut-être aussi, alors j'ai perdu la tête. Tu comprends ?

Bien sûr qu'il était capable de comprendre. Lui-même ne perdait-il pas la tête à chaque fois qu'il la regardait ?

Lila ne lui cacha rien de ce qui s'était passé. Georges ne put s'empêcher de gémir à plusieurs reprises, mais il l'encouragea à aller jusqu'au bout, jusqu'à ce coup de téléphone qu'il venait de surprendre.

— Si je ne fais pas ce qu'il veut, tu vas perdre ton travail. J'ai entendu dire aux informations que certains cadres de l'usine risquaient d'être poursuivis. Ça te concerne, Georges, surtout si les Hoyle décident de tout te mettre sur le dos. Tu risques d'aller en prison.

Ses larmes se remirent à couler.

— Je suis désolée, Georges, tout est de ma faute. Je suis désolée. Tu crois que tu m'aimeras encore ?

L'aimer ? Mais il l'adorait. Lila représentait tout pour lui. Le soleil et la lune, l'air qu'il respirait.

— Je ne t'en veux pas, ma chérie, lui répéta-t-il en la serrant contre lui, en embrassant ses lèvres, ses yeux noyés de larmes, ses joues mouillées.

Il décida qu'elle n'irait pas voir le shérif le lundi suivant. Pas question que toute la ville apprenne que Chris avait baisé sa femme. Jamais il ne supporterait cette humiliation. On se moquait déjà suffisamment de lui.

Il refusait de lui en vouloir. Il se disait que ça ne devait pas être drôle tous les jours pour une jeune femme aussi belle que Lila de vivre avec lui. Chris représentait tout ce qu'il n'était pas en mesure de lui offrir.

En revanche, Georges en voulait mortellement à Chris, et il entendait bien se venger.

32

Jane dormait d'un sommeil léger lorsqu'un bruit d'eau en provenance de la salle de bains de Beck la réveilla. Elle s'était allongée sur le canapé du salon dans l'intention de se reposer et s'était assoupie. Elle se leva et, à tâtons, se dirigea dans l'obscurité jusqu'à la cuisine.

Le temps qu'elle gagne la chambre, un plateau sur le bras, et il sortait de la salle de bains, les cheveux mouillés, une serviette autour des reins.

— Tu as pris une douche ? lui demanda-t-elle d'un air étonné.

— Oui, je me suis réveillé en sueur.

Elle leva machinalement les yeux en direction du ventilateur qui tournait inlassablement au plafond.

— J'aurais peut-être dû baisser le thermostat.

— Ça n'aurait rien changé. Je n'ai pas arrêté de faire des rêves.

Elle déposa le plateau sur un pouf devant la causeuse installée dans un coin de la pièce.

— De quoi as-tu rêvé ?

Comme il ne répondait pas, elle lui lança un regard par-dessus son épaule.

— J'ai oublié.

— Tu n'as pas trop mal quand tu te mets debout ?

— Je crois que la douche m'a fait du bien, l'eau chaude a atténué la douleur. Pourquoi as-tu éteint les lumières ?

— J'ai tiré les stores en fin de journée et j'ai allumé des bougies. De la route, les gens penseront qu'il n'y a personne.

— Bien vu, approuva-t-il en éteignant la lumière de la salle de bains.

Jane craqua une allumette pour allumer la bougie posée sur le plateau qu'elle venait d'apporter.

— Je t'ai préparé à dîner. Une soupe de tomate, du fromage et des crackers.

— Ce n'était pas à toi de faire ça, mais j'ai trop faim pour me plaindre.

Elle lui fit signe de s'installer sur la causeuse. Il obéit, veillant pudiquement à rabattre les pans de la serviette sur ses cuisses, puis il prit le plateau sur ses genoux tandis qu'elle s'asseyait sur le pouf. Il allait porter une cuillerée de soupe à sa bouche lorsqu'il s'arrêta.

— Tu as mangé, au moins ? demanda-t-il, brusquement soucieux de sa responsabilité d'hôte.

— Oui, tout à l'heure.

Il avala un peu de soupe et mordit dans un morceau de cheddar.

— Comment va Frito ?

— Il est en train de cuver le bacon et les œufs que je lui ai donnés.

— Tu lui as donné du bacon ? Bravo. Je ne pourrai plus jamais lui faire avaler des œufs sans rien d'autre, maintenant.

— Je me suis dit qu'il avait bien mérité ça, pour t'avoir veillé presque tout l'après-midi.

Il s'interrompit entre deux bouchées et posa les yeux sur elle.

— Toi aussi, apparemment.

La pièce parut soudain trop sombre à Jane, l'atmosphère trop feutrée, Beck trop peu habillé. Elle se leva précipitamment, retira les draps détrempés et refit le lit avec des draps propres malgré ses récriminations. Il arrosait son repas d'un dernier verre de lait lorsqu'elle le rejoignit. Elle prit le plateau vide, le rapporta à la cuisine et revint quelques instants plus tard avec des bouchées au chocolat Hirshey.

— J'ai pensé que tu aurais peut-être envie d'un truc sucré.

— Merci.

Il prit un chocolat et le mit dans sa bouche après l'avoir retiré de son papier aluminium.

— Qu'as-tu voulu dire tout à l'heure au sujet de Chris... qu'il n'était pas mon ami ? Ou alors c'était dans mon rêve ?

Elle reprit place sur le pouf.

— Non, je t'ai effectivement dit ça. Pendant que les autres s'acharnaient sur toi, il n'a pas levé le petit doigt.

— Honnêtement, Jane, je vois mal ce qu'il aurait pu faire.

— Je ne suis pas d'accord, s'énerva-t-elle aussitôt. Même s'il n'avait pas envie de se battre, Chris n'était pas obligé de retenir Fred Decluette quand il a voulu venir à ton secours. Je l'ai vu, de mes yeux vu.

— C'est moi qui ai insisté pour parler à Luce Daly. Chris m'avait dit de ne pas le faire. Il m'a conseillé d'attendre l'arrivée de Red et des renforts. Il a dû se dire que je l'avais bien cherché et que ça m'apprendrait à jouer les héros.

Même si elle n'était pas totalement sans fondement, l'explication de Beck ne la satisfaisait qu'à moitié. Elle avait vu l'expression de son frère, et ce n'était pas celle de quelqu'un qui voit son meilleur ami aux mains d'une foule en colère.

— S'il s'était trouvé à ta place, je suis prête à parier ma chemise qu'il aurait fallu t'enchaîner pour te retenir. Dis-moi la vérité, Beck. Est-ce que tu n'aurais pas volé au secours de Chris ?

— Je ne sais pas.

— Bien sûr que si. Tu es bien venu leur donner un coup de main quand ils ont été pris à partie avec Danny, il y a trois ans au Razorback.

— Avec le recul, c'était bien téméraire de ma part. En plus, on avait uniquement affaire à Slap Watkins, pas à une foule.

À la seule évocation du nom de Watkins, Jane fut parcourue d'un frisson. Elle se frotta les bras, histoire de se réchauffer.

— Je suis désolé, s'excusa-t-il. Je n'aurais pas dû te faire repenser à lui.

— C'est rien.

— Je suppose qu'il ne s'est pas fait prendre pendant que je dormais ?

— Pas à ma connaissance.

Jane n'était pas dupe de la façon habile dont il avait détourné le cours de la conversation, mais elle préféra ne pas relever.

— À mon avis, poursuivit-elle, le shérif et ses hommes avaient déjà suffisamment à faire à l'usine.

— Tu as rappelé Nielson ?

— J'ai parlé à sa secrétaire, elle m'a remerciée d'avoir rappelé. Ils étaient déjà au courant de ce qui t'est arrivé ce matin. Elle m'a dit qu'ils regrettaient vivement ce qui s'était passé, que Nielson réprouvait toute forme de violence. Elle m'a demandé de tes nouvelles.

— Avec un peu de chance, il aura pitié de moi et s'arrangera pour ne pas me poser de lapin la prochaine fois.

— Peut-être. En tout cas…

— Ah, ah ! Il y a un « en tout cas » ?

— Ce n'est pas Nielson qui compte le plus, Beck, répliqua-t-elle en grignotant un chocolat.

— Ah bon ? Depuis quand ?

Appréhendant sa réaction, elle lui fit part de la nouvelle aussi délicatement que possible.

— L'ASST a fait fermer les Entreprises Hoyle, lui expliqua-t-elle avant de lui faire le compte rendu de ce qu'elle avait vu aux infos et dont elle avait eu confirmation par Huff. Voilà, conclut-elle avec un long soupir. Le porte-parole de l'ASST a précisé que, en plus des amendes infligées à l'entreprise, et dont le montant pourrait bien se chiffrer en millions de dollars, le ministère de la Justice allait mener sa propre enquête. En clair, ça veut dire que Huff risque fort d'être inculpé.

— Je dois y aller.

Il voulut se lever, mais elle l'obligea à se rasseoir en lui posant une main ferme sur l'épaule.

— Huff ne veut pas de toi là-bas.

— Il ne veut pas de moi là-bas ?

— Je l'ai appelé après avoir vu les infos. Il écumait de rage et il n'était pas toujours très clair, mais il a insisté sur une chose. Deux choses, à dire vrai. Il ne veut pas que tu remettes les pieds à l'usine tant que les choses ne se seront pas calmées.

— Pour quelle raison ?

Elle baissa les yeux et fixa ses doigts entre lesquels elle avait roulé le papier d'aluminium en une boule serrée.

— Il a dit que ça ferait plus de mal que de bien à l'usine. Que tu en savais trop et… et qu'il serait préférable que tu restes chez toi à te soigner plutôt que de répondre aux questions de ces enfants de salauds. Ce sont ses mots.

Beck ne répondit pas immédiatement.

— Il a raison, Jane, finit-il par dire. Je serais obligé de choisir entre charger mon employeur ou bien tourner autour du pot avec les fédéraux, au risque d'être moi-même inculpé.

Jane ne disait rien, mais elle était déçue qu'il reconnaisse sa culpabilité.

— Sur quel autre point Huff a-t-il insisté ?

— Il m'a dit que je devrais avoir honte d'avoir manifesté contre les miens, et que j'étais sûrement ravie qu'on ferme l'usine.

Beck sortit une autre bouchée de son emballage et la porta à sa bouche.

— Et tu es *vraiment* ravie ?

— Non. Je suis contente que Huff soit obligé d'apporter des améliorations à l'usine. Que ce soit à cause du gouvernement, de Nielson, des syndicats ou même de moi, ça devait arriver, Beck. Il fallait bien que les choses changent.

Un sourire triste étira ses lèvres.

— J'aurais simplement préféré que ça se produise sans casse, ajouta-t-elle. Je suis responsable de ce qui est arrivé à Clark, et indirectement de ce qui t'est arrivé. Je n'ai pas voulu t'écouter et vous en payez tous les deux les conséquences.

— Je ne suis pas certain qu'un changement majeur puisse jamais intervenir pacifiquement, Jane. Le progrès a toujours un prix. Pas nécessairement un prix physique, mais un prix tout de même.

— Justement, tu le payes aujourd'hui de ta personne. Tu as toujours mal ?

Un hématome large comme la paume de la main, bien visible même à la lueur vacillante de la bougie, s'étalait sur son torse en dessous du cœur. Elle y posa une main caressante.

Elle voulait initialement examiner la blessure, mais elle ne parvenait plus à retirer sa main de la peau lisse et tiède, dépourvue à cet endroit précis du duvet brun qui couvrait sa poitrine et son ventre.

Dans un effleurement, ses doigts glissèrent jusqu'à une ecchymose symétrique, à hauteur du sein droit. Beck en avait une autre quelques centimètres plus bas, sur la hanche, à demi cachée par la serviette. Elle la caressa doucement avant de retourner à la première contusion, sous le sein gauche.

Elle s'y attarda, les yeux rivés sur ses doigts qui massaient doucement la peau bleuie. Puis, sans réfléchir, elle se pencha et approcha ses lèvres de l'hématome sur lequel elle déposa une série de baisers légers comme l'air.

La tête légèrement en arrière, elle effleura avec la bouche le bleu qu'il avait à la cage thoracique avant de s'aventurer vers sa hanche qu'elle embrassa une première fois, puis une deuxième en écartant la serviette.

Beck émit un ronronnement sourd et l'attira à lui en lui prenant la tête entre les mains, la dévisageant intensément, s'attardant sur chacun des traits de son visage. Il lui passa la main dans les cheveux, les tira en arrière et les laissa retomber tout en prononçant son nom dans un soupir.

L'instant d'après, la bouche de Beck se posait sur celle de Jane. Veillant soigneusement à ne pas toucher la coupure qui marbrait sa pommette, elle posa ses mains sur son visage et se laissa emporter par son baiser.

Leurs corps résonnaient d'une passion intense, parfaitement synchronisée, proche de la rivalité. Leurs bouches se cherchaient et s'exploraient, décuplant leur ardeur.

Il l'attira à lui, l'obligeant à caler ses cuisses sur ses genoux. Son sexe était incroyablement dur, sourd à la moindre résistance. Elle parvint à décoller sa bouche de celle de Beck et posa sur lui un regard étonné.

— Mon rêve de tout à l'heure, murmura-t-il entre deux halètements, celui qui m'a mis en sueur... Je rêvais que je faisais l'amour avec toi. Maintenant, ce n'est plus un rêve.

— Tu risques d'avoir mal.

— J'ai déjà mal.

Il reprit possession de sa bouche et l'embrassa plus fougueusement encore, si c'était possible. Puis il lui rendit brièvement sa liberté, le temps de la débarrasser de son tee-shirt en le passant au-dessus de sa tête, de dégrafer son soutien-gorge et de l'enlever. Alors il plongea son visage entre ses seins en retenant sa respiration.

Elle enroula ses deux bras autour de la tête de Beck, frotta sa joue contre ses cheveux encore humides, enivrée par l'odeur de sa peau, du savon avec lequel il s'était lavé, de son haleine parfumée au chocolat.

Les hanches en avant, elle se frotta contre lui en tanguant du bassin.

— Oh oui, encore, gémit-il, et elle s'exécuta.

Elle crut qu'elle allait fondre de plaisir en sentant sa langue lui caresser le bout du sein. Encouragé par les murmures qu'elle laissait échapper, il l'embrassa longuement avant de prendre le téton entre ses lèvres et de le plaquer avec la langue contre le palais.

Déboutonnant le pantalon de Jane, il glissa les deux mains sur ses fesses qu'il se mit à pétrir et malaxer, faisant naître chez elle des envies presque douloureuses.

— Beck, je t'en prie...

Elle se releva et acheva de se déshabiller. Lorsqu'il ne lui resta plus que sa culotte de dentelle, elle sembla hésiter, comme prise d'un élan de pudeur inattendu.

Il lui lança un regard implorant.

— Tu vas me faire mourir...

Elle se décida à retirer sa culotte. Il fit tomber la serviette qui lui ceignait les reins, découvrant un sexe épanoui, magnifique, qu'elle sentait déjà au plus profond d'elle-même.

Il caressa doucement le duvet acajou qui ornait l'entrejambe de Jane, puis il la prit des deux mains par la taille et l'attira à lui. À genoux, elle le chevaucha. Il enfouit son visage dans la douceur de son ventre qu'il embrassa longuement avant de descendre et de la sentir sur sa langue. Tremblante de désir à l'idée de le recevoir en elle, Jane lui demanda de la rejoindre.

Leur étreinte ne fut pas brutale, du fait de ses blessures récentes. Elle n'en fut que meilleure. La jeune femme s'enfonça sur lui lentement, prenant le temps de savourer chaque instant d'une exploration trop nouvelle, trop exquise pour ne rien précipiter. Beck semblait s'accorder de bon gré au rythme prudent qu'elle lui imposait, sans manifester la moindre impatience.

À l'instant où leurs deux corps se mêlaient enfin dans une union parfaite, il lui agrippa les hanches et la maintint immobile tandis qu'il s'introduisait tout au fond de son ventre, la faisant gémir d'un plaisir teinté d'étonnement.

Leur va-et-vient, aussi lent que délicat, était d'une intensité telle qu'ils en oubliaient presque de respirer, reprenant leur souffle seulement lorsqu'il n'était plus possible de faire autrement. Leurs deux bouches ne faisaient plus qu'une dans la chaleur de leurs baisers. Alors que les doigts de Beck laissaient leur empreinte sur les hanches de sa partenaire, les mains de Jane vagabondaient sur ses épaules et le long de ses bras, de sa nuque, de son cou, de sa poitrine. Le buste cambré, elle lui caressait l'intérieur des cuisses. Beck gémissait d'extase.

Au moment de jouir, il l'enveloppa dans ses bras et posa sa joue contre la poitrine de Jane, effleurant de ses lèvres le bout du sein auquel il murmurait des paroles incompréhensibles, prononcées avec une fièvre de désir qui la fit jouir à son tour.

Allongés sur le lit l'un à côté de l'autre, ils se regardaient.

— Qu'est-ce que tu m'as dit ? demanda-t-elle.

— Quand ça ?

Elle leva les sourcils d'un air entendu.

— Ah ! Je ne sais plus, des trucs cochons, je crois.

— Très érotique, murmura-t-elle en caressant son sexe du genou.

— Dans ce cas-là, je parlerai tout haut la prochaine fois.

Il sentit le bout de son sein se raidir sous la caresse d'un doigt de Jane. Comblé, il la vit approcher la bouche de sa poitrine et le caresser de la langue avec douceur. Les lèvres collées à sa peau, elle lui demanda :

— Tu savais depuis le début que j'en mourais d'envie, non ?

Il mit du temps à lui répondre.

— C'était une possibilité que j'avais envisagée.

— Tu l'as su dès le départ ?

— Depuis l'instant où nous avons partagé cette banquette devant le piano.

Elle le regarda dans les yeux.

— Près du piano, je me suis dit que tu étais le connard le plus prétentieux que j'aie eu la malchance de croiser de toute mon existence.

De l'index, elle traça une ligne verticale sur le cou de Beck avant d'ajouter :

— Le plus séduisant aussi.

— Près du piano, je me demandais comment faire pour ne pas te toucher partout, histoire de voir si je n'avais pas des visions. Je me suis dit que je n'avais jamais vu de femme aussi sexy. Et aussi pimbêche.

Elle se mit à rire doucement.

— J'ai tellement envie de te détester.

Soudain, ses traits se durcirent et son ton redevint sérieux.

— Encore maintenant, je voudrais tant te détester.

— Tu as envie de me détester parce que je fais le sale boulot de Huff.

— Exactement.

— J'admire ton intégrité.

— Tu es sincère quand tu dis ça, Beck ?

— Oui. Mais j'aimerais bien que tu laisses ton intégrité et ma veulerie de côté un instant, d'accord ? chuchota-t-il. Au moins jusque demain matin.

— Tu as envie que je reste ?

Il la serra fort contre lui.

— Essaye un peu de t'en aller.

Ils s'embrassèrent longuement, paisiblement, tandis que les mains de Beck quittaient la douceur de la poitrine de Jane afin d'explorer le mystère moite de son sexe, avant de revenir caresser le bout tendu de ses seins. Depuis leur première rencontre, il l'avait imaginée des centaines de fois nue à ses côtés, mais la réalité dépassait ses rêves les plus osés. À présent qu'elle se trouvait tout contre lui, il ne se lassait pas de la caresser.

Relâchant son étreinte, il la regarda de la tête aux pieds.

— Tu es belle, Jane.

— Merci.

— Tu n'as pas un seul défaut.

À ces mots, le sourire paresseux accroché aux lèvres de la jeune femme s'effaça lentement. Il la sentit s'éloigner de lui avant même qu'elle ne se mette en position assise et qu'elle se recroqueville sur elle-même, les jambes serrées contre sa poitrine, le menton posé sur ses genoux repliés.

— J'ai plein de défauts, Beck. Il aurait mieux valu pour toi ne jamais me rencontrer.

— C'est faux.

— C'est vrai. Je détruis tout ce que je touche. Je tiens ça du clan Hoyle. Notre triste spécialité. Nous brisons les autres et nous les laissons déchirés à jamais.

Il posa la main sur son dos. La peau de la jeune femme, plus blanche que la sienne, était d'une douceur absolue. La courbe de ses hanches lui dessinait une taille parfaite. Elle avait de chaque côté du menton une fossette qui faisait naître en lui une tendresse qu'il n'avait jamais ressentie auparavant. Il lui était souvent arrivé d'éprouver du désir, d'avoir physiquement soif d'une femme, mais cette envie lancinante de posséder un corps féminin, de le connaître dans toute son intimité, lui était inconnue.

— Qu'as-tu détruit jusqu'à présent, Jane ?

— J'ai épousé deux hommes que je n'aimais pas. J'ai dépensé leur argent, j'ai partagé leur lit et, pourtant, c'est tout juste si je me souviens de leur visage.

Elle se tourna vers lui afin d'observer sa réaction, mais il avait veillé à rester impassible. Il aurait voulu qu'elle lui parle par le menu de cette période de sa vie, qu'elle lui en donne les détails les moins reluisants.

Détournant le regard, elle poursuivit péniblement d'une voix lente.

— J'ai détruit leur vie. Je l'ai fait consciemment, par pur égoïsme. Je n'avais aucune raison de leur en vouloir personnellement, mais je me suis servie d'eux, sans pitié ni ménagement. Je cherchais uniquement à punir Huff de m'avoir enlevé Clark et mon bébé. Je me foutais complètement de ma propre vie tant que je pouvais le faire souffrir. Quand il m'a dit de me marier, je me suis exécutée dans l'unique intention de tout dévaster autour de moi, dans l'espoir de lui faire mal par ricochet. Mes deux malheureux maris ont fait les frais de l'incroyable pouvoir de destruction des Hoyle.

— Je n'ai aucune commisération pour tes pseudomaris, répliqua-t-il sèchement. Ils savaient que tu ne les aimais pas quand ils t'ont épousée. Ils l'ont bien cherché. Et puis, ils t'ont mise dans leur lit. Quel âge avais-tu ?

— J'avais dix-neuf ans quand je me suis mariée la première fois, et je venais d'en avoir vingt-deux quand je me suis remariée.

— Et eux ?

— Ils étaient plus vieux. Beaucoup plus vieux. Plus près de Huff que de moi.

Deux copains libidineux de Huff, pensant toucher le gros lot, qui s'étaient rués sur Jane tout en sachant que ça ne durerait pas.

— Ils avaient la chance de coucher tous les soirs avec une ravissante jeune femme. Sauf si…

— Non, même si j'aimerais pouvoir te dire le contraire, murmura-t-elle d'une voix à peine audible. Les laisser me toucher faisait partie du deal.

— Dans ce cas, ils se sont également servis de toi, tu ne crois pas ?

Elle posa le front sur ses genoux.

— Mon passé n'est vraiment pas joli joli.

Quoique la posture lui fût douloureuse, Beck se mit à son tour en position assise, la prit dans ses bras et l'attira sur les oreillers, tout contre lui. Puis il écarta les mèches qui lui dissimulaient le visage et l'obligea à le regarder.

— Qui aurait pu te reprocher quoi que ce soit, après ce qu'on t'avait fait ?

— Quand tu nous as surpris avec Huff hier soir, tu as tout entendu ?

— Assez pour comprendre pourquoi tu le détestes autant.

Elle enfouit sa tête dans le creux de son cou.

— Il fallait que ça reste secret. Personne n'était au courant. Pas même mes frères. Pas même Selma. Je ne pouvais me confier à personne.

— Et Clark ?

— Il n'a jamais su que j'étais enceinte. J'ai fait la bêtise de m'en vanter à Huff avant d'en avoir parlé à Clark. Une fois que j'avais avorté, à quoi ça aurait servi de le lui dire ? Le bébé n'était plus là, ça n'aurait fait que le rendre aussi malheureux que moi.

— Tu l'aimais trop pour ça.

— Probablement. J'ai encore beaucoup d'affection pour lui. Ce sera toujours mon premier amour, avec tous les souvenirs qui vont avec. Mais je souffre...

Elle s'arrêta brusquement. Il lui fallut quelques instants pour achever sa phrase.

— Je souffre toujours autant pour mon enfant. C'était le seul îlot d'innocence surnageant dans l'univers Hoyle. La seule parcelle de pureté qui me restait, et Huff me l'a arrachée.

Il lui prit le menton et lui releva la tête. Des larmes coulaient le long de ses tempes qu'il effaça d'un baiser.

— Je ne veux surtout pas que tu aies pitié de moi, dit-elle d'une voix rauque.

— Pas de problème. Tu n'as qu'à avoir pitié de moi.

Beck lui prit la main qu'il enveloppa autour de son sexe, puis il l'embrassa tout en continuant à guider ses caresses jusqu'à ce qu'elle se tourne enfin vers lui. Alors, elle posa sa bouche sur les hématomes qu'il avait sur le torse, sur le ventre, et plus bas.

— Dis-moi une chose, Beck. C'était à ça que tu pensais l'autre jour à l'usine quand tu m'as dit que je risquais de distraire les ouvriers ?

— Oui, je me suis trahi en te disant que tes cheveux allaient faire fantasmer les gars.

— Tu t'es trahi bien avant ça, murmura-t-elle.

Sans attendre, elle se pencha sur lui. Sa bouche était à la fois douce et provocante, humide et chaude.

Il prononça son nom entre deux halètements et l'attira à lui. Il glissa sa langue dans la bouche de Jane qui avait sa propre odeur, leur odeur, puis il l'embrassa. Il lui écarta les cuisses avant de s'allonger sur elle.

— Tu n'as pas mal ? demanda-t-elle.

— Si, atrocement.

— Tu ne crois pas qu'on ferait mieux…

— Non, on ne ferait pas mieux, rétorqua-t-il en la pénétrant.

— Oui, oh oui, gémit-elle.

Et elle s'abandonna complètement, les bras relevés. Il posa ses mains sur les siennes et leurs doigts s'entrelacèrent. Les yeux perdus dans ceux de Jane, il entama un mouvement de va-et-vient.

— Si tu n'as pas envie que j'aie pitié de toi, dis-moi ce que tu veux que je te dise et je te le dirai.

— Tu n'es pas obligé de parler. Contente-toi de…

— De quoi ?

— De t'enfoncer très loin en moi.

— Je suis très loin. Si loin que je me suis perdu. Quoi d'autre ?

— S'il te plaît…

Jane se cambra brusquement. Elle se mordit la lèvre inférieure et il sentit son corps se refermer sur lui. Il vit ses seins se durcir, un voile rougir sa poitrine à l'approche de l'orgasme. Calquant son va-et-vient sur la respiration de Jane, il attendit qu'elle soit au bord de la jouissance avant d'enfoncer son bassin en une suite de petits mouvements circulaires.

— S'il te plaît quoi, Jane ?

— Mon Dieu !

— Quoi ?

— Viens sur moi, cria-t-elle.

Il obéit. Beck se posa sur elle de tout son poids tandis que leurs deux corps se mettaient à vibrer et leurs cœurs battre à l'unisson.

Plus tard, alors qu'elle dormait dans le creux de son bras, une main posée sur sa poitrine, son souffle tiède sur sa peau, Beck appuya son menton contre le crâne de Jane et laissa ses yeux vagabonder sur le plafond.

Il avait voulu la prendre jusqu'à ce qu'elle oublie tout. Huff, l'avortement, Clark Daly et le reste. Il avait voulu tout oblitérer afin qu'elle trouve enfin un semblant de paix et de satisfaction, peut-être même de bonheur. Il avait voulu qu'elle connaisse, pour une fois, un instant de vie, sans regret et sans haine.

Le temps d'un orgasme parfait, il y était sans doute parvenu.

Hypnotisé par le battement lent du ventilateur au plafond, il se demandait pourtant lequel des deux avait finalement délivré l'autre de ses fantômes.

33

Huff buvait son café du matin sous le porche de sa maison lorsqu'il vit arriver Red Harper. Le shérif descendit de sa voiture de fonction, un paquet sous le bras, et s'approcha de sa démarche pesante.

— Vous êtes bien matinal pour un dimanche, remarqua Huff.

Le simple fait de monter les marches demandait un effort à Red. Il avait le teint cireux sous son chapeau. Il le retira en arrivant à l'ombre du porche.

— Il n'y a jamais de répit pour les braves, Huff.

— Criez donc à Selma de vous apporter une tasse de café.

— Non merci. Je ne serai pas long. Je venais juste vous donner des nouvelles en passant.

— De bonnes nouvelles, j'espère. Ça changera, pour une fois.

— Je suis sincèrement désolé de ce qui se passe à l'usine.

— À vrai dire, il ne se passe plus rien à l'usine, grâce à ces salauds de fonctionnaires fédéraux.

Huff était d'humeur agressive. Il avait dormi par bribes et s'était réveillé à chaque fois dans des draps humides qui sentaient sa propre transpiration. La veille, il avait voulu rester de marbre devant les mauvaises nouvelles qui lui parvenaient. Pas question de montrer à quiconque que l'irruption de l'ASST à l'usine l'affectait. Le plus petit signe de faiblesse de sa part aurait eu des conséquences catastrophiques sur l'avenir des Entreprises Hoyle. Il s'était volontairement montré optimiste et impassible, et il avait la ferme intention de continuer à jouer la comédie.

Pourtant, la situation le minait. Au plus profond de lui-même, il avait peur. Il connaissait des affres oubliées depuis le soir où son père avait été tué sous ses yeux. À compter de ce jour fatidique, la peur avait été sa pire ennemie. Pendant des décennies, il avait réussi à convaincre son entourage que ce sentiment lui était étranger.

Mais, en regardant Red Harper se laisser tomber dans le rocking-chair qui lui faisait face, il se demanda s'il s'était leurré lui-même. Et si les ravages de sa peur étaient aussi visibles que ceux du cancer de Red ? Comment savoir si les autres ne le voyaient pas désormais dans la peau d'un vieillard usé, au bout du rouleau ?

Jusque tout récemment, un mot de lui, un regard suffisaient à faire trembler l'adversaire le plus combatif. Sans ce don de faire peur aux autres, Huff Hoyle n'était plus rien. Sans cette capacité à intimider, il n'était plus qu'un vieil homme perdu, dépouillé de sa dignité.

Il se tourna vers l'horizon, là où un plumet de fumée aurait dû lui signaler la présence de sa fonderie. Il s'était souvent dit que la fumée de l'usine était sa signature, apposée d'une main de fer au-dessus de sa ville.

Aujourd'hui, plus aucune fumée ne s'élevait dans les airs et il se demanda s'il disparaîtrait un jour, aussi radicalement et aussi vite, sans laisser de trace. Brusquement pris de panique, il tenta de dissimuler son angoisse derrière un vernis de rudesse.

— Alors Red, ces nouvelles ?

Le shérif fit la grimace, comme s'il souffrait, ce qui était sans doute le cas.

— Une bonne nouvelle qui n'est pas si bonne que ça.

— Allez, assez de simagrées. Qu'est-ce que vous transportez dans ce paquet ?

— Une preuve. Je ne peux pas vous la montrer si je veux la garder intacte, mais elle nous donne le nom du meurtrier de Danny avec une quasi-certitude.

— Et alors ?

— Il s'agit de Slap Watkins.

— Excellente nouvelle, tonna Huff en tapant dans ses mains. Je savais depuis le début que ce rat était impliqué dans cette histoire. Qu'avez-vous trouvé ? demanda-t-il en désignant le paquet.

— Un copain motard de Slap m'a appelé ce matin à l'aube. Il a autorisé Watkins à dormir chez lui ce week-end pendant qu'il se rendait à un rassemblement de motards dans l'Arkansas. Quand il est rentré hier soir, Watkins avait disparu, mais il avait oublié une botte. Quand le type a vu qu'il y avait du sang dessus, il m'a appelé.

— C'est le sang de Danny ?

— Je ne sais pas encore, mais ça ne me surprendrait pas. Il faut que je le fasse analyser par les types du labo criminel du comté d'Orléans. Le copain de Watkins était d'accord pour le planquer tant que la police voulait seulement l'interroger. Mais, en voyant ça, précisa-t-il en brandissant le paquet, il s'est dit qu'il n'avait aucune raison de protéger un assassin et il a décidé de nous aider. On a fouillé sa maison de fond en comble, mais c'est tout ce qu'on a pu trouver appartenant à Watkins. À mon avis, il aura oublié cette botte par hasard au moment de s'enfuir. Ce qui m'amène à la mauvaise nouvelle. Nous ne savons toujours pas où se trouve Watkins. Quand il va s'apercevoir qu'il a perdu sa botte, il saura qu'il est foutu et il se dira qu'il n'a plus rien à perdre, quitte à s'en prendre aux Hoyle.

— Il aurait pu tuer Chris s'il l'avait voulu, l'autre soir.

— Non, il voulait juste lui faire peur. Ils sont tous comme ça chez les Watkins. Un de ses demi-frères a pourchassé une ancienne petite amie pendant des mois en menaçant de la tuer avant de le faire pour de bon. Et puis je vois mal Slap faire ça en présence de Beck. Quant à son passage chez Jane... Disons que je suis content d'avoir trouvé cette botte après sa petite visite plutôt qu'avant, sinon il aurait été capable de lui faire vraiment du mal. Comme il est certain de toute façon de récolter la peine de mort pour le meurtre de Danny, il peut très bien décider de se venger sur quelqu'un d'autre. En attendant, vous ne voulez pas que je place un de mes hommes chez vous ?

— Je suis assez grand pour me défendre.

— C'est bien ce que je craignais.

— Si seulement il pouvait pointer le bout du nez par ici. Je ne serais pas mécontent de lui faire sa fête.

— C'est également ce que je craignais. C'est même pour ça que j'aurais préféré poster un de mes gars ici. Autant pour protéger Watkins que pour vous. Faites attention, Huff. Ce type-là est difficilement prévisible. Slap était déjà dangereux avant d'être envoyé à Angola et son séjour là-bas n'a rien arrangé. Non pas qu'il soit très malin. J'ai du mal à comprendre pourquoi il ne s'est pas débarrassé des vêtements qu'il portait ce dimanche-là.

— S'il y avait des prix Nobel chez les Watkins, ça se saurait.

— Sa bêtise risque de le perdre. Je me dis que si on lui laisse la bride sur le cou, il finira par se pendre.

Red hésita avant d'ajouter :

— Je suis sincèrement désolé de ce qui s'est passé à l'usine, Huff.

La façon dont le shérif était passé du coq à l'âne surprit Huff qui se demanda si la réflexion de Red ne s'adressait pas autant à lui qu'à Watkins. Se pourrait-il que même ce vieil homme malade n'ait plus confiance en lui ?

— L'usine ne tardera pas à rouvrir ses portes, commenta-t-il. Rien ne m'arrête, Red. Vous devriez le savoir.

Le regard de Red se perdit à l'horizon.

— Je suis content d'avoir une preuve contre Watkins, déclara-t-il après un long silence. Si le sang sur la botte est bien celui de Danny, l'affaire est bouclée. Je peux bien vous le dire, Huff, j'ai eu peur un instant que Chris soit… enfin…

Les deux hommes échangèrent un regard pesant.

— Je suis également venu vous donner ça, finit par dire le shérif en sortant de la poche de sa chemise une enveloppe qu'il posa sur la petite table devant Huff.

— Qu'est-ce que c'est ?

— Les informations que vous m'avez demandées au sujet de Charles Nielson.

— Qu'avez-vous appris ?

— Vous trouverez tout là-dedans.

— Intéressant ? Combien ça va me coûter ?

Il souriait en posant la question, mais Red resta sérieux.

— Rien du tout, Huff. Je vous en fais cadeau.

— C'est bien la première fois.

— C'est surtout la dernière, fit Red en s'extrayant péniblement de son fauteuil. Nous en avons bien profité, tous les deux. Pendant longtemps, on a tout fait pour faire pencher la balance de notre côté, mais, cette fois, c'est la fin. Je tire ma révérence et je m'en lave les mains. Vous m'avez entendu ? Jamais je ne vous trahirai, mais ne comptez plus sur moi, dit-il en tendant le doigt vers l'enveloppe. À partir de maintenant, débrouillez-vous tout seul.

Red était dans un tel état d'épuisement… c'est à peine s'il avait la force de rejoindre sa voiture. Il n'était plus question pour lui d'assumer ses fonctions de shérif ou de remplir les tâches, nettement moins officielles, que lui confiait Huff. Conscient de sa faiblesse, au moins avait-il l'intelligence de lâcher la barre. Huff Hoyle n'avait que faire dans son entourage d'un malade ou d'un allié démotivé.

— Soignez-vous, Red.

— Il est trop tard pour ça, répondit le shérif en montrant la maison du menton. Vous feriez bien de dire à Chris que Watkins bat toujours la campagne, prêt à tout. Prévenez aussi Jane. Dites-leur de faire attention.

— D'accord.

Red remit son chapeau avant de descendre laborieusement les marches, sans un regard, sans un signe.

Huff s'empara de l'enveloppe posée sur la table et rentra dans la maison en appelant Selma.

La vieille femme sortit de la cuisine en s'essuyant les mains sur son tablier.

— Vous voulez du café ?

— Non, je vais le chercher moi-même, dit-il en décachetant l'enveloppe. Montez réveiller Chris. Dites-lui que j'ai à lui parler.

— Il n'est pas là.

Huff s'arrêta, s'apercevant tout à coup que la voiture de son fils n'était pas garée devant la maison.

— Où est-il allé à une heure pareille ?

— Il n'a pas dormi ici, monsieur Hoyle. Il a téléphoné tard hier soir en me disant de ne pas vous déranger. Il voulait vous dire qu'il passait la nuit au cabanon. J'ai oublié de vous le dire ce...

Selma n'eut pas le temps d'achever sa phrase, car Huff se ruait déjà vers son bureau où se trouvait le téléphone le plus proche. Il composa le numéro du portable de Chris. La sonnerie retentit quatre fois avant que la messagerie ne prenne le relais.

— Allez, fiston. Réponds, bon sang.

Ses doigts refusaient de lui obéir. Les muscles de sa poitrine s'étaient contractés, son cœur battait la chamade, comme s'il était réellement victime d'un infarctus. Il composa à nouveau le numéro du portable, sans plus de résultat.

Huff lâcha précipitamment le téléphone et se rua vers le placard où étaient rangées ses armes à feu.

À un moment, cette nuit-là, le vieux climatiseur s'était arrêté et ne s'était pas remis en marche. Chris reposait sur un lit étroit et inconfortable, les jambes emmêlées dans des draps humides qui sentaient le moisi. Il n'avait gardé que son caleçon, mais c'était encore trop dans la chaleur étouffante qui régnait dans le cabanon.

Il faisait presque aussi chaud que le dimanche, deux semaines plus tôt, où Danny avait été abattu dans cette même pièce.

Deux semaines seulement... Deux semaines qui avaient duré dix ans.

Le plancher usé avait pompé le sang de Danny comme une éponge, mais jamais les taches ne disparaîtraient tout à fait, même en utilisant les détergents les plus puissants.

Chris s'était réfugié là après les événements de la veille. D'un mal sort toujours un bien, au moins le problème de Lila était-il réglé. Tous les soupçons qui pesaient sur lui seraient levés une fois qu'elle aurait parlé à Red, ce qu'elle ne manquerait pas de faire pour sauver le boulot de Georges.

En attendant, le silence avait envahi l'usine et Huff était comme fou.

Incapable d'écouter plus longtemps les diatribes de son père, sans parler des journalistes qui l'appelaient à tout bout de champ dans l'espoir de recueillir ses impressions, Chris avait pris la décision de s'isoler dans le seul endroit où personne n'aurait l'idée de venir le chercher.

Il avait besoin de tranquillité, mais le lieu avait perdu tout charme à ses yeux. Il s'était pourtant bien amusé ici autrefois. Il avait passé des week-ends entiers à boire, pêcher et jouer au poker avec des copains qui appréciaient la rusticité du lieu.

Le cabanon avait fini par vieillir avec lui. À mesure que l'âge le rattrapait, la vieille masure était tombée dans l'abandon. Peut-être aurait-il mieux fait de vendre cet endroit. Comment Huff et lui pourraient-ils encore prendre plaisir à venir ici, avec ces taches de sang sur le plancher ?

Ils feraient mieux d'acheter un bateau, ou alors une maison sur la plage. À Biloxi, par exemple. Sauf que Huff haïssait le Mississippi pour des raisons qui lui appartenaient. Il…

Chris sentit son odeur avant même d'entendre les planches du porche craquer sous son poids. La seconde d'après, la porte s'ouvrait à la volée et il pénétrait dans la pièce.

Chris se releva précipitamment.

— Ne bouge pas, Hoyle. Je n'ai pas envie de te tuer tout de suite. J'ai encore deux ou trois petits trucs à te dire avant de t'ouvrir en deux comme un poisson.

Slap Watkins tenait un couteau d'une main, et de l'autre de vieilles frusques qu'il jeta en direction du lit. Les vêtements atterrirent sur les genoux de Chris qui sursauta violemment en les reconnaissant. Il les repoussa avec dégoût.

Watkins éclata de rire.

— Je vois que t'as tout compris. C'est ce qui servait de cervelle à ton petit frère. On aurait dit une citrouille qui giclait en tombant d'un camion.

Chris lui lança un regard noir.

— Qu'est-ce que t'as, Hoyle ? T'es trop bégueule pour savoir comment ça s'est passé ? C'est con, parce que je vais tout te raconter quand même.

D'un geste nonchalant, il posa un pied sur l'extrémité du lit, comme pour une conversation amicale.

— Le petit Danny m'a dit qu'il avait rendez-vous ici avec toi. Il m'a prévenu que tu risquais d'arriver d'un instant à l'autre en me conseillant de prendre tout ce que je voulais et de m'en aller avant que t'arrives et que t'appelles les flics. Tu trouves pas ça rigolo ? Il s'imaginait que j'étais venu cambrioler ce trou, précisa-t-il en jetant autour de lui un regard moqueur. Comme si j'étais venu pour ça. Ma cellule à Angola était un vrai palace à côté.

Chris se rapprocha insensiblement du bord du lit.

— À ta place, je ferais pas ça, l'avertit Watkins. Tu vas rester sagement dans ton lit à m'écouter et si tu fais mine de bouger, je t'arrache l'œil avec la pointe de ce couteau… je peux te garantir que tu cligneras plus jamais des yeux. Compris ?

Il marqua une pause, afin de montrer qu'il ne plaisantait pas, tout en s'assurant que Chris avait bien compris. Il enchaîna.

— Où j'en étais ? Ah ouais. Ton frère Danny. Quand j'ai pris le fusil sur le râtelier, il a commencé à faire ses prières. Il priait de plus en plus fort pendant que je chargeais le flingue. Je peux te dire que ça m'a fait du bien de le faire taire en lui enfournant le canon dans la bouche.

Il se tut un instant, s'approcha légèrement et conclut par un « Bang » retentissant.

Il éclata à nouveau de rire.

— C'était assez dégueulasse, mais presque trop facile. Il a rien fait pour m'empêcher de tirer. Bon, c'est vrai, il a bien essayé de résister pour la photo, mais il a suffi que je gueule un peu pour qu'il se calme.

— Tu es cinglé d'avoir gardé ces fringues. Pourquoi ne pas t'en être débarrassé ?

— J'avais envie que tu voies à quoi ça ressemble, de la cervelle de Hoyle. Surprise ! C'est la même que tout le monde.

— Pourquoi t'es-tu introduit chez Jane ?

— Ouais, je m'étais bien dit que ça allait faire des vagues, répliqua-t-il avec un clin d'œil et un claquement de langue. J'aurais bien aimé lui faire des vagues dans le cul, si tu me passes l'expression.

— Bien vu, la parabole de la Bible.

— Je trouve aussi. Et figure-toi que j'ai trouvé ça tout seul.

Soudain, il fronça les sourcils.

— Mais j'ai comme l'impression que tu cherches à me faire parler pour gagner du temps. Pas de ça, Lisette, fit-il avec un sourire mauvais en se penchant encore plus près. J'ai bien l'intention de buter un deuxième Hoyle. Ça doit être mon jour de chance.

Lorsque Jane pénétra dans la cuisine, elle aperçut la silhouette de Beck se découpant dans la porte du jardin. Vêtu en tout et pour tout d'un short, il regardait Frito chasser un écureuil. Son dos était de toutes les couleurs. Elle s'approcha, glissa ses bras autour de sa taille et posa ses lèvres sur un hématome violacé qu'il avait sur l'épaule.

— Bonjour.

— Un bon jour en effet, qui s'annonce encore mieux.

Il se retourna, l'attira à lui et l'embrassa tendrement sur la bouche avant de sourire en apercevant sa tenue.

Elle avait enfilé l'un de ses vieux tee-shirts de l'université de Louisiane dont le sigle avait fini par s'effacer au lavage.

— Charmant, dit-il.

— Tu trouves ?

— Oui, approuva-t-il en caressant de ses doigts repliés l'échancrure de sa petite culotte.

Jane lui répondit en déboutonnant la braguette de son short. Front contre front, ils se mirent à rire de l'absurdité de leur désir réciproque que la nuit n'avait pas suffi à étancher.

Frito manifestait son mécontentement. Ils tournèrent la tête en l'entendant gratter de la patte la porte grillagée, malheureux d'être exclu de leurs jeux.

— Qu'est-ce que tu en dis ? demanda Beck, un sourcil levé.

— Je crois que ma conscience ne me laissera pas tranquille si on ne fait rien.

— Bordel de merde, moi aussi.

Il relâcha son étreinte et ouvrit la porte au chien qui se précipita à l'intérieur de la pièce. Frito se rua sur une vieille balle de tennis qu'il leur apporta.

La balle atterrit avec un bruit mouillé sur le pied nu de Jane. Elle fit la grimace mais ne manqua pas de lui gratter le sommet du crâne pour le remercier de son cadeau.

Beck remplit deux tasses de café et s'installa à la table de la cuisine. Jane s'assit en face de lui avant de caresser Frito entre les oreilles.

— J'ai l'impression tu as fait une touche, remarqua Beck.

— Il te l'a dit ?

— Pas besoin. Regarde-le, il a l'air gaga.

Le chien la regardait effectivement avec des yeux énamourés. Elle but une gorgée de café et reposa sa tasse.

— Je sens que je m'en voudrai toute ma vie.

— De quoi ? De la nuit dernière ?

— Non, je ne regrette rien de ce qui s'est passé la nuit dernière.

— Moi, si. J'aurais aimé que ça dure plus longtemps. Quand je pense que j'ai gâché une heure en dormant.

— À peine une heure.

— C'était déjà trop.

— Même pendant que tu dormais, je peux te dire que…

— Oui, je sais, la coupa-t-il d'une voix rauque. Et toi, tu étais… tu avais l'air si bien.

Ils échangèrent un long regard amoureux et il lui demanda de nouveau de quoi elle allait s'en vouloir.

— Je vais m'en vouloir de te poser la question du lendemain matin.

— C'est-à-dire : Qu'est-ce qu'on fait maintenant ?

— Je vois qu'on t'a déjà posé la question.

— On m'a déjà posé la question, mais je n'ai jamais cru bon d'y répondre.

— Moi, je ne l'ai jamais posée.

Il sembla hésiter, se leva et se dirigea vers la porte du jardin. Frito, ramassant sa balle de tennis, le rejoignit dans l'espoir qu'il ait envie de jouer, mais Beck restait immobile, les yeux perdus au-dehors.

— La réponse est toute trouvée si tu as besoin de réfléchir aussi longtemps, dit-elle en reculant bruyamment sa chaise et en se levant.

Il se retourna d'un bloc.

— Jane.

— Tu ne me dois aucune explication, Beck. Et je ne te demande certainement pas de me promettre quoi que ce soit. Je ne suis plus une gamine avec des rêves plein les yeux. Hier soir, nous avons tous les deux réagi à une situation émotionnelle particulière, doublée d'une forte attirance réciproque. On a fait ce qu'on a cru bon de faire, et ce qui nous semblait naturel en pleine nuit n'a plus le même sens maintenant qu'il fait jour et…

— Comment peux-tu encore douter un instant de mon désir de t'avaler toute crue ?

Il lui avait répondu sur un ton proche de la colère qui la surprit et l'arrêta net.

— Jane, j'ai eu envie de toi le premier jour où je t'ai vue et je n'ai pas changé depuis. J'avais envie de toi hier soir et j'ai envie de toi ce matin. Et ce sera comme ça demain, et après-demain, et tous les jours qui suivront. Cela dit…

— Cela dit, entre Huff et moi, tu as choisi Huff.

— Les choses ne sont pas aussi simples.

— Vraiment ?

— Vraiment.

— Moi, je crois que si.

— Tu ne connais pas tous les enjeux de cette histoire et je ne suis pas en mesure de tout te dire, répliqua-t-il. Je dois finir ce que j'ai commencé.

— Crois-tu que tu finiras un jour de protéger Huff et Chris ? Jusqu'où es-tu prêt à aller pour eux, Beck ? Tu t'es fait tabasser pour eux hier. Tu t'es fait cracher dessus à cause d'eux. Les gens se foutent de toi, ils se méfient de toi et te fuient, et tu es prêt à tout pour eux. Il ne t'arrive jamais d'en avoir marre ?

Il la fusilla des yeux.

— Si tu savais, Jane.

— Alors qu'est-ce que tu attends ! Laisse-les tomber !

— Je ne peux pas.

— Qu'est-ce qui t'en empêche ?

— Je suis trop engagé. Ma vie est inextricablement liée à la leur. Je voudrais qu'il en soit autrement, surtout après la nuit que nous venons de passer ensemble, mais c'est comme ça. Ça fait partie de ma vie.

Sa mâchoire serrée, sa bouche décidée, tout indiquait sa résolution. Les yeux vert bouteille qui trahissaient son désir quelques minutes plus tôt étaient devenus méfiants et froids.

— Très bien, murmura-t-elle. Ainsi soit-il.

La sonnerie aiguë de son téléphone les interrompit. Ils s'observèrent en silence, puis il finit par décrocher à la deuxième sonnerie en maugréant.

— Allô ?

Elle vit son visage changer d'expression et se métamorphoser au gré des explications de son interlocuteur.

— Quand ? Où ça ?

Manifestement bouleversé par ce qu'il venait d'entendre, il se passa la main sur le visage.

— Seigneur Dieu ! Et il est mort ?

34

Lorsque Beck et Jane parvinrent enfin au cabanon, ils eurent toutes les peines du monde à trouver une place à cause des voitures de police et des ambulances garées là tant bien que mal. Des policiers et des secouristes discutaient avec un photographe du journal local au bord du bayou Bosquet.

Le photographe fit quelques pas en arrière afin de prendre la masure en photo. Il buta accidentellement contre l'alligator empaillé, fit un bond en poussant un cri, au grand amusement de ses interlocuteurs.

L'atmosphère était grave à l'intérieur du cabanon où le médecin légiste du comté surveillait l'enlèvement du corps de Slap Watkins.

Beck et Jane s'écartèrent pour laisser passer les ambulanciers poussant une civière à roulettes sur laquelle reposait le corps dans un sac de plastique noir. Quand la porte se fut refermée derrière eux, ils rejoignirent le petit groupe rassemblé près du porche.

Red Harper, Wayne Scott et Huff entouraient Chris, assis sur une marche. Vêtu d'un pantalon, il avait le torse et les pieds couverts de sang. Entre ses doigts, une cigarette finissait de se consumer.

Il jeta un regard à Jane et accueillit Beck avec un sourire forcé.

— Merci d'avoir fait si vite.

— Comment tu te sens ?

— Un peu flagada.

Il leva la main avec laquelle il tenait sa cigarette afin de lui montrer que ses doigts tremblaient.

— Que s'est-il passé ?

Beck avait posé la question à la cantonade, mais Wayne Scott fut le premier à réagir.

— D'après M. Hoyle, Watkins a débarqué dans le cabanon en brandissant les vêtements qu'il portait le jour où il a tué Danny dans cette même pièce et il a menacé de le tuer à son tour.

Chris ajouta à l'intention de Beck :

— L'autre soir, sur la route, il ne me faisait pas peur, peut-être parce que tu étais là. Il jouait au con, c'est tout. Mais ce matin... je ne sais pas comment te dire ça, on aurait dit un psychopathe. Il avait vraiment décidé de me tuer et il l'aurait fait si je n'avais pas eu autant de chance.

Huff serra l'épaule de Chris d'un geste rassurant. Beck se demanda s'il était le seul à avoir remarqué que Huff portait une arme à la ceinture.

— Watkins avait apporté les vêtements qu'il portait quand il a tué Danny ? demanda Jane. Il les avait avec lui ?

Le shérif lui désigna un sac de papier kraft, identique à ceux dont se sert la police judiciaire pour conserver les indices en attendant une expertise ADN.

— On nous a remis ce matin une botte appartenant à Watkins, dit-il avant de leur expliquer comment il avait pu l'obtenir. J'ai prévenu Huff que Watkins risquait de se montrer encore plus dangereux quand il s'en apercevrait. Nous n'avons malheureusement pas pu avertir Chris à temps.

— Je n'avais pas branché mon portable, expliqua Chris. J'en avais marre de recevoir des coups de fil de journalistes suite à la fermeture de l'usine. J'ai coupé mon téléphone en arrivant ici hier soir. Je n'avais aucune raison de me méfier de Slap.

— Comment Slap a-t-il su que tu te trouvais ici ? demanda Beck.

— Il devait me surveiller. Rappelle-toi, on l'a vu passer devant chez toi, il nous a retrouvés sur la route et il a agressé Jane dans sa chambre. S'il guettait le cabanon, il n'aura pas eu de mal à reconnaître ma voiture.

Du menton, il montra la Porsche garée un peu plus loin.

— Il a peut-être voulu déposer ces fringues ici pour nous narguer. Elles sont pleines de...

Il jeta un coup d'œil en direction de Huff, laissant sa phrase en suspens.

— Va savoir ce qui a pu se passer dans sa tête ? Ce type-là n'était pas normal. Ce matin, il était comme fou.

— Comment t'es-tu défendu ?

— Avec les bonnes vieilles méthodes. Il a voulu faire le malin en posant un pied sur le lit. Je lui ai donné un grand coup de pied dans les couilles, mais j'ai dû mal viser parce que je ne l'ai pas complètement mis hors-jeu. Il est tombé en arrière, sans lâcher son couteau. Quand j'ai voulu le lui enlever, il a cherché à me poignarder. Il m'a raté, il a voulu recommencer et j'ai réussi à lui agripper le poignet. On s'est battus, j'ai eu le dessus, et il est tombé sur son couteau. La lame aura sectionné une artère au niveau du ventre parce qu'il s'est mis à pisser le sang. J'ai bien cherché à arrêter l'hémorragie, mais il est mort quelques minutes plus tard.

— La légitime défense ne fait aucun doute, commenta Beck en regardant l'adjoint du shérif.

— On dirait bien, acquiesça Scott qui tendit la main à Chris. Je vous dois des excuses, monsieur Hoyle, pour tous les ennuis que je vous ai causés. Je suis surtout désolé de vous avoir soupçonné.

Chris lui serra la main.

— Vous faisiez votre boulot. Je ne sais pas ce que tu en penses, Huff, mais cette ville a besoin d'un type comme vous.

— C'est vrai.

Rougissant de plaisir, l'adjoint ramassa le sac de papier kraft.

— Je retourne au bureau et je m'occupe de ça, dit-il à Red. Si vous voulez, je peux le déposer à La Nouvelle-Orléans.

— Merci. Dès mon retour au bureau, je rédigerai un procès-verbal que je ferai signer à Chris.

L'adjoint posa un doigt sur le rebord de son chapeau, adressa un signe de tête à Jane et s'éloigna en emportant le sac contenant la botte.

Chris tira une dernière fois sur sa cigarette et l'écrasa à côté de lui.

— Je ne suis pas fâché que toute cette histoire soit terminée. Jouer les suspects dans une affaire de meurtre ne me plaisait qu'à moitié. J'en arrivais à en oublier l'usine et tous nos problèmes.

Il lança un regard noir à Jane, mais préféra ne rien dire de sa participation aux événements de la veille.

L'ambulance était repartie, emportant le corps de Slap Watkins. Les abords du cabanon commençaient à se vider. Red Harper quitta les lieux le dernier.

— Il a l'air encore plus mal en point que Slap, remarqua Chris.

— Il a un cancer.

Interloqués, ils regardèrent tous Huff.

— C'est grave ? demanda Chris.

— Disons que c'est aussi bien pour nous d'avoir Wayne Scott dans notre manche aujourd'hui.

— Il n'a pas encore postulé au poste de shérif, dit Chris.

— Les gens qui se trompent ont souvent tendance à vouloir faire amende honorable. C'est le moment ou jamais de lui envoyer un mot de remerciement avec un petit quelque chose.

— Je m'en occupe dès demain matin, approuva Chris en adressant à son père un sourire en coin.

— Je vais faire un tour au bord de l'eau, déclara sèchement Jane. Beck, fais-moi signe quand tu t'en vas.

Chris la regarda s'éloigner, une lueur amusée dans les yeux.

— J'ai comme l'impression que nous avons choqué Jane. À moins qu'elle soit furieuse d'avoir eu tort à mon sujet.

Beck ne trouva rien à répondre. Quant à Huff, il n'écoutait Chris que d'une oreille.

— Je ferais mieux de vendre cet endroit, dit-il en regardant la cabane.

— Je pensais exactement la même chose ce matin avant l'arrivée de Slap, remarqua Chris. Après ce qui s'est passé ici, aucun d'entre nous ne voudra plus y retourner.

— Beck, tu veux bien t'occuper de la vente ? demanda Huff. Je ne pourrai jamais remettre les pieds ici.

— Je m'en occuperai. Que comptiez-vous faire avec ça, Huff ? ajouta-t-il en désignant le pistolet.

— Je n'arrivais pas à joindre Chris pour le prévenir au sujet de Watkins. Je crois que j'ai un peu paniqué. À juste titre, semble-t-il. Quand je suis arrivé et que j'ai vu toutes ces voitures de patrouille, j'ai passé un sale quart d'heure. J'ai cru qu'il était trop tard.

Il serra à nouveau l'épaule de Chris.

— Quand je pense à ce qui aurait pu arriver…

— Arrête, Huff, fit Chris d'un ton de reproche. Tu vas nous faire pleurer.

— Vous feriez mieux de ranger ce pistolet avant de blesser quelqu'un ou de vous tirer une balle là où il ne faut pas.

Huff lui répondit par un petit rire.

— Tu as raison, Beck.

D'un geste, il leur montra la route qui passait derrière le cabanon.

— Je suis garé un peu plus loin. Je vais faire un tour à l'usine. Il est temps d'aviser et de voir comment prendre en main ces inspecteurs de l'ASST.

— Comment les prendre en main ? s'étonna Beck.

— Ils se montreront peut-être plus compréhensifs si on leur donne un os en argent à ronger.

— J'ai pris les devants, réagit Chris en leur détaillant l'accord trouvé avec Lila. Du coup, je n'ai plus besoin d'elle comme alibi, mais ça ne veut pas dire que Georges ne puisse plus nous servir de fusible.

— Je vois que tu as un plan, approuva Huff. Vous venez, les enfants ?

Chris, posant les yeux sur les taches de sang qui maculaient sa poitrine, afficha une moue dégoûtée.

— Je vous rejoins dès que je me serai lavé.

— Je reste avec Chris, ajouta Beck.

Huff leur fit un signe de la main avant de disparaître de l'autre côté de la cabane.

Chris pénétra à l'intérieur de la masure, le temps de récupérer sa chemise et ses chaussures.

— J'avais bien fait de mettre mes vêtements dans le placard en me déshabillant hier soir, expliqua-t-il à Beck en ressortant. Ça sent l'abattoir là-dedans, une vraie boucherie.

Beck suivit Chris le long du ponton de bois au bout duquel se trouvaient le robinet et le tuyau d'arrosage servant ordinairement à nettoyer le poisson. De vieux morceaux de savon attendaient près du robinet dans un récipient en porcelaine.

Jane tourna la tête en entendant leurs pas résonner sur les planches du ponton.

— Sauf si tu as envie de voir à quoi ressemble un vrai mec, dit-il à sa sœur, tu ferais mieux de te retourner parce que j'ai l'intention de me mettre à poil.

— Je te trouve bien guilleret pour quelqu'un qui vient de poignarder un type à mort.

— Tu aurais préféré que ce soit lui qui me poignarde, sans doute. Non, ne réponds pas. Tu risquerais de me vexer.

— Comment peux-tu te montrer si blasé, Chris ? Rien ne te touche jamais ?

Il réfléchit quelques instants et finit par hausser les épaules.

— Pas grand-chose, non.

Elle eut un air dégoûté.

— Tu es un salaud, Chris. Et tu l'as toujours été.

— Mais non. Je suis le fils aîné de Huff Hoyle, et son préféré par-dessus le marché. Ce n'est pas nouveau et ça ne risque pas de changer. C'est ça qui te reste en travers de la gorge.

— Je me doute que ça rassure ton ego surdimensionné de penser ça, mais tu as complètement tort.

Beck, comprenant que cette querelle ne les mènerait nulle part, s'employa à tempérer leurs ardeurs belliqueuses.

— Tu n'as qu'à prendre mon pick-up, suggéra-t-il à Jane. Je dois passer à l'usine le temps de discuter de deux ou trois choses avec Chris et Huff. Je te retrouverai plus tard. Où comptes-tu aller ?

Le regard qu'elle posa sur lui confirma à Beck que l'avenir de leur relation était compromis. Les yeux de Jane reflétaient sa désillusion, un soupçon de déception et une bonne dose de mépris.

— Je compte aller à San Francisco, laissa-t-elle tomber avant de passer à côté de lui et de s'éloigner sur le ponton.

Beck la vit monter dans son pick-up, faire demi-tour et partir sans un regard dans sa direction. Jamais il n'avait autant souffert qu'à cet instant-là.

Il aurait voulu lui courir après, mais, se fût-elle arrêtée – ce que jamais elle n'aurait fait –, qu'aurait-il pu lui dire qu'elle ne sache déjà ?

— Quelle scène... poignante, le railla Chris. Si tu as besoin de quelques minutes pour t'en remettre...

— Ta gueule, Chris.

Se pinçant pour ne pas éclater de rire, Chris ôta son pantalon. Beck remarqua que son caleçon était couvert de sang. Chris le retira, fit couler l'eau et se savonna vigoureusement de la tête aux pieds.

Après s'être frictionné, il se rinça abondamment, s'ébroua et se rhabilla en abandonnant le caleçon, puis ils s'éloignèrent en direction de sa voiture et prirent la direction de l'usine. Ils étaient presque arrivés lorsque Chris vit Beck caresser la coupure qu'il avait à la joue.

— Ça aurait pu être pire, remarqua Chris. Pense à ce qui est arrivé à Clark Daly.

— J'y pense, lui répondit Beck d'un air sombre.

À l'exception des gardiens, l'usine était déserte et il y régnait un silence oppressant. Ils montèrent à l'étage. Tous les bureaux étaient vides, y compris celui de Huff.

— Il a dû s'arrêter quelque part en chemin, déclara Chris. On n'a qu'à l'attendre. J'ai besoin d'un remontant. Je te sers quelque chose ?

— Il est 10 heures du matin.

— Peut-être, mais quel matin !

Pendant que Chris se servait à boire, Beck s'approcha de la paroi vitrée. L'inspection de l'ASST était prévue pour le lendemain. L'atelier déserté était plongé dans la pénombre. La chaleur y était toujours aussi étouffante, malgré l'arrêt des hauts-fourneaux.

Que pouvait bien faire Jane ? Peut-être avait-elle repris le chemin du Lodge et faisait-elle ses valises en attendant d'acheter un billet pour la Californie. Beck se demanda s'il la reverrait un jour.

Son verre à la main, Chris se posa sur le canapé dans les coussins duquel il s'enfonça en fermant les yeux, la tête tournée vers le plafond.

— Quelle quinzaine ! soupira-t-il.

— Comme tu dis. Deux semaines qui ont commencé et se sont achevées au même endroit, un dimanche, avec une parfaite symétrie.

— C'était peut-être l'effet recherché par Watkins.

— Je ne sais pas quel effet il recherchait, mais je doute qu'il ait prévu de finir avec un couteau dans le ventre.

— C'est pourtant le sort qu'il me réservait.

Après un court silence, Chris demanda :

— Jane a passé la nuit chez toi ?

— Oui.

— Au moins, tu n'auras pas eu besoin de contraceptif.

Beck se retourna et le regarda sèchement.

— Huff m'a raconté. Il m'a dit que Jane était stérile à la suite d'un problème gynécologique. Du coup, il a renoncé à son envie de vous marier pour avoir des descendants.

— De toute façon, elle ne voulait pas de moi.

Beck traversa la pièce. Trop nerveux pour s'asseoir, il s'appuya contre le bureau de Huff.

— Dommage que ça n'ait pas marché. La présence d'un avocat dans la famille aurait été la bienvenue. D'un autre côté, je ne suis pas fâché que le plan de Huff soit tombé à l'eau. Tu veux que je t'avoue quelque chose, Beck ?

Chris vida son verre d'un coup avant de le poser sur la table basse voisine.

— Je commençais à devenir jaloux de toi, ces derniers temps. Je t'assure que c'est vrai, ajouta-t-il face à l'étonnement de Beck. Huff n'écoute jamais personne, sauf toi. Il a fini par t'accorder une confiance qu'il n'a jamais voulu donner à personne en dehors de la famille. Alors, si en plus de ça, tu lui avais offert son premier petit-enfant, je crois bien que ça m'aurait déplu.

Le sourire affable de Chris ne l'avait pas quitté, mais Beck entendit dans sa tête l'avertissement de Jane : *Si tu veux que je te dise, Chris n'est pas ton ami.*

— Personne ne pourra jamais prendre ta place dans le cœur de Huff, Chris. Et quand bien même, je n'en voudrais pas.

— Ravi de te l'entendre dire, Beck. Ravi de te l'entendre dire.

Chris s'enfonça dans les coussins avec un soupir en croisant les mains sur sa tête.

— Maintenant, tu sais ce que ça veut dire ? La responsabilité de donner à Huff un héritier me revient. Il faut que j'aie un enfant pour perpétuer la dynastie Hoyle. Après tout, c'est aussi bien comme ça. C'est dans l'ordre des choses. Jane a abandonné sa famille. J'aurais trouvé ça injuste qu'à peine de retour ici, elle se retrouve enceinte du petit-fils tant convoité par Huff. Danny passait sa vie à prier, il n'aurait jamais trouvé le temps de faire un enfant à l'oiselle qu'il comptait épouser. Il ne reste donc que moi. Tu peux être sûr que je vais avoir Huff sur le dos…

Le cœur de Beck bondit dans sa poitrine.

— Quoi ? s'exclama-t-il.

Il en avait le souffle coupé.

— Qu'est-ce que tu viens de dire ?

Chris le regarda d'un œil vide.

— À quel sujet ?

— Au sujet de Danny et de la fille qu'il comptait épouser.

Sur le visage de Chris, impassible pendant quelques secondes, se dessina un sourire qui allait s'élargissant.

— Espèce d'enfant de salaud, rit-il. J'ai failli me couper des dizaines de fois, mais j'avais toujours réussi à passer entre les gouttes jusqu'à présent.

— Tu savais que Danny était fiancé ?

Chris lui lança un regard teinté de mépris.

— Danny avait beau se démener pour qu'on ne sache pas qu'il allait la retrouver, il aurait dû se douter que Huff finirait par découvrir le pot aux roses.

— Parce que Huff était également au courant ?

— Toi aussi, visiblement. Quand Danny t'en a-t-il parlé ?

— Il ne m'a rien dit. Je l'ai su par Jane.

— Comment était-elle au courant ? demanda Chris.

— Elle a rencontré la fiancée de Danny sur sa tombe.

— Elle était en train de chanter ?

— En train de chanter ? De quoi parles-tu ?

— C'est son truc, elle chante dans cette église de cinglés évangélistes. C'est elle qui a poussé Danny à rejoindre sa congrégation. Elle l'a converti, l'a obligé à se confesser, à se faire baptiser et tout le tremblement. Avec Huff, on n'a rien dit au début parce qu'on pensait qu'il allait se lasser d'elle. Mais quand on a compris à quel point il l'aimait, au point de lui offrir une bague de fiançailles, on a décidé de le coincer. On lui a dit qu'on était contents qu'il s'intéresse à la bagatelle, qu'on n'avait rien contre le fait qu'il se marie, mais qu'on n'était pas d'accord sur la fille. Huff lui a donné l'ordre de rompre ses fiançailles, de ne plus jamais la revoir et de ne plus jamais retourner dans cette église.

— La fiancée ne savait pas que vous étiez au courant.

— Danny n'aura pas voulu le lui dire. Il a même essayé de nous faire changer d'avis. Je ne sais pas comment te dire, Beck, mais il était complètement embrigadé. Figure-toi qu'il s'est mis à *prier* pour nous. Tu le crois, ça ? Il s'est mis à genoux à côté du fauteuil de Huff et il a commencé à prier pour notre salut à voix haute. Son cirque a bien duré dix minutes, il disait qu'on avait besoin d'être purifiés du péché et du mal, j'ai cru que Huff allait nous faire une attaque.

— Danny voulait raconter tout ce qu'il savait au sujet d'Iverson, c'est bien ça ? demanda Beck, le cœur battant.

— Je te demande pardon ?

— C'était ça, l'obstacle insurmontable, la cause de toutes ses affres. Danny ne pouvait pas épouser la femme qu'il aimait tant qu'il n'avait pas libéré sa conscience, tant qu'il ne s'était pas confessé à propos de Gene Iverson. Sauf qu'il ne pouvait pas le faire sans vous accuser, Huff et toi. Danny savait que Huff avait tué Iverson et...

— Huff n'a rien fait du tout.

Chris se leva et se servit un autre verre.

— Si je continue comme ça, je vais être bourré à l'heure du déjeuner. Mais après tout, quelle importance puisque personne ne travaille aujourd'hui, dit-il en désignant l'atelier désert.

Il se rassit et plongea son regard dans celui de Beck. Comme ce dernier refusait de baisser les yeux, Chris finit par lui sourire.

— Tu meurs d'envie de savoir, pas vrai ? D'accord, je vais tout te raconter. C'était un ac-ci-dent, déclara-t-il en détachant chaque syllabe.

— C'est toi ?

Chris lui répondit par un geste désinvolte.

— Ce soir-là, j'ai suivi Iverson après la réunion et je l'ai emmené à part sur le parking du personnel. J'avais pris un marteau pour mieux lui faire comprendre qu'il avait tout intérêt à nous foutre la paix et à taire sa grande gueule au sujet du syndicat. Ce crétin s'est rué sur moi comme un taureau furieux. J'ai voulu me défendre, il fallait bien que je me protège. Franchement, je ne me souviens pas l'avoir frappé tellement fort. Et puis d'un seul coup, un marteau plein de sang à la main, je découvre à mes pieds un type avec un trou gros comme une pièce de monnaie dans le crâne. Je me suis dit « merde ! ». J'ai paniqué. Je suis allé chercher Huff à l'usine en courant. J'avais la trouille que quelqu'un trouve le corps d'Iverson. Heureusement ce n'était pas encore l'heure du changement d'équipe et le parking était désert. Huff a réagi très calmement. Il m'a tout de suite cru quand je lui ai dit que j'avais agi par légitime défense, mais il n'avait pas envie d'une enquête. Pour lui, l'impératif était de faire disparaître le corps. Sage décision. Si le procureur avait vu le trou qu'Iverson avait dans le crâne, ça aurait drôlement renforcé sa position au moment du procès. Quoi qu'il en soit, Huff m'a indiqué un endroit où enterrer le corps. Il a demandé à Danny de m'aider pendant que lui-même nettoyait les traces de sang sur le parking avec Red Harper. Après, il s'est occupé de la voiture d'Iverson. Tiens, c'est drôle, j'ai jamais pensé à lui demander ce qu'il en avait fait.

— Où l'as-tu enterré ?

Chris lui répondit par un petit rire.

— Tu es mon avocat, Beck. Je sais que tu es lié par le secret professionnel, mais il y a tout de même certains trucs que je préfère garder pour moi, dit-il sur un ton mi-amusé, mi-gêné. Et ne me regarde pas comme ça. C'est pas comme si j'avais voulu le tuer. Il était mort, personne ne pouvait le ressusciter, alors autant continuer à vivre normalement. Il y a eu le procès, bien sûr. Ce n'était pas de la tarte, mais je m'en suis sorti.

— Si je comprends bien, Chris, tu n'as jamais vraiment eu peur des conséquences. Après tout, Huff s'en était bien tiré après avoir tué Sonnie Hallser.

— Hallser ? réagit Chris en fronçant les sourcils, comme si ce nom ne lui disait rien. J'étais tout gamin, je m'en souviens à peine.

— Tu mens, Chris. Tu étais là. Tu as assisté à la scène et tu n'as jamais pu oublier ce que tu avais vu.

Chris allongea négligemment les bras sur le dossier du canapé, comme pour mieux inciter Beck à poursuivre.

— À l'époque, continua Beck qui s'était levé et faisait les cent pas, il y avait deux équipes qui enchaînaient deux périodes de dix heures, avec un temps mort de quatre heures réservé à la maintenance. Huff souhaitait tout changer et passer aux trois huit, histoire de ne plus perdre de temps à inspecter et réparer les machines. Un soir, il s'est pris de bec avec Sonnie Hallser à ce sujet.

— Hallser était le porte-parole des ouvriers, précisa Chris. Il n'était pas du genre à se laisser marcher sur les pieds. Tout le monde l'aimait bien, y compris Huff. Le problème de M. Hallser, c'est qu'il avait tendance à prendre son rôle de représentant du personnel un peu trop au sérieux. C'est tout juste s'il ne poussait pas les gars à se syndiquer. Si ça se trouve, c'est le syndicat qui l'envoyait espionner l'usine.

— Huff avait décidé de modifier l'organisation du travail et personne n'osait le contredire, poursuivit Beck qui pensait tout haut. L'atelier était désert, à l'exception de Hallser qui réparait une machine près de la cuve à sable. Huff est arrivé sur ces entrefaites et il l'a pris à partie. Ils se sont disputés, Huff l'a poussé dans la machine avant de la mettre en route et tu as tout vu. Hallser est mort broyé, il a été quasiment coupé en deux. Et tu as tout vu, Chris. C'est bien ça ?

— Comment voudrais-tu que j'aie tout vu alors que je n'étais même pas là ?

— Huff m'a confirmé que tu étais là.

La réponse de Beck désarçonna Chris.

— Ah bon ? Alors, j'étais peut-être à l'usine, mais j'ai rien vu. Et d'abord, pourquoi parle-t-on de tout ça ? demanda-t-il en regardant Beck d'un air soupçonneux. Tu n'as pas l'air dans ton assiette.

— Les avocats préfèrent toujours défendre des innocents.

— Permets-moi d'en douter. S'il n'y avait que des innocents, vous seriez au chômage. En fait, je suis soulagé que tu sois au courant, pour Iverson. On n'a aucune raison de se faire des cachotteries, sinon comment pourrait-on se faire confiance, tous les deux ?

— Tu m'avais pourtant caché le fait que Danny était fiancé.

— C'est vrai, et je m'en veux de m'être coupé.

— Ce qui vous gênait le plus, Huff et toi, ce n'était pas les convictions religieuses de cette fille, mais le fait que Danny ait décidé de se confesser.

Chris jura entre ses dents.

— Il était prêt à raconter mes démêlés avec Iverson à Jésus et à la terre entière.

— Tu sais ce que ça signifie pour l'enquête ?

— L'enquête ? Quelle enquête ? Il n'y a plus d'enquête, Beck. Tu as entendu comme moi Wayne Scott s'excuser platement de m'avoir soupçonné. Si j'avais porté un anneau, il l'aurait baisé en signe d'allégeance.

— Cette histoire te donnait une bonne raison de vouloir tuer Danny.

Chris éclata d'un rire silencieux en secouant la tête.

— Tu crois vraiment que c'est *moi* qui ai tué Danny ?

— À toi de me le dire.

— Au cas où tu l'aurais oublié, j'ai un alibi. La douce Lila.

— *À toi de me le dire !* cria Beck.

— Non, Beck. Je ne l'ai pas tué.

Chris souriait toujours lorsque son téléphone sonna, mais il ne tarda pas à froncer les sourcils.

— De quoi s'agit-il, Georges ?... Tout de suite ? Il y en a pour combien de temps ? C'est bon, j'arrive, dit-il à regret avant de raccrocher. C'est Georges. Il est inquiet au sujet de la visite des inspecteurs lundi. Il veut que je jette un coup d'œil au tapis roulant pour voir si tout va bien. Il balise pour son poste parce que c'est lui qui a signé la feuille de réparation, il a peur de payer les pots cassés et il a bien raison. Mais je ferais sans doute mieux d'aller voir ce qui se passe avant de le virer. C'est moi qui ai la clé de cette putain de machine, je suis le seul à pouvoir la remettre en marche. J'étais sûr que la fermeture de l'usine nous attirerait une tonne d'emmerdements.

— On parlait de ton mobile, insista Beck.

— Non, c'est *toi* qui en parlais, rectifia Chris. C'est Slap Watkins le meurtrier, affaire réglée. Il est temps de passer à autre chose, tu ne crois pas ?

Sur ces mots, Chris quitta la pièce, laissant Beck consterné.

35

Installé dans sa voiture sur le parking du Dairy Queen, une glace aux M & M's à la main, Huff ricana en tirant le 357 de sa ceinture qu'il posa délicatement sur le siège passager.

Les gens qui l'avaient vu se balader avec son pistolet l'avaient sans doute trouvé ridicule… Pourtant il n'aurait pas hésité un seul instant à placer une balle entre les deux yeux de Slap Watkins. Ce type-là ne méritait plus de vivre.

Heureusement, Watkins était à la morgue et tout était rentré dans l'ordre.

Huff se promit de se rendre sur la tombe de Danny. Il n'avait pas mis les pieds au cimetière depuis l'enterrement. Bonne idée, il irait fleurir la tombe de son fils aujourd'hui même.

Dire que, bientôt, il lui faudrait se rendre à l'enterrement de Red. Son vieux complice allait lui manquer et…

Brusquement, il se souvint de l'enveloppe que Red lui avait apportée le matin même. Il l'avait fourrée dans sa poche lorsque Selma lui avait appris que Chris se trouvait au cabanon. Dans sa hâte de prévenir Chris, et avec tout ce qui avait suivi, il n'y avait plus pensé.

Le problème Watkins réglé et Chris définitivement blanchi, il allait enfin pouvoir consacrer toute son énergie aux Entreprises Hoyle. La visite des inspecteurs de l'ASST avait éclipsé cet autre problème, le problème Charles Nielson... Nielson était à l'origine de la fermeture de l'usine, et il allait le payer.

Huff tira l'enveloppe de sa poche. Elle contenait une simple feuille de papier, pliée en trois. Ce matin-là, lorsqu'il avait parlé de Nielson à Red, le shérif lui avait répondu : « Vous trouverez tout là-dedans. »

— Bon Dieu.

Une simple feuille de papier, avec quelques lignes tapées à la machine... Si c'était tout ce que Red et ses informateurs de La Nouvelle-Orléans avaient pu dénicher, ils ne s'étaient pas foulés.

Avec l'âge et la maladie, Red n'était décidément plus bon à grand-chose.

Huff aurait aimé tout connaître de Nielson, ses points faibles et ses défauts pour mieux l'attaquer. Savoir s'il jouait, s'il grugeait le fisc, s'il se droguait, s'il était pédophile, s'il s'était déjà fait arrêter pour conduite en état d'ivresse, tout ce qui aurait pu permettre à Huff de briser sa réputation.

Comme il était seul, à l'abri des regards, Huff chaussa les lunettes qui lui servaient à voir de près pour se plonger dans la lecture de la lettre de Red Harper.

Quelques instants plus tard, une famille entière en monospace faillit se retrouver dans le fossé lorsque la voiture de Huff Hoyle lui coupa la route en débouchant à toute allure du parking du Dairy Queen. Huff avait jeté par terre son reste de glace aux M & M's et la coupelle en carton zigzaguait sur le tapis de sol au rythme de ses coups de volant, laissant derrière elle des traînées visqueuses.

Lorsque l'auto s'arrêta devant l'usine, la glace avait fini de fondre. À vrai dire, c'était le cadet des soucis de Huff, qui descendit précipitamment sans oublier de prendre le pistolet posé sur le siège passager.

Jane achevait de boucler son sac de voyage lorsqu'on toqua à la porte de sa chambre du Lodge. Elle écarta le rideau et coula un regard à l'extérieur.

— Red ? s'étonna-t-elle, brusquement inquiète, en ouvrant la porte au shérif. Que se passe-t-il encore ?

— Je ne voulais pas te faire peur, Jane. Il ne s'est rien passé de neuf. Pas à ma connaissance en tout cas.

Il retira son chapeau.

— Je peux te voir une minute ?

Elle lui fit signe d'entrer et lui montra son sac.

— J'allais partir. J'ai retenu un vol pour cet après-midi à La Nouvelle-Orléans.

— Tu retournes à San Francisco ?

— Oui, ma vie est là-bas maintenant.

— Je pensais que peut-être Beck et toi…

— Non.

Elle avait pris sa décision le matin même. Il avait choisi son camp en décidant de rester avec Huff et Chris. Au moment de faire ses bagages, elle avait hésité à mettre à la poubelle le collier de Mardi gras qu'il lui avait offert avant de se décider à le glisser dans son sac entre deux tee-shirts. Souvenir, souvenir. Elle pouvait au moins s'accorder ça.

— Je n'ai pas l'intention de revoir Beck avant mon départ.

— Ah bon. Très bien.

Red regardait le décor qui l'entourait à la façon de quelqu'un qui ne sait plus quoi dire. Lorsque ses yeux croisèrent enfin ceux de Jane, elle y lut une grande tristesse.

— Tu as parlé à Huff ce matin ? demanda-t-il.

Au lieu d'aller droit au but et de lui expliquer la raison de sa venue, il continuait à tourner autour du pot.

— Pas depuis que je l'ai vu au cabanon.

Red avait visiblement l'esprit ailleurs. Comme les secondes s'écoulaient sans qu'il prononce une parole, Jane se décida à lui poser la question.

— Écoutez, Red. Je suis pressée. Pourquoi vouliez-vous me voir ? Vous vouliez me parler de Danny ? De Watkins ?

— Non, je crois que l'affaire a été tirée au clair.

— C'est bien pour ça que je rentre chez moi. Je m'étais promis de rester à Destiny tant que je ne saurais pas la vérité au sujet de Danny. Maintenant que c'est fait, je peux repartir.

Il hocha machinalement la tête, l'écoutant d'une oreille distraite, peu concerné par l'avenir de la jeune femme. Il se racla la gorge.

— Je voulais te dire, Jane... Je n'ai pas l'habitude de me décharger de mes responsabilités sur les autres, j'ai toujours assumé mes actes. Et tu sais que je ne trahirai jamais Huff.

Elle acquiesça, sans vraiment comprendre où il voulait en venir.

— On a fait bien des choses ensemble dont je ne suis pas fier. Au départ, j'ai cru que quelques petites entorses à la loi, ça ne prêterait pas à conséquence, et puis je ne sais pas, j'ai fini par me laisser entraîner. J'étais comme pris dans un engrenage, je ne trouvais plus la sortie.

Il leva les mains en signe d'impuissance, comme pour lui demander sa bénédiction.

— Ce qui est fait est fait. Il est trop tard pour revenir en arrière, mais je peux encore changer l'avenir. Je te raconte tout ça parce que je voudrais qu'il reste un témoin au cas où... au cas où il arriverait quelque chose de grave et que je ne sois plus là pour dire la vérité.

— La vérité ? Mais de quoi parlez-vous, Red ?

— Beck Merchant et Charles Nielson sont une seule et même personne.

Jane crut que la pièce basculait autour d'elle.

— Quoi ? !

— J'ai demandé à des types de La Nouvelle-Orléans, des privés, d'enquêter sur Nielson à la demande de Huff. Figure-toi que Charles Nielson n'existe pas, c'est une invention de Beck.

Elle s'assit sur le premier objet à sa portée, le bras du fauteuil.

— Ne me demande pas pourquoi il a monté un plan aussi compliqué, poursuivit Red. Je ne veux même pas le savoir, mais ma dernière obligation vis-à-vis de Huff était de le lui dire et je l'ai averti ce matin.

— Mon Dieu !

— Au cabanon, Huff n'avait pas l'air au courant, mais il peut ouvrir l'enveloppe que je lui ai donnée à tout moment. Quand il lira ce qu'il y a à l'intérieur, je ne sais pas comment il réagira.

Elle bondit de son siège improvisé.

— Tu parles que tu ne le sais pas, espèce de vieux saligaud !

Elle l'écarta d'un geste et se rua hors de la pièce. Les pneus de sa décapotable hurlèrent sur l'asphalte brûlant lorsqu'elle déboucha sur la grand-route. Klaxonnant tous ceux qui se trouvaient sur son passage, elle prit la direction de la maison familiale, persuadée que Chris serait rentré directement chez lui en quittant le cabanon.

Elle ne voulait même pas penser aux raisons qui avaient poussé Beck à inventer le personnage de Nielson. Le tout était d'empêcher Huff de l'apprendre avant qu'elle ait eu le temps de prévenir Beck.

Elle vida le contenu de son sac à main sur le siège passager, à la recherche de son téléphone portable, avant de se souvenir qu'elle l'avait laissé à charger après avoir annoncé son retour à son assistante.

Elle appuya sur l'accélérateur et faillit perdre le contrôle de sa voiture en dérapant sur une plaque de gravier dans un virage, crut qu'elle allait écraser une famille de busards occupés à dévorer la carcasse d'un opossum et se cogna les dents en passant sur un passage à niveau à plus de 130 à l'heure.

Le trajet lui parut durer une éternité. Elle poussa un cri de dépit en constatant qu'aucune voiture n'était garée devant la maison. Jane freina avec une telle brutalité qu'une odeur de caoutchouc brûlé lui monta aux narines. Elle sortit de l'auto comme une folle, sans éteindre le moteur ni même refermer sa portière.

Dans sa précipitation à grimper les quelques marches du porche, elle trébucha et s'écorcha les mains en voulant se rattraper. Se relevant d'une détente, elle traversa le porche et franchit la porte moustiquaire à la vitesse de l'éclair. Selma, un panier de linge sous le bras, descendait l'escalier.

— Tu as vu Beck ? Où est Huff ?

— La dernière fois que j'ai vu Huff, il allait au vieux cabanon. Quant à Beck, je ne l'ai pas vu aujourd'hui. Pourquoi ? Que se passe-t-il ?

— Tu crois qu'ils sont à l'usine ?

— Je...

— Appelle tout de suite Beck sur son portable, lui cria Jane en ressortant aussitôt de la maison. Dis-lui que Huff est au courant pour Charles Nielson. Tu as compris, Selma ? Huff est au courant pour Charles Nielson !

— J'ai compris, mais...

— Dis-lui, Selma.

L'instant suivant, elle démarrait en trombe et prenait la direction des cheminées muettes.

Comme Beck descendait l'escalier conduisant à l'atelier, il entendit la sonnerie de son portable. Il décida de ne pas répondre.

Il ne lui avait fallu que quelques secondes pour reconstituer le puzzle dans son entier. Tout lui paraissait limpide à présent.

Chris ne mentait pas en affirmant n'avoir pas tué son frère. Ce n'était pas lui qui avait chargé le fusil, qui l'avait mis dans la bouche de Danny et qui avait tiré.

Mais, pour autant, il n'était pas innocent.

Lorsque Beck parvint devant le tapis roulant, Georges Robson se tenait juste derrière Chris. Ce dernier, qui venait de remettre en route la machine, vérifiait la courroie défectueuse. Tout comme Georges, il ne portait pas les lunettes ni le casque réglementaires. Quelle bande d'inconscients... Chris se croyait invincible, une fois de plus. Non sans raison.

Beck dut crier pour se faire entendre.

— Chris !

Georges sursauta avant de se retourner violemment comme si on lui avait tiré dessus. Ses joues tremblaient de peur, on aurait dit qu'il venait de voir un revenant.

Chris se redressa et s'épousseta les mains. Tout en regardant Beck, il s'adressa à Georges :

— On pourra toujours dire que c'est la faute du réparateur, Georges. Quoi qu'il en soit, on ne peut rien faire de plus aujourd'hui. Tu peux rentrer chez toi.

Georges avala sa salive. Il ressemblait à un poisson en quête d'oxygène. Il transpirait abondamment et tordait ses mains potelées. Sans un mot, il tourna les talons et s'éloigna. Beck le vit remonter l'escalier métallique conduisant aux bureaux et disparaître derrière une porte.

— Pauvre Georges.

Chris appuya sur le bouton et la machine s'arrêta.

— Je ne l'ai jamais vu dans un tel état de nerfs. Il sait ce qui l'attend.

— C'est toi qui as demandé à Slap Watkins de tuer Danny, déclara Beck tout de go. Pendant que tu t'assurais un alibi en compagnie de Lila, Watkins s'est rendu au cabanon où tu lui avais dit qu'il trouverait Danny et il l'a tué. Tu ne mentais pas en prétendant n'avoir rien fait. Tu t'es arrangé pour que quelqu'un d'autre le fasse à ta place.

Huff commença par se rendre dans le bureau de Beck. Beck, l'employé modèle et consciencieux, le champion des heures supplémentaires, toujours prêt à se sacrifier pour défendre les intérêts des Entreprises Hoyle.

Salaud de Beck. Salaud de traître et de menteur.

Son bureau était vide, tout comme celui de Chris. Le bruit lointain d'une machine dans l'usine vide attira l'attention de Huff. Il s'approcha de la cloison vitrée surplombant l'atelier et vit les deux hommes en pleine discussion. Son fils et le Judas qui les avait trahis. L'ironie de la métaphore biblique échappa à Huff, tout à sa volonté d'écraser celui qui avait tout fait pour le détruire.

L'arme à la main, il quitta la pièce pour se diriger vers l'escalier, dont il descendit les marches. Lorsqu'il s'engagea dans l'atelier, il se promit de ne pas perdre son sang-froid, d'éviter de montrer son pistolet.

Comme il l'avait lui-même dit à Beck quelques jours plus tôt, Nielson était un piètre stratège. Le mieux était encore de l'attaquer par surprise.

Chris se mit à rire doucement.

— Slap était furieux que Danny ait refusé de l'embaucher, tu sais. Il est venu me trouver un soir sur le parking du Razorback pour m'en toucher un mot.

— Et tu lui as dit que tu avais du boulot pour lui.

Chris lui répondit par un regard impassible.

— Tu as recommandé à Slap de faire passer la chose pour un suicide. Ça aurait pu marcher si Watkins n'avait pas oublié de retirer la chaussure de Danny. Une erreur qui a tout de suite fait douter

Wayne Scott. Sans penser que tu risquais d'être soupçonné : acculé par les événements, tu m'as soufflé l'idée que c'était peut-être Slap Watkins le meurtrier, et qu'il cherchait à te faire porter le chapeau.

Les événements des deux dernières semaines s'enchaînaient dans la tête de Beck.

— Je n'arrive pas à comprendre pourquoi Slap n'a pas quitté la ville une fois son crime accompli. Pourquoi diable est-il resté ? Pourquoi avoir cherché à te revoir le soir sur la petite route, ou encore au Diner… ?

Il espérait sans doute que Chris l'aiderait à remplir les blancs, mais le regard implacable de l'autre ne laissait rien percer de son secret.

— Attends ! reprit Beck. Je viens de me souvenir d'un truc. Quand Watkins est entré dans le Diner, il avait l'air surpris de nous trouver là. En fait, c'était ma présence qui l'étonnait. Mais oui, c'est ça ! Il prétendait avoir un rendez-vous d'affaires… L'argent ! Il avait rendez-vous avec toi pour se faire payer. C'était le soir où Billy a eu son accident et je revenais de l'hôpital. Tu ne pouvais pas prévoir que je te retrouverais là et c'est pour ça que vous n'avez pas pu vous arranger, tous les deux. Pas étonnant qu'il se soit montré si agressif par la suite sur la petite route. Il n'avait toujours pas reçu son argent, il commençait à trouver le temps long, d'autant que les soupçons commençaient à se porter sur lui. En désespoir de cause, il est allé trouver Jane avec son histoire de Caïn et Abel pour que Scott te mette la pression. Et comme ça commençait à sentir le roussi, tu t'es arrangé pour retrouver Watkins au cabanon ce matin.

Un petit sourire s'afficha sur le visage de Chris.

— À la fac, tu étais déjà le major de ta promo. Tu sais que tu es malin, Beck. Mais si je devais témoigner sous serment, je pourrais leur dire sans mentir que Slap Watkins a déboulé au cabanon sans crier gare, armé d'un couteau, tout excité à l'idée d'accrocher un deuxième Hoyle à son tableau de chasse.

— Je n'en doute pas un seul instant, Chris. Tu ne l'attendais pas aussi tôt. Il a voulu te surprendre parce qu'il se méfiait de toi. À juste titre. Même Watkins n'était pas assez bête pour croire que tu lui donnerais son argent avant de le laisser tranquillement repartir. Il a signé son arrêt de mort le jour où il a accepté de tuer Danny.

— Je t'en prie, Beck. Tu ne vas pas pleurer sur le sort de Slap. Il avait l'intention de me doubler depuis le début. Pourquoi crois-tu qu'il a laissé cette pochette d'allumettes dans le cabanon ?

Beck se demanda ce qu'il avait de mieux à faire. Il pouvait s'en aller. Il n'avait qu'à lui tourner le dos et quitter l'usine. Aller trouver Jane, passer le restant de ses jours à l'aimer, envoyer Chris et Huff se faire foutre, oublier leurs magouilles et leurs trahisons, rayer de sa mémoire leur saloperie d'usine anthropophage.

Il en avait assez de se battre, de jouer la comédie. Il aurait voulu pouvoir jeter aux orties le manteau de responsabilités qui pesait sur ses épaules, effacer à jamais de sa mémoire le souvenir des Hoyle, les envoyer au diable. Encore faudrait-il que le diable veuille bien d'eux. S'il n'avait écouté que lui, c'est la décision qu'il aurait prise.

Ou bien alors il pouvait rester et mener à son terme la mission qu'il s'était fixée.

La première solution était de loin la plus séduisante, mais il savait aussi que le destin en avait décidé autrement.

— Ce n'est pas Slap Watkins qui a laissé traîner cette pochette d'allumettes dans le cabanon, Chris.

Il soutint le regard de Chris pendant quelques secondes avant d'ajouter :

— C'est moi.

Georges Robson, les larmes aux yeux, avait honte de sa faiblesse. Écartelé entre la peur et la frustration, il aurait voulu pouvoir pleurer librement. La chaleur lui était tombée dessus à sa sortie du bâtiment, ajoutant à sa détresse. Bouleversé, il tituba jusqu'au mur d'enceinte et vomit au milieu des herbes folles, le dos de sa chemise détrempé de sueur, secoué de spasmes sous un soleil de plomb.

Lorsqu'il comprit qu'il était passé à deux doigts de commettre un crime épouvantable, lorsqu'il comprit à quel point il était déçu de ne pas être allé jusqu'au bout, il fut pris d'une nouvelle crise de vomissements.

Une fois son estomac vidé, ses spasmes s'espacèrent avant de s'arrêter tout à fait. Il se tamponna la bouche à l'aide d'un mouchoir humide trouvé dans la poche arrière de son pantalon, tenta de sécher ses mains moites et s'essuya le cou.

Il avait voulu tuer Chris. Il avait tout prévu afin de maquiller son crime en accident. Il avait usé la courroie de telle façon qu'elle lâche au moment de la remise en marche de la machine. Elle aurait fauché de plein fouet celui qui appuyait sur le bouton, le condamnant très certainement à une mort atroce. Mais, contre toute attente, la courroie avait tenu bon.

Rétrospectivement, il en remerciait Dieu. Il le remerciait d'avoir tout raté jusqu'au bout.

S'il avait réussi, si on l'avait démasqué et condamné à mort, il aurait perdu Lila. Alors que maintenant il pouvait encore espérer la rendre heureuse… tant qu'elle resterait avec lui. Même si elle décidait un jour de le quitter pour Chris ou un autre beau gosse, dans un mois ou dans un an, elle était à lui dans l'intervalle.

Il loua Dieu d'avoir empêché un tel désastre.

— Monsieur Robson ?

Il s'écarta précipitamment du mur contre lequel il s'appuyait, se retourna et vit Jane Hoyle, essoufflée, dans tous ses états.

— Vous avez vu Beck Merchant ?

— Euh... oui. Il... il est là.

— Dans son bureau ?

— À l'atelier avec Chris.

Sans même le remercier, elle ouvrit la porte et s'engouffra dans le bâtiment.

Georges se dirigea à pas pressés vers sa voiture. Il était impatient de rentrer chez lui où Lila l'attendait.

— C'est moi qui ai laissé la pochette d'allumettes dans le cabanon, répéta Beck.

Chris le regardait, escomptant la chute qui ne venait pas. Son expression changea à mesure que ses traits se durcirent.

— Tiens, tiens. Tu parles d'une bombe. Et pourquoi as-tu fait ça, Beck ?

— Parce que j'étais certain que c'était toi.

— Ce n'était pas moi.

— Arrête de couper les cheveux en quatre. Sans toi, Danny serait encore en vie. J'ai préféré donner un indice au shérif de peur que tu n'arrives à t'en tirer. À l'instant où Wayne Scott nous a expliqué que Danny ne pouvait pas s'être suicidé, j'ai été sûr à 99 % que tu l'avais tué. Quand tu as prétendu que c'était un coup monté par Slap Watkins, ça a encore renforcé ma conviction. Il me manquait le mobile. Tu ne donnais pas l'impression de haïr Danny. Au pire, il t'était indifférent. Quant à Huff, il n'y avait pas photo, tu étais de loin son fils préféré et il ne faisait aucun doute que tu reprendrais la direction de l'usine à sa mort. En quoi Danny représentait-il une menace ? Pourquoi fallait-il qu'il meure ? Je n'ai eu la réponse à cette question qu'en apprenant l'existence de sa fiancée, quand elle a dit à Jane que Danny se trouvait face à un dilemme. C'est là que j'ai compris. Ton mobile, c'était la disparition d'Iverson. Danny savait qu'il y avait un cadavre dans le placard. Littéralement. Et il avait l'intention de tout raconter.

Chris prit lentement sa respiration.

— C'est la seule et unique fois de sa vie où Danny a refusé de céder. Il voulait absolument se confesser publiquement. Tu comprends bien qu'on ne pouvait pas le laisser faire, alors Huff m'a demandé de m'occuper de lui.

— Et tu l'as fait.

Chris écarta les bras.

— Si le corps d'Iverson avait été déterré, ça aurait soulevé toutes sortes de questions gênantes et j'aurais pu être accusé d'entrave à la justice. Rien de bien réjouissant.

— Cette fois-ci, tu n'échapperas pas à la justice.

— Mais tu ne comprends pas bien la situation, Beck, répliqua Chris avec un sourire charmeur. J'ai *déjà* échappé à la justice.

— Pas encore.

— Je serais curieux de savoir pourquoi tu m'en veux tant. À cause d'Iverson ?

Beck éclata de rire.

— Mais non, Chris. Tu ne sais pas le plus drôle. Vous autres, les Hoyle, vous êtes si arrogants que vous prenez tout pour argent comptant. Tu ne t'es jamais posé la question de savoir pourquoi j'avais débarqué à ton procès le soir même où tu étais acquitté. Tu m'as accueilli à bras ouverts, tu m'as offert un super boulot dans l'entreprise, c'est tout juste si je ne faisais pas partie de la famille. C'était précisément ce que je recherchais, devenir le confident, l'allié fidèle au cœur même du clan Hoyle.

Chris coula un regard acéré à travers ses paupières mi-closes et demanda à voix basse :

— Qui es-tu ?

— Tu sais qui je suis. On s'est connus à la fac, lui répondit Beck avec un grand sourire. Là non plus, le hasard n'y était pour rien. Je suis allé à l'université de Louisiane parce que tu y faisais tes études. Je suis entré exprès dans la même association d'étudiants que toi. Je me suis arrangé pour croiser ta route, attirer ton attention, tout ça pour pouvoir, le jour venu, m'assurer une place au sein des Entreprises Hoyle. Et ça a marché. Au-delà de toutes mes espérances. Je disposais de toute la crédibilité nécessaire et tu m'as accepté sans ciller, tout comme Huff.

— Tu fais partie du syndicat, c'est ça ?

— Non.

— Tu es juge ? Ou alors tu fais partie du FBI.

— Rien d'aussi éblouissant.

— Mais alors, putain de merde, qui es...

— Je suis Beck Merchant. À ceci près que Merchant était le nom de famille de mon beau-père. Il m'a adopté en épousant ma mère, qui était veuve. J'ai accepté de porter son nom parce que je préparais déjà ma vengeance depuis l'âge de douze ans et que mon vrai nom vous aurait mis la puce à l'oreille.

— Je bous d'impatience, le railla Chris. Alors, quel est ton véritable nom ?

— Hallser.

Chris sursauta, puis il hocha la tête, admiratif.

— Voilà qui est intéressant.

— Je suis le fils de Sonnie Hallser.

— Dans ce cas, c'est de Huff que tu dois te venger. Pas de moi.

— Je cherche bien autre chose qu'une simple vengeance, Chris. J'ai l'intention de vous détruire, vous et tout ce que vous représentez.

Chris secoua la tête.

— Tu n'y arriveras jamais, déclara-t-il d'un air hautain.

— J'ai déjà réussi. J'ai réussi à faire fermer les Entreprises Hoyle.

— Tu es de mèche avec Charles Nielson ?

— Non, Chris. Je *suis* Charles Nielson. Ou plutôt, Charles Nielson n'existe pas. C'est uniquement un nom sur du papier à lettres, le sujet de quelques articles de presse que j'ai rédigés et distribués moi-même. Charles Nielson est une anagramme du nom de mon père avec son initiale intermédiaire, un C.

— Tu es un petit malin.

— J'attends ce moment depuis des années, Chris. Mon père a été privé d'une bonne partie de sa vie, et tout ça pour quoi ? Parce qu'il gênait Huff et que Huff a décidé de l'éliminer. Tout le monde était au courant, mais Huff s'en est tiré. Exactement comme toi avec Iverson. Mais tu sais quoi, Chris ? ajouta-t-il dans un murmure inquiétant. C'est fini.

— Que comptes-tu faire, Beck ? Me dénoncer ? Tu es notre avocat. Tu serais rayé du barreau, car tu es lié par le secret professionnel.

— Bien répondu, sauf que je me fiche éperdument d'être rayé du barreau. Je n'ai fait des études de droit que pour être en mesure de t'approcher et d'apprendre tous tes sales petits secrets. On me clouera au pilori et on m'accusera d'avoir trahi ma profession, mais ça ne m'empêchera pas de vivre. À votre contact, je me suis habitué à être pris pour une merde et ça ne me changera pas.

— Je vois que tu as pensé à tout.

— Parfaitement.

— C'est à ce moment-là que je suis censé m'évanouir ?

Beck connaissait suffisamment Chris pour savoir que sa nonchalance était feinte. Il suait à grosses gouttes, au propre comme au figuré.

— Huff va payer pour mon père. Il t'a formé et je dois avouer que tu es plutôt bon élève car tu es encore plus dépravé que lui. Tu as tué ton propre frère et c'est ce qui te perdra, Chris.

Chris quitta son interlocuteur des yeux.

— Viens donc te joindre à notre conversation, Huff.

Beck se retourna lentement et découvrit son adversaire de toujours. Chaque fois qu'il était sur le point de renoncer, il avait repris courage en se souvenant que son père était parti sans lui dire un dernier adieu. Sa mère et lui n'avaient pas été autorisés à le voir dans son cercueil, les pompes funèbres ayant jugé que c'était un spectacle trop horrible pour une veuve et son fils.

À cause de ce personnage égoïste et cupide, son père avait été transformé en charpie, sa mère avait perdu son mari, lui-même était devenu orphelin. Face à lui, Beck retrouva soudain toute sa haine, plus vivante que jamais.

— Beck et moi venons d'avoir une petite conversation fort intéressante, reprit Chris.

— J'ai entendu.

Huff ne mentait pas. Il avait le teint animé, les yeux comme des charbons ardents. Sa main était crispée autour de la crosse de son pistolet, sa voix tranchante comme de l'acier.

— J'ai entendu, répéta-t-il en levant le bras et en tendant son arme droit devant lui.

Beck se protégea machinalement.

— Huff, ne faites pas ça !

Mais Huff avait déjà appuyé sur la détente.

Le 357 tonna comme un canon dans l'atelier vide. L'écho se réverbéra longtemps, suivi d'un bruit plus terrifiant. Beck comprit soudain, en constatant que le tapis roulant s'était remis en marche.

Huff lâcha son arme qui s'écrasa lourdement sur le sol, puis il écarta Beck d'un geste avant de se précipiter en poussant un cri bestial. Beck se retourna. Il eut juste le temps de voir Chris s'effondrer au pied du tapis roulant, un gros morceau de métal planté dans le cou. La blessure saignait abondamment.

Huff tomba à genoux à côté de Chris, afin d'épancher la blessure des deux mains. Le visage de Chris pâlissait à vue d'œil, il regardait son père avec ahurissement.

Beck retira précipitamment sa chemise et la roula en boule. Il écarta d'autorité les mains de Huff qui s'accrochaient au cou de Chris, tentant désespérément d'arrêter l'hémorragie.

À ce moment, Jane les rejoignit.

— Mon Dieu !

— Appelle les secours, lui ordonna Beck qui sentit la jeune femme arracher le téléphone accroché à sa ceinture.

Huff tenait le visage de Chris serré entre ses mains et le secouait avec violence.

— Pourquoi as-tu fait ça ? Tu as vraiment fait assassiner ton frère ? Mais pourquoi, mon fils ? Pourquoi !!!

— Tu… tu m'as tiré dessus !

La gorge de Chris émit un gargouillis sinistre et un flot de sang inonda le visage de son père.

— Huff, tu m'avais pourtant dit d'empêcher Danny de parler. Tu m'avais dit… de m'occuper de lui.

Huff rejeta la tête en arrière en poussant un hurlement d'animal blessé, avant de presser Chris contre sa poitrine en un geste protecteur.

— Danny était ton frère. Ton frère !

Il sanglotait, se balançant d'avant en arrière, le corps inarticulé de Chris serré contre lui telle une poupée de chiffon, les bras ballants sur le sol crasseux de l'atelier.

— Comment as-tu pu faire ça, mon fils ? Comment ?

— Tu m'avais dit de m'occuper de lui, murmura Chris dans un chuintement humide.

Des paroles à peine audibles, des bribes de son trahissaient son incompréhension devant la réprobation de Huff.

Huff se pencha sur le front de Chris, y posant ses lèvres, ses larmes rougies par le sang de son fils.

— Tu as toujours été mon préféré, mais Danny aussi était mon fils, gémit-il d'une voix déchirante. C'était mon sang qui coulait dans ses veines. Le sang de mon père, et tu l'as tué. Pourquoi, Chris ? Pourquoi ?

Beck leva les yeux en direction de Jane qui venait de téléphoner aux secours. Elle restait là, immobile, aussi désemparée que lui. Quand leurs regards se croisèrent, il sut qu'ils pensaient la même chose : Chris n'avait fait que reproduire l'exemple de son père.

Le corps de Chris acheva de se vider de son sang tandis qu'un lac vermeil se formait autour de lui, au rythme de la plainte déchirante de Huff dont l'écho se répercutait à travers l'atelier. La scène ne dura que quelques minutes, mais elle parut à Beck une éternité. Il était fasciné par la vision de ce père berçant le corps sans vie de son fils adoré. Huff caressait les cheveux de Chris, l'embrassait sans se soucier des traces de sang mêlé de larmes et de mucus qui formaient des dessins invraisemblables sur les joues livides du mourant. Dans un refrain de mort, il ne cessait de répéter la même phrase terrible : « Mon fils, comment as-tu pu tuer ton propre frère ? »

L'ambulance arriva enfin. Lorsque les secouristes tentèrent de séparer Huff du corps de Chris, il refusa de les laisser faire, les repoussant avec une force confinant à la folie. Couvert de sang, ruisselant de transpiration, il hurla jusqu'à l'épuisement que jamais il ne laisserait personne lui enlever son aîné.

Un aîné qui n'entendait plus ses cris depuis longtemps déjà.

Épilogue

— Tu as l'air épuisé.

— Je *suis* épuisé, répliqua Beck en montant péniblement les quelques marches du porche de sa maison où l'attendaient Jane et Frito. Je n'aimerais pas devoir revivre les six heures qui viennent de s'écouler.

Six heures s'étaient effectivement écoulées depuis que Chris avait été officiellement déclaré mort à son arrivée à l'hôpital du comté tandis que Huff était conduit à la prison. On l'avait inculpé d'homicide involontaire, le coup de feu tiré avec le 357 en direction de Chris ayant accidentellement actionné le tapis roulant.

Comme Huff se trouvait dans l'incapacité de prendre la moindre décision, Beck avait dû prendre le relais, faisant appel en son nom à l'avocat sollicité par Chris quelques jours plus tôt. L'homme de loi, qui avait accepté de défendre les intérêts de Huff, était accouru à Destiny aussi vite que le lui permettait le moteur surpuissant de sa Lexus.

Un adjoint du procureur, appelé en renfort par Wayne Scott, avait interrogé Jane et Beck qui lui avaient rapporté à plusieurs reprises leurs versions des faits. Beck n'avait rien omis, détaillant la conversation surprise par Huff qui avait conduit à la mort de Chris.

— Je suis persuadé que Huff est survenu avec l'intention de me tuer, expliqua-t-il à l'adjoint du procureur. Si je me suis introduit dans leur clan, c'est parce que j'étais bien conscient qu'il me faudrait penser comme eux et agir comme eux afin de pouvoir les démasquer.

Jane avait écouté son récit avec un étonnement croissant. Par amour pour son père, par sens du devoir filial, Beck s'était fait passer pour le défenseur honni du clan Hoyle.

— Lorsqu'il a entendu Chris reconnaître avoir organisé le meurtre de Danny, il a perdu la tête. Il a tiré dans un accès de rage, mais il a manqué sa cible. Chris, stupéfait de la réaction de son père, a mis accidentellement en marche le tapis roulant dans un mouvement de recul. La courroie défectueuse a lâché, des morceaux de métal ont volé dans tous les sens comme des éclats d'obus. Chris a été atteint par l'un d'eux.

L'adjoint du procureur avait fini par autoriser Jane à repartir tandis qu'il poursuivait son interrogatoire avec Beck. Ce dernier n'était pas sans savoir que sa déposition violait les règles du secret professionnel, avec toutes les conséquences que cela pouvait avoir sur son avenir au barreau – l'adjoint le lui avait d'ailleurs rappelé. Pourtant, sans une hésitation, Beck avait accepté de témoigner.

Jane ne savait pas très bien où aller. Ne souhaitant ni retourner dans la maison de son père ni se retrouver seule dans sa chambre du Lodge, elle s'était instinctivement rendue chez Beck.

Ce dernier, s'installa sur la balancelle et entreprit de gratter entre les oreilles un Frito ravi.

— C'est quand même cool d'être un chien, remarqua-t-il. Les jours se suivent sans jamais se ressembler puisque hier est oublié et que demain n'est jamais un souci.

— Que se passera-t-il demain ?

— Huff sera officiellement traduit en justice. On nous demandera probablement de faire une déposition officielle, en attendant de témoigner pour l'accusation au moment du procès.

— C'est bien ce que je me disais.

— À moins qu'il ne plaide coupable.

— Tu crois qu'il le fera ?

— Ça ne m'étonnerait pas. Il leur a indiqué où se trouvait le corps d'Iverson. Red Harper a reconnu sa complicité, il n'en a pas fini non plus. S'il ne meurt pas avant.

Beck se pencha en avant, planta ses coudes sur ses genoux en se frottant longuement les yeux.

— Huff est un homme brisé, Jane. Avant de repartir, je suis passé le voir dans sa cellule.

— Comment a-t-il réagi à ta vue ?

— Il n'a pas réagi. Il était prostré en position fœtale sur sa banquette et pleurait à chaudes larmes, répondit Beck d'une voix douce teintée de tristesse. Je crois qu'il pouvait tout pardonner à Chris, sauf le meurtre de l'un des siens. Si Chris avait assassiné le président, Huff l'aurait couvert et protégé jusqu'à son dernier souffle. Mais que Chris tue son propre frère, il ne pouvait pas l'accepter. C'était totalement contraire à son sens clanique de la famille.

— Je me demande d'où il tient ça, s'interrogea Jane. Ce n'est pas comme s'il avait grandi au milieu des siens. Il ne m'a jamais parlé de ses parents, sinon pour me dire qu'ils étaient morts tous les deux quand il était très jeune.

Beck réfléchit longuement avant de poursuivre.

— Un soir où Chris était sorti, j'étais seul avec Huff et il avait pas mal bu. Entre deux divagations, il a fait allusion d'une voix pâteuse à la mort de son père. Il n'a d'ailleurs pas dit « mon père », mais « papa ». Il a ajouté : « Ces salauds ont même écorché son nom. »

— De quoi parlait-il ?

— Il n'en a pas dit plus. Peut-être n'était-ce qu'une remarque sans importance, ou bien alors quelque chose d'essentiel.

Elle soupira, les yeux perdus dans le lointain.

— Ce coup de feu a dû lui coûter terriblement… Il détruisait tout ce qu'il aimait.

— Chris représentait également son ultime espoir d'avoir un jour un héritier qui porterait son nom, et il a détruit ce rêve à jamais. Mais tu sais, Jane, je n'éprouve aucune pitié pour lui. Si Chris est devenu ce qu'il est, c'est à cause de lui. C'est lui qui l'a élevé à son image.

— Quand je pense que Huff a tué mon bébé. Sans doute ne le considérait-il pas comme l'un des siens.

Beck lui prit la main qu'il serra fort dans la sienne.

— Tu as faim ? demanda-t-elle.

Ils poussèrent la porte et rentrèrent dans la maison. Elle avait acheté du poulet frit en venant. Ils dressèrent la table en silence, évitant Frito qui les suivait à la trace comme s'il craignait de se retrouver à nouveau seul.

— J'ai appelé Luce Daly, dit Jane. Clark sort de l'hôpital demain ou après-demain. Ses collègues ont demandé à ce qu'il les représente auprès des inspecteurs de l'ASST. Il ne sera pas vraiment opérationnel tant qu'il n'aura pas complètement récupéré, mais cette marque de confiance devrait l'aider. Il a également meilleur moral depuis qu'il sait que ses agresseurs sont en prison. Luce te remercie d'avoir tenu parole.

— Je me suis contenté de les dénoncer à Wayne Scott. C'était bien le moins que je pouvais faire.

— J'ai aussi téléphoné à Jessica DeBlance pour lui raconter ce qui s'est passé aujourd'hui. Elle l'aurait de toute façon appris en regardant les infos à la télé une demi-heure plus tard, mais elle m'a remerciée de l'avoir prévenue. C'est une fille bien, Beck. Quand je lui ai avoué que Danny avait tenté de m'appeler, elle m'a dit de ne pas m'en faire, que Danny n'aurait pas voulu que ça me tracasse. Elle a ajouté qu'elle priait pour nous tous, y compris pour

Chris. Je suis heureuse que Danny ait partagé l'amour d'une femme comme elle, même si ça n'a pas duré longtemps.

— Moi aussi.

— Je suis sûre que Jessica te plairait.

— Il n'est pas certain que moi, je lui plairais, répondit-il. Pour la plupart des gens d'ici, je suis toujours l'ennemi.

— Tu pourrais dire que tu es Charles Nielson.

— Non, il est temps que Nielson retourne dans les limbes d'où il vient. La mémoire collective est ainsi faite, les gens l'auront vite oublié.

— Et tous ceux qui ont participé au piquet de grève ? Et les Paulik ?

— Nielson les mettra en contact avec un autre avocat. Un meilleur avocat.

— Que comptes-tu faire ?

— Quel avenir m'attend, tu veux dire ? Ça dépend de toi, Jane. Concrètement, les Entreprises Hoyle t'appartiennent, je suis donc ton employé. Qu'attends-tu de moi ?

— Tu peux me faire nommer fondée de pouvoir ?

— Étant donné la situation de Huff, ce ne sera pas un problème.

— Quand ce sera fait et que je serai aux commandes, je te demanderai de mettre les Entreprises Hoyle sur le marché. Je ne veux pas de cette boîte, mais je ne veux pas non plus la fermer à cause des conséquences sociales pour la ville. Une fois passée l'inspection de l'ASST, vends-la à une firme solide. Trouve-moi une boîte qui respecte les normes de sécurité et se comporte humainement sur le plan social, sinon je ne vends pas.

— Je comprends et je suis d'accord. J'ai plusieurs possibilités en tête, des sociétés qui m'ont déjà contacté par le passé. Je leur faisais toujours la même réponse, que Huff ne vendrait jamais. Ils seront contents de savoir que les choses ont évolué.

— J'insiste pour que tous les employés conservent intégralement leur salaire tant que durera l'inspection de l'ASST.

— Pas de problème. Je resterai le temps qu'il faudra.

— Et ensuite ?

— Je ne sais pas. Je peux toujours proposer mes services comme consultant. Je pourrais facilement servir d'intermédiaire entre patrons et syndicats pour le compte de grosses boîtes comme Hoyle. Dieu sait que je connais le sujet, des deux côtés de la barrière.

Ils pensaient avoir faim, mais à peine le repas était-il entamé que leur appétit s'envola.

— Tu m'as dit un jour que tu avais toujours ta mère. C'est vrai ? demanda Jane en grignotant un petit pain.

— Absolument.

— J'aimerais bien la rencontrer.

— C'est déjà fait. Tu l'as rencontrée dans les bureaux de Charles Nielson.

— Brenda ? s'exclama-t-elle.

— Quand je suis arrivé et que je t'ai trouvée là, j'ai failli perdre les pédales, mais maman n'a pas cillé.

— Elle n'a effectivement rien laissé paraître. Je n'aurais jamais deviné que vous vous connaissiez.

— Elle t'a trouvée ravissante. Très élégante, intelligente… voyons… je n'ai plus la liste de tous les adjectifs dont elle t'a affublée, mais c'était pour le moins flatteur. Tu te souviens, quand tu es sortie de l'immeuble et que j'étais prétendument en train de joindre Nielson à Dayton ?

— À Cincinnati.

— Eh bien, c'était elle que j'avais au téléphone. Elle me reprochait vertement d'avoir été très grossier avec toi.

— Elle a dû terriblement paniquer hier en apprenant que tu avais failli te faire lyncher. Je ne m'étonne plus qu'elle ait appelé ici pour prendre de tes nouvelles au nom de M. Nielson.

— Je viens de l'avoir au téléphone, dans la voiture. Je lui ai raconté les derniers développements. Ça fait plus de vingt ans qu'on s'est lancés dans cette aventure contre les Hoyle. Elle est heureuse que ce soit enfin terminé. Et plus heureuse encore que j'en sois sorti vivant. Elle a toujours eu peur que je disparaisse ou que je sois victime d'un *accident*, comme mon père, le jour où Chris et Huff apprendraient ma véritable identité.

— Et M. Merchant ?

— Il est mort il y a quelques années. C'était un type très bien. Un veuf sans enfant. Il adorait ma mère et il m'a élevé comme son fils. J'ai eu la chance d'avoir deux pères formidables.

Elle se leva et commença à débarrasser.

— Oui, tu as eu de la chance. Je n'ai eu qu'un seul père et il était loin d'être formidable.

Elle posa les assiettes sur le plan de travail. Elle s'apprêtait à prendre la suite lorsque Beck la prit par la taille et l'attira entre ses jambes.

— Quand j'aurai terminé ce qui me reste à faire ici, une fois que j'aurai donné ma démission, il faudra bien que je trouve un endroit pour monter ma boîte de consultant.

— Tu y as déjà réfléchi ?

— Je me disais que tu aurais peut-être une idée, répondit-il en la regardant dans les yeux.

— Je connais effectivement une très belle ville. Les parcs sont superbes et la nourriture géniale. Le climat y est assez imprévisible, mais je suis certaine que Frito ne serait pas contre un peu de brouillard de temps à autre.

— Je crois même qu'il adorerait ça. En tout cas,

moi oui. Tant que je peux revenir ici régulièrement manger du gumbo.

— Tu veux que je te dise un secret ? Je m'en fais envoyer du surgelé.

— Arrête !

— Je t'assure.

Elle lui passa la main dans les cheveux, mais son sourire se crispa soudainement.

— On se connaît depuis deux semaines à peine, Beck. Deux semaines pour le moins mouvementées.

— C'est un euphémisme.

— Oui, et je me demande s'il n'est pas un peu tôt pour faire des projets aussi définitifs.

— C'est possible, concéda-t-il. Tu as raison, on devrait se donner un peu de temps, voir comment évoluent les choses avant de s'engager sérieusement.

— Je crois aussi.

— De combien de temps aurais-tu besoin ?

Elle posa les yeux sur la pendule.

— Jusqu'à la demie ?

Il commença par sourire avant d'éclater d'un rire silencieux.

— C'est encore trop pour moi, dit-il en posant la tête entre ses seins avec un grand soupir. Mon seul but dans la vie aura été de détruire les Hoyle. Depuis la mort de mon père, je n'ai pensé qu'à ça. Mais maintenant que c'est fait… Je me sens si las, Jane.

— Moi aussi, je lui lasse d'être en colère. Curieusement, je ne suis pas particulièrement heureuse de ce qui arrive à Huff. Je suis contente qu'il ait enfin à répondre de ses crimes, mais Huff est avant tout une figure tragique. Il n'y a pas de quoi s'en réjouir, tu ne trouves pas ?

— S'en réjouir, non. Être en paix avec soi-même, sans doute.

— Sans doute.

Beck lui caressa doucement le ventre.

— De tout ce qu'il a fait, je lui en veux surtout de ce qu'il t'a fait subir.

Jane posa sa main sur celle de Beck.

— Tu sais, Beck, je suis une Hoyle. Nous ne disons pas toujours la vérité et nous sommes très manipulateurs.

Il la regarda d'un air interrogateur.

— J'ai menti à Huff. Je sais, ce n'est pas très glorieux, mais j'étais furieuse et j'avais envie de lui faire mal.

Elle acheva sa confession dans un murmure.

— Le docteur Caroe n'a pas commis l'irrémédiable.

Il posa les yeux sur son ventre avant de relever brusquement la tête.

— Tu veux dire que… tu peux avoir des enfants ?

— Physiologiquement, rien ne m'en empêche, en tout cas. Je me disais que peut-être… je le dirai peut-être à Huff.

Il se releva lentement et l'attira contre lui.

— C'est pour ça que tu es différente d'eux, Jane. Contrairement à eux, tu sais être indulgente. Je l'ai senti tout de suite et c'est pour ça que je t'aime.

— Non, Beck, le corrigea-t-elle en posant sa joue contre la sienne. C'est moi qui l'ai senti chez toi.

9036

Composition
PCA

Achevé d'imprimer en France (La Flèche)
par CPI Brodard et Taupin
le 2 août 2009. 53904
Dépôt légal août 2009.
EAN 9782290013014

ÉDITIONS J'AI LU
87, quai Panhard-et-Levassor, 75013 Paris

Diffusion France et étranger : Flammarion